마지막
# 무관생도들

마지막
# 무관생도들

1판 1쇄 · 2016년 5월 20일
1판 3쇄 · 2020년 6월 12일

지은이 · 이원규
펴낸이 · 한봉숙
펴낸곳 · 푸른사상

편집 · 지순이, 김선도 | 교정 · 김수란
등록 · 1999년 7월 8일 제2-2876호
주소 · 경기도 파주시 회동길 337-16 푸른사상사
　　　서울시 중구 을지로 148 중앙데코플라자 803호
대표전화 · 031) 955-9111(2) | 팩시밀리 · 031) 955-9114
이메일 · prun21c@hanmail.net / prunsasang@naver.com
홈페이지 · http://www.prun21c.com

ISBN 979-11-308-0653-2　03810

값 18,500원

　이 도서의 국립중앙도서관 출판예정도서목록(CIP)은 서지정보유통지원시스템
홈페이지(http://seoji.nl.go.kr)와 국가자료공동목록시스템(http://www.nl.go.kr/
kolisnet)에서 이용하실 수 있습니다.(CIP제어번호: CIP2016009941)

　이 책은 인천문화재단의 문화예술지원사업에 선정되어 연구 조사를 진행하고
발간하였습니다.

# 마지막
# 무관생도들

이원규

푸른사상
PRUNSASANG

## 이원규

1947년 인천에서 출생. 인천고등학교와 동국대학교 국문학과를 나와 젊은 시절 고교 교사로 일했다. 1984년 『월간문학』 신인상에 단편소설 「겨울 무지개」가, 1986년 『현대문학』 창간 30주년 기념 장편 공모에 베트남 참전 경험을 쓴 「훈장과 굴레」가 당선되었다. 인천과 서해를 배경으로 분단 문제를 다룬 소설들을 주로 썼으며, 분단에 대한 진보적 시각을 온건하게 표현한 작가라는 평가를 받고 있다. 창작집 『침묵의 섬』, 『깊고 긴 골짜기』, 『천사의 날개』, 『펠리컨의 날개』, 장편 『훈장과 굴레』, 『황해』, 대하소설 『누가 이 땅에 사람이 없다 하랴』(1~9) 등, 독립전쟁 현장 답사기 『독립전쟁이 사라진다』(1 · 2), 『저기 용감한 조선 군인들이 있었소』(공저), 평전 『약산 김원봉』, 『김산 평전』, 『조봉암 평전』 등을 출간했다. 대한민국문학상, 박영준문학상, 동국문학상 등을 수상했으며, 모교인 동국대학교 겸임교수로서 10여 년간 소설과 논픽션을 강의했다.

# 작가의 말 잊혀진 역사의 진실과 교훈

 이 책은 지난해 겨울호까지 계간 『문학선』에 연재한 글을 첨삭 보충한 것이다. 등장인물들은 모두 실존인물이고 사건들도 실제로 일어난 일들이다. 사실임을 밝히기 위해 많은 주석을 달았다. 그리고 이 책은 중심인물들을 고발할 목적으로 쓴 논픽션이 아니다. 역사적 사실을 바탕에 놓고, 마지막 무관생도들이 선택한 애국적 자기희생과 반민족적 배반의 두 갈래 인생길, 그들이 안았던 욕망과 양심의 갈등을 소설구조로 형상화한 창작물이다.

 젊은 사관생도들이 어느 날 갑자기 망국의 역사 위에 내던져졌다. 그들은 어떻게 조국의 운명을 껴안았던가. 어떤 인생길을 선택했던가. 그것은 10년 전 내가 『김산 평전』을 탈고한 직후 붙잡은 새 책의 모티프였다.

 반년쯤 자료를 찾자 엄청난 이야깃거리들이 쏟아졌다. 그러나 나는 쩔쩔매며 스토리라인을 풀어가지 못했다. 조국이 패망했다는 소식을 듣고 통곡하며 독립전쟁에 몸 바치자고 모두가 결의했는데 겨우 네 사람만 실천했단 말인가 하는 실망이 가슴을 메웠다. 내가 소설을 강의할 때 강조하곤 했던 등장인물과 작가의 거리 두기가 쉽지 않았다. 모든 등장인물이 실존인물이라는 것도 무거운 부담으로 어깨에 얹혀졌다.

나는 기다리기로 했다. '내가 그들 중 하나였다면 어떤 길을 선택했을까' 하는 화두를 한동안 안고 살았다. 『조봉암 평전』을 쓰며 그것을 잊어보기도 했다. 여러 해 만에 다시 창작노트를 꺼내들었을 때 이야기들은 내 가슴속에 눅진하게 녹아 있었다. 조국을 배반했던 인물들의 생애마저도 끌어안을 수 있었다. 큰 그물을 메고 100년 전 그 시대로 가자. 망국이라는 시대적 상황, 그들을 휘어감은 사건들, 그들이 안았던 야망과 양심의 아픔을 그물에 담아다 내 책에 쓰자. 그들의 인간적 모습을 독자가 고스란히 느끼게 해주자. 나는 그렇게 다짐하고 한 줄 한 줄 써나갔다.

이런 종류의 글을 쓸 때 작가는 내 이야기가 진실을 밝히는 작업이며 마치 그것이 하늘이 준 사명인 듯한 열광에 빠지기도 한다. 자기도취가 가져다주는 착각이겠지만 큰 에너지를 갖게 하는 효과가 있다. 이 책이 그랬다. 결의를 실천해 독립전쟁 전선에 초개같이 몸을 던진 김광서(김경천)·지석규·이종혁·조철호·이동훈 선생 등 다섯 분 지사들을 쓸 때는 여러 번 눈물을 흘렸다. 그분들이 없었다면 우리 역사가 얼마나 부끄러울까. 그런 생각을 하며 내가 이 이야기를 쓰기 위해 작가가 된 듯한 착각에 빠졌다.

대한제국 마지막 무관생도 45명의 삶은 한국 근현대사의 영욕을 고스란히 담고 있다. 자랑스럽고 감격스러운 이야기도 있지만 가슴 턱 막히는 아쉬운 이야기가 더 많다. 슬프지만 그들은 우리의 자화상이다. 역사는 현재의 거울이자 미래를 가리키는 지표이다. 이 책이 많은 독자들 앞에 가기를 바라지만 더 큰 희망은 젊은이들의 손에 이르러, 잊혀진 역사의 진실과 교훈이 그들의 가슴을 북소리처럼 울려주고, 어떻게 살아야 하는가를 한 번 생각하게 해주는 것이다.

펜을 놓으며 아쉬운 점은 일부 인물들은 청년기 삶의 자취밖에 자료를 찾지 못한 것이다. 자료를 더 찾으면 뒷날 보충할 생각이다.

10년 전 처음 창작노트를 만들 때 나는 모교인 동국대에서 소설을 강의하고 있었다. 사학과 이기동 교수께서 내가 마지막 무관생도들을 쓰려 하는 것을 알고 역저『비극의 군인들』집필노트를 선뜻 내주셨다. 최근에는 준비 중인 증보판 집필메모까지 주셨다. 그리고 동북아연구재단의 장세윤 박사, 독립기념관의 이동언 · 이명화 박사는 중요한 자료들을 찾아주었다. 대학 선배인 홍신선 계간『문학선』대표와 우희숙 주간은 연재지면을 내놓고 나를 끌어당겨 기어이 이 작품을 탈고하게 해주었다. 그분들께 깊은 감사를 드린다. 그리고 내 원고를 좋은 책으로 꾸며준 푸른사상사 여러분에게도 감사드린다.

2016년 봄
이 원 규

# 차례

제1부

# 망국의 역사에
# 내던져지다

**위** 1909년 7월 31일 한국주차군 참모장 아카시(明石)가 육군성에 보낸 암호 전보 보고 원문이다. 대한제국 무관학교 생도들의 수준, 일본으로 데려 가는 계획을 담고 있다.       일본 국립공문서관 소장

**아래** 8월 2일 와카바야시(若林賚蔵) 경시총감이 소네(曽禰荒助) 조선통감에게 올린 기밀 보고서의 첫 장. 소네는 이것을 8월 5일 육군대신에게 보냈다. 대한제국 무관학교 생도들의 수준, 폐교에 따른 생도 해산 상황을 담고 있다.       일본 국립공문서관 소장

# 1. 삼청동 대한제국무관학교

## 24명의 생도들, 그리고 이갑 참령

1908년 봄, 한성(漢城). 나라는 패망의 벼랑으로 몰리고 있었으나 북악산은 장한(壯漢)처럼 우뚝 서서 도성을 굽어보고, 푸르디푸른 한강도 500년 왕도의 허리를 휘어감고 유유히 흐르고 있었다.

장송(長松)들이 울창하게 선 북악산 기슭 삼청동에 제법 큰 병영이 앉아 있었다. 세 해 전 을사늑약과 지난해의 군대 해산으로 빛을 잃은 대한제국무관학교였다. 한때 생도 수가 3개 학년 360명에 이른 적이 있으나 이제 정원이 겨우 75명으로 줄어버린, 명맥만 남은 무관학교였다. 수업연한이 3년이지만 군대가 해산하고 문을 닫았던 터라 지난해 12월 첫 학기를 시작한 1개 학년밖에 없었다. 그것도 한 사람이 퇴학당해 24명이었다.

생도들은 집총행진 연습을 하고 있었다. 초급학년 교육과정은 어학과 보통학 중심의 학과(學科)와, 경례법과 제식훈련 등

기초적인 술과(術科)로 짜여 있었다. 생도들은 아직 총에는 익숙하지 않았다. 그러나 며칠 후 장충단 행사 참석이 있어서 집총훈련을 일과에 넣은 것이었다. 교관의 지도에 따라 집총동작과 행진 연습을 하는데 일사불란하게 되지 않았다.

그때 일본군에서 파견된 수석교관 오구라 유사부로* 대위가 다가왔다. 그는 매우 못마땅한 얼굴을 하고 조선인 교관에게 서툰 조선어로 말했다.

"총 올리논(올리는) 손 안 맞고 총 가꾸도(각도) 안 맞고 오하부지조루(오합지졸) 같소다. 이데로 고리행진하묘논(거리행진하며논) 만신(망신)이오. 준단(중단)하고 보통학 수업하시오."

부위** 계급장을 단 젊은 조선인 장교는 정색하고 말했다.

"행사 참가는 교장님께서 결정하신 일이에요. 입학한 지 몇 달 안 된 생도들인데 일본 육사 생도들처럼 되겠소이까?"

오구라 대위는 팔짱을 끼고 선 채 물러서지 않았다. 교관은 난감한 얼굴로 서 있다가 생도들에게 휴식 명령을 내렸다. 그리

---

* 오구라 유사부로(小倉祐三郎, 1878~1943) : 도쿄(東京) 출생. 1910년 귀족가문에 양자 입적, 니시요쓰지 긴타카(西四辻公堯)로 개명했다. 육사를 졸업, 한국주차군에 배속돼 수원수비대장으로서 강화진위대 봉기를 진압했고, 무관학교 교관, 춘천수비대장, 나남 주둔 76연대장을 지냈다. 1929년 소장으로 승진했다. 퇴역 후 『20년 전의 한국 군인 및 군대』 등 저술을 남겼다(福川秀樹, 『日本陸軍將官典』, Google Japan 웹사이트).

** 현재의 중위에 해당. 대한제국 군대 장교 계급은 참위(參尉) – 부위(副尉) – 정위(正尉), 참령(參領) – 부령(副領) – 정령(正領), 참장(參將) – 부장(副將) – 정장(正將)순이었다.

고 대위와 함께 교장실이 있는 학교본부 쪽으로 걸어갔다. 생도들은 하릴없이 양지쪽 잔디 둔덕에 해를 바라보며 무더기무더기로 앉았다.

김영섭(金永燮) 생도가 주먹으로 제 가슴을 쳤다.

"오구라 대위, 저놈은 장충단이 왜놈 낭인들이 명성황후 마마를 시해할 때 맞서 싸우다 순국한 분들 제단이라 행사 참가가 못마땅한 거야. 벼락을 맞을 놈!"

"맞아, 그래서 막아서는 거야."

조철호 생도가 큰 소리로 동의했다.

"모처럼 생도 제복 입고 처녀들 앞에서 행진하고 싶은데 그걸 막아? 제기랄! 무슨 재미로 생도 생활을 하나!"

그렇게 툴툴거리는 생도도 있었다.

오구라 대위는 교장 노백린*** 정령과 일본 육사 11기 동기생인데다 일본의 힘을 등에 업어선지 거의 안하무인이었다. 학교 일을 좌지우지하고 오만하기 짝이 없었다. 아마 이번 일을 놓고 교장과 담판을 할 것이었다.

이것저것 생각하지 않고 휴식을 즐기는 생도들도 있었다. 덩치가 크나 장난기가 많은 박승훈과 몸이 작고 호리호리한 안종

***　노백린(盧伯麟, 1875~1926) : 황해도 풍천 출생. 관비유학생으로 도일, 일본 육사 졸업. 연성학교장, 헌병대장, 무관학교장, 보성학교장을 지냈으며 흥사단에 가입했다. 신간회원으로 독립운동을 하다 중국에 망명, 대한민국 임시정부 군무총장, 국무총리를 지냈다(독립기념관 한국독립운동사연구소, 『노백린의 생애와 독립운동』, 2003).

인은 땅바닥에 말판을 그려놓고 주말 외출 나가서 사 먹을 호떡 내기 고누를 두었다.

수업받는 내내 아른아른 퍼져 오르는 아지랑이 속에서 지지 배배 울던 종달새가 하늘로 솟아올라 까만 점처럼 작아졌다.

"아지랑이 속에 종달새 날아오르니 이제 완연한 봄이군."

최고 우등생인 경기도 안성 출신 홍사익 생도가 중얼거렸다.

"봄이면 뭘 해, 아무 희망도 없는걸."

김영섭이 대꾸했다. 김영섭은 강화진위대장을 지낸 이동휘 (李東輝) 참령의 추천을 받아 무관학교에 입학한 생도였다. 그는 이마에 주름이 잡히도록 낯을 찡그리고는 큰대자로 누웠다.

아무 희망도 가질 수 없음은 생도들 모두가 느끼고 있었다. 무관학교란 군대의 간부를 키우는 곳인데 작년 여름 군대가 해산당해버렸다. 9천 명이던 병력은 900명만 남았고, 1,255명의 장교들은 60명만 남고 모두 면직당했다. 생도들도 군대 해산 후 입학한 터이긴 하지만 무엇을 배우건 신명이 나지 않았다.*

늘 점잖아서 '신사'라는 별명을 가진 지석규 생도가 김영섭 옆에 앉았다.

"희망은 자기 마음으로 만드는 거야."

영섭이 천천히 고개를 끄덕였다.

"그래, 내 신세가 한심해서 그랬어."

---

*  대한제국의 군대 해산은 1907년 8월 1일, 이들 마지막 무관학교 생도들은 그해 12월에 입학했다.

김영섭이 오구라 대위 때문에 갈등하고 있는 것은 생도들이 아는 사실이었다. 한 달 전 오구라가 수석교관으로 왔을 때 그는 이렇게 탄식했다.

"오구라는 내 고향 강화의 원수, 나라의 원수야. 그런데 이동휘 참령님의 추천을 받은 내가 그놈의 훈육을 받게 되다니!"

지난해에 그의 고향 강화의 진위대원들은 군대 해산 명령을 거부하며 봉기했다. 일본군은 토벌대를 강화에 파견했다. 토벌대장이 수원수비대장이던 오구라 대위였는데 갑곶진에 상륙하자마자 진위대의 매복에 걸려 수십 명이 전사했다.** 그 보복으로 강화 사람들을 무자비하게 학살했다.

노백린 교장과 오구라 대위의 담판이 어떻게 되어가나, 생도들은 목을 뽑고 학교본부 쪽을 바라보았으나 아무 연락도 없었다. 그때 그들과 동년배로 보이는 교복 입은 중학생이 정문을 통과해 잔디 둔덕 위쪽 통로를 걸어 들어왔다.

"보성(普成)중학 교복이야." 하고 한성 출신 지석규가 말했다.

생도들은 행사 참가 여부와, 희망의 빛이라고는 없는 자신들의 장래 따위는 잠시 잊어버렸다. 중학생의 인상 때문이었다. 키는 작은 편이지만 몸이 탄탄해 보이고 사람의 눈을 끌어당기는 아주 잘생긴 용모였다.

중학생은 다섯 보쯤 거리로 다가왔고 그들에게 목례를 했다.

** 황현은 봉기군의 오구라 토벌대 사살을 53명으로 기록했다(『매천야록』 융희 원년(1907) 7월). 일본 측은 10여 명으로 기록했다(「강화진위대원의 봉기」, 『일본공사관 기록』 1907년, 국사편찬위원회 데이터베이스, 이하 국편 DB).

"형들, 교무실이레 어드메 있습네까?"

평안도 사투리를 썼으며 교복에 '이응준'이라는 한문 명찰을 달고 있었다.

"곧장 걸어가서 큰 건물 현관으로 들어가쇼. 오른쪽에 교무실이 있소."

지석규가 말했다.

중학생은 다시 목례를 하고 지석규가 말한 방향으로 걸어 갔다.

"호감을 주는 용모로군."

홍사익의 말에 지석규는 고개를 끄덕였다.

"보결생일 거야. 지난 일요일 보결시험을 보지 않았는가. 노백린 교장님이 보성중학 교장을 겸직하고 계시니까 보성 출신을 뽑았을 가능성이 크지."*

담판이 길어지는지 교관은 돌아오지 않았다. 문득 생각나는 것이 있는 듯 지석규 생도가 벌떡 일어섰다.

"우리들이 잘하면 되지. 잘한다는 걸 보여주자! 유년학교 출신들은 집총훈련에 능숙하니까 앞장서라!"

"그래! 우리끼리 하자!"

생도들이 모두 소총을 들고 집합했다. 육군유년학교를 나와 연성학교에서 실무를 익히고 무관학교로 온 홍사익, 신태영, 안

---

\*　노백린은 무관학교 교장과 보성학교 교장을 겸직했다(독립기념관 한국독립운동사연구소, 앞의 책, 289쪽).

　　　　　　　　　　　　　마지막 무관생도들

종인, 조철호가 앞으로 나섰다.** 4개 분대로 나눠 집총동작과 행진 훈련을 했다. 그렇게 점심시간까지 흘러갔다.

생도들끼리 열심히 훈련하는 게 영향을 주었는지 결국 조선인 교관들이 이겼다. 행사 참가가 확정되어 생도들은 점심을 먹고 다시 연병장으로 나갔다.

편입생에 대한 지석규의 예상은 적중했다. 그 잘생긴 중학생이 생도 제복으로 갈아입고 집총훈련에 합류했던 것이다.

교관이 말했다.

"편입생 이응준 생도다. 빨리 적응하도록 돕기 바란다."

편입생은 새 생도복 바지에 흙이 묻건 말건 넙죽 땅바닥에 엎드려 큰절을 했다.

"여러분, 잘 부탁합네다."

말하는 태도와 절하는 품이 시원시원하면서도 거침이 없었다. 교관이, 허허, 저놈 봐라, 하는 표정으로 바라보자 이응준은 이번에는 교관에게 큰절을 했다. 교관은 흠흠 기분 좋은 얼굴로 고개를 끄덕였다.

"그래, 처음이니까 견학하면서 혼자 연습해라."

생도들은 오전보다 더 정신을 차리고 움직였다. 차렷, 받들어총, 우로어깨총, 좌로돌앗, 우로돌앗 따위 동작을 자(尺)로 잰 듯 일치시키려 애썼다. 편입생 이응준은 흉내내는 원숭이처럼

---

** 대한제국은 무관학교의 예비교인 육군유년학교를 설립 운영했다. 졸업생들은 장교·하사관 재교육기관인 육군연성학교에서 군사실무를 익히고 육군무관학교로 가게 되어 있었다.

열심히 따라 했다.

그렇게 한 시간이 끝나고 중간에 휴식시간이 있었다. 이응준 생도는 생도들 한 사람 한 사람마다 고개를 숙이고 인사했다.

"내레 아무것도 모릅네다. 잘 가르쳐주십시오."

고개를 숙이는데도 비굴함은 전혀 엿보이지 않았다. 그렇다고 선참자들을 만만하게 보는 빛은 조금도 보이지 않았다.

재학생도들도 지난해 12월 입학해 겨우 넉 달을 보낸 터였다. 안종인과 유승렬 등 장난 좋아하는 생도들은 그래도 우리가 선참이니 면신례(面新禮)를 시켜 톡톡히 한턱 얻어먹을까 생각하며 입맛을 다시던 참이었으나 편입생의 태도를 보고 그 생각이 조금 흔들렸다.

안종인 생도가 한 손으로는 악수를 하며 다른 한 손으로는 옆구리를 툭 쳤다.

"군대가 해산해버려 무관생도는 낙동강 오리알 신세지. 형씨는 보성중학이나 다니지 여긴 왜 왔수?"

편입생 이응준은 빙그레 웃었다.

"제복이 멋있어서리 처녀들에게 인기가 좋다고 해서입네다."

말하며 웃는 모습이 밉지 않아서 생도들은 미소를 지었다.

이응준은 소변이 마려웠는지 연병장 끝 변소로 가는 생도들을 따라 걸어갔다.

"편입생이 어떻게 저렇게 여유롭고 자신만만하지?"

홍사익의 말에 지석규가 답했다.

"보통내기가 아니야. 잘생긴 용모 말고도 뭔가 출중한 면이 있어 보여. 우리 옆자리로 끌어들이자."

"그래!"

홍사익이 선뜻 동의했다. 그러고는 곧장 생도대장 방으로 가서 편입생을 보살필 테니 자신의 옆자리에 넣어달라고 요청했다.

"맨 끝자리를 주려 했는데 최고 우등생이 요청하니 받아줘야지."

생도대장은 무슨 말을 더할 듯 사익을 바라보았으나 곧 그 생각을 버렸는지 용무 끝났으면 가라는 뜻으로 고개를 끄덕였다.

휴식시간이 끝나자 교관은 편입생 이응준을 대열에 넣었다. 이응준은 엉망으로 틀려 좌충우돌할 것이라는 생도들의 기대를 뒤엎어버렸다. 눈치 빠르게 몸을 움직여 다른 생도들과 호흡을 맞춰갔다.

해가 기울고 북악산 그림자가 길게 연병장에 몸을 눕힐 무렵, 일과 끝을 알리는 나팔이 울렸다. 생도들은 집합해 교관에게 경례했다. 소대장 생도인 김준원이 하낫 둘 하낫 둘 구령을 붙이며 학도관에 있는 숙소로 인솔하기 시작했다. 지휘력을 키우기 위해 주번생도를 정해 1주일씩 통솔훈련을 하게 되어 있었다. 교관이나 생도들이나 주번생도보다는 소대장 생도라는 호칭을 더 좋아했다.

대열이 연병장을 거의 벗어나 정문으로 이어지는 통로를 건너려 할 때였다. 천천히 달려오는 말발굽 소리가 들려왔다. 영관 제복을 입은 고급 장교가 정문을 통과해 들어오고 있었다.

"이갑(李甲) 참령님이시다!" 하고 홍사익 생도가 소리쳤다.

거의 동시에 소대장 생도 김준원이 목청을 다해 구령을 내렸다.

"차렷! 이갑 참령님께 받들어총!"

절묘한 시간의 일치였다. 말 탄 장령이 열댓 걸음쯤 앞까지 다가왔을 때 생도들은 차렷 자세로 서서 소총을 가슴 앞에 잡고 쑥 내밀어 경례했다. 마상의 영관장교는 민첩하게 허리에 찬 군도를 뽑아 높이 들어 올렸다가 왼쪽 옆구리로 내리는 받들어칼 동작으로 답례하며 미소를 짓고 천천히 말을 몰아 학교본부 쪽으로 갔다. 조철호 생도가 "아, 참령님!" 하고 탄식하듯 중얼거렸다.

홍사익이 멀리서 이갑 참령을 알아본 것이나, 조철호가 "아, 참령님!" 하고 탄식하듯 중얼거린 것은 무관학교의 예비학교인 유년학교 출신이기 때문이었다. 그들이 유년학교에 다닐 때 이갑은 교관으로 있었으므로 사제 간이었다. 그 말에는 깊은 존경심과 안타까움이 배어 있었다.

소대장 생도인 김준원이 반사적으로 참령의 이름까지 넣어 우렁차게 경례 구령을 한 것은 그의 형 김기원(金基元) 참령과 일본 육사 동기생으로 '8형제파'라고 불리는 사이라 여러 번 얼굴을 봤기 때문이었다.

그런 인연이 없더라도 이갑 참령을 모르는 생도는 없었다. 지금은 무보직 상태로 있지만 무관학교 교장인 노백린 정령과 함께 기울어가는 나라를 지키기 위해 혼신의 힘을 다하고 있는 장

마지막 무관생도들

령이었다. 모든 생도들이 본받고 싶어 하는 우상이었다.

생도들은 목청을 다해 군가를 부르며 행진했다. 이갑 참령이 좋아한다는 〈독립가〉였다.

> 아세아의 대조선이 자주 독립 분명하다
> 에야 에야 애국할세 나라 위해 죽어보세
> 분골하고 쇄신토록 충군하고 애국하세
> 깊은 잠을 어서 깨어 부국강병 진보하세*

이해 32세인 이갑은 평안남도 평원군 숙천(肅川)의 향반 출신이었다. 15세이던 왕세자(뒷날의 순종)의 동갑 소년들을 대상으로 실시한 진사시험에 장원급제했다. 그러나 평안감사 민영준(閔泳駿)이 나이를 속인 사실을 알게 되었다. 겨우 12세였던 것이다. 이갑의 부친은 감영에 끌려가 고문을 당하고 토지 절반을 바친 뒤에 풀려났다. 울화를 이기지 못해 죽고 집안은 몰락했다.

이갑은 가출해 유랑의 길을 걸었다. 죽마고우로서 일본에 유학 중이던 김형섭(金亨燮)의 권유로 정신을 차리고 일본행을 감행, 고학하며 노력한 끝에 육군사관학교 예비학교인 세이조학교**를 다니고 26세 늦은 나이에 육군사관학교에 입학했다. 김

---

* 「대됴선 자주 독립 애국하는 노래」, 『독립신문』 15호, 건양 원년(1896) 5월 9일, 국편 DB.

** 세이조학교(成城學校) : 1885년 분부코슈칸(文武講習館)이라는 이름으로 개교, 이듬

응선(金應善), 김기원, 유동열(柳東說) 등 일곱 명의 조선인 동기
생들이 있었는데 그가 나이가 가장 많았다. 그들 여덟 명은 육
사 15기였다. 졸업 후 견습사관으로서 도쿄 근위사단에 배속되
었다. 조선을 침탈하려는 야욕을 가진 일본 군대의 중심에 들어
가 있었으나 이갑을 중심으로 똘똘 뭉쳤다.

1904년 도쿄 근위사단이 러일전쟁에 출정하게 되었다. 고국
군대의 참위로 임관된 그들은 관전장교로 종군해 일본군과 함
께 고국 땅을 밟고 만주전선으로 이동했다. 일본의 승리로 전쟁
이 끝나 고국으로 돌아왔고 육군유년학교와 무관학교에 교관으
로 배속되었다. 그들은 썩어빠진 군부를 개혁하려는 욕구를 갖
고 있었고, 효충회(效忠會)라는 사조직을 만들어 강하게 결속했
다. 그러나 조직명보다는 '8형제파'라로 불리기 시작했다.

그 무렵, 이갑은 "이 원수를 갚아달라"고 말하고 운명한 아버
지의 한을 풀기로 결심했다. 새벽에 장교 정복을 차려입고 민영
준의 집을 찾아갔다. 민영준은 정1품 보국(輔國)이며 부장(副將)
이라는 군대 계급도 갖고 있었다.

"대감, 평안감사 시절에 빼앗긴 우리 집 전답을 찾으러 왔습
니다."

민영준이 거부하자 시퍼렇게 날 선 군도를 뽑아들었다. 민영
준은 혼비백산하여 옆방으로 피했고 결국은 감동하여 이자까지

해 세이조학교로 개칭했다. 유년과, 청년과를 두고 육군유년학교와 사관학교 입
학 예비학교 기능을 했다. 현재 사립 중고등학교로 이어지고 있다(세이조중학교
인터넷 홈페이지 www.seijogakko.ed.jp).

붙여 돌려주었다. 이갑은 돌려받은 재산으로 조용히 애국계몽운동을 펼치며 총명한 젊은이들을 골라 가르치는 일을 했다.

1905년에 제2차 한일협약, 이른바 을사늑약이 체결되었다. 참령으로 승진한 이갑과 8형제파는 군대의 요직에 앉았다. 유년학교 생도대장이던 이갑은 1907년 군부대신의 전속부관이 되었다. 그들은 광무황제(고종)의 강제 양위에 반대해 친일파 대신들을 격살하는 계획을 세웠으나 실패해 주모자는 처형당하고 나머지는 투옥되었다. 그들이 감옥에 있는 동안 군대가 해산당했다. 석방되어 나왔을 때는 망국이라는 절망의 벼랑이 눈앞에 다가와 있었다. 이갑은 비장한 각오로 파국을 막으려고 분투하고 있었다.*

무관학교의 젊은 생도들은 그런 사정을 대강은 알고 있었다. 그러나 이갑 참령이 편입생 이응준을 자식처럼 여기는 후견인이며, 이응준의 편입에 맞춰 인사차 예방했다는 것을 짐작한 생도는 없었다.

저녁시간, 편입생 이응준이 내는 면신례인 떡 보따리와 식혜를 담은 물통이 생도대로 들어왔다. 넘치도록 넉넉한 양이었다.

"떡과 식혜는 맛있게 먹고 있지만 심심하고 맹숭맹숭하단 말이오."

---

* 이갑의 일본 유학 등 구한말 일본 육사 출신 인물들에 대한 이야기는 이기동 교수의 저술에 있다(『비극의 군인들』, 일조각, 1982).

유승렬 생도가 장난기를 참지 못하고 말했다. 몇몇이 허리띠를 풀었다. 여차하면 신참 이응준의 발목을 잡아 거꾸로 매달아 올릴 태세였다. 그때 지석규가 손사랫짓을 하며 나섰다.

"면신례 떡을 잘 먹었으니 새 동무의 장기를 한번 보는 게 어떤가?"

이응준이 눈치 빠르게 일어나 오른손을 아랫배에 붙이고 허리를 깊이 굽혀 사방으로 절을 했다.

"각오하고 있었수다. 이거면 되갔습네까?"

그러더니 탄력 있는 몸으로 남사당처럼 공중제비로 재주넘기를 했다. 동작을 바꿔 계속하자 생도들은 입을 떡 벌렸다. 그만하면 됐다고 모두들 박수를 쳤다.

화답으로 하는 장기자랑도 있었다.

"이응준 생도, 시원시원해서 좋네. '가문에서 버림받은' 이 박승훈 생도, 나무타령으로 화답하겠소."

박승훈은 눈을 찡긋하고는 전국을 유랑할 때 보부상들에게 배웠다는 타령을 해학적인 몸짓을 섞어 부르기 시작했다.


워후후후 위후 우야우야 어허 좋다.
자작자작 걸어온다 자작나무 우러러 우러리
쿡 찔렀다 피나무 껑충 뛴다 깨금나무
낮에 봐도 밤나무 십 리 안에 오리나무
엎어진다 엄나무 자빠진다 잣나무
따끔따끔 가시나무 열아홉에 스무나무

마지막 무관생도들

앵드러졌다 앵두나무 일 년 사철 사시나무
올라가자 옻나무 내려가자 가지나무
방구 뀐다 뽕나무 냄새 난다 개똥나무
멀어졌다 머루나무 달아난다 다래나무
워후후후 우러러 덤불노리 들어간다

타령이 끝나자 생도들은 박수를 쳤다.

박승훈이 가문에서 버림받았다는 사연은 이랬다. 그의 가문 반남 박씨 활당공파는 문관만을 배출한 명문가로 실학의 대가 연암 박지원이 직계 조상이었다. 승훈은 병정놀이를 좋아하고 학문을 게을리해 꾸중만 듣다가 가출, 이리저리 유랑하다가 부친 몰래 무관학교 시험에 합격해 입학했다. 생도 제복을 입고 집에 가자 부친이 격노하여 내쫓아 대문간에 발도 들이지 못하고 돌아왔다. 가문에서 버림받아 방학 때도 집에 가지 못할 처지였다.*

생도들 중 키가 가장 작은 안종인의 택견 시범도 있었다. 손으로 때리고 발로 차는 여러 가지 품새를 보이다가 절정에 이르러, 생도 둘이 허공에 동시에 백동전 셋을 던졌는데 땅을 차고 솟아올라 주먹으로 치고 발로 찼다. 동전들은 총알처럼 날아가 나무와 흙벽에 들이박혔다. 수원의 서당 훈장 아들인 안종인이 택견을 익힌 경위도 박승훈과 비슷했다. 죽어라 공부는 안 하고 택견

---

\* 박찬웅, 「박승훈의 아들 박광서의 구술채록」, 1991, 반남박씨대종중 홈페이지 (www.bannampark.co.kr).

배우러 다니다 쫓겨났는데 그 참에 잘됐다 하고 육군유년학교에 입학했다. 그곳을 졸업하고 연성학교*에 몸담고 있다가 새로 문을 연 무관학교로 왔다. 이응준은 그렇게 신래자(新來者) 신고를 마쳤다. 생도들은 식혜와 떡이 안현동(安峴洞, 현재의 안국동)의 유명한 떡집에서 왔으며 주문한 이가 이갑 참령의 부인이라는 사실을 아무도 눈치채지 못했다.

이응준은 홍사익의 옆자리로 왔다. 지석규와 홍사익의 사이였다. 두 사람은 이 눈치 빠르고 준수한 편입생을 친절하게 이끌어주었다. 세 사람은 밤이 깊어질 때까지 학습실에서 공부를 했고, 숙소로 가서 취침나팔 소리를 들으며 침구에 몸을 눕혔다.

지석규가 이응준을 향해 돌아누웠다.

"나는 한성 출신이고 올해 스물한 살이야."

이응준은 밝은 목소리로 대답했다.

"내레 평안도 출신이고 열아홉이야요."

"동기생들끼리는 반말해도 돼. 너보다 어린 녀석도 여럿 있어."

홍사익이 끼어들었다.

"나는 스무 살이야. 고향은 경기도 안성이구."

---

* 육군연성(研成)학교는 1904년에 개교한 장교 · 하사관 재교육기관으로 한성 원동(苑洞, 현 원서동)에 있었다.

마지막 무관생도들

세 사람은 그렇게 우호적인 대화를 나누고 나란히 누워 첫 밤을 보냈다. 북악산 자락에서 밤 뻐꾸기 소리가 들려왔다.


## 편입생 이응준의 고백

다음 날은 온종일 행사 연습이었다. 편입생 이응준은 동작을 틀리지 않으려고 온 정신을 집중했다. 하루 일과가 끝나고 생도대 숙소로 들어갈 때 지석규가 그의 등에 손을 얹었다.

"오늘 힘들었지?"

이응준은 미소를 지었다.

"어찌 하루를 보냈는지 정신이 하나도 없어."

홍사익이 소총을 벗어 숙소 한 구석 총가(銃架)에 걸면서 고개를 끄덕였다.

"그만하면 잘한 거야."

숙소 한쪽에서 생도 몇이 발끝으로 개머리판을 차 올려 받들어총을 하는 연습을 하며 노랫가락을 흥얼거렸다.

> 남산 밑에 장충단을 짓고
> 군악대 장단에 받들어총만 한다**

민간에 떠도는 속요였다. 이 나라 군대가 힘이 없어 아무것도

---

** 〈경기아리랑〉으로 채록된 구전민요들의 일부로 들어 있다.

못하고 장충단에 가서 경례만 한다고 비웃는 노래였다.

지석규가 정색을 하고 다가가 말했다.

"그러지 마. 우리들 자신이 슬퍼지잖아."

편입생 이응준은 지석규의 말에 동의한다는 표정을 하고 바라보았다. 지석규가 그의 눈빛을 보며 고개를 끄덕였다. 자신과 의기투합함을 알 수 있었다.

다음 날, 생도들은 훈련복이 아닌 정복을 입고 연병장에 정렬했다. 생도 정복은 대한제국 문장(紋章)인 오얏꽃 모표를 붙이고 흰색 수를 놓은 정모(正帽)와, 은빛 단추 다섯 개, 옷깃에 분홍색 금장*, 소매에 흰색 줄이 하나 있는 상의와, 검정색 윤이 나는 가죽 요대와, 재봉선에 흰 줄이 산뜻하게 뻗어 내린 바지와, 무릎까지 올라오는 검정색 가죽 부츠 등으로 되어 있고 왼쪽 허리에 군도를 차게 되어 있었다.

이응준은 처음으로 정복을 입고 군도를 찼다. 숙소가 야단법석이 되었다. 얼굴이 검어서 숯장수라는 별명을 가진 경기도 시흥 출신 조철호 생도가 탄식하듯 말했다.

"어쩌면 저렇게 잘생겼나. 나 참 열등감 생기네."

집결을 완료하자 노백린 교장이 훈시하기 위해 사열대에 섰다.

"생도 제군과 행사에 가게 되어 기쁘다. 장충단은 명성황후 마마를 지키다가 희생되신 장령님들과 임오년 봉기 때 희생된

---

*    금장(襟章) : 제복의 옷깃에 붙이는 휘장.

장령님들을 추모하는 곳이다. 엄숙하게 행동하라."

훈시가 끝나고 군악대가 북을 울리며 앞장섰다. 어깨에 총을 멘 생도들은 의젓하게 거리를 행진했다. 사람들이 박수를 쳤다. 처녀들도 웃으며 바라보았다.

> 남산 밑에 장충단을 짓고
> 군악대 장단에 받들어총만 한다

아이들이 멋도 모르고 노래를 부르며 발을 맞춰 따라왔다.

무관생도들은 장충단 언덕에 도착해 눈도 깜짝하지 않고 서 있어야 했다. 군악대의 구슬픈 주악 속에 군부대신과 장군들, 그리고 고급 장령들이 묵념하고 향을 피웠다. 마지막으로 생도들의 차례였다. 제단 앞으로 이동해 받들어총 경례를 한 다음 군모를 벗고 묵념을 했다.

제사가 끝난 뒤 쉬어도 좋다는 명령이 내려진 뒤에야 이응준은 안도의 한숨을 쉬며 긴장을 풀었다. 언덕에 서서 바라보니 눈앞에 한성 거리가 한눈에 내려다보였다. 새잎이 돋아나는 키 큰 나무들 아래로 민가들이 보이고 멀리 흥인문(興仁門)과 훈련원이 그림처럼 앉아 있었다.

생도들은 임시로 지어진 천막에서 고깃국과 쌀밥으로 점심을 먹었다.

다음 날부터 보통학 정규수업으로 돌아갔다.

토요일이 다가왔다. 금요일 저녁 학습실로 가면서 지석규가 말했다.

"내일은 토요일이니 외박 나갈 수 있어. 한성에 친척집이라도 있어? 마땅히 갈 데가 없으면 우리 집으로 가자."

이응준이 "……응!" 하며 고개를 끄덕이는데 표정에 곤혹스러움이 스쳐갔다.

"갈 곳이 있다는 거야, 갈 곳이 없어 우리 집에 가겠다는 거야?"

지석규가 채근했다.

"갈 곳이 있어. 부모님처럼 나를 챙겨주시는 분이 있어."

이응준은 그렇게 말하고 뭔가 더 말하려 듯했으나 입을 다물었다.

저녁식사를 하고 식당을 나올 때는 해가 지고 북악산 기슭에서 어둠이 퍼져나오고 있었다. 마침 자유시간인 데다 만월에 가까운 달이 뜨고 봄밤의 정취가 좋았다. 지석규와 홍사익은 학교 건물을 안내할 겸 이응준을 데리고 교내를 천천히 걸었다. 이리저리 돌아서 학당 건물 앞 계단에 나란히 앉았다.

"내게 잘해주는 석규 형, 사익 형에게 지금 말해야겠어. 언젠가는 알려질 일이라서."

이응준이 마치 결심하고 준비한 사람처럼 말하기 시작했다.

"내 후견인은 이갑 참령님이셔. 나는 입학 전, 안현동 참령님 댁에서 살았고 외박 나가면 그리 가야 해. 우리 교장이신 노 정령님 댁에서도 10여 일 묵은 적이 있어."

"이 참령님이 친척이냐?"

홍사익이 놀란 목소리로 물었다.

이응준은 고개를 저었다.

"아버지 돈을 훔쳐 무작정 상경한 나를 그분들이 거둬주셨어."

이응준은 달빛에 잠긴 연병장을 바라보며 살아온 세월을 말하기 시작했다.


이응준은 1890년에 평남 안주에서 태어났다. 아버지는 해 뜨면 일하고 해 지면 잠자고 밭 갈아 먹고 우물 파 마시는 이름없는 농부였다. 응준은 어려서부터 준수한 용모와 붙임성 있는 행동으로 사람들의 주목을 받았다.

"참 잘생겼어. 게다가 붙임성까지 좋아 사람들 마음을 사로잡는구나."

사람들은 이구동성으로 말했다.

이응준은 서당을 두 해 다니고 곽 초시라는 근방의 한학자에게 가서 한문을 배웠다. 그런 다음 읍내로 나가 한약방의 심부름꾼이 되었다. 거상(巨商)의 점포에서 서사 노릇도 했다.

그 무렵 러일전쟁을 목격하게 되었다. 마을 근처에 일본군이 주둔했다. 다른 소년들은 두려워 다가가지 못하는데 그는 일본군 병사에게 말을 걸었다. 병사는 그가 잘생긴 용모에 미소를 지으며 예를 표하자 경계하지 않았다. 이응준이 보기에 일본군은 일과가 규칙적이었고 약속을 지킬 줄 알고 청결했다. 병사들이 한문을 알아 그에게 '일출로락(日出露落, 해가 뜨면 이슬이 없어진다)'이라고 러시아의 패배와 일본의 승리를 은유하는 문구를 필담으로 써 보이기도 했다. 러시아군은 곳곳에서 여인들을 겁탈한다는 소문이 들려오고 있었는데 일본군은 민가에 얼씬도 하지 않았다. 이날 일본군과의 만남은 소년 이응준에게 일본을 어렴풋이 동경하게 만들었다.

1905년 겨울, 스승이었던 곽 초시가 장문의 글을 보여주었다. 을사늑약에 격분하는 내용이었다. 나라가 망하고 일본의 지배를 받게 될 위기에 처했다는 사실을 알 수 있었다.

응준이 일하는 상점에 온 사람들은 정세에 대한 이야기를 했다. 세상이 크게 꿈틀거리고 지금까지의 신분질서가 와르르 흔들릴 것이라고, 이런 때 기회를 잘 잡으면 상민이라도 솟아날 수 있다고 말했다. 이응준은 그런 말들을 들으며 자신의 앞날을 생각했다. 농투성이로 살 수는 없다. 한성으로 가서 신학문을 배우자. 그는 결심했다.

이듬해 4월, 17세이던 이응준은 아버지의 돈 3원 50전을 훔쳐 가출했다. 진남포에서 인천행 기선을 탔는데 양복 차림의 신사와 이야기를 나누게 되었다. 신사는 준수한 용모를 가진 소년이 혼자 여행하는 듯해 말을 걸어온 것이었다.

"한성에 가면 네 한 몸 먹고 자기도 힘들다. 어떻게 공부를 한단 말이냐."

신사와 응준은 긴 시간 대화를 나누었다. 이 사람을 따라가자. 내가 허술한 촌놈이 아니라 똑똑하며 신뢰할 만한 존재임을 보여야 한다. 이응준은 그렇게 생각했다. 그는 천부적으로 갖고 있는 잘생긴 용모와 붙임성으로 신사의 마음을 사로잡는 데 성공했다.

인천항에 도착했을 때 신사가 말했다.

"나하고 같이 가자."

한성에 도착한 그는 이응준을 데리고 창덕궁 서편에 있는 숙부 댁으로 갔는데 그 숙부라는 사람이 헌병대장인 노백린이었다. 그때 계급은 부령이었다.

노 부령은 응준의 용모를 찬찬이 뜯어보고 얼마나 공부를 했는가를 물었다. 그러고는 청지기를 불러 명령했다.

"이 아이를 집에 묵게 해라."

그리하여 응준은 노 부령 댁의 식객이 되었다.

어느 날, 노 부령이 두 사람의 영관장교와 함께 말을 타고 퇴근해 왔다. 이응준은 다른 식객들과 더불어 솟을대문 밖에 나가 주인을 맞았는데 젊은 영관이 그를 손가락으로 가리키며 노 부령에게 물었다. 그는 이갑 참령이었다.

"저 머리 땋은 아이 누굽니까? 준수해 뵈는군요."

"조카가 데려왔어. 집이 평안도 안주라네. 뭔가 큰일을 할 아이 같아서 내 집에 있으라고 했네."

노 부령의 대답을 듣고 젊은 영관이 "뭘 하고 싶으냐?" 하고 응준에게 물었다.

"신학문을 배워 독립된 나라, 부강한 나라를 만드는 데 바치고 싶습니다."

응준은 진정성이 가득한 얼굴을 하고 말했다. 참령이 노백린 부령처럼 우국지사일 것이라고 판단해서 한 말이었다. 젊은 영관은 미소를 지으며 찬찬히 고개를 끄덕였다.

노백린은 그 뒤 소년식객 이응준의 존재를 잊었다. 군부의 실력자이며 헌병대장 직책에 있는지라 집에 식객이 여럿 있었으나 이응준 같은 애송이는 없었다.

어느 날, 응준은 청지기를 따라 종로에 나갔다가 고향 사람을 만났다. 그 사람을 통해 동향 출신으로 장교(長橋, 오늘의 중구 장교동)에서 물산객주를 하는 사람에게 가서 서사 노릇을 하게 되었다.

열흘쯤 지났을 때, 이갑 참령이 말을 타고 찾아왔다.

"내 집으로 가자. 원하는 만큼 공부하게 해주마."

얼떨떨한 채로 참령의 말안장 뒤에 타고 그의 집으로 갔다. 집에 도착하자마자 참령의 명으로 뒤로 땋아 내린 긴 머리를 이발소에 가서 깎았다. 그리고 이 참령의 명으로 일기를 쓰기 시작했다.

이 참령 댁에도 너덧 명의 식객이 있었고 그중에는 김형섭 정위도 있었다. 김 정위는 방랑하고 있던 이갑을 일본 유학의 길로 이끌어준 고향 친구였다. 그리고 노백린 부령과 일본 육사 11기 동기생이었다. 이갑 참령의 어릴 적 친구지만 육사는 4년 선배였는데 혁명일심회 사건*으로 구속되었다가 간신히 목숨

---

* 혁명일심회 사건 : 1900년 일본 육사 11기 출신들의 조직인 혁명일심회 회원들이 박영효, 유길준 등과 제휴해 대한제국을 전복하고 공화정부를 세우려고 모의한 것으로 사전 누설되어 주동자들이 처형되거나 투옥되었다(이기동, 앞의 책 참조).

만은 건져 군대의 보직이 없이 친구의 집에 몸을 의탁하고 있었다.

"평안도 촌놈인 네 녀석이 노 부령과 이 참령의 마음을 사로잡았단 말이지비? 나도 평안도다. 심심해서 미칠 지경이니 수학과 과학을 가르쳐주마."

김 정위가 말했다. 그는 소년기에 일본에 유학해 탄탄하게 학업의 기초를 닦고 일본 육사에 입학했던 사람이었다. 대수(代數)와 기하(幾何)와 과학을 척척 가르쳤다.

이 참령의 육사 15기 동기생과 11기 선배들도 더러 왔는데 그 중 응준과 같은 안주 출신인 김응선 참령도 있었다. 고향에서 가난한 집 소년으로 살고 있었는데 청일전쟁 때 북진하던 우쓰노미야(宇都宮)라는 일본군 대위를 만나 그를 따라 일본으로 가서 육사까지 갔다고 했다. 김 참령은 응준에게 안주의 어느 고을 출신인가 자세히 묻고는 어깨를 툭 치며 말했다.

"이 참령에게 성실하게 보여라. 그럼 좋은 일이 있을 게다."

역시 평안도 출신인 육사 11기 김희선(金羲善) 부령도 관심을 보였다.

"똘똘하고 신실(信實)하게 생겼구나. 이 참령이 거둬주는 은혜를 잊지 말아라."

응준은 "네!" 하고 엎드려 절하며 대답했다.

이갑 참령 댁은 식구가 단출했다. 부인과 열 살 먹은 무남독녀 정희(正熙)가 전부였다. 참령이 금지옥엽으로 여기는 정희는 진명(進明)소학교에 다니고 있었다. 응준을 오빠라고 부르고 매달리며 응석을 부렸다.

"새침데기 아이가 참 별일이네."

부인이 말했다. 집에 심부름하는 소년들이 셋 있는데 눈길 한 번 안 주더니 응준에게만 그런다는 것이었다.

1906년 초가을, 응준은 막 개교한 보성중학교 입학시험에 합격했다. 참령 내외의 은혜를 평생 잊지 않겠다고 눈물을 흘리며 속으로 다짐했다.

중학교에 입학한 뒤에도 이 참령의 애정은 컸다. 지각하지 않게 아침식사를 재촉했고 학기말 시험 때는 집에 손님이 많이 와서 방해가 된다고 성북동의 한 별장을 빌려 거기서 공부하게 했다.

1907년이 되고 응준은 18세가 되었다. 4월 새 학기가 왔다. 그 무렵, 이갑 참령은 일본 육사 선배인 이희두(李熙斗), 어담(魚潭) 등과 더불어 광무황제(고종)의 강제 양위에 반대해 무장봉기를 일으키려다가 정보가 새어나가 체포되었다. 응준은 새벽에 참령이 끌려갈 때 가로막다가 헌병들에게 따귀를 맞았다. 참령은 투옥되었고 처형될 것이라는 소문이 돌았다.

죄인의 집은 약탈해도 되는 관례가 있었다. 응준은 학교에 가지 않고 큰 몽둥이를 들고 대문 앞에 앉아 부인과 딸 정희와 참령 댁을 지켰다. 이갑 참령은 다행히 석방되었으나 황제는 결국 양위를 하고 새 황제(순종)는 융희(隆熙)라는 연호를 쓰기 시작했다. 그리고 일본의 통감정치가 시작되고 군대가 강제 해산당했다.

그 무렵, 이 참령의 집에는 안창호(安昌浩), 이종호(李鍾浩), 유동열, 노백린, 이동휘 등 애국지사들이 드나들며 밀의를 했다. 의병을 일으키려는 것이었다. 도산 안창호 선생은 참령의 외동딸 정희를 귀여워하며 수양딸로 삼았다.

"허허, 도산 선생. 내 하나밖에 없는 딸을 수양딸로 삼다니요. 내 참!"

이 참령이 그렇게 말하자 안 도산은 껄껄 웃었다.

"이보시오, 추정(秋汀, 이갑의 호). 예쁘고 귀여운 걸 어찌하오?"

정희는 싫다고 하지 않았다. 머리가 영리해서 친아버지와 구별하기 위해 '도산 아버지'라고 부르며 선생의 무릎에 앉았다.

어느 날, 응준은 세브란스 병원 옆에 있는 김필순(金弼淳) 선생 댁에 가서 도산 선생과 이 참령의 지시대로 하루 종일 종이로 노끈을 꼬았다. 전국으로 보내는 의병 격문을 그렇게 노끈으로 만드는 일이었다.

한번은 도산 선생이 참령의 집에 들렀다가 그에게 불쑥 말했다.

"나를 따라오너라."

응준은 지난번 노끈 꼬던 일처럼 긴요하게 시키실 일이 있나 보다 생각하며 따라 나섰다. 선생은 양품점으로 들어가더니 가죽지갑을 하나 사서 주었다.

"네가 밤잠 안 자고 몽둥이 들고 참령 댁을 지킨 게 기특해서 주는 선물이다."

응준은 고개를 숙였다. "고맙습니다."

1908년 봄이 왔고, 보성중학에서 1학년을 마친 그는 이갑 참령의 명으로 무관학교 편입시험에 응했다. 신체검사와 체력검사가 있었고, 시험과목은 한문, 독법작문, 산술, 역사, 지지(地誌), 외국어학 모두 여섯 개였다.* 보결로 한 사람을 뽑는데 응시자가 40명이 넘었다. 들리는 말에 의하면 지난해 입시에서 떨어진 유년학교 출신 실력자들이 다른 학교에 다니다가 몰려왔다고 했다.

학과시험 내용이 보성중학에서 배운 것으로 무난히 풀 수 있었다. 달리기, 철봉 매달리기, 던지기 등 체력검사는 다른 수험생들보다 월등했다. 면접시험은 일본인 수석교관이 관여했지만 교장 노백린 정령이 직접 나섰으므로 무난했다. 결과는 합격이었다.

편입하는 날 아침, 이응준은 짐을 꾸리고 이 참령 내외에게 큰절을 올렸다.

"그동안 거두어주신 은혜 잊지 않겠습니다."

"너를 거두고 무관학교로 보내는 건 내가 일을 못다 하고 죽으면 대신 해주기 바라는 뜻에서였다. 알겠느냐?"

이 참령의 말에 응준은 머리를 똑바로 들고 대답했다.

"명심하겠습니다."

---

* 정규 입학시험 과목을 그대로 적용했을 것이다(『구한국 관보』 광무 9년(1905) 7월 20일자 광고).

이 참령은 부인에게 저녁에 생도들이 먹을 떡을 주문해 보내라고 당부한 뒤 출근하기 위해 말을 탔다. 좇아나가 허리 굽혀 인사하는 응준에게 말했다.

"내가 퇴근길에 인사차 무관학교에 들를 것이다. 너한테는 알은체를 안 할 테니 그리 알아라. 네 힘으로 무관학교에서 살아남아야 한다."**

이야기를 다 들은 지석규가 감탄한 음성으로 말했다.

"세상에, 그런 인복이 있단 말인가. 마치 소설책 같군."

홍사익은 중천에 떠오른 달을 올려다보며 탄식하듯이 중얼거렸다.

"이 참령님과 식사를 한 번 했어도 평생 못 잊을 거야. 나는 그분 가르침을 받으며 유년학교를 수석으로 졸업했지만 꿈도 꾸지 못했어. 네가 이 참령님의 총애를 받는 사람이니 나는 너한테 필요한 걸 모두 줄 거야."

이응준이 그러기를 원했으므로 지석규와 홍사익은 이 참령이 응준의 후견인이라는 사실을 다른 생도들에게 알리지 않기로 했다. 일단 두 사람만 알고 있기로 했다.

세 사람은 저녁 공부를 하기 위해 학습실로 갔다. 홍사익은 모든 생도가 탐을 내는 노트를 빌려주었다. 밤 10시가 다 되어

---

** 　이응준이 가출해 이갑의 집에 정착한 과정은 그의 자서전과 부인 이정희 여사가 쓴 부친 전기에 있다(이응준, 『회고 90년』, 재단법인 선운기념사업회, 1982 ; 이정희, 『아버님 추정 이갑』, 인물연구소, 1981).

생도대 숙소로 갔다. 곡호수(曲號手, 나팔수)가 취침나팔을 불었고 생도들은 침구에 몸을 눕혔다.

## 건실한 생도 지석규

지석규는 무관학교가 있는 삼청동에서 태어나서 성장했다. 아버지는 꼿꼿하고 청렴한 선비였으며 선조 중에는 고려와 조선 시대에 국난을 겪을 때 용맹을 떨친 명장들이 있었다. 그러나 그는 아버지의 훈도는 받지 못했다. 다섯 살 때 아버지가 세상을 떠나 편모 슬하에서 자랐던 것이다. 그의 가계는 전통적인 무관 가문이었으나 그 무렵 관로에 들어선 사람은 없었다. 당숙인 지운영(池運永), 지석영(池錫永) 형제가 서양의 사진기술을 도입하고 종두법을 전파하여 사람들의 입에 이름이 회자되었으나 벼슬은 하지 않았다. 모친은 경주 이씨로서 조선 말기 좌의정과 우의정을 지낸 이유원(李裕元)과 촌수가 가까웠는데 어릴 적부터 그를 엄격히 가르쳤다. 직접 『천자문』과 『동몽선습』을 가르치며 조금만 게으르면 회초리를 들었다. 일곱 살 때 서당에 들어가 3년을 다닌 뒤 집에서 가까운 한성사범학교 부속소학교에 편입학했다.

일곱 살 때, 갑오농민혁명이 요원의 불길처럼 퍼져나갔고 한성에는 일본군이 진주해 경복궁을 포위했다. 소개 명령이 내려져 지석규의 가족도 도성을 떠나야 했다. 경기도 고양(高陽)으로 가는 길에 일본군 병사들에게 몸수색과 조롱을 받게 되었다.

일본군 병사가 치마를 들어 올리는 바람에 누나가 울음을 터뜨렸다. 모친은 대성통곡했다. 그것은 지석규에게 깊은 수모감과 함께 강렬한 기억으로 새겨졌다. 약소국 백성의 비애가 무엇인가를 느끼고, 일본에 대한 나쁜 인상을 갖게 되었다. 다음 해 8월, 일본인 낭인들이 명성황후를 시해한 사건으로 일본에 대한 지석규의 적개심은 더 강해졌다.

소학교를 마치고 배재학당에 들어갔다. 신학문에 대한 욕구도 컸거니와 학비가 무료이기 때문이었다. 재학 중 황성기독청년회에 가입했다. 이 단체가 주관하는 비밀 모임이 열렸다. 스승의 권유로 학생 간부와 교사들의 토론회에 참석했다. 기울어가는 나라의 운명을 잡아 일으키려면 무엇을 해야 하는가. 학생들은 자기 의견을 내놓았다. 지석규는 발언 차례가 되자 엄숙하게 입을 열었다.

"여러 선생님, 이 어려운 문제를 해결하기에 다른 방도가 없습니다. 우리에게 총을 구해주십시오."

교사가 고개를 저었다.

"우리나라는 이미 무장을 빼앗긴 터라 그럴 수 없네. 무장투쟁이란 그렇게 쉽게 말할 수 있는 일이 아니야."

"총이 없으면 주먹으로라도 해야 합니다. 그렇게 한 놈 한 놈 침략자들을 때려눕히는 게 우리들 조선 청년의 길입니다."

지석규는 그렇게 말하고 그 자리에 주저앉아 통곡하였다. 그러자 참석한 학생들이 덩달아 통곡했다.

그 일이 소문으로 퍼져나갔다. 일본 관헌들이 조사하게 되고,

그는 결국 배재학당과 기독청년회를 떠나야 했다.

독학으로 1906년을 보내고 1907년을 맞았다. 여름에 군대 해산과 함께 군인들의 저항이 일어났고 그의 반일투쟁에 한 몸을 던지기로 결심했다. 어느 의병대를 찾아갈까 고심하던 중 무관학교가 새로운 생도들을 모집했다. 모친과 배재학당의 친구들이 입학을 권했다. 모친이 백방으로 노력한 끝에 황후의 추천을 받아 응시 기회를 얻었다. 북일영*에서 두 차례 선발평가가 있었다. 필기시험, 면접과 체력시험이었다. 그는 모두 합격했다.

무관학교 입학을 위해 떠나면서 큰절을 올리자 모친은 엄숙하게 말했다.

"열심히 연마하여 조상님들처럼 조국을 위기에서 구하는 장군이 되어라."

그는 짐을 꾸려 무관학교 생도대로 들어갔다.

무관학교 생도들은 크게 두 부류로 나뉘어 있었다. 조국이 자주독립을 하려면 강병(强兵)을 해야 한다는 시대적 요청에 부응하는 청년들, 그리고 이기적인 계산을 앞세워 무관학교 졸업 후에 장교로서 편히 살려는 청년들이었다. 지석규는 앞의 부류에 속했다.**

---

* 　북일영(北一營) : 훈련도감의 분원으로서 대궐 호위 임무를 맡은 부대 또는 그 병영을 가리켰다. 경희궁 무덕문(武德門) 밖, 현재의 종로구 계동에 있었다. 김홍도가 기록화를 남겼다.

** 　지헌모, 『청천장군의 혁명투쟁사』, 삼성출판사, 1949, 15쪽 ; 지복영, 『역사의 수레를 끌고 밀며』, 문학과지성사, 24쪽. 지석규는 독립투쟁시 이청천(李靑天)이라는 가명을, 광복 후에는 지청천(池靑天)이란 이름을 썼다.

그는 유년학교 수석졸업생 홍사익과 친했다. 자신과 마찬가지로 자존심만 남은 한미한 양반 가문 출신이라는 것이 동류의식을 갖게 했다. 홍사익은 놀랍게도 웬만한 책 한 권을 하루 저녁에 읽어치웠다. 그래서 무작정 홍사익을 따라 했고 저절로 성적이 좋아졌다. 그는 홍사익을 학교에서 가까운 자기 집으로 자주 데리고 나가며 우정을 쌓았다.

## 최고의 수재 홍사익

홍사익은 1889년 경기도 안성에서 태어났다. 어렸을 때 아버지를 여의고 홀어머니와 열여덟 살 많은 형 밑에서 자랐다.*** 총명하여 열 살 때쯤 사서(四書), 즉 『논어』 『맹자』 『중용』 『대학』을 통째로 외워버렸다. 안성공립소학교에 다닐 때는 천재소년으로 이름이 알려졌다. 졸업 후 독학하며 형을 도와 농사일을 하다가 당시의 조혼 관습에 따라 14세 때 세 살 위의 규수와 결혼했다.

열여섯 살이던 1904년 가을, 그의 재주를 아까워한 이웃에 사는 관리가 군청으로 불러 육군유년학교 설치와 개교에 대한 훈령이 실린 관보****를 보여주었다. 수업연한이 3년인 이 학교는 일본 유년학교를 모방해 만든, 무관학교의 예비학교였다. 홍사

---

*** 홍사익의 족보에 의하면 부친 홍이유(洪理裕)는 1895년 45세 나이로 죽었다. 형 홍사용(洪思容)은 1871년생이었다(남양홍씨중앙화수회, 『남양홍씨세보』, 2013, 341쪽).

**** 『구한국 관보』 광무 9년(1905) 7월 20일자 광고.

익은 100명을 뽑는 입학시험에 응시해 합격했다. 아버지가 없는 가난한 집안의 소년이 돈 안 들이고 공부할 기회를 잡은 것이었다.

2학년이 끝나갈 무렵 교관단이 새롭게 교체되었다. 일본 육사 15기 출신 다섯 명이 부임했다. 그는 이갑 교관에게 열광적으로 경도되었다.

"나라를 다시 일으킬 사람은 너희들밖에 없다. 일본을 이겨야 된다."

이갑 교관이 그렇게 말할 때면 그는 저절로 주먹을 부르쥐었다.

1907년 9월 유년학교를 졸업하고 군사실무를 배우기 위해 연성학교로 올라갔다. 그러나 군대 해산과 더불어 그 학교가 폐교되고 곧바로 새로 열린 무관학교에 들어가게 되었다.[*]

무관학교의 입학정원이 25명으로 줄었다. 유년학교 동창들이 100명이나 되는데 일반계 학교를 나온 명문가 자제들까지 몰려들었다. 그 결과 동기생들은 여덟 명만 합격하고 우수수 떨어져 나갔다. 무관학교에 들어가서도 홍사익은 최고 성적을 기록해 나갔다.

여기에도 애국충정이 강한 무관이 있었다. 교장인 노백린 정령이 그러했다.

---

[*]  홍사익은 자신이 한성 원동에 있던 연성학교를 다니다 군대 해산으로 폐교되어 새로 열린 무관학교로 갔다고 회고했다(「조선인이라고 결무차(決無差) 군대에서 공평한 조선인 대우」, 『매일신보』 1919년 6월 13일자).

마지막 무관생도들

"노백린 교장님이 없다면 우리들은 빛이 바래고 말 거야."

생도들은 그렇게 말했다.

홍사익이 가장 좋아한 동기생은 지석규였다. 자신에게는 없는 고지식하고 끈질긴 지구력, 바위처럼 묵묵하면서도 남을 배려하는 성품이 마음을 끌었다. 게다가 어려서 아버지를 잃은 것이 비슷했다. 그는 지석규의 성적이 우등으로 가게 이끌어주면서 주말에는 지석규의 집에 가서 낮잠을 자거나 뒹구는 것을 즐겼다.

# 2. 조국을 떠나다

### 이갑 참령의 권총

토요일 오후, 이응준은 지석규와 함께 첫 외박을 나갔다. 안현동 이갑 참령 댁에 도착하자 정희가 쪼르르 대문으로 달려 나왔다.

"오빠 기다리느라고 목이 빠지는 줄 알았어."

응석을 부리며 업어달라고 매달려, 그는 정희를 업고 봄 냄새 가득한 마당을 거쳐 안채로 갔다.

"저런, 저 철없는 것이 오빠를 괴롭히는구나."

참령 부인이 혀를 차면서 웃었다.

이갑 참령은 해가 진 뒤에 말을 타고 귀가했다. 응준은 말발굽 소리를 듣는 순간 달려 나가 대문을 열고 허리를 굽혔다.

"지금 퇴청해 오십니까?"

"응준이가 왔구나."

참령에게서 술 냄새가 났다.

참령이 대청에 앉았고 그는 엎드려 큰절을 올렸다.

"외박 허가를 받아 나왔습니다. 그간 강녕하셨습니까?"

참령은 생도 생활에 대해 이것저것 물었다. 새로 사귄 친구라도 있느냐는 질문에 응준은 지석규와 홍사익에 대해 말씀드렸다.

"홍사익은 유년학교 수석졸업생이라 내가 알아. 사서삼경을 줄줄이 외는 녀석이지. 무관학교 동기생들은 서로 돕고 경쟁하며 평생 같이 간다. 잘 사귀어둬라."

이 참령은 권총과 군도가 매달린 가죽 요대를 풀면서 말했다.

"네." 응준은 공손히 대답하며 권총과 군도를 받아 들고 대청의 문갑을 열었다. 거기 집어넣으려는데 참령이 말했다.

"권총을 네 손에 잡아라."

응준은 시키는 대로 했다.

"군인은 총과 같다. 나라가 위기에 처한 때에 군인은 조국을 지키는 총이 될 수도 있지만 조국을 쏘는 총이 될 수도 있다. 알겠느냐?"

이 참령의 말에 응준은 힘차고 또렷한 음성으로 대답했다.

"알겠습니다. 저는 나라를 지키는 총이 되겠습니다."

다음 날인 일요일 아침, 이갑 참령은 볼일이 있다며 군복을 입고 집을 나섰다. 대문 밖에 나가서 인사를 하는 응준을 바라보며 말안장에 올랐다.

"내가 곧 군복을 벗게 될지도 모른다. 어떤 소식을 듣더라도 동요하지 말고 열심히 공부해라. 특별한 일이 없으면 매주 외박을 나와 집에 오너라."

"네." 응준은 공손하게 대답했다.

아버지가 외출하자 심심해진 정희가 응석을 부리기 시작했
다. 어른 키로 한 길이 넘는 담장 위에 올려달라는 것이었다. 위
험해서 안 된다고 해도 소용없었다. 어쩔 수 없이 열한 살짜리
소녀를 담장 위에 올려놓았다. 소녀는 깔깔 웃다가 눈을 감고
그의 품으로 뛰어내렸다.

## 황제의 은시계

지석규는 외박 복귀 시간을 앞두고 모친과 결혼에 대한 마지
막 의논을 하고 있었다. 졸업 후에 하겠다고 하루하루 버티다가
결국 어머니의 호소 앞에 두 손을 들어버린 것이었다.

"저쪽으로 연길*을 보내기 전에 제가 무관학교 생도 신분이란
걸 생각해달라 하세요. 칠월에 방학을 하고 식 올리면 좋지요."

모친은 고개를 끄덕였다.

"알았다. 나머지는 내가 알아서 하마."

결혼 문제에 대해 매듭을 지으니 어깨에 무거운 짐이 턱 없어
는 느낌이 들었다. 세상 돌아가는 형국이 심상치 않아 자신은
무관학교를 졸업하는 대로 독립전쟁 일선으로 나가야 할 것 같

---

\*     연길(涓吉) : 전통혼례에서 신랑 측 청혼서인 납채(納采)를 받은 신부 측이 결혼 날
      짜를 잡아 통지하는 절차.

은 예감이 들기 때문이었다.

귀교하여 홍사익, 이응준과 더불어 자습실로 걸어가는데 생도 몇 사람이 문 앞에서 기다리다가 둘러쌌다.

"이응준 생도, 이갑 참령님과 교장님이 자네 후견인이란 게 사실이야?"

그들 가운데는 김준원 생도가 들어 있었다. 외박을 나가 집에 갔다가 형인 김기원 참령에게서 들은 것 같았다.

이응준은 그들 앞으로 다가가 고개를 숙였다.

"미안해. 사실이야. 말 안 한 건 잘난 체하는 것같이 보일까 봐서였어."

시비를 건 생도들의 표정이 누그러졌다. 지석규는 새내기인 이응준이 한마디 말과 진심에 찬 표정만으로 여럿의 마음을 사로잡는 것을 역력히 볼 수 있었다.

이응준에 관한 이야기는 순식간에 모든 생도들에게 알려졌다. 몹시 부러워하고 조금은 시기하는 생도들의 눈빛을 받으며 이응준은 더 겸손하게 행동하는 듯했다.

다시 주말이 오고 외박들을 다녀왔고 시간이 흘러갔다. 이응준은 소대장 생도가 되어 1주일을 보냈다. 지휘력이 우수하다는 평가를 받았다. 도대체 편입한 지 한 달도 안 된 존재라는 사실을 모두가 잊을 만하게 적응하고 있었다.

5월 중순, 지석규는 소대장 생도를 맡았다. 어느 날 갑자기 교관단과 조교, 생도 전원은 일과를 중단하고 정오에 학교 서북쪽 소나무 숲에 모이라는 명령이 떨어졌다. 생도들을 인솔해 가보니 시골 부잣집 잔칫날처럼 음식이 가득 차려져 있었다. 늘 배가 고팠던 생도들은 이게 웬 떡이냐 하고 허리띠를 풀어놓고 실컷 먹었다. 그때 교장 노백린 정령이 일어섰고 비장한 표정으로 말하기 시작했다.

"교관단과 생도 제군! 지금 우리 조국의 사정이 나를 더 이상 제군과 같이 있기를 허락하지 않는다. 조국을 위해 더 큰 일을 하기 위해 오늘 부득이 학교를 떠나게 되었다. 생도 제군! 기울어가는 조국을 위해 한 몸을 바치는 장교가 돼야 한다. 조국을 구할 사람은 그대들밖에 없다. 조국을 지키는 전선에서 다시 만나자."

지석규는 앞이 캄캄해지는 듯했다. 고개를 들어보니 생도들은 물론 교관들도 눈물을 흘리고 있었다.

노백린 교장의 후임으로 온 사람은 이희두 장군*이었다. 이갑 참령과 함께 강제 양위에 반대해 봉기한 전력이 있으나 최근에는 친일로 기울어 있었다.

한여름이 다가오고 방학이 되었다. 지석규는 방학 다음 날 윤용자(尹龍慈) 규수와 혼례를 올렸다. 처가에서 벌어진 혼례식에 홍사익과 이응준은 물론 염창섭, 신태영, 유승렬, 이호영, 김영섭 등 동기생들이 찾아가 야단법석을 떨며 축하해주었다.

---

\*   이희두(李熙斗, 1869~1925): 한성 출생. 1897년 일본 육사 졸업. 귀국해 무관학교 교관이 되었다. 1905년 참장 진급, 1908년 무관학교 마지막 교장이 되었다. 합병 후 조선보병대에 배속, 1920년 소장으로 진급하고 일본이 주는 훈2등 욱일중광장(旭日重光章)을 받았다(민족문제연구소, 『친일인명사전』 3권, 2009, 251쪽).

초야에 그는 신부에게 말했다.

"나는 나라와 겨레를 위망(危亡)에서 지키려고 결심한즉 언제 죽을지 모르오. 나를 용납할 수 없으면 나를 따라 시집으로 가지 않아도 좋소. 어떻소? 뜻을 분명히 해주시오."

신부는 줄곧 숙이고 있던 고개를 들고 또렷이 대답했다.

"좋습니다. 각오한 바입니다."

여름방학이 끝난 뒤 다시 만난 동기생들에게 그 사실을 말하자 참 고지식한 사람이라며 모두 끌끌 혀를 찼다.

"한심한 친구야, 그런 다음 아내 옷을 벗기고 초야를 치렀냐?"

지석규는 얼굴을 붉히면서도 당연한 일이라는 듯 고개를 끄덕였다.

9월 하순 어느 날, 장충단에서 운동회가 벌어졌다. 생도들은 축구, 줄다리기, 단거리 달리기 등 경기를 벌였다. 마지막 종목은 남산 봉수대까지 달려 올라갔다가 내려오는 야전구보였는데 큰 상품이 걸려 있었다. 황제가 하사하는 은시계였다. 지석규는 민첩한 동작은 남들한테 뒤져도 전체적인 체력과 지구력으로 경쟁하는 일이라면 누구라도 이길 자신이 있었다.

교관의 호루라기를 신호로 생도들은 일제히 달려 나갔다. 10분쯤 뒤 그는 조철호, 박승훈, 안종인과 선두를 겨루었다. 이제부터 가파른 고갯길이므로 어떻게든 경쟁자들을 밀어내리라 결심하며 속도를 빨리했다. 그들과 앞서거니 뒤서거니 산중턱에 이르렀을 때 누군가가 추월해나갔다.

"미안하다. 나 먼저 간다."

이응준이었다. 다리의 강한 탄력으로 마치 평지를 달리듯 치고 올라갔다.

더 기가 막힌 일은 봉수대까지 300미터쯤 앞두고 숨이 턱에 받쳐 헐떡거릴 때 일어났다. 이미 반환점을 돌아온 이응준이 씩 웃으며 겅중겅중 내리막길을 달려내려갔던 것이다.

"아이고, 저 친구를 왜 편입생으로 뽑아가지고……!"

조철호가 헐떡이며 투덜댔다.

이응준은 융희황제의 문장이 새겨진 은시계를 주말 외출 때 이 참령에게 드렸다. 이 참령은 핫핫 소리를 내어 웃으며 손바닥으로 응준의 어깨를 철썩 두드렸다.

"황제폐하가 하사하신 은시계를 받다니 장하다. 하지만 네가 받은 것이니 네 것이지."

참령에게서 시계를 돌려받은 응준은 그것을 부인에게 드렸다.

"부인께 드리겠습니다."

부인은 함박웃음을 웃으며 시계를 받았다.

"그럼 내가 보관하겠네."

이갑 참령은 노백린 정령과 비슷한 시기에 군복을 벗고 야인이 되어 있었다. 도산 안창호, 이종호, 유동열, 이동휘 등 애국지사들과 국권을 회복하는 일에 나서고 있었으나 비탄할 일이 더 많았다. 그러던 차에 응준이 상품으로 받아온 은시계에 기분이 좋아 크게 웃은 것이었다.*

## 신입생들, 그리고 폐교 칙령

12월 초 신입생을 뽑았다. 응시자가 1천 명이 넘었는데 이번에도 25명을 선발했다고 했다. 개학 첫날 1학년과 상견례를 하기 위해 연병장으로 걸어갈 때 염창섭이 이응준에게 말했다.

"경쟁이 작년 우리들보다 더 심했어. 무관학교 졸업해봐야 근위보병대** 장교밖에 할 수 없는데 많이들 왔어."

응준은 염창섭의 표정에 다른 동기생들 같은 절박함은 적다고 느꼈다. 창섭의 부친은 경상도 의성군수였다.*** 일본이 득세하는 시대에 탄탄대로를 달리고 있었다. 장차 창섭도 그 후광으로 탄탄대로를 걸어갈 것이었다.

상견례는 정겨웠다. 양쪽에 한 학년 25명이 한 줄로 서 있다가 구령에 따라 1학년이 좌로 1보씩 이동하며 상급생에게 경례하고 상급생이 답례하고 악수하는 것이었다.

응준은 보성중학 동기생 원용국을 만났다. 원용국은 계속 보성에 다니다가 신입생으로 들어와 후배가 된 것이었다.**** 두 사

---

*    안창호의 지갑 선물, 노백린 교장의 이별 음식, 장충단 운동회 이야기 모두 이응준 장군 자서전에 있다(이응준, 앞의 책, 52~62쪽).

**   근위보병대 : 1907년 대한제국 군대가 해산되고 일부 남겨진 병력으로 조직된 근위대 형식의 군대.

***  염창섭의 부친은 염규환(廉圭桓)으로 가평군수, 의성군수를 지냈다. 1912년 합병에 기여한 공로로 한국병합기념장을 받았다. 큰아들이 염창섭, 넷째 아들이 소설가 염상섭이다(민족문제연구소, 같은 책 2권, 513쪽).

**** 「만주국 건국공로장」 중 '원용국 이력서', 국가기록원 소장. 1934년 관동군사령부에 있을 때 작성한 자필이력서이다. '메이지 39년(1906) 9월 보성중학 입학 1년

제1부   망국의 역사에 내던져지다

람은 상견례가 끝난 뒤 따로 만났다.

"응준이 네가 편입학해 떠난 뒤 동기들이 모두 부러워했어. 이번에 보성에서 여럿이 시험 쳤는데 나만 됐어."

응준은 원용국의 어깨에 손을 얹었다.

"잘 왔다. 1학년은 보통학 중심이라 보성중학과 크게 다르지 않다. 힘든 일 생기면 내게 와라."

새 학기 들어 일본어 수업이 작년보다 많아졌다. 그리고 어느 날 2학년 전원은 1학년이 치른 새로운 종목으로 체격검사와 체력검사를 받았다. 모두 일본군 방식이라 했다.

지석규가 우울한 얼굴을 하고 홍사익에게 말했다.

"우리를 일본식 틀에 맞추는 거야. 세상이 모두 일본식으로 돌아가고 있어."

모두가 인정하는 비상한 두뇌의 소유자 홍사익, 한 가지 생각이 머리를 스쳐갔다.

"혹시 우리를 일본으로 보내려는 건 아닐까?"

지석규가 머리를 가로저었다.

"아닐 거야. 한두 명도 아니고 쉰 명을 어떻게 보내? 이곳 학교는 버려두나?"

이응준도 한 마디 했다.

"일본으로 보낼 거라면 이 참령님이 아시겠지. 전혀 말씀 안 하셨거든."

수료'라고 했으므로 이응준과 개교입학 동기생이다.

마지막 무관생도들

잠깐 들었던 의문은 그런 대화 끝에 잊어버렸다.

오구라 유사부로 대위가 수석교관의 위상을 벗어나 무관학교의 운영을 장악해갔다. 그는 일본 사관학교식으로 하려 했다. 하급생은 상급생에게 절대복종하는 위계질서를 강조했다. 그러므로 2학년들은 신바람이 나서 걸핏하면 기합을 주며 하급생들을 잡아 돌렸다.

신태영 생도가 동기생들에게 말했다.

"김석원이라는 녀석, 내 제동소학교 한 해 후배이고 우리 집 이웃에 살아. 달리기를 잘해서 한성부 내 소학교 합동운동회에서 전체 1등을 했지. 잘 부탁해."*

이응준도 한마디 했다.

"내 보성중학 동기생 원용국도 잘 부탁해."

흥미로운 꼬마가 하나 있었다. 겨우 열네 살인 인천 출신 박창하였는데 키가 합격 기준점 4척 8촌(약 158센티미터)에 미달되어 불합격하자 오구라 대위에게 울고불고 매달렸다. 성적이 좋은 터라 대위가 큰 맘 먹고 합격시켰다고 했다.** 예쁘장한 미소년이어서 상급생들은 '막내'라고 불렀다.

이응준은 보성중학 동기인 원용국과 평안도 출신 후배들을 챙겼다. 상급반에는 평안도 출신이 자기 혼자였으나 신입생 중

---

*     신태영과 김석원의 유년기 관계는 김석원 장군의 회고록에 있다(김석원, 『노병의 한』, 육법사, 1977, 49쪽).
**    박창하 본인이 그렇게 회고했다. 1894년생으로 그해 만 13세였으며 키가 작아 군복이 맞지 않았다고 했다(「군사교관회의」, 『삼천리』 1940년 5월호 좌담).

에 평남 덕천 출신 백홍석, 용강 출신 김인욱, 순천 출신 이동
훈, 평북 곽산 출신 김종식, 이렇게 넷이 있었다. 그중 김인욱은
6척 장신으로 전체 생도들 중 키가 제일 컸다. 그들은 고마워하
며 그에게 순종했다.

이응준과 이름자가 비슷한 이응섭이라는 생도가 있었다. 이
응준은 돌림자가 끝 자였고 본관(本貫)이 달라 관계가 없었다.
그런데 생도들은 응준의 사촌동생이라고 불렀고 응준은 응섭을
기꺼이 아우라고 불렀다.

"아우야, 너는 어디서 왔냐?"

그의 물음에 응섭이 어깨를 꼿꼿이 펴고 차렷 자세를 한 채
대답했다.

"황해도 장련에서 김구(金龜) 선생이 세운 광진학교*를 다니
다가 왔습니다."

"김구라면 치하포에서 왜놈 밀정을 격살한 김창수라는 사람
아니냐. 넌 뭘 잘하느냐?"

"한문을 좀 읽습니다. 절에 들어가 불경 공부하며 한문을 익
혔지요."

"왜 군사교육을 받으러 왔냐?"

"군대 해산으로 일자리를 잃은 장교님들이 선생으로 오셨는

---

\*　백범 김구는 이 무렵 김구(金龜)라는 이름을 썼다. 광진(光進)학교는 1906년 김구,
　손영곤 등이 황해도 장련군에 설립한 학교로 많은 애국청년들을 배출하였다(김
　구, 『백범일지』, 도진순 주해, 돌베개, 2002, 439쪽 ; 최태영 회고록, 『인간 단군을
　찾아서』, 2000, 학고재, 21~28쪽).

　　　　　　　　　　　　　　　마지막 무관생도들

데 병식체조(兵式體操, 군대식 체육)를 가르치셨어요. 그게 신
바람 나고 좋았습니다. 서양 북을 치고 나팔 불고 군가 부르며
행진하는 거두 좋았구요."

키가 이응섭보다 한 뼘이 작은 안종인이 끼어들어 눈을 가늘
게 떠 뱀눈을 하고 명령했다.

"광진학교에서 부른 군가 한번 해봐라."

이응섭은 난처한 표정을 했으나 안종인의 서슬에 꺾여 힘차
게 군가를 불렀다.


아세아 동편에 돌출한 반도
십삼도 각군(各郡) 합이 삼백삼십사
면적이 이천만 인구 이천만
당당한 대제국이 분명하도다.**


순박한 모습이 밉지 않아서 상급생들은 박수를 쳤다.

"잘했다. 열심히 해라."

이응준은 무관학교 생활이 만족스러웠다. 편입하고 아홉 달
이 지난 지금 동기생들은 그가 편입생인 것을 까맣게 잊고 있었
다. 그는 충분히 적응하고 있었으며 체력도 학과성적도 술과성
적도 선두에 속해 있었다. 학과성적은 홍사익을 넘어설 수 없

---

**     최태영, 앞의 책, 같은 쪽. 최태영은 유년 시절 친구인 이응섭의 생애를 짧게 기술
       했다.

고, 너그러움으로 신뢰를 받는 면에서는 지석규를 넘어설 수 없었다. 그러나 그는 술과 과목에서 두드러졌고 모든 사람을 끌어당기는 친화력을 갖고 있었다.

새내기 1학년 후배 생도들은 그를 잘 따랐다. 어느 날, 후배들이 선배 25명을 대상으로 인기투표를 했는데 그가 1등이었다. 보성중학 동기인 원용국이 그 사실을 전하면서 1등이 된 이유를 말해주었다.

"3원 50전을 훔쳐 가출한 시골 소년이 자기 인생을 힘차게 이끌며 여기 서 있으니까 그렇지."

어느 날 저녁 자유시간에 1학년 소대장 이종혁 생도가 의논할 것이 있어서 선배들한테 왔다. 조용하지만 성실한 태도를 보여 칭찬받는 후배였다. 의논이 끝난 뒤 이응준이 물었다.

"너는 본관이 어디고 고향이 어디냐? 나는 수안 이씨다."

이종혁은 공손히 대답했다.

"충남 당진이고 덕수 이씨입니다."

곁에 있던 지석규가 "충무공 이순신 장군님 후예가 또 하나 왔네!" 하며 이호영을 손으로 가리켰다. 그 말을 듣고 이호영 생도가 이종혁에게 다가왔다.

"반갑다. 나도 덕수 이씨다."

"그렇군요, 선배님!"

덕수 이씨 선후배는 웃으며 악수를 나누고 족보와 항렬을 따지기 시작했다.*

7월이 됐을 때, 중대한 사정으로 방학을 열흘쯤 늦춘다는 발

　　　　　　　　　　　　　마지막 무관생도들

표가 있었다. 생도들은 무관학교의 폐교가 아닌가 조바심했다. 그런 가운데 다섯 명의 생도가 희망 없는 길에 매달릴 수 없다고 자퇴해 생도 수가 줄어 1, 2학년 합해 45명이 되었다.

생도들은 몰랐지만 이 무렵 일본 육군성과 한국주차군사령부는 명맥만 남은 대한제국 군부를 완전 폐지할 책략을 조율하고 있었다. 합병을 위한 치밀한 사전작업, 합병 조치에 저항할 수 없게 대한제국 군대의 마지막 숨통을 끊는 극비작전이었다. 1909년 7월 중 수많은 문건들이 암호전신으로 현해탄을 건너오고 건너갔다. 그 가운데는 무관학교를 폐교하고 생도들을 일본으로 데려가는 계획도 있었다. 그것에는 재적생도 45명 중 일본 육군유년학교 예과 2학년 수료 실력 소유자는 8명, 1학년 수료 실력자는 7명, 1학년 입학 실력자는 30명이라는 분석이 들어 있었다. 그들을 데려다 가르치려면 매년 1인당 300엔이 소요되며, 예상되는 다섯 명의 질병 치료비와 퇴학자 환국 여비, 혹시 발생할 수도 있는 사망자 장례비까지 계상하여 매년 총액 14,150엔이 소요된다는 분석도 들어 있었다.**

---

*   이호영은 뒷날 이대영으로 이름을 바꾸었다. 사사키 하루타카(佐佐木春隆)의 저술(『한국전비사(원제: 朝鮮戰爭)』 상권, 강창구 역, 병학사, 1977, 28쪽)과 이기동 교수의 저술(앞의 책, 24쪽)은 그를 이순신 장군의 후예로 썼다. 성씨 연구가 정복규는 그를 덕수 이씨가 배출한 현대인물에 넣었다(『새전북신문』 2013년 2월 12일자). 덕수이씨대종회는 인터넷 홈페이지의 「가문의 영광」에 이종혁을 넣었다(www.deoksoolee.or.kr). 이종혁은 뒷날 치열하게 항일무장투쟁을 했다.

**  전보 원문, 駐箚甲 第704號, 明治 42年 7月 28日, 「陸軍武官學校 生徒 學力程度 人員

1909년 7월 31일 토요일, 생도들의 외출 외박을 금한다는 명령이 떨어졌다. '우리들을 이제 집으로 보내려나 보다.' 생도들은 그렇게 생각하며 이틀을 보냈다. 8월 2일 월요일 오전 9시, 전체 생도와 교관단은 정복을 입고 집합하라는 명령이 내려졌다.

학교장 이희두 참장은 훈장이 주렁주렁 달린 정복을 입고 비장한 음성으로 선언했다.

"황제폐하께서 군부를 폐지하고 우리 무관학교를 폐교한다는 칙령을 내리셨다. 내가 칙령을 봉독하겠다."

생도대장이 차렷 구령을 내렸고 이희두 장군은 목멘 음성으로 칙령을 낭독했다.

> 짐(朕)이 앞으로 신민들의 발달 정도를 보아 증병(增兵)할 필요가 있다고 인정될 때까지는 군부와 무관학교를 폐지한다. 현재의 군사는 궁중에 친위부(親衛府)를 설치하여 이를 관장하게 하고 사관 양성은 이를 일본국 정부에 위탁해서 군사 일에 숙달하게 하는 바이니 너희 백성들은 짐의 의도를 잘 헤아리라.*

봉독을 끝낸 장군은 불끈 쥔 주먹으로 눈물을 닦으며 선언

別表, 「留學學費 算定」 일본 국립공문서관 소장자료.

\* 『순종실록』, 순종 2년(1909) 7월 31일. 8월 2일의 이희두 교장 폐교 선언과 생도 해산 조치 상황은 조선통감이 육군대신에게 보낸 보고서에 있다(機密統發 第1405號 「武官学校 生徒 解散의 狀況에 関する 件」 明治 42年 8月 5日, 일본 국립공문서관 소장자료).

마지막 무관생도들

했다.

"나는 학교장으로서 이 순간 폐교를 선언하며 생도 해산을 명한다. 생도 제군! 미안하다."

생도대장이 '교장 각하께 받들어총' 구령을 내렸고 교관단과 생도 전원은 눈물을 철철 흘리며 학교장에게 마지막 경례를 올렸다. 대한제국무관학교의 종말이었다.

학교 담벼락에 일본어 공시문이 붙었다. 오구라 유사부로 대위가 생도들에게 알리는 세부 지시사항이었다.

1. 재학 중인 생도들은 검정 절차를 거쳐 9월 3일 본관의 인솔로 남대문역**에서 기차로 출발, 부산까지 가서 연락선을 타고 내지(內地, 일본 본토)로 건너가 도쿄의 육군중앙유년학교 예과 2학년과 3학년에 위탁생 신분으로 편입학한다.
2. 학업에 열등한 자를 제외하고 유년학교 졸업 후 육군사관학교에 진학할 것이다.
3. 내일 오전 10시부터 본관이 주관하는 질병유무 판단을 위한 의료검진을 받아야 한다. 그때까지 전원 외박을 허가한다.
4. 검사 합격자는 8월 15일부터 12일간 육군중앙유년학교와 똑같은 일과로 적응훈련을 받는다.

** 서울역의 옛 명칭. 현재의 서울역에서 염천교 쪽으로 치우친 방향에 있었다. 1900년 7월 경인철도 개통시 경성역으로, 1905년 남대문역으로, 1915년 다시 경성역으로 이름을 바꾸고 1925년 현재의 역사를 준공하면서 옮겨갔고 8·15 광복 후 서울역으로 개칭했다(『민족문화대백과사전』 11권, 한국정신문화연구원, 1991, 853쪽).

5. 적응훈련이 끝난 뒤 9월 2일까지 4일간 가족과 시간을 보내기 위한 휴가를 갖는다.

일본제국 육군대위 오구라 유사부로

생도들은 통곡했다. 강화 출신 2학년 김영섭은 머리를 담벼락에 찧으며 소리쳤다.

"이토 히로부미 그놈을 쏴 죽여야 해. 아아! 하나님, 어찌해야 합니까?"

1학년의 단짝인 이종혁과 김석원은 끌어안고 울먹였다.

"석원아, 난 일본을 이기려고 무관학교에 왔어. 그런데 일본으로 가라니 어떡하지? 어떡해야 하지?"

"종혁아, 나도 모르겠어. 어찌해야 하는지 나도 모르겠어."

이응준도 울음을 터뜨렸다. 폐교되리라는 것은 짐작하고 있었지만 눈앞의 현실로 다가온 게 믿어지지 않았다. 장차 일본 육사에 입학하게 된다는 것, 나라가 망해가는 판인데 거기를 나와 무슨 소용이 있을까, 그런 것을 생각할 여유가 없었다.

지석규가 소리쳤다.

"이럴수록 냉정하자. 일단 소나무 숲으로 가자. 모두 한마디씩 말해보자."

이응준은 제복 소매로 눈물을 닦으며 그게 옳다는 뜻으로 고개를 끄덕였다. 전체 생도들은 소나무 숲을 향해 걸었다. 어떡해야 하지? 어떡해야 하지? 울먹거리며 걸었다.

지난해 여름 노백린 정령이 이별 잔치를 벌여준 그 자리에 모두 모였다. 상급반 생도들은 사회자로 홍사익을 추천했다. 최고 성적을 기록해온 수재이고 유년학교부터 거쳐온 정통파이기 때문이었다.

홍사익은 비장한 수사(修辭)로 말하기 시작했다.

"존경하는 동기생, 그리고 미더운 후배 여러분, 조국을 끝까지 지키려는 우리들의 비원은 새로운 고비를 맞게 됐습니다. 우리는 더 길게 같은 배를 타고 운명의 항해를 해야 할 것 같습니다. 우선 한 사람씩 자기 의견을 개진하면 좋겠습니다."

생도들의 발언 방향은 두 가지였다. 하나는 일본행이 일제에 순치당하는 일이므로 거부해야 한다는 것, 또 하나는 노백린, 이갑 등 존경하는 스승들이 그랬던 것처럼 일단 일본 유학을 해서 극일의 길을 찾자는 것이었다. 일본행 찬성이 훨씬 많았다.

김영섭이 눈물을 철철 흘리며 일어섰다.

"왜놈 사관학교에 가서 왜놈 이기는 법을 알자고요? 총을 든 왜놈 앞잡이가 되고 말 겁니다. 난 그럴 수 없습니다. 이제 울면서 여러분과 헤어집니다."

이호영이 일어섰다.

"나도 그럴 생각입니다. 나는 집이 한성이니까 아버님, 숙부님과 상의하겠지만 일본으로 가선 안 된다고 생각합니다."

그러자 2학년 여섯 명, 1학년 다섯 명이 그렇게 눈물을 흘리며 그곳을 떠났다. 지석규도 따라 나서려는 것을 홍사익이 옷깃을 잡아당겼다.

"신중히 생각하자."

이응준은 지석규 앞으로 다가갔다.

"나는 이 참령님 결정을 따를 거야. 참령님 말씀을 듣고 내일 결정하자."

이응준의 말에 지석규는 눈을 지그시 감고 머리를 끄덕였다.

생도들은 터덜터덜 걸어서 교문을 나섰다. 김준원이 이응준의 소매를 잡았다.

"우리 형한테 들은 이야기인데 여섯 해 전 황실특파유학생으로 뽑혀 동경에 간 사람들 중 하나가 동경중앙유년학교에 입학했어. 작년엔가 돌아가신 김정우(金鼎禹) 군기창감(軍器廠監)의 아들일 거야."

유승렬이 끼어들었다.

"준원이 말이 맞아. 우리 형이 황실유학생으로 갔다가 을사늑약을 거부해 자퇴하고 돌아왔어.* 형한테 들었어. 유년학교로 간 사람, 군기창감의 아들 맞아. 황실유학생들 중 여럿이 군사교육을 받고 싶어 했는데 그 사람 하나만 성공했대."

김준원과 유승렬은 잠깐 서로 눈빛이 마주치며 어깨를 으쓱했다. 이응준이 보기에 두 사람은 일본행을 기뻐하고 있음이 분명했다.

---

\*    유승렬의 형은 유익렬(劉益烈)이다. 충남 공주 출생. 1904년 황실유학생으로 도일, 도쿄부립제일중 재학 중 1905년 을사늑약에 반발해 자퇴했다. 귀국해 선린상업학교를 졸업, 관리로 임용되었고 충남 청양군수, 보령군수를 지냈다(민족문제연구소, 같은 책, 2권, 606쪽).

이응준은 참령 댁으로 갔다. 이 무렵, 이 참령은 안현동에서 원동으로 이사해 있었다. 대낮인데도 이 참령은 집에 있었다. 초췌한 얼굴을 하고 혼자 낮술을 마시고 있었다.

"나도 설마 일본이 너희 무관생도들을 한꺼번에 데려갈 거라고는 예상하지 못했다."

참령은 술잔에 든 것을 한 번에 입속에 털어 넣고 다시 말했다.

"일본은 을사늑약으로 우리나라를 보호국으로 만든 데 만족하지 않고 아예 합병하려고 획책하고 있다. 아마 나는 남은 인생을 일본과 싸우게 될 거다. 그래도 일본 육사를 나온 걸 잘했다고 생각한다. 너도 일본으로 가라. 호랑이 잡으러 호랑이굴로 들어가듯이 말이다."

응준은 "네" 하고 대답했다.

"아직 나라가 망한 건 아니니까 희망은 있다. 일본 가서 육사를 졸업하고 돌아와 조국을 지키는 방패가 돼야 한다."

참령의 말에 응준은 "맹세합니다!" 하고 큰 소리로 대답했다.

참령은 일본 유년학교와 육사, 장교 양성과정에 대해서도 이야기해주었다.

"내가 유학 갔을 때는 세이조학교가 육사 예비학교였는데 그후 프랑스식을 따라 유년학교를 만들었다. 거기서 예과 3년, 본과 2년을 마치면 일반 군부대로 가서 반년간 적응을 위한 대부(隊附) 근무를 한다. 그게 끝나면 육사에 진학해 1년을 다닌다. 졸업 후 반년 동안 견습사관을 하고 소위로 임관된다."

응준은 참령의 말을 하나도 빼놓지 않고 머릿속에 담고는 무릎을 꿇었다.

"부디 상심하지 마시고 몸을 지키십시오. 참령님은 이 나라 백성들에게 희망을 주는 큰 나무 같은 분이십니다."

"응준아, 네가 나를 걱정해주는구나."

참령은 길게 한숨을 쉬고 다시 술잔을 기울였다.

다음 날 응준은 지석규의 집으로 갔다. 홍사익도 거기서 잤으므로 셋이 모여 앉았다. 지석규의 아내는 첫아이를 임신한 만삭의 몸으로 국수를 맛있게 끓여주었다.

응준의 말을 듣고 홍사익이 입을 열었다.

"이 참령님 생각이 그렇다면 나도 가야지."

지석규는 지그시 눈을 감은 채 한참을 망설이다가 눈을 뜨고 어깨를 폈다.

"참령님 생각이 그렇고 자네들이 간다니까 나도 가야지."

"곧 아기가 태어날 텐데 그래도 결심하는 거지?"

응준의 말에 지석규는 고개를 끄덕였다.

"아내도 내게 걱정 말고 가라고 했어."

세 사람은 서로의 손을 굳게 잡았다.


### 출국

다음 날 학교에 모인 생도들은 1, 2학년 모두 합해 44명이었다. 일본행을 거부하려 했던 사람들도 부형의 설득을 받아들였고 김영섭만이 일본행을 거부한 것이었다.

충무공 이순신의 후예인 이호영이 지석규에게 말했다.

"아버지가 말씀하셨어, 일본을 이기기 위해 일본으로 가라고."

학교에 조선인 교관들은 보이지 않고 오구라 대위와 일본군 하사관들이 통제하기 시작했다. 혹시 폐결핵을 앓는가 군의관들이 청진기를 들이대 검진하고 가래를 채취했다. 치아 상태를 확인하고 옷을 벗겨 피부병이 있는가, 몹쓸병이 있나 항문과 성기까지 검사했다. 검사 결과는 다음 날 10시에 게시판에 발표되었다. 2학년 21명, 2학년 23명, 총원 44명 중 1학년 정훈(鄭勳) 하나가 빠진 43명이 합격이었다. 이때 오구라 유사부로 대위는 성적 서열로 작성한 생도명부를 한국주차군사령부를 거쳐 일본 육군성으로 보냈다.*

---

\* 駐箚甲 第613號,「韓國陸軍武官學校 留學生 名簿」,明治 42年 7月 30日, 일본 국립공문서관 소장자료. 일본어 '갑'은 통역 없이 수업 가능, '을'은 일상회화 가능, '병'은 일상회화 곤란, 기타학과 '갑'은 중학 1년 수료 상당, 을은 중학 입학 상당, '병'은 그 이하로, 연령은 호적법 미비로 개인 구술을 따랐다고 기록했다. 전체 45명 중 1명은 유학 거부, 1명은 신체검사 불합격이어서 총 43명이라고 덧붙였다. 거부자는 김영섭이 분명하다. 신검 불합격자는 정훈(鄭勳)으로 추정되는데 의료검진 전 작성한 명부이므로 이전에 부적격으로 지목됐을 수도 있다. 그는 뒤에 합류하여 모두 44명이 일본 육군중앙유년학교로 갔다. 명부의 ○○ 표시는 판독 불가능이다.

| 서열 | 성명 | 연령 | 학년 | 일어 | 기타 학과 | 교련 | 체조 | 성질 | 궁행 (躬行) | 체격 |
|---|---|---|---|---|---|---|---|---|---|---|
| 1 | 염창섭 (廉昌燮) | 19년 1월 | 2 | 갑 (甲) | 갑 | 중 (中) | 중 | 직민 (直敏) | 방정 (方正) | 강장 (强壯) |
| 2 | 홍사익 (洪思翊) | 20년 5월 | 2 | 갑 | 갑 | 중 | 우 (優) | 질직 (質直) | 방정 | 장 (壯) |
| 3 | 지석규 (池錫奎) | 21년 5월 | 2 | 갑 | 갑 | 중 | 중 | 솔직 (率直) | 방정 | 장 |
| 4 | 유승렬 (劉升烈) | 18년 3월 | 2 | 갑 | 갑 | 우 | 우 | 침착 | 방정 | 강장 |
| 5 | 권영한 (權寧漢) | 21년 7월 | 2 | 갑 | 갑 | 중 | 열 (劣) | 우유 (優柔) | 정 (正) | 조약 (稠弱) |
| 6 | 신태영 (申泰英) | 18년 2월 | 2 | 갑 | 갑 | 중 | 우 | 민첩 | 방정 | 장 |
| 7 | 이응준 (李應俊) | 18년 1월 | 2 | 갑 | 갑 | 중 | 우 | 온직 (溫直) | 방정 | 강장 |
| 8 | 안종인 (安鍾寅) | 18년 2월 | 2 | 갑 | 갑 | 우 | 우 | 질박 (質朴) | 방정 | 조약 |
| 9 | 이호영 (李昊永) | 19년 2월 | 2 | 갑 | 갑 | 중 | 우 | 민첩 | 정 | 강장 |
| 10 | 조철호 (趙喆鎬) | 19년 4월 | 2 | 갑 | 갑 | 중 | 우 | 박직 (朴直) | 정 | 강장 |
| 11 | 이은우 (李殷雨) | 20년 2월 | 2 | 갑 | 갑 | 중 | 우 | 직 (直) | 정 | 장 |
| 12 | 박승훈 (朴勝薰) | 20년 10월 | 2 | 갑 | 갑 | 중 | 열 | 직 | 단정 | 장 |
| 13 | 민덕호 (閔德鎬) | 22년 1월 | 2 | 갑 | 갑 | 중 | 중 | 박직 | 조정 (稠正) | 장 |
| 14 | 김준원 (金埈元) | 18년 10월 | 2 | 을 (乙) | 을 | 중 | 중 | 경순 (輕淳) | 정 | 장 |
| 15 | 남상필 (南相弼) | 17년 | 2 | 을 | 을 | 중 | 중 | 온화 (溫和) | 정 | 장 |

| 서열 | 성명 | 연령 | 학년 | 일어 | 기타 학과 | 교련 | 체조 | 성질 | 궁행 (躬行) | 체격 |
|---|---|---|---|---|---|---|---|---|---|---|
| 16 | 이건모 (李健模) | 19년 6월 | 2 | 을 | 을 | 열 | 열 | 온화 | 정 | 조약 |
| 17 | 이희겸 (李喜謙) | 20년 8월 | 2 | 을 | 을 | 중 | 중 | 우직 (愚直) | 정 | 조약 |
| 18 | 장성환 (張星煥) | 18년 8월 | 2 | 을 | 을 | 중 | 중 | 온화 | 정 | 조약 |
| 19 | 원용국 (元容國) | 17년 9월 | 1 | 을 | 을 | 열 | 중 | ○○ | 단정 | 강장 |
| 20 | 윤상필 (尹相弼) | 19년 | 1 | 을 | 을 | 열 | 열 | 질박 | 방정 | 강장 |
| 21 | 장석륜 (張錫倫) | 17년 5월 | 1 | 을 | 을 | 중 | 중 | 민첩 | 방정 | 강장 |
| 22 | 서정필 (徐廷弼) | 17년 7월 | 1 | 을 | 을 | 중 | 열 | 민첩 | 방정 | 장 |
| 23 | 박창하 (朴昌夏) | 15년 6월 | 1 | 을 | 을 | 열 | 열 | 온순 | 방정 | 조약 |
| 24 | 민병은 (閔丙殷) | 17년 6월 | 1 | 을 | 을 | 열 | 열 | 솔직 | 방정 | 강장 |
| 25 | 김종식 (金鍾植) | 18년 11월 | 1 | 을 | 을 | 열 | 열 | 우직 | 방정 | 장 |
| 26 | 강우영 (姜友永) | 18년 11월 | 2 | 병 (丙) | 을 | 중 | 열 | 우직 | 정 | 장 |
| 27 | 장기형 (張璣衡) | 22년 3월 | 2 | 병 | 을 | 중 | 열 | 우직 | 정 | 장 |
| 28 | 이강우 (李絳宇) | 21년 8월 | 2 | 병 | 을 | 중열 | 열 | 우직 | 정 | 조약 |
| 29 | 류춘형 (柳春馨) | 18년 8월 | 1 | 병 | 을 | 열 | 열 | 침착 | 방정 | 조약 |
| 30 | 김석원 (金錫源) | 15년 10월 | 1 | 병 | 을 | 중 | 중 | 민첩 | 방정 | 강장 |

| 서열 | 성명 | 연령 | 학년 | 일어 | 기타<br>학과 | 교련 | 체조 | 성질 | 궁행<br>(躬行) | 체격 |
|---|---|---|---|---|---|---|---|---|---|---|
| 31 | 장유근<br>(張裕根) | 18년<br>6월 | 1 | 병 | 을 | 열 | 중 | 민첩 | 정 | 강장 |
| 32 | 이동훈<br>(李東勛) | 19년<br>4월 | 1 | 병 | 을 | 열 | 열 | 우직 | 정 | 강장 |
| 33 | 이응섭<br>(李應涉) | 17년<br>11월 | 1 | 병 | 을 | 열 | 열 | 질박 | 정 | 장 |
| 34 | 김중규<br>(金重奎) | 16년<br>3월 | 1 | 병 | 을 | 열 | 열 | 침착 | 방정 | 조약 |
| 35 | 류관희<br>(柳寬熙) | 18년<br>2월 | 1 | 병 | 을 | 열 | 열 | 온순 | 방정 | 조약 |
| 36 | 백홍석<br>(白洪錫) | 19년<br>6월 | 1 | 병 | 을 | 열 | 열 | 솔직 | 방정 | 강장 |
| 37 | 이종혁<br>(李種赫) | 18년<br>11월 | 1 | 병 | 을 | 열 | 열 | 온순 | 방정 | 장 |
| 38 | 정동춘<br>(鄭東春) | 18년<br>0월 | 1 | 병 | 을 | 열 | 열 | 온순 | 방정 | 조약 |
| 39 | 신우현<br>(申佑鉉) | 18년<br>0월 | 1 | 병 | 을 | 열 | 열 | 온순 | 방정 | 조약 |
| 40 | 윤우병<br>(尹佑炳) | 19년<br>6월 | 1 | 병 | 을 | 열 | 열 | 조방<br>(粗放) | 정 | 강장 |
| 41 | 남태현<br>(南台鉉) | 18년<br>3월 | 1 | 병 | 을 | 열 | 중 | 활발<br>(活潑) | 단정 | 조약 |
| 42 | 김인욱<br>(金仁旭) | 18년<br>3월 | 1 | 병 | 을 | 열 | 중 | 활발 | 단정 | 강장 |
| 43 | 이교석<br>(李敎奭) | 17년<br>1월 | 1 | 병 | 을 | 열 | 열 | 조방 | 정 | 장 |

오구라 유사부로 대위가 생도들 앞에 섰다. 매우 거만한 표정을 하고는 더듬거리는 조선어가 아니라 일본어로 말했다.

마지막 무관생도들

"내지에 가서 내지 생도들을 따라가려면 이제부터 내가 시키는 대로 해야 한다. 죽으라면 죽는 시늉이라도 해라."

대위는 미리 준비한 괘도를 한 장씩 넘기며 설명했다.

"똑바로 보고 똑똑히 들어라. 두 번 설명하지 않겠다. 아침 6시에 기상, 침구 정돈 후 6시 10분 일조점호다. 상반신을 벗고 세수와 함께 냉수마찰을 한다. 6시 40분, 내지 출신 생도들은 궁성요배와 군인칙유* 낭독을 하나 너희들은 연병장을 구보할 것이다. 6시 55분 손을 다시 씻고 아침식사, 2학년 대표생도가 상관에 대한 경례를 하고 식사를 시작한다. 7시 45분 복장검사다. 주번사관이 사열대에 서면 일동경례를 하고 2열 횡대로 정렬하면 주번사관이 한 줄씩 맡아 머리끝부터 발끝까지, 때로는 속옷까지 검사할 것이다.

중앙유년학교는 학생 수가 많아 같은 학년을 여러 학반으로 나눈다. 너희들은 한국학생반이 될 것이다. 학반을 지휘하는 생도를 취체생도**라고 부른다. 주번사관이 복장검사를 하는 동안 각 학반 취체생도는 교재 가방을 열어 1, 2, 3, 4교시 과목의 교

---

\*     궁성요배(宮城遙拜)는 일본인들이 궁성 방향으로 고개를 숙여 충성을 다짐하던 예법. 군인칙유(軍人勅諭)는 메이지 15년(1882) 공포했다. '짐(朕)이 신애(信愛)하는 제국 육해군에게 고한다'로 시작되며 '군대는 천황인 짐이 통솔해 하나가 되는 것이다. 짐은 너희를 수족 같은 부하라고 믿고 너희는 짐을 우두머리로 받들어 그 친숙함은 특히 깊노라'라는 다짐과 함께 충절, 예의, 무용(武勇), 신의, 검소를 강조했다.

\*\*   취체생도(取締生徒) : 일본 육사와 유년학교에서 1주일마다 교대로 대표가 되어 지휘력을 익히던 대표생도.

재와 수부(手簿, 수첩)와 보조재료, 필기구 등을 검사한다. 오전 일과는 무조건 학과, 오후 일과는 무조건 술과이다. 복장검사가 끝나면 군가를 부르며 학당으로 이동한다.

교실에 들어가서는 자기 책상에 삼각 명패, 필통, 수부, 만년 필 등을 정해진 위치에 놓고 차렷 자세로 서서 교관을 기다린 다. 교관이 입실하면 취체생도는 대표경례를 하고 '제2학년 한 국학생반 총원 15명, 사고 1명, 현재원 14명' 하고 보고하고, 교 관이 '쉬어!' 명령을 하면 취체생도가 복창하고 생도들은 착석 한다.

4교시가 11시 50분에 끝나면 주식(畫食, 점심)시간이다. 조식 때처럼 손을 씻고, 이하는 같다."*

오전 일과를 설명 듣는데도 정신이 하나도 없었다. 일본어이 기 때문이었다. 지난 학기에 일본어 수업이 늘어나 많이 배우긴 했지만 설명을 일본어로 하니 정신이 없었다. 오구라 대위는 알 아듣거나 말거나 이어서 오후 일과를 설명해나갔다. 지석규, 홍 사익, 이응준은 모두 일본어에서 갑 평점을 받는 정도여서 알아 들었으나 병 평점을 받은 생도들은 울상을 했다.

다음 날 일본인 교관단이 증강되어 눈에서 불이 번쩍 나게 생 도들을 잡아 돌렸다. '차렷' 구령을 '기오쓰케'로, '열중쉬어'를 '야스메'로, '앞으로갓'을 '마에 스스메'로 모든 구령을 일본어로 바꾸니 생도들은 제식훈련에서 틀리기 일쑤였다.

*    今村文英, 『陸軍幼年學校の 生活』, 靑年圖書出版社, 昭和 19年(1944), 37~42쪽.

게다가 눈만 깜짝거려도 찍어내 기합을 주고, 어깨를 웅크리기만 해도 지적해 벌을 주었다. 도대체 쉬는 시간에도 '열중쉬어'를 시켜놓고 감시를 하니 귓속말을 하기도 어려웠다. 게다가 유도와 검도도 배워야 했다. 생도대의 내무생활은 내무생활대로 바빴다.

"제기랄, 오줌 누고 거시기 볼 새도 없어."

생도들은 무더위 속에 혀를 빼물고 뛰어다녔다.

홍사익, 조철호, 안종인, 신태영 등은 억울하다고 투덜거렸다. 자기들은 대한제국의 유년학교를 나와 연성학교를 몇 달 거치고 무관학교 2학년까지 올라왔는데 일본에서 다시 유년학교에, 그것도 예과에 가게 되니까 그렇다는 것이었다.

어느 날, 학교 게시판에 『대한매일신보』가 게시되었다. 곧 일본으로 떠날 무관생도들을 격려하는 온 겨레의 여망을 담은 글이 실려 있었다. '파검증군(把劍贈君, 칼 잡아 그대에게 줌)'이라는 제목을 붙인 가사(歌辭)였다. 생도들은 훈련복이 땀으로 흠뻑 젖은 채 그 앞으로 모여들었다.

어화 우리 무관학도들아, 군사학을 공부하여 적개심을 키우고 나라 독립 등에 지고 세계 열강 물리치자 하였더니 갑작스런 군부 폐지로 학업 중단 하였으나 와신상담 하여보세. 44명이 한마음에 뜨거운 피 뿌리며 공부하여 나라 중흥 공신이 되어보세.

어화 우리 학도들아, 동해를 건넌 후에 급류 중에 노를 젓고

열일(烈日) 아래 칼을 둘러 그 학업을 연구하고 인내 분발하여
서 우리 국권 회복하고 유방백세(流芳百世) 하여보세.*

바쁘면 시간이 금방 지나가게 마련이다. 어느 새 적응훈련 과
정이 끝나가고 있었다. 생도들은 가족과 마지막 시간을 보내기
위하여 짐을 꾸렸다. 나흘이라는 시간이 있어도 집이 멀어 다녀
오지 못하는 사람들도 있었다. 이응준도 그중 하나였다.

홍사익은 경부선 열차를 탔고 평택역에서 내렸다. 고향인 안
성군 대덕면으로 가기 위해서는 반나절을 걸어야 했다. 벼포기
들이 탐스럽게 자라고 있는 논 방죽 길을 걷고 바람에 우수수
흔들리는 수수밭 머리도 걷고 산길도 걸었다. 출발할 때는 괜찮
았는데 햇볕이 쨍쨍 타오르며 기온이 급상승했다.

그는 무관학교 생도의 여름 정복을 입고 있었다. 웃옷은 반소
매에 얇았지만 바지는 길고 군화도 무거웠다. 폐교하여 지금 신
분이 무관학교 생도는 아니나 계속 제복을 입으라는 명령이 있
었고 그래야 기차 무임승차증이 유효하니 어쩔 수 없었다. 그는
헐떡거리며 땡볕 속을 걸었다.

맑은 물이 흐르는 냇물 위에 흙다리가 놓여 있었다. 물 위에
큰 소나무 두 개를 얹어놓고 적당히 외를 엮고 흙을 부은 다리

---

* 『대한매일신보』, 1909년 8월 12일자. 4.4조 율조를 가진 개화기 가사. 인용하면
  서 의고문을 현대어로 고침.

였다. 군데군데 폭우에 씻겨나간 구멍에 흙을 메우지 않아 건너기 위험했다. 그보다 앞서 삿갓을 쓰고 바랑을 멘 탁발승 하나가 건너가고 있었다.

건너편 둔덕에 선 미루나무가 보였다. 그늘을 냇물까지 길게 내리고 있었다. 거기서 땀을 식히고 물에 발이라도 담그며 쉬어 갈 요량으로 걸음을 빨리 했다. 그때 앞서 가던 스님이 디딘 흙이 무너지면서 하반신이 빠져버렸다. 그는 얼른 달려가 스님 어깨를 잡아 끌어올렸다.

두 사람은 다리를 건너가 미루나무 그늘에 앉았다.

"군복 입은 젊은이가 이 더위에 어디를 급히 가시는가?"

스님이 말했다.

"먼 길 떠나기 전에 집에 들르러 갑니다."

"관상을 보니 일취월장하겠군. 먼 길을 가서 높이 올라갈 기회를 잡을 거야. 그러나 말년 운이 안 좋으니 아니다 싶으면 얼른 내려오게."

사익은 일본을 이기기 위해 일본에 배우러 간다고 자신이 처한 사정을 간단히 이야기했다.

탁발승은 그의 얼굴을 뚫어져라 바라보았다.

"겉으로는 난처한 얼굴을 하고 있지만 속마음은 기뻐하고 있군."

탁발승과 헤어져 다시 걸으며 그는 자신의 마음을 들여다보려 애썼다. 내가 정말 일본행을 기뻐하는가. 그게 아니라고 부정할 수 없었다.

집에 도착하니 마당 앞 텃밭에서 김을 매던 아내가 호미를 던지고 달려왔다.

"당신 오셨어요?"

사익은 아내에게 군모를 벗어 건네주었다.

"닷새 뒤에 일본으로 떠나. 그래서 집에 온 거야."

어린 조카가 아버지에게 알린다고 들판으로 달려 나갔고 그는 툇마루에 걸터앉았다. 집도 툇마루도 달라진 것이 없었다. 대문은 낡아 비틀어지고 흙을 바른 담벼락은 배가 불룩했다.

"그럼 오랫동안 집에 오지 못하시겠군요."

아내가 말했다.

그녀는 맨발이었다. 들일을 많이 해서 얼굴이 까맣게 탄 아내, 생각날 때마다 미안한 마음을 갖게 하는 세 살 연상의 아내, 그녀의 표정에 실렸던 남편을 만난 반가움이 쓸쓸한 아쉬움으로 바뀌어가고 있었다. 가슴속에서 연민이 일었다.

"당신이 참고 기다려야 하니 미안할 뿐이야."

그는 떠나는 날까지 아내를 위로하고 다독거리리라 결심했다.

가진 토지라고는 논 여섯 마지기가 전부인 가난한 형, 그 논에서 피를 뽑았다는 형은 얼굴에 논흙이 묻어 있었다.

"왔냐?"

형은 유학 간다는 아우의 설명을 듣고는 큰 경사를 맞는 사람처럼 입이 벌어졌다. 소를 끌고 나가는 이웃 사람에게 소리쳤다.

"내 아우가 동경의 사관학교로 유학 간대요."

소문이 바람처럼 빨리 퍼져서 저녁에 많은 사람들이 사익을

마지막 무관생도들

보러 왔다. 이제 일본 세상이 될 텐데 유학을 다녀오면 큰 자리를 차지할 게 아니냐. 사람들은 모두 경사로 여기며 부러워했다.

사익은 나흘 내내 집에 머물며 아내와 같이 있었다. 밤이면 격렬하게 아내와 몸을 섞었다.

"아기가 생겼으면 좋겠어요. 그래야 외로움을 잊지요."

아내 말을 들으며 그는 고개를 끄덕였다. 그러면서 아련한 슬픔에 젖었다.


지석규는 홍사익보다는 가족과 지낸 시간이 훨씬 많았다. 무관학교에서 집이 워낙 가깝기도 하지만 아내의 출산일이 다가오는지라 조금이라도 더 아내 곁에 있고 싶어서였다.

"내가 떠난 뒤에 아기를 낳게 되니 걱정이오. 어머님도 어머님이지만 당신을 두고 떠나게 되어 어깨가 무겁소."

그의 말에 아내는 머리를 저었다.

"큰 뜻 품고 멀리 가시는데 제가 아이 낳는 일로 방해가 되어선 안 됩니다. 어머님은 제가 잘 모실 것입니다. 아무 걱정 말고 떠나세요."

아내의 태도가 그러하니 그는 애착이 더 강해졌다. 그래서 잠깐씩 외출하여 친척들을 만나 어머니와 아내를 부탁하고, 친구들과 만나 작별인사를 했다. 그의 친구들은 대부분 우국의 정신이 강했다. 그들과 대화하면서 그는 하루에도 수십 번 자신은 일본을 이기기 위해 일본에 가는 것이라고 다짐했다.

이응준은 이갑 참령 댁에 묵었다. 두 차례 참령을 따라 외출해서 참령이 우국지사들과 만나는 자리의 말석에 앉았다. 응준이 와서인지 그들은 일본 유학 무관생도들을 화제로 올렸다. 희망과 우려가 반반이었다.

"다섯 해 전 황실특파유학생으로 간 젊은이들을 보시오. 다음 해에 보호조약을 맺으니까 반발해서 동맹휴학을 벌이고 전원 자퇴를 감행하지 않았소이까?* 청년의 피는 정의를 위해 끓게 마련이지요. 나는 젊은이들의 피와 정신을 믿어요."

희망을 가진 지사들은 그렇게 말했다.

"떠나는 생도들에게 걱정되는 건 군대교육이오. 군대의 일체주의 집단교육은 피와 정신까지도 바꿔놓을 수 있으니까요. 왜놈들에게 길들여지기 십상이지요."

우려하는 분들의 말을 들으니 응준은 정신이 번쩍 나는 듯했다.

마차를 타고 집으로 돌아오는 길에 참령이 갑자기 잊고 있던 일을 생각한 듯 말했다.

"내 조카가 일본에 있다. 이름은 태희(泰熙)인데 너보다 한 살 많고 지바의전(千葉醫專)에 다닌다. 만날 날이 있을 테니 그리 알고 있어라."

응준은 그런 외출시간을 빼고는 참령의 집에 있었다. 도무지

---

* 　武井一, 『皇室特派留学生』, 白帝社, 2005, 東京, 90〜100쪽. 전원 자퇴를 선언하며 동맹휴학을 했으나 일부는 각서를 쓰고 복교했다.

　　　　　　　　　　　　　　　　　　　　마지막 무관생도들

정희가 놓아주지 않기 때문이었다.

"오빠를 몇 해 동안 못 보면 정희는 어떻게 살아?"

그렇게 말하며 걸핏하면 두 눈에 눈물이 고였다. 그러면 응준
은 소녀가 해달라는 대로 다 해주어야 했다. 그러면서 그는 멀
어서 가지 못하는 고향집을 생각했다.

1909년 9월 3일 금요일 오전 9시, 남대문역에서 환송식이 벌
어졌다. 출발 생도는 42명이었다.** 일본 육군유년학교 생도들
과 같은 정복을 입었으나 오얏꽃 모표와 분홍색 금장이 대한제
국 소속임을 표시하고 있었다. 그들은 피복이 담긴 륙색 형태의
잡낭(雜囊)을 하나씩 메고 있었다. 한국주차군사령부에서 준비
해준 것이었다.*** 마지막 지급품이 이때 배부되었는데 조국 황제
가 하사한 군인칙유**** 카드였다. 생도들은 그것을 소중하게 가슴

---

**    실제 유학생 44명 중 2학년 이건모, 1학년 정훈이 빠진 42명이다(1909년 9월 2
     일 친위부장관이 내각총리대신에게 보낸 명단, 국편 DB). 인솔자인 오구라 대위
     가 출발일 육군성에 보낸 전보 보고의 생도 수도 42명이다. 앞의 오구라 대위 작
     성 성적순 명부에 있는 이건모는 어떤 사유로 출발 못 했고 정훈은 신검 불합격
     으로 빠졌다가 이건모와 추후 출발 합류한 것으로 보인다.
***   다갈색 모자 1개, 다갈색 여름겉바지[夏衣襟] 2벌, 여름속바지[夏襦袢襟下] 2벌, 다
     갈색 겨울겉바지[冬衣襟] 1벌, 겨울속바지[冬襦袢襟下] 2벌, 반바지속옷[卷脚褌] 1
     장, 다갈색화 1켤레, 이불커버[襟布] 2개, 양말[靴下] 3켤레, 피복 손질도구 약간,
     다갈색 외투 1벌, 수통 1개, 륙색[雜囊] 1개 등의 품목을 휴대했다(駐箚甲 第727號,
     朝第2535號, 明治 42年 8月 21日,「武官学校 生徒 日本留学 ノ 際携行スヘキ 物件ニ 関
     スル」일본 국립공문서관 소장자료).
**** 광무황제(고종)의 군인칙유로서 1900년 6월 19일 일본의 군인칙유를 참고하여
     제정했다. 일본이 충절·예의·무용(武勇)·신의·검소 5항목을 강조한 데 비해

---

에 품었다.

통감부 서기관이 이토 히로부미 통감의 격려사를 대독했고, 이병무(李秉武) 친위부장관이 격려의 말을 했다. 그런 다음 생도들은 가족들에게 둘러싸였다.

고향 평안도에서 아무도 오지 않은 응준은 이 참령 부인과 정희와 석별의 정을 나누었다. 부인은 아들처럼 시동생처럼 든든히 여기던 그가 떠남을 아쉬워하며 건강을 기원하고 있었고 학교를 조퇴하고 나온 정희는 그의 손을 꼭 잡은 채 빨개진 눈으로 그를 올려다보기만 했다. 군복을 벗고 야인 신세가 되어 있는 이갑 참령은 김기원 참령, 오구라 대위와 이야기를 나누다가 그가 있는 쪽으로 왔다. 김기원과 오구라 유사부로와 이갑은 일본 육사 선후배였다.

이 참령이 응준에게 말했다.

"한순간도 조국을 잊지 말아라."

"네!" 하고 응준은 자신의 의지를 담아 큰 소리로 대답했다.

참령의 초췌한 얼굴에 구름 그림자 같은 어두운 빛이 흘러갔다.

"그리고 만약 내가 잘못되면…… 그리 되면 집사람과 정희를 부탁한다."

응준은 이 참령이 곧 독립전쟁 전선으로 망명할 것임을 알아차

---

'군인은 말을 삼가라'는 항목을 덧붙여 6개항이며 세로쓰기 51행의 국한문혼용체로 만들었다.

렸다.

"그러겠습니다."

그는 참령의 눈을 응시하며 분명하게 대답했다.

지석규는 배웅 나온 모친과 아내와 작별했다. 홀어머니와 만삭의 아내가 걱정되어 그는 가슴이 아팠다. 안성에서 아무도 오지 않은 홍사익은 칙칙 뿜어나오고 있는 증기기관차의 허연 수증기를 올려다보다가 두 친구의 이별 장면을 바라보기도 했다.

갑자기 증기기관차가 크게 기적을 울렸다. 인솔 하사관이 호루라기를 불었다.

"생도들은 다시 집합하라!"

42명의 생도들은 3열 횡대로 민첩하게 집합했다.

"전체 차렷! 내빈과 부형님께 경례!"

생도들은 경례를 올렸다. 그리고 승차 명령에 따라 앞줄부터 절도 있게 걸어 객차에 올랐다.

기차는 떠났다. 단체로 기차를 탔으면 장난도 치고 즐겁게 이야기를 나누기 마련인데 생도들은 모두 숙연한 얼굴로 창밖을 스쳐가는 조국의 산천을 바라보고 있었다.

수원역에서 탄 갓을 쓴 중년의 선비가 빈자리를 찾아 다른 칸으로 가며 한 생도에게 물었다.

"그대들은 누구이며 어디로 가는가?"

"저희는 무관학교 생도들이며 일본으로 군사교육 받으러 갑니다."

선비는 마치 앞날을 예언하는 도인(道人)처럼 중얼거리며 걸어갔다.

"푸르른 청춘들이 일본으로 실려 가는구나. 앞날이 어찌 될지……. 길들여지지 마라. 길들여지지 마라."

그 말을 들은 생도들은 자신의 앞에 파란만장한 운명의 길이 펼쳐질 것임을 예감했다. 그리고 결코 일본에 길들여지지 않겠다고 다짐하며 어금니를 웅쳐 물었다.

생도단은 다음 날 오전 부산에 도착해 일본 땅 시모노세키(下關)로 가는 정기연락선 이키마루(壹岐丸)를 타고 떠났다. 이키마루는 최신식 기선으로 기관 고장에 대비해 갑판에 거대한 돛대도 달려 있었다.*

생도들은 갑판에 서서 멀어지는 조국의 산야를 바라보았다. 날씨는 맑았으며 바람도 적당히 불었다. 갈매기들이 전송하듯이 천천히 하늘을 돌고 있었고 짙푸른 파도 위로 지천으로 많은 날치들이 날아다녔다. 바다에 붉은 낙조가 퍼졌고 갑판에 있는 생도들의 제복과 얼굴도 붉게 물들었다. 생도들이 모국을 떠나는 순간은 그렇게 평화스러웠다.

배는 연해를 벗어나며 속도를 내기 시작했다. 사방이 침침해지는가 싶더니 낙조가 금시 사라지고 바다가 어둑어둑해졌다. 누군가가 소리쳤다.

---

\* 　이키마루(壹岐丸) : 1905년 미쓰비시(三菱)중공업 나가사키(長崎)조선소에서 진수, 그해 11월 새로 열린 부관(釜關, 부산 – 시모노세키) 정기항로에 취항했다. 1,681톤, 길이 82.5미터, 폭 11미터 제원에 여객 317명과 600톤의 화물을 싣고 최대속도 시속 14.96노트로 항행했다(『日本近代艦船事典』, Google Japan 웹사이트).

"오른쪽에 대마도가 보인다."

어슴푸레하게 수평선 멀리 땅이 보였다.

저녁식사 후 생도들은 갑판으로 나갔다. 하늘에는 초승달이 그림같이 박혀 있었다. 그러나 8시 반쯤 되었을까. 초승달은 어느 틈에 사라져버리고 캄캄한 하늘에는 별빛이 가득 찼다.

얼마 후 갑자기 풍랑이 심하고 배가 요동하기 시작했다. 일본인 선원이 달려와서 모든 승객은 위험하니 선실로 들어가라고 소리쳤다. 생도들은 20여 개의 침대들이 3층으로 매달린 넓은 선실 두 개를 배당받고 있었는데 멀미가 심해 모두가 주저앉거나 기둥을 잡고 신음을 올렸다. 배는 밤새도록 요동을 쳐서 생도들의 몸을 흔들고 혼을 빼놓았다. 거의 모두가 선실 바닥에 임시로 가져다놓은 양동이에 얼굴을 들이대고 토했으며 지석규도 홍사익도 입에서 노란 물이 나올 정도로 뱃속에 든 모든 것을 토했다.

새벽녘이 되자 풍랑이 가라앉았다. 날이 환하게 들 무렵 이키마루는 시모노세키에 도착했다. 갑판에 서서 바라본 일본 땅은 헐벗은 붉은 산이 대부분인 조선 땅에 비해 수목이 우거지고 거리 모습이 윤택해 보였다.

"아아, 우리보다 30년은 앞서 있군."

지석규가 탄식하듯이 말했다.

하선하는데 어지러워 땅바닥이 이리저리 흔들리는 듯했다. 옆에서 걷는 홍사익을 보니 횟배 앓는 아이처럼 얼굴이 하얗고 노란 빛깔이었다.

두 시간 뒤에 기차를 탔다. 기차는 하루 낮과 밤을 달려 다음 날 오후 2시 교토(京都)에 도착했고 거기서 도쿄행 급행으로 바꿔 탔다. 최종 목적지인 도쿄 시내 신바시역(新橋驛)에 도착한 것은 9월 6일 밤 11시 30분이었다. 밤이 늦어 곧장 학교로 가지 않고 고지마치(麴町) 사가미야(相模屋) 거리에 있는 큰 료칸(旅館)에서 도착 첫날밤을 보냈다.*

---

\* 인솔자인 오구라 대위는 생도단 이동을 3차에 걸쳐 육군성에 전보로 보고했다. 9월 3일 오전 9시 경성 출발—9월 6일 오후 11시 30분 신바시역 도착 사가미야 숙박—9월 7일 오전 10시 육군중앙유년학교 입교(「小倉大尉 電報文」, 陸軍省, 『貳大日記』 明治 42年 9月, 일본 국립공문서관 소장자료).

# 3. 요코하마의 맹세

## 도쿄 육군중앙유년학교

도쿄 도착 다음 날인 9월 7일 화요일 오전 10시를 앞둔 시각, 대한제국 마지막 무관생도들을 태운 두 대의 자동차는 사가미 야를 출발한 지 20분 만에 우시코메구(牛込區) 이치가야다이(市 谷臺)에 위치한 육군사관학교 앞을 지나 육군중앙유년학교의 정문을 통과해 안으로 들어갔다.[**]

육군사관학교의 예비학교인 이 학교는 프랑스의 제도를 본받 아 만들었으며 생도들을 국제적 감각을 갖춘 교양 있는 장교로 키우기 위해 영어, 독일어, 프랑스어와 피아노를 가르쳤다. 그 러나 기본 이념은 일본 정신의 근본이라는 무사도(武士道)였다. '충성은 가장 고귀한 것이다. 그것은 죽음을 통해 완성되며 비

---

[**] 육군중앙유년학교는 도쿄 우시코메구 이치가야혼무라초(市谷本村町) 42번지에 있 던 육사와 나란히 붙어 있었다. 현재는 신주쿠구(新宿區)이며 일본 방위성이 자리 잡고 있다.

굴하게 사는 것은 참을 수 없는 치욕이요 불명예이다.' 이런 정
신이 깊이 뿌리내리고 있었다. 수업연한은 5년이었으며 전체
생도 수는 700명가량이었다. 전국 5개 도시에 입학정원 50명의
지방유년학교가 더 있었지만 거기서는 예과 3년만 가르치고 본
과 2년은 여기서 모두 받아 가르쳤다.* 육사는 수업연한이 1년
이어서 일본군 장교의 자질은 유년학교에서 형성되는 것이나
다름없었다. 그래서 학교에 기울이는 예산도 대규모여서 일반
중학교의 다섯 배였다.**

　지석규는 기차역에서부터 자동차를 타고 달려오는 동안 조선
의 한성보다 수십 년을 앞선 거리 풍경에 기가 죽었는데 학교
내부가 넓은 것에 다시 기가 죽었다. 언덕 아래 연병장도 삼청
동 무관학교보다 세 배는 컸다. 교정의 편백나무와 향나무 들은
잘 전지되어 있었고 나무 한 그루 풀 한 포기까지 꼭 있을 자리
에 있는 듯이 정리되어 있었다.

　군가 합창이 들려왔다. 아마도 전교생 집회를 막 끝낸 듯
700~800명의 생도들이 힘차게 군가를 부르며 4열종대로 행진
해 연병장으로부터 생도중대 건물들이 있는 듯한 곳으로 이동
하고 있었다. 흔드는 팔과 내딛는 다리들이 완전한 일체감을 보
여주고, 우렁찬 목소리와 완벽하게 일치된 합창이 교정에 쩌렁

---

*　　野邑理榮子, 『陸軍幼年學校 體制の 硏究』, 吉川弘文館, 2006, 東京, 32쪽.

**　　위의 책, 139쪽. 1903년 공립중학교인 도쿄부립제일중학교 학생 1인당 1년 교육
　　경비가 45엔인 데 비해 유년학교는 221엔이었다. 1909년 한국학생반은 300엔
　　으로 책정했다.

　　　　　　　　　　　　　　　　　　　　마지막 무관생도들

쩌렁 메아리치며 울리고 있었다.

> 나라의 명예는 이몸의 명예
> 죽어서 흩날려 값어치 있는 대장부의
> 남은 향기는
> 구단자카(九段坂)의 사쿠라꽃으로 피어나리***

　오소소 팔에 소름이 돋았다. 죽어서 야스쿠니 신사(靖國神社)의 사쿠라꽃으로 태어나는 것을 갈망하는 노래, 전사(戰死)를 미화하는 군가였다. 지석규는 문득 자신이 저 일사불란한 행진처럼, 비장한 군가의 가사처럼 일본에 길들여져서 일본을 위해 죽는 사쿠라꽃이 되기를 갈망하게 되면 어쩌나 하는 두려움이 밀려왔다.

　트럭들이 학교본부 건물 앞에 멈추고 생도들은 하차하여 3열 횡대로 정렬했다. 대좌(大佐) 계급장을 붙인 중로의 장교가 참모들을 거느리고 등장했다. 대좌는 생도들의 경례를 받고 입을 열었다.

　"나는 학교장 구노(久能司) 대좌다. 충심으로 입교를 환영한다. 부디 심신을 연마하고 전술 공부를 열심히 하여 훌륭한 장교의 자질을 갖추기 바란다."

***　「나팔 노래(ラッパ節)」, 大貫惠美子, 『사쿠라가 지다 젊음도 지다』, 이향철 역, 모멘토, 2004, 247쪽. 본문의 '구단자카'는 9개 계단이 있는 야스쿠니 신사를 가리킨다.

위탁교육이지만 열성을 다해 가르칠 것이라는 다짐이 있었다. 예과 3학년과 2학년 정규과정에 넣을 것이며 동학년 일본인 생도들과 수준이 같아지게 일정 기간 예비교육을 할 것이라는 말도 했다.* 조선인 편입생들의 공식 명칭은 '한국학생반'이고, 일본인 생도들은 진홍색 금장을 붙이지만 한국학생반은 계속 분홍색 금장을 붙인 제복을 입는다는 것, 오구라 유사부로 대위가 '한국학생반 담당관'이라는 직책을 갖는다는 설명도 했다.

이어서 생도감(生徒監) 가토(加藤) 소좌가 짧은 인사와 함께 학교 체계를 설명했다. 교육을 담당하는 교수부, 훈육을 담당하는 생도대로 이원화되어 있으며, 생도대는 생도감의 책임 아래 중대장, 구대장 등 장교들이 지휘하지만 생도들이 그 역할을 실습한다는 내용이었다. 고국 무관학교와 다른 건 생도대장을 생도감이라 하는 것, 50명 내외 생도단위인 소대를 구대(區隊)라 하는 것이었다.

소좌는 설명을 끝내고 구대장을 맡게 될 아나미 고레치카** 중위를 소개했다. 중위는 얼굴에 여드름이 난 새파랗게 젊은 장교였다. 겨우 스물한 살로 조선인 생도들 중에 동갑짜리도 서너

---

\* 김석원 장군은 적응기간을 가진 뒤 정규과정을 밟았다고 회고했다(김석원, 같은 책, 66쪽).

\*\* 아나미 고레치카(阿南惟幾, 1887~1945) : 오이타현(大分縣) 출생. 중앙유년학교, 육사 18기 졸업, 1906년 임관했다. 1918년 육군대학을 졸업했으며 장군으로 승진, 군부 요직을 거쳐 육군대신이 되었다가 태평양전쟁 패전으로 할복자결했다(阿部牧郎, 『大義に死す最後の武人 阿南惟幾』, 祥伝社, 2007, 東京).

명 있었다. 조선 청년들은 그 나이에 유년학교 예과로 왔는데 그는 이미 육사를 졸업하고 임관 3년차 장교가 되어 있었다.

염창섭이 대표경례를 하자 중위는 빠른 동작으로 답례했다.

"여러분을 환영한다. 내가 너희를 당당한 중앙유년학교 생도로 개조해주겠다."

교장과 생도감, 그리고 오구라 대위는 뒷일을 아나미 중위에게 맡기고 학교본부 건물 안으로 들어갔다.

중위는 생도들을 인솔해 학교를 한 바퀴 돌았다. 학교는 마치 육사의 작은 집처럼 육사의 동쪽에 자리 잡고 있었다. 학교 중앙에 직방형의 대연병장이 있고 계단과 잔디언덕으로 이어진 그 상단부에 대강당과 강의동, 생도대의 침실, 식당, 자습실 등이 연병장을 둘러싸듯 자리 잡고 있었다. 생도대는 육사와 가까운 연병장 서쪽에 제1생도중대, 연병장 북쪽 중앙 두 개의 강의동 뒤에 제2생도중대와 제3생도중대가 자리 잡고 있었다.*** 한국학생반은 소속 없이 제1생도중대 뒤편 별도 건물을 개조한 곳에 숙소와 자습실이 마련되어 있었다.

중위는 생도들을 목욕탕으로 인솔해 들어갔다.

"조선인은 목욕을 안 해 더럽다지? 생도가 더러워선 안 된다."

중위는 경멸하는 어투로 말했다. 그리고 옷을 모두 벗고 알몸으로 들어가라는 명령을 내렸다. 남 앞에서 나체가 된 경험이

---

*** 「陸軍中央 及 東京地方陸軍幼年學校 畧圖 1/1000 縮尺」, 陸軍幼年學校, 『陸軍中央幼年學校 一覽』, 明治 35年, 東京. 권말부록.

없는 생도들은 머뭇거렸다. 그때 이응준이 거침없이 옷을 벗고 앞장서 김이 무럭무럭 나는 넓은 탕으로 들어갔다. 아나미 중위가 마음에 드는지 머리를 끄덕이며 한마디 했다.

"좋다. 몸이 준마처럼 늘씬하구나."

생도들은 용기를 내어 옷을 벗었다.

목욕 후 소총과 군도를 포함한 무기 수령이 진행되고, 저녁식사 후에는 유년학교 생활을 위한 용어의 숙지, 상관과 상급생에 대한 예절, 일기 쓰기의 원칙, 자습실 책상 위 책꽂이에 꽂는 책의 순서, 취침시 눕는 자세까지 교육이 이루어졌다.

일석점호가 끝나고 침상에 누웠다. 취침을 알리는 나팔 소리가 울려 퍼지고 불이 꺼졌다. 지석규는 중앙유년학교에 도착하고 하루 동안 군국주의 일본의 완벽한 군대 조직의 한 단면을 본 것 같았다. 문득 모친과 아내의 모습이 떠올랐다.

'어머님, 그리고 만삭의 몸으로 나를 걱정하고 있을 아내여, 나는 이렇게 도착 첫 밤을 지냅니다.'

지석규는 속으로 중얼거리면서 눈을 감았다. 이유를 알 수 없이 눈물이 나왔다.


다음 날 아침 6시 정각, 기상나팔 소리에 잠을 깬 생도들을 기다리는 것은 시계 부품이 돌아가듯 치밀한 생도대 일과였다. 일조점호를 받고, 상반신을 벗고 세수와 함께 냉수마찰을 하고, 일본인 생도들이 궁성요배를 하는 시간에 연병장을 구보했다. 6시 55분에 손을 다시 씻고 아침식사를 했다. 일본인 생도들은

마지막 무관생도들

전원 연병장 서쪽의 제1생도중대 뒤편 큰 식당으로 들어갔는데 한국학생반은 별도로 마련된 식당으로 갔다.

"우리를 차별하는군." 안종인 생도가 조용히 입술을 움직여 한마디 했다.

첫 번째 취체생도가 된 염창섭이 아나미 중위에게 대표경례를 한 뒤 식사를 시작했다. 식사 후에는 복장검사와 학습준비 검사를 했다. 취체생도 염창섭은 절차를 틀려서, 그리고 몇몇 생도가 준비물을 빼먹어 중위로부터 두 뼘쯤 되는 군악대용 드럼스틱으로 손바닥을 얼얼하게 얻어맞았다.

오전 네 시간은 학과수업이었다. 학과는 국어(일본어), 한문, 작문, 외국어, 본방사(本邦史, 일본 역사), 동양사, 본방 지리, 외국 지리, 지문(地文, 지구에 관한 학문), 산술, 대수, 기하, 동물, 식물, 생리위생, 도화(圖畫), 피아노 등이었다.* 그러나 세 시간 동안 일본어 수업, 한 시간 동안 모든 학과를 맛보기로 돌아가듯 배웠다. 정신을 바짝 차리고 듣는데도 교관의 일본어가 요해(了解)되지 않았다.

오후 세 시간은 훈육과 술과였다. 훈육은 칙유(勅諭)의 독법, 복종의 정칙, 존경 및 칭호, 기거(起居)의 정칙, 군인 군속의 위상, 육해군의 복제(服制) 등이었고, 술과는 경례법, 제식훈련, 각개교련, 유연체조, 기계체조 등이었다.** 술과는 할 만했다. 삼

---

* 「陸軍地方幼年學校 敎授部課程細目槪表」陸軍幼年學校, 같은 책. 권말부록. 중앙유년학교의 예과는 지방유년학교와 교육과정이 같았다.

** 「陸軍地方幼年學校 訓育部課程細目槪表」위의 책. 권말부록.

청동 무관학교에서 오구라 대위로부터 일본식 군대 술과를 조금 공부했기에 몸으로 따라가면 되기 때문이었다.

쉬는 시간에 이동할 때였다. 일본 생도들이 손가락질을 하며 "강(韓)코로 강코로" 하고 키들거렸다. 조선인을 업신여기는 욕이었다.

"어린 놈들이 까불고 있군. 한 놈 걸리기만 해봐라."

박승훈 생도가 분개한 음성으로 중얼거렸다.

아나미 중위는 쫓아다니며 보행자세가 나쁘거나 허리가 꼿꼿하지 않은 생도들 이름을 수첩에 적었다. 일과가 끝난 오후 4시 이후 수의시간*에 수첩에 적힌 생도들을 찍어냈다. 웃통을 벗기고 등 한복판에 세로로 주름이 잡히도록 가슴을 내밀게 한 뒤 등 주름에 연필을 세워 끼웠다.

"가슴은 내밀고 턱과 배를 당기고 시선은 앞을 봐라. 무릎을 붙여라. 차렷 자세에서 두 다리가 붙지 않는 건 용납할 수 없다."

중위는 드럼스틱으로 자세 나쁜 생도들을 찌르고 때렸다. 연병장을 다섯 바퀴 뛰게 하는 벌칙도 내렸다. 청소 상태와 관물 정리도 트집 잡아 기합을 주었다. 흰 장갑을 끼고 침상 바닥을 문질러 먼지가 묻으면 기합이었다. 심지어 내일 다시 신고 나갈 군화는 번쩍번쩍 광이 나야 하고 바닥에 낀 모래 알갱이조차 용납하지 않았다. 한국학생반 숙소는 중위가 큰 소리로 지적하

---

* 수의시간(隨意時間) : 생도들이 자기 뜻대로 행동하는 자유시간. 일본 육사와 유년학교에서 사용한 용어이다.

　　　　　　　　　　　　　　　　　마지막 무관생도들

고 자신의 잘못을 조선인 생도들이 복창하는 소리, 엎드려 팔굽혀펴기를 하며 붙이는 구령 소리로 가득 찼다. 목소리가 작으면 호령조성**을 시켰다.

신기하고 좋은 일도 있었다. 목요일 오후 수의시간에 명찰이 붙은 흰색 천으로 만든 자루를 하나씩 나눠주고 거기 세탁물을 넣으라는 명령이 내려졌다.

"장교는 명예로운 신분인데 생도들이 빨래를 해서야 되겠느냐?"

아나미 중위가 말했다.

생도들은 빨래자루를 복도에 내놓았고, 나이가 아버지뻘 되는 민간인 잡역부들이 세탁소로 옮겨갔다.

다음 날인 금요일, 상급반인 예과 3학년 생도들은 피아노 연주 수업을 처음으로 받았다. 피아노 교실에는 피아노 열다섯 대가 있었는데 생전 처음 보는 물건이었다. 생김새가 희한하고, 거문고와 가야금 소리만 알던 생도들에게 악기 소리는 낯설었다.

"저 악기를 직접 다루는 시험을 본다니……. 구라파의 교양 있는 신사들은 악공(樂工)에게 시키지 않고 직접 하는 모양이지."

생도들은 한숨을 쉬었다. 장차 정규과정에 들어가면 피아노 점수를 딸 일이 난감하여 앞이 캄캄하기 때문이었다.

---

** 호령조성(號令調聲): 생도들이 지휘력을 갖추기 위해 '차렷' '앞으로 갓' 등 구령을 외치는 연습. 일본 육사와 유년학교에서 사용한 용어이다.

## 김현충 생도의 방문

편입학 후 2주일이 지난 토요일이었다. 토요일 오후는 자유와 휴무였다. 그러나 한국학생반 생도들은 자습실에서 책과 씨름했다. 오구라 대위의 엄포 때문이었다.

"이대로는 어림도 없다. 또다시 한 학기를 예비과정으로 가거나 아래 학년으로 갈 수도 있다. 그럼 조선 놈들은 나이만 처먹고 돌대가리라고 할 게 아니냐?"

이것은 예견된 일이었다. 일본 군부가 그들을 데려오는 계획을 세울 때, 오구라 대위는 육군유년학교 예과 2학년 수료 실력자는 8명, 1학년 수료 실력자는 7명으로 진단한 바 있었다. 그런데 상급반 21명을 모두 예과 3학년에, 하급반 23명은 모두 2학년에 넣으려 하니 힘겨울 수밖에 없었다.

생도들은 오구라 대위의 말에 자존심이 상했지만 그런 상황을 알고 있었다. '어서 빨리 일본 생도들을 따라잡자.' 모두 다짐했다. 자습실에서는 숨소리와 연필 달리는 소리만 들렸다.

아나마 중위는 매와 벌칙이 매섭기는 해도 감정을 드러내지 않았다. 그러나 오구라 유사부로 대위는 그렇지 않았다. 삼청동 무관학교 수석교관 시절보다 더 심해진 것이 있었다. 걸핏하면 귀족가문인 자기 집안을 자랑하고 조선인들을 모욕하는 것이었다. 뒷날 김석원 장군은 이렇게 회고했다.

기회 있을 때마다 한국인들의 결점을 들추어내는 것을 무슨

마지막 무관생도들

인생의 큰 낙으로 삼고 있는 듯한 느낌이었다. 그는 흡사 추하고 더럽고 게으른 것은 모두 한국인의 화신(化身)인 양 누가 나쁜 짓을 했으면 그건 틀림없이 한국 학생이 한 것이라고 단정하고 "강코로, 강코로" 하면서 우릴 바라보고 눈을 흘기곤 했으니 참으로 분통이 터질 노릇이었다.*

늦은 오후, 취체생도 이응준은 생도대에 있는 한국학생반 행정실을 나왔다. 이날 아나미 중위가 기분이 좋은 걸 알고 건의해서 축구경기를 해도 좋다는 승낙을 얻어냈던 것이다. 그는 자습실에 가서 선언했다.

"축구시합 허락 받았다. 체육복을 갈아입자."

생도들은 박수를 치며 일어나 숙소로 달려갔다.

이응준은 체육복 팔에 취체생도 완장을 찬 채 동기생들, 그리고 후배들과 함께 연병장으로 이어지는 계단을 내려갔다. 노염(老炎)이 물러가지 않아 날씨는 무더웠고 연병장 가에 줄지어 선 키큰 삼(杉)나무에서는 갈매미들이 야단스럽게 울었다.

동기생과 후배 들은 어렵고 힘든 일을 이응준에게 맡겼다. 호감 가는 용모에 넉살도 좋아 일본인 교관이나 조교들에게 좋은 인상을 주고 일본인 생도들하고도 잘 사귄다는 것이었다. 그는 선선히 받아들였다.

응준은 생도들과 함께 연병장 가운데로 걸어가면서 모두에게

---

*   김석원, 앞의 책, 67~68쪽.

말했다.

"언제고 일본 애들하고 축구시합을 하게 될 거다. 그때는 본 때를 보여주자. 오늘 머리 식히며 노는 것도 좋지만 악착같이 연습해둬야 해. 오늘은 일단 선배군과 후배군으로 나눠 뛰자."

모두가 찬성했다.

심판을 맡은 지석규가 선수들을 연병장 중앙에 모이게 하고 회중시계를 들여다보며 경기 시작 호루라기를 불었다.

축구경기가 후반전에 접어들 무렵, 사관후보생 신분 표시 휘장이 붙은 제복을 입은 청년이 육군중앙유년학교 정문으로 들어섰다. 그는 조선인 생도 김현충(金顯忠)이었다. 이 학교의 5년 과정을 마친 육사 입학예비생으로서 도쿄 아카사카(赤坂) 지역에 있는 제1기병연대에서 대부 근무를 하고 있었다. 겨울이 되면 육사 23기로 기병과에 입학할 예정이었으며 만 21세로 지석규와 동갑이었다. 육사는 수업연한이 1년이므로 그의 고생은 거의 끝나가는 셈이었다.

그가, 조선인 생도 40여 명이 중앙유년학교에 편입한 소식을 들은 것은 지난 주였다. 행동이 자유로워진 토요일 오후에 조선인 후배들을 만나려고 온 것이었다.

그는 정문 경비소를 거쳐 모교 교정으로 들어왔다. 연병장에서 축구를 하는 생도들이 보였으나 그들이 조선인 생도들이라고는 생각하지 못했다. 그는 퇴근하지 않고 생도대에 남아 있는 구대장 아나미 고레치카 중위를 만나 인사했다. 중위는 비록 가르치고 배우는 인연은 없었지만 그가 재학할 때도 근무했던 장교였다. 중위는 김현충이 생도들을 만나는 것을 막지 않았다.

"연병장에서 축구를 하고 있다. 한 시간 주겠다. 후배들한테 말해줘라. 빨리 정규과정에 들어가려면 철저히 적응해야 한다고."

김현충이 연병장에 도착했을 때 마침 축구경기가 끝나가고 있었다. 집합 명령을 내릴 필요는 없었다. 그가 다가가자 생도들은 민첩하게 달려와 대열을 맞춰 섰다. 생도들의 눈은 그의 제복에 붙은 모표와 금장에 집중되고 있었다. 그들과 같은 오얏 꽃 모표와 분홍빛 금장, 조선인 유학생이라는 뜻이었다. 생도들을 대표해 취체생도 이응준이 차렷 구령을 내렸다. 김현충은 모국어로 말했다.

"나는 김현충 사관후보생이다. 일본 온 지 5년 됐다. 이 학교를 졸업하고 아카사카 기병연대에서 대부 근무 중이다. 후배들이 왔다고 해서 격려차 왔다."

몇몇 생도의 눈에 눈물이 핑 돌았다.

"선배님께 경례!"

취체생도 이응준은 역시 모국어로 구령했으며, 경례와 예전을 정한 내무요무령(內務要務令)대로 하지 않았다. 모두에게 차렷 자세를 시켜놓고 대표경례를 하면 되는데 전체경례를 시켰다.

김현충은 조선인 후배들을 연병장의 서쪽, 육사의 승마장 울타리와 경계를 이루는 편백나무 숲으로 이동시켰다. 한적한 곳이어서 얼마든지 속마음을 털어놓을 수 있는 장소였다. 모두가 편한 자세로 둘러앉았다.

"찾아주셔서 고맙습니다. 선배님은 저희에게 얼마나 큰 위안인지 모릅니다."

이응준이 모두를 대표하여 말했다.

"그대들 때문에 나도 위안을 갖네. 그동안 유년학교와 육사에 조선인은 나 하나였으니까."

김현충이 말했다.

이응준이 보기에 김현충은 아마 그래서 기병 병과를 받은 듯 호리호리하고 가벼운 체구를 갖고 있었다. 그러나 느낌은 무겁고 깊어 보였다. 무수히 많은 고뇌와 고독을 이긴 사람에게서 볼 수 있는 깊은 눈빛이 인상적이었다.

"긴 시간을 어떻게 이겨내셨습니까?" 하고 홍사익이 물었다.

"외로움과 싸웠지. 열흘 보름 동안 우리말을 한마디도 못 할 때도 있었어. 시간에다 나를 맡겼어. 바람이 불면 바람에 나를 맡기고, 비가 내리면 비에 맡겼지. 가끔은 채찍으로 나를 때렸지."

김현충은 바지 주머니에서 만년필 크기 손잡이에 가죽끈이 서너 개 달려 있는 말채찍을 꺼내더니 짝짝 소리가 나게 허공을 때렸다.

"몸을 때린 게 아니라 이렇게 내 정신을 때렸다. 채찍을 좋아해서 기병 병과를 택했는지도 몰라."

그의 유머에 생도들은 와르르 웃어 친밀감을 표현했다.

신태영 생도가 오구라 대위와 아나미 중위의 기합에 대해, 안종인은 일본 애들이 욕하는 것에 대해, 김준원은 같은 식당에서 식사하지 않고 차별받는 것에 대해 말했다.

그는 천천히 고개를 저었다.

"일본인 생도들은 입학 직후 상급생들이 기본을 가르치며 혼쭐나게 기강을 잡는다. 그거보단 아나미 중위에게 당하는 게 낫지. 그리고 중위는 탁월한 장교로 육군대학 입학 물망에 오르고 있다고 들은 적이 있다. 아무튼 이 학교에 왔으니 여기 질서에 맞춰갈 수밖에 없지 않은가? 욕하는 어린것들, 한번 걸리면 혼내줘라."

김현충은 잠시 뭔가를 골똘히 생각하다가 다시 입을 열었다.

"5분 내 비상집합이란 게 있다. 곧 그걸 할 거다. 곤하게 자다가 명령이 떨어지면 전체 생도가 군장 꾸려 연병장까지 죽어라 달려가 집합하는데, 5분이 인간 능력의 한계다. 단합과 정신 집중의 절정이 아니면 이를 수 없다. 그거 하나로 모든 걸 평가할 수 있다. 죽기 살기로 연습해서, 언제고 비상이 걸리면 일본 애들을 깜짝 놀래켜줘라."

그는 3인 1개조로 나눠 움직이는 분업훈련을 설명했다. 그리고 생도 생활에 겪게 마련인 여러 가지 일에 대처하는 요령을 일러주고 주의할 점을 말해주었다.

"기죽지 말고 1년만 버텨라. 일본 애들은 너희들보다 서너 살 어려 체구도 작고 지능도 그렇다. 술과는 너희가 훨씬 유리하다. 일본은 너희들을 가르쳐 아주 요긴하게 써먹을 계산을 하고 있겠지만 기준에 미달하면 잘라버린다는 걸 명심해라. 여기는 대신(大臣)의 아들도 자르는 곳이다. 끝까지 살아남아라. 살아

남아야 뒷날 뭘 하든 할 수 있을 게 아닌가?"

김현충은 후배 생도들의 표정을 한 번 돌아보고는 미소를 지었다.

"너희에게 일요하숙이 필요하다. 일본에는 지방 토호들이 자기 지역 출신 사관생도들을 위해 주말숙소를 제공하는 전통이 있다. 생도들은 주말 외출 나가 거기서 실컷 낮잠 자고 교관 흉을 보고 호떡을 사다 먹는다. 춘화(春畵)도 돌려본다."

춘화라는 말에 생도들이 눈을 크게 뜨며 웃었다.

"모두 피 끓는 청춘 아니냐? 절반쯤은 결혼해서 아내 몸이 그리울 거고. 그러니 춘화라도 봐야지. 아무튼 거기선 뭘 해도 된다. 일본인 생도들 속에서 긴장하면서 지내야 했던 나는 그보다 부러운 게 없었다. 고국 정부가 만들어줘야지. 공사관이나 유학생 감독부에 줄기차게 요구해라."

유승렬 생도가 손을 번쩍 들고 질문했다.

"유학생회가 있다고 들었습니다. 거기 가입하고 회원들과 교유할 수 있는지요?"

김현충은 머리를 끄덕였다.

"당장은 외출 허가가 안 나와 어렵겠지만 장차 그래야지. 유학생 모임은 여러 개 있었는데 대한흥학회로 대략 통합됐다. 회장은 나하고 5년 전 황실유학생으로 온 최린(崔麟) 선배다. 너희들에게 입회원서 보내라고 최 선배한테 말하겠다. 유학생회에 가면 여학생들도 있다. 일본에선 사관생도가 인기 최고다. 유년학교 생도는 아직 좀 그렇고, 사관학교 올라가봐라. 일본 처녀들은 사관생도가 눈웃음만 한 번 보내도 가슴 설렌다고 한다. 나는 곧 사관생도가 되니 실컷 그걸 누릴 것이다."

생도들은 박수를 치며 환호했다.

김현충은 그렇게 후배들 마음을 풀어준 뒤 하나하나 이름과 출신지를 물으며 다독거렸다. 아나미 중위와 약속한 한 시간이 되자 자리에서 일어서면서 명령했다.

"모두 일어나 나를 중심으로 모여라. 두 팔을 벌리고 한 덩어리가 되자."

김현충과 가깝게 앉아 있던 응준은 그의 가슴 앞으로 다가갔다. 등 뒤로 동기생들과 후배들이 밀려왔다. 45명이 한 덩어리가 되었을 때 김현충 선배의 목소리가 울렸다.

"서로 아끼고 뭉쳐라. 한순간도 조국을 잊지 말아라."

응준은 감격에 젖어 두 팔로 옆 사람을 끌어안았다.


### 아, 안중근 의사

편입학 한 달이 지나 10월로 접어들었다. 오구라 대위와 아나미 중위의 지적과 벌칙은 점점 더 강해져 절정에 이르러 있었다. 생도들은 서로 격려하고 질타하며 이겨냈다. 학과공부에도 악착같이 매달려 수의시간에도 책을 놓지 않았고 토·일요일에도 책을 달달 외웠다. 책 위에 코피를 쏟는 일이 여러 사람에게 일어났다.

그러면서 일요하숙을 만들어달라는 간곡한 호소문을 공사관

에 써 보냈다. 대한흥학회 입회원서를 받아 작성해 보냈다. 50
전 혹은 1원씩 회비도 보냈다.* 고통 속에서 조선인으로서의 존
재감을 확인하는 것이기도 했다.

어느 날, 지석규는 아들을 낳았다는 아내의 편지를 받았다.
한국학생반 생도들은 모처럼 웃으며 축하해주었다. 홍사익을
비롯하여 기혼자가 여럿 있었지만 일본에 온 뒤 아이를 낳은 것
은 처음이었다. 지석규는 멋쩍게 웃었다.

"명색이 애아범인데 어릴 '유(幼)' 자를 쓰는 유년학교에 다니
고 있으니, 내 참."

홍사익이 부러운 표정을 했다.

"내 아내는 잉태 소식이 없어. 외로워서 어떻게 사느냐고, 아
이가 있었으면 좋겠다고 해서 떠나기 전 매일 밤 몸을 섞었는데
말이야."

"제수씨가 힘들겠구나. 하지만 언제고 아이를 갖게 되겠지."

지석규는 친구의 팔을 잡고 위로했다.

한국학생반 생도들은 한밤중 비상집합 훈련에 대비해 김현충
선배가 일러준 대로 치밀한 자체연습을 주말 노는 시간에 벌였
다. 3인 1개조로, 한 사람은 배낭 내용물을 집어 넣고 덮개를 조
이고, 한 사람은 담요와 우의를 둘둘 말아놓고 야전삽과 반합을
꺼내 정렬하고, 한 사람은 그걸 배낭 외부에 결합했다. 처음엔

*   『대한흥학보』 제7호(1909. 11. 20)에 유년학교 생도들의 의연금 기록이 실려 있
    다(국편 DB).

18분이 걸렸으나 손가락 끝이 벗겨지도록 수백 번 연습을 하자 요령이 생겼다. 담요말이 담당들은 담요를 휙 펼침과 동시에 양쪽이 안으로 접혀들어오게 한 뒤 그대로 둘둘 말아버리는 일을 눈을 감고도 3초 안에 할 수 있었다. 소요시간은 기적같이 27초로 줄어들었다. 옷을 재빨리 입고 허리에 군도를 차고 소총 들고 철모를 쓰고 숙소 문을 달려 나가는 것도 30초 안에 할 수 있었다. 더 큰 소득도 있었다. '나 하나가 아닌 우리 모두를 위해', 생도들은 그렇게 생각하며 강한 결속력을 갖게 되었다.

10월 중순 어느 날 새벽, 사이렌이 울리고 완전군장 집결 명령이 떨어졌다. 한국학생반 구대는 4분 36초에 집결을 끝내고 당직사령에게 인원보고를 했다. 전체 36개 구대 중 2위였다. 당직사령은 한국학생반 구대를 극찬하며 모두 본받으라고 전체 생도들에게 훈시했다. 그날따라 외박을 나갔다 다음 날 아침에 들어온 아나미 중위는 머리를 홰홰 저었다.

"……무서운 녀석들! 미리 연습하는 줄은 알았지만 이 정도인지 몰랐다."

중위가 그 자리를 떠나자 조철호 생도가 소리쳤다.

"우리들은 참 대단하다. 5분 안에 해내다니."

"그래." 하고 모두가 합창했다. 서로 얼굴을 들여다보니 대부분 야위고 입술은 부르터 있었다. 두 눈은 쑥 들어갔으나 번뜩이며 빛을 내고 있었다.

그것이 정점이었다. 그때부터 아나미 중위의 지적과 벌칙이 줄어들었다.

학과공부도 서서히 제자리를 잡아갔다. 가장 두드러진 건 홍사익과 염창섭이었다. 홍사익은 염창섭보다 더 베풀 줄 알았다. 동기생이나 후배가 어려운 문제를 들고 오면 자기 책을 던지고 선선히 설명해주었다. 일본어가 부족해서 모든 과목에 쩔쩔매는 생도들이 열 명 안팎 있었다. 그의 요약 노트는 그들에게 생명줄이나 다름없었다.

이응준은 술과와 일반생활에서 돋보였다. 타고난 용모와 체력, 천성적으로 갖고 있는 친화력으로 교관들과 일본인 생도들을 상대하며 그들의 마음을 사로잡았다. 교관들의 관심을 끌었고 그와 상대하는 일본인 상급생들은 금방 우호적인 표정으로 변했다.

하급반에서는 윤상필이 학과에서, 김석원이 술과에서 우수한 성적을 올리며 동기생들을 이끌고 나갔다.

조선인 생도들이 한 단계 올라서자 오구라 대위와 아나미 중위는 일본인 예과 생도 구대와의 축구경기를 준비했다.

그러던 어느 날, 감당하기 어려운 큰일이 터졌다. 10월 26일 수요일, 예과 3학년 한국학생반 생도들은 11시 정각부터 시작되는 제4교시 지리 수업을 받기 위해 교실에 앉아 있었다. 교관이 들어왔다. 취체생도인 조철호의 경례 구령에 생도들은 일제히 고개를 숙였다. 웬일인지 교관은 답례를 안 하고 안색이 비장했다.

"나는 마음을 진정할 수가 없다. 너희가 조선 놈들이기 때문이다. 오늘 아침, 이토 히로부미(伊藤博文) 공작께서 만주 하얼빈(合爾濱)에서 조선놈의 흉탄을 맞고 절명하셨다."

생도들은 놀라 눈을 크게 떴다.

"그분은 동아시아의 번영을 위해 진력하신 일본의 영웅이셨다. 총 쏜 조선놈은 자칭 독립투사라는데 제정신이 아닌 미친놈이다. 생각해봐라, 조선이 어떻게 독립한단 말이냐!"

교관은 목소리가 떨리고 손도 부들부들 떨렸다. 한참 만에 자신을 진정시키고 수업을 시작했지만 생도들은 숨소리도 크게 내지 못하고 앉아 있었다.

4교시 수업이 끝나 식당이 있는 생도대로 가려 하는데 여느 날과 다르게 아나미 중위가 달려왔다. 바로 옆 교실에서 한국학생반 하급반이 동양사를 공부하고 나왔고 상급반과 합류해 행진했다. 여기저기 일본인 생도들이 이토의 죽음을 슬퍼하며 우는 모습이 보였다. 그것을 바라보며 중위가 말했다.

"너희들이 해야 할 건 속죄와 반성의 침묵이다."

생도들은 중위의 인솔을 받으며 걸었다. 일본인 생도들이 "강코로!" 하며 주먹을 흔들었다. 아나미 중위가 인솔하지 않았으면 달려들어 집단폭행이라도 할 듯 험악한 분위기였다. 한국학생반 생도들은 벙어리들처럼 아무 말도 하지 않았다.

일본인 생도들의 분노는 다음 날도 강하게 표출되었다. 한국학생반 생도들이 오전수업을 끝내고 생도대로 행진할 때 돌을 던진 것이다. 돌멩이는 대열을 지휘하던 취체생도 조철호의 장딴지에 맞았다.

조철호는 눈을 부릅뜨더니 "우로 돌아 뛰어갓!" 구령을 하고 앞장서 쏜살같이 달려갔다. 생도 전원이 대형을 유지한 채 달려가 돌 던진 놈을 포함한 몇 사람의 생도들 앞에 정렬했다.

취체생도 완장을 찬 조철호가 벽력같이 소리쳤다.

"우리는 자숙하는 중인데 돌을 던지다니. 연병장 가운데서 1대 1로 붙자!"

그는 얼굴이 거무튀튀하고 목소리가 컸다. 돌 던진 일본인 생도는 나이도 어린데다가 얼굴이 희고 몸이 가는 편이어서 조철호가 들이받으면 어디고 부러져 나갈 것 같았다.

키가 작지만 몸이 빠른 안종인도 한몫했다.

"에잇! 자퇴하고 돌아가고 싶은데 그동안 간신히 참았어. 어느 놈이든지 덤벼! 나는 퇴학당하면 더 좋아!"

크게 소리치고는 택견 자세로 땅을 차고 거꾸로 솟아오르더니 두 길 높이의 나뭇가지를 걷어차 부러뜨렸다.

아나미 중위가 호루라기를 불며 달려왔다. 혹시나 하여 행정실에서 바깥을 내다보다가 목격한 것이었다.

중위는 돌을 던진 일본인 생도의 뺨을 때렸다.

"바보 같은 자식, 조선인 생도들을 가르치는 게 장차 우리 제국에 얼마나 큰 이익이 되는지 모르는 놈!"

그때 조철호와 고국 유년학교부터 동기인 홍사익이 중위에게 당당하게 말했다.

"사과시키십시오. 그래야 저희들 물러갑니다."

중위는 머리를 끄덕였다. 행군하는 병력을 향해 돌을 던졌고 지휘자가 맞았으니 어떤 말로도 변명할 수 없었다. 결국 돌 던진 생도는 고개 숙여 사과했다.

한국학생반 생도들은 동포 투사의 이토 저격에 대해 자세한 내용을 여전히 알지 못한 채 다시 하루를 보냈다. 그것을 알아낸 것은 하급반의 이종혁 생도였다. 이날 일석점호가 끝나고 소등나팔이 울려 모두 침상에 누웠을 때였다. 이종혁이 내복 바람으로 통로에 뛰어내리더니 흥분을 억누른 음성으로 말하기 시작했다.

"이토 히로부미 피격, 내가 다 알아요. 아까 수의시간에 도서관 갔다가 식물학 교관 만나 두꺼운 책 여러 권을 숙소로 옮겨줬어요. 교관은 문 열어주고 변소 갔는데 책상에 신문이 있었어요. 이토 피격 기사가 있어 재빨리 읽어 머리에 담았어요."

흐릿한 취침등 아래서 모든 생도가 벌떡벌떡 몸을 일으켰다. 이종혁은 길게 한 번 숨을 쉬었다. 그러고는 충청도 사투리는 잊어버리고 빠르게 속삭이는 음성으로 또박또박 말하기 시작했다.

"안중근(安重根), 서른 살, 황해도 해주 출신. 러시아 연해주와 간도에서 의병투쟁, 신문기자 경력, 이토가 러시아 장상(藏相)과 회담하기 위해 하얼빈 온다는 신문기사 보고 동지들과 모의, 10월 26일 아침 9시 30분 하얼빈역, 러시아 의장대원들 사이로 걸어 들어가 이토를 향해 10보 거리에서 브라우닝 권총 3발 발사 명중시키고 나머지 탄환 발사. 이토 현장 사망, 가와카미(川上) 하얼빈 총영사 등 4명 중상. 체포되면서 러시아어로 '우라 코레아', 이 말은 우리말로 '대한 만세'. 세 번 외침. 사건배후로 안창호 선생, 이갑 참령, 신민회* 회원과 민족지도자들 체포 중. 이상이에요."

지석규는 감격과 흥분으로 가슴이 부풀어오르는 듯했다. 일본을 이긴다고 늘 다짐하지만 가슴 한구석에는 열등감이 고여 있었다. 일본 땅으로 건너온 뒤 일본의 강한 힘을 실감하며 그것은 더 커지고 있었는데 안중근이라는 사람의 의열투쟁은 그 열등감을 단번에 씻어주고 있었다.

또 하나 고마운 것은 조철호와 이종혁의 행동이었다. 둘 다 냉철하고 당당하게 나섰던 것이다. 그는 소등 후 절대침묵이라는 규칙을 깨며 누운 채로 큰 소리로 말했다.

"고맙네, 조철호 생도와 안종인 생도, 그리고 이종혁 생도."

그러자 여기저기서 같은 말들을 했다.

이응준은 손바닥으로 이마를 싹 받치고 있었다.

'참령님이 다시 구속되시다니······.'

일개 가출 소년인 자신을 집에 데려다 가르치고 무관학교에 넣었으며 일본으로 보내준 이갑 참령, 그에게는 아버지나 다름없는 존재였다. 문득 남대문역 환송식 때 참령이 한 말이 떠올랐다.

"만약 내가 잘못되면 집사람과 정희를 부탁한다."

---

*   신민회(新民會) : 1907년 안창호, 양기탁(梁起鐸), 이갑 등이 조직한 독립운동단체. 평양에 대성학교, 정주에 오산학교를 세우고 『대한매일신보』를 발행하는 등 항일운동을 펼쳤으나 1910년 데라우치(寺內) 총독 암살모의 사건으로 회원들이 구속되고 해체되었다.

마지막 무관생도들

응준은 다음 날 부인과 정희에게 편지를 썼다. 그는 도쿄에 오고 이 참령에게 두 차례 편지를 썼다. 열심히 공부하고 있다는 보고를 하고 참령과 가족의 안부를 묻는 내용이었다. 이 참령은 답장을 보내 격려했다. 이번에는 수신인을 정희로 정해서 썼다. 오구라 대위가 검열할 것이므로 그냥 모두들 안녕하신가 안부를 물었다.

저녁 수의시간, 삼나무 숲에 지석규, 홍사익, 이응준, 안종인, 신태영이 모였다.** 안중근 저격사건 때문에 근신해야 할 시기라 조심스럽게 움직인 것이었다.

"안중근이란 분의 의거로 우리 입장이 난처해진 건 사실이지만 이걸 긍정적인 자신감으로 바꿔야 해."

홍사익의 말에 지석규가 머리를 끄덕였다.

"그래, 이제 주눅들 이유가 없어."

그 후 조선인 생도들의 태도에 변화가 생겼다. 갑자기 당당해진 것이다. 우선 오구라 대위와 아나미 중위에게 일본인 예과 생도들과의 축구경기를 요청해 성사시켰다. 300여 명 중에서 뽑은 일본 생도 팀을 44명 중에서 뽑은 한국학생반 팀이 3대 1로 이겼다. 이응준이 한 골, 김석원이 두 골을 넣었다. 고국의 무관학교 시절 장충단 운동회 때 남산 봉수대를 왕복하는 달리기에서 2등 그룹에 200미터 이상 앞서며 독주했던 이응준, 소학

---

** 　군사연구소, 『의장(義將) 안병범』 육군본부, 1989, 47쪽. 안종인은 뒷날 병범으로 개명했다. 이 전기는 광복 후 육군대령이 된 그가 6·25전쟁 때 부상당해 낙오하자 인왕산에서 자결한 사실 등 생애를 압축해 담았다.

교 시절 한성 시내 연합운동회 달리기 경기에서 1등을 했던 김석원, 두 사람을 서너 살 아래 일본인 생도들은 따라잡을 수가 없었다.

인간의 능력 밑바닥까지 내려가는 혹독한 훈련이 뒤따랐다. 20킬로그램 배낭을 지고 들판 길 10킬로미터를 달리는 야전구보, 유난히 추운 날 저수지 물속에 한 시간 몸 담그고 앉아 있기, 여름옷을 입고 가을밤 천막도 없이 산속에서 아침까지 견디는 훈련 등이었는데 한국학생반은 서로 격려하며 넘어섰다.

모든 생도들이 그렇게 첫 번째 고비를 넘겼다. 예상보다 빠른 11월 초 정규과정에 들어간다는 결정이 내려졌다.

"우리가 두 달 만에 해냈어!"

생도들은 입술이 부르트고 얼굴이 야윈 채로 서로 악수했다.

그러나 첫 탈락자가 생겼다. 윤우병이 각혈하며 쓰러져 실려 갔고 중증 폐(肺)질환으로 진단되어 퇴교 처분을 받았다.* 윤우병은 원래 건강한 몸이었다. 유학 출발 직전 오구라 대위의 평가에서 '일어―병, 기타학과―을, 교련―열, 체조―열, 체격―강장'의 평가를 받았다. 기를 쓰고 따려가려고 무리하다가 건강을 해친 것이었다. 그는 생도들의 눈물 어린 전송을 받으며 학교를 떠나 고국으로 향했다.

11월 하순, 생도들은 교토와 나라(奈良)의 유적 답사와 함께

---

\* 「韓国 陸軍學生 尹佑炳 退校の 件」 및 「診斷證書」, 陸軍省, 『貳大日記』 明治 43年(1910) 1月, 일본 국립공문서관 소장자료.

온천지대를 들르는 수학여행을 떠났다. 이응준은 출발 직전에
도착한 정희의 답장을 읽으며 기차에 올랐다.

> 그리운 응준 오빠
>
> 아버지는 용산헌병대에 갇혀 계십니다. 아버지가 몸을 상하
> 실까 봐 걱정하던 차에 오빠 편지를 받았습니다. 세 해 전 아버
> 지가 감옥에 가셨을 때 오빠가 저와 어머니와 집을 든든히 지
> 켜주셨던 일을 생각했습니다. 그래서 오빠 편지를 또 읽고 또
> 읽고 여러 번 읽었습니다.
>
> 정희는 오빠가 멀리 계셔서 외롭고 슬프지만 편지를 곁에
> 놓으면 오빠가 옆에 있는 듯 느껴집니다. 어제는 예수 믿는 친
> 구를 따라서 예배당에 갔습니다. 아버지 무사하시기를 빌고
> 오빠도 무사하시기를 빌었습니다.
>
> 어머니께서 편지 고맙다고 하시며 아버지는 곧 석방되실 테
> 니 걱정하지 말고 무사하기를 빈다고 하셨습니다.
>
> 오빠를 다시 만날 날이 빨리 오기를 고대하며 줄입니다.

정희의 편지는 까불고 떼를 쓰던 철부지 소녀답지 않게 의젓
했다. 응준은 이 참령을 걱정하며 편지를 차곡차곡 접어 수첩
속에 넣었다.


## 일요하숙

1910년 경술년 새해가 되었다. 오구라 대위와 아나미 중위는

생도들이 예상보다 잘 적응하고 있다고 판단하고 생도들의 외출 허가 결정을 내렸다.

더 반가운 것도 있었다. 학교 정문에서 걸어서 10여 분 걸리는 곳에 일요하숙을 만든 것이다. 건물 주인은 아래층에서 자신의 성(姓)을 붙인 '고토(後藤) 운송점'을 경영하는데 창고로 쓰던 2층 15평을 다다미를 깔아 무상으로 제공한 것이었다. 건물주인 고토도 통이 크지만 사무라이 가문 출신인 그 부인이 전적으로 찬동했다고 했다. 도쿄의 고국 공사관은 20원의 지원금을 보내왔다.*

한국학생반 생도들은 한꺼번에 외박 허가를 받아 일요하숙으로 몰려갔다. 일요하숙은 40여 명이 머물기에는 비좁았고 난방이 되지 않아 조금 추웠다. 그러나 아무도 불편하게 생각하지 않았다. 넉 달 동안 생도대 내무생활에 얽매여 지낸 터였는데 이제는 마음대로 아무 이야기나 할 수 있으니 더 바랄 게 없었다. 생도들은 빵을 사다가 저녁을 때우고 거기서 몸을 붙인 채 칼잠을 잤다. *

조철호 생도가 모두에게 말했다.

"일요하숙은 긴장 풀고 쉬는 곳이기도 하지만 더 큰 의미가 있어. 조국애라는 일념으로 뭉치는 곳이다."

이응준이 대꾸했다.

---

* 한국학생반의 일요하숙 마련과 지원금에 관한 기술이 야마모토 시치헤이의 저술에 있다(山本七平, 『홍사익 중장의 처형』 상권, 이명성 역, 도남서사, 1986, 45쪽).

"물론이지. 일본에 길들여지지 말고 우리 정신을 지켜야 한다."

하급반 원용국이 벌떡 일어나며 소리쳤다.

"우리는 그럴 수 있어요."

하급반 이종혁도 몸을 일으켰다.

"우리는 결코 일본에 순치당하지 않을 거예요."

1910년 봄, 대한제국은 패망의 벼랑이 눈앞에 다가왔다. 이응준 생도의 후견인인 이갑 참령은 지난해 말 감옥에서 풀려나 있었다. 3월에 그는 동지들과 함께 망명길에 올랐다.

이응준은 그 소식을 오구라 대위를 통해서 알았다. 어느 날 행정실로 불려 이 참령과 몇몇 우국지사들이 국외로 탈출했다는 기사가 실린 일본 신문을 보여주었던 것이다.**

"이갑 참령이 참 어리석은 결정을 했구나."

신문을 읽고 행정실을 나오는 이응준은 안도감과 걱정이 교차했다. 참령 부인과 정희에게 편지를 썼다. 정희에게 꿋꿋이 견디며 공부 잘하라는 당부를, 부인에게는 곁에서 모시지 못해 죄송하다는 말을 썼다. 보름 뒤에 정희에게서 답장이 왔고 편지 내용은 더 의젓해져 있었다.

유년학교 생활에 적응하여 매달리는 동안 시간은 빨리 흘러 갔다. 6월이 되어 예과 3학년과 2학년을 마치고 여름방학을 맞

---

** 이응준, 앞의 책, 68쪽.

아 유영(遊泳)훈련을 떠나기 직전, 학교당국은 상급반 이희겸이 학과수업을 따라가지 못한다고 판단해 유급 처분을 내렸다.* 이희겸은 그 처분을 받아들였다.

생도들은 1주일 간 유영훈련에 참가한 뒤 다시 1주일 답사여행을 하고 열흘간 방학에 들어갔다. 아무도 고국에 가지 않았다. 귀향하지 못하는 한국학생반 생도들을 위해 숙소가 열려 있었고 내무생활 통제도 없었다. 생도들은 축구를 하거나 일요 하숙에 가서 빈둥거렸다. 따분하면 인접한 육군사관학교에 구경 가고, 근처에 있는 아오야마(靑山) 제국육군연병장 앞 강변에서 낚시를 하거나 도쿄 시내를 돌아다녔다. 일본 처녀들을 한번 유혹해보려고 애쓴 생도들도 있었으나 유년학교 생도 제복으로는 먹혀들지 않았다고 쓴웃음을 지었다.

## 조국이여 조국이여

1910년 9월 1일 수요일, 고국을 떠나온 지 어느 새 1년이 지나 새 학년이 시작되었다. 상급반은 본과 1학년, 하급반은 예과 3학년이었다.

---

* 유급자는 이희겸, 장성환, 장기형, 이강우, 강우영 5명이다. 오구라 대위 작성 명부에는 2학년으로 표기됐으나 1학년 표기 후배들과 함께 육군중앙유년학교를 졸업했다. 이희겸의 유급은 합병 전이라 외교문서 자료로 남아 있다(「韓国陸軍學生 李喜謙 延期修学の 件」, 陸軍省, 『貳大日記』 明治 43年(1910) 7月, 일본 국립공문서관 소장자료). 나머지 4인은 합병 후 유급한 것으로 보인다.

마지막 무관생도들

점심시간에 하사관이 식당 외벽에 굵은 붓글씨로 쓴 벽보를 붙이고 있었다. 일본인 생도들이 박수를 쳤다. 다가가서 보니 '경축, 우리 일본제국은 대한제국을 합병하였다'였다.

이응준은 무거운 몽둥이로 뒷머리를 얻어맞은 사람처럼 비틀거렸다. 결국 올 것이 오고 말았구나, 생각하면서도 정신이 멍했다. 그는 동기생들을 돌아보았다. 넋 나간 표정들을 하고 하늘을 올려다보거나 눈물을 쏟고 있었다.

모두가 경황이 없이 점심을 먹었다. 식사가 끝나자, 한국학생반은 교장 훈시가 있으니 중강당으로 가라는 명령이 떨어졌다. 중강당으로 가자 교장 구노 대좌가 미소를 지으며 말했다.

"대한제국은 일본에 합병되었다. 제군도 제국 황민으로서 권리와 의무를 갖게 되고 위탁교육생 신분에서 일본제국 생도로 신분이 바뀌게 되었다. 내지 출신 생도들과 똑같은 대우를 받으며 육사에 진학할 것이고 임관 후 내지 출신 병사들을 지휘하게 될 것이다. 그러니 더욱 열심히 공부하고 전술을 연마하라."

교장은 짧은 훈시를 하고 밖으로 나갔다.

한국학생반 담당관 오구라 유사부로 대위는 후속 조치를 발표했다.

"한국학생반은 소멸되었다. 너희들은 오얏꽃 모표와 분홍색 금장을 떼고 내지 출신과 같은 국화꽃 모표와 진홍색 금장을 붙이고, 오늘 저녁 다섯 시에 내지 출신 생도들의 구대에 한 사람 혹은 두 사람씩 분산 배치될 것이다."

강화진위대 출신 의병들과의 전투에서 참패한 경력 때문에 소좌 진급이 늦어지고 있던 대위는 자신의 임무가 성공적으로 종료되는 것을 기뻐하고 있었다. 그는 말을 멈추고 마치 얼굴들을 잊지 않겠다는 듯이 생도들을 한 사람 한 사람 바라보았다.

"나는 조선 땅으로 복귀하라는 명령을 받았다. 몇 마디 충고하겠다. 나는 너희들의 슬픔을 안다. 그러나 현실은 엄정하고 냉혹하다. 너희가 지금은 합병을 슬퍼하지만 천재일우의 기회를 잡은 거다. 유년학교나 육사는 100대 1의 경쟁을 거쳐 입학한다는 걸 이미 알 거다. 무사히 육사를 졸업한다면 너희는 내지 출신 병사들을 지휘하는 첫 조선인 장교들이 될 거다. 그게 너희들 운명이다. 그러니 딴 생각 말고 갑자기 닥쳐온 행운을 붙잡기 바란다. 유년학교의 남은 기간 잘 버티고 육사로 가서도 꿋꿋하게 견뎌 임관하기 바란다."

오구라 유사부로 대위는 그렇게 이별사를 했다.

그때 이건모와 정동춘이 벌떡 일어서며 소리쳤다.

"난 못 해! 내 나라로 돌아갈 거야!"

"나도 떠난다. 나라가 있은 후 군인이지 나라 없는 군인이 뭐에 쓴단 말인가!"*

두 사람은 누가 말릴 새도 없이 군모를 벗어던지고 숙소로 걸

---

\* 이응준 장군은 생도 일부가 합병에 대한 반감으로 자퇴했다고 회고했다(이응준, 같은 책, 69쪽). 이건모, 정동춘으로 추정되나 확신할 수는 없다. 귀국해 총독부에 일자리를 얻었기 때문이다. 유년학교 과정 퇴교자는 윤우병, 이은우, 남상필, 류춘형, 신우현, 이응섭 등 6명이 더 있다. 이들은 일본 정부문서에 퇴교 기록이 남아 있으나 이건모, 정동춘은 자퇴자여서인지 기록을 찾을 수 없다.

마지막 무관생도들

어갔다.

거의 모든 생도들 마음이 그랬다. 그러나 '그래도 끝까지 해야지' 하는 생각이 그들을 주저앉게 했다.

한국학생반의 해체 작업은 아나미 고레치카 중위에 의해 신속하게 진행되었다. 오후 5시, 진홍색 금장으로 바꿔 붙인 생도들은 관물과 사물을 커다란 자루에 담은 채 정렬해 호명을 기다렸다. 하나씩 이름을 부르면 소속 구대 대표로 마중 나온 일본인 대표생도를 따라 그곳을 떠났다.

## 단지맹세

다시 긴장 속에 하루하루를 보냈다. 생도대 구대장과 중대장들은 조선인 생도가 잘못하면 단체기합을 주었다. 일본인들은 자신이 속한 단체에 누를 끼치는 것을 가장 큰 수치로 여겼다. 그런 수치를 안겨주려는 것이었다.

아침 점호 직후에 갖는 궁성요배나 천황의 군인칙유 낭독도 견디기 어려웠다. 분산되어 헤어진 동기생과 후배들을 만나기도 어려웠다. 각 구대와 학반마다 수업시간표가 다르고, 목욕과 식사도 단체 이동을 하기 때문이었다.

닷새가 지난 일요일, 일요하숙에 조선인 생도들이 전원 모였다. 연암 박지원의 후손인 박승훈 생도가 늘 당당했던 모습과 달리 힘없는 표정으로 입을 열었다.

"나라가 망했다는 사실 때문에 마음을 다잡을 수가 없어. 나

못 견딜 것 같아."

몇 사람이 울음을 터뜨렸다.

"그래, 실컷 울자. 나라 없는 망국노(亡國奴)들이니 울어야지."

지석규가 울먹이며 말했다. 그 말에 일요하숙은 통곡 소리로 가득 찼다.

지석규는 눈물을 닦다가 언뜻 창 아래 지상에 눈길이 갔다. 마을 사람들이 골목을 가득 메우고 올려다보고 있었다. 그는 길게 숨을 골라 가슴을 진정하고 소리쳤다.

"여기서는 안 되겠다. 흩어졌다가 하나씩 자연스럽게 아오야마 묘지로 가자. 박유굉(朴裕宏) 선배 묘를 참배하는 걸로 하자."*

생도들은 한 시간 뒤 아오야마 묘지 뒤편의 삼나무 그늘에 모였다. 수북이 깔린 삼나무의 마른 낙엽 위에 앉았다. 늘 신중한 지석규 생도를 사회자로 뽑고 한 사람씩 의견을 말했다. 자퇴하자는 의견이 절반, 싸우다 죽자는 의견이 절반이었다.

홍사익 생도 차례가 되었다.

"무기고를 탈취해서 유격전을 전개하다가 하나하나 쓰러져 죽는 겁니다. 유격전 전술에 의하면 40명을 잡기 위해 수만 명이 동원되어야 합니다."

---

* 아오야마(靑山) 묘지 : 일본의 전몰 군인, 순국자들이 묻힌 곳으로 육사와 육군중앙유년학교 동북쪽 가까운 곳에 있었다. 박유굉은 1882년 수신사로 파견된 박영효를 따라 일본에 간 유학생이었다. 조선인 최초로 육사에 입학했다가 갑신정변 실패로 앞길이 막히자 자결했다(이기동, 앞의 책, 5~7쪽).

　　　　　　　　　　　　　　　마지막 무관생도들

이응준 차례가 되었다.

"홍사익 형 말에 동의합니다. 고국 땅에서 유격전을 펼쳐 민족의 일제 봉기를 유도하는 게 좋지만 일본이 우리를 안 보내줄 거고 일본 땅을 발칵 뒤집어놓으며 싸울 수도 있습니다. 그리한다면 우리 행동은 청사에 기록될 겁니다."

다음은 조철호 차례였다.

"황궁 앞에서 단체로 자결합시다. 사쿠라꽃 떨어지듯 나라를 위해 목숨 던지며 할복하는 게 일본인들만 할 수 있는 건 아니지요. 동포에게 고하는 장엄한 유서를 남기고 자결합시다."

사회자인 지석규도 의견을 말하겠다고 했다.

"내 생각은 때를 기다리자는 겁니다. 언젠가 조국이 우리를 부를 때가 올 겁니다. 어떤 계기로 인해 민족 전체가 들고일어나고 항일전선을 결성했을 때 누가 지휘합니까? 일본이 가르쳐주는 대로 열심히 배워 임관해야 합니다. 소대장, 중대장, 참모를 거치며 지휘력과 경험을 쌓아두었다가 그때 써먹는 겁니다."**

하급반 후배들까지 모두 발언을 끝냈을 때 두 시간이 지나고 있었다. 의견은 지석규의 제안 쪽으로 기울어 있었다.

사회자인 지석규는 선언했다.

---

** 군사학을 익히며 때를 기다리자고 발언한 사람은 지석규로 알려져 있다(이형석, 「지청천」, 『한국 근대인물 백인선』, 동아일보사, 1970, 243쪽 ; 이기동, 앞의 책, 24쪽). 그러나 야마모토 시치헤이는 현장에 있었던 이대영(이호영)의 말을 들은 사람의 전언을 인용, 그것이 홍사익이라고 썼다(山本七平, 앞의 책 상권, 54쪽).

"결론은 내려졌습니다. 악착같이 전술을 배우며 때를 기다립시다. 그때까지 모든 고통을 인내합시다."

해산한 뒤 일부 생도들은 눈물을 뚝뚝 흘리며 걸었다.

그날 오후, 지석규는 홍사익, 이응준과 따로 모였다.

"한 사람도 결의가 변하지 않고 끝까지 가려면 계속 뭉쳐야 한다. 그러려면 구심점이 필요하다."

지석규의 말에 홍사익은 고개를 저었다.

"시간은 사람을 바꿔놓게 마련이야. 그걸 막기 위해 우리 셋이 구심점 역할을 하자."

이응준이 고개를 끄덕였다.

"김현충 선배에게 보고하고 지침을 듣는 것도 좋아."

지석규와 홍사익은 찬성했다. 셋이 함께 갈까 하다가 학교당국의 관심을 끌지 않기 위해 혼자 가는 게 낫다는 결론을 내렸다. 그것도 튀는 성격인 이응준이나 우등생인 홍사익보다는 조용하고 점잖은 지석규가 가는 게 좋다는 데 합의했다.

지석규는 아카사카 기병 제1연대로 김현충 선배를 찾아갔다. 대부 근무 중이라 휴일인데도 부대에 있던 김현충 사관후보생은 그의 설명을 듣고 눈을 빛냈다.

"후배들이 잘했다. 그리고 슬기롭게 행동했다. 너와 홍사익, 이응준이 구심점 역할을 하기로 한 것도 잘한 일이다."

김현충 선배는 잠시 생각에 잠겼다가 다시 입을 열었다.

"다음 주 토요일 오후, 셋이 조용히 외박을 나와 요코하마(橫浜)로 가라. 요코하마 기차역에서 다섯 시에 만나자."

마지막 무관생도들

"넷, 알았습니다." 지석규는 분명하게 대답했다.

김현충이 세 사람의 후배들에게 집합 명령을 내린 요코하마는 도쿄에서 기차로 한 시간 남짓 걸리는 아름다운 항구도시였다. 토요일에 지석규, 이응준과 함께 외박을 나온 홍사익은 곧장 기차역으로 가서, 오후 2시에 떠나는 요코하마행 기차표를 끊었다. 항구와 해변 풍광이 아름답다는 요코하마에 일찌감치 가서 구경이나 하자고 합의한 것이었다.

대합실에 앉아 기차가 오기를 기다리는데 김현충 선배가 나타났다. 김현충은 세 사람의 경례를 받으며 미소를 지었다.

"이런! 같은 기차를 타게 생겼군."

기차가 칙칙폭폭 증기를 뿜으며 역을 떠났다. 김현충은 한 사람씩 붙잡고 고향과 가족에 대해 물었다. 후배들 셋이 이야기를 끝내자 자기 가족 이야기와 자신이 걸어온 이야기를 했다.

"내 고향은 함경남도 북청이야. 아버님은 북청진위대 장교였는데 뒷날 군부대신이 된 윤웅렬(尹雄烈) 남병사*에게 발탁되어 마흔이 다 된 나이에 일본에 유학, 총기와 탄약 제조 전문가가 되어 귀국해서 군기창감 자리에 오르셨지. 유학 올 때 내 형을 데리고 오셨고 형은 일본 육사를 11기로 졸업하고 27세 젊은 나

---

*　남병사(南兵使) : 남도병마절도사(南道兵馬節度使)의 준말. 조선 조정은 전략적으로 도 중요한 함경남도 북청에 남병영(南兵營)를 설치했다. 종2품 고급 무관인 남도병마절도사가 주재했다.

이에 대한제국 군대의 공병대장 자리에 앉았다가 요절하셨지.* 아버님도 돌아가셨어."

김현충은 품속에서 고국 황제의 군인칙유 카드를 꺼냈다.

"이건 죽은 형이 품으셨던 거다. 을사늑약 맺던 해 8월 형님은 일본에 출장 오셨다. 나는 그때 응준이의 후견인인 이갑 참령님도 뵈었다. 그때는 계급이 부위셨지."

응준이 고개를 끄덕이자 김현충은 계속했다.

"형님은 내가 유년학교 편입하는 걸 허락하고 자기 것을 주셨어. 조국을 지키는 총칼이 돼야 한다는 말씀도 하셨지. 내 아버님은 군부대신 지낸 윤웅렬 대감을 가까이 모셨으니 친일에 가까웠지만 형님은 반일의 편에 서 있었지."

기차가 목적지에 도착했다. 요코하마 기차역은 항구에 있었다. 김현충 생도가 역 앞 마차점에서 지붕이 없는 쌍두마차를 빌렸다. 병과가 기병이라선지 능숙하게 마차를 몰았다.

"너희들은 잔말 말고 따라 오면 돼."

"알고 있어요." 하고 세 사람은 합창으로 대답했다.

마차는 딸랑딸랑 요령 소리를 내며 졸참나무 숲을 에워 돌아 약간의 경사를 이룬 길을 타고 시내 쪽으로 나아갔다. 숲이 끝나자 지나(支那, 중국)풍의 건물들이 나타났다.

"우리가 오늘 밤 잘 곳은 여기야. 우선 여기저기 구경 좀 하고

---

*    김현충의 형은 김성은(金成殷)이다. 관비유학생으로 도일, 게이오의숙을 거쳐 일본 육사를 나왔다.

다시 오자."

김현충이 말했다.

마차를 탄 채 외국인 거류지역과 일본 서민들의 저잣거리, 항구에 정박한 기선들을 구경하고 세 시간 뒤 마차를 돌려준 다음 지나인(支那人) 거리를 걸었다. 김현충은 수십 개 음식점 중 류텐가쿠(龍天閣)라는 간판을 머리에 인 집 앞에 발을 멈추었다.

"돌아가신 내 아버님이 유학 시절 단골로 삼으셨던 음식점이야. 형도 이용했지. 말하자면 우리 가족의 일요하숙이었던 셈이지. 나도 열 번도 더 여기 왔어."

뉘엿뉘엿 지는 해를 등지고 서서 지나인 주인이 반갑게 맞았다.

"왕 대인, 잘 지내셨지요?"

김현충의 말에 지나인은 머리를 끄덕였다.

"반가워. 형님을 점점 닮아가는군."

"오늘은 친구들과 같이 왔습니다. 실컷 먹고 마시고 자고 갈 테니까 골방을 주십시오. 헌병이나 경찰이 와도 우리는 여기 없는 겁니다."

왕 대인이라고 불린 주인은 눈을 크게 뜨고 웃었다.

"걱정 말고 이 왕가(王哥)를 믿어."

김현충은 앞장서 골방으로 들어가서 엄숙한 표정을 하고 앉았다. 홍사익과 두 생도도 엄숙해져서 무릎을 꿇고 앉았다. 김현충은 주머니에서 예리한 칼을 꺼냈다.

"후배인 그대들은 아오야마 묘지에서 조국이 부르는 날 독립전쟁에 나서기로 맹세했다. 그러나 평생 불변을 다짐한 우정의 약속이나 목숨 걸고 맺은 사랑의 약속이 깨어지듯 그 맹세도 약화되기 쉽다. 장차 일본군에 길들여져 복무할 것이기 때문이다. 이토 히로부미를 거꾸러뜨린 안중근 의사께서는 동지들과 단지(斷指)맹세를 하셨다고 한다. 우리도 그걸 하자."

"넷!"

홍사익, 지석규, 이응준은 감격한 목소리로 외쳤다.

고량주와 음식접시가 들어왔다. 김현충 생도는 조국 황제의 군인칙유 카드를 상 위에 펴고 그 위에 작은 고량주 잔을 놓았다. 먼저 손가락을 칼끝으로 찔러 고량주 잔에 4분의 1이 고이게 피를 흘렸다. 그다음은 나이순으로 지석규, 홍사익, 이응준이 그렇게 했다.

김현충은 피의 잔에 고량주를 붓고 다시 네 잔으로 나누었다. 무릎을 꿇은 채 피 섞인 잔을 군인칙유로 싸서 높이 들어올렸다.

"나 김현충은 조국이 부르는 날 독립전쟁에 투신해 신명을 바칠 것을 맹세합니다."

세 후배도 한 사람씩 그대로 했다. 그런 다음 피의 술을 마셨다.

마치 제의(祭儀)와도 같은 맹세가 끝나자 김현충은 다리를 뻗고 앉으며 술병을 집어 들었다. 후배들에게 연거푸 술잔을 안겼고 후배들은 덥석덥석 받아 마시고 답배(答盃)를 주었다. 술을 한 모금만 마셔도 중벌이 내려지는 사관학교와 유년학교의 교칙을 눈 하나 깜짝 안 하고 위반하는 행위였다.

거의 인사불성이 되도록 술을 마신 네 사람은 뒤엉켜서 잤다. 그리고 다음 날 아침 찬물에 세수하고 정신을 차렸다.

이해 겨울에 다시 자퇴자들이 생겼다. 상급반 남상필, 하급반 유춘형·신우현이 자퇴한 것이다. 궁성요배와 천황의 군인칙유 봉독을 더 이상 못하겠다고 그만둔다니 말릴 수도 없었다.*

---

\* 　1910년 12월 26일 이들 3인의 퇴교 기록이 있다(生徒退校, 『일본국 관보』 1911
　　년 1월 6일자). 학교조례 어느 항목에 의해 퇴교 조치한다는 사유를 기록함이 관
　　례였는데 이때는 사유가 없어 자퇴로 추정된다. 이응준 장군이 회고한 합방 거부
　　자퇴자는 이들까지 포함한 것으로 보인다.

제2부

# 두 갈래 운명의 길

**위** 마지막 무관생도 45명 중 생도시절의 결의를 실천해 항일 무장투쟁에 뛰어든 사람은 이종혁과 지석규였다. 1925년 9월 조선총독부 경무국장이 외무성 아세아국장에게 보낸 기밀 보고서의 첫 장. 정의부 군사위원장 지용기(지석규)와 신민부 군사위원장 마덕창(이종혁)이 북만주에서 비밀 회동했음을 보고했다. 　　　　　　　　　　　　　　　　　국사편찬위원회 소장

**아래** 동포 밀정의 밀고로 체포된 이종혁이 고등법원에서 5년 징역을 선고 받은 판결문 원본이다. 　　　　　　　　　　　　　　　　　국사편찬위원회 소장

# 4. 마침내 일본군 장교가 되다

## 비범한 우등생 홍사익과 윤상필

1911년이 왔다.

2월 초 지석규는 모친 별세 전보를 받았다. 특별휴가 명령이 나서 급해 귀국길에 올라 상례를 치르고 1주일 만에 돌아왔다. 그 외에는 큰 변화 없이 묵묵히 학업과 훈련에 열중했다.

홍사익은 일본인 생도들 속에서도 성적이 눈부시게 빛났다. 그가 속한 제1중대 제1구대에서는 히로시마 유년학교를 수석 졸업하고 이 학교 본과로 온 와치 다카지*가 성적으로 독보적인 존재였다. 한국학생반이 해체되던 날 구대 대표로 와서 홍사익

---

\* 　와치 다카지(和知鷹二, 1893~1978) : 히로시마(廣島)지방유년학교, 중앙유년학교, 육사, 육군대학 졸업. 참모본부 지나과(支那課)에서 근무. 관동군 참모, 지나주둔군 사령부 참모를 지내고 1940년 소장으로 진급했다. 태평양전쟁 때 육군중장으로 남방군 총참모부장을 지냈으며 종전 후 전범재판에서 징역형을 선고받고 복역했다(福川秀樹, 『日本陸軍將官事典』 Google Japan 웹사이트).

을 안내해 간 생도였다. 그러나 홍사익이 구대에 들어가면서 달라졌다. 둘은 학과시험에서 만점 경쟁을 벌였다.

와치 다카지는 부친이 규슈(九州) 지역의 유서 깊은 군벌 나카쓰번(中津藩) 출신으로 현역 중좌였고, 군대에서 입신하려는 욕망이 강했으며 가문의 전통인 무사도 정신이 몸에 배어 있었다.

홍사익이 일본 역사인 본방사 과목마저도 앞서자 시험을 앞두고 요점 정리 노트를 빌려달라는 생도들의 요청이 쇄도했다. 사익은 애당초 자신이 조선인이라 엘리트 코스를 가기 어렵다고 여기고 선선히 응했다. 홍사익은 그렇게 인정받고 있었다. 경쟁자인 와치와 다른 점이 그것이었다. 그래서 생도들이 좋아하고 와치도 네 살 많은 그의 엽엽한 태도에 고개를 숙였다.

숙소 옆자리는 이자키(井崎)라는 생도였다. 유명한 문필가의 아들이었는데 홍사익을 형처럼 따르며 존경하는 태도를 보였다. 공부나 훈련을 할 때도 그의 곁에 있으려 했고 일본인 생도들 속에서 벌어지는 화제들을 그에게 말해주었다.

5월 하순 어느 날, 홍사익이 속한 구대의 쓰지(辻)라는 생도가 병사했다. 생도들 중 누군가가 추모시를 쓰는 게 좋겠다는 교장의 의견이 있었다. 아무도 나서지 않자 중대장이 홍사익을 바라보았다.

"네가 추모하는 한시를 쓸 수 있겠느냐?"

홍사익이 사서삼경을 줄줄이 외워 국한문과장을 맡고 있는 마루야마 마사히코(丸山正彦) 교수가 혀를 내두르는 것을 알기

마지막 무관생도들

때문이었다.

"네." 하고 사익이 대답하자 하사관이 화선지와 벼루, 붓을 가져왔다.

홍사익은 여섯 구짜리 추모시를 거침없이 휘갈기듯 썼다.* 그것은 장례식장에 붙여졌다. 이해하기 쉬운 한자를 고르고 운을 맞춰 절절한 추모의 마음을 담은 터라 교장과 교관들은 물론 죽은 생도의 학부모도 감동했다. 그래서 그는 유명해졌다.

홍사익이 배치된 구대에는 안종인도 같이 있어서 위안을 나누며 지냈다. 일본인 생도들은 안종인이 키는 작지만 몸이 빠르고 택견을 잘하는 걸 알지 못했다. 유도 유단자로서 성격까지 포악한 우에스기(上杉)라는 생도가 있었다. 조선인이라고 모욕하는 발언을 하자 안종인은 참지 못하고 일어섰다.

"너는 비겁하다. 조선인 생도는 지금 형세가 고단하다. 무도인은 그런 사람을 보호해야 하는 거 아니냐? 한번 당당히 겨뤄 보자."

우에스기가 비웃으며 도전을 받아들였다. 토요일 해질 무렵 중대본부 뒷마당에서 대결이 벌어졌다.

우에스기가 여러 번 안종인의 옷깃을 잡으려 했으나 몸이 민첩해 잡히지 않았다. 한순간 안종인은 몸을 날려 떠올라서 수평이 된 상태에서 양발차기로 가슴과 이마를 동시에 가격했다. 단

---

*　홍사익의 추모 한시 이야기를 동기생 와치 다카지가 「추억」이라는 제목으로 회고록에 썼다(山本七平, 같은 책, 88~89쪽에 부분 수록).

한 번 공격을 정통으로 맞은 우에스기는 쓰러진 채 일어나지 못했다. 한참 뒤 일어나 깨끗하게 패배를 인정하고 무릎꿇어 존경의 뜻을 표했다. 이것이 유년학교 전체에 소문으로 퍼져서 안종인은 어깨를 펴고 다녔다.* 주말에 일요하숙에서 모두 박수를 쳤다.

"잘했어, 안종인! 마치 안중근 의사님 같다!"

우울한 일도 있었다. 상급반 이은우가 흉막염에 걸려 도쿄육군제1위수병원으로 후송을 갔는데 병이 악화돼 퇴교 처분을 받은 소식이 온 것이었다.**

같은 구대에 속했던 염창섭이 일요하숙에 와서 눈물을 뚝뚝 흘리며 말했다.

"두 달 전 병에 걸렸는데 참고 있었던 거야. 갑자기 악화돼 후송병원으로 갔어. 위수병원에서 퇴교절차가 이뤄졌고 학교에 들르지 못하고 조선으로 떠났어."

생도들은 이은우가 병을 이기기를 기원하는 말을 한마디씩 했다.

6월이 오고 학년말 고사가 다가왔다. 주말에 조선인 생도들은 일요하숙에 모여 마지막 정리를 했다. 홍사익은 동기생들의

---

* 「안병범 장군의 순의」, 순흥안씨종친회 인터넷 카페 cafe.daum.net/ahnjustice.
** 「陸軍中央幼年學校 生徒退校」, 「일본국 관보」1911年 5月 30日. 학교조례 17조 4호로 퇴교 조치한다고 기록했다. 17조 4호는 '상이(傷痍) 질병으로 인해 수학에 심각한 장애가 있는 자'로 규정했다. 明治 36年(1903) 6月 23日 勅令 第108號, 「陸軍中央幼年學校 條例改正」, 6쪽, 일본 국립공문서관 소장자료.

학습조를 이끌면서, 윤상필이 이끄는 하급반 후배들의 학습조를 무섭게 다그쳤다.

"여기선 성적이 좋으면 무시당하지 않는다. 우리는 일본 애들보다 나이가 많고 체력도 좋아 술과는 앞서고 있다. 학과도 열심히 하면 얼마든지 앞설 수 있다."

시험이 끝나고 성적이 발표되었다. 상급반은 본과 1학년 수료 성적, 하급반은 예과 3학년 수료 성적이었는데 놀랄 만한 결과가 나왔다. 홍사익이 전체 학년 312명 중 3위로 우등상을 받고, 하급반의 윤상필이 예과 3학년 70여 명 중 수석을 차지했다. 홍사익과 같은 구대에서 성적 경쟁을 벌였던 와치 다카지는 깨끗하게 그의 실력을 인정하고 축하해주었다.

연병장에 생도 전원이 모인 학년 수료식에서 윤상필은 일본 황태자가 하사하는 은시계를 받고 홍사익은 우등상장을 받았다.*** 그날 홍사익은 자신보다 성적이 앞선 동기생 엔도 사부로****와 야나기타 겐조*****를 만나 악수했다. 둘 다 비상한 수재로 알려

---

\*\*\*  「매일신보」 1911년 8월 20일자. 육군중앙유년학교 재학생도들의 성적순 명단도 실었다.

\*\*\*\*  엔도 사부로(遠藤三郎, 1893~1984) : 야마가타현(山形縣) 출생. 센다이(仙台)지방유년학교 예과, 중앙유년학교, 육사, 육군대학 우등 졸업, 프랑스 육군대학에 유학했다. 1939년 소장 진급, 관동군 참모부장, 항공사관학교장 등을 거치며 중장까지 진급했고 태평양전쟁 패전 후 연합군 전범재판에 회부되었다(福川秀樹, 「日本陸軍將官事典」, 인터넷 Google Japan 웹사이트).

\*\*\*\*\*  야나기타 겐조(柳田元三, 1893~1952) : 나가노현(長野縣) 출생. 육군중앙유년학교, 육사, 육군대학 우등 졸업. 폴란드와 루마니아 공사관 무관, 보병 제1연대장을 거치고 1939년 소장으로 진급했다. 관동군 정보부장, 33사단장을 지내고 중장으로

---

진 생도들이었다.

센다이(仙台) 유년학교에서 예과를 마치고 와서 이곳 본과에서 전체 2등을 차지한 엔도는 과묵하지만 야심이 큰 인상이었다.

"사서삼경을 줄줄이 외우는 조선인 천재가 있다 해서 보고 싶었습니다. 우리는 육사까지 동기생이 될 테니 잘 부탁합니다."

수석인 야나기타는 예과도 여기서 공부했다. 눈빛이 예리하고 수재형 얼굴을 갖고 있었다.

"나는 벌써부터 만나고 싶었습니다. 앞으로 잘 부탁합니다."

홍사익보다 네다섯 살 어려 보이는 우등생 생도들은 허리를 60도쯤 굽혀 인사하며 손을 내밀어 악수를 청했다.

"조선 출신인 내가 부탁해야지요. 우리가 장차 좋은 인연이 됐으면 좋겠습니다."

사익은 그렇게 말하며 나이 어린 두 우등생의 손을 굳게 잡았다. 이때 그는 자신이 이들과 함께 육사에 가서도 성적 경쟁을 할 수 있다면 영광이라고 생각했다. 뒷날 셋이 깊은 우정으로 밀어주고 끌어주며 육군대학까지 가고, 함께 육군중장까지 올라가 일본군 수뇌부에 들어가고, 태평양전쟁을 지휘하고, 패전 후 모두 전범재판에 끌려나가리라고는 상상하지 못했다.

어느 토요일 오전, 예과 생도 전원이 해군성에 견학을 갔다.

진급, 태평양전쟁 패전 직전 뤼순(旅順) 방어사령관을 맡았으며 패전으로 소련에 억류 중 모스크바에서 사망했다(福川秀樹, 같은 자료).

장려하게 지어진 청사 현관을 들어서자 벽에 거대한 전시물이 위풍당당하게 걸려 있었다. 다가가 보니 '적장 이순신이 사용한 닻'이라는 설명판이 붙어 있었다.*

인솔교관이 말했다.

"제군은 현재 제국해군의 총수(總帥)이신 일로전쟁(日露戰爭)의 영웅 도고 헤이하치로** 제독님을 알 것이다. 그분 스승이 이순신 제독이었다."

17세기 조선 장군이 현역 해군총수의 스승이라니, 일본인 생도들은 의아하여 눈을 크게 떴다. 교관이 계속 말했다.

"도고 제독은 신문기자가 각하의 승전은 영국의 넬슨 제독, 조선의 이순신 제독에 비견될 것이었다고 말하자 크게 꾸짖었다. '이순신 제독은 나의 스승이다. 감히 그분을 나와 비교하지 말라. 그분은 신의 경지에 오른 분이다. 나라의 지원도 받지 못하고 최악의 상황에서 싸워 경이로운 승리를 거둔 분이다. 전쟁의 신, 해전의 신인 이순신 장군에게 나를 비교하는 건 신에 대한 모독이다'라고. 조선 정벌 때 일본 해군은 이순신과 스물세 번 싸워 모두 참패했다. 생도 제군, 교훈을 가슴에 새겨라, 영웅

---

\*    김석원, 앞의 책, 78쪽.

\*\*\*  도고 헤이하치로(東鄕平八郎, 1847~1934) : 가고시마현(鹿兒島縣) 출생. 해군장교
     가 되어 영국에 유학했다. 청일전쟁 때 나니아함(浪速艦)을 지휘해 서해 덕적도
     앞 풍도해전에서 청국 수송선 가오슝호(高陞號)를 격침, 1천 명의 청국 군사들을
     수장시켰다. 러일전쟁 때 연합함대 사령관으로서 여러 해전을 지휘하고 쓰시마
     (對馬島) 해전에서 러시아 발틱 함대를 격파, 일본의 영웅이 되었다. 대원수(大元帥)
     칭호와 백작 작위를 받았다(『Weblio事典』 인터넷 웹사이트 www.weblio.jp).

이 나라의 운명을 좌우한다는 것을. 이순신이 그랬고 도고 제독도 그러셨다. 생도 제군, 조선반도를 발판 삼아 대륙에 힘을 뻗치는 건 우리 일본의 천년 숙원이었다. 그 숙원을 이루어 일본은 지난해 조선을 합병했다. 도고 제독 각하의 영웅적 승전이 결정적인 계기였다."

일본인 생도들이 함성을 올리며 박수를 쳤다. 그러나 홍사익은 가슴이 먹먹하여 그냥 서 있었다.

해군성 청사의 드넓은 로비에 생도들 200여 명이 뒤섞였다. 홍사익은 이호영을 발견하고 다가갔다.

"너와 이종혁은 이순신 장군의 후예잖아. 감회가 크겠다."

"응." 이호영은 눈이 물기에 젖어 있었다.

곧장 소속 구대별로 집결하며 이동해 헤어졌다.

다음 날 조선인 생도들은 일요하숙에 모였다. 해군성에서 본 이순신 장군의 닻을 이야기하며 이호영과 이종혁을 둘러쌌다.

"우리는 열등민족이 아냐. 이순신이라는 위대한 영웅이 있었어."

"그래, 긍지를 갖자."

그렇게 위로와 다짐의 말을 나누었다.

갑자기 하급반 윤상필이 손을 번쩍 들고 말했다.

"영친왕* 전하가 편입해왔어요. 어제 해군성에서 견학 때 본

---

\*     영친왕(英親王, 1897~1970) : 본명 이은(李垠). 고종의 일곱째 아들. 1907년 순종이 즉위하자 황태자가 되고 1908년 영친왕으로 책봉, 강제합병 후 왕세자로 격하되었다. 1907년 일본으로 건너가 중앙유년학교, 육사, 육군대학을 나왔다. 일

          마지막 무관생도들

사람 없지요?"

윤상필은 영친왕이 예과 2학년에 편입했다는 말을 들었다고 했다.

"내가 더 알아보니 영친왕 전하는 일본 황실 교육기관 가쿠슈인(學習院)에 다니다가 친일대신의 아들 조대호(趙大鎬), 전하의 생모이신 엄귀비 가문의 엄주명(嚴柱明)하고 같이 편입해오셨습니다."

그로부터 며칠 뒤, 홍사익은 자습실에서 공부를 하다가 교관단 휘장을 단 중위에게 불려 복도로 나갔다. 중위가 말했다.

"나는 이왕가(李王家) 왕세자 전하의 교육담당관이다. 나를 따라오라."

그는 생도대의 한 별실에서 영친왕을 만났다. 소년티를 벗지 못한 나이 어린 생도가 고급 가죽의자에 앉아 있었다. '이은(李垠)'이라는 명찰을 가슴에 달고 있었다.

홍사익은 차렷 자세로 서서 경례했다. 영친왕은 앉으라는 뜻으로 앞의 의자를 가리켰다. 솜털 같은 콧수염이 나 있었지만 앳된 얼굴이었다. 나이가 열너덧 살은 됐을 텐데 더 어려 보였다.

"모두들 잘 있는가?"

홍사익은 의자에 앉으며 어깨를 꼿꼿이 폈다.

"그렇사옵니다, 전하."

본 황족인 나시모토노미야 마사코(梨本宮方子)와 결혼하고 일본군 장성을 지냈다.

영친왕은 금장 만년필을 들고 테이블을 똑똑 두드렸다.

"네가 성적이 매우 우수하다고 들었다. 비결이 있는가?"

"비결은 없사옵니다. 수업 중에 집중해서 듣고 그 자리에서 이해하려 애쓰고, 복습과 예습을 철저히 하는 것이옵니다."

영친왕은 눈을 약간 찡그렸다.

"상식적인 걸 물은 게 아냐."

홍사익은 방에 들어온 지 5분도 안 되었는데 입안이 바싹 마르고 목이 탔다.

"암기 요령이 있사옵니다. 예컨대 보병소대 전투의 공격 집결지 행동 8단계를 쓰라는 시험에 대비할 때는 각 항목 첫 글자를 외웁니다. 경계병 배치, 화기 임시 거치, 사계(射界) 청소, 통신망 점검, 지뢰 매설, 장애물 설치, 탄약 수령, 공격 명령 대기, 이렇게 여덟 항목에서 첫 글자를 따서 문장을 만들어 외웁니다. '경화사라는 절에 가려면 미리 통지해야 애를 태우지 않고 약수를 마시며 기다릴 수가 있다' 식으로 하는 것이옵니다."

영친왕은 손뼉을 치며 크게 소리 내어 웃었다.

"좋은 방법이야. 그런 식으로 해야겠어."

12월 둘째 주에 좋은 일이 생겼다. 견습사관으로 근무하던 김현충 선배가 임관하여 소위 계급장을 달고 일요하숙에 나타났던 것이다.

"내 임지는 그대로 아카사카 기병 1연대다. 휴가를 받아 세 시간 뒤에 집으로 가는 기차 탄다."

후배들은 와 함성을 올렸다.

"휴가는 며칠간인가요?"

이응준이 물었다.

"보름간이야. 결혼식을 하고 와야지. 7년을 기다려준 약혼녀에게 미안해서 미룰 수가 없어."

김현충은 그렇게 말하고 한마디 덧붙였다.

"후배들에게 선언할 게 있다. 결혼하면 어른이 되니 이름을 바꾸려 한다. 빛날 광(光), 상서로울 서(瑞), 김광서다."

김현충은 보름 뒤 휴가를 끝내고 돌아왔을 때 이름은 김광서로 고치고 왔는데 신혼의 아내는 두고 혼자 왔다. 후배들은 모두 '김광서 선배'라고 부르기 시작했다.*

## 육군사관학교

1912년 새해가 오고 이응준은 23세가 되었다. 중앙유년학교의 마지막 학기여서인지 처음 편입해 왔을 때처럼 시간이 빨리 흘러갔다.

5월 31일, 중앙유년학교를 제11기로 졸업했다. 졸업 성적은 홍사익, 이응준, 안종인, 유승렬, 염창섭, 신태영, 지석규, 권영한, 이호영, 조철호, 박승훈, 김준원, 민덕호 순이었다.** 홍사익은 일본인 생도 두 명과 함께 우등상으로 황태자가 하사한 은시

---

*     저자 주 : 이 책에서도 이하 김광서로 쓴다.

**   『일본국 관보』1912년 6월 6일자.

계를 받았다.

대부 근무 명령이 이미 나 있어서 동기생들과 헤어져야 했다. 마지막 학년으로 진급할 후배들과도 헤어져야 했다.

합방으로 내지 출신과 똑같은 권리를 갖는다고는 하지만 현지 부대는 '조선인이 병사들을 지휘하다니' 하며 거부감을 가질 것이었다. 일본 육군성은 그것을 고려해 신중한 절차를 밟았다. '조선인 사관후보생 취급규정'을 만들고 이에 따르라는 특별명령을 천황 명의로 된 이들의 사관후보생 임명 기록, 배치명단과 함께 각 배치부대로 하달했다.*

도쿄 주둔 제1사단으로 대부 근무를 갈 사람은 홍사익과 이응준 둘뿐이었다. 홍사익은 아카사카에 있는 보병 1연대, 응준은 아자부구(麻布區)에 있는 보병 3연대였다. 지석규는 10사단 예하 히메지(姬路) 주둔 23연대였다.

이응준은 멀리 가는 열한 명의 동기생들과 악수하며 건투를 빌었다. 지석규와는 뜨거운 감정으로 포옹했다.

"부디 무사하게 복무를 마치고 건강하게 다시 만나자. 행운을 빈다."

"그래, 나도 너의 행운을 빈다."

지석규는 석별을 아쉬워하는 목소리로 말했다.

실무부대 근무는 매일이 긴장의 연속이었다. 특별명령 때문

---

* 「朝鮮人 陸軍士官候補生の 取扱に 関する 件」『陸軍省 壹大日記』 明治 45年 5月〜6月, 일본 국립공문서관 소장자료.

마지막 무관생도들

에 차별은 없었다. 그러나 모든 장교들이 사관후보생을 주목하고 사소한 것까지 지적해 기합을 주며 훈계를 했다. 게다가 눈코 뜰 새 없이 바빠서 이응준은 두 달 동안 같은 도쿄 1사단에 있는 홍사익도 만나지 못했다.

7월 13일 토요일 오후, 휴무시간이라 한숨 돌리며 쉬고 있는데 뜻밖의 사람이 부대 정문에 와서 면회를 요청했다. 이름이 비슷해 사촌동생이라고 불려온 후배 이응섭이었다. 접견실로 가니 사복을 입은 이응섭이 예전보다 야윈 얼굴을 하고 서 있었다. 응준은 응섭의 어깨를 잡고 흔들었다.

"어쩐 일이야? 왜 제복을 안 입었어?"

이응섭은 굵은 눈물을 뚝뚝 흘리며 "어어 어어" 하며 말을 더듬다가 들고 있던 수첩에 글자들을 썼다.

"실어증 걸려 퇴교 처분 났어요. 더 이상 할 수 없었어요. 매일 아침 일본 왕궁 향해 절하는 궁성요배, 군인칙유 낭독 죽도록 싫어서……"**

이응준은 기가 막혀 후배의 얼굴을 바라보았다.

"하기 싫은 걸 해서 말을 못 하는 병에 걸렸단 말이냐?"

응섭은 훌쩍거리며 고개를 끄덕였다. 그러고는 한참을 애써

**　이응섭의 퇴교에 관해 '7월 9일 조례 17조 4호에 따라 퇴교 조치한다'는 기록이 있다(『일본국 관보』 1912년 7월 18일자). 17조 4호는 상이 질병에 의한 학업 불능 퇴교 규정이었다. 한편 이응섭의 죽마고우 최태영은 그가 일본 군사교육이 싫어 일부러 청맹과니가 돼서 자퇴했다고 회고록에 기록했다(최태영, 앞의 책, 21~28쪽).

서 더듬더듬 말했다.

"오…… 늘…… 조선으로 떠나요. 잘…… 있어요, ……형."

이응준은 목멘 음성으로 말했다.

"잘 가고 몸 회복해라. 우리들 모두가 그래. 누군들 궁성요배가 좋아서 하겠냐?"

이응섭을 떠나보내고 이응준은 우울한 주말을 보냈다. 그는 이응섭이 떠나간 사실을 간단히 지석규에게 편지로 알렸다. 월요일부터 다시 정신없이 바빠져 그는 이응섭이 안겨준 우울함을 떨치고 일어섰다.

정신없이 반년이 지나 대부 근무를 수료한 뒤에야 그는 지석규, 홍사익과 만났다. 약속한 음식점에서 만나자마자 세 사람은 한 덩어리가 되어 서로 얼싸안았다.

그들은 육군사관학교 입학식을 이틀 앞둔 일요일 낮, 아카사카에 있는 김광서 소위의 영외숙소를 찾아갔다. 김 소위는 당번병이 만든 돼지고기 안주를 내놓고 일본식 청주인 사케를 후배들에게 안겼다.

"우리 민족이 떨쳐 일어나는 날이 반드시 온다. 그날이 오면 전보를 치겠다. 암호는 요코하마다. '요코하마가 그립다, 열흘 뒤 갈 생각이다' 그런 전보를 치면 열흘 뒤 탈출이다. 술잔을 들어 맹세하자!"

"맹세합니다."

네 사람은 맹세를 확인하는 술잔을 들었다.

이틀 뒤인 1912년 12월 1일 이응준은 일본 각지에서 대부 근무를 끝내고 온 사관후보생 766명과 함께 육사에 입학했다. 마지막 무관생도 동기 12명도 함께였다.

사관학교의 교육은 1년으로 짧지만 본격적인 군사교육이었다. 그가 밟았던 유년학교 과정은 육사를 위한 준비에 불과했다. 전술학, 병기학, 축성학, 교통학 등의 군사학과, 교련, 진중근무, 검술, 사격, 마술(馬術) 등의 술과와, 조전(操典), 교범(教範), 야외요무령(野外要務令), 내무(內務), 예식, 그리고 외국어 등을 배웠다. 내무생활은 빠듯하고 고되었다.

이응준은 봄이 오자 일본인 생도들과 어울려 다녔다. 조선인 생도들이 일본인 생도들을 친구로 사귀기는 조금 힘들었는데 그들의 형과 엇비슷하게 나이가 많기 때문이었다. 이응준은 그 것을 잘했다. 성격이 엽엽하고 잘생긴 덕이었다.

홍사익은 이응준의 권유대로 그걸 했다. 유년학교 우등 졸업자들인 엔도 사부로와 야나기타 겐조를 가까이하며 우정을 쌓았다. 둘 다 정신적으로 성숙하며 사려가 깊은 홍사익에게 끌려들고 있어서 형이라고 불렀다.

이응준이 어느 토요일 오후, 자기 구대에서 축구경기가 있어서 늦게 외출 나가 가보니 일요하숙이 텅 비어 있었다. 한꺼번에 사라진 걸 보니 영화 구경이라도 간 것 같았다. 혼자서 뭘 할까 망설이는데 아래층의 고토 씨 부인이 깜빡 잊고 있었다며 며칠 전 온 우편물을 내밀었다. 재동경한국인유학생학우회가 수신인을 '육군사관학교 한국인 생도 제위 귀중'이라고 적어 보낸 것이었다. 봉투를 열어보니 월례모임 초대장이었고 바로 이날 저녁이었다.

'잘됐다. 거기나 가봐야지.'

그는 군모를 들고 일어섰다.

전차를 타고 가서 도착한 곳은 간다구(神田區) 니시오가와초
(西小川町)에 있는 대한기독교청년회관이었다. 정문에 '재동경
한국인유학생학우회 정례모임'이라는 포스터가 붙어 있었다.
일본에 도착하던 해 그가 가입했던 대한흥학회가 강제합병 후
명칭을 바꾼 것이었다. 60여 명의 유학생들이 모여 막 회의를
시작하려고 하던 참이었다. 그는 무대 쪽에 있는 간부들로 보이
는 사람들에게 거수경례를 했다.

"저는 육사생도 이응준입니다. 초청장을 늦게 받아 혼자 왔습
니다."

유학생학우회 회장인 메이지(明治)대학 법과생 송진우(宋鎭
禹)가 덥석 응준의 손을 잡았다.

"잘 오셨습니다. 우리는 사관생도님들 이야기를 몇 번 했습니
다. 유대를 가지면 좋겠습니다."

"물론입니다. 우리는 갑자기 일본에 실려 와서 군사교육에 적
응하느라 여유가 없었습니다만 이제는 괜찮습니다."

그때 낯익은 얼굴이 그에게 다가왔다. 이응준은 놀라 눈을 크
게 떴다.

"이게 누구야? 김영섭이 아닌가?"

"그래, 응준아. 잘 지냈어?"

두 사람은 얼싸안았다. 삼청동 무관학교를 같이 다니고, 일본

행을 거부했던 동기생이었다.

김영섭은 동기생들이 일본으로 떠난 뒤 고향 강화에서 보창학교 사범과를 나온 뒤 황해도에서 교원 노릇을 했다고 했다. 그러다가 와세다대학에 유학 왔고 독실한 기독교 신자인지라 와세다를 졸업하면 신학대학에 가서 목사가 될 거라고 했다.

회의가 열리고 응준은 유학생학우회 회원들에게 인사말을 했다.

"여러분, 환영해주셔서 고맙습니다. 우리들 무관생도들은 지금 36명이 육사와 유년학교 졸업반에 들어 있습니다. 생도대에 갇혀 살아서 세상 돌아가는 사정을 잘 모릅니다. 이제 겨우 여유가 생겼습니다. 생도 동무들에게 여러분의 따뜻한 환영에 대해 얘기하고, 정례모임을 일요일 낮으로 잡아주신다면 꼭 오도록 하겠습니다. 여러분은 학문과 교양도 높으신 분들이니 저희를 잘 지도해주시기 바랍니다."

유학생들은 환영의 뜻으로 기립박수를 보냈다.

유학생학우회는 열띤 토론을 벌였다. 육사 생도들이 상상할 수 없는 수준으로 일본을 성토했다. 주제는 고국의 지도자들 사이에서 대두되고 있는 무장투쟁론과 실력양성론에 대한 것이었다. 일본이 총칼로서 협박해 합병했으니 무장투쟁밖에 방법이 없다는 주장, 아직 독립할 수 있는 역량이 부족하므로 자체 역량을 기르는 것이 급선무라는 주장이었다. 일본에 유학 와서 일본의 힘이 얼마나 큰가를 깨닫고 있어서인지 실력양성론으로 기울고 있었다.

토론이 끝나고 근처의 값싼 조선식 음식점으로 몰려갔다. 골목길을 함께 걸어가는데 유학생 하나가 곁으로 붙으며 손을 내밀었다.

"이응준 형, 나는 이갑 참령님의 조카 이태희입니다."

응준은 상대의 손을 두 손으로 꽉 잡았다.

"아, 우리가 이제야 만나는군요."

고국을 떠나던 해 애국지사들 모임에 갔다가 마차 타고 돌아오는 길에 이 참령이 기억해두라고 말한 바로 그 조카였다.

"참령님은 어떠십니까?"

"러시아 땅에서 전신불수로 쓰러지셨습니다. 숙모님과 정희가 병구완을 위해 가려고 준비 중일 겁니다."

"아, 참령님! 저는 그러신 줄도 모르고……."

응준은 울먹거렸다.

음식점에서 응준은 자신보다 몇 살씩 아래인 장덕수(張德秀), 김성수(金性洙), 현상윤(玄相允), 나경석(羅景錫) 등 유학생학우회의 간부들과 섞여 빈대떡으로 속을 채웠다. 그리고 이태희와 조용한 자리로 옮겨 앉았다.

"벌써부터 응준 형을 찾아뵙고 싶었지만 내 학교가 지바현(千葉縣)에 있어서 그러지 못했어요."

"저도 그랬습니다. 일본으로 오던 해 참령님께 태희 형 말씀을 들었지요. ……참령님은 부모님보다도 더 큰 은혜를 베풀어주신 분입니다."

두 사람은 오랜만에 만난 친구처럼 반가워하며 조선식 탁주

잔을 기울였다.

모임에 참석한 유학생들 중 여학생도 10여 명이 있었다. 그중 넷이 따로 한 테이블을 차지하고 있었는데 김영섭이 그를 그녀들에게 데려갔다. 모두 도쿄여자고등사범학교에 다닌다고 했다. 졸업하면 중학교나 고등보통학교 교원으로 갈 여성들이었다.

"사관생도 제복이 참 잘 어울리세요. 영화배우처럼 잘생기셨어요."

검정색 블라우스에 은색 브로치를 가슴에 단 여학생이 말했다. 다른 여학생들도 그렇다는 뜻으로 웃으며 고개를 끄덕였다.

그는 생도 제복을 입은 어깨를 꼿꼿이 폈다. 제복이 잘 어울린다고 말한 브로치를 단 여학생을 바라보았다. 가장 아름다웠다.

"아름다우십니다. 이름과 고향, 하숙집 주소를 물어도 될까요?"

그녀는 손으로 입을 가리며 호호 웃었다.

"정말 사관생도다우세요. 저는 경성 출신이고 이름은 김윤희입니다."

그때 게이오대학 교모를 쓴 유학생이 이쪽으로 와서 그녀 곁에 앉았다. 그러고는 정색을 하고 둘이 약혼한 사이라고 말했다.

"저런! 내가 눈치가 없었군요. 형씨는 행운남이시군요."

이응준은 미소를 지으며 말했다.

그때 다른 테이블 남학생들이 응준을 자기들 쪽으로 데려오라고 김영섭에게 성화를 하여 응준은 자리에서 일어섰다. 사관생도답게 민첩하고 멋있는 동작으로 여학생들에게 경례했다.

"여러분, 감사했습니다."

"정말 멋져요. 말씀도 국제신사같이 하시구요."

한 여학생이 등 뒤에서 말했다.

이응준은 이쪽저쪽 옮겨 다니며 어울려야 했다. 일본의 명문 대학에 다니는 유학생들은 사관생도들과는 대화의 폭이 달랐다. 그는 열심히 대화에 끼어 자기 의견을 이야기하고 모르는 것은 묻기도 했다.

그날 학교로 복귀하는 길에 김영섭을 일요하숙으로 데리고 갔다. 전차를 타고 가는 길에 김영섭에게 말했다.

"오늘 다 좋았지만 솔직히 말하면 여학생들하고 대화한 게 가장 좋았어."

김영섭은 피식 웃었다.

"여학생들 너무 좋아하지 말게. 남자를 두세 번 바꿔 동거하는 행실이 자유분방한 여성들도 많아. 일본은 우리 조선에 비해 성이 개방적이니까."

이응준은 유학 오던 해 김현충 선배에게 들은 말이 생각나 웃으며 머리를 끄덕였다.

일요하숙에 도착하자 거기 있던 생도들은 눈을 크게 뜨고 벌떡 일어났다. 김영섭이 일본행을 거부했던 고국 무관학교 동기생이기 때문이었다.

흥분이 가라앉자 그는 동기생과 후배들에게 유학생학우회에서 토론한 내용을 들려주었다. 무장투쟁론과 실력양성론에 대한 이야기를 하자 모두 표정이 심각해졌다.

홍사익이 자기 생각을 말했다.

"우리는 무관교육을 받고 있으니 일본의 힘을 누구보다도 잘 알지. 당장 무장투쟁을 벌인다면 일본군에 의해 분쇄당해 기회를 잃어버리고 말겠지. 우리 민족은 절망만 안게 될 거야."

지석규는 생각이 비슷하면서도 조금 달랐다.

"우리는 아오야마 묘지에서 맹세한 대로 조국이 부르는 날 무장투쟁에 나설 결심으로 열심히 준비하고 있지. 얼핏 실력양성론 같지만 분명히 무장투쟁론이지. 실력양성론은 소극적 타협에 빠져들기 쉬우니 경계해야 해."

토론 이야기를 끝내고 여자고등사범학교 여학생들 이야기를 하자 동기생과 후배 들은 뒤로 자빠지며 다시 야단법석이 되었다. 다음번 모임에는 모두들 꼭 가겠다는 것이었다.

다음달 유학생학우회 모임이 일요일 낮에 열렸고 조선인 생도들이 한꺼번에 몰려갔다. 이응준이 저절로 양쪽을 연결하는 리더가 되었다. 다시 토론이 열렸는데 실력양성론의 실천방략으로 조국에 자본주의 문명을 건설해 힘을 기르는 것이 시급하고, 장차 육사 출신의 고급 군사전문가를 키우는 것도 중요하다는 결론으로 모아졌다.

열띤 토론을 한 뒤에 모두 어울려 그곳에서 가까운 스미다강(隅田川) 강변으로 벚꽃 구경을 갔다. 벚꽃이 만개한 강변에는 사람들이 가득했다. 유학생과 생도 들은 풀밭에 앉아 커다란 등불처럼 타오르는 꽃 더미를 바라보며 도시락을 먹었다. 사관생도들에 대한 여학생들의 호의는 매우 컸다.

1913년 5월 28일, 후배들이 중앙유년학교를 졸업하고 대부 근무에 들어갔다.

6월 중순, 이응준은 육사 재학 중 가장 고통스럽다는 야영훈련을 가게 되었다. 지바현의 나라시노(習志野) 훈련장에서 열흘 동안 전술훈련을 하는데 시작부터 큰 고비였다. 소총을 들고 20킬로그램 배낭을 멘 채 40킬로미터를 달려 네 시간 안에 도착하는 것이 목표였다.

훈련 출발을 앞둔 날 밤 중대장이 말했다.

"생애 최고 고난의 언덕을 넘을 것이니 잠을 충분히 자둬라. 너무 힘들어서 그야말로 자기 체력의 밑바닥, 인내력의 밑바닥을 만져보게 될 것이다. 나는 여러분이 전원 완주하기를 기대한다. 알겠지만 이번 훈련 결과는 성적에도 많이 반영된다."

다음 날 응준은 이를 악물고 달렸다. 고국의 무관학교 시절 남산을 왕복하는 구보에서 1등을 해서 황제가 주는 은시계를 탄 그였다. 그때는 25명이었고 이번에는 각 중대가 시간차를 두고 떠나지만 보병병과 전원 450명이었다.

절반 거리를 통과하자 심폐기능이 약한 생도들이 먼저 뒤로 처졌다. 땀이 비 오듯 쏟아지고 배낭끈이 젖은 어깨를 파고들었다. 소총은 쇠뭉치처럼 무겁고 심장이 터질 듯 급히 뛰었다. 내장이 뜨거워져 헉헉 숨을 쉴 때마다 단내가 올라왔다.

"심장아, 너는 할 수 있어. 뭐든지 할 수 있어."

수통을 들어 물을 머리 위에 부으며 그는 자신의 심장에게 중얼거렸다. 잠시 후 놀라운 일이 일어났다. 심장의 고통이 사라지고 무아지경처럼 편안해진 것이다. 심폐의 적응이 일어난 것이었다. 그는 혼자 선두로 나섰다. 심장아, 고맙다 고맙다, 중얼거리며 더 빨리 달려 나갔다.

중대장이 말을 타고 달려가며 소리쳤다.

"이응준! 이대로 가면 금년 최고 기록 낼 수 있다. 힘을 내라!"

그는 끝까지 달려 도착점에 발을 찍고 그대로 쓰러져버렸다.

"네가 최고 기록이다!" 중대장이 그를 끌어안고 배낭을 벗겼다.

나머지 훈련하는 기간 일본인 생도들이 보는 눈이 달라졌다. 깨끗하게 인정할 것은 인정하는 것이 일본인들의 국민성이었다.

훈련에서 복귀한 첫 주말에 일요하숙에 마지막 무관생도들이 다시 모였다. 응준은 우렁찬 박수를 받았다. 확인해보니 무관학교 동기생들은 모두 장거리 구보에서 제 시간 도착을 달성했다.

그러나 우울한 소식도 있었다. 하급반 강우영이 대부 근무에 적응하지 못하고 탈락해 귀향한 것이었다. 상급반으로 유학 와서 유급을 당해 후배들과 함께 공부했는데 결국 중단한 것이었다. 대부 근무 중에 간신히 몸을 빼내 일요하숙에 와서 선배들에게 강우영의 탈락을 보고한 윤상필이 한마디 덧붙였다.

"강우영 선배는 나하고 도쿄 제1사단으로 배치됐어요. 나는 기병 15연대, 강 선배는 치중병과*를 받아 제1치중대대로 갔지요. 수송과 병참 업무인지라 수월할 거라 여겼는데 거의 잠을 못 자고 고단했나 봐요. 그 과정 끝내고 육사로 가도 따라갈 수 없다고 판단해 포기한 거예요. 선배들에게 미안하단 말을 전해 달라 했어요."

생도들은 고국으로 돌아간 강우영이 앞날을 잘 열어가기를 기원했다.

여름방학이 다가왔다. 일본 육사 당국은 조선인 생도들이 문제없이 융화되었다고 판단한 듯 '방학 중 귀성 허용'이라는 특별 조치를 내렸다. 조선인 생도들은 앞서거니 뒤서거니 귀국길에 올랐다. 이응준은 지석규, 홍사익과 동행했다. 홍사익은 경부선을 타고 올라오는 길에 평택에서 내렸고 지석규는 경성역에 내리자마자 삼청동 집으로 달려갔다.

이응준은 고향집으로 떠나기 전에 원동 이 참령 댁으로 갔다. 그러나 지난날 청지기였던 사람을 만났을 뿐이었다. 이태희의 말대로 부인과 정희가 병구완을 하러 떠난 것이었다.

그는 천천히 골목을 걸어 나왔다. 달라진 것은 없었다. 다닥다닥 붙은 초가지붕들, 때에 절어버린 흰옷을 입은 사람들, 태어나서 한 번도 목욕을 하지 않은, 목에 때가 낀 맨발의 아이들. 그가 머물던 도쿄에 비하면 한없이 초라했다.

---

\*　　치중(輜重)병과 : 전투부대에 수송, 병참, 급수, 취사, 후송 등 여러 분야의 지원을 제공하는 지원병과.

어떻게 하면 이 참령의 소식을 알 수 있을까 생각하다가 자신이 참령 댁에 있을 때 수학과 과학을 가르쳐준 김형섭 정위를 찾아갔다. 김 정위는 응준이 아는 것 이상을 알지 못했다.

"이 참령은 나하고 연락이 끊어졌어. 그 사람은 정신력이 강한 지사(志士)야. 이국 땅에서 빨리 회복되기를 기원할 뿐이야."

젊은 날에 나라를 구하기 위해 정변을 계획했던 김형섭은 총독부와 타협하며, 패망하여 명목만 남은 왕실을 보좌하는 무관으로 초라한 지위를 이어가고 있었다.

이응준의 귀환 소식은 김형섭을 통해 옛 대한제국 군부 인사들에게 알려졌다. 꼭 응준을 만나고 싶어 하는 사람이 있었다. 삼청동 무관학교 마지막 교장을 맡았던 이희두 장군이었다. 폐교를 선언하고 "생도 제군, 미안하다!" 하고 울먹였던 장군 역시 일본에 타협하며 지위를 이어가고 있었다. 그가 이응준을 만나 제자들 이야기를 듣고 싶어 한 것이었다.

이응준이 찾아가자 장군은 반색하며 맞았다. 응준은 자신과 동기생, 후배 들이 걸어온 과정을 보고하듯이 차근차근 이야기했다. 장군은 다 듣고 천천히 고개를 끄덕였다.

"그렇게 떠나간 생도들이 잘 적응해 육사를 다니고 있으니 고마운 일이다. 비록 열 명 가까이 탈락했지만 말이다."

그렇게 말하면서 경성에 머무는 동안 묵으라고 자기 집의 빈방을 내주었다.

다음 날 저녁 장군이 말했다.

"네가 우리 집에 묵는 걸 알고 청혼해온 집이 있다. 양반가문이며 최고의 규수다."

응준이 들어보니 정말 그랬다. 그는 정중하게 거절했다.*

"장군님, 저는 아직 결혼할 수 없습니다."

장군은 껄껄 웃으며 고개를 끄덕였다.

응준의 가슴속은 이갑 참령의 병환에 대한 걱정만이 가득했다. 어린 나이에 여학교를 휴학하고 아버지를 구완하러 간 정희에 대한 연민도 밀려왔다.

그는 경성에 이틀 머무르며 보성중학 시절 친구들을 만나 회포를 풀었다.

경성 도착 사흘째 되는 날 부모님을 뵈러 북행길에 올랐다. 그의 가족은 평안남도 안주에서 함경남도 덕원(德源)으로 이사해 있었다. 전보다는 살림이 나아져 있었으나 아우들이 커가고 있었다.

"막내 영준이가 공부를 잘한다. 네가 칭찬 좀 해줘라."

어머니가 말했다.

자신보다 열 살이나 아래인 아우는 형의 사관생도 모자를 만지작거리고 있었다.

"세상은 넓다. 눈에 불을 켜고 공부해라. 경성의 배재중학은 학비도 싸고 장학금도 많다. 부모님이 뒤를 못 대면 형이 대주마. 일본 유학도 시켜주마."

그의 말에 아우는 기뻐서 두 눈에 웃음이 가득 찼다.

---

* 이응준, 앞의 책, 78쪽.

"형님, 열심히 공부하겠습네다."

가족과 사흘을 보낸 그는 일본으로 향했다.

이해 12월, 마지막 무관생도 하급반이 대부 근무를 마치고 도쿄로 돌아왔다. 적응하지 못하고 탈락한 강우영을 뺀 22명이 27기로 육사에 입학했다.

## 일본군 소위 계급장, 그리고 여난

1914년이 왔다. 이응준은 자신만만하게 육사 생도 생활을 해나갔다. 성적은 학과, 술과 모두 상위였으며 붙임성 있는 성격 때문에 일본인 동기생들과 관계도 좋았다. 서너 살 아래인 일본인 동기생들은 그를 형이라고 부르며 따랐다.

여러 생도중대에 흩어져 있는 마지막 무관생도 동기들과 후배들은 주말이면 일요하숙에 모여 우정을 나누었다. 그러나 좋은 일만 있는 것은 아니었다. 2월 말일, 하급반의 민병은과 이교석이 퇴교 처분을 받은 것이었다.**

그 무렵, 이응준은 고국의 김희선 평남 개천군수가 보낸 편지를 받았다. '내 조카딸 둘이 도쿄에 유학 중이니 잘 보살펴달라'는 것이었다. 김희선은 일본 육사 11기 대선배이자 같은 평안남

---

** 「陸軍士官學校 二十七期 卒業 生徒 名簿」, 『일본국 관보』 1915년 5월 29일자 부록. 동년 2월 28일 민병은 학교조령 17조 3호 및 6호, 이교석은 6호 위반으로 퇴교 처분했다고 기록했다.

도 출신으로 이갑 참령 댁에 몸을 의탁했을 때 몇 번 뵈었다. 경술 합방 후 조선총독부의 회유를 받아 군수가 되어 있었다.

주말에 시간을 내어 고지마치 여학교를 찾아갔다. 마침 외출 나가는 시간이라 여학생들이 기숙사 정문을 나서고 있었는데 모든 시선이 그에게 쏠렸다. 사관생도 제복이 갖는 위력이었다.

김희선 군수의 큰조카딸은 김명순(金明淳)이었다. 어릴 적 이름은 김탄실(金彈實)이고 김기정(金箕貞)이라는 이름도 쓰고 있었는데, 나이 19세로 막 피어난 꽃처럼 눈부시게 아름다웠다. 이 학교 재학생 중 더 아름다운 학생은 없을 듯했다.

"찾아와주셔서 고마워요. 저도 숙부님 편지를 받았어요."

기숙사 사감의 외출 허가를 받고 정문을 나서면서 김명순이 말했다. 다른 학생들의 시선 때문인지 뺨을 발갛게 물들이며 미소를 짓고 있었다.

평양에서 기독교계 학교를 나와 경성에서 진명여학교를 다니다가 여동생과 더불어 유학 왔다고 했다. 진명에 다녔으면 이정희를 아느냐고 물었으나 명순은 고개를 저었다. 학년이 다르거나 정희가 휴학하고 북만주에 가 있기 때문일 것이었다.

"난 도쿄에 온 지 여섯 해가 됐으니 이곳 사정을 잘 알지요. 힘든 일, 어려운 일 있으면 연락해요."

이응준은 소속 부대를 적어주며 말했다.

5월 26일, 이응준은 육사를 26기로 졸업했다. 졸업 석차는 전체 739명 중 26위, 홍사익은 22위였다.* 그들을 포함한 조선인 동기생들은 견습사관 근무를 위해 대부 근무를 했던 부대를 찾

마지막 무관생도들

아가며 다시 흩어져야 했다. *

이응준은 다시 아자부구에 있는 보병 3연대로 가서 견습사관 근무를 시작했다. 견습사관의 임무는 크게 두 가지였다. 하나는 병사들의 교육훈련이고 또 하나는 숙직과 일직 등 당직 근무였다. 이응준은 매일 펼쳐지는 교육훈련 때 미리 나가서 병사들의 집합 상태와 건강, 장비를 점검해놓고 장교들이 나오기를 기다렸다. 그리고 소위나 중위 들이 개인적인 사정이 생기면 당직 업무를 대신 맡아서 해주었다. 붙임성 있게 선배 장교들을 대하면서 절대복종의 태도를 보이니 평판은 좋았다.

어쩌다 일요일에 서너 시간 외출을 나가면 김명순을 만났다. 병영의 견습사관 생활이 긴장의 연속인데 명순이 다감한 성격이어서 즐거운 시간을 보냈다.

그렇게 견습사관 반년을 보내고 12월 25일, 그는 마침내 어깨에 일본군 소위 계급장을 달았다. 1906년 아버지의 돈 3원 50전을 훔쳐 가출하고 9년, 일본에 온 지 6년 만에 생애의 한 매듭을 지은 것이다.

소위가 되자 처우가 달라졌다. 공동숙소에서 독신장교 숙소로 짐을 옮겼으며 병사 한 명이 당번으로 배치되었다. 마흔 살이 넘는 하사관이 꼿꼿이 서서 경례했다. 견습사관 때 받던 4원 50전의 월급이 43원으로 뛰어올랐다. 일본 사회에서의 신분도

---

* 「陸軍士官學校 卒業者 名單」 26期, 山岐正男 編 『日本陸軍士官學校』, 秋元書房, 1969, 東京, 권말부록.

단번에 상류계층으로 뛰어올랐다.

이 무렵 세계정세는 급변하고 있었다. 1차 세계대전이 발발해 유럽을 거쳐 중동 지역으로 확대되고 있었다. 영국·미국과 동맹관계에 있던 일본도 참전할지 모르는 상황이라 군대는 긴장하고 있었다.

그래도 이응준은 조금 자유로워지고 싶었다. 중앙유년학교로 편입해오고 6년 이상을 늘 긴장 속에 살았던 것이다. 다른 신임 소위들도 그런지 하숙을 얻어 나갔다. 응준도 고지마치구 고반초(五番町) 마을에 하숙을 얻었다.

신임 소위들은 임관하자마자 달라진 위상에 만족스러워했다. 그들은 기다렸다는 듯 연애에 열을 올렸다. 모이기만 하면 여학생을 어떻게 유혹해서 육체관계로 넘어갔는지 자랑하기에 바빴다. 한 일본인 동기생은 이렇게 말했다.

"여학생들은 소위 계급장 달고 산보 가자 청하면 거절 못 해. 몇 번 만나 예쁘다고 칭찬하면 젖가슴 보여주고 조금만 더 노력하면 다리를 열어주지. 결혼하기 전에 실컷 재미를 봐야지."

일본인 소위, 중위 들과 섞여 생활하는 마지막 무관생도 출신 소위들도 비슷했다. 미혼자들은 여자 유학생들을 유혹하는 데 열을 올리거나, 고향집에서 색싯감으로 골라 보내준 처녀 사진을 보며 편지를 쓰고 있었다. 기혼자들은 봉급을 절약해 고국의 아내를 불러들여 굶주렸던 욕망을 풀고, 그럴 사정이 안 되면 성에 자유분방한 여학생들과 적당히 즐기고 있었다.

이응준도 그런 분위기에 젖었다. 주말에 김명순을 자주 만나게 되었다. 하숙에서 그녀 학교가 가까웠다.

"일본인 동무에게 물어보니까 육사에 들어가려면 100대 1 이상 경쟁을 뚫어야 한대요. 그래서 깜짝 놀랐어요."

그녀가 사뿐사뿐 걸음을 옮기며 말했다.

"일본은 군국주의를 표방하는 나라야. 당연히 장교 교육에 정성을 다하지. 내가 졸업한 유년학교와 사관학교는 한 사람 교육에 일반 중학생, 대학생보다 대여섯 배 많은 예산을 쓰지."

응준은 그녀를 누이동생처럼 여겨 반말을 하고 있었다.

"넌 장차 무엇이 되고 싶니?"

"문학을 할 거예요. 평양에서 소학교 다닐 때 소질 있다고 칭찬 들었어요. 조선에 최남선, 이광수가 있지만 시인다운 시인, 소설가다운 소설가는 없고 문학이랄 게 없어요. 저는 학과 공부보다 프랑스 영국 러시아 문학 작품을 읽는 데 더 많은 시간을 쓰고 있어요. 이번 방학에도 도서관에 파묻혀 프랑스 소설을 읽을 거예요."

"열심히 해서 좋은 성과 얻기 바라."

이응준은 사관학교 시절에 교양수업으로 공부한 것 외에 문학을 더 아는 것이 없어 그렇게만 말했다.

그는 김명순이 누구와도 비교할 수 없을 정도로 얼굴과 몸매가 고혹적이어서 그녀에게 마음을 빼앗겼다. 그녀 또한 잘생기고 늠름한 육군소위 이응준에게 걷잡을 수 없이 빨려들었다. 그녀는 와가시[和菓子]나 과일을 사 들고 하숙으로 오곤 했는데 손을 잡는 것도 허락하고 키스도 허락했다. 그러나 마지막 행위는 한사코 거부했다.

특별한 이유가 있었다. 첩의 딸이어서, 기생의 딸이어서 헤프다는 말을 듣지 않으려고 이를 악물고 있었던 것이다. 그 까닭을 듣는 과정에서 응준은 명순이 서녀(庶女)라는 사실을 알았다. 그녀는 김희선 군수의 형인 김희경(金羲更)이 기생 출신 첩과의 사이에서 낳은 딸이었다. '아, 서녀라면, 더구나 기생의 딸이라면 아내로 삼을 수는 없겠구나' 하고 그는 생각했다.

그는 명순에게 한동안 거리를 두었다. 주말에는 선배 장교의 당직을 대신 맡아 부대에 남았다. 찾아오고 싶어 하는 후배 두 사람을 부대로 오라 했다. 경성 출신으로 성격이 활달한 김석원과 조용한 편인 이종혁이었다. 성격으로 보아 전혀 어울릴 것 같지 않은데 생도 시절에도 붙어 다니더니 같이 왔다. 응준은 두 사람이 조선인 마을에 들러 사 온 조선식 떡과 엿을 먹다가 둘이 친한 이유를 물었다. 이종혁이 쑥스러운 표정을 하고 말했다.

"석원이는 씩씩하고 거침없어요. 내가 안 가진 걸 가진 친구라 배울 게 많아요."

김석원은 빙긋이 웃으며 고개를 저었다.

"아니에요. 난 미련하게 밀어붙이는 편인데 종혁인 달라요. 겉은 여려 보이지만 속이 단단하고, 한번 결심하면 단호하지요. 그래서 좋아요."

응준은 두 후배의 어깨에 팔을 둘렀다.

"참 보기 좋다. 너희들 우정이 평생 갔으면 좋겠다."

"그럴 겁니다."

김석원과 이종혁은 큰 소리로 합창했다.

두 후배는 연애 이야기를 했다. 아직 임관을 못 했지만 동기생 중 일부는 여자 유학생들과 연애하느라 정신이 없다고 했다. 자기들은 아직 여자를 못 구했다고 했다.

"선배님이 소개 좀 해줘요. 임관했고 미남이니까 여자들이 잘 따를 거 아녜요? 자투리처럼 남는 여자 없어요?"

김석원의 말에 이응준은 욕망을 자극하곤 하는 김명순을 생각하고 스스로 머리를 저었다.

"나는 조금 골치 아픈 문제가 있다. 차차 생각해보자."

응준이 멀리하자 명순은 부대로 찾아오고 눈물로 호소하는 편지를 보냈다. 응준은 그녀를 만나면 관능적인 몸매 때문에 욕망과 싸워야 했다.


4월에 갑자기 일본이 독일에 선전포고를 하는 일이 일어났다. 영국과 영일동맹을 맺은 터라 영국 편을 든 것이었다. 일본은 지나(支那, 중국)의 산둥(山東)반도 자오저우만(膠州灣)에 주둔중인 독일군에게 철수를 요구했으나 거부하자 대규모 파병을 하게 되었고 지석규가 속한 연대가 출정부대에 포함되었다.


친구여, 이 전쟁은 지나 땅을 놓고 제국주의 국가인 독일과 일본이 땅뺏기 싸움을 하는 건데 내가 휘말렸소이다. 잘 있으시오.

지석규는 한글로 쓴 엽서를 보내고 출정 길에 올랐다.

봄이 가고 초여름이 왔다. 7월 24일 토요일, 이응준이 선배 장교 결혼식에 갔다가 술을 마셔 취한 채로 부대로 갈 수 없어 하숙으로 가니 명순이 골목에서 기다리고 있었다.

"보고 싶어서 아무것도 할 수 없어요."

명순이 눈물을 주르르 흘리며 말했다.

이날 이응준은 거부하는 명순을 힘으로 누르고 성관계를 맺은 것으로 보인다. 그녀는 뛰쳐나가 숙소로 돌아가지 않았고 기숙사 사감이 경찰서에 신고했다. 아마 이응준도 경찰서와 헌병대의 심문을 받았을 것이다.

이 사건은 고국의 유일한 조선어 신문인 『매일신보』에 실렸다.

동경에 유학하는 여학생의 은적(隱迹) 어찌한 까닭인가

평안남도 평양(平南平壤) 사는 김의형(金義衡)의 딸 기정(箕貞 17)은 목하 동경에서 미국인이 경영하는 사곡전마정(四谷傳馬町) 파투테스트 교회 여자학교에서 기숙 중인바 지나간 24일 아침에 외출한 대로 행위불명이 되어 동 학교 사감이 사곡 경찰서에 보호수색을 청원하였으나 아직 종적을 알지 못하였더라. 그 여자는 그전부터 국정 오번정(麴町五番町) 근처 하숙에 있는 유학생으로 목하 마포연대부 보병 소위 이모

　　　　　　　　　　　　　마지막 무관생도들

(麻布聯隊附 少尉 李用準? 23)이라는 한 청년과 서로 연연불망하는 사이라 한즉 이(李)를 생각하다 못하야 료사(寮舍)를 빠져나간 것이 아닌가 하는 말이 있고 그 여자의 동생으로 부하대기(府下大崎) 239번지에 유숙 중인 김기동(金箕東, 16)은 누이의 일을 염려해 각처로 찾아다니는 모양으로 가련하더라.(동경 전보)*

이 신문은 명순의 부친 김희경을 김의형으로, 이응준을 이용준으로 잘못 게재했으나 8월 5일 김희경, 이응준으로 바로잡고, 그녀는 무사히 기숙사로 돌아왔으며, 이응준 소위가 결혼하려고 청했으나 그녀 집안에서 거절한 일로 이번 일이 벌어졌다고 속보를 게재했다. 8월 13일자에는 이응준 소위가 그녀를 사모한 적이 없으며 당연히 결혼을 청한 적이 없다고 수정 보도했다. 그리하여 정숙하지 못한 부잣집 여학생이 육군소위를 짝사랑하다가 소동을 일으킨 사건으로 세상에 알려졌다. 결국 그녀는 고지마치 여학교로 돌아가지 못하고 조선으로 떠났다. 그리고 그 후 많은 남성 편력을 하며 전락의 길을 걸었다.

10여 년 뒤 그녀는 근대 여성문학을 열어나가는 대표문인이 되었으나 최대 독자를 가졌던 잡지 『삼천리』가 그녀의 남성편력을 흥미로운 스토리텔링으로 다루었고 이응준과의 옛 연애사건을 앞에 넣었다.

* 『매일신보』 1915년 7월 30일자.

(앞부분 생략) 그 이튿날 도쿄 도하(都下)의 각 신문에는 김명순 랑(娘)의 사진이 나고 그 로맨스가 나고 유서까지 모두 나서 연일 큰 센세이션을 일으켰고 육군사관학교에서는 이× × 씨에 대한 여러 가지 조사로 분잡(奔雜)한 광경이 전개되었었다. 김랑은 여성의 최후의 일선까지 유린을 당하고 버리었노라고 진술하였으나 이씨의 답은 사랑하는 사이는 되었으나 정조에 손은 아니 미쳤다고 하였다.*

　강제 성폭행이었다는데도 세인들은 김명순을 옹호하지 않았다. 그녀가 도쿄미술학교 출신 화가 김찬영(金瓚永), 소설가 임장화(林長和)와 갈아치우듯이 동거한 때문이었다. 용산 소재 조선군사령부에서 대위로 있던 이응준은 좋지 않은 일로 호사가들의 입에 잠시 오르내렸다.

---

*　「백화난만의 기미여인군(己未女人群)」, 『삼천리』, 1931년 6월호. 이미 임관한 이응준을 육사 생도로 쓴 오류가 보인다. 김명순은 한국 근대 여성문학을 열어나갔으나 성적 방종에 빠진 여성상으로 지목되었다. 특히 김동인은 김명순의 남성편력을 비난하는 소설을 1939년 「김연실전」이라는 제목으로 썼다. 김명순은 불행하게 살다 1951년 사망했다. 2000년대에 들어 생애와 작품세계 연구가 활발해지고 문학전집이 출간되었다. 연구자들은 도덕적 전락의 원인을 이응준의 데이트 강간으로 보고 있다(신지연, 「1920년대 여성담론과 김명순의 글쓰기」, 『어문논집』 제48집, 민족어문학회, 2003) ; 이철, 『경성을 뒤흔든 11가지 연애사건』, 다산초당, 2008 ; 김경애, 「성폭력 피해자/생존자로서의 근대 최초 여성작가 김명순」, 『여성과 역사』 제14집, 한국여성사학회, 2011).

## 초급장교로서도 빛나는 홍사익

홍사익은 도쿄 제1연대에서 열심히 소대장 임무를 수행하고 있었다. 연애에 빠진 동기생들과 달리 평일에는 온 정신을 쏟아 근무하고 주말에도 독신장교 숙소에서 전술학 서적을 뒤적였다. 고향 안성 집에 있는 아내도 아직 도쿄로 부르지 않았다.

지난겨울 신임 소대장 임무를 시작할 때 소대원들에게 엄숙하게 말했다.

"나는 조선 출신이다. 천황폐하로부터 받은 명령에 따라 소대를 지휘하게 되었다."

이미 그가 조선 출신임을 알고 있던 하사관과 병사들은 머리를 끄덕였다. 견습사관 시절의 충실한 근무태도를 알기에 그의 부임을 반기고 있었던 것이다. 6개월간의 견습사관 시절 그는 임무에 엄격하지만 지혜로운 장교여서 부하들의 마음을 꿰뚫듯이 읽었다. 병사의 고향과 부모형제 이름까지 외웠다.

홍사익을 가장 반긴 사람은 중대장 오카무라 야스지** 대위였다. 견습사관 시절에도 중대장으로서 그를 지도했던 오카무라

---

** 　오카무라 야스지(岡村寧次, 1884~1966) : 도쿄 출생. 육사, 육군대학을 나와 도쿄 제1연대 중대장을 지냈다. 1914년 참모본부, 1920년대 중국 군벌 군사고문, 1930년대 상하이(上海) 파견군 참모부장, 1940년 북지(北支)방면군 총사령관 등 주로 중국에서 복무했다. 패전 후 전범재판에서 무죄선고를 받고 장제스(蔣介石) 정권의 고문역을 맡았다. 종군위안소를 설치한 일로 국제여성범죄 전범으로 2006년 기소되었다(福川秀樹, 같은 자료).

는 육군대학 출신으로 일본 육군의 엘리트 중 엘리트였다. 그러나 홍사익이 소대장이 된 한 달 뒤 육군참모본부로 전속 명령을 받았다. 출세와 빠른 진급이 보장되는 노른자위 보직이었다. 그는 송별회식 자리에서 홍사익에게 조용히 말했다.

"넌 최고의 소위이다. 조선 출신이지만 범접할 수 없는 지배력을 갖고 있다. 대대장님께서도 너를 인정하신다. 어제 네 신상을 물어서 아는 대로 말씀드렸다. 무엇에도 흔들리지 말고 이대로 달려가라. 다시 함께 근무하는 날이 오기를 기다리겠다."

"중대장님께서 그동안 이끌어주신 덕분입니다. 충고 잊지 않겠습니다."

홍사익은 고개를 숙이고 그렇게 말했다.

신임 중대장이 왔지만 홍사익의 능력을 인정했다. 그렇게 홍사익은 완전한 안정을 찾아가고 있었으나 긴장은 풀지 않았다. 지석규처럼 언제 목숨이 위태로운 전선으로 가야 할지 모르기 때문이었다. '부하들이 최고의 병사가 되고 내 명령에 주저 없이 복종하는 충성심을 갖게 해야 한다.' 그런 목표를 정해놓고 최선을 다했다.

가을에 홍사익과 이응준이 속한 도쿄 주둔 제1사단은 지바현의 나라시노 훈련장에서 추계 대연습에 들어갔다. 가을장마 속에 실전과 같은 훈련이 펼쳐졌다. 어느 날 폭우가 쏟아지는데 홍사익은 척후장 임무를 받아 자기 소대를 이끌고 대대의 전진 방향을 유도했다. 물이 불어나 급류가 흐르는 개천이 앞에 있고 뿌옇게 우연(雨煙)이 끼어 건너편이 보이지 않았다.

"수영 잘하는 사람, 개천을 건너가 정찰하고 올 자신 있으면 나오라."

30명의 부하대원들 중 아무도 나서지 않았다.

홍사익은 군복을 벗어 머리에 이고 급류를 헤엄쳐 건너가 가상 적군의 매복을 확인하여 대대로 하여금 역습을 할 수 있게 이끌었다. 작전은 성공이었다.

대연습이 끝나고 사단 장교 전체가 모여 강평회를 열었다. 사단장이 홍사익 소위를 불러 올렸다.

"소위는 소대장으로서 솔선수범을 보여주었고 대대 전체가 매복에 빠져들 위험을 피하고 역습을 성공시켰다. 모두가 본받아라."*

사단 전 장교의 박수를 받으며 홍사익은 사단장에게 경례했다. 그 자리에서 표창장을 받았고 그의 이름은 사단 전체에 알려졌다.

훈련에서 복귀하고 주말에 이응준을 만나 저녁을 같이 먹었다. 한동안 만나지 못했고 함께 추계 대연습에 나갔지만 소속 연대가 달라 얼굴을 못 봤던 것이다. 표창받은 걸 축하한다고 건배를 한 응준이 갑자기 두 손으로 머리를 감싸고 말했다.

"사익아, 나 사고 쳤다."

이응준 소위는 김명순과의 일을 차근차근 말했다. 고국 신문

---

\* '억울하게도 전쟁범죄자가 된 고 홍사익 일본 육군중장', 「우리가 본 태평양전쟁 이면사 4」, 『경향신문』, 1962년 8월 12일자.

에 실린 이야기까지 다 듣고 나서 홍사익은 "예끼, 이사람아!" 하며 조금 아프게 응준의 어깨를 때렸다.

"난 네가 잘생겨서 여자들이 잘 따르고 언제고 여난(女難)을 당할 거 같은 불안이 있었어. 김명순 양은 조선으로 돌아간 뒤 연락 없냐?"

"응." 이응준은 길게 한숨을 쉬고 다시 입을 열었다.

"그애에게 그런 게 있어. 남자를 강하게 끌어당기는 매혹이랄까, 그런 게 있어."

"이 한심한 친구야, 맹세해라. 다시는 여자와 말썽 일으키지 않겠다고."

이응준은 정색하고 말했다.

"맹세한다. 내 평생 다시는 이런 짓 하지 않겠다."

홍사익은 이응준을 보내고 그날 밤 자신의 일기장에 썼다. '친구의 실수를 타산지석으로 삼자. 나는 절대로 여자 문제로 장교 경력에 오점을 남기지 않겠다'고.

며칠 후 그는 지나전선에 가 있는 지석규에게서 온 편지를 받았다. 일단 전장에 서면 움쩍도 할 수 없다고, 개인의 의지나 결심 따위는 전쟁이 삼켜버린다고, 그리고 전투 중 부상당했으나 수술이 잘 끝나 절름발이가 되진 않을 거라는 이야기가 쓰여 있었다. 사익은 위로의 답신을 보냈다. 부디 쾌차하여 힘차게 달릴 수 있기를 바란다는 말을 쓰고 자신이 사단장 표창을 받았다는 이야기도 썼다. 이응준의 여난에 대해서는 쓰지 않았다.

## 일본인 병사들을 장악하라

지석규는 32명의 부하를 지휘하는 보병 소대장이었다. 성격이 꼿꼿하고 의지가 강한 그는 부하들의 신망을 받고 있었다. 소대를 이끌고 전선에 투입된 그는 두 차례 공격전투에 참가했다. 격전을 치르고 목표를 점령한 뒤 대대장으로부터 용감하고 탁월한 지휘를 했다는 칭찬을 들었다. 전사한 대원의 시체를 보며 눈물을 흘렸고 부상당한 부하를 보자 적군에 분노가 일었다. 그러다 문득 고개를 좌우로 흔들었다.

'내가 지금 뭘 하고 있는 건가. 일본의 국익을 위해 싸우고 있지 않은가.'

그는 수많은 총탄을 발사한 소총을 들여다보면서 자신을 향해 중얼거렸다. 끊임없이 회의에 잠겼다. 일단 참전한 몸이 되면 일선 소대장이란 돌아가는 기계의 보통 크기 부속품에 불과했다.

'만약 내 조국의 의병들과 싸우게 된다면 그때도 이럴 게 아닌가.'

그가 존경해온 김광서 선배와, 형제처럼 믿고 의지해온 홍사익과 이응준, 그들보다 먼저 전쟁의 폭풍 속에 뛰어든 그는 그런 생각을 하며 갈등에 빠졌다.

그 갈등 때문인지 세 번째 전투에서 적탄에 다리를 관통당하는 부상을 입었다. 일본으로 후송될 정도의 중상은 아니어서 야전병원에서 수술을 받고 누워 지냈다. 그러면서 김광서 선배와 홍사익, 이응준에게 편지를 썼다.

산둥에서의 전투는 압도적으로 병력이 많은 일본의 승리로 끝나고 그는 부대와 함께 효고현 히메지로 귀환했다.

아내가 간호하기 위해 딸아이와 함께 히메지로 왔고 그는 셋집을 얻어 영외거주를 했다. 결혼하고 6년 만에 제대로 된 살림을 시작한 것이었다. 비록 적국의 장교복을 입고 적국의 한복판에서 집을 얻었지만 그는 행복했다.

그런 가운데 겨울이 지나가고 1916년 새해가 왔다. 도쿄에 있는 김광서 선배, 홍사익 소위, 이응준 소위와는 새해 안부를 묻는 편지만 주고받았다.

아내의 정성 때문인지 두 달이 지나자 부상당한 상처는 아물었다. 그는 정상 근무에 들어가 다시 소대장 보직을 받았다.


### 북방에서 온 약혼반지

1916년 봄, 이응준은 소대장에서 보직이 바뀌어 보병중대에서 위수(衛戍) 임무와 사병 교육을 맡게 되었다. 중대의 병기, 탄약고, 피복창고 등의 상황을 수시로 순시 감독하고 중대장을 보좌하면서 병사들에게 사격과 총검술을 가르쳤다. 그러면서 봄에는 나라시노 훈련장에서, 초여름에는 후지산(富士山) 산록에서 벌어진 연대 기동훈련에 참가했다.

기동훈련을 끝내고 돌아오니 이태희가 면회를 왔다가 허탕치고 돌아가면서 남긴 편지가 있었다. 방학이라 조선 땅으로 가는

데 가능하다면 연해주로 가서 숙부를 찾아뵙겠다는 것이었다.

'이태희 형도 김명순 사건을 소문으로 들었겠지. 이 참령께 말하진 않겠지만 참령이 아신다면 면목 없는 일이 아닌가.'

그는 기동훈련 때문에 이태희를 대면하지 않은 것이 다행이라고 생각했다. 지난 몇 달 그는 스스로 근신하며 지냈다. 김명순이 그 사건으로 퇴학당해 평양으로 돌아간 터라 회한이 컸다. 그렇다고 그녀에게 결혼하자고 할 생각은 없었다.

이태희는 9월 초 대학이 개학할 무렵 다시 면회를 왔다. 표정이 비장해 보였으므로 응준은 조심스럽게 입을 열었다.

"참령님의 용태가 안 좋으시군요."

"그렇습니다. 러시아 페테르부르크에서 북만주 무링(穆陵)으로 이주하셨다가 지금은 연해주 해삼위(海蔘威, 블라디보스토크) 항구 북쪽 도시 니콜스크우수리스크*에 계십니다. 의학적으로는 뇌졸중인데 회복이 어려워 보였습니다. 이 형에게 직접 편지를 쓸 수 없는 정도이십니다. 저는 숙부님께서 주신 중요한 분부를 갖고 왔습니다. 아마 마지막 분부일 겁니다."

이태희는 양복 안주머니에서 사진 한 장과 금반지를 꺼내 탁자에 놓았다.

"숙부님께서는 이 형이 정희의 배필이 되기를 원하고 계십니

---

\*    러시아 연해주 블라디보스토크 북쪽 약 112킬로미터, 동해로 흘러드는 우수리강
지류에 위치한 도시. 시베리아 철도와 하얼빈(哈爾濱), 무단장(牡丹江), 둥닝(東寧)을
연결하는 철도와의 분기점에 있는 도시이다.

다. 이 반지는 약혼의 증표입니다."

"네?" 하고 반문하며 응준은 사진을 들여다보았다. 어릴 적 모습이 그대로 남아 있는, 스무 살 청순한 처녀로 성장한 정희였다. 슬픔과 행복감, 그리고 걱정이 한꺼번에 밀려왔다.

"참령님 분부라면 나는 뭣이든지 순종해야 합니다. 그러나 이건 단 한 번도 생각하지 못한 일이지요. 정희와 결혼한다는 건 그렇습니다. 나한테는 과분하기도 하고요. ……그리고 작년에 내가 여학생과 실수를 한 일이 있습니다."

"그건 나도 압니다. 숙부님이나 정희에겐 말하지 않았습니다. 이 형이 그걸 실수라고 말하셨으니까 나는 그렇게 알겠습니다."

"면목 없습니다."

응준은 숨을 한 번 들이마셨다. 그 순간 휙 스쳐가는 기억이 있었다. 일곱 해 전 남대문역 환송식에서 부인과 정희를 부탁한다고 참령이 한 말이었다.

"분부대로 하겠습니다만…… 정희의 생각은 어떤지?"

"숙부께서 정희의 의향을 묻고 결정하신 일입니다. 정희도 '응준 오빠가 저를 받아주신다면 결혼하고 싶어요. 늘 그리운 분이에요.' 하고 분명히 말했습니다."

응준은 반지를 집어 무명지에 끼웠다. 맞춘 것처럼 딱 맞았다.

"정희가 준비했는데 이 형 손가락에 맞는군요. 나는 숙부님께 이 형이 승낙한 사실을 알리겠습니다. 직접 연락은 못 하고 고향 숙천으로 소식을 보내면 거기서 알아서 할 겁니다."

이태희는 그 말을 하고 일어섰다.

이응준은 "나도 반지를 보내야지요." 하며 따라 일어섰다. 그는 접견실에 있는 전화기로 당직사령에게 전화를 걸어 외출 나갔다가 오겠다고 보고했다.

이태희와 함께 부대를 벗어난 그는 전차를 타고 긴자(銀座)의 벽돌거리로 나갔다. 거기 있는 금방으로 갔다. 점원이 내놓은 몇 개 중 가장 아름답고 깔끔해 보이는 반지를 골라서 이태희에게 넘겨주었다.

이태희는 함께 만날 사람이 있다며 앞장서 찻집으로 갔다. 30년 전 화재가 난 뒤 서양풍으로 재건한 이 거리에 '카페 파울리스타'라는 브라질 명칭의 카페가 있었다. 이응준도 일본인 동기생들과 와본 곳이었다. 와세다대학 교모를 쓴 늙은 대학생이 들어왔고 이태희가 인사를 시켰다. 소설가로 이름이 알려지고 있는 이광수(李光洙)였다. 이광수도 평안도 출신인 데다 이갑 참령이 북만주 무링에 머물 때 찾아가서 한 달쯤 곁에서 모신 인연이 있어 셋이 만나게 된 것이었다.

이광수가 말했다.

"나는 미국으로 가던 중 러시아 내전으로 서백리아(西伯利亞, 시베리아) 치타에서 길이 막혀서 발길을 돌려 조선으로 돌아오던 길이었지요. 참령님이 목릉(무링)에 계시다 해서 찾아뵈었어요. 오로지 조국 독립만 생각하는 분이었어요. 따님이 참령님 편지를 대필해드리고 있었는데 한 달쯤 내가 대신 그걸 해드렸습니다. 참령님은 '내가 못다 한 일을 응준이가 해줄 거야' 라고 이 소위님 말씀을 여러 번 하셨어요. 그런데 따님과 약혼하셨군요."*

부리부리한 봉의눈이 인상적인 이광수는 김명순과의 사건을 알 텐데도 그 말은 꺼내지 않았다.

"참령님은 내 평생 은인이십니다."

이응준은 담담하게 말했다.

겨울이 왔다. 12월 초 이응준은 지석규, 홍사익 등 동기생들 12명과 함께 중위로 진급했다. 후배들 20명도 견습사관 근무를 마치고 소위로 임관했다. 이로써 대한제국 마지막 무관생도들을 데려다 순치시키려 한 일본의 계획은 44명 중 11명이 탈락하고 33명이 임관하며 매듭을 지었다.

마지막 무관생도들에게 동창회 같은 친목단체가 필요했다. 동기생들의 권유로 이응준이 그것을 맡았다. 우선 도쿄 주둔부대에서 근무하는 동기생 홍사익, 후배 윤상필·김종식 소위와 만나 전의회(全誼會)라는 친목단체를 만들었다.** 타 지역 근무 장교들이 가입하고 어느 날 10여 명이 모였다. 그들은 당연히 최고 선배이자 정신적 지주인 김광서 중위를 회장으로 추대했다.

장차 회지도 발간하자고 합의했다. 회지 이름은 『사막천(沙漠泉)』으로 정했다. 궁극적인 목표는 조국의 독립전쟁에 대비하는 것이지만 그걸 강조하거나 표면에 내세울 수는 없었다. 그러면

---

* 이광수는 이때 이야기를 수필 「서백리아의 이갑」으로 썼다. '추정의 속에는 조선이 찼다. 추정의 속에는 조선밖에 없다. 그는 그의 속에서 자기를 내쫓고 그 자리에다 조선을 들어앉혔다'고 표현했다(『자유와 평화』 1931년 10월호).

** 이기동, 앞의 책, 32쪽.

헌병대가 사찰의 손길을 뻗쳐올 것이기 때문이었다.

세모에 그는 아우 영준의 편지를 받았다. 소년 시절 그 자신이 그랬던 것처럼 영준은 공부하겠다고 집을 나와 무작정 경성으로 갔고 남대문에 있는 운송점에서 점원으로 일하다가 뜻밖에 어담*** 대좌의 집에 서생으로 들어갔다는 것이었다.

"네가 이갑 참령 마음을 사로잡은 이응준이 아우란 말이냐? 넌 내가 거둬주마."

어담 대좌는 그렇게 말하고 영준을 데려갔다는 것이었다. 형제가 일본 육사 동기생 두 사람에게 은혜를 입는 셈이었다. 다른 점이 있다면 이갑은 독립투사요, 어담은 망국 후에 일본에 타협해 조선군사령부 소속으로 살고 있다는 것이었다.

이응준은 아우에게 대좌의 은혜를 잊지 말라는 답장을, 대좌에게는 감사하다는 편지를 보냈다.


### 가련한 조국 황제

1917년이 되었다. 지난해 12월 임관한 하급반 27기생 20명은 귀향휴가를 받아 하나둘 관부연락선에 올랐다. 친일 신문인 『매일신보』는 최연소 생도로 유학길에 올랐던 박창하 기병소위를

---

\*\*\*  어담(漁潭, 1881〜1942) : 경기 광주 출생. 관비유학생으로 도일, 일본 육사 졸업. 무관학교 교관을 지냈다. 러일전쟁 때 접응위원으로 보급품 징발에 앞장섰다. 1920년 일본군 대좌로 임명, 이후 일제에 협력했다. 1931년 중장 예편, 그 후 지원병과 징병제도 실시에 앞장섰다(민족문제연구소, 앞의 책 3권, 488〜490쪽).

'금의환향(錦衣還鄕)'이라는 제목으로 조명했다.

> 인천 외리 210번지 박래호(朴來鎬) 씨의 아들 육군 기병소
> 위 박창하(朴昌夏) 씨는 6일 연락선으로 부산에 상륙하여 7일
> 아침 여러 해 만에 고향집에 돌아왔는데 박 소위는 찾아간 기
> 자에게 말하기를 '나는 성강(聖岡, 모리오카) 기병 23연대에서
> 근무하고 있는데 이번 1주일 동안 묵을 예정으로 아내 정옥(貞
> 玉)과 아우 철하(朴喆夏)를 데리고 왔습니다'.*

6월에 육사 23기 김광서 중위, 26기 홍사익·이응준 중위, 27
기 윤상필·김종식 소위 등 도쿄 주둔부대 조선인 장교들은 패
망한 조국의 황제를 뵙게 되었다. 경술년의 강제합병으로 이왕
(李王)이라는 칭호로 격하된 대한제국 융희황제(순종)가 일본 천
황을 뵈러 도쿄에 온 것이었다. 그들이 소속된 연대는 환영하기
위해 길가에 도열했고 황제는 승용차를 타고 천천히 달려갔다.
  며칠이 지난 뒤, 그들은 융희황제가 묵는 시바리큐**로 불려갔
다. 황제는 오전에 근위(近衛) 2사단에서 근무하는 아우 영친왕
이은을 만나고, 그들을 만났다. 황제는 감회가 큰 듯 두 눈이 젖
어 있었다. 한 사람씩 손을 잡으며 "잘 있었느냐?" 하고 물었다.
  "넷, 잘 있습니다."

---

*    『매일신보』 1917년 2월 10일자.
**   시바리큐(芝離宮): 도쿄 미나토구(港區) 하마마쓰초(浜松町)에 있는 일본 황실의 이
     궁(離宮).

마지막 무관생도들

장교들은 어깨를 꼿꼿이 펴고 대답한 뒤 황제의 손을 잡았다.

조국의 마지막 황제를 배알하고 밖으로 나왔을 때 그들은 숙연해졌다. 비록 나라가 망했지만 황제를 직접 뵐 정도로 신분 상승이 된 것에 가슴이 설레었으나 슬픔과 쓸쓸함이 컸다.

"감상이 어떠냐?" 하고 김광서 선배가 홍사익 중위에게 물었다.

홍사익은 한숨을 쉬었다.

"사람 손이 아니라 풀솜을 잡는 느낌이었어요. 황제가 그렇게 연약하시니 나라가 망했지, 하는 생각에 가슴이 메어지는 듯 아팠어요."

김광서가 다시 말했다.

"그럴수록 정신을 차리자. 독립을 되찾는 건 황실만이 아니라 조선 민족 모두의 책무, 특히 우리들 장교들의 책무다."

조국의 황제를 배알하고 며칠 뒤, 이응준은 다시 이태희의 방문을 받았다. 접견실로 가면서 이태희가 숙부의 부음을 전하러 온 것이라고 짐작했다. 지난해 약혼반지를 건네면서 참령에게 시간이 없다고 말했는데 1년이 지난 것이었다.

예상 그대로였다.

"참령님께서 돌아가셨군요?" 하고 묻자 이태희는 머리를 끄덕였다.

"오늘 전보를 받았어요."

응준은 그곳이 사병들도 있는 접견실이란 사실도 잊고 "아아, 참령님!" 하고 흐느끼기 시작했다.

# 5. 조국이 우리를 부른다

## 이응준의 출정

1918년이 왔다. 일본군 부대는 시베리아 출병으로 술렁거렸다. 일본은 미국 · 영국 · 프랑스와 함께 러시아의 공산주의 혁명을 저지하기 위한 국제간섭군을 연해주와 시베리아 동부에 파병했다. 처음 4개 사단 정도를 파병하더니 점차 확대되어 11개 사단 17만 명에 달했다. 초급장교로 여러 일본군 부대에 배치되어 있던 마지막 무관생도들도 소속 부대가 출병하면 따라갈 수밖에 없었다.

제일 처음 떠난 것은 경기도 수원의 서당 훈장 아들인 안병범(安秉範)이었다. '이 몸은 출정 명령 받아 바다 건너 북쪽 나라로 가네. 다시 만나는 날까지 잘들 지내시게.' 안종인이라는 이름을 버리고 개명한 병범은 가까운 동기생 몇 사람에게 석 줄짜리 엽서를 보내고 전선으로 향했다.

1918년 8월 초순, 홍사익의 아내가 고국의 안성 집에서 첫아들을 낳았다. 홍사익에게서 전화로 소식을 들은 이응준은 도쿄 주둔부대에 있는 김광서 선배와 후배 윤상필을 불러 함께 축하 주를 샀다. 히메지에 있는 지석규는 부르지 못했다.

홍사익은 건배를 하며 멋쩍게 웃었다.

"결혼하고 16년 만에 아비가 됐으니 한참 늦었지요. 나보다 늦게 결혼한 석규와 김 선배님은 애들이 둘씩이잖아요."

이응준은 짐짓 한숨을 쉬었다.

"나는 장가도 아직 못 갔는데 무슨 말인가."

이응준이 엄살하듯이 하는 말에 모두가 크게 웃었다.

"이갑 참령님 고명따님과 약혼을 했으니 어서 결혼을 해야지."

김광서 선배가 웃으며 그렇게 말하고는 이내 웃음을 거두었다.

"우리는 군인이니까 자식들은 이율배반이야. 군대 근무 때문에 가족을 잘 거두지 못하니 낳아놓으면 미안하고, 반면에 아이를 낳았으니 언제든지 죽어도 되니 홀가분하기도 하지."

홍사익이 고개를 끄덕였다.

"그렇지요. 일본이 서백리아에 출정해 있으니까 내일이라도 당장 출정 명령이 떨어지면 자식을 두고 전선으로 가야겠지요."

다시 서로 한잔씩 술을 권하고 술잔을 기울였다.

홍사익이 문득 생각난 듯 사흘 전 받았다는 조철호의 편지 이야기를 했다.

"그 친구는 조선군사령부로 전속됐는데 퇴역 신청을 했대요. 내 나라 땅에서 일본군 장교 노릇은 할 수 없어서라고 편지에 썼어요. 이승훈 선생이 세운 평안도 정주(定州) 오산학교 교원으로 갈 것 같다는 말도 썼으니 당장은 아니겠지만 독립운동을 하겠다는 암시 같기도 했어요."

조철호는 홍사익과 함께 고국에서 유년학교 3년, 연성학교 3개월, 무관학교 2년, 일본에 와서 유년학교 3년과 육사 1년 반, 참으로 오랜 세월 고락을 같이했다. 어려운 고비를 모두 넘겨 소위 계급장을 달았는데 곧바로 군복을 벗은 것이었다.

김광서 중위가 눈을 빛내며 말했다.

"조철호는 우리들 중 누구보다도 솔직하군. 기다리면 언젠가 우리가 독립투쟁에 나설 때가 온다고 우리는 믿지만 당장 군복을 벗는 그 친구 결심이 옳은지도 모르겠어. 뒷날 조철호를 같은 길에서 만날 수 있었으면 좋겠어."

이응준, 홍사익, 윤상필은 동의한다는 뜻으로 머리를 끄덕였다.

내일이라도 출정 명령이 떨어지면 시베리아로 출정해야 한다는 홍사익의 말이 씨가 되었는지 며칠 뒤 그들 중 하나가 출정 명령을 받았다. 이응준이었다. 러시아 극동 연해주의 항구도시 블라디보스토크에 있는 일본군 파견 사령부로 가라는 전속 명령이었다.

연해주에는 동포들의 항일투쟁 조직이 있다는 것을 응준은 알고 있었다. 평생의 은인이며 그를 사위로 점찍은 이갑 참령이 망명 투쟁을 하다 쓰러진 곳이기 때문이었다. 일본군은 공산혁명 저지라는 목적 외에 조선인들의 독립운동 조직을 말살하려 할 것이 분명했다. 자신이 그것을 위협하는 존재가 될지도 모른다는 두려움이 밀려왔다.

한편으로는 반가운 것도 있었다. 연해주 파견은 이갑 참령이 묻힌 곳, 약혼녀인 정희에게 가까이 가는 기회이기도 했다. 사령부가 있는 블라디보스토크에서 정희가 있는 니콜스크우수리스크는 멀지 않았다.

전속 명령서에는 뜻밖의 첨부사항이 들어 있었다. 군용열차를 타지 말고, 이태왕(李太王, 고종황제) 전하의 환후 위문차 경성으로 가는 영친왕과 특급열차에 동승해 히로시마(廣島)까지 가라는 것이었다.

같은 사단 예하 연대에 있는 홍사익을 만나고 떠나고 싶었으나 홍사익의 연대는 기동훈련 중이었다. 간단한 편지를 써 보내고 짐을 꾸렸다.

8월 23일 오전, 기차역으로 가니 동기생 염창섭이 같은 임무를 띠고 나와 있었다. 1914년 6월 육사를 졸업하고 견습사관이 되어 여러 부대로 흩어지며 헤어졌으니 4년 만의 만남이었다. 염창섭은 교토 주둔 38연대로 갔었다. 응준은 염창섭과 악수하고 가볍게 포옹했다.

"반갑다. 작년 결혼한 일 늦었지만 축하한다."

염창섭은 그의 어깨에 얹힌 턱을 끄덕거렸다.

"고마워. 결혼 때 축의금 보내준 것도 고맙고."

두 사람은 영친왕을 보좌하며 기차를 타고 떠났다. 차를 마시거나 식사를 할 수 있는 테이블이 붙은 4인승 좌석과 침대 하나가 있는 특등석이었다.

영친왕은 두 달 전 육사를 졸업하고 견습사관 근무 중이었으며 군복 차림이었다. 이응준과 염창섭이 나이도 거의 열 살 위이고 유년학교와 육사 선배에다 상급자였으나 위상은 하늘과 땅 차이였다.

패망한 왕조의 왕세자는 앉으라고 앞좌석을 손으로 가리켰다. 마지막 무관생도들이 지금까지 걸어온 이야기를 듣고 싶어 했으므로 두 사람은 삼청동 무관학교 시절부터 최근까지의 일을 이야기를 했다.

점심을 최고급으로 얻어먹었다. 영친왕은 식곤증 때문에 침대로 갔고 이응준은 염창섭과 함께 무연히 차창 밖을 내다보며 시간을 보냈다.

'작년엔 융희황제(순종) 전하를 뵈었고 오늘은 영친왕 전하와 기차 타고 여행하며 점심을 먹다니. 비록 패망한 제왕이지만 평안도에서 농투성이로 살아오신 아버지는 꿈도 꾸지 못할 일이 아닌가.'

이응준의 가슴속은 가벼운 흥분감과 패망한 왕조라는 쓸쓸함이 교차하고 있었다.

히로시마에 도착하자 영친왕은 두 중위에게 악수를 청했다.

"잘 가거라. 그리고 전선에서 무사히 돌아오라."

영친왕은 히로시마를 떠나 곧장 현해탄을 건너 부산으로 가는 연락선을, 이응준과 염창섭은 동해를 거슬러 올라가 블라디보스토크로 가는 군수송선을 타야 했다.*

수송선 출항은 다음 날 오전이었다. 파견부대 주력이 아직 승

마지막 무관생도들

선하지 않았으므로 두 중위은 미리 배정받은 선실을 같이 쓰며 하룻밤을 보냈다. *

"패망한 나라의 왕세자인데 철이 없으신 것 같기도 하고…….
결국 하고 싶었던 말은 하나도 못 하고 말았어."

응준이 한숨 쉬며 하는 말에 염창섭은 천천히 고개를 저었다.

"영친왕 전하나 우리가 뭘 어떻게 할 수 있겠어? 이게 아니다
아니다 하며 그냥 사는 거지."

대한제국의 마지막 무관생도들 중 성적 서열 1번으로 일본 유
학길에 올랐던 염창섭은 체념하듯이 말했다. 그러고는 가방에
서 지나어 회화책을 꺼내들었다. 언제고 일본이 만주와 지나를
점령하고 동아시아 전체를 지배할 것이므로 지나어가 필요할
것 같아 3년 동안 열심히 익혀 거의 능통해졌다고 했다. 동시베
리아 전선은 북만주와의 국경인 헤이룽강(黑龍江, 러시아 지명
아무르강)이 포함되어 있어 자신은 지나어 때문에 파견되는 것
이라고 했다.

"아버님도 편지로 지나어 공부를 권하셨고 아내도 곁에서 줄
곧 권했어."

이응준은 염창섭이 친일 군수의 아들이며 한일합병을 어쩔
수 없는 현실로 받아들였던 생도 시절을 떠올렸다.

창섭이 다시 말했다.

* 이응준과 염창섭이 영친왕을 옹위해 히로시마까지 간 정황은 『매일신보』 1918년
8월 31일자에 실려 있다.

"아내는 이화학당을 결혼 때문에 중퇴했어. 교토에 오게 해서 고등여학교에 입학시켰지.* 중위 봉급이 쥐꼬리만 하니 어떡하냐. 아버님이 돈을 대주셨지. 내 아우 이름이 상섭이야.** 너처럼 보성중학 다녔는데 그놈도 교토로 불러와 부립(府立)중학을 졸업시켰지. 지금은 다시 도쿄로 가서 게이오대학에 들어갔지."

응준은 창섭의 아내 자랑, 아우 자랑을 머리를 끄덕이며 들어주었다. 그리고 그는 아우 영준을 생각했다. 어담 대좌 집에 기숙하는 영준은 그가 당부한 대로 지난 봄 배재중학에 입학해 공부하고 있었다.

다음 날 아침 국제간섭군으로 가는 주력부대가 승선하고 수송선은 출항했다. 점심시간에 장교식당에서 후배인 이종혁 소위를 만났다. 이응준과 염창섭은 반색하며 후배를 끌어안았다. 이종혁은 후쿠오카(福岡) 연대에서 보병소대장을 하다가 부하들을 이끌고 전선으로 가는 것이었다. 세 조선인 장교는 갑판으로 나갔다.

"이 소위, 네 동기생들은 잘 있나?"

이응준이 이종혁에게 물었다.

"제각기 바빠서 소식도 못 전해요. 김석원이는 오사카 사단

* 염창섭의 아내는 안숙자(安淑子)이며 교토에서 여학교에 다닌 이야기가 위 『매일신보』 기사에 있다. 안숙자는 염창섭 출정 후 귀국해 이화학당 3·1만세를 주도하고 구속되었다('안숙자 신문조서', 「독립시위 관련자 신문조서」, 국편 DB).

** 뒷날 소설가가 된 염상섭(1907~1963)으로 오사카에서 만세시위를 주도하고 구속되었다(『매일신보』, 1919년 4월 21일자, 6월 10일자).

와카야마(和家山) 연대에서 기관총 교관 하는데 힘들어 죽겠다고 엄살하는 편지가 며칠 전에 왔지요. 나는 배 타고 멀리 가게 됐다고 답장 썼으니까 출정하는 걸 알겠지요."

"26기 중에서는 안병범이 이미 서백리아로 떠났다. 이번에 우리 셋이 가니 우리들 마지막 무관생도들 중에서는 넷이 출정하는 셈이야.*** 그런데 넌 어떠냐? 일본 병사들을 지휘하는 게 말이다."

이종혁은 어깨를 폈다.

"일본 병사들이 복종하니 통쾌하지요. 당번병이 군화를 광택나게 닦고 침구 정리하는 거두 좋구요. 육사 졸업 후 휴가로 고향 갔을 때 일본 헌병 놈들이 군림하는 걸 봤어요. 겨우 상등병 계급장을 붙인 헌병 놈이 예방주사 맞지 않았다고 젊은 아기 엄마 따귀를 때려 코피가 났어요. 그런데 병사 놈들이 내 앞에 고개 숙이고 복종하니 얼마나 통쾌합니까? 그러나 마음 밑바닥엔 무거운 바위가 놓여 있어요. 조국이 일본에 짓밟혀 신음하는데 나는 여기서 뭘 하고 있나 하는 거지요. 우리는 합병 직후 통곡하며 아오야마 묘지에 모여 조국이 부르는 날 군복 벗고 달려가 독립전쟁 전선에 서자고 맹세했지요. 정말 그런 날이 올까요?"

이응준은 고개를 끄덕였다.

"우리는 선택된 운명을 안고 있어. 하필 나라가 기울 때 무관

---

*** 안병범 · 이응준 · 염창섭 · 이종혁 외에 이해에 원용국이, 1921년 이대영이 출정해 마지막 무관생도들의 시베리아 출병은 모두 6인이다.

학교에 갔고 '오로지 너희가 나라의 희망이다' 하는 말을 들으며 떠나왔지. 언제고 민족이 떨치고 일어날 때가 올 거야. 그러면 우리는 맹세를 실천할 건가 갈등하게 되겠지. 그게 우리 숙명이야."

러시아로 가는 수송선은 세토나이카이*를 통과해 시모노세키 부근을 돌아 동해로 나아갔다. 그리고 하루 만에 블라디보스토크에 도착했다. 세 사람은 거기서 뜨거운 포옹을 하고 헤어졌다.

응준이 사령부에서 맡은 임무는 사령부 고급 참모인 아마노(天野) 대좌의 보좌역으로서 대민관계를 담당하는 것이었다. 조선인 협조자들을 통해 러시아인과 지나인, 조선인 독립운동 조직의 정보를 수집해 분석하는 일도 했다. 지금까지 그 임무를 일본인 장교가 해왔는데 통역이 필요 없는 조선인 장교가 맡으면 좋겠다고 현지 사령관이 판단해 육군성에 요청했고 그가 지명 파견된 것이었다.

블라디보스토크에는 신한촌(新韓村)이라는 조선인 집단촌이 있었고, 도시 근교는 물론 연해주 일대에 조선인들이 많이 살고 있었다. 러시아 연해주가 황무지였을 때 두만강을 건너와 개척한 것이 조선인 유민들이었고 그래서 이미 러시아 국적을 갖고 있거나 부를 축적한 사람들도 많았다. 강제합병 전후 많은 애국

---

* 세도나이카이(瀬戸内海): 혼슈(本州) 서부와 규슈(九州), 시코쿠(四州)에 에워싸인 내해. 일본의 다도해라 불리는 명승지다.

　　　　　　　　　　　　　　　　마지막 무관생도들

지사들이 망명해왔고 이갑 참령도 그중 하나였다. 최재형(崔才亨), 홍범도(洪範圖), 안중근 등 애국지사들은 군대를 꾸려 두만강을 건너 국내 진공을 감행하기도 했다. 그들은 블라디보스토크에서 1917년 전로(全露)한족회중앙총회도 조직했다. 그러나 일본군의 대규모 파병으로 인해 그즈음 숨을 죽이고 있었다.

한인사회당도 일본군의 골칫거리였다. 공산주의에 찬동하는 이동휘, 김알렉산드라, 김립(金立) 등이 주도하여 블라디보스토크 600킬로미터 북쪽 도시 하바롭스크에서 조직했는데 산하에 군사부가 있고 무장조직으로 파르티잔 부대를 두었다. 파르티잔 부대는 러시아 백군(白軍) 및 일본 파견군에 맞서 싸웠다. 그러나 그해 6월 적군*과 함께 하바롭스크 방어전에 참가했다가 패배해 괴멸 상태에 이르러 있었다. 이응준이 있는 블라디보스토크에도 한인사회당의 비밀조직이 들어와 있었다. **

이응준은 어느 날 신한촌의 한 동포 지도자가 밀고하는 내용을 듣게 되었다.

"한족회가 파리강화회의***에 독립을 호소하기 위해 밀사를 파견하려 한다는 말을 들었습니다."

---

** 　적군(赤軍) : 1917~1918년 러시아 혁명 과정에 차르 정권을 전복하고 소비에트 혁명을 완수하기 위해 싸운 노동자 농민으로 조직된 군대. 차르 황제파의 군대는 백군(白軍)이라 했다.

*** 파리강화회의 : 1차대전 종료 후 전쟁에 대한 책임과 유럽의 영토 조정, 향후의 평화 유지를 위한 조치 등을 협의하기 위해 1919~1921년 프랑스 파리에서 열린 일련의 회의.

"알았소." 하고 퉁명스럽게 대답하고는 그 밀고를 묵살했다.*

그 사실을 숨기고 밀고자가 다른 장교와 접촉 못 하게 하기 위해 온갖 애를 썼고 아슬아슬하게 고비를 넘어갔다.

한족회의 애국지사들도 만났다. 안중근 의사의 아우 안정근(安定根)은 병원을 열고 있었고 또 다른 아우인 안공근(安恭根)은 니콜스크우수리스크에 살면서 가끔 블라디보스토크로 왔다. 이갑 참령이 북만주 무링에 머물 때 안정근의 옆집에 살며 투병하느라 신세를 졌고 우수리스크에서는 안공근에게 그랬으므로 안씨 형제들은 응준의 존재를 잘 알고 있었다.

이응준은 안공근을 통해 장차 아내가 될 정희와 장모가 될 참령 부인 소식을 들었다. 참령이 별세하자 부인은 남고 정희는 짐을 꾸려 경성으로 떠났다고 했다. 진명여학교에 복학해 학업을 마치기 위해서라고 했다.

그는 정희와 엇갈리는 길이 아쉬워 긴 한숨을 쉬었다.

'내가 육사 시절 휴가로 경성에 갔을 때 너는 참령님 병구완을 위해 우수리스크에 와 있었고 내가 이제 이곳으로 오니 너는 이미 경성으로 떠났구나.'

그는 손에 낀 반지를 어루만지고 품속에 넣고 다니던 사진을 꺼내 보며 속으로 중얼거렸다.

안중근의 아우들과 한족회 사람들은 일본군 장교로 와 있는 이응준을 이미 고인이 된 이갑 참령의 사윗감이라는 이유만으

*   이응준, 앞의 책, 105쪽.

로 친밀하게 대했다. 물론 비밀은 털어놓지 않았으며 그들과의
사이에는 보이지 않는 간극이 있었다.

어느 날, 안공근이 말했다.

"지금 연해주 조선인의 정신적 지주는 최재형 노야(老爺)와
홍범도 대장이지요. 최재형 어른, 이분이 연추(延秋)읍장을 지
내시기도 했지만 우리는 최고로 존경하는 분이라 '노야'라고 부
릅니다. 이분은 소년 시절 노비 신분으로 모국 땅을 떠나 연해
주로 왔고 연추 항구에서 배가 고파 몰래 러시아 상선에 승선했
지요. 선장의 총애를 받아 6년간 세계를 돌며 경험을 넓혔고, 그
후 러일전쟁에서 통역으로 일하고, 군납업으로 거부가 됐지요.
하지만 재산을 모두 항일투쟁에 바쳤어요. 이갑 참령님을 비롯
해 연해주로 망명해온 투사들치고 그분 도움을 받지 않은 이는
없었어요. 수많은 의병이 먹고 입고 훈련할 수 있는 자금은 거
의 그분에게서 나왔지요. 최재형 노야의 근거지인 연추는 두만
강에서 가깝지요. 러시아인들은 안치혜라고 부릅니다. 1908년
최 노야께서 군대를 꾸려 중근 형님에게 맡겨 고국 진공을 감행
하게 한 곳도 연추였어요. 형님이 함경도 신아산(新牙山) 전투
에서 패하고 돌아와 동지들과 단지맹세를 한 곳도 거기였어요.**

홍범도 대장은 총바치(사냥꾼) 출신으로 의병을 일으켜 삼
수·갑산에서 명성을 떨치다가 힘이 다해 연해주로 와서 재기

** 이정은, 「최재형의 생애와 독립운동」, 『한국독립운동사연구』 제10집, 독립기념관
한국독립운동사연구소, 1996, 313쪽.

하려고 애썼어요. 총 한 자루를 사기 위해 이 도시 부두에서 하역노동도 하고 최근까지 철도 공사장에서 노역을 했지요. 일본군이 대대적으로 출병해 지금은 웅크리고 있지만 최재형 노야님과 홍범도 대장님은 다시 일어날 겁니다."

물론 일본군이 알 만한 정보의 한계 안에서만 말한 것이었다. 그 이상은 물을 수도 없었고 말해줄 리도 없었다.

두어 달이 지나 현지 임무와 사정에 익숙해지자 그는 이갑 참령의 묘소 참배길에 올랐다. 직속상관인 아마노 대좌는 특별 허락을 내리며 말했다.

"너 때문에 우수리스크 주둔부대는 준(準)비상사태에 들어갈 거다. 거기 조선인들은 반일 성향이 강해서다. 각별히 조심하라."

이응준은 블라디보스토크에서 기차를 타고 북쪽으로 올라가 우수리스크역에 내렸다. 집을 찾아가자 참령의 부인이 맨발로 달려 나왔다.

"자네가 웬일인가?"

일본으로 떠나고 8년 만에 일본군 장교가 되어 나타난 그에게, 장차 사위가 될 사람이라선지 부인은 그렇게 하대를 하며 말했다.

집에는 부인 말고도 이갑 참령의 친형인 이휘림(李彙林) 선생이 머물고 있었다. 선생은 아우인 이갑과 비슷한 시기에 서간도에 망명, 류허현(柳河縣) 싼위안바오(三源堡)에서 이회영(李會榮), 여준(呂準), 이상룡(李相龍), 이동녕(李東寧), 김동삼(金東三) 등과 자치단체 경학사(耕學社)를 조직하고 재무를 맡았던 애국

마지막 무관생도들

지사였다.

　웅준은 두 분을 거실로 모시고 들어가 큰절을 올렸다.

　"제가 불민하여 참령님 돌아가신 뒤에야 찾아왔습니다."

　절을 받으며 부인은 그의 손가락에 낀 약혼반지를 바라보고 하염없이 눈물을 흘렸다.

　"정희도 반지를 꼭 끼고 다니네. 한 번도 뺀 적이 없어."

　그는 어른들과 함께 묘소를 향해 걸었다. 소식을 듣고 안공근도 오고 마을 사람들 여럿이 따라왔다. 묘소에는 '한국인 이갑지묘'라고 새긴 비석이 서 있었다.

　"참령님, 웅준이가 왔습니다. 이제 온 걸 용서하십시오."

　그는 무덤에 큰절을 하고 목멘 음성으로 중얼거렸다.

　시간은 빠르게 흘러갔다. 연해주 파병 석 달쯤 지났을 때, 그는 깊은 절망에 빠져들기 시작했다. 일본에서 군사교육을 받기 시작해서 8년이 지났다. 그동안에도 느껴온 바이지만 17만 명을 파병해 실전을 지휘하는 일본군사령부에 앉아보니 일본의 군사력이 세계 최고 수준, 최대 규모라는 것을 실감할 수 있었다. 패망한 조국이 독립을 쟁취하기란 1퍼센트도 가망이 없어 보였다.

　한족회와 한인사회당 등 항일조직의 움직임과 최재형, 홍범도 등 지도자들의 동태를 밀정이나 밀고자들로부터 보고받아 처리하는 일은 점점 늘어났다. 보고서를 작성할 때마다 깊은 갈등에 빠졌으며 양심 때문에 밤잠을 자지 못했다.

　몸에 이상이 왔다. 위궤양 증상이 시작된 것이었다. 먹는 대로 토하고 얼굴이 까맣게 타들어가고 체중이 15킬로그램 이상 줄었다. 급격히 체력이 떨어져 걷기도 힘든 몸이 되었다.

탈출해 최재형 노야나 홍범도 대장을 찾아갈까 생각도 했으나 이내 고개를 저었다. 현재 몸 상태로는 한 시간도 내달리기 어렵고 아무리 깊이 숨어도 2, 3일 안에 체포될 것이라는 판단 때문이었다. 하루 한 끼도 먹지 못할 정도로 병이 깊어지고 신경쇠약 증세까지 생기자 야전병원 군의관들은 후송치료를 상신했다. 다음 해인 1919년 1월말 결국 본국 후송 명령이 떨어졌다.

## 지석규의 결심

1919년 1월 5일은 새해 첫 일요일이었다. 이날 오전, 지석규 중위는 효고현 히메지에 있는 부대 앞 하숙집에 있었다. 지난해 여름까지 아내가 딸아이를 데리고 와서 머물렀던 셋집인데 아내가 경성으로 돌아간 뒤 하숙으로 눌러앉은 곳이었다. 집주인 내외가 선량하기 때문이었다.

아침에 죽을 먹었는데도 속이 쓰렸다. 그는 위장병이 심했다. 몇 달 전까지 아내가 곁에서 챙겨주는 음식을 먹을 때는 낫는 것 같기도 했었으나 다시 나빠지고 있었다. 아내는 2년 반을 그의 곁에 머물렀다. 아들을 누님 댁에 맡기고 온 데다 다시 임신하고 입덧이 심해 더 머물기는 어려웠다. 그래서 경성으로 보냈는데 정초가 되니 새록새록 그리워졌다.

제법 큰 그의 방에는 고타쓰*가 있었다. 아침식사 후 주인집 여자가 이글이글 타는 숯불 화로를 고타쓰에 넣어주어 방 안은 훈훈했다. 그는 고타쓰 옆에 의자를 끌어다 놓고 일본어판 프랑스 소설을 읽기 시작했다.

그는 새해가 조선 민족에게 희망이 가득 담긴 서광을 비추며 다가왔음을 알고 있었다. 신문과 잡지를 통해서였다. 새해는 분명히 세계 약소민족과 피압박민족에게 비상한 자극과 희망을 안겨주며 시작되고 있었다. 미국 윌슨 대통령은 '민족자결에 대한 선언'을 했고 소련의 레닌 정부도 약소민족의 강제병합은 무효라고 선언했다.

가장 발 빠르게 움직인 것은 김광서 선배였다. 지난해 늦가을 희망의 빛이 보인다고 판단하는 순간 주저 없이 행동에 나섰다. 이곳저곳 몸이 아프다고 병가(病暇)를 내고 국내로 들어가면서 지석규와 홍사익을 불러놓고 말했다.

"내가 앞장서 고국으로 간다. 이응준은 연해주에 출정했으니 어쩔 수 없지만 너희도 곧 경성으로 와라."

지석규와 홍사익과 함께 그러겠다고 약속했다.

주인집에 손님이 왔는지 대문에 달린 작은 종이 울렸다. 얼마 후 방문에서 노크 소리가 나고 주인여자의 음성이 들렸다.

"중위님, 부인이 오셨어요."

---

* 고타쓰(炬燵) : 일본 실내 난방 장식으로 나무틀에 화로를 넣고 그 위에 포단 등을 씌우며 포단 위에 널판을 놓아 식탁이나 다탁으로 사용한다.

급히 문을 연 그는 놀라 눈을 크게 떴다. 정말 아내가 온 것이었다.

"아니, 연락도 없이 어떻게 왔어요?"

아내는 임신으로 봉싯한 배를 앞세운 채 미소를 지었다.

"당신이 보고 싶어 견딜 수 없어서 왔지요."

깊은 눈빛을 보고 뭔가 연유가 있을 거라고 느끼면서 아내를 가볍게 포옹했다.

"잘 왔어요. 그런데 정말 내가 보고 싶어서 온 거요?"

그의 팔에 안긴 채, 세상에서 가장 소중하다는 듯이 그의 등을 쓸어내리던 아내가 그의 귀에 대고 속삭였다.

"천도교 교주이신 손병희(孫秉熙) 선생님의 명을 받고 밀사로 왔어요."

아내는 그의 품에서 떨어져 나가 방문 밖을 살폈다. 주인집 사람들이 조선말을 전혀 모른다는 걸 알면서도 그렇게 했다.

"손병희 선생님은 동경유학생회에 대해 많이 알고 계셨고 당신에 대해서도 잘 아시고 계셨어요. 일본군 장교의 아내인 저를 밀사로 보내면 무난할 거라고 판단해 제게 임무를 맡기신 거구요. 밀서를 가져올 수가 없어서 손병희 선생님이 적어주신 대로 외웠어요. 잊어먹을까 봐 먼 길 오는 동안에도 백 번은 더 외웠어요."

그녀는 손병희 선생의 명령을 암송했다.

"일. 만천하에 독립을 외칠 좋은 기회가 왔소. 미국에서는 이승만(李承晚) 박사와 안창호 선생을 파리강화회의에 보내 독립

　　　　　　　　　　　　　마지막 무관생도들

을 청원하려고 애쓰고 있소. 상해(上海, 상하이)에서는 신한청년단이 김규식(金奎植) 선생을 보낼 것이고 러시아 연해주에서도 대표를 파견할 것이오. 경성에서도 누군가를 파견할 것이오.

이. 국내에서는 민족대표회의를 구성, 거족적으로 봉기하여 전 세계의 이목을 집중시키려 하오. 동경 유학생들도 동참해야 하오. 그곳이 일본의 심장부이기 때문이오.

삼. 우리는 지석규 중위 그대가 육사 출신 장교들을 이끌어왔고 동경 유학생들의 신뢰를 받고 있음을 알고 있소. 유학생들에게 상황을 알리고 하나로 결속시켜 집단투쟁을 준비하게 하시오. 이것은 민족대표회의가 보내는 명령이오."*

아내의 말이 끝나자 그는 다시 한 번 반복하게 해 받아 적었다. 받아 쓴 종이를 양말 속에 접어 넣고, 아내를 고타쓰 옆에 눕게 했다. 긴장이 풀린 아내가 편안히 잠든 뒤 그는 두 주먹을 부르쥐었다.

'민족대표기구가 구성돼 거국적인 봉기를 계획 중이며, 중심 인물인 손병희 선생이 나의 존재를 알고 아내를 밀사로 보냈다. 나는 조국을 위해 무엇이든지 해야 한다.'

토요일이 되자 그는 유학생회 지도자들을 만나기 위해 도쿄로 떠났다. 그러나 교토에서 기차를 갈아타다가 헌병대의 제지를 받았다. 소속 부대의 위수지역은 효고현에 한정되므로 벗어

---

* 지석규 아내의 밀사 임무 기록은 지헌모가 쓴 전기에 있다(지헌모, 앞의 책, 61～62쪽).

날 수 없다는 것이었다. 위수지역을 벗어날 때 부대장의 허락을 받는 규정이 있지만 거의 무시되어온 것이었다.

기차역을 통제하는 헌병 중위가 난처한 표정을 하며 말했다.

"지금 연대장님에게 전화를 해서 허락을 받는다면 보내드릴 수 있습니다."

그는 도쿄행을 단념했다. 무언가 이상하게 다가오는 느낌, 조선 출신 장교들을 주의 깊게 관찰하는 듯한 직감이 있어서였다.

히메지로 되돌아온 지석규는 그 임무를 아내에게 맡겼다. 아내는 두 아이를 그의 누이에게 맡겨놓고 온 터였고 4월 초 셋째 아이를 출산할 예정이라 어차피 돌아가야 할 사람이었다. 그는 재도쿄조선학생학우회 간사인 백남규*의 하숙집 주소를 아내에게 외우게 했다

"걱정 마세요. 당신에게 전했듯이 전할게요."

아내는 도쿄를 경유해 조선으로 가는 귀로에 올랐다.

사흘 뒤, 아내가 보낸 우편엽서를 받았다. 일본어로 쓴 엽서에는 무사히 시모노세키에 도착해 관부연락선을 탄다는 말과 함께 위장병이 걱정되니 술을 끊으라는 당부가 적혀 있었다. '위장병'과 '술'은 임무를 완수했다는 암호였다.

며칠 뒤, 그는 광무황제가 서거했다는 신문기사를 읽었다. 교

---

*     백남규(白南奎, 1891~1956) : 전북 임실 출생. 도쿄물리학교 수학. 1917년 재도쿄조선학생학우회 간사가 됐으며 1919년 2·8독립선언을 주도하고 구속됐다. 중앙학교, 동광학교에서 교편을 잡았으며 광복 후 이리남성중 교장을 지냈다(「왜정시대 인물사료」 국편 DB ; 「동아일보」, 1956년 11월 24일자 부고기사).

토에서 발행한 그 신문은 조선 이왕가의 이태왕 전하가 급환으로 별세했으며 3월 3일 조선식 국장인 인산(因山)이 치러질 것이라고 보도하고 있었다.

2월 초, 이응준에게서 편지가 왔다.


석규 형에게

형에 대한 그리움이 곡진한데도 이 아우가 불민하여 그간 격조했습니다. 형수님과 조카들은 무고한지요?

나는 며칠 전 히로시마 위수병원에 후송 와 있습니다. 형처럼 전투 중 부상 입은 건 아니고 업무에 고심이 많아선지 위장이 엉망이 됐습니다. 못난 탓이지요.

곧 도쿄 위수병원으로 옮기고 요양휴가를 받을 수 있을 듯합니다. 그때는 경성으로 가게 해달라고 청원할 생각입니다.

비록 멀리 떨어져 있지만 우정은 변치 말자고 한 언약 늘 잊지 않고 지냅니다.

늘 강녕하소서.

아우 이응준 올림


그는 쾌유를 바란다는 답장을 썼다.

2월 9일, 그는 신문을 보고 가슴이 뛰었다. 어제 도쿄의 조선인 유학생들이 독립선언문을 낭독하고 독립만세시위를 벌여 60여 명을 구속했다는 기사였다.

"아, 젊은 후배들이 이렇게 앞장서는구나!"

그는 중얼거리며 하루 빨리 고국으로 가야 한다고 생각했다. 며칠 동안 차분하게 군대의 울타리를 벗어나는 길을 궁리했다. 아무리 생각해도 김광서 선배처럼 병을 이유로 장기휴가를 내는 수밖에 없었다. 군병원에는 그의 위장병 진료 기록이 있었다.

'군의관이 질병 휴가에 동의할 정도로 위장병을 악화시키자.'

일단 결심이 서자 매일 저녁 과음하여 토하고 난 다음 날 아침을 안 먹고 병영으로 들어갔으며 몸을 마구 굴렸다. 한 달이 지나자 얼굴이 까맣게 타들어가고 몸이 야위어갔다. 군의관은 손을 홰홰 저었다.

"낫는 게 아니라 더 악화되고 있소."

육사 2년 선배인 중대장도 걱정했다.

"안 되겠군. 그 몸으로 근무하는 건 무리야."

부대에서는 아무도 그를 의심하지 않았다. 평소에 보여준 성실성 때문이었다.

그는 두 번째 단계로 들어갔다. 전술학 서적을 외우듯이 익히는 것이었다. 탈출할 때 전술학이나 무기의 제원과 사용법을 기록한 화기학 서적을 몇 상자 갖고 간다면 조국의 독립전쟁에 더없이 큰 도움을 줄 것이었다. 그러나 대여섯 권이라면 몰라도 분량이 많으면 사전에 의심받을 것이었다. 그는 중요한 사항을 수첩에 까맣게 메모하며 마치 사관생도 시절에 시험 공부하듯 열중했다.

그때 경성에 있는 김광서 선배에게서 엽서가 왔다. 탈출하자는 암호 연락이었다. 그리고 며칠 후인 3월 1일, 경성에서 독립 만세운동이 폭발적으로 일어났다.

"이제 됐어. 우리 민족이 떨쳐 일어나는 거야."

지석규는 신문을 읽으며 두 주먹을 부르쥐었다. 그리고 며칠 후 기어이 6개월간의 요양휴가증을 손에 넣었다.

3월 중순, 지석규는 부산에 도착했다. 경부선 열차를 타고 오는 동안 승객들이 수군거린 말들에 의하면 지방 도시들까지 만세시위가 불길처럼 퍼지고 있었다.

그는 집에 도착해 짐을 풀고 사직동 김광서의 집으로 달려갔다. 김광서가 대문을 열자마자 차렷 자세로 서서 경례했다.

"선배님, 요양휴가 얻어 빠져나왔습니다."

김광서는 그의 얼굴을 들여다보며 쯧쯧 혀를 찼다.

"물어보나마나 뻔하군. 병가를 내기 위해 위장을 망쳤군. 홍사익과 이응준은 어찌 됐어?"

"홍사익은 사령관 표창도 받아가며 열심히 근무하는 것 같고 이응준은 히로시마 위수병원에 후송 와 있습니다. 요양휴가를 받아내려 애쓰고 있습니다. 곧 둘 다 올 겁니다."

김광서는 아내가 내온 차를 권했다.

"조선군사령관 우쓰노미야 대장이 찾아오라는 연락을 할지도 몰라."

"왜요?"

"나는 오라는 연락 받고 용산 사령부로 갔었어. 무척 반기면서, 애로사항이 없냐고 묻고 내지에서 근무하는 조선 출신 장교들 어떻게 지내냐고 묻더군.* 정말 관심 있는 건지 그랬어. 만세운동에 정신없을 테니 사령관이 자네를 부를 겨를이 없을지도 몰라."

"저도 부르면 가지요, 뭐." 하고 지석규는 그렇게 말하고는 번쩍 고개를 들었다.

"만약 부른다면 단검을 품고 가 사령관을 저격할 수 있을까요? 제 목숨과 바꾸는 거지요. 조선군사령관이 사령관실에서 조선인 청년 장교에게 저격당하다, 그러면 안중근 의사만은 못해도 청사에 이름이 빛날 겁니다."

김광서는 눈을 크게 떴으나 고개를 좌우로 흔들었다.

"사령관실 들어가기 전에 철저하게 복장검사를 하네."

지석규는 "네" 하고 머리를 끄덕였다.

"나는 그렇게 장엄한 광경을 처음 봤어. 종로통 만세시위 말야. 나도 모르게 섞여 들어가 만세를 불렀어."

김광서 선배가 만세시위로 화제를 돌렸다. 지석규는 어서 말하라는 뜻으로 고개를 여러 번 주억거렸다.

"3월 1일 그날 나는 YMCA 회관에서 윤치호(尹致昊) 선생을 만났어.** 사복 차림이었지. 집에 가려고 막 회관을 나와 몇 걸음

---

* 우쓰노미야의 일기, 1919년 1월 6일, 宇都宮太郎 關係資料研究會 編, 『陸軍大將 宇都宮太郎 日記 3』岩波書店, 2007, 東京, 198쪽. 휴가 중인 기병중위 김광서를 불러 조선인 장교들에 대해 물었다고 기록했다.

** 김광서는 이날 YMCA회관에서 윤치호를 만난 일과 자신이 목격한 만세시위를 사실적으로 기록해놓았다(육필수기 『경천아일록』, 1919년 3월 1일).

마지막 무관생도들

걸었을 때 "대한민국 만세!" 함성이 들려왔어. 잠시 후 태극기를 든 청년 군중이 종로통을 가득 메우고 밀물처럼 밀려갔어. 나는 자신도 모르게 군중 속으로 들어가 목이 메어 만세를 불렀지."

김광서는 심호흡을 하여 격정을 가라앉힌 뒤 다시 이야기를 시작했다.

"나는 고국에 돌아와서 많은 사람들을 만났어. YMCA 운동 선구자 월남(月南) 이상재(李商在) 선생도 만났지. 윤치호 선생의 사촌아우이자 돌아가신 내 형님 육사 동기생 윤치성 사장도 만났어. 윤 사장은 우리 독립전쟁 전선의 신흥무관학교에 대해 은밀히 말씀하셨어."

"독립운동 진영이 무관학교를 세웠어요?"

"그래. 강제합병되던 무렵, 애국지사들은 독립운동 기지를 건설해 청년들을 훈련시켜 때가 오면 독립전쟁에 집중시킨다는 목표를 갖기 시작했대. 이회영·이시영(李始榮) 등 6형제분들, 아버지 이유승(李裕承) 대감이 이조판서를 지냈고 삼한갑족으로 불릴 만큼 부자였으므로 물려받은 재산이 많았지. 그런데 재산 전부를 깨끗이 조국 독립에 쓰자고 결의하고 모두 처분했다고 하네. 그걸 모두 싸들고 서간도로 가서 신흥무관학교를 세웠대. 서간도 유하현(류허현) 삼원보(싼위안바오)라는 곳에 자리 잡았고 여준·이상룡·이동녕·김동삼 선생 등 선각자들이 거기 모여들었고, 자치단체도 만든 모양이라. 경학사, 부민단(扶民團), 그런 자치단체를 조직해 동포들을 이끌고 있다고 하네. 무관학교가 처음엔 지원자도 적고 그랬는데 만세운동이 일어난 뒤 청년들이 앞다퉈 모여들어 군사학 교관이 턱없이 부족하다 하네."

지석규는 머릿속이 환해져서 김광서에게 몸을 기울였다.

"우리가 갈 곳이 거기군요."

김광서는 귓속말을 했다.

"서간도에서 온 밀사도 만났어. 북만주에도 홍범도 장군, 김좌진 장군들이 탄탄한 세력을 이끌고 있대. 서간도와 남만주 쪽은 신흥무관학교라는 사관 양성기구를 갖고 있고, 북만주 쪽은 연해주에서 무기 조달이 쉬워 장비 면에서 우위에 있대. 방금 자네가 말한 대로 우리가 갈 곳은 신흥무관학교야. 그래서 나는 결심을 굳히고 토지를 매물로 내놓아 처분하기 시작했고 자네들에게 암호 편지를 보낸 거야."

"잘하셨습니다." 하고 지석규는 머리를 끄덕였다.

김광서 선배가 갑자기 또 생각나는 게 있는지 지석규를 바라보았다.

"자네 동기생 조철호 말이야. 그 사람이 우리보다 앞장섰네. 독립운동을 하려고 국내를 탈출해 만주로 갔다가 하마당(下馬塘, 샤마탕)역에서 체포당해 압송됐대. 신문에 안 났지만 쉬쉬 소문이 돌고 있지. 군법회의에 넘겨졌고 총살형을 당할 수도 있었는데 양심적인 군법무관이 봐줘서 중형 받을 거 같지는 않다고 하더군."

"아, 그 친구가 우리보다 앞섰군요."

"그래, 그러나 실패했어. 조심해야 해, 실패하면 끝장이니까.

아무튼 이응준과 홍사익, 이 친구들이 어서 와야 할 텐데."

"꼭 올 겁니다."

지석규는 스스로에게 다짐하듯 그렇게 말했다.

며칠 뒤 배재학당 시절 친구들이 조촐한 환영 모임을 열어주었다. 비상시국이라 정복 입은 헌병과 사복형사 들이 나타나 신분증 제시를 요구하고 있었다. 그들 자리로 다가오다가 일본군 중위 계급장을 단 그를 본 헌병 오장(伍長, 일본군의 하사관)이 차렷 자세로 서서 경례하고 물러났다.

곳곳에 일본의 사냥개 노릇을 하는 밀정들이 있다며 동창들은 목소리를 낮춰 전국 각지의 만세운동에 대해 들은 소문을 교환했다. 어디서 몇 명이 칼에 맞아 쓰러졌다, 어디서는 고문당해 죽었다, 그런 말들을 하고 탄식과 분노가 이어졌다.

교원 노릇을 하고 있는 친구가 지석규에게 말했다.

"만세운동은 애국심도 애국심이지만 그보다는 박탈감 때문에 일어난 거야. 일본 통치 10년에 착취가 극에 달해 조선 땅은 거덜 나고 있네. 농민들은 동양척식주식회사나 일본인 지주의 소작인으로 전락하고 노동자는 노동력을 착취당해왔네. 참으로 비참한 지경에 이르렀네."

전문학교를 나와 실업자로 있는 친구도 그에게 말했다.

"먹물깨나 먹은 지식인들은 하급관리가 되어 일제 하수인 노릇이나 하는 수밖에 없네. 그게 아니면 실업자 군상에 들어가는 거지. 일제는 매우 똑똑한 조선인들을, 일본 유학을 했거나 국내 유수한 전문학교를 나온 사람들을 교묘하게 이용하네. 판사, 검사, 총독부와 금융기관 직원 등으로 써먹고 있지. 장차 만주나 중국을 삼키려고 할 게 분명한데 자기들 인력이 모자라지. 거기 조선인 지식인들을 앞세울 거네. 자네 같은 육사 출신은 최고급 중의 최고급 인력이지. 식민지 조선을 강압하거나 만주나 중국을 착취하고 강압하는 무기로 아주 유용하게 쓸 걸세."

지석규는 고개를 끄덕였다.

"알고 있네. 내 동기생들, 모두가 다 호락호락하게 이용당하진 않을 걸세."

그는 동기생들 중 가장 영민한 홍사익이 문득 생각났다.


### 홍사익, 육군대학 입학 후보자가 되다

3월 중순, 홍사익은 갑자기 사단사령부로 전속 명령을 받았다. 중대장 업무를 후임자에게 인계하고 사령부로 갔다. 곧장 사단장실로 오라는 명령을 받았다.

사단장 사토 가쓰히로(佐藤勝弘) 소장이 말했다.

"너를 주목해왔다. 올해는 이미 마감이 지났고 내년 육군대학 응시 후보자로 추천하려 한다. 그래서 공부할 수 있게 불러 올린 거다. 업무는 없다. 열심히 공부해서 합격하는 게 네 업무다."

홍사익은 자신이 잘못 들은 건가 생각하며 멍하니 서 있었다. 사단장이 미소를 지으며 다가와 그의 어깨에 손을 얹었다.

"네가 조선 출신이어서 어려움이 많다. 불합격하면 내가 우스워진다. 그러니 1등을 할 각오로 준비해라."

"넷." 홍사익은 군화 뒤축을 붙이고 꼿꼿이 서며 큰 소리로 답했다.

홍사익은 중위로서는 빠르게 중대장을 맡았었다. 중대장 6개월 만에 사단사령부로 올라온 것도 놀랍지만 육군대학이라니, 사단장의 말은 충격적이었다. 육군대학은 출세를 보장하는 보증수표와도 같았다. 졸업하면 승진가도를 달리게 되고 별을 달아 장군이 될 가능성이 컸다. 육군대학을 나오지 않으면 아무리 탁월한 장교라도 대좌에 머무는 것이 관례였다.

육군대학은 소위로 임관하고 3~6년이 지난 장교들 중에서 신입생을 뽑는데 정원이 겨우 70명이었다. 매년 육군사관학교에서 졸업생이 800명 안팎으로 배출되므로 10분의 1만이 들어갈수 있었다. 희망자가 자꾸 누적되므로 입시 경쟁률은 30대 1이넘었다. 각 사단이 두 명을 추천 상신하면 학과시험과 면접시험으로 선발하는데 우선 사단에서 추천받는 일부터가 하늘의 별따기였다. 사단에는 중위와 대위급 장교가 200명이 넘었다. 각사단은 그렇게 보낸 장교가 합격하면 명예로 여겼다. 그것은 사단장 개인의 앞날과도 관련이 깊었다. 추천한 부하장교가 육군대학을 나와 장군이 되면 자신이 퇴역한 뒤에도 군부에 영향력을 가질 수 있기 때문이었다.

홍사익의 육사 26기 동기생 700여 명 중 오카자키 기요사부로(岡崎淸三郎)는 이미 지난해 입시에 합격해 재학 중이었고 유년학교 시절부터 1등을 다툰 엔도 사부로와 야나기타 겐조, 같은 구대 동급생이었던 와치 다카지, 가케사 사다아키(影佐禎

昭), 다나카 류키치(田中隆吉) 등이 이해에 합격하여 입학을 앞두고 있었다. 그중 야나기타와 와치는 같은 사단에 있어서 찾아가 축하인사를 하기도 했다. 조선 출신이 추천될 리가 없는 일인 데다 자신은 언제고 탈출해 독립전쟁 전선으로 갈 것이므로 꿈도 꾸지 않았다. 그런데 사단장이 이미 결심을 굳힌 듯 그렇게 말한 것이었다.

홍사익은 초임장교 시절 추계 대연습에서 급류를 헤엄쳐 건너 적정을 탐지해 역공을 하게 하여 표창받아 이름이 알려져 있었다. 그때의 사단장은 떠나갔고 현임 사단장과도 지난해 가을 연대 기동훈련에서 비슷한 일이 있었다. 기동훈련의 결과를 놓고 참모본부에서 온 평가관들의 질문을 받은 일 때문이었다. 대강당에서 공개적으로 펼쳐진 평가회에서 '가장 탁월한 부대 이동이었다'는 지적을 받고 그는 무대 위로 불려 나갔다. 가상적인 도상(圖上)훈련을 펼치고 공격부대를 운용하라는 요구를 받았다. 그는 1개 중대의 특공대를 운용해 적의 배후를 공격했다. 동서양 공격 전술과 전훈(戰勳)에 대해 통달해 있는 것과 임기응변으로 대처하는 것을 보고 평가관들은 혀를 내둘렀다. 그는 그 일로 사단장 표창을 받았다.

중대장은 대위급이 맡는 보직이었다. 워낙 탁월해 중위인 그를 중용했는데 눈부시게 빛났다. 사토 사단장은 청렴강직한 장군이었다. 그래서 군벌과 귀족 출신 장교들을 놓아두고 홍사익을 추천하기로 결심한 것이었다. 다만 조선 출신이라 금년은 추천하지 못하고 내년을 약속하며 사령부로 불러 올린 것이었다.

사단장실을 나왔을 때 홍사익의 몸은 땀에 젖어 있었다. 짜릿한 감격이 몸을 훑으며 내려가고 눈앞에 희망의 문이 활짝 열리는 기분이 들었다. 그것은 잠깐이었다. 머릿속에 지석규와 이응준, 그리고 김광서 선배의 얼굴이 함께 떠올랐다. 우리들의 맹세와 가련한 내 조국은 어떻게 할 것인가.

그때 문득 한 가지 생각이 머리를 스쳐갔다. 육군대학 입시에 대비하려면 미국·영국·프랑스·독일·러시아 등 세계 열강과의 국제관계, 그리고 조선반도 통치 문제도 분석해야 할 것이었다. 우선 그것에 매달려보자. 이참에 냉정하게 현재의 국면을 파악해보자. 그렇게 결심한 그는 다음 날 곧장 모교인 육사 도서관으로 갔다. 거기서 교수들의 연구용 자료들까지 열람할 수 있었다. 그는 우선 파리강화회의의 진행과, 3·1만세운동에 대한 일본의 주요 신문 기사와 논설을 읽었다. 미국·영국·프랑스 등 세계 열강의 대응에 대한 것도 모두 찾아 읽었다. 일본 지도자들은 물론 외국 지도자들도 만세시위 참가자들을 폭도라고 부르고 있었다. 그가 얻은 결론은 우리 편이 아무도 없다는 것이었다. 대통령이 민족자결주의를 주창한 미국도 일본 편이었다. 만약 만세운동이 무장투쟁으로 이어진다면 일본을 돕기 위해 미국은 조선에 출병할 것이었다.

그는 더 많은 자료를 읽기 위해 도쿄제국대학 도서관으로 눈을 돌렸다. 거기도 육대 재학생과 응시 예정자들에게 열람 기회를 주는 것이 관례였다. 아침식사를 하고는 사령부 숙소를 나와 전차를 타고 제국대학 도서관으로 가서 온종일 자료를 헤쳐나갔다. 거의 매일 한두 권 대출을 해 와서는 자정이 넘도록 통독하며 매달렸다.

어느 날, 이응준에게서 편지가 왔다. 홍사익의 전 소속 부대인 제1연대를 거쳐 새 임지인 사단사령부로 날아온 편지는 히로시마 위수병원에서 위장병이 낫지 않아 도쿄제1위수병원으로 이송됐다는 내용을 담고 있었다.

다음 날 오후, 홍사익은 도쿄제대 도서관에서 사단사령부 숙소로 돌아가는 길에 고지마치 지역에 있는 위수병원으로 갔다.

"사익이 왔구나." 하고 응준이 병상에서 일어서는데 몸이 야윈 데다가 얼굴에 병색이 짙어 사익은 가슴이 뭉클하고 콧마루가 시큰했다.

병실 안에 일본인 장교들도 있어선지 응준은 산책하고 싶다며 앞장섰다. 병원은 웬만한 학교보다도 넓었으며 산책로에는 벚꽃이 만발해 있었다.

"무쇠처럼 단단하던 네 몸이 야윈 걸 보니 출정 기간에 마음고생이 컸구나."

사익의 말에 응준은 고개를 끄덕였다.

"몸도 망가지고 미쳐버리는 줄 알았다. 지금은 좀 나아진 거야. 히로시마 위수병원에 보름 동안 있었으니까."

두 중위는 사람들 왕래가 적은 벤치에 앉았다. 계속 도쿄에 있었던 홍사익보다는 전쟁터에 다녀온 응준이 할 이야기가 더 많았다. 출정 명령을 받고 염창섭과 함께 영친왕을 옹위해 히로시마까지 간 이야기, 수송선 갑판에서 이종혁을 만난 이야기부터 시작해서 블라디보스토크 도착 후의 인상, 이갑 참령 묘소 참배, 그곳의 동포 항일조직에 관한 정보를 파악하고 분석해야 했던 고통스런 보직, 그리고 최악의 위궤양에 대해 울먹이며 털어놓았다.

"탈출해 홍범도 장군이나 최재형 노야를 찾아가고 싶었지만 그럴 수 없었어. 탈출한다 해도 체포될 가능성이 99프로였어. 세상을 더 살아봐야겠지만 그런 고통스런 시간은 아마 내 인생에 더 없을 거야."

홍사익은 팔을 뻗어 친구의 어깨를 끌어안았다.

"네가 수송선에서 염창섭과 이종혁에게 했다는 말처럼 그건 우리들의 숙명이야. 우리는 그렇게 선택됐어."

이제부터 홍사익이 말할 차례였다. 그는 응준이 진정되기를 기다렸다가 입을 열었다.

"나 사단사령부로 옮겼다. 네 편지는 연대로 갔다가 사령부로 나를 찾아왔지. 아직 확정된 게 아니지만 나 육군대학에 갈 거 같다."

"뭐? ……지금 육군대학이라고 했냐?"

응준이 크게 눈을 뜨며 벤치에 기댔던 몸을 일으켰다.

"그래, 사단장이 직접 불러 통고했어. 오늘도 제국대학 도서관에서 공부하다 왔어."

사익은 차근차근 그동안의 일을 이야기했다.

응준은 다 듣고 나서 그의 손을 잡았다.

"너는 내 친구지만 역시 대단하다. 귀족 출신, 군벌 가문 출신 장교들이 육군대학에 가기 위해 발버둥치고, 실전 기록을 쌓기 위해 서백리아 영하 30도 추위 속에 목숨 걸고 뛰는데 그 어려운 관문을 뚫다니 말이다."

홍사익은 이참에 자신의 사정을 말해야 한다고 생각했다.

"요코하마의 맹세는 내 가슴에 단단한 나무처럼 박혀 있어. 사단장을 만나고 나오는 순간에도 그걸 생각했지. 그러나 나는 당장 군대를 벗어날 수가 없어. 어떻게 해야 하나 궁리를 해볼게."

"그래, 아직 시간이 조금 있으니까."

응준이 머리를 끄덕였다.


## 이응준의 귀국

홍사익이 문병을 다녀간 다음 날, 이응준은 김광서 선배가 보낸 엽서를 받았다. 위장병을 걱정하며 경성으로 와서 치료받는 길을 찾으라는 말, 요코하마에 간 추억이 새롭다는 내용이 들어 있었다. 어서 경성으로 오라는 암호 연락이었다.

응준은 며칠 뒤 진단서를 받아냈다. 위궤양이 심각하게 진행되고 있고 신경쇠약 증세도 있어 6개월 이상의 자택 요양이 필요하다는 내용이었다. 곧이어 병원장의 요양휴가 허락을 받은 그는 아자부구에 있는 전 소속 부대로 가서 직속상관들에게 인사를 하고 동료 장교들을 만났다.

다음 날, 귀국길에 오르기 위해 밤 기차표를 끊어놓고 신바시

마지막 무관생도들

역에서 홍사익을 기다렸다. 간밤에 미리 군용전화로 통화하며 약속한 터라 홍사익은 제국대학도서관에서 곧장 올 것이었다. 고국으로 돌아가기 위해 신바시역에 오니 감회가 컸다. 이 기차역은 1909년 9월 6일 마지막 무관생도들이 황제의 명령에 따라 고국을 떠나 도쿄에 도착한 바로 그곳이었다.

응준이 역 광장을 천천히 걸으면서 그 시절을 더듬고 있는데 홍사익이 왔다. 보름 만에 만나는 것이었지만 두 사람은 어깨를 끌어안는 포옹을 하고 음식점을 찾아갔다. 응준이 아무거나 먹어도 된다고 했으나 사익은 따뜻하게 데운 사케와, 전복을 넣은 흰죽과 생선요리를 시켰다.

"얼굴이 지난번보다 좀 나아 보인다. 너를 고국으로 보내니 술 한잔해야지."

홍사익은 응준에게 술을 권하고 자기 잔도 받았다. 잔을 부딪어 건배한 다음 찬찬한 시선으로 응준을 바라보았다.

응준은 사케를 혀를 적실 정도로 조금씩 음미하며 마셨다. 경성으로 돌아가 김광서 선배를 만나고, 아마 지석규도 합류할 것이므로 함께 탈출 계획을 세울 거라는 말을 했다. 그러고는 가방을 끌어당겨 권총을 꺼냈다.

"권총은 개인 지급 장비니까 탈출길에 필요할 듯해 가져가네. 내 결심을 상징하는 것이기도 하고 이갑 참령님과의 다짐을 확인하는 것이기도 해. 삼청동 무관학교 편입 후 첫 외출을 나갔을 때 참령님이 내 손에 권총을 쥐어주시며 '군인은 총과 같다. 나라가 위기에 처한 때에 군인은 조국을 지키는 총이 될 수도 있고 조국을 쏘는 총이 될 수도 있다'고 하셨지. 그때 그 권총과 똑같은 26식 권총*이야."

10년 전 그날 외출에서 복귀한 응준이 그 이야기를 한 걸 기억하는지 사익은 고개를 끄덕였다. 그러고는 분명한 음성으로 입을 열었다.

"맹세했으니 나도 가야지. 하지만 지금은 아냐. 삼일만세운동이 독립전쟁의 계기를 만들어준 것 같기는 하지만 결정적인 기회는 아니라고 봐. 우선 육군대학에 가고 싶어. 고급 지휘관, 고급 참모 출신도 독립군에 필요할 거야. 그리고 나까지 합류하면 모두가 위험해져. 지금 내가 간다면 무단이탈밖에 없는데 사단장이 진노해서 기어이 나를 잡아들일 거야. 그러니 네가 경성에 가서 김광서 선배님, 지석규에게 잘 말해줘."

이응준은 알아들었노라고 머리를 끄덕였으나 아무 말도 하지 못했다. 보름 전 만났을 때 이미 동반 탈출은 어려울 거라고 판단한 터였다.

그의 생각을 아는지 사익이 팔을 뻗어 응준의 권총을 집어 자기 앞에 놓고는 그 위에 손을 얹었다.

"이 권총에 맹세한다. 나 홍사익은 뒷날 독립전쟁 전선에 갈 것을 맹세한다."

---

\* 메이지 26년(1893)에 개발된 권총. 구경 9밀리미터, 길이 23센티미터, 무게 904그램, 유효사거리 100미터의 제원으로 일본 포병공창이 제작했다. 6개의 회전식 장탄구가 있어서 육혈포라 했다(「Weblio事典」, www.weblio.jp).

마지막 무관생도들

홍사익은 10여 년 우정을 나누며 단 한 번도 약속을 어기거나 신뢰를 잃은 적이 없었다. 응준은 사익의 옆으로 옮겨 가서 팔을 뻗어 사익의 어깨를 끌어안았다.

"널 믿는다. 경성으로 가서 김광서 선배와 지석규에게 설명할게."

이응준은 4월 2일 경성에 도착했다. 육사에 재학하던 1912년 여름방학에 온 후 일곱 해 만에 돌아온 것이었다. 일곱 해 전에 그랬던 것처럼 역 앞에서 택시를 잡아타고 원동 이 참령 댁으로 갔다. 이번에도 정희는 없었다. 원동 집은 일곱 해 전처럼 청지기가 지키고 있었다.

"이걸 어쩌나. 정희 아씨는 진명여학교 만세 부르는 일에 앞장섰다가 체포당해 고초를 겪고 닷새 전 어머니와 함께 고향 숙천으로 떠났다오."

청지기가 말했다. 서른 살 먹은 육군장교답지 않게 애처로운 마음에 견딜 수가 없었다. 이번이 세 번째 숨바꼭질이었다. 일곱 해 전 왔을 때는 아버지의 병구완을 위해 떠나 집에 없었고, 참령이 별세한 직후 러시아 연해주로 출정한 그가 니콜스크우수리스크에 있는 집을 찾아갔을 때는 공부를 계속하기 위해 경성으로 떠나고 없었다.

그는 발길을 돌려 삼청동 지석규의 집으로 갔다. 마침 외출하려고 막 군화를 신다가 인기척에 대문을 연 지석규는 눈을 크게 뜨며 반색을 했다.

"때마침 잘 왔네. 지금 나하고 같이 갈 데가 있네."

지석규의 아내가 아들과 딸을 거느리고 대청을 내려와 인사를 했다. 그는 조카처럼 귀엽고 소중한 아이들 머리를 쓰다듬어 주었다. 지석규 아내는 셋째를 임신해 만삭의 몸이었다.

그녀가 말했다. "이달에 셋째를 낳을 거예요."

"잘하셨습니다, 형수님."

"이 사람아, 뭘 잘했다는 거야?" 하고 웃으면서 지석규가 그의 소매를 잡아당겼다.

대문을 나와 골목길에 발을 디디면서 지석규가 다시 말했다.

"자네 지금 어디서 왔나?"

"한 시간 전에 기차역에 내렸고 참령님 댁을 들러서 왔어. 정희는 만세시위 때문에 옥고를 치르고 모친과 함께 숙천으로 떠났대."

골목을 벗어나 큰 길로 나오자 멀리 두 사람의 모교인 대한제국무관학교 건물이 보였다. 기기서 보낸 시간이 아련한 그리움으로 밀려왔다.

"정희 씨뿐만이 아니야. 자네 아우 영준이도 붙잡혀서 서대문 감옥에 갇혀 있어."

지석규의 말에 그는 발을 멈추고 섰다. 놀라 가슴이 두근거리는데 지석규가 말했다.

"어제 알았어. 배재 재학생 구속자 명단에서 확인했네. 만세시위를 독려하는 전단을 돌리다가 체포됐어. 오늘 김광서 선배님과 함께 감옥에 면회를 갈 참이었네."

"나 대신 신경 써줘서 고맙네."

마지막 무관생도들

응준은 물기에 젖은 음성으로 말했다. 그는 정희 소식을 들었을 때처럼 가슴이 다시 먹먹해졌다.

"김광서 선배님은 어떻게 지내?"

그의 물음에 지석규는 착잡한 표정을 했다.

"감시를 피하기 위해 탕자처럼 생활하고 있지. 경성 시내에 온갖 소문이 자자해. 소문 중 하나가 경성 최고의 요정인 명월관\*에서 경성 최고 기생 현계옥(玄桂玉)과 놀아나고 있다는 거야. 배재학당 동창들이 소문을 전하면서 그러더군. 명월관은 나라 팔아먹는 일에 앞장선 대가로 이권을 차지해 졸부가 된 친일파 놈들이 기생을 끼고 노는 데가 아니냐고 말이야. 나는 그게 탈출을 위한 위장이라고 말할 수는 없었지. 한 친구가 해괴한 소문이 있다고 말하더군. 현계옥은 현정건\*\*이라는 독립투사의 정인(情人)인데 의친왕 이강\*\*\*이 갖고 놀고 김광서 중위까지 끼어들어 사각관계가 됐다고 말이야."

"자네는 세상의 그런 평판을 김 선배님에게 말하지 않았나?"

---

\*   명월관(明月館) : 궁중요리를 맡았던 안순환이 1909년 세종로 현 동아일보 사옥 자리에 열었던 고급 요정. 관기제도 폐지로 궁중에서 나온 기녀들이 모여들어 사업이 번창했다(한국학중앙연구원, 『한국민족문화대백과』, 인터넷웹사이트).

\*\*  현정건(玄鼎健, 1887~1932) : 대구 출생. 1919년 대한민국 임시정부 경상도의원이 됐으며 이듬해 고려공산당에 입당했다. 주로 상하이에서 독립운동을 했으며 의열단 투쟁, 한국유일독립당 운동에도 참여했다. 1928년 체포되어 투옥됐다가 1932년 출옥 후 사망했다. 소설가 현진건의 형이다.

\*\*\* 이강(李堈, 1877~1955) : 의친왕(義親王). 고종황제의 다섯째 아들. 1900년 미국 대학교에 유학했으며 1904년 귀국했다. 1919년 대동단의 전협, 최익환 등과 상하이 임정으로 탈출을 계획하다 좌절되었다.

응준의 말에 지석규는 고개를 끄덕였다.

"말했더니 껄껄 웃으며 '자네까지 그렇게 말하니 내 위장이 성공한 셈이군' 하더라구."

"그랬군. 김 선배는 부자니까 염문도 뿌리지만 우리는 가난하니까 그렇게 하고 싶어도 못하지."

응준의 말에 지석규는 그렇다는 뜻으로 고개를 끄덕였다.

"그리고 말이야. 조선군사령관이 김 선배를 불렀었대. 우리 조선 출신 장교들에 대해 깊은 관심을 표한 모양이야. 물론 나는 아직 안 불려갔어."

이야기를 하며 걷다 보니 김광서 선배를 만나기로 했다는 종로통의 YMCA 회관 앞이었다. 회관 건물에서는 중학과정 학생들의 수업이 막 끝났는지 교모를 쓴 학생들이 입구 쪽에서 밀려나왔다. 그 속에 섞여 나오는 김광서 중위를 발견하고 이응준은 육사 출신답게 차렷 자세로 서서 날렵한 동작으로 경례했다.

응준이 서대문감옥에 혼자 다녀오겠다고 했으나 김광서와 지석규는 부득부득 동행하겠다고 했다. 그래서 세 사람은 전차를 타고 감옥이 있는 현저동으로 갔다.

서대문감옥 접견실에서 응준은 창살을 가운데 두고 아우와 마주 섰다. 영준은 미결수이지만 미성년이어서 붉은 죄수복이 아닌 푸른 죄수복을 입고 있었다.

"나는 조금 전 경성에 도착했다. 어디 다친 곳은 없냐?"

"괜찮아요. 재판까지 가지는 않고 석방될 테니 걱정 마세요."

영준은 고문당해 몸이 아파서인지, 아니면 감시자가 있어서

인지 그렇게 말했다.

영치금과 사식을 넣어주고 돌아서면서 그는 가슴이 쓰렸다.

세 사람이 사직동 166번지 김광서 중위의 집에 도착한 것은 뉘엿뉘엿 해가 질 무렵이었다. 김광서의 아내와 여덟 살 먹은 큰딸과 네 살 먹은 작은딸이 서양식으로 지은 저택의 대리석 계단 아래 나란히 서서 인사하며 손님들을 환영했다.

이응준으로서는 말로만 들었지 처음 와보는 대저택이었다. 김광서는 술 한 병과 술잔과 대구포를 들고 나오더니 저녁 새들이 야단스럽게 우는 후원으로 두 사람을 데리고 갔다. 거기 맑은 샘과 '경천각(擎天閣)'이라고 쓴 한문 현판이 달린 작은 정자가 있었다.

"이응준이 온 걸 환영하는 환영주를 마시세."

세 사람은 경천각에 앉아 저녁식사를 겸해 술을 한 잔씩 나눠 건배하며 재회의 감회를 나누었다. 그들은 10년 전 유년학교 시절에 김광서 선배가 학교로 찾아와준 일을 회상하는 이야기를 했다. 그 이야기가 끝나갈 무렵 김광서가 이응준을 향해 팔을 쭉 뻗쳐 빈 잔을 내밀었다.

"넌 왜 홍사익이 이야기를 안 하는 거야?"

이응준은 심호흡을 했다.

"사익이는 뒷날 탈출하겠다고 했습니다. 사단장이 육군대학 입학 준비를 하라고 했답니다."

김광서와 지석규는 놀라 동시에 어깨를 폈다.

응준은 홍사익을 두 차례 만난 일을 사실 그대로 자세히 이야기했다. 이야기가 끝나자 김광서 중위가 한동안 묵묵하다가 입을 열었다.

"홍사익이 생도 시절부터 비범하더니 조선인 최초로 육대에 가는구나. 이렇게 생각하세. 일본이 홍사익을 육대에 보내 군사전문가로 만들어준다니 좋은 기회라고 말이야."

김광서 중위는 다시 술병을 잡았다.

"이응준, 말해봐라. 네가 가 있던 연해주의 독립운동 조직은 어떠냐?"

응준은 반년 동안 보고 들은 내용을 자세히 이야기했다. 최재형 노야와 홍범도 대장이 어떤 사람이며, 그들이 독립군 부대를 만들기 위해 얼마나 절치부심하고 있는가도 들려주었다. 김광서와 지석규는 주의 깊게 들었다.

"대단한 분들이군. 일본군이 국제간섭군 명분을 잃고 철수하면 무장세력을 조직해 일어서겠군. 그분들이 지휘하는 독립군과 충돌하지 않고 네가 빠져나온 건 불운 속의 행운이지."

지석규 중위가 말했다.

그것은 정말 이응준에게 불운 속의 행운이었다. 세 사람이 대화를 나누고 있던 1919년 4월 2일 바로 그날부터 일본군은 연해주에서 토벌작전을 벌여 수많은 항일 조선인들을 학살했다. 조선인 공동체의 정신적 지주인 최재형 노야는 4월 6일 우수리스크역에서 총살당했다. 이응준이 계속 연해주에 있었다면 일본군이 동포들을 학살하는 그 비극적인 상황 속에 놓였을 것이다.

반대로 불운일 수도 있었다. 홍범도는 토벌에서 살아남아 무장세력을 조직해 북간도로 건너갔고, 1920년 6월 청사에 빛나는 평우둥(鳳梧洞, 봉오동) 대첩을 벌여 일본군 1개 대대를 섬멸했다. 만약 이응준이 몸이 망가져 후송되지 않고 탈출해 홍범도에게 갔다면 일본군 전술을 속속들이 아는 참모가 되어 독립운동사에서 별처럼 빛나는 이름이 됐을 것이다.

김광서는 술상 위에 팔을 괴고는 손짓을 하여 두 사람을 끌어당겼다.

"나는 서간도 독립운동 조직과 계속 접촉해왔다. 지금 신흥무관학교는 우리를 간절히 기다리고 있다. 나는 가끔 미행당하는 걸 느낀다. 우리 셋이 모였으니 감시가 더 심해질 거다. 나는 계속 난봉꾼들과 어울리는 탕자가 되려고 한다. 너희들도 딴청을 부려라."

"알았습니다." 이응준은 지석규와 입을 맞춰 대답했다.

응준은 이틀 동안 경성에 머물렀다. 아우인 영준을 거두어준 어담 대좌를 만나고 김광서 선배의 황실유학생 동기인 내과의사 김태진*에게 위장병 치료를 받기 위해서였다. 둘째 날 진료가 끝난 뒤 김태진과 이런저런 이야기를 하던 중 정희의 사촌오빠인 이태희가 평양에서 서경(西京)의원이라는 병원을 열고 있다는 말을 들었다. 평안도 평원군 숙천으로 정희를 찾아가려 했던 참이라 그는 다음 날 평양행 기차를 탔다.

---

\* 　김태진(金苔鎭, 1884~?) : 한성 출생. 1904년 마지막 황실유학생으로 도일 도쿄
　　부립제일중을 거쳐 도쿄의전을 나왔다. 귀국 후 중앙의원을 열었다.

평양 도착 이틀 후, 그는 서경의원에서 아침부터 정희를 기다렸다. 이태희가 사촌누이에게 이응준이 왔으니 빨리 오라는 편지를 쓰고 마차를 전세 내어 150리나 떨어진 숙천 땅으로 보냈던 것이다.

그는 고급스런 천으로 만든 정복을 입고 있었다. 목의 깃 부분에 보병병과 표시를, 어깨 위에는 중위를 나타내는 두 개의 별을 붙인 차림이었다. 워낙 잘생긴 얼굴에 정복 입은 몸이 늘씬해서 진료를 기다리는 사람들의 시선이 집중되었다.

희고 갸름한 얼굴에 눈이 아름다운 처녀가 병원 문을 열고 들어섰다. 응준은 읽던 책을 놓고 일어섰다. 오랜 세월 그리워하고 만나지 못한 정희였다. 응준은 다가가 손을 잡았다.

"이제 찾아와서 미안하다."

정희는 눈물을 주르르 흘렸다. 대기 중인 환자들이 바라보는 것도 모르고 그의 가슴에 머리를 기댔다.

"세 번이나 길이 엇갈린 걸 저도 알고 있어요."

스무 살과 열세 살 때 헤어져 10년 만에 재회한 두 사람은 병원 내실로 가서 서양식 안락의자에 마주 보며 앉았다. 그는 비로소 정면으로 그녀를 바라보았다. 어릴 적의 모습이 남아 있지만 스물세 살의 아름답고 우아한 여성으로 변해 있었다.

"아까는 가슴이 떨려서 쓰러지는 줄 알았어요."

정희는 아직도 진정이 안 되는지 눈을 감고 가슴에 손을 얹었다. 그 모습이 애처롭고 사랑스러워서 응준은 그녀 옆으로 가서 앉았다. 정희는 쑥스러운 듯 고개를 숙이며 자기 손의 반지를

마지막 무관생도들

들여다보았다.

"이걸 보며 오늘을 기다렸어요."

그는 손을 내밀어 그녀의 손을 부드럽게 감싸 잡았다.

"늘 네 걱정을 했다."

"저도 그랬어요."

그녀의 얼굴은 기쁨과 슬픔, 그리고 감사와 안심의 빛이 한데
어우러져 있었다. 옛날 철없는 시절 같았으면 울고 웃고 감정을
드러낼 텐데 이제는 자제하는 모습이었다. 그래서 더욱 품위 있
고 아름다워 보였다. 그녀는 그의 넓고 든든한 어깨에 머리를 기
댔다. 이제 안심이라는 듯 눈을 감고 한참 그렇게 앉아 있었다.
그러더니 어느 순간 고개를 들어 눈부신 듯이 그를 바라보았다.

"어쩌면 이렇게 잘생겼어요? 옛날에도 그래서 어린 내 가슴
이 뛰었는데."

정희는 다시 그의 어깨에 머리를 기댔다. 그러더니 문득 고개
를 들고 띄어 앉았다.

"김명순이라는 여학생, 진명 출신이에요. 신문에 실린 게 전
부가 아니라고 나는 믿어요. 약혼반지 오고갈 때 태희 오빠가
말 안 해줘서, ……나는 그때 북만주에 있었으니까 몰랐어요.
나중에야 알았어요."

이응준이 할 말을 잃고 있는데 그녀가 다시 말했다.

"앞으로는 그러지 말아요."

이응준은 고개를 숙였다.

"용서해줘. 죽을 때까지 다시는 그런 일 없을 거야."

# 6. 탈출

## 홍사익을 찾아온 두 동기생

1919년 4월 하순의 토요일 오후, 홍사익 중위가 육군대학 입시를 위해 숙소에서 책과 씨름하는데 동기생 박승훈과 유승렬이 찾아왔다. 이응준이 출정하기 전 그랬듯이 그도 찾아오는 동기생과 후배 들을 맞아야 했다. 도쿄 주둔부대에 있는데다 마지막 무관생도들의 대표적인 존재이기 때문이었다.

박승훈은 센다이 주둔 연대, 유승렬은 나고야(名古屋) 주둔 연대 소속인데 주말을 낀 짧은 휴가를 같은 기간에 얻어 도쿄에 온 것이었다.

"잘 왔다. 술 한잔하며 회포를 풀자."

홍사익은 두 친구를 보름 전 이응준과 사케를 마셨던 주점으로 데려 갔다.

덩치가 크고 완력이 좋으며 성격이 대범한 박승훈과, 말수가 적은 유승렬은 성격이 달라 잘 어울릴 것 같지 않은데 졸업한 후에도 자주 소식을 주고받고 만나는 모양이었다.

"조선 땅에서는 독립만세 함성이 가득한 모양인데 우린 어떡해야 하나 의논할 겸 둘이 만났지. 그리고 자네를 보고 싶었지."

박승훈에 이어 유승렬도 입을 열었다.

"김광서 선배가 경성으로 갔고 지석규와 이응준이 따라가듯이 들어갔어. 자네 생각을 듣고 싶었네."

마지막 무관생도 동기생들은 홍사익을 자신들의 정점(頂点)으로 여겼다. 그리고 김광서 선배와 홍사익, 지석규, 이응준이 아오야마 묘지의 맹세를 넘어서는 또 하나의 맹세를 한 것을 묵시적으로 알고 있었다.

"그래, 잘 왔어. 이응준은 경성 가는 길에 들렀었어."

홍사익은 두 친구에게 술잔을 안겼다. 함께 잔을 부딪어 건배하고 나서 차분하게 두 친구의 근황부터 물었다. 육사 졸업 직후 결혼할 때 축하하러 가진 못했지만 축하전보와 부조금을 보낸 터였다. 그새 둘 다 아들을 낳아 아장아장 걸음마를 한다고 했다.

박승훈이 수첩에서 아들 사진을 꺼내 보여주며 씩 웃었다.

"이놈이 네 살인데 똘똘해서 일본어 책을 읽어. 아내한텐 미안하지만 아들 낳아 가문의 대를 잇게 해놨으니 이제 독립운동 전선으로 가서 싸우다가 죽어도 되지."

유승렬이 길게 한숨을 쉬었다.

"만세운동은 그냥 실패로 끝난 것 같아. 독립전쟁은 계란으로 바위 치기야. 그런데도 나를 던져야 하나? 눈을 감으면 어린 아들이 눈에 선한데 다 버리고 나를 던질까? 밤마다 잠이 안 와."

박승훈도 길게 한숨을 쉬었다.

"나는 탈출하려고 두 번 짐을 꾸렸었어. 하지만 결단을 내릴 수가 없었어. 당장은 못 가지만 나는 언제고 갈 거야."

홍사익은 고민을 털어놓은 두 친구의 술잔에 술을 부어주었다.

"나도 자네들하고 똑같아. 나를 던지느냐 참느냐 선택은 자기 운명을 바꾸게 되지. 자식의 운명, 아내의 운명, 부모의 운명까지 바꾸게 되지. 그래서 마지막 결단을 내리지 못하지. 자기를 버리는 건 아무나 할 수 있는 게 아냐. 나도 언젠가는 갈 거야. 지금은 결정을 뒤로 미룰 이유가 생겼어. 내년 육군대학 입시 후보자로 내정됐어. 그걸 포기할 수 없어."

두 친구는 놀라 눈을 크게 떴다. 박승훈이 술상 위로 팔을 뻗어 그의 얼굴을 끌어안았다.

"홍사익, 넌 그래서 탈출 못 하는구나. 나도 이해한다. 육군대학은 가야지."

홍사익은 다시 이야기를 계속했다. 이응준이 러시아 연해주에 파병 가서 동포들을 사찰하는 임무 때문에 위장병이 나서 후송된 일, 연해주와 북간도의 독립운동 조직과 홍범도, 최재형 등 독립투사들 이야기, 현지에서 탈출하려다가 포기한 경위를 응준에게서 들은 대로 말해주었다. 그리고 자신이 육대 입시 준비를 겸해서 파고들었던 국제정세와 힘의 균형, 3·1만세운동 경과와 일본 및 미국·영국 등 세계 열강의 대응에 대해서도 냉

마지막 무관생도들

철히 분석해 말했다. 다 듣고 나서 유승렬이 입을 열었다.

"자네 설명을 들으니 만세운동이 일어난 지금보다 더 좋은 기회는 장차 올 수도 있고 안 올 수도 있겠어. 우리는 끝내 탈출 못 할지도 몰라. 당장 실천하지 않고 이렇게 의논하는 것부터가 그래."

박승훈이 뚜릿뚜릿해진 눈을 하고 머리를 끄덕였다.

"슬프고 괴롭다. 우리에게 조국이 뭐야? 조국이 우리한테 해준 게 뭐가 있다고 내 맘을 괴롭게 하는 거야?"

박승훈은 그렇게 소리치더니 울먹거렸다.

"일본에서 태어났다면 자격지심 안 갖고 앞만 보고 달려갈 거 아냐?"

세 사람은 마치 그러기로 작정한 사람들처럼 말없이 술을 권하고 받아 마셨다. 덩치가 큰 박승훈은 종업원이 새 술병을 가져오자, 하나 더 가져오라고 하고는 병째로 들고 마셔 빠른 속도로 취해갔다. 한참 뒤 혀가 꼬부라진 음성으로 중얼거렸다.

"그래도 나는 군가를 부르고 싶다. 삼청동 무관학교 때 불렀던 〈독립가〉 말이야. 큰 소리로 부르면 헌병이 달려올 거고 홍사익 중위 육대 가는 데 장애가 되겠지. 사익아, 말리지 말아줘. 조그맣게 부를 테니까."

홍사익은 한숨 쉬며 고개를 끄덕였다.

아세아의 대조선이 자주 독립 분명하다
에야 에야 애국할세 나라 위해 죽어보세

분골하고 쇄신토록 충군하고 애국하세
깊은 잠을 어서 깨어 부국강병 진보하세*

  박승훈은 군가를 불렀다. 홍사익과 유승렬도 따라 불렀다. 목
이 메었다. 조국의 현실이 슬프고 독립전쟁에 몸 던지자고 했던
결의를 실천하지 못하는 양심의 아픔도 컸다.
  홍사익은 두 친구와 료칸으로 가서 함께 자리에 누웠다. 곧장
잠들었으나 잠에서 깨 한숨을 쉬었다. 일본군 장군이 된 자신이
임진왜란 때 왜군 장군들이 썼던 투구를 쓰고 질풍처럼 말을 달
려 고국 강토를 휩쓰는 꿈이었다. 두 친구도 편한 잠을 못 자는
지 거친 숨소리가 들렸다.

### 성락원의 만찬

  이응준이 평양으로 떠난 다음 날 오후, 지석규는 김광서와 함
께 의친왕의 초대를 받아 성락원**으로 갔다. 의친왕이 승용차를
보내줘 인력거나 택시를 탈 필요가 없었다. 성북동 숲 속 언덕
에 있는 별궁에 도착했을 때, 키가 늘씬하고 우아한 젊은 여인
이 택시를 타고 막 도착하고 있었다. 김광서 중위에게 정중하게

---

*     박승훈은 이 무렵부터 술에 취하면 이 군가를 불러 곤경에 빠졌다.
**   성락원(成樂園) : 의친왕 이강의 별궁으로 서울 성북구 선잠로2길 47에 있으며
    1992년 사적 378호로 지정되었다.

인사를 했다.

"안녕하십니까, 중위님."

김광서가 그녀를 현계옥이라 소개했고, 지석규는 목례만 하였다. 그때 도착시간에 맞춰 미리 나와 기다린 듯 양복을 입은 신사가 걸어 나왔다.

"어서들 오시게."

그가 의친왕 이강이었다.

의친왕은 천천히 걸으며 성락원의 전원(前苑)과 후원, 그리고 구조물들을 구경시켜주었다.

"지 중위는 내 아우를 만난 적이 있는가?" 의친왕이 말했다. 지석규의 유년학교와 육사 후배인 영친왕을 말하는 것이었다.

"직접 만나뵙지는 못했습니다."

"기유년(1909)에 그대를 포함하여 무관학교 생도들이 떠날 때 나는 지금처럼 감시받으며 이 나라에 있었지. 내 나라 무관 생도들을 적국으로 보내는 건 황실의 굴욕이었어. 지금 모두 임관해서 일본군 부대에 배치돼 있겠지. 만주로 탈출했다가 체포된 조철호라는 오산학교 교사가 그때 떠난 사람인 걸 나는 알고 있네."

의친왕이 발걸음을 멈춘 곳은 연못을 앞에 두고 앉은 높다란 누각이었는데 장송(長松)이 지붕을 뚫고 올라간 형상이었다. 누각에 오르니 저녁식사를 겸한 술상이 차려져 있었다.

의친왕의 명에 따라 계옥이 가야금 병창을 부르기 시작했다. 가만히 보니 의친왕은 병창을 듣기 위해 시킨 게 아니었다. 곡이 시작되자마자 허리를 두 사람에게 기울이고 말하기 시작했는데 혹시 가까운 곳에 숨어 있을지 모르는 정탐꾼을 방해하기 위한 것인 듯했다.

"사람들은 황실이 무력하게 나라를 일본에 들어 바쳤다고 생각하지. 지석규 중위, 자네 생각을 솔직하게 말해봐."

지석규는 숨을 크게 들이켰다.

"저희들은 나라가 망한 뒤 비통한 마음을 억누르며 일본 사관학교를 다녔습니다. 황실에 대한 원망감이 어찌 없었겠습니까?"

의친왕은 안주상에 있던 술잔을 들어 한 번에 입안에 털어 넣었다.

"나는 황족인 게 부끄러워서, 부끄러움을 잊으려고 술을 마셔. 그러나 잊을 수가 없어."

의친왕의 목소리는 물기에 배어 있었다.

그때 김광서가 상반신을 의친왕에게 기울였다.

"저희는 독립운동 전선으로 가려고 병가를 얻어 나왔습니다. 만주로 갈 결심입니다."

패망한 나라의 왕자는 눈을 번쩍 빛냈다.

"나도 탈출할 생각이야. 황실에서 누군가가 독립전쟁 전선에 나서서 싸우다가 죽어야 백성들이 용서할 게 아닌가. 만주, 만주 땅이 우리 희망이야."

그때 현계옥의 가야금 병창은 자진모리로 넘어가고 있었다. 의친왕이 다시 말했다.

마지막 무관생도들

"계옥은 사나이들 몇 사람보다 큰 지사네. 독립운동을 하는 정인을 잡으러 경찰이 쳐들어왔는데 태연하게 모친 이불 속에 숨겼네. 정인이 엊그제 서대문감옥에서 나왔어. 곧 둘이 만주로 탈출할 거네."

의친왕은 지석규와 김광서의 손을 모아 잡았다.

"탈출해 독립운동 전선에서 만나세."

김광서가 정색하고 입을 열었다.

"군자금을 마련하십시오. 만주로 못 가시면 저희에게 주십시오."

"마련하려 애쓰는데 쉽지 않네. 마련되면 내가 갖고 나가겠네. 물론 그대들과 함께 쓸 생각이네."

의친왕이 말했다.

지석규와 김광서는 의친왕이 내준 승용차를 타고 성북동을 떠났다.* 현계옥을 동승시키지 않은 걸 보면 의친왕은 그녀와 동침할 것 같았다.

두 사람은 김광서의 집 후원에 있는 경천각에서 술을 깨기 위해 차를 마셨다.

김광서가 말했다.

"의친왕이 현계옥과 오늘밤 같이 지낼 거고, 나하고는 관계가 깊지 않다고 자네는 판단하겠지?"

---

* 의친왕 이강이 현계옥과 더불어 김광서, 지석규와 회동한 기록은 그의 딸이 쓴 전기에 있다(이해경, 『나의 아버지 의친왕』, 도서출판 진, 1997, 247쪽).

"물론이지요."

김광서는 후후 소리를 내며 웃었다.

"내일이나 모레쯤 내가 데리고 자야겠어. 헌병대가 나를 '돌아온 탕자'로 여기게 하려면 난잡해져야지. 현계옥은 현정건의 애인이야. 둘이 동성동본이지. 현정건은 현영운(玄暎運) 장군의 아들인데 독립투사라네. 짐작컨대 계옥은 의친왕에게서 현정건의 군자금을 받으려 하는 듯하네. 쉽지 않을 거야. 황실 자금은 총독부가 장악하고 있으니까."

"난 도무지 이해할 수가 없어요. 어찌 세 남자와 관계할 수 있어요?"

지석규는 머리를 설레설레 흔들었다.

"도덕률이란 게 뭐 대단한가?"

김광서의 말에 지석규는 다시 고개를 저었다.


## 이응준의 갈등

평양에 머무는 이응준은 매일 오전 이갑 참령의 조카 이태희의 서경의원에서 위장병 치료를 받고 나머지 시간은 정희와 함께 보냈다. 그는 임시로 하숙을 얻어 묵고 있었지만 정희가 병원에서 가까운 사촌오빠 이태희의 집에 머물고 있어서 진료할 때 나와서 지켜보기도 했다.

첫날 진료를 하고 이태희가 말했다.

"이 중위의 위장 상태는 아주 나빠요. 하긴 군병원에서 장기간 요양휴가를 승낙한 건 최악의 상태라 어쩔 수 없이 내린 결정이었겠지만요."

이응준은 웃으며 물었다.

"당장 몸을 험하게 굴리는 일을 하기는 어렵겠군요."

이태희는 사람 좋은 웃음을 웃으며 고개를 저었다.

"혹시 숙부님처럼 망명을 생각한다면 당장은 안 되고 한동안 치료한 다음 해야겠지요. 풍찬노숙을 하면 투쟁이고 뭐고 힘도 못 쓰고 쓰러질 겁니다. 시간이 얼마나 있을지 모르지만 이 형은 섭생에 주의하고 나는 최선의 치료를 해봅시다."

이응준은 이른 오전에 진료를 받고는 정희와 함께 대동강변, 모란봉, 을밀대, 부벽루 등 평양의 명승지를 찾아갔다.

강 건너 능라도가 한눈에 들어오는 강둑을 걸을 때였다. 정희가 들뜬 음성으로 말했다.

"마치 꿈속을 걷는 것 같아요. 경치가 꿈결처럼 아름다운 데다가, 오라버니와 함께 있는 게 꿈만 같아서요."

4월의 부드러운 바람이 목을 어루만지듯 불고 강남에서 온 제비 한 쌍이 강물 위를 스치듯이 날고 있었다. 응준은 오랜만에 누리는 편안함과 행복감에 몸을 맡겼다. 지난 10년 낯선 땅에 던져져 군사교육을 받느라 기를 쓰고, 임관 후 러시아 전선에 출정해서는 동포 항일조직의 정보를 파악하는 임무 때문에 위장을 해친 그였다. 이제는 그런 것들로부터 벗어나 마음이 그지없이 편안했다.

가파른 길을 걸어 부벽루로 올라갈 때는 사람들이 보거나 말거나 손을 잡았다. 봄나들이 나온 사람들이 젊은 남녀가 망측하게 대낮에 손을 잡는다고 이상한 눈빛을 보냈다. 처음 병원에서 만났을 때보다는 쑥스러움을 덜어버린 정희가 생글생글 웃었다.

"저 사람들, 러시아에 가면 기절해버리겠네. 저는 그때 얼마나 놀랐는지……. 아버지 모시고 만주 목릉에서 우수리스크에 도착했을 때였어요. 기차에서 내렸을 때 인형처럼 예쁜 러시아 처녀가 뭐라고 소리치며 우리 곁을 달려갔어요. 방금 기차에서 내린 남자 가슴에 뛰어들더니 목을 껴안고 허리에 다리 깍지를 끼고는 쪽쪽 소리를 내며 입을 맞추는 거였어요. 엄마와 저는 부끄러워서 팔로 눈을 가렸지요."

연해주에서 비슷한 장면을 많이 본 응준은 고개를 끄덕였다. 그러면서 그녀의 손을 더 소중하게 고쳐 잡았다. 그는 서른 살의 건강한 남자였지만 마음은 10년 전 떼를 쓰는 소녀를 업어주고 담장 위에 올려줄 때와 크게 다르지 않았다.

정희는 아버지 이야기를 했다.

"안락의자를 남향으로 놓고 거기 앉아 늘 웃으셨어요. 그러면서 하루 대여섯 통 편지를 대필하게 하셨어요. 외국에 있는 동지들에게 쓰게 하셨어요. '응준이에게 편지를 쓰고 싶은데 일본 군대라 그럴 수 없어' 하고 슬퍼하셨어요."

"그때 이광수가 갔지. 이광수에게 자세히 이야기를 들었어."

응준은 정희의 손을 잡으며 말했다.

일본군 장교와 조선인 애국지사의 딸이라는 신분 때문에 편지도 마음대로 할 수 없었던 사정, 두 사람은 지금도 그런 간극의 끝에 놓여 있었다. 그가 곧 망명길에 오를 것이기 때문이었다.

그는 정희에게 망명 계획을 털어놓기로 결심했다. 그녀의 손을 잡고 간곡한 목소리로 말하기 시작했다.

"이갑 참령님의 따님답게 각오 단단히 하고 내 말 들어줘. 내가 요양휴가를 얻은 건 독립운동 조직을 찾아 망명하기 위해서야. 우리가 10년이나 떨어져 살고, 약혼하고도 3년이나 만나지 못했지만 나라를 찾는 일에 나 개인의 일을 희생할 수밖에 없어."

정희는 놀라거나 슬퍼하지 않았다. 또렷하게 그를 바라보며 입을 열었다.

"짐작하고 있었어요. 저는 이갑 참령의 딸이니까요. 결심대로 하세요. 오라버니가 내일이라도 갑자기 망명 탈출하게 되어 결혼이 미뤄진다면 저도 만주로 떠나 독립투쟁을 할 거예요."

이응준은 안도하면서도 가슴이 메어지는 듯 아팠다.

평안도 출신으로 일본 육사를 나온 그가 평양에 머물고 있다는 소문이 퍼졌다. 그 소문을 듣고 퇴역한 무관생도 후배 이동훈과 현역으로 휴가 중인 김인욱 중위가 같이 찾아왔다. 이동훈은 민간복을 입은 채로, 구루메 연대에 근무하다가 휴가를 온 김인욱은 군복을 입은 채로 차렷 자세로 경례했다. 응준은 답례를 하고 각별히 아꼈던 평안도 출신 후배들을 얼싸안았다. 둘다 여러 해 만에 만나는 것이었다.

"반갑네. 헤어지면 언제고 반드시 다시 만난다더니 우리가 이렇게 만나네."

하숙집 여주인이 급히 점심식사를 겸한 술상을 마련해주었다. 마지막 무관생도들 중 몇 안 되는 평안도내기들은 술잔을 부딪으며 회포를 풀었다.

이동훈은 평안남도 순천, 김인욱은 용강 출신이었다. 이동훈이 퇴역한 뒤에도 둘은 편지를 주고받았다. 김인욱이 휴가 와서 용강으로 가는 길에 평양에 들렀고 마침 이응준이 평양에 머무는 걸 알고 함께 찾아온 것이었다.

이동훈은 평양 광성고보에서 체조선생을 하고 평양청년회 운동부장도 맡아보며 살았다고 했다. 그리고 학생들에게 민족주의 의식을 강조하고 3·1만세운동을 유도한 혐의로 경찰에 구속됐다가 나왔다고 했다.

"사람답게 살려면 일본의 굴레를 벗어야지요. 앞장서서 학생들을 이끌고 만세시위를 했어야 하는데 그러지 못했어요. 밀정들이 몰려들어 시작도 하기 전에 밀착감시를 했어요. 곳곳에 헌병보조원, 신분을 감춘 밀정들이 숨어 있어요. 선배님도 조심하세요."

이응준은 그러겠노라고 머리를 끄덕이며 김인욱을 바라보았다.

"자넨 일본군 장교 노릇이 좋은가?"

"좋지요." 하고 김인욱은 심각한 표정을 짓지 않고 말했다.

"일본인 부하들이 복종하고 일본 사람들이 존경의 눈으로 바라보니까요. 우리 부대가 있는 구루메는 규슈 지방이라 우리나라 남쪽 지방하고 산야가 비슷해요. 인심도 좋은 곳이지요. 내가 사는 셋집 마을 사람들, 육군중위라는 사실만으로 존경과 신뢰의 눈으로 바라보지요. 한번은 내가 '나는 조선 출신입니다' 했더니 마을 원로가 '그래도 육사를 나오셨으니까요. 일본군을 지휘하는 장교님이니까요' 하더라구요."

이동훈이 천천히 고개를 가로저었다.

"일본에 길들여지고 있는 거지."

김인욱은 긴 허리를 꼿꼿하게 폈다.

"나는 분명한 게 좋아. 만세시위로 민족이 떨쳐 일어났으니 독립운동을 해야겠지. 그러나 일본 군복을 입고 있는 한 일본이 준 임무에 충실할 수밖에 없지. 중국 소설『삼국지』에 있는 장수들처럼 말이야. 나도 탈출해 독립전쟁 전선에 선다면 죽기 살기로 그 임무에 충실할 거야. 군인의 운명이 그렇잖은가?"

김인욱은 키가 늘씬하게 커서 육사생도 시절 구대의 기수(旗手)를 맡기도 했었다. 행동이 크고 성격이 단순하고 분명했는데 그런 기질은 그대로인 듯했다.

이동훈이 눈썹을 치켜 올렸다.

"이보게.『삼국지』의 세 나라는 모두 지나 민족이야. 우리의 고구려 백제 신라처럼 같은 민족이야. 일본은 딴 민족이고 우리 민족을 노예처럼 지배하고 있어."

이응준이 그만하라고 손사랫짓을 하자 두 후배는 논쟁을 멈추었다.

이응준은 자신이 김광서, 지석규 두 사람과 함께 탈출을 준비하고 있다는 말을 두 후배에게 하지 못했다. 아무리 미더운 후배들이라 해도 헌병대나 경찰에 불려가 혹독한 고문을 당하면 털어놓을 수 있기 때문이었다.

"장차 어떻게 살 작정인가?" 하고 그가 이동훈에게 물었다.

"감시가 더 심해질 테니. 애들 가르치며 사진 기술이나 배우려 합니다. 물론 김인욱 중위 말대로 언제고 결심하면 독립운동에 나설 거구요."

이동훈이 말했다.

이응준은 이동훈을 통해 평양의 청년 유지들과 민족지도자들을 만났다. 고맙게도 그의 평판은 나쁘지 않았다. 평양의 유지들은 이응준과 김명순의 사건을 잊었거나, 기억한다 해도 신문보도대로 '정숙하지 못한 여학생이 육군소위를 짝사랑하다가 소동을 일으킨 것' 정도로 알고 있을 뿐이었다. 이응준이 바로 그 미남 장교였다. 그리고 숙천이 자랑하는 우국지사인 이갑 참령의 눈에 들어 사위로 지목된 인물이었다. 민족주의자들은 이 참령의 사윗감이라는 이유 때문에 그를 경계하지 않았다.

그는 최성수(崔成洙)라는 서른 살 동갑 청년을 알게 되었다. 이 참령과 같은 평원군 숙천면 출생으로 만주 땅을 돌아다닌 적이 있다고 해서 거기 사정을 들으려고 여러 번 만났다. 이응준은 어느 날 최성수를 하숙으로 데려갔다. 최성수는 본색을 털어놓았다.

"나는 대한민국 임시정부 자금 모집 밀사입니다."

최성수는 임정이 발행한 '제47호 신임장'과 '애국금 수령서'를 내놓았다.

"내가 중위님 속마음이야 알 수 없지만 만약 이갑 참령님처럼 망명 투쟁에 나선다면 군자금부터 준비하십시오. 준비 없이 망명하는 건 무모한 일이에요. 만주 땅의 독립투사들이 자금이 없어 얼마나 큰 고초를 겪고 있는지 아십니까?"

이응준은 본심을 감추고 입을 열었다.

"군자금 모집이 쉽지 않다면서요? 재산 많은 애국자들이 돈이 아까워서가 아니라 발각되면 경찰에 끌려가 혹독하게 당하니까 그게 두려워서 안 낸다는 말도 있습디다. 차라리 뺏어주기를 바란다는데 사실입니까?"

"사실입니다. 권총 들이대며 협박해 빼앗겼다고 하면 처벌이 약할 테니까요."

최성수는 다시 주위를 돌아보고 그의 귀에 입을 들이댔다.

"권총 갖고 나오신 걸 압니다. 며칠만 빌려주십시오. 부자들에게서 독립운동 자금을 받아내고 돌려드리겠습니다."

이응준은 펄쩍 뛰며 손사랫짓을 했다.

"그럴 순 없지요. 한다면 차라리 내가 직접 하지 총을 빌려줄 순 없어요."

다음 날도 최성수가 찾아왔다. 하숙집 여주인이 저녁상을 차려와 대청에 나가 그걸 받아드는데 최성수는 반닫이를 열어 권총을 꺼내들고 번개같이 문을 박차고 달아나버렸다. 이응준이 힘껏 달려 쫓아갔으나 보이지 않았다. 그는 차마 헌병대에 고발

할 수가 없었다.*

　권총 분실 때문에 마음이 찜찜한 채로 다시 경성으로 갔다. 경성행 기차를 타기 전에 정희를 대절마차에 태워 숙천으로 보내며 곧 다시 만나자고 약속하였다.

　경성에 도착해 삼청동 지석규의 집으로 가니 대문에 금줄이 달려 있었다. 외로 꼰 새끼줄에 고추와 흰 헝겊과 솔가지와 숯이 꿰여 매달린 것을 보고 그는 친구의 아내가 세 번째 아기를 낳았음을 알 수 있었다. 발길을 돌려 종로통으로 가서 미역을 사 들고 다시 삼청동으로 갔다. 그가 대문을 두드리자 지석규가 나와 미역을 받아놓고 다시 외출복 차림으로 나왔다.

　"고맙네. 나는 세 아이의 아버지가 됐네."

　두 사람은 종로통을 향해 걸었다. 이응준은 평양에서 후배 이동훈을 만난 이야기를 했다.

　"이동훈이 그런 일을 했군. 동기생과 후배들, 다 그랬으면 좋겠어."

　지석규는 그렇게 말하고 그동안 경성에서의 일들을 이야기했다. 김광서 선배와 성락원에 가서 의친왕과 현계옥을 만났다는 것도 말했다.

　"김광서 선배님은 군자금을 만들기 위해 은밀히 재산을 처분하기 시작했어. 우리가 망명길에 올라 신흥무관학교에 교관으로 간다 하지마는 거기 사정이 어떻게 바뀔지 모르는 거고 믿을

*　　이응준, 앞의 책, 118~119쪽.

건 금화가 아닌가."

그렇게 말하고 지석규는 한숨을 쉬었다. 이응준은 머리를 끄덕였다.

"나도 군자금이 생명이라는 말을 평양에서 임시정부 밀사로부터 들었어."

그는 권총을 분실한 일을 털어놓았다. 지석규는 쯧쯧 혀를 찼다.

"어쩌다 그런 실수를 했나, 이 사람아? 그 최성수라는 밀사가 체포되기라도 하면 자넨 군사재판감이야. 밀사가 붙잡히지 않기를 기도하게."

"그러는 수밖에 없지. 우리는 우리가 조국에 바칠 게 일본 육사에서 배운 군사지식과 기술이라고 생각해왔는데 군자금이 문제란 말이야. 나는 거의 무일푼이고 자네는 부인과 아이 셋을 위해 재산을 남겨두고 가야지. 나도 보성학교 동창들 중심으로 이리저리 융통을 해볼 테니 자네도 배재학당 동창들한테 도움을 청해봐."

"그게 쉽지 않아. 친구 믿었다가 누설되면 군법회의에서 중형을 받을 테니까."

"물론이지. 그렇다고 절대로 집이나 토지는 처분하지 말게."

그가 단단히 당부했으나 지석규는 시원한 대답을 하지 않았다.

김영섭이 인천에서 올 것이니 저녁에 둘이 사직동 집으로 오라는 김광서 선배의 전갈을 지석규가 받아놓은 터였다. 대한제국무관학교를 다니고 혼자 일본행을 거부했던 김영섭, 도쿄 유학생회에서 재회했었는데 지석규 말을 들으니 김광서 선배를 경성에서 만나 의기투합하며 동갑 친구로 지낸다고 했다.

사직동 김 선배 집에 가니 김영섭은 아직 도착하지 않았다. 김광서가 시계를 들여다보며 말했다.

"약속을 칼같이 지키는 사람인데 이상하군. 김영섭 형은 인천 내리교회 부목사야. 미국에서 유학 초청장이 와서 곧 떠날 거야."

김영섭은 두 시간이나 지나서 도착했다. 이응준과 반가운 포옹을 하고는 이내 표정이 심각해졌다.

"기독교 교회 연락망을 통해 수원 쪽에서 우리 교회로 놀라운 소식이 와서 늦었어. 일본군이 참으로 기가 막힌 일을 저질렀어."

세 중위는 어서 말하라는 뜻으로 김영섭에게 다가갔다.

"조선 땅에 신문이라고는 총독부 기관지나 다름없는『매일신보』하나 있고 이런 큰일을 보도 안 하니 아무도 모르지. 수원 제암리 교회에서 사흘 전 대학살이 일어났어. 일본군 수비대가 마을 사람들을 교회에 가두고는 짚으로 둘러놓고 불을 질렀어. 살겠다고 뛰어나오는 사람들을 사냥하듯이 쏴 죽이고, 아기 엄마가 나는 죽어도 좋으니 아기만은 살려달라고 아기를 내밀었는데 총검으로 아기를 찌르고, 아기 엄마는 군도로 목을 쳐 죽였대. 서른 명 가까이 학살한 모양인데 지휘자는 당신들과 계급이 같은 중위였대."

세 중위는 놀라 한동안 입을 열지 못했다. 한참 만에 지석규가 비탄에 찬 표정으로 소리쳤다.

"천벌을 받을 놈들! 김 목사, 어서 더 말해주게."

"수원의 화성과 발안은 염전과 곡창지대인데 풍년 들어도 수탈이 심해서 죽어라 일해도 한 끼도 못 먹고 살아온 터라 만세 시위가 심했대. 경찰주재소, 면사무소, 우편소를 파괴하고, 시위대에 군도를 휘두르는 순사 두 놈을 타살했는데 경찰 힘으로 안 되니까 군대가 보복하러 나간 거지."

김광서가 주먹을 부르쥐며 말했다.

"조선군사령관 우쓰노미야 대장이 진압 명령을 내린 거지."

세 장교는 슬픔과 분노를 술로 달랬다. 김영섭은 신분이 목사라서 술을 마시지는 않았다. 적국의 사관학교에 가기 싫다고 일본행을 거부했던 그는 세 중위가 동포를 박해하거나 일본을 이롭게 하는 일에 앞장서서는 안 된다고 목소리를 높였다. 김광서가 절대로 그런 일은 없을 거라고 고개를 내저었다.

"제암리 학살은 우리의 탈출 사명을 더 강하게 만들었어. 우리는 결코 일본을 이롭게 하지 않을 거야."

애당초 이날 회동의 목적은 탈출 계획의 확정이었다. 그러나 군자금 걱정만 했다. 김광서가 접촉하는 서간도 독립운동 조직이, 그들이 압록강을 넘자마자 신흥무관학교까지 안전하게 호송할 준비를 아직 갖추지 못한 때문이었다. 만주 지역은 군벌 군대와, 닥치는 대로 빼앗는 마적들, 그리고 요동 지역에 주둔하는 일본군 등으로 어지러운 상황이었다. 조선인들이 많이 살지만 무수히 많은 일본 밀정들이 숨어 있었다.

화제는 김영섭이 유학 갈 미국 쪽으로 돌아갔다. 지석규가 말했다.

"파리강화회의는 독일과 오지리(墺地利, 오스트리아)를 해체하는 등 연합국과 맞섰던 나라들의 날개를 꺾어버리는 걸로 끝을 맺는 거 같아. 연합국인 미국·영국·일본에 예속된 약소국들의 간절한 희망은 무시된 거지. 민족자결주의는 결국 빛 좋은 개살구였지."

김영섭은 YMCA 총무이자 당대의 명망가인 윤치호가 파리강화회의 참가 요청을 거절하고 3·1만세운동의 민족대표 서명을 거부한 일에 대해 말했다.

"글쎄 송진우와 최남선이 각각 찾아가 파리강화회의 참가를 권했는데 그 사람이 거절했대. 미국, 영국 등 강대국들이 자기 나라 이익이 되지 않는다면 왜 약소국을 도와주겠냐고, 왜 동맹국인 일본 눈에 거슬리는 일을 하겠냐고, 지구상에 도덕적으로 정당한 국가는 존재할 수 없다고 했다는 거야. 3·1만세운동은 맹목적인 애국이라고 답했다는 거야. 김광서 중위가 윤치호 선생과 가깝잖은가?"

김광서는 길게 한숨을 쉬었다.

"윤치호 선생 선친 윤웅렬 군부대신은 돌아가신 내 아버님을 아들처럼 여겼지. 함께 전라도에 긴 세월 유배도 가셨어. 아무튼 그렇게 가까워. 나는 작년 금년 선생을 자주 만났어. 군자금을 얼마간 얻을 수 있으려니 기대도 했지. 하지만 선생이 내게 그러

더군. '독립운동? 그건 비현실적인 맹목의 애국이야. 우린 힘을
기를 때까지 일본에 굴종하며 살아야 하네' 하며 손사랫짓을 했
어. 그래서 군자금을 얻어내려던 계획도 포기하고 그 사람 이름
을 내 가슴에서 지워버렸어."

"한때 독립협회 회장 지낸 사람이 그런 말을 하다니요!"

지석규가 주먹을 쥐고 흔들며 소리쳤다.

김광서가 마음을 다잡자는 뜻으로 정색하고 말했다.

"윤치호 선생이 어땠든, 미국이 어떻든 우리는 나라 찾으러
나서야지. 다시 한 번 탈출을 맹세하고 결심을 굳히세. 나와 함
께 탈출할 건가?"

지석규는 "네, 저는 갑니다." 하고 큰 소리로 대답했다.

이응준은 그냥 고개를 끄덕였다.* 그러나 한편으로 그게 냉정
한 우리 현실이구나 하는 생각이 드는 것은 어쩔 수 없었다. 군
국주의 일본의 힘이 얼마나 강한가를 연해주 참전으로 실감한
그였다.

5월이 왔다. 이응준은 평양에 다시 다녀왔다. 이동 중에도 위
장약은 꼬박꼬박 챙겨 먹었다. 그러자 조금씩 낫는 느낌이 들
었다.

5월 말, 서간도의 비밀조직이 완벽한 호위 계획을 세웠음을
통고해왔다. 김광서 선배는 출발 날짜를 6월 중순으로 잡았다.

---

* 　김광서는 이때 지석규는 본의로 응낙했으나 이응준은 마지못하여 대답했다고 회
　고했다(『경천아일록』 1919년 6월 6일).

이응준은 분실한 권총 문제도 해결하고 군자금을 어떻게든 마련하고 정희와 며칠 더 같이 지낼 생각으로 6월 초 다시 평양으로 갔다.

그가 평양에서 교유해온 친구들 중에 부자인 윤정도(尹貞度)가 있었다. 블라디보스토크 출정 시절에 사귄 친구로 그와 동향인 안주 출신이었고 사업 수완이 좋아 재산이 많았다. 군자금 제공을 약속한 최씨 성을 가진 부자도 있었다. 그들에게서 6월 10일 군자금을 받기로 약속했는데 6월 5일 김광서가 보낸 밀사가 왔다.

기밀이 새나간 듯하여 출발 일을 내일 6일로 당기고 경의선 기차 승차역도 수원으로 바꿀 것이니 즉시 수원으로 오든지 내일 오후 5시 30분 평양역에 정차하는 기차를 타라는 지시였다. 기차를 놓칠 경우에 신의주에서 압록강 국경 넘는 것을 도울 비밀조직과 접선하는 방법도 들어 있었다. 응준은 최씨와 윤정도를 급히 만났으나 군자금을 받아내지 못했다. 권총을 가져간 최성수도 종적을 알 수 없었다.

그날 저녁, 그는 내일의 탈출 계획을 정희와 이태희에게 털어놓았다. 이태희가 말했다.

"위장 상태가 조금 좋아지긴 했어요. 떠난다면 약을 한 보따리 지어줄게요."

정희는 두 눈을 똑바로 들어 정색하고 말했다.

"그분들과 같이 떠나세요. 이런 일은 망설이면 안 돼요."

마음의 갈등 때문인지 그는 밤에 심한 위경련에 시달렸다. 문

마지막 무관생도들

득, 비밀조직과의 접선 방법을 알고 있으니 위장병을 치유하고 군자금도 마련해 김광서와 지석규보다 늦게 출발해도 되지 않을까 하는 생각이 들었다. 셋이 함께 가면 셋이 모두 체포될 수가 있고 분산 출발이 더 낫다는 생각도 들었다. 잃어버린 권총도 찾아 품고 가고 싶었다.

그러나 마음 한구석에서 또 다른 자아가 고개를 들어 조용히 말하고 있었다.

'윤치호가 말했다는 맹목의 애국심으로 나를 던지는 게 옳은 일인가.'

머리를 땋은 가출소년 시절, 이갑 참령의 집에 의탁하며 갖기 시작해서 15년 동안 안고 온 독립투쟁의 신념은 결정의 순간에 그렇게 흔들렸다. 갈등이 커지자 위경련은 더 심해졌고 그는 고통 속에 밤을 거의 새웠다.


## 이종혁 중위의 위기

1919년 6월, 고국 땅에서 세 중위가 탈출을 위해 고심하고 있을 때 1천 킬로미터 북쪽 러시아 연해주에서 마지막 무관생도 출신 장교 하나가 생애의 위기를 맞고 있었다. 지난해 8월 이응준, 염창섭과 같은 수송선을 타고 파견된 이종혁이었다. 그는 4월에 중위로 진급해 있었다.

이종혁의 소대는 파병 9개월간에 20여 차례 격심한 전투들을 겪었는데도 30명의 대원 중 전사자는 4명으로 대대의 36개 소대들 중 가장 적었다. 소대장인 그가 위기가 닥쳐도 흔들리지 않고, 두려움 없이 앞장서 돌진하고, 부하들 생명을 자기 목숨처럼 소중히 여긴 때문이었다.

일본군에게 가장 무서운 적은 맹추위였다. 겨울은 길어서 넉 달이나 됐고 한겨울에는 영하 30도 이하로 내려가 병사들은 보초를 서다가 동사하기도 하고 태반이 동상에 걸렸다. 출동할 때는 기동이 느렸다. 러시아 혁명군인 적군(赤軍)은 추위에 익숙해 혹한 속을 쉽게 기동했다.

적군은 노동자, 농민만으로 조직된 오합지졸의 민병대가 아니었다. 차르 황제파의 백군으로 있다가 혁명에 찬동해서 탈출해 군복을 바꿔 입은 장교와 사병이 늘어나면서 전술도 정교해지고 혁명의 성공이 눈앞에 보이자 사기도 충천해 있었다.

적군과 정규전을 벌일 때는 힘과 힘, 지휘관의 지략과 병사들의 용기로써 맞붙어 한 판을 벌이는 것이니 해볼 만했다. 골치 아픈 것은 적군 파르티잔 부대의 유격전이었다. 파르티잔들은 민간인 복장을 하고 민간 속에 숨었다가 갑자기 습격을 감행했다. 일본군과 백군이 추격하면 후퇴해 숨어버리고, 추격하다 지쳐 쉴 때는 공격해왔다. 공격할 것으로 예상하고 대비하면 막상 공격이 없었다.

육사 3년 선배인 중대장은 머리를 설레설레 흔들었다.

"파르티잔 놈들 뒤쫓는 데 넌더리가 난다. 쥐새끼를 잡듯 다 잡아 죽여라. 그놈들을 숨겨준 마을은 용서하지 말고 보복하라."

병사들은 강아지와 병아리 한 마리까지 생명체는 모두 죽이

고, 모든 구조물을 불태우는 보복으로 민가 마을을 초토화시
켰다.

조선인들도 일본군의 골칫거리였다. 조선인 무장세력은 일본
군이 1918년 8월 하바롭스크를 함락시키고 수천 명의 적군을
사살하고 여성 지도자 김알렉산드라*를 처형한 뒤 주춤했다. 그
러다가 다음 해 3월 고국 땅에서 만세운동이 일어나자 다시 꿈
틀거리기 시작했다. 초기 개척 시대에 한인 유민들이 연추라고
불렀던 두만강 접경 포시에트 지역과, 블라디보스토크 북쪽 도
시 우수리스크와, 그곳에서 서쪽 지나 국경에 이르는 옛 추풍
(秋風, 러시아식 지명 수이푼) 지역이 그랬다.

1919년 4월에 2개 사단을 집중시켜 이들 지역에서 조선인 무
장세력에 대한 대토벌작전을 벌였다. 조선인들의 정신적 지주
인 최재형을 총살한 것도 그 무렵이었다.

그때 이종혁의 부대는 블라디보스토크에서 동쪽으로 200킬
로미터 떨어진 산악지역 수청(水淸, 러시아식 지명 수이찬)에
진출해 있었다. 그곳에도 조선인 마을이 많았으나 조선인 유격
대는 출몰하지 않았다. 이종혁은 동포 무장세력과 전투를 벌이
지 않아도 되었다. 물론 안심할 수는 없었다. 상급부대에서 내
려오는 명령서는 박진순(朴鎭淳), 박애(朴愛), 김규면(金圭冕),

---

*      알렉산드라 페트로브나 김(1885~1918) : 러시아 우수리스크 출생. 교사 출신.
       1917년 러시아공산당에 입당, 다음 해 이동휘, 김립 등과 한인사회동맹을 결성
       했다. 극동인민정부 외무위원장을 맡았으나 백군에 생포되어 하바롭스크 아무르
       강안에서 처형당했다(『한국민족문화대백과』 웹사이트).

정재관(鄭在寬), 이용(李鏞) 등이 러시아 적군과 연합해 무장봉기를 기도하고 있으며, 대토벌작전에서 살아남은 잔당이 삼림이 우거진 수청 지역으로도 이동할 것이라는 정보를 담고 있었다.

6월 초 그의 소대는 조선인 파르티잔 하나를 생포했다. 배낭에서 판화로 찍은 선전물과 기밀서류가 나왔다. 이종혁이 기밀서류를 분석하는 동안 최고참 하사관인 조장(曹長)이 통역을 앞세워 심문했다. 저쪽에서 심문하고 답하는 내용을 들으니 파르티잔은 죽음을 각오했는지 당당하게 응하고 있었다.

"나는 빼앗긴 내 조국을 찾기 위해 독립전쟁을 하고 있다. 이토 히로부미를 사살한 안중근 대장처럼 투쟁에 나선 것이다."

급히 중대장에게 전령을 보내 상황을 보고했다. 전령은 즉시 총살하라는 명령을 받아왔다.

자기 손으로 동포 독립투사를 처형하게 되어 그는 착잡한 기분으로 서 있었다. 그보다 열 살이 더 많은 조장이 곁으로 다가와 명령을 기다렸다. 이종혁은 엄숙하게 명령했다.

"중대장님 명령대로 처형하시오."

총살형을 당할 큰 나무를 향해 병사들에게 총검으로 떼밀려 가던 파르티잔이 갑자기 그를 향해 고개를 돌렸다. 그리고 모국어로 말했다.

"거기 있는 장교, 당신 조선 사람이지?"

이종혁은 파르티잔에게 다가갔다.

"그렇다. 나는 조선 사람이다. 명령에 의해 처형하니 나를 원

마지막 무관생도들

망하지 마라."

동포 파르티잔은 쩌렁쩌렁한 목소리로 꾸짖었다.

"이놈! 민족이 왜놈들에 짓밟혀 신음하고 있는데 어찌하여 왜놈 장교 복장을 하고 꼭두각시 짓을 하느냐! 부끄러운 줄 알아라!"

파르티잔은 당당하게 처형장으로 걸어갔고 곧 눈에 헝겊이 가려졌다. 자작나무 숲에 메아리가 울릴 정도로 "대한 독립 만세!"를 외치는 소리는 다섯 명의 병사가 동시에 쏜 총성들에 묻혀버렸다.

이종혁은 무쇠처럼 딱딱하게 굳어진 얼굴을 하고 늙은 조장에게 명령했다.

"조국을 위해 싸운 투사이니 잘 묻어주시오."

이종혁이 속한 중대는 조선인 파르티잔이 소지한 기밀서류와 진술을 토대로 공격을 해서 조선인 무장세력을 괴멸시켰다. 이종혁은 공적을 인정받아 무공훈장을 받았고 그 후 견디기 힘든 가책과 회의에 빠져들었다.*

## 탈출

1919년 6월 6일은 금요일이었다. 지석규가 아침 일찍 잠에서

---

* 이종혁이 동포 독립투사를 총살한 정황이 선우휘의 단편소설 「마덕창 대인」에 있다(「현대문학」, 1965년 5월호). '마덕창'은 뒷날 이종혁이 항일무장투쟁을 할 때 사용한 가명이다.

깼을 때 방 안이 어둑어둑했다. 밖에 비가 내리기 때문이었다. 옷을 입고 대청으로 나갔다. 여느 날과 다름없이 미리 깨어 부엌에서 아침식사를 준비하던 아내가 앞치마에 손을 닦으며 대청으로 올라왔다.

"비가 오는데 괜찮겠어요?"

아내는 표정은 태연했으나 목소리는 떨렸다.

"오히려 그게 낫소."

아내는 눈물을 보이기 싫어서인지 몸을 돌려 부엌으로 갔다.

간밤에 그는 아내의 손을 잡고 말했다.

"아마 내일 떠날 것 같소. 헌병 경찰이 와서 내가 어디 갔냐고 물으면 평소에도 행적에 대해 말하는 사람이 아니고 이번에도 아무 말 없이 집을 나섰다고 말해요. 10여 일 계속 헌병과 형사가 탐문하면 내가 망명길에 오른 걸로 생각하고, 20여 일 계속되면 내가 무사히 탈출한 걸로 여겨요."

아내는 태연했다.

"각오한 바예요."

"당신에게 미안하오. 아이들을 잘 부탁하오."

"저는 괜찮아요. 당신은 가정보다 더 큰 조국을 구하러 가시는 거니까요."

그런 대화를 나누고 부부는 꼭 끌어안고 잤다. 그리고 아침이 온 것이었다.

아침상이 들어왔다. 그는 아이들을 양쪽에 앉히고 천천히 숟가락을 놀려 밥 한 그릇을 모두 비웠다. 열한 살짜리 아들은 아무엇도 눈치채지 못하고 학교 갈 생각만 하며 밥을 먹는 듯했다. 여섯 살짜리 딸은 여느 날과 다름없이 까르르 까르르 웃으며 밥을 먹었다.

숭늉을 마시고 밥상에서 물러난 그는 강보에 싸인 채 윗목에 누워 있는, 태어난 지 두 달도 안 된 딸에게로 가서 몸을 엎드려 끌어안았다.

"아기야, 미안하다."

그는 중얼거리고 몸을 일으켰다.

그때 엄마가 시켰는지, 학교에 가기 위해 책가방을 메고 나서던 아들이 꾸벅 고개를 숙였다.

"아버지, 안녕히 다녀오십시오."

탈 없이 튼튼하게 자라고 동생들을 잘 살펴야 한다. 그는 아들에게 그렇게 말하고 싶었지만 목에 메어와 그러지 못했다.

10시쯤 그는 새로 준비한 양복을 입었다. 댓돌로 걸어 내려가 구두를 신고는 안마당에 서서 하늘을 올려다보았다. 빗줄기는 우산을 안 써도 좋을 정도로 약해지고 있었다. 아내를 향해 돌아섰다.

"여보, 미안하오."

아내가 두 눈에 눈물을 가득 담은 채 머리를 끄덕이는 것을 보면서 그는 몸을 돌려 곧장 대문을 걸어나갔다.

김광서 선배를 만나 정오쯤 경희궁 정문 건너편에서 자동차를 대절해 탔다. 경성역보다는 이목이 적은 곳이 낫다고 판단해 수원역에서 기차를 타자고 결정한 바였다. 무사히 수원에 도착해 청국요리집에서 쉬면서 저녁을 먹었다. 김광서가 휴우 한숨을 쉬며 허리에서 군자금 복대(腹帶)를 풀었다. 단단히 꿰매어 속을 알 수 없으나 금반지, 금비녀 등이 묵직하게 들어 있는 듯했다.

"국경 건널 때 무슨 일이 생길지 몰라. 혹시 내가 총을 맞아 쓰러지게 되면 자네가 이걸 풀어 허리에 감고 탈출하게."

김광서의 음성과 표정이 비장했으므로 지석규는 묵묵히 고개를 끄덕였다.

"말해둘 게 있네. 의친왕한테서는 아무것도 받지 못했네. 기대한 내가 잘못이지. 군자금 마련해서 자기도 탈출한다 했으니 두고 보세."

김광서는 다시 복대를 허리에 찼다.

청국요리집을 나와 각자 떨어져서 기차역으로 갔다. 신의주역까지 가는 기차표를 1등석으로 샀다. 기차가 오자 서로 모르는 사람처럼 멀리 떨어져 앉아 바깥을 내다보았다.

지석규는 서른두 살까지 살아온 인생을 되돌아보고 아내와 아이들을 생각했다. 그리고 이날 자신이 선택한 길이 조국 독립을 위한 성공의 길이 되기를 간절히 기원했다. 그는 줄곧 그렇게 생각에 잠겨 앉아 있었다.

수원역에서 떠난 기차는 경성역에 도착했다. 플랫폼을 보니 헌병과 사복형사들이 차표와 신분증 검사를 하고 있었다. 몹시 긴장되었으나 태연하게 앉아 있는데 출발을 알리는 기적이 울렸다.

긴장이 풀린 탓인지 기차가 출발하고 얼마 후 졸음이 왔다.

그는 차창에 기대고 잤다. 혹시 통로로 사복형사가 지나가더라도 그렇게 잠들어버리는 게 더 안전할 것이란 생각이 들었다.

기차가 평양역에 섰을 때 초조하게 이응준을 기다렸다. 오후 5시 30분부터 기차가 머문 15분 동안 이응준은 끝내 오지 않았다. 무슨 사정이 생긴 거겠지, 생각하면서도 그는 응준의 행동이 이해되지 않았다.

신의주역에 도착한 두 사람은 기차에서 내려, 짐을 들고 여관에 들었다. 둘 다 최고급 양복에 중절모를 쓰고 있었다.

여관방에서 그들은 미리 줄이 닿은 비밀 연락책에게 전화를 걸어 여행권을 보내라 부탁했다. 압록강 건너 안동*에서는 대한독립청년단이라는 청년단체가 그들을 맞아들이기 위해 총력을 기울이고 있었다.

이응준과는 혹시 평양에서 기차를 못 타면 신의주에서 합류하기로 약속한 터였다. 응준이 약속한 복장을 하고 역에 내리면 비밀요원들이 안내하게 되어 있었다. 그러나 다음 기차에 오지 않았다. 언제 헌병들이 닥칠지 몰라 마음이 초조한데 연락도 없었다.

"더 기다리면 위험해지니 우리 둘만이라도 가지요."

그의 말에 김광서가 머리를 끄덕였다.

"그래야지. 자네는 이응준이 또 꼭 올 거라고 생각하나?"

---

\* 　안동(安東) : 신의주에서 압록강 건너에 있는 국경도시로 지금은 단둥(丹東)으로 지명이 바뀌었다.

"물론이지요. 이갑 참령님의 유지를 실행할 사람이니까요."

그는 확신에 차서 말했으나 김광서는 고개를 갸우뚱했다.

압록강 국경을 기차로 건넜다. 2등 칸을 탔으나 동행하지 않고 떨어졌다. 지석규는 기차 좌석에서 완벽한 일본인 행세를 했다. 옆자리의 일본인은 능숙하게 일본어를 하는 그를 일본인으로 여기고 말을 걸어왔다. 일본인과 대화하며 만두를 사 먹는데 헌병들이 지나갔다. 전혀 그를 의심하는 눈길을 보이지 않았다.

안동역에 내리니 전등이 대낮같이 밝았다. 지석규는 옆자리에 앉았던 일본인과 맨 앞에 서서 나갔다. 헌병과 순사, 그리고 사복형사와 밀정 들이 눈을 빛내며 조금만 동작이 이상하거나 얼굴이 굳어 보이는 사람을 찍어냈다.

"우선 좀 지나갑시다."

지석규는 중절모를 벗어 약간은 오만하게, 마치 당연한 듯이 검문자들의 울타리를 지나갔다.

역사(驛舍) 밖으로 나와 천천히 걸어가면서 한 손은 주머니에 넣고 다른 한 손으로 중절모를 벗고 머리를 쓸어 올렸다. 만주인 차림의 인력거꾼이 다가왔다. 왼쪽 허리춤에 붉은 천을 차고 있었다. 약속된 대한독립청년단 밀사의 암호였다.

"강호반점까지 갑시다."

지석규가 조선어로 암호를 말하자 인력거꾼도 조선어 암호로 대답했다.

"삯이 1원인데 20전만 더 주십쇼. 아내가 아파서 누워 있습죠."

그가 안심하며 인력거 의자에 깊숙이 몸을 묻자 인력거꾼이 말했다.

"잘 오셨습니다, 동지. 안전한 곳으로 모시겠습니다."

인력거가 밋밋한 언덕을 오를 때 압록강 철교가 보였다. 지석규는 인력거를 끄는 밀사에게 잠깐 서달라고 부탁했다. 강 건너 모국 땅을 보고 싶어서였다. 강 건너 조국은 푸르고 싱싱한 신록 때문에 손에 잡힐 듯이 가까워 보였다.

"잘 있어라, 조국 땅아. 그리고 아내와 아이들아."

그는 혼잣소리로 중얼거렸다.*

인력거는 토담으로 만든 허름한 지나인 집 앞에 섰다. 대한독립청년단들이 문 앞에 나와 영접하며 그에게 악수를 청했다. 그때 막 김광서가 도착했고 모두가 그 집에서 밤을 보냈다.

두 사람은 알지 못했지만 그들이 종적을 감추자 일본 헌병과 경찰은 비상이 걸렸다. 그리고 두 사람에게는 5만 원의 현상수배가 걸렸다. 만약 체포되면 군법회의에 넘겨져 중형을 선고받을 일이었다.

## 신흥무관학교의 남만 삼천

지석규는 독립군 비밀요원의 안내를 받아 김광서와 함께 하

---

\* 　김광서와 지석규의 탈출 정황은 『경천아일록』 1919년 6월 6일자에 상세히 기술되어 있다.

루에 100리쯤 걷고 동포 마을에서 잠을 자며 이동했다.

조금 위험하다 싶은 지역에 들어서자 호위가 그림자처럼 따라붙었다. 지석규보다 한 살 아래인 평안도 출신 현익철(玄益哲), 묵관(默觀)이라는 암호를 썼는데 암호처럼 입이 무거운 사람이었다.

"일본 육사 출신이 독립전쟁 전선에 왔으니 목숨 걸고 지켜드려야지요."

현익철은 그렇게 말하고 두 망명자가 잠을 잘 때 권총을 손에 쥔 채 눈을 부릅뜨고 머리맡을 지켰다.

"동지의 노고를 잊지 않겠소. 언제고 같이 투쟁할 날이 오겠지요."

지석규의 말에 현익철은 고개를 끄덕였다.

"나도 그날을 기다리겠소이다."

그렇게 만주 대륙을 엿새 동안 이동해 류허현 구산쯔(孤山子)에 도착했다. 비록 규모가 큰 옛 양조장 건물을 이용하고 있었지만 민족의 희망 신흥무관학교가 거기 있었다.

지석규가 동포 마을에서 잘 때마다 원로 유지들에게 들은 내용을 합하면 신흥무관학교의 내력은 이러했다.

1880년대 말, 조선인 유민들은 류허현의 싼위안바오와 인근 지역에 잡초처럼 뿌리를 내렸다. 을미년(1895)에 의병을 일으켜 전국을 휩쓸었던 유인석(柳麟錫)은 힘이 다하자 만주로 왔고 10년간 싼위안바오 북동쪽 지역에서 다시 의병을 일으키려 애썼다. 그의 희망이 수포로 돌아간 뒤 1910년에 이회영·이시영 등

6형제가 독립전쟁 기지를 만들려는 일념으로 전 재산을 처분해 찾아와 싼위안바오읍에서 10리쯤 떨어진 쩌우자가(鄒家街)에 자리 잡았고 여러 선각자들이 모여들었다. 그들은 독립운동 기지를 건설해 청년들을 훈련시켜 장교를 양성해 때가 오면 독립전쟁에 집중시킨다는 비원을 갖고 있었다.

그들은 1911년 4월 경학사라는 자치단체를 조직했다. 황무지를 개척해 둔전을 만들고 장차 독립전쟁을 이끌어갈 청년들을 가르치자는 것이었다. 그 일이 순조롭게 되어 마침내 신흥무관학교의 전신인 신흥강습소를 열었다. 청년들에게 민족의식을 고취하고 독립투쟁의 전위로 키워 무장 항일투쟁을 전개하는 것을 목표로 삼았다.

그러나 흉작과 질병으로 어려움에 처하자 경학사를 해체하고 그 후신으로 부민단을 만들었다. 싼위안바오가 눈에 띄기 좋은 곳이라 독립운동 기지와 신흥학교를 싼위안바오 남동쪽에 있는 통화현(通化縣) 하니허(哈泥河)로 옮겼다.

이회영 일가가 겪은 고초는 심했다. 삼한갑족으로 불렸던 그들 일가는 전 재산 40만 원을 독립전쟁 기지 건설과 신흥무관학교 개교에 바치고는 생명 유지의 밑바닥까지 이르도록 굶주렸다.

지석규가 김광서와 함께 하니허에 도착했을 때 신흥무관학교는 무수한 시련의 고비를 넘기고 희망이 커진 시기였다. 지금까지 배출한 5기생까지 신흥무관학교의 생도 수는 매년 100여 명에 불과했는데 3·1만세운동이 일어나자 입학하려는 학생들이

천 명 넘게 쇄도했던 것이다. 그래서 하니허의 시설로는 부족해서 구산쯔에 새로운 교육시설을 만들고 있었다.

지난날의 부민단은 한족회로 발전해 있었고 한족회는 군정부를 만들었는데 자치행정과 무력항쟁을 분리하기 위해서였다. 군정부는 무관학교를 운영하는 주체가 되었다. 그것은 최근 상하이의 대한민국 임시정부의 방침을 받아들여 서로군정서로 바뀌어 있었다. 북만주의 무장세력은 북로군정서라 부른다고 했다.

일본 육사 출신 장교 두 사람이 탈출해 교관이 되겠다고 찾아온 것은 서간도 동포 공동체를 흥분으로 몰아넣었다. 동포 지도자들은 한족회 본부가 있는 싼위안바오에서 마차를 타고 그들을 만나기 위해 신흥무관학교로 왔다. 최고 서열인 일송 김동삼 선생은 '남만의 맹호'라고 불리는 사람이었지만 김광서와 지석규의 손을 잡고 펑펑 눈물을 쏟았다.

"장하오, 두 동지. 고맙소, 두 동지. 동지들은 하늘이 우리 민족에게 내려준 선물이오. 이제 우리는 본격적인 독립전쟁을 할 수 있게 됐소."

이장녕(李章寧) 선생을 비롯한 한족회와 군정서 간부들, 그리고 무관학교 교관인 여준(呂準) · 윤기섭(尹琦燮) · 김창환(金昌煥) · 성준용(成駿用) · 원병상(元秉常) 선생 등이 모두 눈물겨운 환영을 했지만 제일 기뻐한 것은 신팔균(申八均)이었다. 실질적 군사교육을 그가 혼자 도맡다시피 해왔기 때문이었다.

"두 동지는 때맞춰 정말 잘 왔소. 이제 우리는 본격적인 독립

마지막 무관생도들

전쟁을 할 수 있게 됐소."

신팔균은 감격에 차서 말했다.

신팔균은 1882년생으로 이해 38세, 김광서와 지석규보다 일곱 살이 위였다. 유명한 무관 가문에서 태어났다. 조부인 신헌(申櫶)은 병조판서를 지냈으며 강화도조약과 조미수호통상조약을 협상하고 체결한 인물이었다. 유년기부터 군인이 되기로 결심했고 1903년 육군무관학교를 졸업하여 참위로 임관했다. 1907년 일본에 의해 대한제국 군대가 해산당하자 군대를 떠나 항일투쟁에 뛰어든 것이었다.

무관학교 설립자인 이시영 선생은 상하이로 떠난 뒤여서 두 사람은 만나지 못했다. 외가(外家)로 가까운 친척이 되는 터라 몹시 기대했던 지석규는 실망이 컸다. 이시영 선생은 이해 42세로 두 망명자보다 열 살이 위였다. 신흥강습소를 신흥무관학교로 확장하여 본격적으로 독립군을 양성해왔는데 이 무렵에는 한족회와 군정서, 그리고 무관학교를 임시정부에 연결시키기 위해 상하이에 머물고 있었다.

지석규는 김광서와 함께 즉시 생도 교육에 팔을 걷어붙이고 나섰다. 국사, 법규, 지나어 등 일반학은 고참 교관들이 맡고, 군사학은 두 사람과 신팔균이 맡았다. 학교 분위기는 싹 달라졌고 생도들의 눈빛도 활활 타올랐다.

두 사람은 몸이 하나인 것이 아쉬울 정도로 바빴다. 하니허에 있는 본교, 구산쯔에 있는 분교 양쪽 모두 생도들이 기다리고 있었던 것이다. 그나마 군마가 한 필 있어 다행이었다. 김광서는 말을 타고 오가며 양쪽 생도들을 가르쳤다. 그러는 사이에 한 달이 금방 흘러갔다.

어느 날 저녁, 김동삼 선생과 교관들이 모여 저녁식사를 하는 자리에서 신팔균이 말했다.

"김광서 동지와 지석규 동지가 탈출해오고 우리 무관학교가 제대로 돌아가니 왜놈들이 첩자나 자객을 파견할 겁니다. 그래서 가명을 썼으면 합니다."

김동삼 선생이 좋은 생각이라며 고개를 끄덕였다.

"신 동지부터 바꿀 이름을 말해보시오."

신팔균은 생각해둔 것이 있는 듯 즉시 대답했다.

"동녘 동(東)에 하늘 천(天)입니다. 해가 뜨는 동쪽 하늘이 좋으니까요."

"신동천, 참 좋군. 김광서 동지와 지석규 동지는 뭐가 좋겠소?"

김동삼 선생의 물음에 김광서가 먼저 대답했다.

"저도 하늘 천입니다. 돌아가신 아버님이 지으신 저의 집 후원 정자 이름이 경천각(擎天閣)입니다. 하늘을 떠받친다는 뜻이지요."

"김경천도 괜찮군."

김동삼 선생이 박수를 치며 지석규를 바라보았다.

지석규는 방금 생각한 것을 말했다.

"저도 하늘 천을 쓰겠습니다. 언제나 푸른 하늘이 좋아서 청천(靑天)입니다. 다만 저는 성(姓)이 희성이라 이청천(李靑天)으

　　　　　　　　　　　　　　마지막 무관생도들

로 하려 합니다."

세 사람의 가명은 순식간에 지어졌다. 며칠이 지나자 사람들은 이들 세 독립투사를 '남만삼천(南滿三天)'이라고 부르기 시작했다.

얼마 후 신흥무관학교에 또 좋은 일이 생겼다. 젊은 이범석(李範奭)이 교관단에 합류한 것이었다. 이범석은 이천군수의 3대 독자였으며 보통학교 졸업 때 강원도 전체 수석을 차지한 수재였다.* 경성고보 재학 시절 한강에 수영하러 나갔다가 여운형(呂運亨)을 우연히 만나 대화를 나눈 뒤 민족적 각성을 갖게 돼 다음 해 상하이로 망명했다. 나이가 열다섯 살이었지만 결혼한 몸이었다. 상하이의 조선인 독립운동가들은 그의 영리함에 주목했다. 그래서 윈난성(雲南省)의 고원 쿤밍(昆明)에 있는 3년 과정의 윈난강무학교로 보냈고, 그는 거기서 유수한 군벌의 자제들을 제치고 기병과를 수석으로 졸업했다.

"애국청년들이 신흥무관학교에 몰려들고 김광서 선배, 지석규 선배가 일본군을 탈출해 교관단에 합류했다고 들었어요. 밀려드는 생도들을 가르치지 못해 쩔쩔맨다는 소식도 들었어요. 그런데 어찌 제가 지나 군대 장교로 앉아 있습니까."

약관 20세의 젊은 장교는 그렇게 말하며 교관들의 포옹을 받았다.

지석규를 포함한 '남만삼천' 선임교관들은 후배인 이범석을

---

\* 당시 이천은 강원도에 속했다.

매우 소중하게 여겼다. 지난날의 대한제국무관학교 출신, 일본 육사 출신, 여기에 지나 정규 무관학교 출신이 있으니 금상첨화라는 생각에서였다.

신흥무관학교의 사정은 아주 나빴다. 우선 총이 없어서 목총으로 대신하였다. 그러니 사격훈련은 생각할 수도 없었고 학과 공부도 등사판으로 찍어낸 갱지 유인물을 교과서 대신 사용하였다. 게다가 급식은 형편없었다.

세 명의 젊은 교관은 학교 밖 민가에 가서 저녁을 먹었다. 셋 중 가장 뱃구레가 큰 이범석은 조밥 세 공기를 게눈 감추듯 먹어치웠다. 어느 날 그는 아쉬운 듯 밥공기를 들여다보며 말했다.

"저는 열 그릇은 먹어야 속을 채울 겁니다. 도무지 배가 고파서 구령을 할 수가 없어요. 하지만 참아야지요. 생도들 급식은 정말 형편없지 않습니까. 그래서 저는 물을 마셔 빈속을 채우고 힘을 냅니다."

끝의 한마디는 물기에 젖었다.

지석규는 한숨을 쉬었다. 정말 그랬다. 그도 이렇게 형편없는 음식을 먹으리라고는 예상하지 못했다. 굶주리는 생활은 상상도 하지 못했다. 신흥무관학교가 삼한갑족인 이회영·이시영 6형제의 전 재산으로 지어졌으며 둔전을 갖고 있다고 해서, 그리고 서간도 동포 사회가 오래전에 공동체를 만들어왔기 때문에 동포들의 지원으로 그럭저럭 잘 돌아가고 있으려니 생각했는데 그게 아니었다.

　　　　　　　　　　　　마지막 무관생도들

9월에 들어 신흥학교라는 이름에서 신흥무관학교로 바꾼 뒤의 첫 졸업생, 그러니까 김광서·지석규·이범석 등 젊은 교관들이 키운 졸업생들이 배출되었다. 그들을 6기생이라고 불렀다. 졸업생들은 독립군 부대를 찾아가 초급장교로 활동하거나 학교가 지정한 지역에 가서 교사 노릇을 하게 되어 있었다.

졸업장을 받아든 제자들이 모두 정렬하여 경례를 하며 감사의 뜻을 표할 때 지석규는 큰 소리로 외쳤다.

"자랑스런 제자들아, 어서 가서 독립전쟁에 앞장서라!"

제자들은 곳곳으로 퍼져나갔다.

흡족하게 가르쳐 내보내긴 했는데 다음 기수는 어떻게 해야 할지, 교관들은 생도들을 뽑아 가르칠 군자금 마련에 골똘해야 했다. 게다가 새로운 변수가 생겼다. 만주와 러시아 여러 곳에서 지도자들을 목마르게 부르고 있었던 것이다. 독립투쟁의 지평이 몇 배로 넓어져서 사람이 필요했다. 300명이 넘는 신흥무관학교 졸업생들이 만주 전역으로 퍼져나가 초급간부가 되었지만 중견 지도자나 지휘관이 없었다.

긴 시간 숙의를 거듭한 끝에 지석규는 학교에 남아서 계속 생도들을 가르치기로 했다. 신팔균이 북간도를 맡고 김광서는 함께 북간도로 가되 러시아 연해주까지 가서 무기 구입 루트를 맡기로 했다. 그리고 내년 3월 1일을 기하여 국경지대인 자성(慈城), 후창(厚昌), 또는 혜산진(惠山鎭) 중 국경지역의 어느 한 곳을 점령해서 치고 내려가기로 했다.

경성을 탈출한 뒤 줄곧 행동을 같이 해온 김광서는 지석규의 곁을 떠났다.

"지 동지, 몸조심하게. 국내 진공을 할 때 다시 만나세."

"네, 선배님. 다시 만날 때까지 부디 몸조심하십시오.

지석규는 사관생도 시절처럼 차렷 자세로 서서 경례했다.

그로부터 한 달 뒤 지석규는 동포 지도자들로부터 파격적인 결정을 통고받았다. 그를 남만주 독립군 진영의 최고 지휘자인 서로군정서 사령관으로 임명한다는 것이었다. 그는 중책을 맡은 몸으로 하니허와 싼위안바오를 오가며 혹독한 겨울을 보냈다.

# 7. 투쟁하는 자와 타협하는 자

## 이응준의 결혼

1920년 1월 하순, 이응준은 정희와 혼례식을 올리기 위해 평양에서 덮개가 있는 마차를 전세 내어 북서쪽 150리에 있는 평원군 숙천면으로 떠났다. 사촌처남이 될 이태희 원장과, 들러리를 맡은 마지막 무관생도 후배인 김중규가 동행해 눈 덮인 겨울 시골길이 심심하지는 않았다. 김중규는 마침 막 군복을 벗고 조선은행에 취직이 결정된 상태였다. 아무도 김광서와 지석규의 이름을 꺼내지 않았지만 이응준은 여러 번 두 사람 생각을 했다. 자신의 과거에 그들이 큰 존재로 자리 잡고 있기 때문이었다.

김광서와 지석규가 탈출한 지난해 6월 6일 저녁, 그는 경성에서 김광서가 보낸 밀서에 있는 대로 평양역에 나가지 못했다. 갑자기 탈출 일정을 앞당긴 터라 준비가 덜 되었고 위장병이 아직 걱정스럽기 때문이었다. 그리고 희망 없는 독립투쟁에 모든 것을 던져야 하는가 하는 망설임이 내면에서 갑자기 일어난 때문이었다.

약혼녀 정희는 눈물을 흘렸다.

"오라버니도 탈출했어야 해요."

"아직 비밀조직과 연락할 수 있어. 나는 언제고 갈 거야."

이응준은 스스로 다짐하듯이 말했다.

그러나 사흘 뒤 헌병들이 찾아오면서 사정이 달라졌다.

"김광서 중위와 지석규 중위가 행방불명입니다. 소재를 알고 있습니까? 허위진술은 중한 처벌을 받게 됩니다."

헌병 하사관의 말에 그는 태연하게 대답했다.

"난 모르는 일이네. 한동안 평양에 있었고 위장병을 치료받고 있었네."

헌병은 이것저것 더 캐묻다가 돌아갔으나 그 후 운신의 폭이 좁아졌다. 가는 곳마다 헌병보조원들이 표가 나게 따라붙었던 것이다.

그렇게 여름이 가고 가을로 접어들었다. 이태희가 딱한 표정을 하고 말했다.

"우선 결혼부터 하는 게 어때요?"

탈출 망명에 동행하지 못하고 주저앉은 마당에 무슨 결혼인가. 그렇게 생각하는데 정희가 말했다.

"결혼해요. 한 달만 있다가 탈출하세요. 그럼 위장도 더 좋아지고 감시도 약해지겠지요."

그것은 과년의 처녀가 갖는 어쩔 수 없는 비원이었다.

마지막 무관생도들

이응준은 자신의 망명이 늦어지게 된 것은 결혼해야 할 운명 때문이라고 생각하기 시작했다. 결국 군자금을 주기로 했던 윤정도에게서 돈을 빌려 결혼 준비에 나섰다. 그가 특별한 움직임을 보이지 않고 결혼 준비를 하자 경찰과 헌병의 감시가 약해졌다.

어린 시절부터 그를 사랑했고 기다려온 정희와 결혼하게 되니 더할 수 없이 행복했다. 그러나 가슴 한구석에 어두운 그늘이 서려 있었다. 여러 번 꿈을 꾸었다. 지석규가 독립군 복장을 하고 나타나 배신자라고 꾸짖는 꿈, 자신이 요코하마의 지나인 거리를 길을 잃고 헤매는 꿈 등이었다. 잠에서 깨면 양심의 채찍이 날카롭게 그를 때렸다.

마차는 한나절 만에 처가에 도착했다. 그날은 처백부인 이태희의 부친 집에 묵고 다음 날 처가에서 혼례를 올렸다. 숙천의 대표적인 향반 가문이어서 이 참령이 죽었는데도 하객들이 많이 와서 마당의 차일이 넘쳐나고 이웃집들까지 가득 찼다. 무관 대례복을 입은 새신랑 응준을 보며 여인들이 탄성을 올렸다.

"어쩌면 저렇게 잘생겼을까. 정희는 좋겠네. 백 년을 같이 살아도 싫증 안 나겠어."

식이 끝난 뒤 장모가 말했다.

"정희를 자네한테 주었으니 이제 나는 죽어도 원이 없네."

첫날밤에 그는 아내를 업어주었다. 경성 안현동에 있는 집에서 업어주고 11년 만이었다.

세상에서 가장 소중한 보물을 다루듯 아내의 몸을 안았다. 정희는 부끄럽게 그의 가슴에 얼굴을 묻었다.

"나는 오라버니가 내 남편이 되리란 걸 열세 살 때 알았어요."

부부는 평양으로 나와 살림을 차렸다. 진향리 29번지, 그가 처음 정희를 만나러 평양에 와서 구했던 하숙집이었다.

살림을 차린 지 이틀째 되는 날 경성에서 한 남자가 찾아왔다.

"어떤 분으로부터 이 서찰을 전하라는 부탁을 받고 왔습니다. 긴급한 내용인 듯합니다. 발신자가 누군지 알려고 하지 말라는 당부도 있었습니다."

이응준은 급히 봉투를 열었다. 마치 군대 명령문처럼 일본어로 쓰여진 두 줄의 문장이 적혀 있었다.


가정부(假政府) 밀사에게 권총을 대여한 일이 발각되었다.
헌병대가 조사하면 완강히 부인하라.*


심부름 온 남자에게 전달을 부탁받은 경위를 말하라 했지만 고개를 저었다.

"나는 아무것도 모릅니다."

남자는 그렇게 말하고 발길을 돌렸다.

이응준은 심부름꾼을 보낸 익명의 발신자가 조선군사령부에

---

* 야마모토 시치헤이는 이 지시가 어디에서 온 것인지 알 수 없었다고 썼다(山本七平, 앞의 책, 56쪽). 가정부(假政府)는 일본이 대한민국 임시정부를 비하해 부르던 명칭이었다.

마지막 무관생도들

몸담고 있는 조선인 장군일 것이라고 판단했다. 초조한 마음으로 시간을 보냈다.

다음 날 헌병이 찾아왔다.

"치안유지법 위반혐의로 체포합니다. 지금 가시지요."

헌병대에 도착하자 대위 계급장을 붙인 헌병대장이 직접 심문에 나섰다.

"중위, 당신은 가정부 밀사 최성수에게 권총을 대여하여 군자금 모금을 공모한 혐의로 체포됐소. 김광서, 지석규와 탈출을 모의한 혐의도 받고 있소."

응준은 눈을 똑바로 떴다.

"권총은 도둑맞은 겁니다. 김광서 중위, 지석규 중위와 가깝게 지냈지만 탈출을 모의한 적은 없습니다. 모의했다면 같이 갔겠지요."

"권총 분실 후 왜 즉시 신고를 하지 않았소? 반년이나 지났으니 처벌을 면하기 어렵게 됐소."

헌병대장은 날카로운 눈으로 쏘아보다가 최성수에게서 압수한 권총을 꺼내 책상에 올려놓았다.

"탈출자들은 곧 체포당해 압송될 것이오. 사실대로 불지 않으면 못 견딜 거고. 그때 당신은 허위진술로 죄가 무거워질 거요. 그건 그냥 놔두고, 첫 번째 혐의, 최성수는 당신과 공모했다고 진술했소."**

---

** 평남 도지사와 조선군헌병사령관의 보고서가 남아 있다(국편 DB). 최성수는 모금

"공모하지 않았습니다. 권총은 그자가 탈취해 도주한 겁니다."

그가 완강히 부인하자 헌병대장은 최성수와 대질심문에 들어갔다. 최성수는 고문당한 흔적이 역력했다.

"내 권총을 훔쳐갔으면 그랬다고 진술해야지 왜 나를 공범으로 끌어들였소?"

그의 말에 최성수는 고개를 숙였다.

"미안하오. 고문에 못 이겨 그렇다고 대답했소."

그렇게 말하고는 헌병대장을 향해 다시 입을 열었다.

"이 중위 진술이 사실이오. 방 안에 권총 있을 곳은 반닫이뿐이었소. 이 중위가 딴 데 정신 파는 사이에 소리 없이 반닫이를 열었는데 권총이 보여 급히 꺼내 쥐고 맨발로 뛰었소. 내가 뛰는 걸 주인 여자와 앞집 사는 아낙이 봤소."

곧바로 주인 여자와 앞집 아낙이 불려와서 참고인 진술을 했다. 헌병대는 급히 경성의 헌병사령부로 전문(電文) 보고를 하고 지시를 받는 듯했다.

구속될 줄 알았는데 뜻밖에도 저녁때 풀려났다. 헌병대장이 말했다.

"조선군사령부 특별명령으로 석방하오. 그러나 당분간 집을 떠나지 마시오."

한 1만 2천 원을 평양 체류 중인 미국인 기자를 통해 임시정부로 송금했고, 이응준에게 권총을 빌려 송대헌(宋大憲)에게 1천 원을 의연케 했고, 이응준의 혐의에 대해 헌병대가 대질심문으로 사실을 확인했다고 기록했다.

마지막 무관생도들

며칠 뒤 그는 다시 헌병대에 불려갔다. 헌병대장이 말했다.

"조선군사령부로 출두하라는 명령이오."

다음날, 그는 아내와 함께 경성행 기차에 몸을 실었다.


## 우쓰노미야 사령관의 노회한 술수

1920년 2월 15일 오후, 이응준은 용산에 있는 조선군사령부에 출두했다. 곧장 사령관실로 오라는 명령이 기다리고 있었다. 사령관실 앞에 있는 부속실에서 복장검사를 하고 예의에 대한 짧은 교육을 했다.

조선군사령관 우쓰노미야 타로(宇都宮太郎) 육군대장은 이해 60세였다. 그는 온건한 아시아주의자로서 일(日)·청(靑)·한(韓) 삼국동맹을 주장하는 편에 서 있었다. 그러나 식민지 조선 땅에 와서는 선과 악의 두 얼굴을 모두 보여주었다.

그는 두 해 전인 1918년 조선군사령관에 부임한 이후 반일 성향의 지도자들을 만나 의견을 듣는 등 온건한 성향을 드러냈다. 그러나 3·1만세운동이 걷잡을 수 없이 확대되고 경찰력이 밀리게 되자 군대를 동원해 가차 없이 진압했다. 그런 가운데 터진 사건이 수원 제암리 학살이었다.

시위대가 순사 둘을 타살하자 그는 '강압수단을 사용해 조선인들이 두려워서 복종하고 꼼짝 못 하게 하라. 다시는 일어서지 못하게 진압하라'는 명령을 내렸고 출동한 수비대는 제암리에서 양민 29명을 교회에 가두고 불을 질러 학살했다. 다시는 일어나지 못하게 진압하라는 우쓰노미야의 명령에서 비롯된 것이었다.

우쓰노미야는 학살 사건을 은폐시켰다. '사실대로 처분하면 간단하지만 방화 학살을 자인하는 것이 되고 제국의 입장에 심대한 불이익을 초래하기 때문에 저항자를 사살한 것'으로 꾸몄다. 그리고 학살을 저지른 아리타 도시오(有田俊夫) 중위에게는 30일간의 중근신 처분을 내렸다.* 군법회의를 열었으나 무죄를 선고했다. '범죄자를 처벌하려면 그에게 죄를 범하겠다는 범행 의도가 있었어야 하는데 피고의 행위는 훈시 명령을 오해함으로써 발생한 것이다'라고 판결했다.**

이응준은 제암리 사건은 알고 있었지만 우쓰노미야 대장의 조치는 극비사항이라 알지 못했다. 사령관실로 걸어갈 때 머리에 떠오른 것은 두 가지였다. 하나는 김광서 선배가 병가를 얻어 경성에 오자마자 사령부로 불려갔는데 조선 출신 장교들에 대해 관심이 많고 친절히 대했다는 것이었다. 또 하나는 소년 시절 이갑 참령 댁에 머물 때 들은, 참령의 육사 동기생 김응선과의 일화였다. 대위 시절 청일전쟁에 참전한 그는 평안도 안주에서 총명한 소년 김응선을 발견, 일본으로 데려가 아우로 삼고

*     우쓰노미야의 일기, 1919년 4월 18일, 같은 책, 245쪽.

**   「有田 中尉に 係る 裁判 宣告の 件 報告」'判決書', 朝鮮軍司令官 宇都宮太郎, 陸軍大臣 田中義一 殿, 大正 8年(1919) 8月 21日, 일본 국립공문서관 소장자료. 조선군 용산 군법회의 재판 기록으로 말미에 '판사장 이하 관씨명 생략'이라 되어 있어 진실을 감추려 한 의도가 드러난다.

공부시켜 육사에 입학시켰으며, 자기 딸과 결혼시키려 했다는 것이었다.

둘 다 따뜻한 인간적 풍모에 관한 것이었다. 이응준은 그렇게 좋은 것만 생각했다. 그러나 우쓰노미야는 3·1운동을 성공적으로 진압한 공로로 석 달 전 중장에서 대장으로 진급한 장군, 조선인들의 저항 의지를 무참하게 꺾어버린 일본군 우두머리였다.

방에 들어서자마자 부동자세로 서서 경례하는 이응준에게 우쓰노미야 사령관은 천천히 손을 올려 답례하고 가죽소파를 가리켰다. ***

"결혼을 축하한다. 여기 앉아서 이야기하자."

"감사합니다, 각하."

응준은 사령관이 먼저 앉기를 기다려 소파에 앉았다.

"나는 너의 장인 이갑 참령을 유학 시절부터 잘 알았다. 그렇게 죽다니 안됐다. 그의 행동은 당연하고 훌륭한 일이었다. 나 역시 그런 경우를 당하면 그런 행동을 취했을 것이다."

사령관은 파이프 담배를 피워 물었다.

"신혼 셋방에서 권총을 잃어버렸다고? 빌려준 게 아니란 말인가?"

"그렇습니다. 권총을 빌려줬다면 그랬다고 진술했을 것입니다. 그러나 저의 부주의로 발생한 일이므로 책임지고 처벌받고

***　우쓰노미야의 일기, 1920년 2월 15일, 앞의 책, 368쪽.

퇴역하겠습니다."

"김광서, 지석규와 탈출을 모의했던 장교가 가정부 밀사에게 권총을 빌려줘 군자금을 강탈하게 한 혐의를 받고 있는데 퇴역한다고 끝날 일이 아니야."

응준은 아무 말도 하지 않았다. 의연한 눈빛으로 사령관을 바라보았다.

"네가 군법회의에 넘겨지는 걸 바라지 않는다. 너희들 마지막 무관생도들을 받아 장교로 키우기 위해 우리가 얼마나 많은 돈과 노력을 기울였는지 아느냐? 그중 조철호, 김광서, 지석규 셋이 탈출했어. 독립운동한다고 뛰쳐나갔으니 조선민족으로서는 가상한 일이겠지. 그러나 다 소용 없는 일이야. 일한합병이 확실한 기정사실이 됐는데, 지금 이 시기에 그 문제로 소란스럽게 분열을 일으킬 필요가 있겠는가? 내가 영국대사관 무관으로 갔을 때 만든 지도다. 한번 봐라."

장군은 미리 준비해둔 커다란 지도를 펼쳤다. 백색인종과 유색인종의 세력 분포를 색깔로 구분한 세계지도였다.

"백색인종이 전 세계 대부분을 점령한 이때 동양의 삼형제는 분발해 실력을 양성해야지. 삼형제가 강도에 몰려 도망치다가 큰 하천을 만났는데 한 사람만 수영에 능하고 두 명은 못한다면 수영에 능한 사람까지 죽게 되지. 모두 살려면 수영 못하는 둘이 속히 수영을 배워야 하지 않겠는가? 곧 다시 부를 테니 깊이 생각해봐."

사령부를 나오면서 응준은, 사령관이 듣던 대로 과연 조선인과 일본인의 진정한 화합을 원하는 사람이구나 생각했다. 그는 우쓰노미야라는 동전의 뒷면을 보았을 뿐 더 중요한 앞면은 보지 못한 것이었다.

처가가 있는 원동으로 갔다.

"엄마가 걱정하시며 아버지 친구분들과 의논하러 나가셨어요."

아내가 말했다.

젊은 날 이갑과 더불어 위기에 처한 조국을 구하자고 맹세했던 일본 육사 출신 무관들, 그들 대부분은 일본군의 조선군사령부에 편입되어 일제에 협조하며 살고 있었다. 그래서 독립투쟁을 하다 죽은 이갑 참령에게 부끄러운 마음의 빚을 안고 있었다. 그들은 이갑의 외동사위인 이응준 구명에 나서기로 결심했다. 우쓰노미야 사령관이 젊은 시절에 아우로 삼은 김응선은 영친왕의 배종무관으로 일본에 머물고 있었다. 그래서 사령관의 신임이 크고 계급이 높은 다른 장군들이 앞장섰다. 그것이 이갑을 욕되게 하는 것임을 깨닫지 못했다.

이틀 뒤 우쓰노미야 사령관은 권총 분실 사건에 대해 자신이 책임지고 조치하겠다는 보고서를 육군대신에게 보냈다.*

김형섭이 이응준의 원동 처가를 찾아왔다. 그는 이갑 참령의

---

* 特第4號, 「朝鮮將校 拳銃 盜難ニ 関スル 件 報告」, 朝鮮軍司令官 宇都宮太郎, 陸軍大臣 田中義一 殿, 大正 9年(1920) 2月 17日, 일본 국립공문서관 소장자료. 사건의 중대성에 비해 관대한 처분을 했음이 보인다.

죽마고우로서, 응준이 가출소년으로 이 참령 댁에 머물 때 물리와 수학을 가르쳐준 사람이었다. 지금은 일본군 소좌 계급을 받아 구차한 삶을 이어가고 있었다.

"네 행동은 군법회의에서 징역 5년은 언도받을 죄다. 2, 3일 내로 어담 대좌께서 사령관 각하를 뵙기로 했다. 그분이 계급이 높으니까 앞장서서 우리가 책임질 테니 너를 용서해달라고 청원할 것이다."

김형섭은 말을 끊고 한숨을 길게 쉬었다.

"하기야 청원한다 해도 사령관 마음대로지. 인간적인 분이니 선처를 바랄 수밖에. 아무튼 각별히 근신하며 지내도록 해라. 혹여 김광서나 지석규처럼 딴 맘 먹으면 너는 즉결처분이고 우리도 끝장난다. 내 말 알아듣겠느냐?"

이응준은 그러겠노라고 답할 수밖에 없었다.

예정대로 어담은 우쓰노미야 사령관을 만나 용서를 간청했고, 우쓰노미야는 이응준을 이달 안에 다시 만나보고 결정하겠다고 대답했다.* 이갑 참령의 일본 육사 동기생들 중 가장 크게 일본에 협력하고 있던 어담, 그는 응준의 아우 영준을 받아들여 학교에 가게 해주었으나 영준이 만세운동에 참가한 일로 난처한 사정에 있었다. 그런데도 응준의 구명을 위해 나선 것이었다.

"이래저래 감사하고 송구스러울 뿐입니다."

---

\* 　우쓰노미야의 일기, 1920년 2월 22일, 앞의 책, 370쪽.

응준이 찾아가서 말하자 대좌는 고개를 저었다.

"애국심도 좋지만 독립운동은 현실성이 없어. 자네도 그걸 명심하기 바라네."

이응준은 며칠 후 원대복귀 명령과 함께, 2월 28일에 다시 사령관실로 오라는 명령을 받았다. 그날 사령관실 부속실에 간 그는 조금 전 옛 삼청동 무관학교 시절 교장이었던 이희두 장군이 그의 문제 때문에 사령관을 만나고 간 사실을 알았다.** 이희두는 일본군 소장 계급을 받고 조선군사령부에 소속되어 있었다. 10여 일 만에 다시 만난 이응준에게 사령관은 말했다.

"권총 분실 사건을 불문에 부치겠다. 곧 조선군사령부로 전속시키겠다."

이응준은 고개를 숙여 감사의 뜻을 표하고 입을 열었다.

"각하의 배려에 감사드립니다. 그러나 저는 위장병이 심해 군직(軍職)을 물러날 수밖에 없습니다. 제 소원을 들어주십시오."

그래야 할 것 같았다. 가슴에 남은 한 조각 양심이 고개를 쳐든 것이었다.

"위장병이 낫지 않았으면 어서 고쳐야지. 군병원에도 명의(名醫)가 있어. 그러니 군에 있으면서 치료하라."

이응준이 다시 반대의사를 말하려 하자 사령관이 엄격한 표정을 했다.

---

**　　위의 책, 373쪽. 이날 이희두가 내방했고, 이응준 중위의 퇴역을 만류하고 가르쳐 타일렀다고 기록했다.

"내가 너의 어버이를 대신해 충고하는 말이니 그렇게 하라. 너는 너 자신과 조선을 위해 내 말대로 해야 한다 이 말이다."

이응준은 결국 그러겠다고 말할 수밖에 없었다.

사령관실을 나올 때 이런 생각이 머리를 스쳤다.

'육군대장이 이렇게 나를 알아주는데 어떻게 거부한단 말인가. 일본인들은 자기들은 세계 열강의 일원이라 여겨 조선 문제 따위는 거들떠보지도 않으려 한다. 조선인의 호소나 갈망 따위를 누가 돌볼 것인가. 그런데 명망 높은 장군께서 내 존재를 존중해주지 않았는가.'*

평양 헌병대에 소환되면 완강히 부인하라는 전갈을 자신에게 보낸 익명의 인물이 우쓰노미야 사령관 측일 수도 있다는 상상도 했다. 그를 구명하기 위해 나선 조선인 장령들 중에 내가 보냈다고 말한 사람이 없기 때문이었다.

결국 이응준은 대선배들의 당부와 우쓰노미야 대장의 회유를 뿌리치지 못해 도쿄에 있는 부대로 복귀하기로 결심했다. 뒤늦게라도 탈출해 독립전쟁 전선으로 가야 한다는 생각이 한 조각 깨진 파편처럼 가슴에 남았지만 그는 그것을 밀어냈다.

3·1운동으로 7천 명 이상이 죽고 3만 명 이상이 투옥되었다. 새로 부임한 총독 사이토 마코토(齋藤實)는 일본 정부의 방침에 따라 문화정치로 선회했고, 우쓰노미야는 거기 호응해 회유술책을 쓰고 있었다. 게다가 일본군 고위간부들은 많은 시간과 돈

---

* 이응준, 앞의 책, 128쪽.

을 들여 양성한 조선인 장교들을 더 이상 잃을 수 없다고 생각하고 있었다. 우쓰노미야의 이응준에 대한 호의는 거기서 비롯된 것이었다.

이응준은 도쿄로 출발하기 전날 와서 귀대신고를 하라는 연락을 받고 3월 6일 다시 우쓰노미야 사령관을 만났다.

"본대로 가서 열심히 근무하라. 너를 잊지 않겠다."

사령관이 말했다.

이응준은 아내 정희와 함께 경부선 열차를 타고 일본행 여로에 올랐다. 마침 마지막 무관생도 동기인 신태영 중위가 결혼 휴가를 받아와서 신부와 함께 복귀하는지라 두 부부는 같이 움직였다.

권총 사건 전말을 이야기하자 신태영이 말했다.

"네 권총이 임시정부 군자금 모집에 사용됐고, 분실 반년이 지나도록 신고 안 했는데 불문에 부치다니. 넌 평생 사령관 각하를 배신 못 하겠구나."

이응준은 고개를 끄덕였다.

"그런데 헌병대 소환 전에, 무조건 부인하라는 전갈을 보낸 사람이 누군지 통 알 수가 없어."

"내 짐작에는 사령관일 것 같다."

신태영이 말했다.

두 부부는 부산에서 내려 동래온천에서 하루를 묵고 관부연락선을 탔다.

도쿄 보병 3연대에 복귀한 이응준은 결혼 문제로 근신처분을 받았다. 장교는 지휘관에게 결혼에 대한 사전허락을 받게 되어 있었다. 사후신고를 받은 연대장은 신부의 신분을 조회했고 장인이 반일인사였다는 사실이 회신된 것이었다.

걱정은 없었다. 자신의 뒤에 육군대장이 든든한 언덕처럼 앉아 있다는 생각 때문이었다.

4월 중순, 이응준은 조선군사령부로의 전속 명령을 받고 다시 짐을 꾸렸다. 우쓰노미야 사령관은 직접 전입신고를 받고 부관에게 명령했다.

"중위에게 관사를 마련해주고 별실을 만들어줘라. 위수병원에 위장병 치료를 의뢰하고 당분간 출근은 해도 좋고 안 해도 좋고 마음대로 하게 하라."

일개 중위에게 주는 파격적인 애정이었다. 이응준은 감격할 수밖에 없었다.*

그는 사흘에 한 번 경복궁 옆에 있는 경성육군위수병원**에 가서 위장병 진료를 받으면서 용산 조선군사령부에서 근무했다. 우쓰노미야 사령관은 1주일에 두세 번은 그의 방에 들러 위장병은 어떠냐고 묻기도 하고 어느 날은 집에서 싸온 도시락을 같이 먹자고 부르기도 했다.

5월 28일, 사령관은 특별히 부탁할 게 있느냐고 응준에게 물

---

* 우쓰노미야의 일기, 1920년 4월 26일, 앞의 책, 395쪽. 이응준이 이날 내방했으며 자신의 조치에 크게 감격하고 있다고 썼다.
** 경성육군위수병원은 소격동 165번지에 있었다. 광복 후에는 수도육군병원, 국군 서울지구병원으로 불렸다.

마지막 무관생도들

었다. 그는 전문학교를 나와 놀고 있는 사촌처남의 취직을 부탁했다.

"좋아. 내가 애써보겠네." 사령관은 환하게 웃으며 말했다.***

그리하여 애국지사 이갑의 조카가 우쓰노미야의 신세를 입는 일이 일어났다. 그의 노회한 유화술에 감복해, 이응준은 해서는 안 될 일을 하고 만 것이었다.

그 무렵 이응준은 지난해 평양에서 만났던 후배 이동훈의 부고(訃告)를 한 평안도 출신 청년을 통해 들었다. 이동훈은 평양 광성고보 제자들에게 3·1만세시위를 유도한 혐의로 경찰에서 곤욕을 치렀고, 임시정부가 있는 상하이로 탈출하려다가 체포돼 물고문을 당해 물이 폐로 들어가는 바람에 시름시름 앓다가 4월 말에 죽었다고 했다.****

동기생 조철호가 그랬던 것처럼 뜻밖의 친구들이 독립투쟁에 나섰다가 절망의 벼랑으로 떨어지고 있었다. '나도 탈출하다가 잡히면 그런 꼴을 당하겠지.' 이응준은 자신이 탈출을 포기한 것이 어쩔 수 없는 선택이었다고 생각했다. 그러면서 세상을 뜬 후배 이동훈을 위해 잠시 눈을 감고 명복을 빌었다.

6월 초, 조선군사령부는 비상사태에 들어갔다. 홍범도가 주

***　우쓰노미야의 일기, 1920년 5월 28일, 같은 책, 403쪽.
****　『동아일보』 1920년 5월 4일자 ; 박지붕(朴址朋), 「애도 이동훈 선생」, 상하이 발행
　　　『독립신문』 1920년 5월 20일자. 이동훈의 제자로서 광성고보의 3·1만세시위를
　　　주도했던 박지붕은 상하이로 망명한 뒤 스승 이동훈을 망명시키려고 기도했으나
　　　그가 실패하고 죽자 애도사를 썼다.

축이 된 독립군단이 두만강 북쪽에 집결해 소규모 부대로 국내 정찰을 감행하자 일본군 1개 소대가 추격해 두만강을 건넜다가 계략에 빠져 거의 전멸한 것이었다.

우쓰노미야 사령관은 두만강 국경을 책임지고 있는 나남 주둔 19사단장에게 1개 대대를 급파해 독립군을 전멸시키라고 명령했다. 토벌대는 두만강을 건넜으나 펑우둥(봉오동) 계곡에서 홍범도 부대의 매복에 걸려 대패하고 말았다.

"독립군은 훈련도 제대로 못 받은 오합지졸 아닌가? 그런데 4명밖에 사살하지 못하고 야스가와(安川) 소좌와 157명이 전사했다고?"

사령관이 참모들에게 호통치는 소리가 작전상황실 밖으로 흘러나왔다.

이응준은 착잡한 심정이었다. 독립군이 일본군 정예와 맞서 대승을 거둔 것이 기적 같은 일이라 가슴이 뛰었다. 그런가 하면 아버지처럼 보살펴주는 사령관이 식사도 거르고 입술이 바싹 마른 채 고뇌하는 모습을 보아야 하기 때문이었다.

두만강 북부 지역의 전투는 확대되지 않고 종료되었다. 우쓰노미야 사령관은 강원도 일대 순시에 나섰다. 수행원으로 이응준을 넣어 다시 참모들을 놀라게 했다. 앞뒤에 무장병력이 탄 차가 가고 가운데 사령관의 승용차가 갔는데 앞자리에 운전수와 부관, 그리고 뒷자리에 사령관과 참모와 이응준이 탔다.\* 새파란 나이의 조선 출신 중위를 자기 옆자리에 앉힌 것이다. 관례를 깨는 파격이었다.

　　　　　　　　　　　　　　마지막 무관생도들

첫 시찰지에서 이응준은 뜻밖의 인물과 해후했다. 춘천수비대장이 지난날 대한제국무관학교 교관으로 있다가 생도들을 도쿄로 인솔해간 니시요쓰지 긴타카(西四辻公堯) 소좌였다. 오구라 유사부로가 귀족가문에 양자로 가서 이름을 바꾼 것이었다. 응준이 경례하자 소좌는 깜짝 놀라는 표정으로 답례했다. *

"사령관 각하의 신임이 크구나. 잘 모셔라."

상황 보고 시간이 있었다. 홍범도가 독립군을 이끌고 연해주에서 선박으로 곧장 동해를 타고 내려와 강원도 산악지역에서 유격전을 전개할 경우 어떻게 대처할 것인가. 니시요쓰지는 미리 준비한 지도와 괘도를 걸고 작전계획을 보고했다. 사령관은 만족스럽지 못한 표정을 했다.

"독립군을 만만하게 보지 말라. 그리고 민심을 잃지 말라. 그래야 강원도를 지킬 수 있다."

사령관은 순시하는 지방도시에서 저녁마다 지역 유지들을 모아 간담회를 열었다. 일본인과 조선인이 몸을 섞은 부부처럼 가까워져야 두 민족이 공동 번영할 수 있다고 설파하는 것이었다. 그리고 간담회 때마다 이응준을 소개하는 일을 잊지 않았다.

"육사를 매우 우수한 성적으로 졸업한 이응준 중위, 내가 아들처럼 아끼는 장교입니다. 내지 출신 사병들이 존경하고 복종하는 장교입니다."

이응준은 부동자세로 서서 유지들에게 경례했다.

---

* 우쓰노미야의 일기, 1920년 6월 11일, 앞의 책, 407쪽.

"여러분, 안녕하십니까."

일부 친일 유지들, 그리고 사령관의 유화 제스처에 조금씩 감동하고 있던 지방의 유지들이 박수를 쳤다. 잘생기고 늠름하기도 하지만 내지 출신 병사들이 복종한다는 말 때문이었다. 이응준은 우쓰노미야의 고도의 회유 책략을 장식하는 조연으로 손색이 없었다.

우쓰노미야 사령관의 강원도 초도순시는 8월 12일에야 끝났다. 이응준은 두 달 만에 관사로 돌아가면서 자신이 사령관의 노회한 책략에 이용되었음을 깨달았다.

집에 도착했다. 밤에 아내와 단둘이 있을 때 출장 중의 일을 대강 이야기하고 자신의 생각을 말했다. 그의 아내 정희는 울음을 터뜨렸다.

"그럴 줄 알았어요. 당신이 처음부터 사령관의 올가미에 걸려드는 것 같았어요. 모두 제 탓이에요. 제가 있어서 탈출 못 한 거예요. 저는 이갑의 딸이에요. 이길 수 있어요. 내일이라도 만주로 가세요."

이응준은 고개를 저었다.

"나는 못 해. 그렇게 명망 높은 분이 내 존재를 인정해주는데 어떻게 배신할 수 있어? 게다가 탈출을 도와줄 비밀조직의 연락선(連絡線)은 이미 끊어졌어."

"아, 아버지! 용서하세요!"

아내는 흐느끼면서 어머니 방으로 갔다. 모녀가 같이 우는 듯했다. 그러나 그것이 전부였다. 다음 날부터 아내는 체념한 듯

마지막 무관생도들

더 말하지 않았다.

날씨가 매우 무덥던 8월 16일, 후배인 김석원 소위가 용산 주둔부대로 오게 되어 대한제국무관학교 은사 이희두 장군과 함께 사령관을 예방했다. 이응준은 두 사람을 사령관실로 안내했다.

전날인 8월 15일은 일요일이었다. 용산 이응준의 숙소에 먼저 찾아온 김석원은 생도 시절과 다름없이 늠름했다.

"사령관님은 내가 와카야마 연대에서 기관총 교관 할 때 사단장이셨어요. 그때 따로 불러 이것저것 묻고는 언제든지 어려운 일 생기면 찾아오라 하셨어요. 그 후 조선군사령관으로 영전하셨기에 축하편지 쓰고 조선 땅으로 오게 해달라고 부탁드렸어요. 그래서 오게 된 겁니다. 사령관님처럼 조선인을 배려하는 분은 없죠."[*]

이응준은 머리를 끄덕였다.

"내 생각도 그래."

대한제국 마지막 무관생도들의 대표적 존재인 이응준과 김석원은 우쓰노미야의 회유책에 그렇게 발목을 잡혀버렸다.

두 장교는 그렇게 우쓰노미야의 선한 면만 바라보았지만 그자는 제암리 학살의 책임자였다. 그리고 그 무렵 조선민족을 절망으로 몰고 갈 무서운 일을 꾸미고 있었다. 홍범도의 독립군을 도운 만주 조선인들을 응징하기 위한 출병을 본국 정부에 강력

[*]    김석원, 앞의 책, 100~102쪽.

히 요구했다.

만주 출병은 그가 조선군사령관직을 떠난 직후 실현되었다. 일본은 훈춘(琿春)사건*을 조작해 대규모로 출병했다. 그러나 독립군을 뒤쫓다가 창산리(靑山里) 등지에서 대패해 오히려 3천여 명이 전사했다. 악에 받친 일본군은 만주의 조선인 3만여 명을 보복적으로 학살했다. 그것이 경신참변이다.

이응준에 대한 우쓰노미야의 집요한 회유 노력은 건강이 크게 나빠져 본국 육군성으로 보직을 옮겨 떠나는 날까지 계속되었다. 어느 날, 응준은 사령관 관저로 오라는 명령을 받고 달려갔다. 사령관은 병석에 누운 채로 그를 맞아 세계의 정세와 동양의 대세, 일본과 조선 양국 관계에 관해 이야기하며 세상을 올바르게 보고 판단하라고 말했다. 그리고 자신이 처음 저술한 책자『일선(日鮮)관계』한 권을 서명해 주고, 의친왕 이강이 병문안차 가져왔다는 고급 포도주 두 병을 주었다.**

이응준은 사령관의 말에 공감했다. 노장군의 인간애의 근원에서 나오는 진정성이라고 느낀 때문이었다. 그는 사령관의 쾌유를 진심으로 빌었다.

당시 애국적 인사들은 멀쩡하던 우쓰노미야가 중병에 걸린

---

*  1920년 10월, 일본군이 마적단을 매수해 자기들 영사관을 습격하게 조작한 사건. 일본인 아홉 명이 죽자 마적을 토벌한다는 명분으로 만주에 출병했고 창산리 등 전투에서도 패하자 조선인 3만여 명을 보복학살했다. 이를 경신참변이라고 한다.

** 이응준, 앞의 책, 138쪽.

마지막 무관생도들

것이 3 · 1운동의 잔혹한 진압에 대한 하늘의 징벌이라고 여기고 있었다. 제암리에서 학살당한 원혼들의 저주 때문이라고 말하는 이도 있었다. 그러나 친일인사들은 애통해하며 줄줄이 문병을 요청하고 있었고 이응준은 사령관이 불러 문병한 특별한 경우였다. 가장 젊은 나이라는 것도 특별했다.

그 무렵, 이응준 부부는 용산에 있는 관사에서 살고 있었다. 6월에 서대문형무소에서 나와 배재중학으로 돌아갔던 아우 영준도 함께 살고 있었다. 어느 비 내리는 일요일, 관사에서 무연히 창밖을 내다보고 있는데 덮개를 씌운 고급스런 마차가 멈춰섰다. 한 노인이 내렸다. 누군가 하고 내다보니 사복 차림의 우쓰노미야 대장이었다. 이응준은 놀라 달려 나갔다. 병색이 짙은 노장군은 미소를 지었다.

"떠나기 전에 너의 집에 와보고 싶었다. 네 아내도 보고 싶었다. 차 한잔 줄 수 있겠지?"

"네, 각하."

그의 관사로 들어온 사령관은 그의 아내가 끓여주는 차를 마셨다.***

사흘 뒤 이응준 부부는 방문에 대한 답례로 사령관 관사를 예방했다. 그동안의 후의에 감사드리고 건강 회복을 기원한다는 말씀을 드렸다. 사령관은 건강이 안 좋아 웬만한 조선인 지도자

---

*** 이응준, 앞의 책, 139~140쪽.

들의 방문은 사양하고 있었는데 이응준 부부를 만났다.*

　이응준은 권총 분실 사건과 우쓰노미야에 접근한 일로 인생의 길을 180도 바꿀 수도 있었다. 우선 임시정부 밀사인 최성수와 더불어 만주로 탈출할 수 있었다. 3·1운동 무력탄압의 원흉 우쓰노미야를 여러 차례 만나면서, 지석규가 생각했던 것처럼 그를 저격할 기회가 있었으나 그런 생각은 털끝만큼도 하지 않았다. 우쓰노미야에게 인간적 배신을 할 수 없었다면 그가 떠난 뒤 독립운동 전선으로 갈 수도 있었다.

　우쓰노미야가 누워 앓고 있을 무렵, 약산(若山) 김원봉(金元鳳)이 이끄는 의열단이 국내로 잠입해 암살 파괴 공작을 시작했다. 이종암(李鍾巖), 윤세주(尹世胄), 곽재기(郭在驥), 신철휴(申哲休) 등 단원들은 폭탄을 갖고 국내에 잠입해 조선총독부를 폭파하려다가 실패했다. 국내 협조자들까지 모두 18명이 체포되고 죽음보다도 고통스러운 고문을 당하고 있었다. 그들 중 일부는 김광서, 지석규가 신흥무관학교에서 가르친 제자들이었다. 적장 우쓰노미야를 암살할 수 있다면 기꺼이 목숨을 내놓을 만한 투사들이었다.

　의열단은 굴하지 않고 다시 몸을 던졌다. 이해 9월 박재혁(朴載赫)은 부산경찰서를 폭파하고 11월에 최수봉(崔壽鳳)은 밀양경찰서를 폭파해 둘 다 사형당했다. 신문들이 대서특필하고 일

---

*　우쓰노미야의 일기, 1920년 8월 18일, 앞의 책, 434쪽. 이날 저녁 이응준 부처가 내방했으며 서로 석별을 진정으로 아쉬워하며 헤어졌다고 기록했다.

본 군경은 동요했다.

그러나 이응준은 요코하마의 맹세 따위는 잊어버린 듯 움직이지 않았다. 젊은 날의 금석맹약은 일생을 지배한다 하지만 그는 그것에 등을 돌리고 있었다. 이응준을 감화시켜 주저앉히고 일본군에 있는 마지막 무관생도들을 순치시키고, 조선인들에게 유화 제스처를 보여주려는 우쓰노미야의 술책은 성공했다. 이응준은 순치당한 데 그치지 않고 충성스런 조력자 노릇을 한 셈이었다.


## 홍사익, 육군대학에 입학하다

홍사익은 1920년 12월, 육군대학에 35기로 입학했다. 육사 졸업생 중 10퍼센트 미만이 선택되는 엘리트 중의 엘리트가 된 것이다.

입학식장에서 그가 느낀 것은 자신의 입학이 만세운동으로 떨치고 일어선 식민지 조선의 민심을 달래기 위한 정책의 일부라는 점이었다. 그것을 이미 지난해 6월 제1사단사령부에서 육군성 인사국으로 전속되는 순간에 느낀 바 있었다. 사토 가쓰히로 사단장의 뜻을 넘어 육군성의 정책상 결정일 것이었다.

'아, 조선 땅의 만세운동 때문에 보란 듯이 나를 중용하는구나. 실력만 뒤지지 않는다면 육대에 합격하겠구나.'

그는 그렇게 판단했다. 문득 김광서, 지석규가 탈출한 것도 영향을 주었다는 생각도 들었다. 이응준은 탈출하지 않았을 것으로 그는 어렴풋이 짐작하고 있었다.

육군성 인사국 전속 며칠 후 조선총독부의 기관지나 다름없는『매일신보』특파원이 찾아왔다. 육군대학 입학이 예견된다는 기사를 쓰기 위해서였다.

강제합병 후 조선인이 큰 차별을 받는다는 것은 삼척동자도 아는 바였다. 게다가 3·1만세 때 얼마나 많은 인명이 학살당했던가. 그러나 그는 일본이 원하는 대로 '조선인은 차별받지 않는다'고 기자에게 말했다. 자기 생각도 에둘러 표현했다.

'이번에 내가 인사국이란 요로에 근무하게 됨에 대하여 여러 사람들이 놀람은 조선에서 소요가 일어난 때인 까닭입니다. 그러나 영국의 인도인 같으면 혹 어떠할런지 알 수 없으며 또 우리를 육군대학에 입학을 아니 시킬 터이면 어찌하여 나와 같은 조선인을 중요한 지위에 있게 하겠습니까. 가령 내가 인도인으로 영국 내지에서 군인이 되었다 하면 연대 같은 데도 붙이지 아니하였을 것인데 일본에서는 조선인 장교라고 결단코 칭하를 하지 아니하며 이것이 육군 당국의 참뜻이지요. 그러므로 자격만 있으면 육군대학에 입학을 하든지 기타 중요한 지위를 얻을 터이지만 나는 아직 대학에 입학할 만한 지위를 준비하지 못하여 이대로 있습니다. 나는 결코 육군 당국의 참뜻을 조금도 의심 없이 믿으니 일반 조선인은 결코 육군 당국의 참뜻을 오해하지 말 것이라. 나는 다만 대학에 입학할 만한 자격을 준비하지 못함을 걱정합니다.'

씨는 경기도 출생으로 그 성질이 침착하고 온정이 많아서

부하의 병졸도 깊이 심복하고 경모한다.(동경지국)*

홍사익은 육대 입시에 응했고 합격 통지를 받았다. 참 아이러
니한 일이었다. 3·1만세운동으로 무장투쟁의 길이 열리자 요
코하마에서 단지맹세를 한 3인이 탈출 준비에 들어갔고, 그는
하필 그때 육대 입시 후보자로 상신돼 주저앉았고 결국 입학의
꿈을 이루었다. 곰곰이 생각해보면 동포들의 만세운동과 김광
서, 지석규의 탈출이 그를 육대 입학으로 밀어준 셈이었다.

그는 입학과 동시에, 동기생이 된 영친왕 이은 중위의 학습을
돕느라 신경을 썼다. 이은 중위는 육사 29기로 육대 학생장교들
중 가장 어렸다. 아직 경력이 부족한데 역시 3·1만세운동을 의
식해 유화정책의 하나로 입학시킨 것이었다.

육군대학 과정은 유년학교나 육사처럼 구보, 사격, 유도(柔
道) 등 술과는 없고 전술학, 역사학, 철학 강의와 토론 등 학과
가 대부분이라 홍사익의 존재는 두드러졌다. 요코하마의 맹세
기억이 가슴에 남아 이따금 불쑥불쑥 떠오르긴 했지만 그는 선
택된 행운에 대해 감사하고 행복을 느끼고 있었다. 그는 열심히
학업에 매달렸다.

그러나 이 무렵, 일본군은 홍범도와 김좌진의 독립군에게 패
한 보복으로 만주 땅에서 조선인들을 닥치는 대로 학살하고 있

---

* 「조선인이라고 결무차(決無差) 군대에서 공평한 조선인 대우」, 『매일신보』, 1919년
  6월 13일자 기사 앞부분. 이 기사는 제목이 크고 내용도 길다. 콧수염을 기르고
  장교 정복을 입은 홍사익과 아내 사진도 실었다.

었다. 부모가 보는 앞에서 아들을 반 토막으로 잘라 죽이고, 학동들이 보는 앞에서 교사의 얼굴 껍질을 산 채로 벗겨 죽였다. 그런 상황 속에서 김광서와 지석규는 치열하게 독립전쟁을 벌이고 있었다.

## 지석규, 김광서의 소식을 듣다

1920년 여름, 지석규는 신흥무관학교를 대표하는 상징이 되어 있었다. 지난해 김광서, 신팔균 두 선배가 떠났다. 이범석도 6기 졸업생 중 성적이 우수한 제자들을 데리고 북로군정서로 가서 사관양성소를 만들었다. 그 밖에 이세영(李世永) 교장은 베이징(北京)으로, 윤기섭 학감은 상하이로, 이장녕 선생은 북로군정서 참모장으로 가버렸다.

지석규의 어깨에 무거운 짐이 얹혀졌다. 그는 졸업생들 중 성적이 좋고 책임감이 강한 사람들을 교관으로 발탁해 대처했다. 그들과 함께 7기 신입 생도들을 가르치기 시작했다.

상황이 불리하게 돌아가기 시작했다. 한꺼번에 수백 명씩 군사학을 가르쳐 배출하는 무관학교를 일본이 수수방관할 리가 없었다. 마적 출신의 군벌 장쭤린(張作霖)에게 압력을 넣어 조선인의 군사훈련을 금하게 하고 독립군 토벌을 위한 본격 출병을 합의하게 만들었다. 지석규가 속한 서로군정서 수뇌부는 고민에 빠졌다. 지석규는 백두산 삼림으로 이동할 것을 주장했다.

그때 펑우둥 대첩 소식이 들려왔다. 신흥무관학교에서 가르친 제자들 일부가 홍범도 부대의 초급지휘관으로 가 있었다. 그들이 올린 승전보라 재학 중인 생도들은 의기가 충천했다.

결국 서로군정서는 이동을 결정하고 만주 땅의 모든 독립군단에 안투현(安圖縣)의 백두산 처녀림으로 집결할 것을 권하는 밀사들을 파견했다. 동의한다는 답들이 오고 지석규는 400명의 무관학교 생도단과 교성대(敎成隊)를 지휘하며 이동했다. 그리하여 초가을에 제일 먼저 백두산 삼림에 도착해 밀영을 만들었다.

만주 땅의 조선인들에게 큰 위기가 닥쳐왔다. 일본이 훈춘사건을 조작해 나남 주둔 19사단을 주축으로 2만 명을 출병했던 것이다. 독립군단들이 서로 연합하면서 백두산으로 밀려오는데 일본군은 만주 땅을 휩쓸기 시작했다. 지석규는 신경을 곤두세우고 정찰병과 연락병을 내보냈다.

10월 22일, 급히 말을 타고 온 전령을 맞아들였다.

"북로군정서군이 백두산으로 오다가 일본군과 맞붙었습니다."

북간도 허룽현(和龍縣) 창산리의 바이윈핑(白雲平) 계곡에서, 안투로 오는 길을 차단하려고 나선 일본군 대대를 매복 공격해 수백 명을 사살한 것이었다. 전체 지휘자는 김좌진, 매복작전 지휘자는 이범석 연성대장이며, 신흥무관학교 출신들이 소대장과 분대장으로 싸웠다고 했다.

"젊은 이범석 동지와 우리 제자들이 공을 세웠다. 우리도 언제 전투에 휘말릴지 모른다. 전투대기 상태로 들어가자."

무관학교와 서로군정서군의 지휘권을 가진 지석규는 부하들에게 명령했다.

승전보가 연달아 들어왔다. 쟈산춘(甲山村), 완러우거우(完樓溝), 첸수이핑(泉水坪), 위랑춘(漁浪村) 등지에서 홍범도 부대와 김좌진 부대가 일본군을 격파하고 있었다.

지석규는 초조했다. 다른 부대들은 이리저리 피하다가 일본군과 조우해 승리는 챙기는데 자신의 부대는 그러지 못하기 때문이었다. '내게도 기회가 오면 놓치지 않겠다.' 그는 속으로 다짐했다.

위랑춘 전투에서 대승을 거둔 홍범도 부대가 안투현에 도착했다. 서로군정서군은 즉시 그 부대와 연합했고 명칭을 대한의용군이라 정했다. 홍범도가 총사령, 지석규가 부사령이었다.

아직 도착하지 못한 북로군정서군이 일본군에게 포위될 위험에 처했다는 보고가 왔다. 홍범도와 지석규는 부대를 휘몰아 출동해 북로군정서군에게 활로를 열어주고 구둥허(古洞河)에서 일본군 2개 소대를 전멸시켰다.

홍범도 총사령이 지석규의 목에 태극기를 걸어주었다. 그 순간 지석규는 아내와 아이들을 생각했다. 그는 가슴속의 아내를 향해 중얼거렸다.

"나는 망명하고 처음 전투를 치르고 승리했소."

11월 초, 독립군단은 안투현과 허룽현의 경계에 있는 황거우링춘(黃口嶺村)에 집결했다. 2천 명이 넘는 대부대였다.

상황은 급박해졌다. 일본군이 북간도의 100만 조선인들을 상대로 대규모 보복학살을 시작한 것이었다. 독립군과의 전투에서 일본군 병사 3천 명이 전사했으므로 조선인 3만 명은 죽여야 직성이 풀릴 거라고 했다는 것이었다. 역사에 기록된 경신참변의 시작이었다.

독립군단의 지휘관들은 난상토론을 벌였다. 챵산리 일대에서의 참패로 독이 오른 일본군이 병력을 더욱 증강해 밀어붙이고 있어서 애초에 계획대로 안투현에서 연합부대를 만들어 힘을 키워 국내 진공을 하기 어렵게 되었다는 것이 중론이었다. 그리고 동포들이 학살을 당하고 있어 전투를 자제하자는 것이었다.

불운하게도 구둥허 전투밖에 전투다운 전투를 못 해본 지석규는 당장의 국내 진공을 주장했다. 나남의 19사단 주력이 압록강을 건너와버린 이때가 적기라는 것이 그의 생각이었다. 그러나 다른 지휘관들은 신중했다. 일본군이 없는 조선반도 북부에 대규모로 진공할 절호의 기회였으나 지석규의 주장을 받아들이지 않았다.

백두산 처녀림의 대안으로 떠오른 지역은 러시아 연해주였다. 그곳에 16만 명의 한인 공동체가 있는 데다가 볼셰비키 혁명에 성공한 소련이 약소민족의 해방을 후원한다고 선전하고 있기 때문이었다. 연해주 사정을 잘 아는 홍범도 부대의 참모 하나가 발언하는 중에 반가운 이름 하나가 튀어나왔다.

"연해주에는 무섭게 일본군을 몰아붙이는 김경천 장군이 있습니다. 김 장군 부대와 연합할 수도 있습니다."

김경천은 그가 몽매에도 잊지 못하는 김광서 선배였다. 회의

가 끝난 후 지석규는 발언한 참모를 붙잡고 물었다.

"김경천 장군을 만난 적이 있습니까?"

홍범도 부대의 참모는 고개를 끄덕였다.

"석 달쯤 같이 있었습니다. 지금은 수청에서 백마를 타고 달리며 명성을 떨치고 있습니다."

"그분에 대해 뭐든지 말해주시오." 그는 간절하게 부탁했다.

홍범도 부대 참모는 말하기 시작했다.

"김 장군은 지난해 가을 북만주를 거쳐 연해주에 도착했지요. 우수리스크에서 이용 동지와 연합해 독립군 부대를 조직하기 위해 이리 뛰고 저리 뛰고 했지요. 이용 동지가 누구냐 하면 화란(和蘭, 네덜란드) 해아(海牙, 헤이그)에서 분사한 이준(李儁) 선생의 아들입니다. 그러다가 일본군에게 쫓겨 수청으로 근거지를 옮겼습니다."

지석규가 물었다.

"수청이 어딥니까?"

"해삼위(블라디보스토크)에서 북동쪽으로 300킬로쯤 떨어진 곳이지요. 러시아말로는 수이찬인데 물이 맑아서 우리 동포들은 수청(水青)이라 부릅니다. 산세가 험준하고 탄광이 많지요. 우리 동포들이 많이 정착해 살고 있습니다. 김경천 대장이 수청에 간 직후 백군과 일본군이 진격해 들어가 장악했지요. 그리고는 우리 동포 지도자들을 붙잡아갔어요. 김경천 동지는 동포 마을에 잠입해서 석 달 동안 소리 없이 군대를 조직해나갔습니다.

일본군은 국제간섭군으로 출병한 터에 조선인 부대를 토벌한다고 대놓고 나설 수는 없고 하니까 만주의 마적 두목 카오산 (靠山)이란 놈을 불러들여 돈과 무기를 주고 앞장세웠지요. 마적 패거리들은 한인 마을을 분탕질했어요. 닥치는 대로 빼앗고 불 지르고 여자들을 겁탈했어요.

김경천 대장은 대원들을 산속으로 끌고 들어가 혹독하게 훈련시켰습니다. 마적 400명이 일본군이 사용했던 요새 안에 들어가 있다는 첩보를 손에 넣고 기습을 감행해 소총 300자루와 말 300필을 한꺼번에 손에 넣었지요. 그 뒤 기병들을 이끌고 질풍같이 달리며 일본군 소부대를 공격해 전멸시켰습니다.

그 무렵 연해주 동포들은 누가 시작했는지 김 대장을 '김일성 장군'이라 부르기 시작했습니다. 김일성 장군이 누구냐 하면 10여 년 전 함경도 단천(端川)에서 투쟁했던 의병장입니다. 3, 40명의 소부대를 이끌고 빠르게 이동하며 일본군을 공격하거나 친일파를 처단했는데 죽었는지 소식이 끊어졌대요.* 그 김일성 대장이 다시 나타나면 얼마나 좋을까, 그런 염원이 커지는 판에 김 대장이 등장한 거지요. 벼락 치듯 적을 해치우고 사라지는 게 비슷하기도 하구요.

김 대장은 바람처럼 빠르게 이동해 일본군을 기습했습니다. 여기서 번쩍 저기서 번쩍, 김 대장은 일본군이 상상하지 못하는 뜻밖의 곳으로 이동해 가서 타격을 가했습니다. 대원들도 신바람이 났지만 더 신명이 난 것은 동포들이었지요. '백마 탄 김 장

---

*    이명영, 『김일성 열전』, 신문화사, 1974, 46~54쪽.

군님, 동에 번쩍 서에 번쩍 왜놈들을 격파하네!' 동포들은 김 대장을 보면 환성을 올렸습니다."

홍범도 부대의 참모가 이야기를 끝내자 지석규는 김광서 선배가 무사하고 빛나는 승리를 거두고 있는 게 고마워서 콧마루가 시큰해졌다.

## 고난의 언덕

1920년 초겨울 지석규는 형언할 수 없는 고난의 길을 걸었다. 챵산리 전투와 위랑춘 전투 등에서 빛나는 전과를 세운 3천 명에 달하는 만주 지역 독립군단은 결국 일본군의 토벌작전과 만주 군벌 정부의 요구에 못 이겨 시베리아를 향한 본격적인 대장정에 들어갔다. 우선 1차 집결지를 북만주 미산(密山)으로 정하고 분산 이동하기 시작했다.

지석규가 속한 대한의용군은 북쪽 루트를 타고 갔다. 안투현 다사허(大沙河)를 거쳐 둔화(敦化), 둥징(東京), 닝안(寧安), 무링을 거쳐 미산에 이르는 대장정이었다. 영하 30도의 혹독한 추위가 밀어닥쳤다. 대원들은 군화가 없어 거의 모두 짚신을 신었는데 얼음 뭉치로 변해 총 개머리판으로 부수면서 가야 했다. 식량도 떨어져 굶주리면서 두 달 동안 천릿길을 강행군, 1921년 1월 마침내 미산에 도착했다.

미산에 집결한 독립군단은 회담을 열어 '대한독립군'이라는 하나의 명칭으로 통합했다. 지석규는 여단장이 되었다. 서일,

마지막 무관생도들

홍범도, 김좌진, 조성환(曺成煥), 김규식, 이장녕 등이 여러 명칭의 상급직책을 가졌지만 그가 실질적인 지휘관이 된 셈이었다.

이때 치타에 있는 소비에트 원동공화국이 지원을 다시 약속했으므로 독립군단은 러시아 이만(伊滿)으로 가기로 결정했다. 이만은 블라디보스토크에서 북쪽으로 500킬로미터 떨어진 도시로서 러시아 지명은 달네레첸스크였다.

지석규는 홍범도와 함께 대한의용군 병력 800명을 지휘해 우수리강*을 건너다가 일본군 수비대를 공격해 제압하고 국경을 넘어 이만에 도착했다. 그러나 맹추위가 몰아쳤다. 대원들 태반이 동상이 걸려 있었으며 지칠 대로 지쳐 쓰러졌다. 부하가 죽을 때마다 그는 절규했다.

"하느님, 우리는 왜 이런 시련을 겪어야 합니까!"

그러다가 문득 두툼한 방한외투와 기름진 음식을 먹으며 일본군 장교 노릇을 하고 있는 이응준과 홍사익을 생각했다.

"네놈들은 고생 안 하겠지? 두고 봐라. 난 이기고 말 거다."

그는 중얼거렸다.

문득 아내의 따뜻한 품과 집이, 그리고 아이들이 그리웠다. 그는 세차게 고개를 흔들며 스스로에게 큰 소리로 외쳤다.

"나는 강해야 해! 고생하고 싸우는 부하들을 위해서라도 강해

---

\*   러시아 극동지역 남부에 흐르는 강으로 아무르강의 지류이며 넓은 지역에 걸쳐 중국과 경계를 이룬다.

져야 해!"

그렇게 다짐했지만 나라 잃은 군대는 거기서도 갈 곳이 없었다. 국제간섭군으로 온 일본군은 철수한다는 약속을 어기고 아직 이만 근방에 버티고 있었고, 치타에 있는 소비에트 원동공화국 정부는 독립군단에게 무장을 해제하고 기차로 사흘이나 걸리는 알렉세예프스크로 가라고 요구했다. 알렉세예프스크는 하바롭스크 서북방 600킬로미터, 시베리아 횡단철도가 지나가는 도시로 자유시(自由市)라고도 불렀다. 독립군단이 무장 상태로 있는 것을 핑계로 일본군이 철수하지 않고 오히려 이만을 공격할 것을 우려해서였다.

독립군단의 지휘관들은 생각들이 달랐다. 홍범도와 지석규의 대한의용군은 원동 정부 요구대로 알렉세예프스크로 가서 신무기를 공급받아 재무장하자고 했으나 김좌진, 이범석 등 북로군정서 측은 거부했다.

결국 의견 통일은 이루지 못하고, 추위가 풀려가는 3월에 북로군정서 세력은 북만주로 돌아가고, 잔류를 선택한 홍범도와 지석규의 대한의용군은 알렉세예프스크로 갔다. 미리 도착해 있던 연해주와 시베리아 한인 무장단체들이 그들을 열렬히 환영하였다.

지석규는 숨도 돌리기 전에 김광서의 소식을 물었다. 한 지휘관이 대답했다.

"그분은 수청에 있습니다. 여기서 기차로 블라디보스토크까지 가는데 이틀 또는 사흘, 블라디보스토크에서 동쪽으로 200

킬로를 들어가야지요."

"거기 가는 전령이라도 있으면 내가 여기 와 있다고 전해주십시오."

지석규는 그렇게 부탁했다.

독립군단은 알렉세예프스크 근방에 집결했다가 거기서 30킬로미터쯤 떨어진 마사노프로 이동해 주둔했다. 거기서 지석규는 연대장 겸 책임교관으로서 대원들을 훈련시켰다. 신흥무관학교에서 그에게 배운 제자들이 교도대를 구성해 그를 도왔다.

그런데 최악의 상황이 기다리고 있었다. 러시아 지역 의병대 출신 양대 세력인 고려군정회의 측과 사할린에서 온 무장부대는 각각 이르쿠츠크파 공산당과 상하이파 공산당을 배경으로 하고 있었는데 주도권을 놓고 다투었다. 결국 한쪽이 다른 한쪽을 무장해제시키려고 알렉세예프스크 수비대를 동원해 공격하고 이에 무력저항을 하기에 이르렀다. 지석규의 부대도 휘말려들었다. 그리하여 수백 명이 총을 맞아 죽고 수십 명이 탈출하다가 제야강*에 빠져 죽었다. 지석규는 부하들이 익사한 강변에서 목 놓아 통곡했다.

"힘을 합쳐 적과 싸워도 부족할 판인데 분열해서 이런 꼴로 무너지다니!"

그는 지금까지 자신을 지탱해온 의지가 무너지는 듯해 가슴

---

\* 러시아 연해주 아무르강의 남쪽 지류로서 스보타이 산맥에서 발원하여 1,242km 를 흐르는 강이다. 주변에 발해 시대 성터들이 남아 있다.

이 저렸다. 그는 눈물을 소매로 훔치며 스스로에게 소리쳤다.

"나는 강해져야 한다. 억울하게 죽은 부하들을 위해서라도 강해져야 한다."

나쁜 일은 거기서 그치지 않았다. 일본이 치타에 있는 소비에트 원동 정부에 조선인 무장집단을 해산시키라고 요구했던 것이다. 이해 8월 결국 독립군단은 재편성되어 이르쿠츠크로 이동하게 되었고 지석규는 사관학교 교장이라는 직책을 갖게 되었다. 이르쿠츠크는 블라디보스토크에서 기차로 닷새가 걸리는 머나먼 땅, 근처에 바이칼 호수가 있는 시베리아 중심의 도시였다.

고려혁명군사관학교를 설립하고 교장에 취임한 그는 큰 문제에 부딪혔다. 그는 민족독립을 최우선의 과제로 삼았지만 학교를 지원하는 소비에트 정부는 그것을 혁명의 수단으로 여겼던 것이다. 다음 해인 1922년 4월, 그는 교관인 채영·오광선*과 함께 구속되었으며 군사법정에서 사형선고를 받아 이르쿠츠크

---

\*     채영(蔡永, 1882~1926) : 서울 출생. 대한국민회 조직을 위해 애썼으며 러시아 연해주에서 혈성단 간부로 투쟁했고 고려혁명군사관학교 교관으로 일했다. 1923년 상하이 국민대표회의에 참가한 뒤 다시 연해주로 돌아가 투쟁하다가 중국 국경지역에서 자객에게 피살되었다(국가보훈처, 『독립유공자공훈록』).
    오광선(吳光鮮, 1896~1967) : 경기 용인 출생. 만주로 망명 신흥무관학교를 졸업하고 서로군정서 중대장, 신흥무관학교 교관을 역임하고 한국독립군이 편성되자 중대장을 맡는 등 독립군과 광복군 간부로 투쟁했다. 1940년 일경에 피체, 옥고를 치르고 광복 후 광복군 국내지대 책임자가 되었으며 육군대령으로 임관, 준장으로 승진했다(위의 자료).

                           마지막 무관생도들

감옥에 갇혔다. 그는 철창에 갇힌 채 절망감에 피눈물을 흘렸다. 소비에트 정부를 믿은 게 후회막급이었다. 감옥 환경은 혹독했다. 물도 없이 하루에 검은 빵 두 쪽으로 연명해야 했다. 옆에 놓인 생나무 책상을 씹어 먹을 만큼 허기가 졌다.

### 재회

지석규, 채영, 오광선에게 사형선고를 내린 소비에트 원동공화국의 처사에 대해 지석규의 동지들과 러시아 내 한인 독립운동 진영은 강력하게 반발하며 항의했다. 그 결과로 채영과 오광선이 석방되었다. 혼자 감옥에 남은 지석규는 이제 처형을 기다리는 수밖에 없다고 생각하며 절망에 잠겼다.

석방된 오광선은 즉시 소련 땅을 벗어나 지석규가 사형수로 갇혀 있음을 만주 지역 민족지도자들과 상하이에 있는 임시정부에 보고했다. 임정과 독립운동 지도자들은 긴급히 외교적 노력에 나섰다. 소비에트의 중앙 레닌 정부에 항의했고 그것이 프랑스 파리의 신문에 보도되었다. 레닌은 지석규를 즉각 석방하라고 치타의 원동공화국 정부에 통고했다. 그리하여 지석규는 석방될 수 있었다. 몸은 한 걸음도 걸을 수 없이 쇠약해져 있었다.

고려혁명군이라는 이름으로 이르쿠츠크까지 간 한인 독립군단에 또다시 시련이 닥쳐왔다. 일본의 압력에 굴복한 소비에트 정부는 그들을 치타 북쪽에 위치한 금광 지역으로 이동시키기로 결정한 것이었다. 지석규는 고려특립연대라는 이름으로 바뀐 부대를 이끌고 치타로 이동했다.

치타에 도착하자마자 상하이에서 열리는 국민대표회의에 참석하라는 초청장을 받았다. 국민대표회의는 모든 항일단체의 대동단결을 위해 모이는 것이라고 했다. 3·1운동과 만주에서의 독립군의 승리, 그리고 일본군이 보복학살을 한 경신참변 이후 통일전선의 필요성이 절실해진 것이었다. 그리하여 그는 1922년 말 생사고락을 같이해온 오광선과 함께 머나먼 길을 돌아 중국 상하이에 도착했다.

회의는 1월 초에 시작되었으나 분파별 쟁점을 조절하지 못하고 표류했다. 임시정부가 제 기능을 못 하므로 새롭게 조직하자는 창조파, 기왕 조직한 것이니 조금 고치자는 개조파, 이것도 저것도 아닌 중립파가 대립하고 충돌했다.

지석규는 아직도 버리지 못하는 분열과 대립에 실망한 채로 시간을 보냈다. 그러던 어느 날, 그는 국내의 비밀조직이 보내온 아내의 편지를 받았다.

혹시 편지를 보낼 수 있을지 모른다 하여 필을 들었습니다. 당신이 전쟁터가 아닌 지나 땅 상해에 가 계시다고 어느 분으로부터 전해 들었습니다. 무사하신 소식에 식구들 모두 안심하였습니다. 우리는 잘 있습니다. 끼니를 거르기도 하지만 아이들은 아버지를 자랑으로 여기며 잘 참습니다. 이응준 씨 내외와 전의회 간사 김석원 씨가 가끔 들러주고 홍사익 씨가 경성에 왔다가 사람을 보내 안부를 묻고 아이들 학비를 보내줬습니다. 그리고 전의회 회원들이 성금을 모아 보내주었습니다. 아이들이 그 사람들 도움을 받지 말자 했는데 저로서는 어쩔 수 없었습니다. 만나는 날까지 무사하시기를 빕니다.

그는 편지를 읽고 남편과 가장의 도리를 다하지 못하는 책임감에 눈물을 흘렸다.

2월 중순 어느 날 김광서가 도착했다는 소식이 왔다. 지석규는 한걸음에 달려갔다. 두 사람은 누가 먼저랄 것도 없이 서로를 끌어안았다.

"김 선배님, 백마 타고 이리저리 달리며 적을 공격한다는 소식을 듣고 얼마나 기뻤는지 몰라요."

"나도 지 동지가 혁혁하게 싸운 소식을 가끔 듣고 얼마나 반가웠는지 몰라."

김광서가 그의 손을 움켜잡았다.

지석규는 김광서의 짐을 빼앗아 들었다. 먼저 와 있던 연해주 대표들의 숙소가 아니라 지석규의 숙소로 갔다.

지석규는 김광서의 얼굴에서 많은 고난을 겪은 남자, 그러나 그 고난에 굴복당하거나 지치지 않고 이겨 나온 남자의 강한 정신력을 읽을 수 있었다. 그는 마시다 만 고량주 병을 꺼냈다. 두 사람은 재회를 기념하는 건배를 한 뒤 술을 목 안으로 털어 넣었다. 그리고 지나간 세월을 이야기했다.

비록 늦게 도착했지만 김광서는 국민대표회의 중심으로 들어갔다. 일찍 대표회의에 참가해 목소리를 높여가던 지석규가 김광서를 중요한 존재로 끌어올리기 위해 애쓸 필요는 없었다. '백마 타고 질풍처럼 광야를 달리며 독립전쟁을 하는' 그의 명성이 모든 독립운동 진영에 알려져 있기 때문이었다. 그래서 곧 군무위원으로 지명되어 무장세력의 연합을 위한 토론에서 중요한 포스트에 앉았다.

지석규의 존재도 덩달아 더 커졌다. 사관생도 시절에 탈출 결의를 하고 조국이 부르는 순간 일본군 중위 군복을 벗어버리고 탈출한 두 사람이야말로 가장 극적인 자기 투신을 말해주는 인물들이기 때문이었다.

도산 안창호 선생은 김광서와 지석규의 손을 잡고 말했다.

"동지들이야말로 민족의 자존심을 지켜준 자랑스런 투사요."

다른 민족 대표들도 반색하며 그를 칭송했다.

『동아일보』특파원은 국민대표회의의 새 간부들을 소개하는 기사에서 김광서와 지석규를 주목하는 내용을 담아 본사로 송고했다.

> 국민대표회의는 …(중략)… 군무위원은 우리 혁명 운동에 가장 중요한 책임이라 하여 고려 중이며 방침은 아령(俄領) 군인 출신 김경천(金擎天)·이청천(李靑天) 씨가 중임으로 군사 행동에 힘쓸 터이라더라.(상해)*

* 　『동아일보』 1923년 7월 1일자.

그러나 회의는 각파의 주장이 엇갈려 석 달 동안 토론을 하고도 합의점을 찾지 못하고 결렬되었다. 김광서는 지석규와 더불어 무장투쟁 지도자들을 찾아다니며 대동단결을 호소했다. 그러나 서로 이해가 안 맞아 아무것도 이루지 못했다.

7월 중순 어느 날, 그가 김광서와 숙소에 같이 있는데 모국 신문 『동아일보』 기자가 찾아와 김광서에게 인터뷰를 요청했다.

"이곳 상하이에 수많은 민족지도자와 독립군 지휘자들이 와 계시지만 동포들은 '백마 탄 김 장군'을 궁금해합니다. 아시는지 몰라도 재작년 겨울 우리 신문에 김경천 장군께서 전사하셨다는 오보가 나간 적이 있습니다.** 일본 첩보망이 잘못 입수한 정보를 기자가 받아 기사를 쓴 겁니다. 동포들은 탄식의 눈물을 흘렸습니다. 장군님이 큰 희망이었으니까요."

금시초문이라 두 사람은 동시에 대답했다.

"그런 일이 있었군요."

"그 몇 달 뒤 나경석 객원기자께서 서백리아 탐방기사에 장군님에 대해 자세히 썼습니다.*** 물론 전사 소식도 함께 썼지요. 동포들은 비탄에 잠겼습니다. 그런데 장군님이 상하이에 도착해 이청천 장군님과 더불어 군무위원을 맡았다고 제가 타전했고

---

** 『동아일보』 1921년 11월 27일자.
*** 위의 신문, 1922년 1월 23일자. 나경석은 수원 출신으로 도쿄고공을 졸업하고 중앙학교 교원으로 일했다. 3·1독립선언서를 돌린 일로 투옥되었다. 1920년대 동아일보 객원기자로 만주와 러시아를 취재했다. 그 후 사회주의 진영에서 독립운동을 펼쳤으나 사업가로 변신했다. 화가 나혜석의 오빠이기도 하다.

그게 7월 1일자 신문에 실려 조선반도 전체가 알게 되었지요. 그러자 본사는 제게 장군님을 인터뷰하라는 특별지시를 전보로 보냈습니다."

김광서는 구술을 승낙하며 조용히 웃었다. 지석규는 인터뷰 방해가 안 되게 비켜주었다.*

다음 날 지석규는 김광서에게 말했다.

"상하이에 독립운동전선의 기라성 같은 인물들이 다 모였는데 선배님만 인터뷰했으니 술을 사시지요."

"좋아."

두 사람은 프랑스 조계의 조선식 술집으로 가서 막걸리를 마셨다.

"얼마 전, 처음으로 집에서 온 편지를 받았는데 이응준은 용산 조선군사령부에 와 있고 홍사익도 무슨 일이 있어선지 경성에 들렀다 합니다. 전의회 간사는 김석원이 맡고 있고 전의회원들이 선배님네와 저의 식구들을 챙긴 모양입니다. 물론 이응준이 앞장섰겠지요. 홍사익과 이응준이 김 선배님 기사를 읽으면 마음이 어떨까요?"

지석규의 말에 김광서는 주먹으로 탁자를 내리쳤다.

"두 놈들 이름은 듣기도 싫어. 맹세를 저버린 놈들이 왜 우리들 가족을 챙겨?"

김광서는 숨을 씩씩거리다가 다시 말했다.

---

* 「빙설 쌓인 서백리아에서」라는 제목으로 『동아일보』 1923년 7월 29일자에 실렸다.

"이응준, 그놈이 조선 땅에 있다니 신문을 보겠지. 당신이 국민대표회의 중심인물로 활동하는 것, 내가 뒤늦게 참여한 것, 내가 그동안 투쟁해온 과정, 그런 걸 알게 되겠지."

두 사람은 이응준을 욕하며 술잔을 주거니 받거니 하며 술을 마셨다.

어느 날, 지석규는 현계옥을 보았다. 김광서 선배와 함께였다. 두 사람은 작은 회합에서 벌어진 파당과 논쟁에 질려서 회의 도중 슬쩍 빠져나왔다. 두 블록을 걸어 상하이의 프랑스 조계에 있는 프랑스 공원으로 갔다. 그때 치파오(旗袍)를 입은 여인이 미소를 지으며 걸어왔다. 눈여겨보니 현계옥이었다.

"오랜만에 우리가 만나는군. 이국 땅 망명지에서 말이오."

김광서가 그렇게 말했고 지석규는 미소를 지으며 자신도 같은 마음임을 표현했다. 현계옥은 활짝 웃었다.

"두 분 오셨다는 소식 듣고 어떻게 해야 뵐 수 있나 생각하고 있었어요. 오늘 문득 고향 생각이 나서 공원에 왔는데 우연히 만나게 됐군요."

세 사람은 공원을 천천히 걸었다. 계옥이 지나간 시간을 이야기했다.

"성락원에서 두 분을 뵙고 며칠 뒤 저는 여동생, 남동생과 더불어 망명길에 올랐어요. 현정건 씨는 군자금을 더 모으느라 출발이 늦었구요. 저는 지금 상하이에서 영어를 배워요. 김원봉 동지와 더불어 비밀공작도 하고 있구요."

지석규는 약산 김원봉이 길림에서 의열단을 조직했고 일제

요인 암살, 친일파 처단 등 테러공작을 감행하기 위해 상하이에 잠복해 있다고 들은 적이 있었다.

상하이 국민대표회의는 우여곡절 끝에 무장세력을 만주와 연해주로 이동 집결시키기로 합의했다.

8월 하순, 국민대표회의에 참석했던 50여 명의 러시아 지역 지도자들은 선편으로 상하이를 떠나 러시아 연해주 블라디보스토크로 항해했다. 배는 사흘 뒤 블라디보스토크에 도착했다. 지도자들은 각각 자기 활동 지역으로 돌아갔다. 지석규는 다시 김광서와 포옹을 하고 작별했다. 그는 기차를 타고 소비에트 원동 정부와 교섭하기 위해 시베리아 횡단열차를 타고 북상해 치타로 가고 김광서는 수청으로 가야 했다.

"선배님, 부디 다시 만날 때까지 몸조심하십시오."

그는 옛날 생도 시절처럼 반듯하게 거수경례를 하고 김광서를 보냈다.

제3부

훈장과 굴레

# 8. 독립투사의 삶, 일본군 장교의 삶

## 남은 자들의 양심

1923년 9월, 홍사익은 육군대학에서 마지막 학기를 보내고 있었다. 어느 날 강의시간에 건물이 크게 흔들렸다. 천장이 무너져 내려 교관과 학생장교 들은 급히 대피했다. 교정의 키 큰 삼나무들이 뽑혀 쓰러지고 학교 건물 태반이 무너졌다. 도쿄 시내 절반 이상의 건물이 붕괴되고 곳곳에 화재가 일어났다. 뒷날 '간토(關東)대지진'이라고 불린 어마어마한 지진이었다.

일본 정부는 조선인들이 폭동을 일으키려 한다고 계엄령을 선포했다. 그리고 조선인 사냥이 시작되었다. 조선인 수천 명이 처참하게 죽어갔다.

"이건 아니야. 민심을 돌리려고 조선인들에게 누명을 씌운 거야."

홍사익은 마음이 통하는 일본인 동기생들에게 말했다. 그러나 행동으로 표현하지는 못했다. 수천 명의 동족이 학살당하는 상황에서 움쩍할 수 없는 굴욕감에 그는 몸을 떨었다.

육군대학 학과성적이 좋아 자신감이 넘쳤던 그는 굴욕감 속에서 우울하게 마지막 학기를 마쳤다. 11월 육군대학 졸업장을 들고 도쿄의 보병 제1연대로 복귀했다. 다시 중대장 보직을 받았고 1924년 1월 초 대위로 진급했다.

대위가 되면 봉급이 크게 올라 가족을 부양할 만했다. 그는 고국에 있는 가족을 불러왔다. 아내를 더 이상 안성 시골집에서 농사나 짓게 놔둘 수가 없었다. 아들 국선(國善)도 제대로 공부시켜야 했다. 일본이 지배하는 세상, 일본에서 공부해야 대우받는 세상이니 그럴 수밖에 없었다. 고향 안성에서 전학 온 아들이 일본 아이들에게 성적이 뒤떨어질까 봐 퇴근해서는 직접 공부를 가르쳤다.

어느 날, 아들이 불쑥 말했다.

"애들이 조센진이라고 놀려요. 왜 조선 사람은 차별받아야 해요?"

간토대지진 이후 일본인들의 조선인 멸시는 극에 달해 있었다. 그는 아들에게 말했다.

"영국에 점령당한 아일랜드가 있다. 그 사람들은 영국 사람들이 어떤 취급을 하더라도 나는 아일랜드 사람 아무개라고 당당하게 말한다. 너도 당당하게 말해라. 나는 조선 사람 홍국선이라고, 내 아버지는 일본군 병사들 200명을 지휘하는 대위라고 말해라."

며칠 후, 그는 근무 중에 시간을 내어 권총과 군도를 차고 군마를 타고 아들 학교로 갔다. 막 학교가 파하는 시간이어서 수 많은 아이들이 바라보았다. 그는 교무실로 들어가 선생에게 인 사를 하고 아들을 군마에 태워 집으로 돌아갔다. 일본 아이들 은 선망하는 태도를 보였고 다음 날부터 아들은 표정이 밝아 졌다.

중앙유년학교와 육사 동기인 이자키 대위가 아내와 어린 아 들을 데리고 그의 집을 방문했다. 효고현에 있는 40연대로 갔는 데 휴가로 도쿄에 왔다가 들른 것이었다.

"간토대지진은 조선인들에게 폭동 누명을 씌운 거였어. 모의 한 자들은 천벌을 받을 거야."

착한 이자키는 눈물을 흘리며 말했다.

이자키도, 그의 아내도, 아들도 홍사익의 가족보다 세 살씩 아래여서 그쪽 사람들은 형과 언니처럼 홍사익의 가족을 대했 다. 일본인 꼬마가 형이라 부르며 졸졸 따라다니자 국선은 밝은 표정으로 그애에게 자전거를 태워주었다.


1924년 5월, 이응준은 일생의 가장 행복한 시간을 보내고 있 었다. 결혼 4년 만에 첫 아이로 아들을 얻었고 대위로 진급해 살 림살이도 나아졌다.

어느 날 아침, 그는 따뜻한 잠자리에서 일어나 강보에 싸여 있는 아기를 안아 올려 쿵쿵 아기의 몸에서 나는 젖 냄새를 맡 았다. 주방에서는 아내가 끓이는 밥 냄새와 된장국 냄새가 폴 폴 풍겨왔다. 아기가 울음을 터뜨렸고 아내가 달려와 곱게 눈을 흘겼다.

"또 깨워놓으셨군요. 어서 세수하고 아침 드세요."

그는 세수를 한 뒤 아침을 먹었다. 밥상 곁에서는 아내가 아이에게 젖을 물렸다. 아기는 목젖으로 젖 넘기는 소리를 내며 힘차게 젖을 빨았다.

군복을 입고 권총과 군도를 차고 현관을 나갔다. 잘 손질해 거울처럼 광택이 나는 군화를 신고 나가자 당번병이 말고삐를 건네며 경례를 했다. 그는 사뿐하게 말 위에 올랐다. 천천히 말을 몰아 부대로 출근했다. 아침 햇빛은 눈부시게 쏟아져 내리고 제비들이 날렵하게 그의 머리 위를 날아갔다.

저녁에 퇴근해 귀가하니 아내의 표정이 어두웠다. 왜 그러냐고 묻는데 아내의 눈에 눈물이 핑 돌았다.

"삼청동 지석규 씨 집에 다녀왔어요. 부인이 삯바느질해서 풀죽을 쒀 먹는데 아이들이 다 떨어진 옷 입고 신발이 없어서 맨발로 다녀요. 내가 발이 아프지 않냐고 물으니까 허기가 져서 눈이 푹 꺼진 아이가 저를 똑바로 보고 말했어요. '괜찮습니다. 아버님 부하들은 맨발로 얼음길을 달리며 독립전쟁을 하는걸요' 하고 말이에요. 사직동 김광서 씨 댁에도 들렀는데 사정이 조금 낫지만 고초가 큰 듯했어요."

이응준은 다음 날 퇴근 후 같은 용산 지역에 배속돼 있는 후배 김석원과 윤상필을 만났다.

"김광서 선배와 지석규 형 가족이 곤경에 빠진 모양이네. 전의회지에 한 번 더 모금을 호소하는 글을 실어보세."

마지막 무관생도들의 친목회인 전의회 멤버들이 지석규와 김광서의 가족 돕기 성금을 추렴한 것은 두 해 전인 1922년 5월이었다. 회지『사막천』에 지석규의 가족을 돕자고 호소하는 글을 실었다. '조선 땅에 있는 회원은 5원 이상, 일본에 있는 회원 3원 이상, 그 외 외국에 있는 회원들 5원 이상 내자'고 했는데 연락이 닿은 회원은 하나도 빠짐없이 요청한 액수를 초과해 돈을 보냈다. 전의회 간사를 맡고 있던 김석원과 윤상필이 성금을 지석규 아내에게 전달했다.*

이응준의 제안에 윤상필과 김석원은 선선히 고개를 끄덕였다. 김석원이 말했다.

"나도 그 생각을 하고 있었습니다. 모금행사를 벌이면 이번에도 많이들 호응할 겁니다. 김광서, 지석규 두 분 선배는 우리 양심의 보루이니까요."

김석원은 만년필을 뽑아들고 지석규와 김광서 가족 돕기 호소문 초안을 써나갔다.

지 부인 및 그 가족 임시 구호의 건 통보

1. 지 · 김 양 부인은 그 자녀들과 함께 그 후 무사히 지내고는 있으나 특히 지 부인의 생활상은 실로 참혹한 상태이다. 지금에 이르는 5, 6년 그나마 생명을 유지하고 있는 것은 전적

---

* 山本七平, 앞의 책, 상권 48쪽. 전의회는 김광서가 회장이었는데 그의 망명 후 공석으로 두었다. 간사는 1917년까지 홍사익, 1920년까지 이응준, 1922년 초까지 홍사익, 이후는 김석원이 맡았다. 그들은 회지인『사막천』을 발간했다.

으로 우리 동창생 전원의 열렬하고 후한 동정과 원조에 의한 것임은 물론이고 이 대위, 윤 대위 양형의 대대한 진력의 결과라고 깊이 믿는 바이다. 박봉으로써 자기 한 몸도 지탱하기 어려운 정황 속에 있으면서 노상을 헤매는 전우의 가족을 구조한다는 것은 실로 이치가야다이(市谷臺)상의 우리 전우가 아니고서는 도저히 실시할 수 없는 일이다. 이제 지 부인은 입을 옷도 없고 어린 자녀에게 조석의 끼니조차 줄 수 없는 상태에 있는지라 제형께 차마 부탁하기가 미안하지만 한 번만 더 동정을 베풀어주기 바란다. 만약 찬동하는 분은 각자의 형편에 따라 1원 내지 2원씩을 7월 5일 또는 7월 26일까지 회비와 함께 간사에게 송금해주기 바란다. 이미 아시는 바와 같이 지 부인은 의탁할 지기도 없고 친척도 없다. 우리 동창생이 구조하지 않을 때는 마침내 아사하기에 이를 것이다. 모쪼록 의협심 강한 제형이여, 다시 한 번 찬동해주기를 바란다.

2. 김 부인은 수년래의 부채와 또한 생활난을 견디다 못해 지난겨울 소유 가옥을 매각, 그 부채를 정리하여 가까스로 생계를 유지하고 있다. 그러면서도 김 부인은 지 부인의 비참한 처지에 동정하여 가옥 매각 때 일금 100원을 지 부인에게 기부했다고 한다. 그 의거는 참으로 장렬하다고 할 것이다.*

---

* 전의회 회지 『사막천』, 1924년 6월 24일, 山本七平, 앞의 책, 48~49쪽 재인용. 내용 중 '이치가야다이'는 그들이 유학한 도쿄 육군중앙유년학교와 육사가 있었던 곳이다.

마지막 무관생도들

김광서, 지석규의 가족을 돕자는 호소를 담은 전의회 회지
『사막천』이 배포되고 석 달이 지난 1924년 9월 초순 토요일, 국
내에 있는 마지막 무관생도들이 경성 덕수궁 대한문 앞 찻집에
모였다. 최근에 군복을 벗고 퇴역한 사람들이 많고 하니 이번
기회에 얼굴도 한번 보자는 의견이 많았다. 그래서 날을 잡아
통지를 보낸 것이었다.

　　국내 주둔부대에 있는 사람들은 다섯이 모두 나왔다. 경성의
용산 주둔부대에 있는 이응준·김석원·윤상필이 나왔고, 평양
76연대의 유승렬이, 함경도 나남 73연대에서 김종식이 휴가를
얻어 나왔다.

　　퇴역한 민간인으로는 한때 독립운동한다고 탈출했다가 총살
형 당할 뻔했던 조철호가 왔다. 그는 중앙고보 교사로서 조선소
년군(보이스카우트)을 창설하여 이름을 날리고 있었다.** 배재고
보 교원이자 조선체육회 회장인 박창하, 휘문고보 교원 장석륜,
조선은행에 다니는 김중규, 제일은행에 나가는 서정필, 최근 퇴
역하고 교원이 되기 위해 도쿄고등사범학교 편입학을 준비하고
있는 김준원도 나왔다.***

---

**　　조철호의 조선소년군 창설 등 생애에 관한 자료가 조찬석의 논문에 있다(「관산
　　조철호에 관한 연구」, 인천교육대학 교육연구소, 『교육논총』 1982년 3월).

***　『사막천』 1924년 6월 24일, 山本七平, 앞의 책, 50쪽 재인용. 퇴역한 전의회원들
　　의 동정이 실려 있다. 위에서 기술한 사람들 외에 염창섭은 교토제대 학생, 이교
　　석은 강원도 수리조합 직원, 장유근은 남대문상업학교 교사, 항일무장투쟁을 펼
　　치고 있던 이종혁은 만주에서 상업에 종사하는 것으로 기록했다. 명단 일부는

그 밖에 만주 다롄(大連)에서 상업학교 교원을 하는 권영한이 아우 결혼식 참석차 경성에 왔다가 참석했다. 권영한은 중위 시절 외국어학교 위탁교육생 선발시험에 수석합격해 현역 신분으로 대학을 나왔는데 졸업하고 제대해 만주에서 교원을 한다고 했다.

도쿄중앙유년학교 재학 중 흉막염에 걸려 퇴교했던 이은우도 왔는데 이제 완쾌되어 충남 공주에서 보통학교 교원으로 일한다고 했다.

"병은 1년 만에 나았어. 그래서 우리 집 사랑채에 아이들을 모아 공부를 가르쳤지. 내 아버님과 독지가들이 돈을 내놓아 집을 짓고 삼흥학교라는 간판을 달았지. 사립학교 교원시험을 봐서 교원자격을 얻었는데* 몇 해 뒤 경기도가 새 건물을 짓고 공립 공립학교로 바꾸면서 나도 거기 교원이 됐지."

이은우가 담담히 하는 말을 듣고 참 잘한 일이라고 여럿이 박수를 쳤다.

삭발하고 가사(袈裟)를 입은 스님이 끼어 있었다. 웬일로 스님이 우리 모임에 왔나 하고 의아해 바라보던 응준에게 그 스님이 합장하며 고개를 숙였다.

"선배님, 오랜만에 뵙습니다. 소승은 옛날의 이응섭입니다."

육사 졸업까지 이르지 못한 사람들이다. 전의회 멤버로 교유를 이어간 것으로 보인다.
* 『조선총독부 관보』 1915년 12월 18일자.

이응준은 깜짝 놀라 얼떨결에 고개를 숙였다.

"지금은 스님이시군요. 반갑습니다."

휘문고보 교사인 장석륜이 절에 갔다가 스님이 된 이응섭을 우연히 만났는데 나중에 알고 보니 학승(學僧)으로서 명성이 높다고 했다. 이미 『불교범론』이라는 책을 냈으며 불교찬가 가사를 쓰고 있다고 했다. 법명은 '진해(震海)'라고 했다.**

"조선 땅에 돌아온 뒤 실어증은 저절로 나았어요. 일본 회사에서 오라고 했지만 가기 싫었어요. 차라리 중이 되자 생각하고 수원 용주사로 가서 머리를 깎았어요."

이응섭은 담담하게 말했다.

고속 승진하여 고급 지휘관이 될 홍사익을 포함하여 못 오는 사람들은 편지와 돈을 보내왔다.

한쪽에서 조철호가 투덜거리고 있었다.

"누가 삼청동 무관학교 시절 별명을 내 제자들에게 알려준 거야? 찾아내고 말 거야."

옛날에 얼굴이 검어서 숯장수라고 불렀는데 그걸 어떻게 알았는지 제자 녀석들이 불러댄다는 것이었다.

"10년 전 오산학교 제자 녀석들도 그러더니 중앙학교 녀석들도 그리고 소년군 녀석들도 그래."

----

** 이응섭의 『불교범론』은 1919년 신문관에서 출간됐다. 그 밖에 권상로와 함께 지은 『찬가 석존전』 불교가사 『석존 일대가』와 여러 편의 글이 남아 있다. 1920년 1월과 2월 『매일신보』에 36회에 걸쳐 연재한 「통속불교문답」에 이름과 법명을 같이 썼다.

"자네 별명이 날개를 달고 시공을 초월해 날아다니는군."

유승렬 대위가 말하자 모두가 킬킬대며 웃었다. 조철호는 기가 막힌다는 표정을 하고 픽 웃었다.

함께 이키마루를 타고 현해탄을 건넜던 마지막 무관생도 동지들 중 중도 퇴교자들은 대부분 소식이 끊어져 있었다. 박창하가 이건모, 류춘형, 이교석, 민병은 이야기를 했다.

"이교석이 나를 찾아왔었어요. 총독부의 토지조사사업이 거의 끝날 때니까 삼일운동 전해일 거예요. 이교석은 자기가 임시토지조사국 서기 겸 통역원으로 일자리를 얻었는데 직무교육 중에 이건모, 류춘형, 민병은을 만났다고 했어요. 이교석은 토지조사가 끝나면 자기는 강원도 철원 수리조합으로 갈 거고, 이건모와 류춘형은 고향 땅이든 어디든 군청 서기 하러 갈 거고 민병은은 고향인 황해도 평산에서 교육사업이나 하겠다고 했대요."*

27기 정훈에 대한 이야기도 나왔다. 누군가가 이름을 꺼냈는데 곧바로 비난이 쏟아졌다.

"나도 독립전선으로 탈출하지 못해 떳떳하진 않지만 정훈 그놈 이야기는 꺼내지도 말어."

김준원이 주먹을 주고 흔들며 소리치자 조철호가 맞받아 외

---

\* 이건모, 류춘형, 이교석, 민병은은 1913년 전후 조선총독부 직속 임시토지조사국 서기 혹은 통역원으로 채용됐다가 군서기로 임용되었다(『조선총독부 및 소속관서 직원록』, 국편 DB).

쳤다.

"일본 유학 떠날 때 혼자 신체검사에서 탈락했다가 나중에 겨우 합류한 놈이 스스로 일본 사람 되어 막가고 있어. 그놈 전의회 명단에서 빼버려!"

모두가 동의한다고 고개를 끄덕였다.

정훈은 견습사관 근무를 한 교토의 후쿠치야마(福知山) 지역 경찰서장의 눈에 들어 신뢰를 받았다. 임관 후 다시 후쿠치야마에 배속되어 서장의 딸과 결혼했다. 한술 더 떠 그 집안의 양자로 들어가고 성을 바꿔 가바 이사오(蒲勳)라는 이름으로 행세했다.

동기생들이 힐난하자 정훈은 코웃음만 쳤다고 했다.

"일본 군복 입었으면 철저히 일본 사람 돼야지. 나는 어정쩡한 게 싫거든. 그리고 내 조국이 싫어. 지나에서도 내버린 유학을 숭상하며 우물 안 개구리처럼 갇혀 파쟁만 하다 패망한 조국이 뭐가 좋아서 애착을 갖는 거야?"

그러고는 마지막 무관생도 동기생들과 연락을 끊었다.

참석자들은 지석규 가족을 돕기 위해 준비해온 성금을 내놓았다. 대부분 한 달 봉급에 육박하는 금액을 갖고 와 모인 돈은 생각보다 많았다. 성금이라기보다는 결의를 지키지 못한 속죄금 성격이 강했다. 그들은 삼청동 지석규의 집으로 갔다.

지석규의 아내는 나이에 비해 10년은 늙어 보였다. 그러나 태도는 당당했다.

"아이들에게 비록 가난하지만 부끄러워하지 말라고 가르치고 있습니다. 아버지가 나라를 찾기 위해 자신을 던진 건 가장 자랑스런 일이니까요."

아이들이 큰절을 했다. 대위 계급장을 단 장교들, 일본 육사 출신이라 좋은 일자리를 얻어 양복을 잘 차려입은 신사들은 절을 받으면서도 황송한 사람들처럼 고개를 숙였다.

그들은 지석규의 집을 나와 지척에 있는, 지금은 일본군의 병영으로 사용되고 있는 모교 대한제국무관학교를 돌아보고 사직동 김광서 선배의 집으로 걸었다. 이응준의 가슴에 남은 게 있었다. 지석규의 아내가 그를 바라보던 눈길, 지석규의 아들이 그가 누군가 알아보고 쏘아보던 눈빛이었다. 그것은 뽑을 수 없는 화살처럼 그의 가슴에 박혀 있었다.

김광서의 부인은 담담하게 그들의 인사를 받았다.

스님이 된 이응섭까지 모두가 종로통으로 나가 음식점으로 들어갔다. 음식을 이것저것 시키고 낮술도 한잔했다. 밀린 이야기가 많아 끝도 없이 길어졌다. 참석한 사람들의 생각은 대개 이응준과 같았다. 오늘 두 사람의 가족을 보니 죄인처럼 부끄럽고 가슴이 아프다는 것, 그러나 지금 조국의 현실은 어쩔 수 없다는 것이었다.


## 지석규와 이종혁의 해후

1924년 가을에 상하이 국민대표회의를 마치고 자신의 투쟁 근거지인 시베리아 치타로 돌아간 지석규는 소비에트 정부와 외교군사 협정을 벌이려고 노력했으나 모든 것이 수포로 돌아갔다. 소비에트 정부가 일본의 요구에 굴복해 오히려 출국을 요구했다.

독립군단이 독립투쟁을 돕겠다는 소비에트 정부의 약속을 믿고 만주 천릿길을 걸어 러시아 땅으로 들어온 것은 1920년이었다. 소비에트는 자기들에게 복속하지 않는다고 독립군단을 궤멸시켜 이른바 자유시 사변이 일어났고 그에게 사형선고까지 내렸었는데 이번에는 나가라고 요구한 것이었다.

지석규가 갈 곳은 있었다. 서간도의 통의부(統義府)였다. 지난날 그가 속했던 서로군정서 사람들, 김동삼 · 김창환 · 신팔균 등이 들어 있었다. 그가 먼 길을 찾아가자 김동삼 선생이 말했다.

"청천, 휴식부터 하시오. 몸을 회복한 뒤 중책을 맡아주시오."

김동삼 선생 등 지도자들은 그를 위하여 밀사를 경성으로 파견해 그의 가족을 빼오는 모험을 감행했다. 아내와 열여섯 살 된 장남 달수(達洙), 열한 살 장녀 선영(善榮), 여섯 살 된 딸 복영(福榮)까지 모두 그의 곁으로 왔다. 가족까지 합류하고 서간도 동포들의 각별한 관심을 한몸에 받으면서 그는 건강을 회복했다.

1925년, 지석규가 속한 통의부는 다른 독립운동 단체들을 규합해 정의부(正義府)로 탈바꿈했다. 지석규는 군사위원장 겸 총사령에 취임했다. 병력이 800명이나 되는 서간도 지역 독립군의 최고 지휘관에 자리에 다시 오른 것이었다.

어느 날, 그는 현익철과 재회했다. 망명길에 올라 밀정들의 추적을 따돌리며 만주를 횡단할 때 사흘 동안 호위를 해준 인물, 서로군정서 소속이었으나 뜻을 달리해 조직을 떠났던 투사였다. 군대를 키워 일본을 상대로 정규전을 치르기는 어렵다는 신념으로 유격전을 하겠다고 떠났다더니 돌아온 것이었다.

"동포 마을마다 왜놈들이 감시체계를 만들어놓고 동포 밀정 놈들을 심어놓아 유격전은 번번이 실패했습니다. 동포 밀정 놈들이 문젭니다."

탄식하는 현익철에게 지석규는 독한 고량주를 권했다.

"민족을 배반하는 자들, 마땅히 응징해야지요. 우리 독립전쟁에는 유격전도 필요할 때가 올 겁니다. 그때 동지의 경험이 큰 힘이 될 겁니다."

지석규는 부하들을 혹독하게 훈련시키고 압록강을 건너 모국 진공을 감행했다. 1925년 3월, 평안북도 초산군의 3개 경찰주재소를 기습해 일본 경찰을 몰살시켰으며, 6월에는 만주의 일본 기관을 폭파하고, 7월에는 철산군의 경찰관 주재소를 공격했다.

8월에 그는 만주 통화현에서 주만육군참의부라는 무장항쟁 조직이 결성됐다는 소식을 들었다. 간부들 중 마덕창(馬德昌)이라는 처음 보는 이름이 있었다. 어느 날, 통화 쪽 동포 사회를 시찰하고 온 김동삼 선생이 그를 불렀다.

"마덕창이라는 사람, 본명이 일본군에서 탈출한 육사 출신 이종혁이라 합디다."

마지막 무관생도들

지석규는 깜짝 놀라 눈을 크게 떴다.

"아아, 삼청동 무관학교, 유년학교, 육사를 같이 다닌 후뱁니다. 국제간섭군으로 서백리아에 출병했었어요."

"서백리아에서 뼈아픈 사건을 겪고 탈출했다는군. 생포한 동포 독립투사가 이종혁이 조선인이라는 걸 알아봤대요. 형장으로 끌려가면서 일본군 장교 군복을 입은 그를 꾸짖었다는군."

지석규는 한숨을 쉬었다.

"그랬군요. 그 후배는 충무공 이순신 장군의 후예예요."

지석규가 그 후 백방으로 연락해보았으나 이종혁은 선이 닿지 않았다. 일이 잘 풀리지 않아 북만주로 갔다는 말만 들렸다.

그 무렵, 그가 속한 정의부와 북만주의 신민부 간의 연합전선 성립과 정보 공유, 인적 교류를 위한 협의의 필요성이 대두되었다. 신민부는 이해(1925) 3월에 북만주에서 조직된 군정부였다. 지난날 챵산리 대첩을 일으킨 김좌진 계열인 북로군정서가 중심 세력이었다. 두 조직의 연합전선과 제휴는 꼭 필요한 것이었다. 정의부에서는 타협위원 대표로 지석규를 지명했다.

1925년 8월 20일, 지석규는 두 명의 대표와 함께 지나인 복장으로 변장하고 기차를 타서 지린(吉林)역에 내렸다. 거기서 며칠을 묵고 다시 북쪽으로 올라가 9월 5일 하얼빈에 도착했다. 비밀요원의 안내로 만주인 가옥으로 갔다. 집 안으로 들어서자 창파오*를 입고 수염을 덥수룩하게 기른 30대 중반의 사나이가

---

\*   창파오(長袍) : 만주족 전통의상인 치파오(旗袍)에서 유래한 중국인들의 남자용

직립부동의 자세로 서서 거수경례를 했다.

"이 마덕창, 북만주 땅에서 선배님께 인사 올립니다."

이종혁이었다. 지석규는 답례고 뭐고 없이 두 팔을 벌려 끌어 안았다.

"아아, 마 동지. 통화에서 항일조직을 만든 걸 알고 내가 애써 찾았는데 여기서 만나는군."

일본군에서 탈출해 투쟁하다가 30대 장년의 나이가 되어 독립운동 전선 양대 세력의 대표가 되어 만나니 감회가 컸다.*

남만주와 북만주에 근거지를 두고 투쟁하는 독립전쟁의 양대 산맥인 정의부와 신민부, 의견이 어긋나고 이해(利害)가 엇갈릴 것이 없었다. 회담은 마치 단합대회와 같았으며 저녁때까지 일사천리로 진행되었다.

저녁식사 후, 양측 대표들은 지석규와 이종혁을 하룻밤 회포 풀며 자라고 독한 술 한 병과 함께 한 방으로 밀어 넣었다.

"자네가 이응준, 염창섭과 함께 연해주 파병 수송선을 탄 이야기는 이응준에게 들었지."

지석규가 그렇게 말하자 이종혁은 길게 한숨을 쉬고는 보따리를 풀 듯 자신이 걸어온 이야기를 풀어놓았다.

"나는 우리 조국의 독립은 멀다 생각하고 현실에 안주하며 지

---

의상.

*   지석규와 이종혁이 만난 기록은 일제 관헌자료에 있다(기밀 제508호, 1925년 10월 5일, 조선총독부 경무국장이 아세아국장에게 보낸 보고, 「선비단(鮮匪團) 정의부 대 신민부 타협 진행 상황에 관한 건」, 국편 DB).

내고 있었어요. 그러다가 출정 명령을 받아 연해주로 갔습니다. 수청이란 곳에서 동포 투사를 처형하게 됐습니다. 동포 투사는 내게 '어찌하여 왜놈 장교 복장을 하고 꼭두각시 짓을 하고 있느냐! 부끄러운 줄 알아라' 하고 꾸짖고는 의연하게 처형장으로 걸어갔어요. 우리 중대는 동포 투사에게서 빼앗은 기밀문서를 보고 공격을 해서 조선인 무장세력을 제압했고 나는 무공훈장을 받았습니다. 그때 깨달았어요. 내가 조국에 총부리를 겨누는 가해자가 됐다는 걸 말이지요. 그 후 밤마다 악몽을 꿨어요. 눈꼭 감고 잊으려 했던 우리 가문 조상님이신 이순신 장군님도 꿈에 나타났어요.

출정이 끝나 후쿠오카로 돌아갔어요. 결혼해서 잡념 없게 나를 묶어버려야지, 하고 결혼도 했어요. 인천의 실업가 딸이었지요. 결혼 생활은 행복하지 않았어요. 딸을 낳았지만 헤어졌어요. 문득 내가 갈 곳은 독립전쟁 전선이라고 생각했어요. 처음엔 지 선배님을 찾아가려 했지만 어디 계신지 알 수 없었어요. 탈출 직후 펑위상** 군벌부대에 들어가 참모 노릇하다가 봉천(奉天, 펑톈. 오늘의 선양[瀋陽]) 군벌군에 포로가 돼서 몽고까지 끌려갔는데 총살 직전 탈출해 북만주로 와서 독립전선에 합류했습니다."

***

** 펑위상(馮玉祥, 1882~1948) : 안후이성(安徽省) 출생. 북양(北洋) 군벌 즈리파(直隸派)의 거두였으나 국민당에 입당, 북벌에 참가했다. 뒤에 반(反)장제스 운동을 벌였으며, 항일전쟁에서 활약했다. 2차대전 후에 내전 반대를 주장, 1946년 도미(渡美)해 반장제스 운동을 펼쳤다(『두산백과』 웹사이트).

지석규는 이야기를 끝낸 이종혁에게 고량주 잔을 안겼다.

"참으로 곡절이 많았군. 김광서 선배가 수청에서 눈부시게 투쟁했어. 자네가 수청에서 철수한 뒤였지."

"그랬군요. 자칫하면 김 선배 부대와 싸울 뻔했네요."

두 사람은 잔을 부딪치고 고량주를 마셨다. 이런저런 이야기를 했다. 이종혁이 불쑥 이응준 이야기를 꺼냈다.

"이응준 선배는 이갑 참령님 유지를 받았으니 꼭 탈출할 걸로 알았어요. 사람의 겉과 속은 알 수 없는 거지요. 겉으로는 가장 애국심이 강한 듯 행동했으니까요."

지석규는 기미년 6월 탈출하면서 끝까지 이응준의 합류를 기다렸던 일을 생각했다. 이응준이 왜 오지 않았을까. 그날 합류하지 못했더라도 지금까지 기회가 있었을 텐데 왜 오지 않는 걸까. 수백 번을 의아하게 생각한 터이지만 비난하고 싶지 않았다.

할 이야기는 밤을 새워도 모자랄 정도로 많았다. 옛날을 회상하고, 자기 경험 이야기를 하고, 상대에게 도움이 될 정보를 들려주고, 그러다가 두 사람은 새벽녘에야 잠들었다.

다음 날 지석규는 이종혁과 하얼빈역으로 갔다. 안중근이 이토를 사살한 플랫폼 그 자리에 나란히 서서 묵념한 뒤 뜨겁게 포옹하고 헤어졌다. 그는 그것이 이 세상에서의 마지막 헤어짐이라고는 예상하지 못했다.

다음 해인 1926년 지석규는 투쟁 무대를 더 넓혀갔다. 그러다 제동이 걸렸다. 일본이 만주 군벌을 협박하자 군벌측은 독립군단을 제재하고 나섰다. 그리하여 그는 가족이 있는 북만주 우창현(五常縣)으로 갔다. 그의 가족은 일본의 세력권에서 벗어난 그곳에 정착해 남의 땅을 빌려 농사짓고 있었다. 우창현은 하얼빈에서 남쪽 200킬로미터쯤에 있는 지역으로 쑹허강(松花江) 지류를 끼고 있었다. 조선인 유민들은 수전을 개척해 벼농사의 북방한계선을 여기까지 끌어올려 논농사를 짓고 있었다.

그는 가족과 함께 농사를 지으며 은둔하는 필부(匹夫)로 살았다. 마을에는 조선인들이 절반가량 살았는데 그는 야학에 나가 이따금 훈화를 할 뿐 다른 활동은 하지 않았다. 동포들은 그가 지나가면 공손히 인사했다. 그가 다시 독립전쟁 일선으로 나갈 것임을 알기 때문이었다.

1927년 초, 40세가 된 그는 은둔 생활을 접고 정의부 조직으로 나가 활동하기 시작했다. 만주 군벌의 간섭이 뜸해진 것이었다. 이해 12월, 그동안 그의 후임으로 정의부 군사위원장 겸 총사령을 맡던 오동진(吳東振)이 밀정이 판 함정에 빠져 체포됐다. 그는 다시 그 자리에 앉았고 무장부대 명칭을 조선혁명군으로 바꿨다.

1928년 9월 하순, 지석규는 남만주 쪽에서 협조 연락 기밀문서를 갖고 온 독립투사로부터 가슴 아픈 소식을 들었다. 참의부 군사위원장인 후배 이종혁이 펑톈에서 체포당해 국내로 압송됐다는 것이었다.*

---

* 참의부 군사위원장 이종혁은 1925년 9월 19일 남만주 펑톈역에서 조선인 밀정 3인의 제보로 포위한 일본 경찰에 체포되었다(『동아일보』, 1925년 11월 14일자).

"남만주에는 동포 밀정 놈들이 많습니다. 마덕창 대장님께서는 참다못해 그놈들을 색출해 처단하는 일을 하고 있었습니다. 그러다 그놈들이 교활하게 판 함정에 걸려 붙잡히셨습니다."

"아아, 마덕창 대장마저 동포 밀정 놈들에게 걸려들다니!"

지석규는 눈물을 철철 흘리며 탄식했다.

지석규는 소규모 무장부대를 보내 국내 진공을 감행하고 민족유일당 결성에 힘을 기울이는 것으로 3년을 보냈다.

1931년 여름, 동포 밀정의 함정에 빠져 동지가 또 하나 체포되었다. 국민부 중앙집행위원장이자 조선혁명군 총사령 현익철이 펑톈에서 일본영사관 경찰에 생포된 것이었다.

"모두 조심합시다. 가까운 동지 외에는 동포들도 믿지 맙시다."

지석규는 주변 사람들에게 말했다.

9월에 만주사변이 터졌다. 일본군은 일본 소유의 만주철도를 폭파한 뒤 그것을 장쉐량(張學良)의 짓이라고 뒤집어씌우고 펑톈을 점령하면서 공격을 감행해 만주 대륙을 빠른 시간에 수중에 넣었다. 그리고 만주국이란 꼭두각시 왕국을 만들고, 신해혁명으로 밀려난 청나라의 마지막 황제 푸이(溥儀)를 황제로 내세웠다.

망명길에 오르고 10여 년 풍찬노숙하며 기다려온 절호의 기회, 그게 눈앞에 다가오고 있었다. 그동안 비협조적이었던 중국 측은 무기와 피복을 지원해주었다. 지석규는 자기 휘하의 무장세력을 한국독립군으로 개칭하고 강렬한 훈련을 시켰다. 그는

마지막 무관생도들

부하들에게 소리쳤다.

"이제는 지나 측 제지를 받지 않고 그들과 연합해 일본과 싸우게 되었다. 일본은 만주를 차지한 것에 만족하지 않고 지나 본토를 공격할 것이다. 그러면 세계대전으로 확대되고 우리가 조국 땅에 상륙작전을 감행할 날이 올 것이다."

3·1만세 이후에 그랬듯이 애국청년들이 그의 부대에 속속 입대했다. 21세가 된 그의 큰아들 달수도 입대했다. 한국독립군은 6개 대대와 포병대, 그리고 여러 개의 전투 지원중대로 확대되었다.

1932년 초, 그는 중국 측의 지린(吉林)자위군과 동맹을 맺어 일본군, 만주군 연합부대와 전투를 벌였다. 결과는 참담한 실패였다. 지린군이 대패하는 바람에 그들로부터 식량과 탄약을 보급받지 못하고 일본군의 비행기 공격을 받아 부대는 뿔뿔이 흩어졌다. 지도자급 동지들과 가족은 살았는지 죽었는지 소식도 들을 수 없었다. 그는 몇 달 동안 풀뿌리와 머루, 다래로 속을 채우고 산야를 헤치고 다녀 부대를 수습했다. 그해 4월 애국청년 윤봉길이 상하이 훙커우(紅口) 공원 행사장에서 폭탄을 던져 일본군 대장을 비롯한 요인들을 폭사시킨 소식도 두 달이 지나서야 들었다.

악전고투하며 부대를 다시 일으킨 그는 그해 9월과 11월 쌍청현(雙城縣)의 카오펑린(考鳳林) 부대와 연합해 일본군 중대를 전멸시키고 괴뢰만주군 병력 수백 명을 포로로 잡았다.

용감히 싸운 부하들에 휴식을 명령한 그는 한 신입대원에게서 고국의 잡지 『삼천리』를 받았다. 어떻게 만주 땅까지 흘러왔는지 발행 2년이 지나 표지가 닳아 떨어진 것이었는데 거기 이응준의 집 탐방기사가 실려 있었다.

　　서백리아에서 불우하게 돌아가신 이갑 선생의 다만 한낱 혈육인 그 따님 정희 씨와 그의 남편 되는 이응준 씨가 현재 서울에 계시단 말을 듣고 1930년 맑게 갠 첫 가을 어느 공일날 용산을 찾았다. 이응준 씨는 옛날 한국 시대에 육군정령(현재의 대좌) 노백린 씨가 교장으로 있던 무관학교를 다니다가 일본 사관학교에 들어가 그곳을 마치고 동경 마포(麻布) 제3연대 사관으로 있다가 서백리아에 영미연합군과 함께 출전을 한 뒤 다시 7, 8년 전에 조선에 돌아나와 용산 군대에 있는 터이다. 현직은 육군대위로 보병 제79연대 중대장으로 있는데 가정에는 이갑 씨 미망인과 그의 부처와 10살에 나는 창선이란 아들과 7살에 나는 따님이 있다.

　　울창한 한강통 수풀 속에 있는 육군관사로 씨를 찾으니 마침 문전에는 연대로부터 심부름 온 듯한 병정 한 명이 직립부동의 자세로 서서 중대장의 명령을 기다리고 있었다. 우리는 조금 뒤에 간결하게 차린 응접실에 마주 앉았는데 그때에 나의 눈에 처음 비치는 씨는 40이 가깝다 하는 것이 거짓말인 듯하게 아직 훨씬 젊어 보였고 풍모도 전장을 말을 타고 휘몰아 달리며 만군을 질타하는 그러한 우락부락한 용장(勇將)이라기보다도 불도(佛道)나 닦고 앉았을 듯한 선배다운 분임에 놀랐다. 조금 있다가 다과를 가지고 들어오는 이갑 씨 따님 정희 씨도 30이라 하나 주름살 한 점 없게 맑게 갠 그 얼굴로 보아서 훨씬 더 젊으신 듯이 보였다.*

"이런 나쁜 자식! 79연대는 제암리 학살을 저지른 부대인데 거기 몸담고 있다니!"

지석규는 분노에 차서 중얼거렸다. 피를 섞어 마시며, 같이 탈출하여 독립전쟁의 전선에 서자고 했던 맹세는 내팽개쳐버리고 현실에 타협하여 사는 친구를 용서할 수 없었다. 존경받는 애국지사였던 장인 이갑 참령을 회고하는 부분은 뻔뻔하기조차 했다. 가시밭길을 걷는 자신과는 비교할 수 없는 편안한 삶을 사는 것에 화가 치밀었다. 지석규는 참모에게 한 개비 달라고 하여 보통 때는 잘 피우지 않는 담배를 피워 물었다. 그리고 담배 연기에 분노와 배신감을 날려버리려 했다.

그는 문득 마지막 무관생도들 일부가 관동군이나 만주국 군대에 나와 있을 것이라는 예상을 했다. 관동군이란 일본이 러일전쟁의 승리로 획득한 랴오둥(遼東)반도 남쪽 관동저우(關東州) 지역과, 일본 소유인 남만주철도 지역을 수비하기 위해 파견한 독립된 군대였다. 게다가 일본은 만주국을 세운 뒤에 실질적으로 지배하기 위해 많은 장교들을 만주국 군정부에 파견하고 있었다.

그는 만주의 일본군 지휘관 중에 조선인 장교가 있는가 파악

* 「아하, 아버지 이갑, 그의 따님 이정희 여사 탐방기」, 『삼천리』 9호(1930년 10월 1일 발행)의 앞부분.

하라고 수하 정보조직에 명령했다. 먼저 들어온 정보는 민간공작을 하고 있는 동기생인 염창섭, 후배인 원용국·윤상필이었다. 염창섭은 일본영사관에 소속되어, 랴오닝성(遼寧省)과 지린성 일대를 순회하며 동포들에게 만주국 건설을 찬성하게 지도하고 취약지구에 집단부락을 만드는 등 친일 행위를 하고 있었다. 원용국은 지린성 판스현(盤石縣)에서 동포들을 회유해 항일무장세력이 발을 못 붙이도록 자위단을 조직하는 공작을 전개하고 있었다. 후배 학년 중 우등생이었던 윤상필은 관동군 참모부 조선반에 속해 있었다. 재만동포들을 만주국과 일본군 쪽으로 끌어당겨 항일세력을 와해시키는 온갖 공작을 기획하는 브레인 역할을 하고 있었다.

전투지휘관인 김석원과 김인욱에 대한 정보도 있었다. 김석원은 지난해(1932) 만주에 파견되어 펑톈, 신징(新京, 오늘의 창춘[長春]) 등지에서 중국 군벌 마잔산(馬占山) 부대와 싸우고 그밖에 항일무장조직을 토벌하는 작전을 펼쳤다고 했다. 김인욱은 랴오둥반도에서 항일무장세력을 타격하는 임무를 수행했고 최근에는 압록강 남쪽 강계(江界) 수비대에 속해 있으면서 국경지역의 항일무장부대를 토벌하고 있었다.

"이놈들이 결국 조국에 해를 끼치는 반역자들이 됐구나. 천벌을 받을 놈들! 역사는 네놈들을 용서하지 않을 것이다."

지석규는 탄식하며 주먹을 부르쥐었다.

## 지석규, 홍사익에게 밀사를 보내다

다음 해인 1933년은 지석규에게 가장 빛나는 승리의 해였다. 중국 구국군(救國軍) 부대와 연합한 그는 이해 초 닝안현(寧安縣) 칭바이호(鏡迫湖) 부근에서 매복을 펴서 적 1개 부대를 전멸시키고, 봄에는 일본군·만주군 연합부대를 협곡으로 유인해 섬멸했다. 그리고 6월에는 지난날 발해국의 수도였던 둥징성(東京城)을 공격해 함락시키고, 다뎬쯔링(大甸子嶺)에서 생애 최대의 대첩을 치렀다.

다뎬쯔링은 북간도 왕칭현(汪淸縣)에 있는 해발 800~900미터의 큰 고개였다. 6킬로미터의 산길이 절벽과 수림 우거진 긴 계곡을 따라 이어져 있었다. 6월 28일 한국독립군 총사령 지석규는 600명의 대원을 이끌고 중국 항일의용군과 연합하여 매복에 들어갔다. 나뭇가지와 풀잎으로 온몸을 위장한 그는 비장한 표정으로 부하 대원들에게 소리쳤다.

"모두 두 눈을 부릅떠라! 적의 대병력이 많은 무기와 물자를 갖고 이동 중이다. 괴뢰만주국 군대가 아니라 일본군 정규군 1,600명, 우리 조국 나남 주둔 19사단에서 출병한 간도파견군이다. 지난날 봉오동과 청산리에서 그대들의 선배들은 독립군보다 몇 배나 되는 일본군을 섬멸했다. 총탄이 날아와도 두려워말라. 우리는 내 한 몸 죽어 조국을 구하기로 맹세한 대한독립군이 아닌가!"

그에게 혹독하게 훈련을 받아온 대원들은 소총을 흔들면서 소리쳤다.

"자신 있습니다!"

"매복작전은 얼음과 같은 냉정과 불같은 열정을 함께 가져야 한다."

그는 손목에 칡넝쿨을 매어 매복작전이 벌어지기 전에 각 공격조 간의 연락하는 신호, 새소리로 보내는 신호, 작전이 벌어진 뒤 나팔 소리로 명령을 전하는 신호와 그에 따른 소부대의 민첩한 이동 등을 쉬지 않고 연습시켰다.

마침내 적은 예상대로 매복선으로 들어왔다. 적의 척후소대가 매복을 감지 못 하고 통과한 순간 그의 권총이 불을 뿜었다.

"공격! 공격이다! 한 놈도 살려두지 말라!"

네 시간 동안 벌어진 전투에서 한국독립군과 중국구국군 연합군은 일본군 1,600명을 섬멸했다. 군수물자를 잔뜩 싣고 이동하던 일본군을 네 시간 만에 거의 궤멸시키고 군수품 200마차, 대포 3문, 박격포 10문, 소총 1천여 정 등 막대한 전리품을 노획했다. 한국독립당 산하 한국독립군의 항일전 사상 최대의 승전이었으며 지석규 개인의 투쟁 중 최대의 승전이었다.

전사한 10여 명의 부하대원들을 땅에 묻으며 그는 거수경례를 했다.

"그대들의 충혼은 조국 광복의 빛이 될 것이오."

다뎬쯔링 전투는 대승이었지만 소득은 적었다. 전투의 중심이 대한독립군이었는데도 중국 구국군 측에서 노획무기를 독차지하려 한 것이었다.

"나라 잃고 남의 땅에서 독립운동을 하니 손해봐도 별수 없지."

그는 참모들을 달랬다. 그리고 다시 벌어질 전투를 위해 부하들에게 중국 구국군으로부터 받은 얼마 안 되는 노획 식량과 노획 무기를 나눠주고 훈련시켰다.

그는 참모로부터 뜻밖의 말을 들었다.

"총사령님, 오상현(우창현)에 있는 댁으로 밀사를 보내야겠습니다."

다음 작전을 위해 일본군에게서 빼앗은 작전지도를 들여다보고 있던 그는 참모에게 눈을 돌렸다.

"갑자기 밀사는 왜?"

"벌써 서너 달 지난 일이지만 고국 신문에 총사령님이 전사했다는 기사가 난 모양입니다. 대전자령(다뎬쯔링) 대첩에서 다른 분이 총사령님의 이름을 쓰며 지휘했다는 소문이 만주에 퍼지고 있습니다. 가족들이 놀라실 것 아닙니까?"

"허허, 참, 나는 장수하겠군. 사형선고를 받고도 살아났고 죽지 않았는데 죽었다 하니 말일세. 오상현으로 가는 연락원이 있으면 내가 무사하다고 내 집에 알리게."

그는 그렇게 말하고 다시 지도에 시선을 집중했다.

그 무렵, 두 달 전 임시정부 쪽으로 보냈던 밀사가 돌아와 임정 김구(金九) 주석의 명령을 구두로 암송했다.

"이청천 총사령, 참으로 장하오. 그리고 고맙소. 그대가 지휘한 대전자령 대첩은 홍범도 장군의 봉오동 대첩, 김좌진 장군의 청산리 대첩에 버금가는 위대한 승리였소. 승전 소식을 듣고 우리 임시정부 요인들은 얼싸안고 울었소. 윤봉길 동지의 의거와 대전자령 대첩으로 인해 우리 임시정부는 중국 국민당 정부의 전폭적인 지원을 받게 되었소. 그리하여 낙양(洛陽, 뤄양)에 중국중앙군관학교 분교를 설립하고 한인특별반을 설치해 200명을 입교시키기로 합의했소. 그대를 총책임자로 지명하니 속히 와서 중책을 맡으시오. 청산리 대첩 이후 그랬던 것처럼 일본군이 대대적인 복수를 할 것이고 독립군은 버티기 힘들 것이오. 그대가 영솔하는 한국독립군 모두가 내려와도 좋소."

거역할 수 없는 명령이었다. 그리고 일본군의 복수를 감당할 수 없고 대규모 무장부대를 지탱하기에 군자금이 부족했다.

지석규는 남쪽으로 가기 원하는 대원들을 두세 명씩 조를 짜서 일본군 경계망을 뚫고 나가게 했다. 그 자신은 농부로 위장해 남만주 지역을 통과하기로 했다. 그때 그 지역의 비밀 첩보 조직을 맡고 있는 신흥무관학교 제자가 뜻밖의 보고를 했다.

"일본군의 홍사익 소좌라는 자가 최근 총사령님 동향을 탐문한 정보가 있습니다. 소좌는 지난 4월 관동군사령부에 배속되어 봉천에 와 있습니다."

지석규는 번쩍 정신이 났다. 좌우를 살핀 뒤 조심스럽게 말했다.

"자네 조직이 홍 소좌에게 밀사를 보낼 수 있는가? 만약 홍 소좌가 귀순해 오면 숨겨서 만주 땅 밖으로 빼낼 수 있는가?"

비밀조직 책임자는 눈이 휘둥그레졌다.

"있습니다. 그 사람은 병영 가운데 있는 게 아니라 만주국 군정부(軍政部)를 자주 드나들어 접근하기도 쉽습니다."

지석규는 비장한 표정을 하고 말했다.

"아무도 모르게 대여섯 명의 비밀공작조를 만들라. 내가 공작을 직접 지휘하겠다."

그의 명령에 따라 긴급히 공작조가 만들어졌다. 그는 위험을 무릅쓰고 펑톈에서 가까운 쑤자툰(蘇家屯)으로 갔다. 그리고 암호가 포함된 메시지를 밀사에게 외우게 했다.


고문관 홍사익 소좌의 임무는 장교 교육이었다. 만주군이 기강이 없는 잡군(雜軍)이어서 아무리 가르쳐도 향상되지 않아 일상이 따분했다. 관동군사령부에는 일본군의 수재들이 모여 있고 업무에 긴장감도 있으나 파견직인 고문관은 노력에 비해 표가 안 나는 터라 인기가 없었다.

1924년 말 육군대학을 나와 도쿄 제1연대에서 다시 중대장을 맡았던 그는 1925년 일본군의 핵심인 참모본부로 옮겨가 내국전사과(內國戰史課)에서 전사와 전술을 연구했다. 다음 해 6월 융희황제(순종)가 서거했을 때는 영친왕 이은 공의 요청으로 귀국길에 동행했다. 1930년에는 소좌로 진급하고 도쿄의 보병 3연대 3대대장을 맡았다. 이 무렵, 동기생인 안병범이 이왕가부(李王家附) 무관이 되어 전속되어 왔다. 영친왕 이은의 아들 이건(李鍵)이 육사 42기로 입학해 졸업을 앞두고 있었으며, 의친왕 이강의 아들 이우(李鍝)도 육사 45기로 막 입학해 있었다. 영친왕과 젊은 왕자들을 보필하는 것이 안병범의 임무였다.

홍사익은 자주 영친왕을 방문했고 저절로 동기생 안병범과 만나게 되었다. 시베리아에 출병했다 돌아온 안병범은 도인이 된 듯했다.

"적어도 네 번은 총탄이 내 몸 곁을 아슬아슬하게 비껴갔어. 우리 동포 유격대와 전투하지 않은 게 다행이지."

안병범이 사케 잔을 홀짝거리며 말했다.

"그래. 이응준은 파병 가서 동포 지도자들 정보 파악하는 보직을 받고 고민하다가 위가 망가져 돌아왔어."

홍사익이 말했다.

안병범이 길게 한숨을 쉬었다.

"이응준이 김광서 선배와 지석규를 따라 탈출하지 않은 건 서백리아와 연해주에서 일본의 힘이 얼마나 큰가 실감한 때문이었을 거야. 사실 내가 그랬거든."

이응준처럼 맹세를 어기고 탈출하지 못한 자괴감에 홍사익은 들고 있던 사케 잔을 한 번에 입속에 털어 넣었다.

홍사익의 직속상관인 3연대장은 야마시타 도모유키* 대좌였

* 야마시타 도모유키(山下奉文, 1885~1946) : 사가현(佐賀縣) 출생. 육사와 육군대학 졸업 후 스위스와 독일에 유학하고 오스트리아와 헝가리 대사관 무관을 지냈다. 1930년 3연대장을 지내고 1934년 소장, 1937년 중장, 1943년 대장으로 승진하고 제14방면군사령관이 되어 태평양전쟁을 지휘했다. 패전 후 전범재판에서

마지막 무관생도들

다. 그는 조선군사령관을 지낸 우쓰노미야 대장과 같은 유명한 사가번(佐賀藩) 출신으로 대범한 풍모를 갖고 있었다. 그는 홍사익의 실력을 인정하고 신뢰했고, 홍사익은 야마시타에게서 자신이 갖지 못한 과감한 결단을 배우려 했다.

그러나 야마시타와의 인연은 길지 못했다. 다음 해 홍사익은 전속 명령을 받아 지바현에 있는 육군보병학교 교관으로 가야 했다. 야마시타는 몹시 아쉬워하며 그의 손을 잡고 말했다.

"실력이 출중해서 뽑혀가니 아쉽지만 할 수 없지. 언제고 너를 다시 내 곁에 두고 싶다."

교관 생활은 평온했으며 공부하기에 좋았다. 홍사익은 동양 철학과 서양사 등 인문학 공부에 빠져들었다. 그러나 그런 시간은 길지 못했다. 그를 탐낸 또 다른 옛 상관 오카무라 야스지 대좌의 노력으로 1933년 4월에 만주 신징에 있는 관동군사령부로 전속 명령을 받았던 것이다.

오카무라는 제1연대에서 중대장을 할 때 대대장이었는데 이 무렵 신징 주재 일본공사관의 무관으로 있었다. 전입인사를 하자 대좌가 말했다.

"우수한 장교들은 관동군에 와 있어. 그래서 불러왔는데 지금 신징의 사령부는 빈자리가 없네. 우선 펑톈에 가 있어."

그런 경위로 만주국 군정부의 고문관이 된 것이었다.

전속되고 두 달쯤 지났을 때, 만주 땅 전체가 들썩들썩하는

---

사형선고를 받고 마닐라에서 홍사익에 앞서 처형되었다(福川秀樹, 앞의 자료).

큰 일이 일어났다. 일본군 대대병력과 치중부대가 다덴쯔링에서 지석규가 이끄는 한국독립군과 중국구국군 매복에 걸려 대패한 것이었다. 관동군사령부에서 온 기밀문서를 보고 그는 전투 상황을 파악했다.

"지석규, 네가 크게 한 번 이겼구나. 너는 일본군의 전술을 환하게 아니까 퇴로까지 예상해 2차 매복선을 깐 거지. 나하고 붙게 된다면 나는 어떻게 해야 할까."

그는 지석규가 앞에 있는 듯 중얼거렸다.

지석규에게 박살난 부대는 그가 속한 관동군이 아니라 조선군사령부 소속 군대였다. 언제고 자신이 관동군 토벌대를 이끌고 나설 수도 있는 일이었다.

그로부터 며칠 뒤 그는 만주군 직속 펑톈군관학교에 갔다. 조선인 생도들이 여럿 있었다. 그들을 모아놓고 훈시를 했다.

"조선 출신 여러분!" 하고 그는 모국어로 인사한 다음 일본말로 이었다. "그대들을 충심으로 환영한다. 학교에서 배울 수 있는 건 하나 빠짐없이 다 배워라. 이것저것 가리지 말고, 누에가 뽕잎을 갉아먹듯이 모든 것을 모조리 먹어치워라. 언젠가는 실력 발휘할 때가 반드시 올 것이다."*

---

* 정일권, 『정일권 회고록』 고려서적, 1996, 81쪽. 그때 훈시를 들은 생도는 김응조, 김백일, 김석범, 김일환, 송석하, 신현준, 정일권, 양국진 등이었고 만주군 장교로 임관했다. 만주군의 조선인 장교들 일부는 조선인 항일부대를 소탕하는 임무를 수행했다. 그리고 일본군 복무 장교들과 더불어 광복 후 국군 창설에 참여하고 그 중심세력이 되었다.

그는 도쿄유년학교 시절 아오야마 묘지에서의 맹세를 생각하며 그렇게 말했다. 고맙게도 만주군 군관학교 생도들은 다덴쯔링 전투에 대해 묻지 않았다. 그래서 그는 그렇게 말하는 것으로 격려인사를 대신했다.

홍사익은 토요일에 펑톈의 라마교 사원 파룬사(法輪寺)를 구경하러 갔다. 골동품상 앞에서 서툰 지나어로 값을 묻고 있는데 중년사내가 웃으며 다가와 일본어로 통역을 해주었다. 주변 관객들이 어느 순간 딴 곳으로 가서 조용해졌다. 그때 통역해준 중년 사내가 음성을 죽여 빠르게 조선말로 말했다.

"홍사익 소좌님, 저는 한국독립군 총사령 이청천 장군의 밀사입니다. 총사령님의 암호가 포함된 전언(傳言)을 외우겠습니다."

홍사익은 깜짝 놀라 어깨를 폈다. 밀사는 또박또박 말하기 시작했다.

"'함께 무명지 피를 흘려 맹세한 요코하마 용천각이 생각나네. 친구여, 이제 조국의 품으로 오시게. 조국은 그 어느 때보다도 자네를 필요로 하네. 망명할 뜻이 있으면 이 임무를 갖고 가는 사람의 말을 따르시게.'"

깊이 생각하고 판단할 시간이 없었다. 홍사익은 응답 메시지를 말했다.

"'요코하마에서 쌍두마차를 탔지. 미안하네. 갈 수 없네. 나의 무신함과 용렬함을 꾸짖어주게.' 그대로 전해주시오."

그렇게 말하고 그는 천천히 걸어 그곳을 벗어났다. 밀사의 전언을 듣고 답을 하기까지 2, 3분 안에 벌어진 일이었다.

그는 산문(山門) 쪽으로 걸었다. 그는 보름 전 자신이, 만주 조선인들의 독립운동에 대해 잘 안다고 하는 만주인에게 이청천에 대해 물었던 일이 기억났다. 지석규가 생각보다는 치밀한 정보망과 조직을 갖고 있다는 생각이 들었다.

그는 자신에게 물었다. 이봐, 홍사익. 너는 지금이라도 탈출해 지석규처럼 독립운동을 할 생각이 있는 거냐? 나는 그럴 수 없어. 조선인 절반이 죽어도 일본을 이길 수는 없어. 독립은 그렇게 싸운다고 얻어지는 게 아냐. 그는 그렇게 중얼거리며 걸었다. 그런데도 미안한 마음을 갖는 것은 요코하마의 맹세 때문이고 그것은 자신의 몸에 걸린 굴레라고 생각했다.

문득 생각나는 것이 있어 수첩을 꺼냈다. 요코하마에서 피를 섞은 술잔을 싸서 들어 올렸던 패망한 조국 황제의 '군인칙유' 였다. 이응준은 어떨지 모르지만 자신에게 밀사를 보낸 지석규는 품고 있을 것이었다.

'미안하네, 지석규. 내가 비록 탈출은 못 하지만 맹세는 잊지 않고 있네.'

그는 아마도 가까운 곳에 와 있을 옛 친구 지석규에게 중얼거렸다.


홍사익의 망명을 기대하며 밤잠까지 설쳤던 지석규는 맥이 탁 풀렸다. '기대를 걸었던 내가 잘못이지.' 그는 그렇게 생각하며 남쪽으로 발길을 돌렸다.

그는 베이징을 거쳐 난징(南京)으로 갔다. 그리고 다음 해인 1934년 2월 중국중앙군관학교 뤄양분교 한인특별반에 동포 청년들을 입교시켰다. 김구 주석이 고문, 그가 총책임자, 이범석이 학생대장, 신흥무관학교를 거쳐 중국 바우딩(保定)군관학교를 졸업한 송호(宋虎)가 편련(編練)처장, 시베리아 이르쿠츠크에서 같이 옥에 갇혔던 오광선이 학생반장을 맡았다. 생도들 중에는 지석규의 아들 달수도 들어 있었다.

신흥무관학교에서 같이 교관을 했던 이범석은 자유시 사변이 나던 1920년 이만에서 헤어져 오랜만에 만나는 것이었다. 이범석이 어디선가 고량주 한 병을 얻어온지라 둘을 그것을 마시며 회포를 풀었다.

스물한 살 새파란 나이에 챵산리의 바이윈핑에서 일본군 대대를 매복지로 유인해 전멸시키고 민족의 젊은 영웅이 됐던 이범석은 30대 후반에 이르러 노숙한 티가 났다. 지난 14년 동안 러시아 적군 지휘관, 만주 군벌 군대의 참모, 시베리아 유형(流刑), 동서 유럽과 이집트 여행 등 온갖 일을 겪은 뒤 김구 주석의 부름을 받고 온 것이었다.

"형님, 인생이란 게 풍파와 같습니다."

"그런 것 같네."

두 사람은 술잔을 기울였다.

## 이종혁의 슬픈 최후

그 무렵, 전 참의부 군사위원장 이종혁은 5년 징역을 끝내고 만기 출옥해 있었다.* 몸이 망가져 제대로 걷지도 못하고 들것에 실려 형무소 문을 나왔다. 늑막염에 걸려 있었으나 돈이 없어 약 한 첩 쓰기 어려운 형편이었다.

1929년 만주 펑톈에서 체포 압송된 그는 7년 징역을 구형받고 5년을 언도받았다. 고등법원에 상고했으나 기각되었다. 구형보다 2년이 감축된 것은 아이러니하게도 그가 총살한 동포 독립투사의 몸에서 나온 기밀정보대로 공격을 감행해 항일무장 세력을 제압한 결과로 받은 무공훈장 때문이었다.**

징역형 선고를 받은 5년은 일본군 장교로 보낸 기간과 같았다. 그는 자신의 복역이 그만한 기간 일본군 장교 노릇을 한 것에 대한 하늘의 벌이라고 생각했다. 그래서 그의 복역 태도는 고행 수도자와도 같았다. 그의 과거를 아는 간수들은 외경과 존경으로 바라보았으나 그는 그것을 부끄럽게 여겼다.

2년을 복역했을 때 교회사(教誨師)가 말했다. 형무소 간부들 사이에 특사를 상신하자는 호의적인 의견이 나오고 있다며 잘못을 인정한다면 가능할 것이라고 했다. 여러 차례 권유가 이어

---

\* 『동아일보』, 1934년 4월 8일자.

\*\* 昭和 4年(1929) 10月 24日, 「朝鮮總督府 高等法院 刑事判決」 昭和4年形上第72號, 국가기록원. 경성복심법원의 선고에 대한 피고의 상고를 기각한 이 판결문에는 이종혁이 정7위 훈6등(正七位勳六等) 훈장을 받았다는 기록이 있다.

졌다.

"잘못했다고 그거 한마디만 하면 될 거 아닙니까?"

교회사의 말에 그는 고개를 저었다.

"나 자신을 속일 수 없습니다."

유봉영***은 만주에서 독립운동을 하던 시절 그를 따랐으며 때로는 군사 관계 비밀서류를 조선 땅에서 만주까지 보내준 후배였다. 그가 투옥된 뒤 줄곧 옥바라지를 했고, 출옥하여 평양 간동(諫洞)의 금송여관에 웅크리고 있는 그를 찾아가 경성 소격동 자기 집으로 데려갔다.

어느 날, 이종혁이 말했다.

"한 가지 부탁이 있소이다. 김석원을 알지요?"

"만주에서 무섭게 항일부대를 타격한 일본군 장교 김석원 말입니까?" 유봉영이 물었다.

"네, 그 사람한테 내가 감옥에서 나와 이렇게 앓고 있다고 알려주시오."

유봉영은 난처한 일이라 대꾸하지 못했다. 이종혁은 가쁜 숨을 쉬면서 말했다.

"김석원은 생도 시절 나하고 우정이 두터웠던 사람이오."

***　유봉영(劉鳳榮, 1897~1985): 평북 철산 출신. 고향의 3·1만세시위를 주도하고 상하이로 망명, 임정에서 일했다. 만주에서도 투쟁했으며 조선상고사 관련 자료를 수집했다. 1936년 조선일보 기자가 되고 광복 후 주필을 지냈고 백산학회장, 8대 국회의원을 지냈다(민족문화대백과 웹사이트). 이종혁이 복역 중에 그에게 보낸 서신들이 남아 있다(구본진, 『필적은 말한다』 중앙북스, 2009, 215~218쪽에 수록).

유봉영은 김석원을 찾아갔다. 김석원은 그때 이야기를 회고록에 기술했다.

내가 당장이라도 가서 이종혁을 만나봐야겠다고 했더니 유봉영은 동행하는 거야 어렵지 않지만 혹시 관헌에서 눈치채면 나한테 화가 미칠지도 모르니 그럴 필요까지 없다는 것이었고 만류하는 것이었다.

그러나 나는 그런 것을 걱정할 필요는 없다고 유봉영을 설득하고 결국엔 그를 따라가 참 오래간만에 이종혁을 만났다. 생각하면 한국무관학교 시절부터 일본 육사까지 만 8년 동안이나 한솥밥을 먹으며 책상을 나란히 하고 공부를 같이한 이종혁과 나 사이가 아니던가. 하지만 한쪽은 우리나라의 해방을 위해 독립투쟁을 하는 독립군 장교요, 또 한쪽은 독립을 가로막는 일본군의 장교였다. 묘한 사이였다. 따져보면 극과 극의 사이랄까. 하여튼 나는 이종혁과의 오랜 해후에서 감당하기 어려운 착잡한 감회를 맛보았다.

우선 이종혁을 볼 면목이 없었다. 심한 늑막염으로 병색이 말이 아닌 이종혁이었지만 도리어 그가 당당한 인간처럼 보였고 나 자신은 초라하기 짝이 없는 존재로 보였다.

"이 군, 참 자네를 볼 면목이 없네그려."

이것은 나의 진심에서 우러나온 말이었다.

"원 별 말을 다하는군. 이렇게 송장이 다 된 나를 찾아주니 참 고맙네." …(중략)…

몇 마디 말을 주고받은 후 유봉영의 집을 나온 그 길로 평소 나와 가깝게 지내던 서울 장안의 몇몇 유지들을 찾아다니며

마지막 무관생도들

이종혁의 치료비로 약 500원을 만들어서 갖다주었다.*

　그 후 일본 경찰은 이종혁을 보호하는 김석원을 찾아가 괴롭히고 귀찮게 했다. 김석원은 이종혁을 전동여관으로 옮겨 치료에 전념하게 했고 그 일로 연대장으로부터 경고를 받았다.**

　김석원의 보호를 떠난 이종혁을 조선소년군 총사령장이자 동아일보사 발송부장을 하던 조철호 선배가 떠맡았다. 오산학교의 3·1만세운동을 지도했고, 군사기밀을 갖고 만주로 탈출했다가 군법회의에서 간신히 총살형을 면했으며, 6·10만세 사건으로 구속됐던 전력이 있는지라 조철호도 행동이 자유롭지 못했다.

　조철호는 이름이 밝혀지지 않은 한 애국인사에게 부탁했다. 이종혁은 평북 선천으로 옮겨가 요양에 들어갔고 1935년 12월 14일 사망해서 그곳에 묻혔다. 조철호와 김석원은 마지막 무관생도들에게 그 소식을 알렸고 모은 돈을 이장 경비로 보냈다.***

　이 무렵 마지막 무관생도들은 태반이 국내에 들어와 있었다.

---

\*　　김석원, 앞의 책, 176~177쪽. 유봉영의 구술을 듣고 쓴 선우휘의 단편소설 「마덕창 대인」에는 김석원이 1차 문병 때 동창생 17명으로부터 5원, 10원씩 모은 약값을 주고 돌아갔으며 윤치호와 박영효가 각각 50원의 돈을 인편으로 보내왔다고 표현되어 있다.

\*\*　김석원, 앞의 책, 179~181쪽.

\*\*\*　『조선중앙일보』 1936년 4월 11일자. 이종혁의 유족이 가난하여 친구들의 도움으로 고향 충청도로 이장을 준비하는 중이라고 보도했다. 정황상 친구들이란 김석원과 마지막 무관생도들로 보인다.

열네 명이 퇴역해 교원, 은행원 등으로 일했는데 대부분 일본 통치에 순응하고 협조하며 살고 있었다. 조철호는 예외였다. 온갖 핍박을 당하면서도 조선소년군을 이끌면서 고집스럽게 민족혼 교육을 했다. 나머지는 현역이었고 그중 10명이 경성의 용산, 대구, 평양, 나남, 함흥 등지의 국내 주둔부대에 몸담고 있었다. 그들은 철두철미한 일본 군인이 되어 있었다.

친일 성향의 잡지 『삼천리』가 그들을 자랑스럽게 소개하는 기사를 실었다. 그들의 대표 격인 이응준과 홍사익에 대해 태반의 지면을 할애했다.

### 용산 20사단

용산에 있는 20사단 관하에 79연대 대대장으로 이응준이란 보병소좌가 있다. 씨는 대정 3년 동경 육군사관학교를 마친 제26기생 중 수재의 일인이다. 고향은 평안도 숙천인데 소년 때 서울 올라와서 보성학교 제1기생으로 있다가 이갑 씨 반연(絆緣)으로 무관학교를 1년 동안 다녔다. 군대 해산 후 동경육군유년학교로 전학하고 다시 사관학교에 입학, 우수한 성적으로 졸업한 뒤 사관에 임명되어 얼마 동안 동경 마포 제3연대 사관으로 있다가 때마침 대정(大井) 대장을 총사령관으로 한 서백리아 출병이 있어 1921년에 눈 날리는 아령(俄領)으로 출전하였다. 그때 종6위 훈5등의 훈공을 탔다.

서백리아로부터 돌아나온 이응준 씨는 용산 군대에 피임되어 대위로 보병 제79연대 중대장으로 있다가 작년 소좌로 승진, 금년 8월에 일약 대대장이 되어 천여 명을 영솔하는 지위에 섰다. 나이는 금년에 마흔둘이라든가 셋이라든가. 씨를 기(記)할 때 빼어놓을 수 없는 사실은 씨는 전 육군대신 부관이며 일본사관학교 출신이자 서북학회의 거두이던 고 이갑 씨의 사위인 것이다. 이갑 씨 때문에 보성학교 다니던 걸음을 그만두고 한국무관학교로 전교하였고 그 뒤 동경으로 들어간 것이다. 그래서 서백리아 출전 당시 일부러 「니코리스크」시에 내리어 백인묘지에 길이 잠들어 있는 이갑 씨 묘에 참배하고 돌아나와서 그 따님 이정희 씨와 결혼하여 평화한 가정을 이루고 있다.

지금도 아침마다 용산 삼각정 부근에 서면 작은 언덕에 있는 제79연대 관사로부터 매일 아침 금빛 안장을 한 백마에 위풍당당하게 걸어나오는 이 대대장을 만날 수 있다. 이럭저럭 생각하면 씨가 소위에서부터 소좌에 이르기까지 약 15, 6년 가까운 세월이 걸리었다. 군율 엄한 군대 내의 일이라 특별한 전공 등에 의하지 않으면 소위부터 소좌에 가기까지 20년 걸리는 것이 보통이다. 이응준 씨는 이 예(例)에 비추어보면 성적이 매우 우수한 편이라고 할 것이다.


## 최고급인 홍 중좌

이응준 씨보다 계급이 높은 한 분이 있다. 홍사익 씨로 보병 중좌요 동경 있는 육군대학 출신이다. 사관학교의 입학경쟁도 대단히 심하지만 육군대학에 들어가기도 여간한 수재 아니고는 어렵다. 그런데 홍사익 씨는 사관학교를 무난히 파스되어 졸업할 때에는 좋은 성적을 가졌었다. 처음은 제20사단 사령부에 있다가 만주사변 후 실제로 전장을 치구(馳驅)하였다가 지금은 관동군사령부가 되어 신경(新京)에 있다.

만주전역(滿洲戰役)의 공으로 씨는 종6위 훈5등의 훈장이 있고 그에 따라서 연금도 있다. 지금 현역에 있는 조선인 사관은 모두 10여 명에 달하지마는 다수는 대위와 소좌의 급이요 중좌의 급으로는 씨가 유일하다. 사관학교는 대정 3년의 제26기 즉 이응준 소좌와 동기라는 말이 있다.


이 잡지는 그 밖에 현역 장교들은 간략히 소개했다. 이응준과 같은 용산 제79연대의 유승렬 소좌, 대구 80연대의 박승훈 소좌와 남우현(南宇鉉, '태현'에서 개명) 소좌, 용산 20사단 관하 기병 제28연대의 윤상필 대위를 소개했다. 윤상필의 이름은 상당히 세간에 알려졌는데, 만주사변에 출정했다 돌아와 서울공회당에서 만주사변 연설회를 가끔 개최했고, 또 실업계·언론계·학계 등 각 방면의 조선인 유지들을 조선호텔에 모아놓고 만주사변 관련 강연회를 할 때도 연설한 때문이라고 했다. 같은 20사단 산하 평양 주둔 보병 제39여단 제7연대의 백홍석 소좌, 보병 78연대의 김석원 소좌도 소개했다. 함북 나남에 있는 제19사단 제74연대의 경성 출신 신태영은 대구중학교에 배속장교로 곧 이동할 것이며, 나남 주둔 72연대의 경성 출신 안병범 소좌는 이왕부 무관으로 근무한 바 있고, 국경인 함북 회령에 제75연대에 경성 출신 정훈 대위가 근무하고 있다고 설명했다.

그들 외에 퇴역자들은 대부분 체조(체육) 교원이 되어 있었다. 조용히 민족혼 교육을 하는 사람들도 더러 있었으나 일본

편이 되어 철저히 학생들의 민족정기를 짓밟는 자들이 더 많았다. 대표적인 것이 평양 광성고보의 이희겸이었다. 그는 1928년 동맹휴학 중인 학생들을 군도로 구타하며 윽박질렀다.* 학생들을 군대훈련처럼 혹독하게 몰아갔으며, 자신이 유년학교 시절 성적불량으로 유급당한 전력이 있음에도 일본 육사 생도들은 성적이 탁월한 수재들이었다고 걸핏하면 자랑했다.**

일본 육사를 나온 교원은 인기가 높아서 중앙고보 교원 박창하와 경신고보 교원 장석륜은 가정 탐방과 아내 인터뷰 기사까지 잡지에 실렸다.*** 마지막 무관생도들 중 가장 나이가 어린 미소년이었던 박창하는 배재고보 교사 시절부터 인기가 높았다. 그가 학교장과 의견 충돌을 하여 배재에서 사직했을 때 학생 수백 명이 동맹휴학을 일으키기도 했다. 그는 제4대 조선체육회 회장을 지내는 등 체육계의 명사가 되어 있었다. 스웨덴 체조를 보급했으며 이즈음 중앙고보에서 체조 외에 댄스도 가르쳐 '댄스 선생'으로 불렸다.**** 장석륜은 여교사와 결혼했고 학감 자리

---

\*   『동아일보』 1928년 4월 12일자.

\*\*  당시 광성고보에 재학했던 소설가 김이석은 그때 일을 수필 「교련과 나」에 이희겸의 실명을 피해 이희근(李禧根)이라는 이름으로 썼다(『신세계』 1964년 3월호. 『김이석 소설선집』, 2012, 현대문학사, 재수록).

\*\*\*  「각 학교 체조선생 부인 탐방기」, 『별건곤』 16·17호, 1928년 12월 1일.

\*\*\*\* 박창하는 1924년 제4대 조선체조회장을 지냈다. 배재의 동맹휴학은 『동아일보』 1925년 3월 12, 13일자에 실려 있다. 그는 「신흥(新興) 정말(丁抹)과 닐스뿍 체조법」이라는 글로 스웨덴 체조를 소개했다(『동광』 1932년 1월, 85~89쪽). 체조, 축구, 야구, 육상, 씨름 등 체육의 거의 모든 분야에서 활동하고 연희전문 교수로 재직했다.

에 올랐다. 아내가 화신백화점에 제과점을 열어 넉넉하고 단란한 삶을 살고 있었다.

이 무렵 일본의 경제적 수탈은 극심해져 미곡 생산량의 절반 이상을 착취당하는 등 조선반도는 껍데기만 남는 지경이 되어가고 있었다. 그러나 그들의 삶은 단란했다. 그들은 지석규와 이종혁처럼 독립투쟁에 한 몸을 바치는 거룩한 정신을 깨끗이 잊고 있었다.

## 사단장을 폭행한 박승훈을 만주군으로 보내다

1934년 늦은 봄, 홍사익은 지석규의 밀사를 만나고 나서 토요일을 잡아 펑톈을 떠나 신징으로 갔다. 최근 장군으로 승진해 관동군사령무로 복귀한 오카무라 소장과, 동기생 엔도 사부로 소좌, 야나기타 겐조 소좌를 만났다. 홍사익을 일본군의 최고 장교라고 믿어주는 옛 상관, 한번 믿으면 죽을 때까지 신의를 지키는 유년학교와 육사의 동기생들이었다. 그를 관동군으로 끌어온 사람들이었다.

그는 오카무라 소장과 동기생들이 만든 저녁식사 자리에서 관동군사령부로 오고 싶음을 내비쳤다.

"정말 따분한 모양이군. 자리를 알아볼 테니 기다리게."

오카무라 장군이 말했다.

다음 날 일요일 점심은 후배 윤상필 소좌와 함께 들었다. 윤상필은 관동군 참모부 제3과 소속으로 조선인 문제 담당관으로 있었다. 현역 군인 신분으로 만주국협화회의 본부이사가 되었는데 이사들 중 유일한 조선인이었다. 마지막 무관생도 하급반 중 가장 성적이 좋았던 그는 관동군에서 명성이 자자했다.

"최근 자네가 쓴 논문에 만주 조선인 정책의 방향을 제시하는 탁견이 들어 있다 하더군. 제목이 뭔가?"

홍사익의 말에 윤상필은 별것 아니라는 뜻으로 머리를 가로저었다.

"조센민조쿠노 쇼라이(朝鮮民族の將来, 조선민족의 장래)* 예요."

윤상필 소좌는 병자호란 때 볼모로 끌려와서 돌아가신 조상님의 석비를 자신이 확인한 이야기를 했다. 조상님이란 삼학사 중 하나인 윤집(尹集)이었다.

"집(集) 자 할아버님은 척화파의 거두라 청나라로 끌려오셨지요. 절개를 꺾지 않아 순국하셨어요. 돌아가신 곳이 옛 심양성(瀋陽城) 서문 밖이라 했는데 지금 치요다(千代田) 공원 자리인가 봐요. 작년 한 동포 유지가 '삼한산두(三韓山斗)'라고 새겨진 석비를 발견했다 하여 달려가보니 청태종이 할아버님을 포함한 삼학사를 처형하고 나서 충절이 가상하다 하고 세워준 비석이었어요."**

---

\*     이 자료는 일본 국립공문서관에 있다(關東軍司令部 密受第636號, 陸軍省「密大日記」, 昭和8年).

\*\*    병자호란 삼학사 석비 발굴과 윤상필의 확인은 『매일신보』 1933년 5월 12일자에 실려 있다.

"그거 참 큰 인연이군. 마치 조상님이 불러서 자네가 만주에 온 것 같군. 윤집 조상님 넋이 기뻐하시겠어. 아무튼 축하하네."

홍사익은 축하의 잔을 건넸다. 윤상필은 술잔을 받으며 표정이 시무룩했다.

"그게 아니에요. 집 자 조상님이 산신령처럼 꿈에 나타나서 '네 이놈, 여기서 뭘 하고 있느냐'고 호통치셨어요. 당신은 나라의 충신으로 절개를 지키고 죽었는데 나는 일본에 절개를 팔았다고 그러시는 것 같았어요."

"꿈은 자격지심을 드러내는 거라고 하네. 어쨌든 자넨 지금 300년 전 우리를 지배한 만주인들을 지배하고 있잖은가?"

"꿈보다 해몽이 좋군요. 고맙습니다. 또 하나 문제는 발굴 현장에 중학 4학년짜리 둘째 아들을 데려갔는데 감명받았는지 대학에 가서 고고학 공부를 하겠다는 거예요."

"고고학, 인류학, 좋은 학문이지."

"권력도 없고 배가 고픈 직업이지요. 큰놈이 농학 공부를 하니까 그놈은 법과대학에 넣을 겁니다. 법관을 시켜야지요."

윤상필은 그렇게 말하고 화제를 돌렸다.

"그러나저러나 선배님이 활력을 찾으려면 사령부로 오셔야지요. 오카무라 장군과 동기생 분들이 힘쓰면 잘될 겁니다."

"그랬으면 좋겠네."

그는 윤상필에게 말했다.

홍사익은 지석규의 밀사가 접근한 일을 후배에게 말하지 않았다. 말해봤자 좋을 게 하나도 없는 일이기 때문이었다.

그해 8월 중좌로 진급한 홍사익은 12월에 결국 신징의 관동군사령부로 전속되었다. 직책은 만주의 조선인 관계 업무였다. 이 무렵 관동군사령부는 조선총독부와 손을 잡고 조선의 농부들을 만주 땅으로 대거 이주시키기 시작했는데 그 업무를 장악할 고급 참모가 필요했던 것이다.

홍사익은 일에 매달렸다. 만주에 사는 동포들의 삶은 참혹했다. 고국에서 소작농을 하다가 굶주림을 참지 못해 압록강, 두만강을 건너 만주 땅에 발을 들여놓은 뒤 척박한 황무지를 개척했으면서도 군벌과 지주에게 착취당하며 노예나 다름없는 생활을 했다. 그는 동포들을 가혹한 소작료로부터 해방시키고, 새로 이주한 농민들은 집단부락을 만들어 살게 했다.

지석규 등 망명자들이 이끌던 만주의 독립투쟁은 그들이 중국 관내로 이동한 뒤 잠잠해졌다. 대신 그 자리를 공산주의자들의 투쟁이 채워가고 있었다. 조선인 공산주의자들은 중국공산당 만주성위원회 지원을 받아 관동군과 만주군을 상대로 유격전을 벌이고 있었다. 곧 동북인민혁명군이라는 깃발을 달 조짐을 보이고 있었다. 홍사익의 임무 중에 그들 공산주의 무장세력의 확대를 방지하는 것도 들어 있었다. 그는 관동군사령부를 대표하여, 동포들이 공산당 조직에 끌려들지 않게, 생활 향상과 집단부락의 안정화를 위해 밤낮을 쉬지 않고 뛰었다.

1935년 초, 윤상필 소좌가 퇴역해 만주국 정부의 고위관리가 되었다. 조선인의 이주 정착과 개척사업을 담당했다. 홍사익은 윤상필과 정보를 나누면서 임무를 수행했다.

어느 날, 대구에서 80연대 부연대장을 하고 있던 동기생 박승훈 중좌가 편지를 보내왔다. 생도 시절부터 성격이 대담했고 임관 후 술에 취했다 하면 〈독립가〉를 불러서 경고를 받았는데 이번에 더 큰 사고를 친 것이었다. 사단장이 회식 자리에서 조선인을 모욕하는 발언을 하자 턱을 주먹으로 때렸다고 했다. 편지를 읽은 홍사익은 조용히 찾아오라는 답장을 보냈다.

박승훈은 답장을 보내고 보름 지나 도착했다. 홍사익은 그를 숙소로 데려갔다.

"이 사람아, 아무리 조선인을 모욕했다고 사단장 턱을 때리면 어떡하나."

박승훈은 자신도 한심하다는 듯 제 턱을 주먹으로 쥐어박았다.

"참아야 하는데 참지 못했어. 사단장 그 망할 놈이 조센진은 열등 민족이라 300년은 일본의 통치를 받아야 한다고 말하는 거야. 그래서 술상 위로 몸을 날려 턱을 갈겼지."[*]

"하극상은 큰 죄인데 현장에서 체포되진 않았군."

"부사단장, 연대장 모두 어이없는지 눈만 껌벅거리더군. 사단장도 조선인 부하에게 맞았으니 창피해서 말도 못 하고 속만 부글부글했지. 그래서 나는 퇴역 신청서 내고 말았지."

당번병이 저녁상을 차렸으므로 홍사익은 승훈에게 고량주를

---

[*]　박찬웅, 같은 자료. 구술 내용 중 박승훈이 폭행한 사단장이 이타가키 세이시로(板垣征四郎)라는 기록은 신뢰하기 어렵다. 당시(1935～1936) 조선군 20사단장은 미야케 미쓰하루(三宅光治) 중장이었다.

권했다. 승훈은 술잔을 들어 단숨에 마셨다.

"이참에 독립운동 전선으로 갈 수 있는데 가지 못했어."

박승훈은 그렇게 말하고 가슴이 벅찬지 숨을 몰아쉬었다.

"퇴역 신청서 쓰는 순간 조국이 나를 부르는 거라고 생각했어. 자네한테 편지 보내기 전 국내에 있는 독립운동 비밀조직과 접촉해서 지석규가 있는 곳을 알아냈지. 가고 싶다고 연락했어. 얼른 오라고 답장이 왔어. 인삼장수로 변장해서 인천에서 상하이로 가는 배표를 샀지. 하지만 헌병대가 낌새를 차리고 나를 감시하고 있었어. 인천 헌병대에 하루 갇혀 있었지. 헌병대장이 내 직속상관이던 연대장의 말을 전하더군. 군법회의에 넘어가기 싫으면 숨도 크게 쉬지 말고 살라고. 내 아들을 그냥 안 두겠다는 말도 했어. 아들은 대구중학 졸업반이야. 옛날 자네처럼 한 번도 전교 일등을 놓친 적이 없지. 학교에서 개교 이래 처음으로 동경제국대학에 지원시킬 거라고 했어. 사단장이 설마 그 애를 퇴학시키거나 사고로 위장해 죽이진 않겠지만 제국대학은 못 가게 막겠지."

"자네 아들은 네 살 때 일본어 책을 척척 읽은 수재 아닌가. 결국 아들 앞날 때문에 자네가 독립투사의 길을 가지 못했군."

홍사익의 말에 박승훈은 한숨을 쉬며 고개를 끄덕였다.

"그래, 자식이 뭔지⋯⋯. 하지만 그건 핑계일지도 몰라. 나는 한심한 놈이야. 우리 후배 이종혁이처럼 비참해지는 게 두려워서일지도 몰라."

홍사익은 며칠 뒤 만주군 쪽에 자리를 마련해주었다. 북만주

먼 곳 무단장(牧丹江)에 있는 군사 관련 보직이었다. 일본의 괴뢰국인 만주국 군대에는 기간(基幹)이 될 고급 장교들이 없어 통역을 붙여서라도 일본군 퇴역자들을 끌어다 쓰고 있었다.

박승훈은 임지로 떠나면서 말했다.

"미안하고 고마우이. 앞으로는 죽은 듯이 살겠네."

홍사익은 어깨를 툭 쳤다.

"북만주 가서 취하면 독립가 부를 건가? 하긴 뭐 만주군 속에서 그걸 불러도 조선말이라 알아들을 사람이 없겠지."

박승훈은 쓸쓸히 웃으며 머리를 저었다.

"독립전쟁 전선으로 못 간 주제에 무슨 낯짝으로 독립가를 부르겠나."

## 독립투사 현익철을 회유해 첩자로 보내다

박승훈 문제를 해결하고 한 달 뒤, 홍사익 중좌는 관동군사령부 정보처의 호출을 받았다. 첩보공작 담당자인 대좌가 말했다.

"조선 신의주형무소에 반일분자들 여럿이 갇혀 있소. 우리는 그중 현익철이라는 자를 골라 반일조직 속에 첩자로 심으려 하오. 그자를 회유하는 공작을 고(洪) 중좌가 맡아주시오."

조선인 장교인 나를 100퍼센트 신뢰하기 때문인가, 혹은 의심하여 시험하려는 것인가. 문득 그런 생각이 스쳐갔으나 홍사익은 선뜻 대답했다.

"그게 필요한 책략이라면 해야지요."

마지막 무관생도들

그는 공작팀을 꾸렸다. 일본에서 출생해 소년 시절 조선 땅으로 부모를 따라가서 소학교와 중학교를 다니며 조선어를 익힌 대위 계급의 정보장교와 하사관, 그리고 사병 셋이었다. 모두 조선인 반일조직 첩보 전문요원이었다.

홍사익은 이번 일이 지금까지 해온 어떤 임무보다도 철저해야 한다고 생각했다. 그는 부하들이 책상에 쌓아놓은 서류철을 분석했다. 서류에는 현익철에 관한 모든 기록, 만주 지역 조선인 조직과 지도자들에 대한 수많은 정보가 들어 있었다. 그는 부하들보다도 더 열심히 매달렸다. 관동군사령부와 영사관이 갖고 있는 조선인 반일조직에 관한 서류들도 가져와 쌓아놓고 파고들었다. 밤에도 침대 옆에 서류를 가져다 놓고 읽었다. 서류 속에서 이청천(지석규)의 이름이 수백 번 등장했다.

조선인 항일세력은 끈질기게 싸우고 있었다. 그러나 일본을 이겨 독립을 쟁취할 가능성은 희박해 보였다. 냉정히 판단하면 적어도 지금보다 열 배, 스무 배 세력이 커지기 전에는 일본에 대적할 수가 없는 형편이었다. 옛 친구 지석규는 무장투쟁을 상징하는 대표적 인물로 커져 있었고 현익철과도 가까운 동지였다.

수하의 정보요원들은 현익철을 회유하기 시작했다. 협박하고 어르는 설득공작에 홍사익은 잠깐씩 입회하여 관찰했다. 현익철은 그와 동갑이었는데 7년간의 옥살이로 노인처럼 늙어 보였다. 그러나 눈빛이 형형하고 허리도 꼿꼿했다. 홍사익은 묵묵히 관찰만 했으므로 현익철은 그가 조선인임을 알지 못했다.

어느 날, 오카무라 소장, 동기생인 엔도 사부로 중좌, 야나기타 겐조 중좌와 저녁식사를 했다.

"조선인 첩자 밀파를 맡게 됐다고? 열흘이 넘게 밤잠 안 자고 첩보 분석을 한다고 들었네. 빈틈없이 잘하리라 믿네."

오카무라 장군이 너털웃음을 지으며 말하고 그를 철석같이 믿는 두 동기생도 격려하며 어깨를 두드렸다. 그들의 표정과 태도는 그랬으나 조선인 첩자 밀파 문제라 조금은 걱정된다는 뜻이 들어 있었다. 홍사익은 확신에 찬 표정으로 오카무라 장군을 향해 말했다.

"장군님, 기대에 어긋나지 않게 잘하겠습니다."

자료에는 현익철이 신의주형무소에서 겪고 있는 일상에 대한 보고서, 만주 평톈에서 여학교를 다닌 현익철의 딸과 고향에 있는 아내, 그리고 늙은 부모의 신상정보들도 들어 있었다.


신의주형무소는 혹독하게 춥다. 현익철은 수형 생활 5년에 체력이 고갈되어 쓰러지기 직전이다. 그는 자신의 체력의 한계가 얼마 남지 않았음을 알고 있다. 이대로 가면 병에 걸려 옥사하거나, 옥사하기 직전 병보석으로 출감하면 좋은 약을 써도 죽게 될 것이다. 최악의 상태에 있어 지금이 회유하기에 가장 좋은 시기이다.

그는 정신력이 강하기 때문에 철저한 세뇌공작이 필요하다. 그것이 성공한다 하더라도 배신에 대비해야 한다. 부모를 자연사한 것처럼 독살하거나 만주족 폭력배를 사주해 딸을 강간하고 유곽에 팔아넘기는 보복을 거침없이 할 수 있음을 확인시킬 필요가 있다.

현익철에게 매일 고깃국을 먹였다. 그러면서 협박하고 어르는 공작을 점점 강화했다. 홍사익은 치밀하게 그것을 지휘했다. 대상자의 약점을 파고드는 책략, 그는 목소리를 높여 부하들을 독려했다.

"더 완벽하게 하란 말이다!"

"알았습니다." 부하들은 주먹을 부르쥐었다.

현익철에게 하루에 다섯 번씩 양면괘지 열 장에 '조선의 앞날', '나의 서약'이라는 글을 쓰게 하고 낭독하게 하고 따져 물었다.

"독립운동 세력에 귀순할 거지?"

"……위장 귀순할 겁니다."

대답이 늦고 목소리가 작다고 게다짝으로 정강이를 때렸다.

"빨리 대답 못 하는 건 신념이 약해서야. 풀어주면 다시 독립운동을 할 거지?

"아닙니다."

"왜 안 해?"

"배고프고 힘들어서 더 할 수 없어서……."

닷새 동안 잠을 안 재우고 몰아붙이자 현익철은 절규했다.

"이놈들아, 그냥 나를 죽여라!"

"어림도 없다. 일본과 조선의 합병이 왜 합당한 건지 말해!"

대답이 분명치 않으면 매질을 가하고 기절하면 물을 들이부었다. 그렇게 보름이 지나자 현익철은 넋 빠진 얼굴을 하고 중얼거렸다.

"시키는 대로 하겠습니다."

홍사익의 공작팀은 두 달 만에 마침내 회유공작에 성공했다고 판단을 내렸다. 현익철은 그의 방으로 끌려왔다.

홍사익은 포승에 묶인 채 무릎을 꿇고 있는 현익철을 일으켜 세우고 손수 포승을 풀어주며 모국어로 말했다.

"현 선생은 이청천과 함께 투쟁했으니 내 이름을 들었을 것이오. 내가 이청천과 동기생인 홍사익이오. 청천을 만나게 되면 '미안하다'는 말을 전해주시오."

현익철은 두 눈을 뚜렷이 들고 그를 응시했다.

"이름을 들었소이다, 내가 형제처럼 신뢰한 청천에게서. 미안한 일이 뭔지 모르지만 그리 전하리다."

홍사익은 동포 독립투사를 편안한 의자에 앉게 했다.

"짐작하겠지만 나는 현 선생 전향 작업을 맡으면서 조선인 반일조직에 대한 모든 걸 알게 됐소. 미안하지만 반일조직이 아무리 투쟁해도 조선 독립은 어렵소. 전향 결심은 잘한 일이오."

현익철은 허무한 듯한 미소를 지었다.

"전향 선서를 했으니 지령대로 움직이겠소이다. 그러나 내가 자결하면 그때는 가족에게 보복하지 마십시오."

"물론이오, 현 선생." 홍사익은 현익철의 손을 잡으며 말했다.

며칠 후, 현익철은 넉넉한 공작비를 받아들고 반일조직이 있는 난징으로 떠났다.

현익철 전향공작은 실패였다. 그는 난징에 도착하자마자 약산 김원봉을 찾아가 모두 실토했다.*

이 무렵 김원봉은 의열단과 한국독립당 등 다섯 개 단체를 묶어 민족혁명당을 결성하고 대표가 되어 있었으며 조선혁명간부학교를 운영해 애국청년들을 독립투사로 양성하는 일에 주력하고 있었다. 현익철은 두 가지 일에 매달렸다.

그는 옛 동지인 지석규와도 재회했다. 조선혁명간부학교 출신 대원들을 훈련시켜 만주, 화베이(華北), 상하이로 파견하는 임무를 수행하던 지석규는 그를 힘차게 끌어안았다.

"현 동지께서 이렇게 살아오다니 반갑고 고맙소이다."

지석규는 그날 밤 주머니를 털어 술을 샀고 현익철은 자신의 밀파공작 책임자가 홍사익 중좌였으며 '미안하다'는 말을 전해 달라고 했음을 밝혔다.

"그랬군요." 지석규는 고개를 끄덕였다. 그는 현익철을 믿었으므로 자신이 홍사익에게 밀사를 보낸 사실을 털어놓았다.

---

\* 『한국민족운동사료』(중국편), 국회도서관, 1976, 898~899쪽. 1936년 12월 1일 상하이 주재 일본대사관 배속무관이 육군성에 보낸 전보 보고이다. '현묵관은 원래 이청천 등과 같이 만주에서 활약하다가 체포되어 신의주감옥 복역 중 만주국 군관 홍 중좌(한국인)의 헌책에 의해 가출옥되어 난징 주재 한국독립운동자에 관한 정보 수집을 목적으로 관동군에서 첩보비를 받고 난징에 왔으나 이후 변심하여 김원봉 일파의 혁명당에 가입하여 그 유력 간부로 활약하던 자이다'라는 내용이다.

현익철이 말했다.

"청천 동지, 문득 이런 생각이 듭니다. 홍 중좌의 전향공작이 내 생명의 밑바닥까지 갈 정도로 철저했지만, 청천 동지의 동지인 나를 독립운동 진영으로 보내준 게 아닌가 하는 생각 말입니다. 마지막 악수할 때 눈빛에서 그걸 느꼈어요."

지석규는 다시 고개를 끄덕였다.

"그 친구가 일본군 중좌 계급장을 달고 있지만 민족적 양심은 살아 있겠지요."

그는 문득 탈출해 오겠다고 연락하고 오지 못한 박승훈을 생각했다. 독립운동 진영이 가진 비밀조직을 총동원해 박승훈이 탈출하면 무사히 호송할 준비를 갖추었지만 다시 연락이 없었다.

전향 선서를 배신한 현익철에 대한 일본군의 보복은 몇 달이 지나도 일어나지 않았다. 그가 가족을 피신시켰기도 하지만 명령권자인 홍사익이 지시하지 않았기 때문이라고 현익철과 지석규는 판단했다.


## 홍사익, 장군이 되다

1936년, 일본 도쿄에서 2·26사건이 일어났다. 젊은 황도파 장교들이 국가의 전면적 개조와 군사정부 수립을 요구하며 일으킨 쿠데타였다. 쿠데타는 진압되고 대규모 숙청 작업이 이루어졌다. 관동군사령부의 인재들이 자리가 빈 중앙의 요직으로 전출되었다. 홍사익도 이해 8월 지바현에 있는 보병학교의 고급 교관으로 전속 명령을 받았다.

그가 보병학교 고급 교관으로 일한 기간은 길지 않았다. 다음 해인 1937년 중일전쟁이 일어났고 막 대좌로 진급한 그는 중국 상하이로 가라는 명령을 받고 중국으로 떠났다.

이해 7월 화베이 지방을 침공한 일본군은 화중(華中) 지역에서도 공격을 감행, 상하이와 난징을 점령하고 우한(武漢)으로 진격하고 있었다. 난징에서 양민 수십만 명을 학살해 사상 최대의 비겁한 전쟁이었다는 말이 양심적인 장교들 사이에 돌고 있었다.

홍사익이 받은 임무는 새로 창설된 흥아원(興亞院) 화중연락부의 국장이었다. 흥아원은 일본이 중일전쟁으로 점령한 지역을 통치하고 경영하기 위하여 외무성, 육군성, 해군성이 합작하여 만든 기구였다. 명분은 동아시아의 번영을 위한 일본의 노력을 집중시키는 중추기구라고 했지만 실제로는 착취를 위한 것이었다.

상하이는 조선인에게 특별한 곳이었다. 이 도시의 프랑스 조계는 3·1만세운동 이후 임시정부가 자리 잡았었고 애국지사와 독립투사 들이 집결했던 곳이었다. 이제 임시정부가 창사(長沙)로 가 있지만 여전히 조선인들이 많이 살고 조선반도와의 연락 중심지 구실을 하고 있었다. 홍사익이 전투부대 지휘관이 아니고 점령지 질서를 정리하는 행정장교로 이 도시에 배속된 것도 그런 사정과 관련이 있었다.

그가 일하는 홍아원 연락부 건물은 베이쓰촨로(北四川路)에 있었다. 주변에 일본영사관, 영사관 경찰서, 헌병대, 그리고 해군육전대가 주둔하고 있었고 수만 명의 일본인들이 그들만의 공동체를 만들어 중국 대륙을 경영하고 있었다. 현역 대좌인 그는 이곳 일본인 공동체 안에서 다섯 손가락 안에 드는 거물이었다. 일본인 사업가들은 그와 마주치면 공손히 허리를 굽혀 존경심을 표했다. 이미 친구로서 교유하고 있던 철도성 고급 공무원 사토 에이사쿠(佐藤榮作)가 유럽 유학을 마치고 귀국하는 길에 상하이에 들러 홍사익의 관사에서 묵기도 했다.

홍사익은 저녁마다 미국제 포드 승용차를 타고 일본인 사업가들이 마련한 연회에 참석했다. 미식과 미주와 미녀가 있는 연회의 밤, 때로는 중국인 미녀를 안을 수 있었다. 그런 날이면 관사로 돌아가며 자신을 돌아보았다. 문득 지석규가 생각났다.

"지석규, 너는 어디 있느냐? 불혹의 나이까지 살다 보니 인생에 이런 즐거움도 있어. 그런데 나보고 너를 따라 탈출하라고?"

그는 혼자 중얼거렸다.

상하이의 프랑스 조계에는 일본의 힘이 미치지 못했다. 그러나 그의 수하에는 그곳에 첩자를 심어놓고 관리하는 조직이 있었으며 조선인들의 동태를 파악하는 조직도 있었다. 지석규에 대한 정보도 저절로 파악하게 되었다. 지석규가 뤄양군관학교에서 조선인 청년들을 배출한 일, 임시정부의 최고 군사책임자인 군무부장에 오른 일, 충칭(重慶)에서 광복군을 창설하고 총

마지막 무관생도들

사령으로 임명된 일 등을 알 수 있었다. 삼청동 무관학교 시절부터 늘 변함없고 신중한 지석규가 마침내 광복군의 최고 지휘관이 됐구나. 그는 문득 축전이라도 보내고 싶은 마음이 들기까지 했다.

그리고 1941년 3월 초, 북지(北支)사령부로 가라는 전속 명령과 함께 소장으로 승진시킨다는 히로히토(裕仁) 천황의 교지(教旨)와 장군도(將軍刀)를 받았다.

그는 북지로 가는 길에 경성에 들르게 일정을 잡았다. 대구병사구사령부에 있는 이응준에게 전보로 알렸다.

특급열차가 경성역 플랫폼에 도착하고 1등 칸에서 장군복을 입은 홍사익이 내리자 헌병 세 명이 호위하기 위해 다가왔다. 몇 사람의 영접객들과 함께 서 있던 육군소좌가 차렷 자세로 서서 경례했다. 답례하려다가 다시 보니 마지막 무관생도 동기인 이대영이었다. 홍사익은 모자챙에 붙인 동기생의 손을 끌어당겨 잡았다.

"이 친구야, 경례는 무슨……. 우린 형제처럼 가까운 동기생 아닌가."

"이응준이 공무 때문에 도저히 경성에 올 수 없다고 전보로 알려줘 대신 나왔네."

옛날 생도 시절 이호영이라는 이름을 가졌던 이대영, 52세에 아직 소좌 계급장을 달고 있는 그는 그렇게 말하고 함께 영접 나온 한상룡과 조병상을 소개했다.

홍사익은 초면인 두 사람과 악수한 뒤 플랫폼을 나란히 걸었다. 이대영은 한 발 뒤에 따라왔다. 장군과 소좌는 위상이 하늘과 땅 차이였다. 홍사익 장군은 귀빈실에서 영접객들과 차를 마시며 지원병 제도에 관해 기자들의 질문에 답했다.

숙소인 조선호텔로 가기 위해 붉은 별판을 붙인 승용차에 오르면서 그는 이대영 소좌를 옆자리에 태웠다. 헌병차가 사이렌을 울리며 앞장섰다.

홍사익은 문득 이대영의 조상 중에 충무공 이순신 장군이 있음을 생각해냈다. 유년학교 시절 해군성에 견학 갔을 때 충무공의 기함(旗艦) 닻을 보고 눈물 흘린 기억, 그 먼 기억이 떠올랐다. 둘 다 일본에 충성하고 있는 지금 그 이야기를 꺼낼 필요가 없어 "자네 보직은 뭔가?" 하고 물었다.

"경성부(京城府)에 촉탁으로 파견 나가 지원병 독려 업무를 맡고 있어."

"어서 진급해야지. 군인은 계급사회니까."

이대영이 쓸쓸히 웃었다.

"진급 포기했네. 4년째 행정기관 파견근무나 하니 다 틀렸지."

"다시 두만강 쪽 변경 부대로 나가고 싶은 맘은 없나? 37여단장이 육군대학 동기야. 부탁해보겠네."

홍사익은 이대영이 함경북도 나남과 회령에서 근무했음을 기억하고 그렇게 말했다. 이대영은 머리를 가로저었다.

"이대로가 좋네. 변경에 가면 항일유격대 등쌀에 잠도 못 자고 뛰어다녀야 하지 않는가? 우리 후배 김인욱은 김광서 선배부대와 싸우다가 부상당했지."

　　　　　　　　　　　　　　마지막 무관생도들

"김인욱이 싸운 김일성이라는 유격대 지휘자가 김광서 선배 맞나?"

"우리는 그렇게 알고 있네. 그건 그렇고…… 홍 장군, 오늘은 바쁠 테고 내일 저녁식사 같이 하게 경성에 있는 동기생들 소집할까? 저녁이면 이응준도 대구에서 올 수 있을 텐데."

"미안해. 나 내일 오후 세 시에 떠나. 아내와 아들 만날 시간도 부족할 거야."

홍사익은 그렇게 답하고 친절히 동기생들과 후배들 소식을 물었다.

다음 날 『매일신보』가 그의 도착과 지원병 관련 발언을 장군복을 입은 사진과 함께 기사로 실었다.


총후(銃後) 지원에 감사 홍사익 소장 금일 입성

만주사변 당시 작전 모략에 이름 빛낸 육군소장 홍사익(洪思翊) 씨는 이번 사변 발발 이래 중지(中支) 방면에서 혁혁한 무공을 세우고 작년 여름에 돌아왔던바, 이번에 또다시 제1선으로 나가게 되어 5일 오후 2시 5분 경성역착 「아까스기」로 정 깊은 경성에 들어섰다. 역두에는 한상룡(韓相龍), 하산무(夏山茂), 이대영(李大永) 소좌 등 관헌 다수의 마중이 있었다. 동 소장은 역두에 마중 나간 기자에게 다음과 같이 간단한 감상을 말한다. "반도 민중이 총후에 바친 바 적성은 대단하고 감격하여 마지않는다. 중책을 지고 가는 사람이 할 말은 없으나 조선 지원병이 씩씩하게 잘한다고 하는 것을 듣고서 매우 감격하여 마지않는다." 그리고 동 소장은 숙소인 조선「호텔」에서 1박한 후 6일 오후 3시 48분 경성역발「대륙」으로 임지로 향하기로 되었다.*

---

* 『매일신보』 1941년 3월 6일자 석간. '총후(銃後)'는 후방 또는 후방의 국민을 뜻하는 일본어이다. 한상룡은 이완용의 생질로 한성은행 전무, 동양척식주식회사 이사를 지내는 등 일제에 협력했다. 하산무(본명 조병상, 曺秉相)은 국민정신총동원조선연맹 상무이사를 지내는 등 일제에 협력했다. 두 사람은 이대영과 육군지원병 독려 사업을 하고 있었다. 광복 후 조병상은 반민특위에 기소되었으나 이대영은 제외되고 조병상의 재판에 증인으로 채택되었다. 현역 군인이라는 이유로 불출석했다(「피고인 조병상의 증인으로 미출두의 건 신청」『조병상 반민족행위특별조사위원회 자료』, 국편DB). 아까스기(赤塚, 아카쓰키)는 경부선 특급열차, 대륙(大陸)은 부산에서 한반도와 만주를 거쳐 베이징까지 간 특급열차였다.

마지막 무관생도들

# 9. 적과 적으로 맞서다

## 이응준, 우여곡절 끝에 대좌로 진급하다

1936년 봄, 이응준은 중좌로 진급하면서 용산 20사단 예하 40여단의 대대장 자리를 떠났다. 육사 26기 동기생들 중 15퍼센트만 뽑힌 빠른 진급이었다.

조선 출신은 능력도 중요하지만 절대 충성의 확신을 줘야 고급 장교로 진급할 수 있었다. 이응준이 여단장으로 모신 이마무라 히토시** 소장과 야마시타 도모유키 소장은 그의 능력과 일본에 대한 충성을 확신하고 최우수 고과(考課) 평정을 했다. 이마무라는 군부에 배경이 없는 이응준의 후원자가 될 것을 약속하

---

** 이마무라 히토시(今村均, 1886~1968) : 미야기현(宮城縣) 출생. 육사, 육군대학 졸업. 조선군 40여단장을 지냈다. 태평양전쟁 때 16군사령관으로서 자바섬을 점령, 종전 직전 보급이 끊어지자 자답을 만들어 부하들의 아사를 막았다. 패전 후 전범재판에서 사형선고를 받았으나 현지인들의 진정으로 감형되었다(「帝國陸軍 人事名簿」www.geocities.co.jp).

며 도쿄로 영전해갔다. 후임인 야마시타는 도쿄의 3연대장 시절에 홍사익을 수하 대대장으로 두었던 적이 있어서 조선인 장교들도 똑똑하다는 인식을 갖고 있었다. 이응준은 그런 상관들의 신임 속에 열심히 복무했고 그 결과로 1935년 '훈4등 서보장(勳4等瑞寶章)' 훈장을 받았다. 훈장은 진급에 큰 이점으로 작용했다.

이응준이 새로 받은 보직은 경성의학전문학교와 경성약학전문학교의 배속장교였다. 하루는 의전으로, 다음 날은 약전으로 출근하는 평온한 나날이 계속되었다. 두 학교에서 천황과 일본 제국에 충성심을 갖게 하는 강의를 하고 그것을 뒷받침하게 학교를 통제하는 것이 임무였다.

지휘관이 아니라서 시간 여유가 있었다. 동아일보 사장이자 보성전문학교의 교주인 인촌(仁村) 김성수와 소설가 춘원(春園) 이광수를 가끔 만났다. 인촌과 춘원은 이응준과 마찬가지로 독립이 어렵다고 보고 일제에 타협하며 살고 있었으니 유유상종인 셈이었다.

이갑 참령의 동지였던 도산 안창호 선생도 가끔 뵈었다. 도산 선생은 윤봉길 의사 의거 때문에 옥살이를 하고 평양 부근 대보산(大寶山)에 은둔 중이었는데 이따금 경성에 와서 삼각정(三角町, 현 용산구 삼각동)에 있는 중앙호텔에 묵었다. 이응준의 아내 정희가 가서 수양딸로서 정성을 다해 모셨다. 선생은 가끔 조선호텔 식당이나 서울역 식당으로 이응준 부부를 불렀다.

하루는 식사 중에 이런 말씀을 했다.

"의병대 격문을 노끈으로 꼬아 만들던 네 어린 시절 모습이 떠오르는구나."

응준은 고개를 숙였다.

"네, 그해 겨울 지갑을 사주신 일을 저는 잊지 못합니다."

도산 선생은 눈을 가늘게 뜨고 그를 바라보았다.

"벌써 10년도 더 지났군. 중국 상해에서 국민대표회의를 할 때 김경천과 이청천을 만났지. 그때 두 사람과 네 이야기를 했다. 그 사람들은 지사야. 이것저것 따지지 않고 모든 걸 버리는 결단이 없으면 지사가 될 수 없어."

선생의 말소리는 부드러웠으나 날카로운 비수처럼 그의 가슴에 박혔다. 탈출 맹세를 저버린 것을 꾸짖고 지금이라도 모든 것을 버리고 탈출해 투쟁하라는 뜻이 들어 있었다. 그러나 그의 마음속에 탈출 의지는 이제 지워져 있었다.

마지막 무관생도 동창들도 몇 번 만났다. 전의회 모임을 열진 못했지만 경성에 있는 동창들과 교유했다. 이미 군복을 벗은 사람들, 대부분 일제의 통치에 협력하며 살고 있었다. 일본에 껄끄러운 존재는 조철호 한 사람이었다.

조철호는 이응준의 대척점에 서 있었다. 그는 오산학교 제자들과 평북 정주 지방 청년들의 3·1운동을 지도하고 고성능 폭탄 제조 기밀을 갖고 만주로 탈출한 일로 처형당할 뻔했다. 그후 조선소년군을 창설해 이끌면서 늘 경찰의 감시를 받았다. 6·10만세 사건으로 또다시 구속돼 중앙고보 교원직 일자리를 잃었고 북간도에 가서 교원으로 일할 때도 체포됐다가 풀려났다. 나이 마흔이 되어 결혼하고 동아일보사 수위로 취직해 호구를 해결하고 있었는데 독립투쟁의 의지는 여전했다. 조철호가 어느 날 술에 취해서 이응준에게 한마디 했다.

"나는 못한 일이 있어서 지금의 내 삶이 부끄러워. 자네는 그렇지 않은가?"

탈출했다가 실패해 끝내 무장항쟁을 하지 못해 부끄럽다고 말하는 것이었다. 그리고 이응준이 김광서, 지석규와의 탈출 맹세를 지키지 않은 것으로 짐작해 하는 말이었다.

"자네, 취했군. 젊은 날의 열정은 소중하지만 현실과는 멀어. 나는 지금 현역 중좌의 책무에 충실할 따름이야."

이응준은 칼로 자르듯 분명하게 말했다.

1937년 6월 상순, 김일성(金日成)이 이끄는 만주의 조선인 유격대가 국내 진공을 감행해 함경남도 갑산군의 보천보(普天堡)를 습격했다. 현지 경찰대는 전사자 7명, 부상자 14명의 피해를 입었다.* 조선군사령부는 비상사태에 돌입했고 유격대의 항쟁은 계속되었다.

김일성이라는 유격대장이 10여 년 전 '백마 탄 김 장군'으로 명성을 떨쳤던 일본 육사 출신 김광서인가, 많은 지인들이 이응준에게 물었다. 『동아일보』 사주이자 보성전문 교주인 친구 인촌 김성수도 그걸 물었다. 이응준은 "아마 그럴 것이네" 하고 대답했다. 김광서 선배의 소식을 오랫동안 듣지 못했는데 마침내

* 　『동아일보』, 1937년 6월 5일 호외 및 6일, 9일, 14일자.

국내 진공을 감행하고 있구나 생각하니 마음이 착잡했다.

"국경 부대에 후배인 김인욱 소좌가 대대장으로 나가 있는데 김광서 선배와 맞붙을 수도 있겠어."

그는 그렇게 말하고 몸을 떨었다. 자신에게도 명령이 떨어지면 상대가 김광서 선배의 부대이더라도 달려가 토벌해야 할 것이었다.

"김 소좌가 네 해 전인가 대위 때였지. 이왕 전하 부속무관으로 가면서 우리 신문사에 예방을 해서 그때 만났지.** 우리가 교유하던 동경 유학 시절보다 키가 더 커진 것 같더군."

김성수는 말을 끊고 그의 귀에 입을 가져다댔다.

"김광서 장군이 일본 육사 후배들의 멘토였던 걸 나도 알지. 김인욱 소좌가 김광서 선배에게 투항해서 총을 거꾸로 잡고 일본군과 싸울 가능성은 없는가?"

"충분하지. 그 친구는 군인은 단순해야 한다고 생각하는 사람이야."

이응준은 3·1만세 나던 해 평양에서 만났을 때, 『삼국지』 장군들처럼 현재의 임무에 충실할 뿐이라고 한 말이 생각났다.

이응준의 추측대로 김인욱은 김일성 부대를 쫓고 있었다. 그는 안병범의 뒤를 이어 영친왕 이은 중좌의 왕족부 부관이 되어 두 해 전까지 복무했다. 전투의 위험이라고는 없는, 예전(禮典)

---

** 『동아일보』 1933년 3월 25일자.

에만 신경 쓰는 보직이라 동기생들이 부러워했다. 그러나 그 후 소좌로 진급하며 국경에 배치되고 동포 항일부대와 충돌하게 된 것이었다.

그는 적의 대장 김일성을 김광서 선배라고 믿고 있었다. 그러나 이응준과 김성수의 대화에서처럼 항일유격대에 투항할 뜻은 없었다. 어느 날, 탄식하며 지방 유지에게 말했다.

"김일성 대장은 내 일본 육사 선배인데 이 양반이 어쩌다가 공비가 됐는지 모르겠어요. 이번에 직접 만나서 귀순시켜야겠어요."*

그는 그곳에서 일하고 있던 중국인 쿠리 수십 명을 동원해 김일성과의 비밀 접촉을 시도했으나 실패했다.

긴박한 일은 꼬리를 물듯이 또 일어났다. 그달에 수양동우회 사건이 나면서 안창호 선생이 주요한, 이광수 등 180여 명과 함께 구속되었다.

이응준은 종로경찰서장을 찾아갔다. 수양동우회의 활동은 독립투쟁이 아니고 계몽운동인데 왜 구속했냐고 따졌다. 서장은 육군 중좌보다 몇 단계 아래 직위였다. 꼿꼿하게 직립부동의 자세로 서서 땀을 흘리며 "죄송합니다"를 연발하더니 고개를 숙

---

\*     전 갑산군 동인면장 김상형 증언, 이명영, 『김일성 열전』, 신문화사, 1974, 274쪽 재인용. 보천보 전투는 뒷날 북한 지도자가 된 김일성(본명 김성주)이 지휘했는데 이때는 모두 김광서로 여겼다. 그러나 김광서는 이 무렵 연해주의 극동사범대학 교수로 일하고 있었다.

마지막 무관생도들

였다.

"죄송합니다. 저의 판단이 아니라 경시총감님 분부에 따른 것입니다. 자꾸 이러시면 상부에 보고하겠습니다."

서장이 그렇게 말하니 이응준은 더 이상 항의할 수가 없었다.

7월 초, 함흥수비대가 김일성 부대를 토벌하다가 간삼봉(間三峰) 전투에서 패하고 지휘관이 총상을 입는 사고가 일어났다. 신문은 패전 상황을 숨기고 지휘관을 이름을 '김 소좌'라고만 보도했으나** 이응준은 후배 김인욱임을 대번에 알았다. 몸에 전율이 일었다. 예감이 들어맞은 것이었다. 자신에게도 명령이 내리면 나가 싸워야겠지만 동포 항일부대, 특히 김광서 선배는 피하고 싶었다.

며칠 후인 7월 7일 중일전쟁이 일어났다. 이응준은 즉시 배속 장교 임무를 중단하고 20사단에 복귀해 중국으로 출정했다. 톈진에 주둔하는 사단 참모부에 소속되어 허베이성(河北省) 일대에 전진 배치된 예하 연대에 명령을 전하고 작전을 조정하는 연락장교 임무를 수행했다. 기관총을 장착한 무장차를 타고 전선

---

** 『매일신보』 1937년 7월 3일자. 간삼봉은 함북 무산군에 있는 표고 1,434미터의 산이다. 김일성, 최현 등 유격대 지도자들은 토벌대장을 김석원으로 잘못 알았다. 뒷날 6 · 25 남침시 '지난날 백두 밀림에서 그놈과 싸우던 우리 동무들이 오늘은 38분계선에서 또 그놈과 맞서 싸우고 있다'며 김석원을 처형해 복수하겠다고 선언했다. 그리고 북한당국은 '19사단 함흥 제74연대장 김석원이 간삼봉 전투에서 토벌군으로 참가했다가 심한 다리 부상을 입었다'고 『조선전사』에 기록했다(정병준, 『한국전쟁—38선 충돌과 전쟁의 형성』, 돌베개, 2006, 249~255쪽 참조). 그러나 김석원은 용산 주둔 20사단 78연대에 몸담고 있었다.

을 바쁘게 오가며 패배한 중국군의 시체를 무수히 보았다.

20사단은 난위안(南苑) 전투에서 승리를 거두고 남하작전을 전개해 산시성(山西省)으로 진군했다. 그는 거기서 후배 류관희를 만났다. "선배님!" 하며 조선어로 말하며 거수경례를 하는 후배를 끌어안았다.

"반갑네. 우리가 전쟁터에서 만나는군. 보직이 뭔가?"

류관희는 퇴역하여 평양 숭실중학 교원으로 있었는데 재소집되어 다시 대위 계급장을 달고 전선에 온 것이었다. 군복에 흙먼지가 가득하고 얼굴이 일본의 가부키 배우처럼 황토 가루가 하얗게 덮여 있었다.

"화물자동차대 대장입니다. 도라꾸 수십 대 끌고 보급품 나르느라 정신없습니다."

류관희는 군모를 벗어 황토 먼지를 툭툭 털며 씩 웃었다.

"수송부대는 적 유격대 공격에 취약하니까 단단히 유의하게. 김인욱은 동포 항일유격대와 싸우다가 부상당했어."

응준은 후배에게 말했다.

그는 1938년 초 베이징에 있는 북지파견군 사령부로 가라는 전속 명령을 받았다. 점령지역에 사는 일본 청년들을 대상으로 징병검사를 하고 군대에 징집하는 임무를 수행했다.

숙소는 병영이 아니라 중양판뗸(中央飯店)이라는 서양식 건축물로 된 호텔이었다. 병영이 아니어서 마음만 먹으면 탈출해 독립전쟁 전선으로 갈 수 있었다. 그러나 그의 가슴에서 민족독립의 신념은 지워져 있었다. 일본의 중국 점령이 동양 3국의 번영을 위하여 필요하다는 인식이 확고하게 자리 잡고 있었다.

그해 3월, 아내가 편지로 도산 안창호 선생의 별세를 알렸다. 앞선 편지로 이미 예상했던 터였다. 선생은 병보석으로 나와 경성의전 병원에 입원했고 아내가 병구완을 하러 다녔던 것이다.

베이징 생활에 익숙해진 1938년 가을, 고국에서 아내와 아우 영준 부부가 여행을 왔다. 3·1만세시위 때 구속되어 징역형을 받았던 아우는 항일투쟁을 접고 의학 공부를 하고 있었다. 아내가 눈물을 흘리며 수양아버지인 도산 선생 임종한 이야기를 했다.

"도산 아버님은 몸이 회복하기 어려운 상태로 감옥에서 나오셨어요. 곧 돌아가실 걸로 예감하고 저는 병상을 지켰어요."

"병원비는 어떻게 했어?" 하고 이응준이 물었다.

"유지들이 경찰 눈치 보느라 도와주지 않아 발만 동동 굴렀어요. 도산 아버님이 윤치호 김성수 두 분 찾아가라 하셔서 찾아갔어요. 인촌 선생은 '지금이 어느 때인데 찾아다니십니까? 어서 돌아가십시오' 했어요. 선생 자신은 물론 당신에게도 화가 미칠 수 있다는 뜻이었어요. 인촌 선생은 결국 사람을 보내 도와주셨어요."

"잘한 일이야. 내가 전선에 출정해 있는 게 다행이었군."

아내는 서럽게 울었다.

"그러나 다 소용없었어요. 도산 아버님은 폐렴까지 걸려 더 악화되셨고 결국 3월 10일 자정 제 손을 잡고 운명하셨어요."

이응준은 다음 해 1939년 1월 다시 훈장을 받았다. 이번에는

4년 전보다 급이 높은 '훈3등'이었다. 산시성 토벌작전과 징집 병사 업무평가에서 최고의 근무 평점을 받은 때문이었다.

어느 날, 젊은 군의관으로부터 군위안부 이야기를 들었다.

"중좌님이 참가하신 서백리아 출병 때 우리 병사들 1개 사단만큼이 성병에 걸렸다는데 정말 그랬나요?"

이응준은 머리를 저었다.

"11개 사단이 갔는데 1개 사단이 성병 감염이라니 너무 많군. 아무튼 그때 병사 녀석들이 임질 매독에 많이 걸렸지. 그건 왜 묻는가?"

"이곳 북지전선에서 우리 병사들이 양민 여자들을 강간하는 사건이 많이 일어나고, 창녀들을 상대해 성병이 퍼지자 여자들을 실어와 군위안소를 만드는 모양입니다. 군의관들이 위생을 책임져야 한답니다."

"위안부를 데려와 병사들을 상대하게 하면 양민 여자들 강간하는 사건도 줄고 병사들 사기도 올라가겠지. 위생 관리가 잘되는 군위안소 설치가 필요한 일이긴 하군. 여자들은 어디서 데려오나?"

"내지와 조선반도 유곽에서 데려온다 합니다."

이응준은 군위안부가 전선에서 필요한 방책이라는 뜻으로 그냥 머리를 끄덕였다. 그는 조국 땅에서 처녀들이 모집인들에게 속아서, 혹은 거리에서 붙잡혀 강제로 끌려와 성노예가 된다고는 상상하지 못했다.

이해 8월, 그는 일본열도 북쪽 섬 홋카이도(北海道)의 삿포로

(札幌) 병사구사령부로 가라는 전속 명령을 받았다. 생명의 위험이 없는 후방, 조선인 고급 장교로서 일본 본토의 장정들을 징집하고 군림하는 자리였다.

베이징에서 홋카이도로 부임해 가는 길에 경성에 들렀다. 고급 장교인 그는 유명인사여서 신문들은 '반도의 자랑이 되는 이응준 중좌가 수훈의 개선으로 모지(某地)에 영전한다'고 보도했다.*

그러나 그는 우울했다. 육사 졸업 후 처음으로 1차 진급에서 탈락했던 것이다. 훈장을 받을 만큼 성과를 올렸는데 왜 탈락했을까. 답은 금방 나왔다. 도산 선생이 구속되자 경찰서장에게 따졌고, 아내가 선생의 병수발을 하며 병원비를 구하러 다니고 임종을 지킨 일, 그 밖에 원인이 더 있다면 조철호를 몇 번 만난 때문일 것이었다. 그래서 조선 땅을 떠나 멀리 가라는 것으로 보였다.

이응준은 1주일 동안 경성 집에 머물렀다. 다시 돌아온 조국 땅, 일제가 중일전쟁에 물자를 동원하느라 온갖 수탈을 해서 동포들은 헐벗고 굶주리고 있었다. 그러나 고급 장교인 그의 가족은 행복하고 안락했다. 그가 탈출하지 않고 남아 일제의 통치에 협조하는 대가였다.

모두 일곱 식구였다. 장모와 아내, 그리고 아이들이 다섯이었다. 그는 딸 둘은 외할머니와 경성 집에 남아 공부하게 하고,

---

\* 『동아일보』 1939년 8월 15일자.

일곱 살과 다섯 살 된 두 아들을 데리고 아내와 함께 삿포로로 가는 머나먼 여정에 올랐다. 군국주의 일본에서 고급 장교는 위상이 하늘을 찌를 듯했다. 열차를 타건 연락선을 타건 현역 중좌의 가족이라 특별석에서 특별대우를 받았다. 그들을 조선인으로 보는 사람들은 없었다.

8월 말 홋카이도에 부임한 그는 도쿄의 중학교에 유학 중인 장남을 삿포로중학에 전학시키고 고급 장교 관사에 살았다. 아이누족의 본거지인 홋카이도는 행정 중심지인 삿포로를 조금만 벗어나도 원시림이 끝도 없이 펼쳐지고 곰과 노루, 사슴 등 야생동물들이 어슬렁거렸다. 그는 평일에 열심히 일하고 주말에는 가족을 데리고 온천장에 갔다.

이응준은 삿포로 근무 만 1년 만에 대구병사구사령부로 가라는 명령을 받았다. 조선 땅으로 오는 도중 육군 교육총감 이마무라 히토시 중장의 전보를 받고 도쿄를 경유하는 길에 찾아갔다. 이마무라 중장은 용산의 대대장 시절에 모셨던 상관으로 그의 후원자였다. 장군이 말했다.

"이번에도 진급에서 빠졌어. 도와주지 못해 미안하네. 내년에는 다시 실패하지 않게 부디 은인자중하기 바라네."

총감이 애썼는데도 다시 진급 심사에서 탈락한 것이었다. 은인자중하라는 말은 총독부 시책에 거슬리는 행동을 하지 말라는 의미였다. 그는 장군에게 고개를 숙였다.

"총감 각하, 다시는 심려 끼쳐드리지 않도록 분발하겠습니다."

이 무렵 조선총독부는 황민화 정책을 강행하면서 신사참배와

'황국신민의 서사(誓詞)'의 제창을 강요하며 민족말살 정책을 펴나가고 있었다. 국민정신총동원운동을 전개하고 지원병 제도를 만들어 청년들을 전쟁터에 끌어가기 시작했다. 『조선일보』와 『동아일보』를 폐간하고 창씨개명을 강행했다.

이응준은 대구병사구사령부로 가서 묵묵히 근무했다. 다시는 트집 잡힐 일이 없게, 경성에 가도 민족지도자들을 만나지 않았다. 그는 온 힘을 쏟아 업무에만 매달렸다. 대구와 경북의 일본인 청년들을 병사로 징집하고 조선인 청년들을 지원병으로 뽑아 보내는 것이 그의 일이었다.

1941년 3월 초순, 홍사익이 장군이 되어 북지로 가는 길에 경성에 잠깐 들렀으나 평일이라 만나러 올라가지 못하고 이대영에게 전보를 보냈다.

3월 하순, 이대영이 전보를 쳐서 보성전문학교 교관이자 훈육주임인 조철호의 죽음을 알렸다. 조철호는 두 해 전까지 동아일보사 발송부장을 했는데 학교마다 군사교관을 두게 되자 보성전문 교주인 김성수가 교관으로 임용했다. 장례는 5일장이었고 토요일, 일요일이 끼어 있었다. 이응준은 급행기차를 타고 상경했다. 경성역에서 이대영 소좌를 만나 택시를 타고 빈소로 향했다. 이대영이 이달 초 홍사익을 만난 이야기를 했다.

"홍사익 소장, 장군도를 찬 늠름한 모습을 보니 내 가슴이 다 울렁거리더군. 나는 겨우 소좌인데 옛날과 똑같이 대해줬어."

"그랬군. 하긴 뭐 우리 동기생들이 보통 사이인가?"

조철호의 빈소 입구에 '보성전문학교장(葬)'으로 치러진다는 장례식 안내가 붙어 있었다. 빈소에 향 피우고 절하고 차일 안으로 가니 동기생 김준원과 후배 박창하가 와 있었다. 박창하가 눈물을 뚝뚝 흘리며 울먹였다.

"조 선배는 대나무처럼 꼿꼿한 분이었어요. 휘청거리며 안 꺾이다가 이번에 툭 꺾이듯 돌아가셨어요."

경성 장안의 쌍벽을 이루는 두 사립학교, 보성전문은 조철호가 군사교관, 연희전문은 박창하가 군사교관이었다. 조철호는 조선소년군 총사령장을 지냈고, 박창하는 조선체육회장을 지냈다. 그래서 서로 의논하고 의지하며 일했는데 선배가 먼저 간 것이었다.

김준원도 눈물을 흘렸다.

"조철호 형은 우리 양심의 보루였어."

"그래." 하며 이응준은 머리를 끄덕였다.

김준원은 1923년 대위로 진급하자마자 퇴역하고 도쿄고등사범을 나와 오산학교와 배재중학에서 교편을 잡았었다. 아내가 벌인 예식장 사업이 번창해서 교원직을 사직하고 그 일을 돕고 있었다. 퇴역한 터라 조철호를 가끔 만나 술잔을 기울인 사이였다. 조철호를 '우리 양심의 보루'라고 말한 것은 마치 동기생들을 대신하듯이 줄기차게 독립운동 또는 민족혼을 강조하는 교육을 해온 때문이었다.

박창하가 목소리를 낮춰 지난해 5월 잡지사에 불려가 군사교관회의 좌담을 한 일을 회상했다.

"한마디 한마디가 기록되어 잡지에 실리는 좌담이었어요. 뻔

　　　　　　　　　　　　　마지막 무관생도들

한 거 아닙니까. 지원병 제도는 좋은 거니 청년들에게 지원해 나가라 말해야 하는 거지요. 조 선배님은 과거 일도 있고 해서 여차하면 다시 잡혀갈 판인데 지원병 나가라는 말을 하지 않았어요. '일본이 앞세우는 야마토(大和) 정신이 조선 청년들에게 필요하다, 야마토는 집단의 단결, 개성보다 협동, 부분보다 전체를 강조하는 정신이다. 그게 조선 청년에게도 필요하다'라고만 말했어요.* 조선 땅 전부가, 조선인 전체가 일본에 예속되는 걸 운명으로 받아들이는데 조 선배님은 안 그랬어요."

박창하는 그렇게 말하고 길게 한숨을 쉬었다. 육군특별지원병훈련소 평의원이기도 한 그는 최근에, 지원병 제도를 절대 찬성, 대환영하며, 단체생활의 결함이 많고, 규율적 생활, 책임감, 의무감 등이 매우 박약한 우리 조선 청년에게 제국의 군사훈련을 시켜야 한다고 주장했다고 발언했다. 이응준은 잡지를 읽어 내용을 알고 있었으므로 묵묵히 머리를 끄덕였다.

고인의 아내가 와서 고개를 숙였다.

"참 건강하셔서 한 번 누우신 일 없고 열흘 전 입원하시기 전날도 냉수마찰을 하셨어요. 그런데 갑자기 쓰러져 아흐레 만에 세상 떠나셨어요. '나는 일을 다하지 못했는데' 이 한마디를 거듭 중얼거리시다가 눈감으셨어요."**

이응준은 그냥 고개를 끄덕였다. 미망인에게 고인이 못다 한

---

\*    「군사교관회의」, 『삼천리』, 1940년 5월호.

\*\*   조찬석, 앞의 책, 71쪽.

일이 무엇이냐 묻지 않았다. 미망인은 남편이 북간도 용정에서 독립투쟁을 할 때 군자금을 전달한 혐의로 체포된 적이 있었다. 자신이 어정쩡하게 처신해서 진급에서 탈락하여 절치부심하고 있는 터에 미망인에게서 '독립'이니 '민족혼'이니 하는 단어가 나와서는 곤란하기 때문이었다. 차일 안에도 필시 밀정이 있을 것이었다.

이제 일어설까 하는데 김영섭 목사와 정훈 소좌가 왔다. 김 목사는 말이 없고 정훈이 혼잣소리처럼 중얼거렸다.

"조철호 선배가 가장 미워한 게 나예요. 어쩌다 마주하면 탐탁하지 않은 표정을 하셨지요. 그래도 내가 이렇게 와서 선배 주검 앞에 절해야지요. 고집쟁이 조 선배, 측은한 조 선배, 부디 좋은 세상으로 가십시오."

김영섭은 강화진위대장 이동휘의 추천으로 대한제국무관학교에 입학했고 1909년 학교가 폐교되던 날 일본행을 거부했던 유일한 생도였는데 일본과 미국에 유학하고 정동제일교회 목사를 맡고 있었다. 30여 년 전 일은 상상할 수 없게 지금은 철저한 친일목사의 길을 걷고 있었다.*

정훈은 일찍이 내 조국이 부끄럽고 싫다고 일본인 가문에 양자로 입적해 성까지 갈아버린 27기 후배였다. 지원병으로 나가

---

\*   김영섭은 1938년 흥업구락부사건으로 구속됐다가 전향서를 쓰고 나와 정동제일교회 목사를 맡았다. 국민정신총동원 기독교감리회연맹 이사를 맡는 등 일제에 적극 협력하고 총독부 정책에 호응하기를 주장하는 글을 쓰고 강연하는 등 친일로 돌아섰다(민족문제연구소, 앞의 책 1권, 480쪽).

라는 글을 신문에 여러 번 썼고 이 무렵 조선군사령부 보도(報道)부장으로 신문 잡지를 검열하며 막강한 권력을 행사하고 있었다. 마치 작심하고 이 세상에 나온 사람처럼 민족말살을 위해 총력을 기울이고 있었다.

개인사업을 하는 김준원이 자동차를 갖고 왔으므로 마지막 무관생도 다섯 사람은 그 차를 타고 빈소를 떠나 종로에서 술집에 들렀다. 동기생들 소식을 이것저것 말했다.

마지막 무관생도들은 이제 천명을 안다는 오십 줄 나이에 이르렀고 절반 이상이 퇴역했다. 현역장교들은 대부분 고국에 돌아와 청년들을 일본군으로 뽑아내는 병사(兵事) 업무를 맡거나 전문학교와 중학교의 교련 교관으로 일하고 있었다. 퇴역한 사람들도 대개는 교련 교관 등 육사 출신에 걸맞은 업무에 종사하고 있었다. 독립투쟁을 하고 민족혼 교육에 매달렸던 조철호가 세상을 떠나 그런 역할을 할 위인은 이제 없었다. 아오야마 묘지에서 뒷날 조국 독립을 위해 한 몸을 던지자고 한 맹세는 대부분이 추억으로만 생각할 뿐 몸도 정신도 이제 일본의 통치에 젖어 있었다.

세상을 떠난 동창들 이야기도 나왔다. 임시정부가 있는 상하이로 탈출하려다가 체포돼 물고문을 당해서 폐가 망가져 죽은 이동훈, 만주로 탈출해 혁혁하게 싸우다가 붙잡혀 감옥에서 걸린 늑막염 때문에 죽은 이종혁, 이번에 죽은 조철호, 세 사람은 독립운동을 해서 막심한 고초를 당했다. 그것은 '독립운동을 하면 파멸의 벼랑으로 떨어진다'는 타산지석의 교훈 같은 것이기도 했다.

안타까운 마음 때문에 언짢은 얼굴들을 하고 있는데 정훈 소좌가 입을 열었다.

"안됐지만 허울뿐인 애국심과 착각 속에서 산 사람들이지요. 조선은 독립할 힘도 없고 그걸 해봤자 옛날처럼 형편없는 나라로 전락할 거예요. 일본과 합병 안 했다고 생각해봐요. 대한제국이라는 나라가 뭘 했겠어요? 우리가 뭐가 됐겠어요?"

화제가 일본 육사를 졸업한 김준원의 아들 이야기로 흘러갔다. 김준원의 아들 김정렬(金貞烈)은 육사를 54기로 졸업하고 견습사관 복무 중이었다. 53기로 졸업해 막 견습사관을 끝낸 신태영의 아들 신응균(申應均) 소위, 백홍석의 사위인 49기 출신 채병덕(蔡秉德) 중위 이야기도 나왔다.

"아들과 사위 들이 육사를 나와 장교가 돼 있으니 우리는 이제 늙었다는 증거지. 술이나 마시세." 이응준이 말했다.

일본 육사는 대한제국의 마지막 무관생도들을 데려다 26기와 27기로 졸업시킨 이후 왕족과 귀족 중심으로 조선인 생도들을 몇 사람 받아들였으나 이즈음 문을 조금 더 넓게 열어 49기로 채병덕과 이종찬을 뽑아 졸업시켰다. 50기에는 이용문 · 지인태, 52기에 박범집 · 최명하, 53기로 신응균 · 박재흥, 54기로 강석호 · 김정렬 · 노태순과 만주의 펑톈군관학교 출신 편입생 김석범 · 석희봉을 배출했다. 55기로 유승렬의 아들인 유재흥, 그리고 뒷 기수들도 대여섯 명씩 선발해 교육하고 있었다.

김준원이 젊은 후배 장교들의 친목회 이야기를 꺼냈다.

"걔들 친목회 이름이 계림회(鷄林會)라는 건 자네도 알지?"

"김인욱이 영친왕 전하 부관으로 있을 때 내게 편지를 보냈었지. 영친왕 전하에게 건의해 육사에 재학하는 젊은 후배들에게 일요하숙을 만들어줬다고 하며 친목회도 만들라고 했다는 말도 있었네. 그게 계림회군."

"아마 그런가 보네. 일요하숙 이름도 계림, 친목회 이름도 계림회이고, 우리들을 고문으로 모신다 하더군."

"당연히 우리가 이끌어줘야지."

이응준은 웃으며 동의했다.

몇 달 뒤 창씨개명을 해야 했다. 이응준은 가야마 다케토시(香山武俊)로 이름을 고쳤다. 가야마는 춘원 이광수의 창씨와 같았다. 춘원은 고향 평안도의 명산 묘향산에서 성을 땄느냐는 기자의 질문을 받고, 그게 아니라 일본 황실의 시조인 진무(神武) 천황이 즉위한 가쿠야마(香久山)에서 땄다고 답했다는데 이응준은 둘 다 의미를 둔다고 생각했다. 고향의 명산 묘향산도 떠올리고 일본 황실과 가깝게 보이면 더 좋다는 생각이었다. 이응준은 조국의 독립은 요원하다고 믿었다. 조선인이 일본에 융화되어가려면 성과 이름도 일본식이어야 좋다고 생각했다.

대구 부임 1년이 지난 1941년 8월, 이응준은 마침내 대좌로 승진했다. 이때 나이는 52세였다. 그리고 넉 달 후인 12월 7일, 일본군이 하와이 진주만을 기습하며 태평양전쟁이 시작되었다.

중국 전선에 이어 태평양 전선까지 벌어지니 조선 땅은 총화단결, 내선일체 외에는 딴 생각을 할 수 없는 상황이 되어버렸다. 총독부는 점점 더 심한 착취와 강력한 통제와 억압으로 조선인들의 숨통을 조였다.

명망 있는 민족지도자들 중 일부가 적극적인 친일의 길로 나섰다. 일본의 힘에 압도되어 독립보다는 일제에 편승하는 것이 민족의 장래를 위해 바람직하다는 발언을 했다. 윤치호, 최린, 최남선, 김성수, 이광수가 대표적인 협력자들이었다.

이응준은 김성수, 이광수와 우정을 이어가고 있었고 심정적인 공명(共鳴)을 하고 있었다. 게다가 일본군 대좌 신분이어서 몸과 정신 모두 철저한 친일의 길을 달려가게 되었다.


## 광복군 총사령 지석규, 홍사익에게 다시 밀사를 보내다

1940년 9월 17일 아침, 지석규는 중국 내륙 깊숙한 도시 충칭의 변두리 마을 투차오(土橋)에 있는 집에서 새벽잠을 설치고 자리에서 일어났다. 이날 열릴 광복군 창설식 행사 때문에 흥분하여 잠이 오지 않았던 것이다.

아침을 대강 먹고는 아내가 정성들여 다림질한 군복을 입었다. 이날 광복군 창설식이 끝나면 광복군 총사령인 그는 중국정부로부터 육군소장과 같은 급여와 예우를 받게 되어 있었다.

낡은 거울 앞에 섰다. 몸은 꼿꼿했으나 20년 세월을 망명객으로 분투하며 보낸 터라 얼굴에는 생의 굴곡이 깊이 서려 있었다. 53세 나이에 입어보는 임시정부 소속 군대의 군복, 그는 이 군복을 입고 부하들을 지휘해 조국 땅으로 진격할 수 있기를 빌

마지막 무관생도들

었다.

군모를 쓰고 허리를 꼿꼿이 펴서 차렷 자세를 해보는데 옆구리의 총상 자리가 뜨끔했다. 두 해 전 총격을 받은 자리였다.

3년 전 일본이 중일전쟁을 일으키자 중국 국민당 정부와 공산당 세력은 분쟁을 멈추고 대일항전을 위해 좌우합작을 실현시켰다. 그것을 보고 조선인 독립운동 단체들도 통합에 나섰다. 1938년 5월 그는 한국국민당·조선혁명당·한국독립당의 통합 문제를 협의하기 위해 백범 김구, 유동열 선배, 동지인 현익철과 함께 창사의 난무팅(南木廳)에서 열린 회의에 참석했다. 이때 임시정부는 창사에 와 있었다. 거기서 전 조선혁명당 간부 이운한(李雲漢)의 저격을 받았다. 지석규는 총탄이 콩팥을 피해 옆구리 살을 찢으며 나가 며칠 치료받고 일어났으나 백범과 유동열은 중상을 입었고 현익철은 그 자리에서 절명했다. 7년 감옥살이를 하고 홍사익의 전향공작으로 석방되어 온 현익철은 그렇게 죽었다.

민족주의 독립운동 단체들의 통합이 이뤄지자 임시정부는 군사위원회를 만들고 군대 창설을 준비했다. 그 중심인물은 지석규였다. 창군 작업은 이해(1940) 들어 구체화되었다. 그는 중국 좌우합작 정부의 인사들을 만나 광복군 창설 문제를 협의하며 지난여름을 보냈다. 9월 초순 마침내 협정을 체결했다. 비록 간부 중심의 병력 200여 명뿐이지만 이날 창군을 하면 이제 남은 일은 지금 화베이의 타이항산(太行山) 전선에서 일본군과 싸우고 있는 조선의용대를 통합하여 큰 군대 조직으로 발전시키고 애국청년들을 뽑아 훈련시켜 큰 부대로 키워가는 것이었다. 그리고 바다를 건너 고국 땅으로 진격하는 것이었다.

그는 집을 나와 광복군 창설 선포식장으로 가기 위해, 중국 측이 제공한 별판이 붙은 승용차에 올랐다. 승용차는 투차오 지역의 울퉁불퉁한 흙길을 천천히 달려갔다.

창강(長江) 강변 언덕에 있는 창군식장에 도착하자 중국 군악대가 행진곡을 연주하기 시작했다. 그는 도열해 있던 광복군 장병들의 경례를 받으며 임시정부의 김구 주석과 함께 단상으로 올라갔다. 단상 중앙에는 중화민국의 국기인 청천백일기와 태극기가 교차되어 걸려 있었다.

김구 주석이 선언문을 낭독했다.

> 대한민국 임시정부는 원년(1919)에 정부가 공포한 군사조직법에 의거하여 중화민국 총통 장개석 원수의 특별 허락으로 중화민국 영토 내에서 광복군을 조직하고 대한민국 22년 9월 17일 한국광복군 총사령부를 창설함에 자에 선언한다.

김구 주석은 지석규 총사령에게 군기(軍旗)를 수여했다. 지석규는 감격에 젖은 채 군기를 손에 잡고 단상 아래 있는 광복군 대원들을 향하여 휘저었다. 지난 20년, 곁에서 싸우다가 쓰러져 간 부하들의 모습이 스쳐 지나갔다.

창설 선포식이 끝나자 그는 김구 주석, 임정의 국무위원, 중국 정부에서 온 내빈 들과 함께 단상 아래로 내려가 참모들과

마지막 무관생도들

포옹하며 악수했다.

참모장 이범석, 참모처장 채군선(蔡君仙, 채원개[蔡元凱]라는 이름으로 더 알려짐), 부관처장 황학수(黃學秀), 정훈처장 조소앙(趙素昻), 군법처장 홍진(洪震), 관리처장 김기원(金起元, 본명 김명준[金明濬]), 군수처장 차이석(車利錫), 제1지대장 김준식(金俊植), 제2지대장 김학규(金學奎), 제3지대장 공진원(公震源), 제4지대장 김동산(金東山) 등 참모진은 세계 어느 나라에 내놓아도 빛나는 혁혁한 투사들이었다.* 이범석은 챵산리 전투의 영웅이고 황학수, 조소앙, 홍진, 차이석 선생은 임시정부에서 고위직을 맡은 바 있는 대선배들로 지석규가 존경해온 분들이었다.

"우리가 군대를 갖게 되다니 감격스럽소. 총사령께서 명령을 내리면 내 무슨 일이든지 하겠소."

홍진 선생이 울먹이며 말하자 다른 선배들도 눈물 글썽이며 고개를 끄덕였다.

지석규는 평대원들과도 악수를 나누었다. 평대원은 본부대원이 50여 명, 각 지대 대원이 60명씩 총 240명이었다. 대원들 가운데는 뤄양군관학교를 나와 중국군 소위로 있었던 장남 달수와, 여성대원으로 입대한 딸 복영도 있었다.

일단 광복군 창설을 한 그는 중국 대륙에 흩어져 있는 동포들

---

* 『國民政府與韓國獨立運動史料』, 246~247쪽. 한시준, 『한국광복군연구』, 일조각, 1993, 90~91쪽 재인용.

에게 사실을 알려 청년들을 입대시키기 위한 준비에 들어갔다.

좋은 일이 또 생겼다. 조선의용대 대장 김원봉과 민족전선계 인사들이 그들의 간판인 민족혁명당, 그리고 조선의용대와 함께 임정에 참여했던 것이다. 사회주의자와 무정부주의자 들까지 들어왔으니 임정은 명실 공히 대동단결을 이루었다. 광복군도 조선의용대를 통합해 번듯한 군대가 되었다.

1941년 12월, 임시정부와 광복군에 비상이 걸렸다. 광복군 소속인 조선의용대 화북(화베이)지대가 타이항 산맥의 후자좡(胡家莊)이라는 곳에서 일본군과 격전을 벌여 적 12명을 사살했으나 4명이 전사하고 2명이 부상당하고 그중 하나가 생포된 것이다.*

젊은 날에 의열단을 창단해 그것을 조선의용대로 키워온 김원봉은 얼굴이 굳어졌다. 전투에서 이겼으면서도 전사한 대원들을 생각하기 때문이었다.

"내 아들처럼 아껴온 대원들입니다. 제대로 묻어주기라도 해야 할 텐데……."

마침 지석규는 김원봉과 더불어 중국군사위원회로 갈 일이 생겼다. 좌우합작 군사위원회는 화베이 전선의 전투 상황을 체크하고 있었다. 거대한 지도에 그려진 상황판은 아군인 팔로군

---

*    전사자는 손일봉 · 박철동 · 최철호 · 왕현순, 부상자는 김세광, 부상당해 생포된 대원은 김학철이었다. 김학철은 뒷날 작가가 되어 자서전 『최후의 분대장』, 소설 『격정시대』, 「무명소졸」 등을 통해 조선의용대의 투쟁을 세상에 알렸다.

**과 적군인 일본군 부대들을 푸른색과 붉은색으로 표시하고 있었다. 광복군 소속인 조선의용대 화북지대는 중국공산당 산하의 팔로군과 연합하고 있었다. 김원봉이 '108여단'이라고 표시된 적의 부대를 손으로 가리켰다.

"조선인 홍사익 소장이 여단장입니다. 우리 조선의용대 화북지대가 후자쫭에서 108여단하고 붙은 건 아니지만 그놈은 적장입니다."

김원봉은 황푸(黃埔)군관학교를 나온 터라 중국군 장교들과 친교가 깊어 적 정보를 빨리 얻고 있었다. 그리고 지석규와 홍사익의 관계를 알고 있었다.

"아, 이 친구가 장군이 되어 중국 전선으로 나왔구나."

지석규는 탄식하듯이 중얼거렸다. 조선의용대 지휘관들은 대부분 신흥무관학교 출신이었다. 그러고 보니 홍사익은 화베이 전선에서 그와 김광서 선배가 키운 제자들을 향해 총부리를 돌리고 있는 것이었다.

그는 다시 홍사익에게 밀사를 보내는 계획을 세웠다. 죽은 현익철의 판단에 의하면 홍사익은 조국을 잊지 않은 듯했고 이대로 가다가는 언젠가 전투에서 맞설 수도 있다는 생각이 들어서였다. 그는 영리하고 변장에 능한 대원을 밀사로 골라 보냈다.

---

** 　팔로군(八路軍) : 중국공산당의 군대로 홍군(紅軍)으로 불렸으나 제2차 국공합작 후에 국민혁명군 제8로군으로 개칭, 신사군(新四軍)과 함께 항일전의 최전선을 담당했다. 1947년 인민해방군으로 명칭을 바꾸었다.

우리가 처음 도쿄에 도착해 사가미야에서 1박할 때 홍 장군이 내 옆자리였지. 유년학교로 가는 처음 타보는 자동차도 옆자리 였지. 이게 확인암호이네. 홍 장군, 이제라도 독립전쟁 전선으로 오시게. 당신은 장군이므로 독립운동에 엄청난 효력을 주게 될 것이네.

열흘 뒤 그가 보낸 밀사가 답을 가져왔다.

수천 명 부하를 거느린 장군은 죄인이 되더라도 길을 바꿀 수 없네. 숙명으로 알고 나의 길을 가겠네. 광복군 총사령이 된 자네가 자랑스럽네.

예상한 바였지만 지석규는 홍사익이 그렇게 된 것이 슬펐다.

갑자기 공습경보 사이렌이 울렸다. 지석규는 광복군사령부 건물 뒤에 있는 방공호로 대피했다. 일본군 비행기들은 중국 군사위원회가 있는 거리 쪽에 폭탄 수십 발을 투하하고 사라졌다.

홍사익에게서 응답이 온 날 덮쳐온 일본군의 공습, 마치 그것이 홍사익이 보낸 것처럼 느껴졌다. 지석규는 홍사익을, 또 다른 친구 이응준을 생각했다. 중국 대륙 전체가 전쟁으로 불붙고 있는 지금, 이응준도 중국 전선에 올지도 모른다는 생각이 문득 들었다. 그리고 김광서 선배도 생각났다.

1932년 초 만주를 떠나 중국 관내로 내려오기 전까지는 가끔 국경 너머 연해주와 시베리아로부터 김광서의 소식을 전해 듣곤 했었다. 소비에트 정부의 요구로 무장부대를 해산했고 블라디보스토크에 있는 극동대학에서 교수로 일하고 있다는 것이 그가 들은 마지막 소식이었다.

그리고 몇 년 뒤, 임시정부에서는 연해주의 동포들이 독재자 스탈린 정권에 의해 중앙아시아로 강제 이주되었다는 정보를 놓고 논의한 일이 있었다. 일본이 만주를 점령하자 지난날 러일전쟁에 패했던 러시아가, 만주와 인접한 연해주의 조선인들이 일본을 도울 것이라 판단했을 것이라는 분석이 보고되었다. 그후 더 이상 소식은 들려오지 않았다.

중국 내륙의 깊숙한 곳 충칭에서 지석규가 걱정하고 있는 것보다 더 엄청난 일이 김광서와 연해주의 조선인들에게 일어났고 이미 끝나 있었다. 1937년 스탈린은 16만 명이나 되는 연해주의 조선인들을 모두 중앙아시아로 강제 이주시켰고, 반발을 막기 위해, 미리 천 명 이상의 지식층과 지도자들을 처형하거나 구속했던 것이다. 러시아 혁명전쟁 중의 공적을 인정받아 두만강 국경의 포시에트 지역 혁명군사령관까지 지내고 훈장을 받았던 김광서도 구속을 피하지 못했다. 1936년 간첩죄 누명을 쓰고 연해주에서 수천 킬로미터 떨어진 우랄 산맥의 유형지로 끌려갔던 것이다.

1942년 겨울, 지석규가 기다리던 일이 일어났다. 일본군이 진주만의 미군 기지를 기습했고 미국 의회는 거의 만장일치로 일본에 대한 선전포고를 가결한 것이었다.

"일본이 제 무덤을 파고 있어. 중국군이 미군과 연합군이 될 거고 우리가 국내 진공을 감행할 날이 다가오고 있어. 연합군의 일원으로 참전하려면 어서 광복군을 확충해야 해." 신문을 함께 읽은 김구 주석이 말했다.

지석규는 한 달 뒤인 1943년 1월 초순,「현 단계와 우리의 임무」라는 선언문을 발표하였다. 광복군과 중국국의 연합에 의한 대일전쟁은 조국의 독립전쟁이자 동아시아 평화를 위한 전쟁, 세계 민족문제 해결을 위한 전쟁임을 밝히는 것이었다.

그해 여름, 그는 광복군 요원들을 인도와 버마로 파견하였다. 그들은 영국군 부대에 속해 일본군을 상대로 심리전 공작을 펼쳤다.*

### 홍사익, 필리핀 포로수용소장으로 가다

홍사익이 지석규가 보낸 두 번째 밀사를 만난 것은 그가 속한 사단의 한 중대가 후자좡 전투에서 조선의용대와 싸워 깨진 직후였다. 일본군의 적인 팔로군 안에 조선의용대라는 작은 부대가 있다는 건 알려져 있었지만 이번에 존재가 분명하게 드러났다. 그는 포로로 잡힌 조선의용대원 부상자를 심문한 보고서를 보고 실체를 파악했다. 조선의용대는 의열단을 모태로 만들어진 군대이며 이번에 조우한 것은 화북지대였다. 팔로군의 지원

---

* 한시준, 앞의 책, 260~271쪽 참조.

을 받지만 계통상 이청천 총사령이 지휘하는 광복군 소속이고, 간부들이 신흥무관학교 출신이었다. 김광서 선배와 지석규가 탈출해가서 그 학교 교관을 한 것을 그는 알고 있었다.

그는 속으로 중얼거렸다.

'내 부대가 조선의용대와 맞붙는 일은 없어야 한다.'

그날 밤 그는 꿈을 꾸었다. 갑자기 조국의 힘이 강성해져서 일본을 무찌르고, 자신이 죄인이 되어 조국의 법정에 서는 불길한 꿈이었다. 문득 '하늘의 징벌'이 떠올랐다. 독립전쟁에 몸 던지자고 한 맹세에 등 돌린 채 일본군 장군이 된 자신은 벌을 받을 것 같은 두려움이 일었다.

조선인으로서 일본군의 장군이 된 것은 1938년 진급한 영친왕 이은, 그리고 홍사익 둘뿐이었다. 홍사익의 장군 진급은 탁월한 실력 때문이지만 오카무라 야스지 장군의 추천에 힘입은 바 컸다. 견습사관과 초년장교 시절 상관이었던 오카무라는, 그를 육군대학에 추천해 보낸 사토 가쓰히로 장군이 사망한 후 홍사익의 뒤를 밀어준 후견인이었다. 1941년 초 육군대장으로 승진하고 북지나(北支那)방면군** 사령관으로 가면서 홍사익의 장군 승진을 추천했고 승진이 확정되자 자기 휘하의 108여단장으로 부른 것이었다.

홍사익이 사령부로 가서 전속 신고를 하자 오카무라 사령관

---

** 방면군(方面軍) : 태평양전쟁 중 일본군의 조직단위. 분대-소대-중대-대대-연대-여단-사단-군-방면군-총군-대본영의 단계로 되어 있었다. 방면군은 7~10개 사단 규모였다.

은 껄껄 웃으며 반겼다.

"장군이 됐으면 야전군 지휘관을 해야지. 그래서 불렀으니 열심히 해주게."

홍사익의 여단사령부는 허베이성(河北省) 싱타이(邢台)에 있었다. 대도시인 스좌장(石家莊)과 한단(邯鄲) 간의 철도를 확보하고 타이항산의 팔로군을 타격하는 것이 임무였다. 팔로군은 일본군에 비해서는 무기도 형편없고 훈련이 안 된 오합지졸이었다. 그러나 인민의 해방이라는 구호를 내걸고 인민들 속으로 파고든 중국공산당 소속이라 농민들의 지지를 받고 있었고 전사들의 사기도 높았다. 그러나 그는 몇 달 동안 팔로군을 상대로 크고 작은 전투를 벌였고 늘 승리했다.

조선의용대는 그의 여단 책임 지역인 위안지현(元氏縣)과 잔황현(贊皇縣) 지역에 자주 출현하고 있었다. 그의 여단 소대급 또는 중대급 부대가 그들과 쫓고 쫓기는 상황도 여러 번 벌어졌다.* 그때마다 그는 접전할까 봐 조심스러웠다. 그러면서 문득 충칭에서 조선의용대를 원격 지휘하고 있다는 지석규를 생각했다.

어느 날, 스좌장 기차역에 있는 병참본부에 갔다가 저녁에 참모들과 요릿집에 갔다. 호위병들이 안팎에 배치되었다. 술도 몇 잔 마시고 변소에 갔는데 중절모에 고급스런 양복을 입은 귀족

---

\* 당시 조선의용대원이었던 김학철은 '밤낮없이 홍사익 휘하의 일본군과 위험천만한 숨바꼭질을 하며 서로 죽일 내기를 했다'고 회고했다(김학철, 『최후의 분대장』, 문학과지성사, 1995, 267쪽).

　　　　　　　　　　　　　　　마지막 무관생도들

풍의 젊은 중국 청년이 자연스럽게 따라 들어와 갑자기 조선말로 빠르게 말했다.

"홍사익 장군님, 저는 이청천 광복군 총사령님의 밀사입니다."

여러 해 전 만주 펑톈의 라마교 사원 파룬사에서 다가왔던 밀사처럼 이번에도 지석규와 그만이 아는 암호를 말하고 지석규의 말을 외웠다. 역시 갑자기 벌어진 상황, 홍사익은 즉시 갈 수 없다는 답을 했다.

"마음이 바뀌시면 왼손에 군모를 드시고, 오른쪽 바지 주머니에서 흰 손수건을 꺼내시면서 이 요릿집에 다시 오십시오. 사흘 동안 기다리겠습니다."

밀사는 고개를 깊이 숙여 인사하고는 태연히 밖으로 나갔다.

홍사익 소장은 그날 밤을 불면으로 지새웠다.

'나는 요코하마에서 피를 섞어 마시며 맹세했다. 내 조국, 내 동포를 생각하면 탈출해야 한다. 그러나 독립전쟁의 승산은 없다. 일본이 내 어깨에 장군 계급장을 달아줬으니 충성해야 한다. 다시는 이 문제로 고심하지 않겠다. 하늘이 벌을 내려도 할 수 없다.'

그는 가슴속의 갈등을 떨쳐버렸고 그 후 그 요릿집에 가지 않았다.

그의 여단이 동포 항일부대와 조우하는 일은 고맙게도 벌어지지 않았다.

다음 해인 1942년 봄, 오카무라 사령관은 팔로군의 근거지인 타이항산 지역에 5개 사단 이상의 병력을 휘몰아 대규모 소탕

작전을 벌이는 작전계획을 짰다. 작전 개시를 눈앞에 둔 4월 중순, 홍사익은 만주에 있는 궁즈링(公主嶺) 학교의 부교장격인 간사(幹事)로 가라는 전속 명령을 받았다. 화베이 지방에는 조선인들이 많아 아무래도 조선인 야전사령관은 곤란하다고 육군성이 판단한 때문일 것이라고 짐작이 갔다. 홍사익이 야전군 여단장으로서 전투를 지휘한 기간은 1941년 3월부터였으니 1년 남짓한 기간이었다.

그는 화베이를 떠나 6년 만에 다시 만주로 갔고 결과적으로 동포 항일무장세력인 조선의용대와 맞붙는 일을 피했다. 그가 떠나고 한 달이 지난 5월 하순, 그가 지휘했던 108여단을 포함한 일본군은 총공세에 나섰고 팔로군 지휘부 4,500명을 포위했다. 조선의용대가 앞장서 탈출로를 뚫었고 중심 간부인 윤세주와 진광화(陳光華)가 전사했다.

궁즈링은 만주 지린성의 서쪽 쑹랴오(松遼) 평원에 위치한 큰 구릉에 있었다. 침엽수림이 빽빽하고 야생동물들이 많았다. 만주국의 수도 신징에서 남쪽 펑톈으로 가는 철도가 연결되어 있어서 교통은 편리했다. 기차역 다섯 개를 지나면 신징이었다. 궁즈링 학교는 장차 있을지도 모르는 소련과의 전쟁에 대비하기 위한 고급 장교 재교육 군사학교였다. 홍사익은 그곳 생활에 젖어갔다.

이해 여름, 불행한 일이 일어났다. 그의 아내가 경성 집에서 갑자기 중풍으로 쓰러져 유명을 달리한 것이었다. 아내는 결혼 직후 10년을 거의 떨어져 살며 고생했는데 이제 그가 장군이 되

　　　　　　　　　　　　마지막 무관생도들

고 살 만해지니까 세상을 떠난 것이다. 그는 급히 경성으로 가서 장례를 치르고 돌아왔다.

그는 아내를 잃은 슬픔을 달래기 위해 주말마다 말을 타고 쑹랴오 평원을 달려 멧돼지와 노루를 잡았다. 궁즈링에 있는 장군관사는 500평의 대지에 정원이 있으며 난방 보일러에 방 일곱 개가 있고 수세식 화장실과 욕실이 있는 벽돌집이었다. 그러나 아내가 없어 늘 쓸쓸하고 빈집 같았다.

1943년 양력 설날, 만주군에 복무하는 동포 장교와 하사관 들이 세배를 왔다. 홍사익은 그들에게 은혜로운 존재였다. 만주국 군사고문 시절에 규정을 고쳐 한인 사병들이 만주군 장교가 될 수 있는 길을 터주고 군관학교 모집에도 응할 수 있게 해놓았던 것이다.*

"어서들 와. 정월 초하루를 심심하게 보내나 했는데 잘들 왔어."

그는 요리병에게 조선식 떡국을 끓이고 멧돼지 통구이를 만들게 했다. 그것을 나눠 먹으면서 술을 한 잔씩 권했다. 그리고 그들이 돌아갈 때 고급 술 한 병과 멧돼지 고기를 나눠주었다.

"부대로 돌아가서 중대장에게 선물해. 나한테서 받아 왔다고 말해."

그 무렵 중매가 들어왔다. 이청영이라는 34세의 노처녀였다.**

---

* 　장창국, 『육사졸업생』, 중앙일보사, 1984, 24쪽.
** 　홍사익 가문 족보에 영천 이씨 이보비(李寶妣), 1910년생으로 기록되어 있다(남양 홍씨중앙화수회, 같은 책, 723쪽). 이 무렵에 홍사익이 그녀에게 보낸 여러 장의

도쿄여자고등사범학교를 나와 경성에서 교편을 잡고 있었다. 그는 이미 머리가 반백으로 물든 55세였으므로 여자와는 21년 차이가 났다. 경성까지 급행열차를 타고 가서 만나보니 젊고 아름다우며 여교사다운 세련된 품위가 있었다. 다음 달에는 여자가 특별통행증을 들고 급행열차를 타서 신징으로 오고 그렇게 오고 가며 만났다.

생애에 단 한 번도 여자에게 연정을 품어본 적이 없는 그는 젊고 아름다운 그녀에게 빠져들어 많은 편지를 썼다. 여자가 쉽게 허락하지 않았던 것이다. 나이가 훨씬 어린 여자와의 사랑에 빠진 초로의 남자들이 거의 그렇듯이 그는 육군소장의 체통도 잊고 그리움과 사랑을 고백하는 편지를 써 보냈다. 그녀가 군대 막사에서 어떻게 신혼생활을 하냐고 물색 모르고 투정 부리자 넓은 관사 평면도를 정성을 다해 그려 보냈다.*

그해 5월 가족만 모인 자리에서 결혼식을 올렸다. 부부는 궁즈링에 있는 장군 관사에서 살았다.

"홍 장군, 요새는 사냥도 안 하고 신혼 재미에 푹 빠져 있다지요?"

궁즈링 학교 교장인 무라카미 게이사쿠(村上啓作) 중장이 놀릴 정도였다.

---

\* 육필편지는 이청영(李淸榮)으로 되어 있다(도서출판 범우사 윤형두 회장 소장). 일본어와 한글로 된 위 편지들은 연정을 담은 내용이 많고 건축설계도처럼 정밀한 직접 그린 관사 평면도가 들어 있다. 조국애를 엿볼 수 있는 내용은 기모노만 가져오지 말고 한복도 가져오라는 것뿐이다.

행복한 신혼생활이 꿈처럼 흘러갔다. 새 아내는 임신했고 산월이 가까워지자 친정이 있는 경성으로 갔다. 1944년 3월 초순, 아들을 낳았다는 전보를 받고 경성에 가서 어린 아들을 보고 왔다.

그리고 며칠 후 육군성에서 전속 명령이 왔다. 뜻밖에도 필리핀에 있는 포로수용소 소장으로 가라는 것이었다. 그는 다시 경성으로 왔다. 견지동 처가에 가서 아기와 아내를 보고, 큰아들 집에 며칠 묵었다. 그가 창씨개명을 하지 않아 아들 이름은 그대로 홍국선이었다. 27세인 국선은 와세다대학을 나와 조선은행에 다니고 있었다. 아버지의 마지막 무관생도 동기생 안병범의 조카딸과 결혼해 네 살과 두 살의 두 아들을 두고 있었다. 홍사익 장군은 손자들 재롱을 보며 위안을 얻었다.

어느 날, 며느리가 차려준 저녁밥상을 놓고 국선과 마주 앉았는데 대문 두드리는 소리가 났다. 대문으로 나간 국선이 일본어로 큰 소리를 쳤다.

"탈영병이라니요? 여기가 누구 집인데 와서 감히 그런 말을 하는 거요?"

홍 장군은 무슨 일인가 하여 나갔다. 헌병 소위가 아들을 밀치고 집 안으로 들어오다가 장군복을 입은 그를 보고는 그 자리에 발이 붙어버렸다.

"죄송합니다, 각하!" 하며 경례를 하고 얼이 빠진 사람처럼 돌아나갔다.

어찌된 일이냐고 묻기 전에 아들이 무릎을 꿇었다.

"용서하십시오. 일본군에서 탈영한 친구가 찾아와 숨겨줬습니다. 아버님 오신 뒤에는 몇 집 건너 이웃집으로 옮겼습니다. 지금 무사한 듯합니다."*

"네가 신의를 지킨 건 잘한 일이다."

홍사익은 담담하게 말했다.

어려서부터 평소 말이 적었던 아들, 장성한 뒤에는 떨어져 살아 아버지와 대화를 거의 하지 못했던 아들은 결심한 듯 입을 열었다.

"아버님, 사람들이 '미국의 소리' 조선어 방송을 듣습니다. 경성방송의 대본영** 발표는 언제나 황군이 승승장구하고 있다고 선전하지만 패전이 가깝다는 걸 알 만한 사람들은 압니다. 남방전선 밋도웨(미드웨이)와 카다루카나루(과달카날) 전투에서 지고 제공권과 제해권을 잃어 가망 없다고 말합니다."

홍사익은 이제 어른이 되어 제 할 말을 다해버리는 아들의 얼굴을 바라보았다.

"아마 그럴 거다."

아들 국선은 두 눈을 또렷이 들고 그를 바라보았다.

"아버님은 그런데도 남방전선으로 가십니까?"

홍사익은 길게 심호흡을 했다.

"돌이키기엔 이미 늦었다. 지금 와서 발을 뺀다는 건 장군답지 못한 비겁한 일이다."

---

\* 이때의 정황은 야마토 시치헤이의 책에 있다(山本七平, 같은 책, 상권 25∼27쪽).

\*\* 대본영(大本營) : 태평양 전쟁 때 일본 천황의 직속으로 최고의 통수권을 행사한 지휘부.

마지막 무관생도들

그의 가슴에 직감으로 다가오는 것이 있었다. 이번에 남방전선으로 가면 다시는 아들을 못 볼 것 같은 예감이었다.

"너 어렸을 적 아버지 친구였던 지석규와 이응준을 기억하느냐?"

그의 말에 아들은 무릎걸음으로 바싹 다가왔다.

"기억납니다. 지석규 아저씨가 이청천이라는 이름으로 광복군 총사령을 맡고 계신 걸 저도 압니다."

"우리가 도쿄유년학교와 육사에 다닐 때 김광서라는 선배가 우리를 이끌어줬다. 그는 조선 땅에 김경천 장군, '백마 탄 김일성 장군'으로 알려졌다."

아들은 김경천 장군의 전설을 알고 있는 듯 머리를 끄덕였다.

"합병 직후 우리 조선인 생도들은 뒷날 독립전쟁에 앞서기로 결의했다. 김광서 선배는 지석규와 이응준과 나를 특별히 아끼고 신뢰했다. 김 선배와 우리들 셋은 함께 요코하마로 가서 언제고 조국이 우리를 부르는 날 함께 탈출하기로 단지맹세를 했다. 삼일만세운동 일어나던 해 김광서, 지석규 두 사람은 탈출했다. 그때 나는 육군대학 응시 후보로 지명되어 있어 가지 않았다. 나는 우리 조선이 독립을 쟁취할 수 없다는 생각도 했다. 지나전선에 있을 때 이청천 광복군 총사령이 두 번이나 밀사를 보냈다. 나는 가지 못한다는 답을 보냈다. 이제는 어쩔 수 없이 일본에 충성해야 하는 몸이기 때문이다. 일본이 전쟁에서 패배하는 날, 나는 죄인이 되어 친구들 앞에 설지도 모른다. 그건 나의 숙명이다."

아들은 눈물이 글썽한 채 말없이 고개를 끄덕였다.

홍사익은 경성 집에 머무는 동안 고향 안성에 가고 선산에 성묘도 했다. 머릿속에 꺼림칙하게 짚여오는 게 있었다. 포로수용소장으로 가면 후일 패전했을 때 보복을 받을 것이라는 예감이었다. 며칠 동안 그는 깊이 생각했다. 왜 내게 악역을 맡기는 걸까. 두뇌 회전이 빠른 그였지만 이유를 명확히 알 수 없었다.

홍사익이 깨닫지 못한 이유가 무엇이었을까.『매일신보』도쿄 특파원이었던 김을한(金乙漢)은 일본군 수뇌부가 홍사익을 포로수용소장으로 보낸 이유가 조선인들의 반란을 예방하기 위한 것이었다고 뒷날 분석했다.

> 이것은 나중에 판명된 일이지만 그때 일본 군부에서는 연합군의 총반공으로 전세가 날로 악화돼 본토 방위에만 급급하였는데 그들이 제일 걱정한 것은 내란이었으며 그중에서도 조선에서 반란이 일어나지나 않을까를 가장 우려하였었다. 그것은 당시의 비밀 정보로 조선인의 지원병이나 학도병이 자꾸 탈주하는 사실이 드러났으므로 한국의 인심은 이미 이반되었으며 어느 날 어느 때에 반기를 들지도 모른다고 추측하였기 때문이었다. 따라서 반란이 난다면 누군가 지도자가 필요할 터인데 만일 홍 중장과 같은 최고의 군사지식을 가진 인물을 수령으로 삼는다면 큰일이라고 해서 도조(東條) 등의 일본 군벌은 홍 중장을 전례에 없는 포로수용소장으로 임명한 것이었다.*

---

* 　김을한,「해방에서 환국까지」,『중앙일보』1970년 8월 22일자.

마지막 무관생도들

홍사익의 전기를 쓴 야마모토 시치헤이는 필리핀 전선의 최고사령관인 야마시타 도모유키 대장이 자신의 약점을 보충하기 위해 홍사익을 부른 것이라고 썼다.

야마시타 대장이 도쿄 아자부의 제3연대 연대장이었을 때 그 밑에서 대대장이었던 사람이 홍 중장이며 두 사람은 매우 친했다는 사실이 있다. 필리핀에서는 적과 싸울 뿐만 아니라 보급의 정비, 현지에서의 자활, 주민의 인심 장악이 큰 문제라는 것을 적어도 군의 수뇌부는 알고 있었다. 그리고 야마시타 대장은 이 면에서는 자기에게 능력이 없다는 것을 알고 있어서 이를테면 병참감, 자활감으로서 그 면을 일임할 수 있는 사람이 필요했던 것은 당연히 상상할 수 있다.[**]

춘원 이광수는 '홍사익이 공주령(궁즈링)에 있다가 마닐라 포로 수용소로 좌천된 것은 그가 재류동포들의 애경을 받은 죄였다'고 썼다.[***]

홍사익은 필리핀으로 떠나기 이틀 전에야 이응준과 만날 약속을 잡았다. 이응준은 가야마 다케토시로 이름을 고쳤고 용산

***

[**]    山本七平, 앞의 책, 상권 23쪽.
[***]   이광수, 「친일파의 변」, 『나의 고백』, 춘추사, 1948. 『이광수전집』 13권, 삼중당, 1962에 재수록. 287쪽. 이광수는 이 글에서 자신의 친일 행위를 변명하며 홍사익을 끌어다 댔다.

정거장 사령관이 되어 있었다. 홍사익에게 두 차례 부관을 보내 저녁 한 끼 같이 하자고 했고 홍사익은 간신히 시간을 냈다. 이 응준이 연락이 닿는 동기생과 후배 들을 소집할까 하고 의견을 물었고 홍사익은 둘이만 만나자고 했다.


## 혈세를 바치라 희생을 바치라

3년 전인 1941년 가을에 대좌로 진급했던 이응준은 다음 해 5월 북지 독립7여단으로 가라는 전속 명령을 받았다. 이제 전쟁터로 가면 무슨 일이 생길지로 모른다는 생각이 들었다. 그만큼 북지전선의 전투가 치열한 데다 이제 53세의 늙은 군인이기 때문이었다.

떠나기 전 열흘간 휴가를 받았다. 아내와 자식들을 위해 뭔가 남겨놓아야 한다는 생각에 부랴부랴 넓은 토지가 딸린 집을 구했다. 동대문 밖 안암정(安岩町)에 대지가 600평이 되고 양옥과 한옥 두 채가 있는 부동산이 매물로 나와 있었다. 그는 그동안 저축한 돈을 모두 합하고 은행 빚을 얻어 그것을 샀다. 근검절약해서 샀다고 하지만 보통 사람들은 상상할 수 없는 영화였다. 일제는 마지막 한 방울까지 착취하고 있었고 헐벗고 굶주려 쓰러지는 사람들이 부지기수였다.

그는 가족과 이별하고 가차를 타서 신의주, 안둥, 펑톈을 거쳐 톈진까지 간 다음 독립7여단이 주둔하고 있는 산둥성 지난(濟南)까지 갔다. 지난의 여단사령부에서 받은 보직은 칭다오

마지막 무관생도들

(靑島)에 새롭게 문을 여는 신병교육대 대장이었다. 현지 병사 임무부대에서 일본인 장정들을 징집해 보내면 교육대에서 훈련을 시켜 전선으로 보내는 일이었다. 몇 해 전 베이징에서는 청년들을 징집하는 일을 했는데 이번에는 다음 단계인 신병 훈련을 맡은 것이었다.

그는 칭다오로 가서 두 달간의 준비 끝에 훈련소를 개설했다. 칭다오는 그와 가까웠던 사람들과 인연이 있는 도시였다. 멀게는 장인인 이갑 참령이 망명 직후인 1910년 여름에 동지들과 회담을 열고 독립운동 근거지로 만들려고 했던 곳이고, 가깝게는 친구인 지석규가 1차대전 말기에 자오저우만 전투에서 독일군과 싸우고 부상당한 곳이었다. 이갑 참령과 지석규가 머물렀던 칭다오, 이응준은 거기서 1,500명의 신병을 받아 전투원으로 만드는 교육을 시켰다. 신병 중에는 300명의 동포 청년들이 포함돼 있었다.

육체만이 아니라 정신도 마비가 되는 법, 그의 정신은 일본에 충성하느라 마비되어 있었다. 동포 청년들에 대한 신병 교육이 조국에 얼마나 큰 해악을 끼치고 민족정기를 압살하는 것인가는 깨닫지 못했다.

1943년 가을, 화베이 지역의 일본군 제1군은 산둥성의 팔로군 유격대 토벌작전에 들어갔다. 이응준은 연대급 전투부대 지휘관이 되어 보산(博山) 지역에서 황해 쪽으로 진군하며 적 유격대와 격전을 치렀다. 전투가 끝나면 촌락을 뒤져 유격대원을 색출하는 임무를 수행했다. 유격대원의 가족을 총살하거나 구타하고 여자들을 겁탈하는 일이 매일같이 일어났다. 군위안소를 만들었는데도 그랬다. 젊은 여인들은 일본군의 겁탈을 피하기 위해 얼굴에 검정 칠을 하고 남루한 옷차림을 한 채 동굴 속에 숨곤 했다.

고국 조선반도와 가까운 해안까지 진출해 작전을 끝내고 그는 지친 몸을 눕혔다. 그런데 새벽 1시경 숙소 앞과 뒤에서 수류탄 여러 발이 터졌다. 누워 있었기 망정이지 서 있거나 앉아 있었더라면 죽었을 것이었다.

구사일생으로 목숨을 건진 그는 부대를 이끌고 칭다오로 가는 수송열차를 탔다. 그런데 탄약 무기를 실은 앞쪽 화물칸에 폭발이 일어났다. 탑승자들 중 최고 선임자였던 그는 그 일로 30일의 중근신 처분을 받았다. 선임 탑승자였기 때문에 받은 불운의 징계였다.

장교 생활 중 받은 가장 큰 징계였지만 그것은 결코 불운이 아니었다. 이응준은 그 열차를 타고 칭다오로 이동함으로써, 화베이 지역에서 세력을 확장해가고 있던 조선인 무장세력과의 충돌을 피할 수 있었던 것이다. 이 무렵, 김무정*이 지휘하는 조선의용군이 그곳에서 멀지 않은 타이항산에서 투쟁하며 산둥반

---

*　김무정(金武亭, 1905~1951) : 함북 경성 출생, 중앙고보 중퇴. 중국 바우딩군관학교 졸업, 포병장교로 활동하다가 중국공산당에 입당, 팔로군 첫 포병연대장이 되었다. 그 후 조선의용군 사령관을 지냈다. 광복 후 북한으로 귀국해 조선노동당 중앙위원을 지내고, 6·25전쟁 때 2군단장을 지냈으며 1950년 숙청되었다(강만길·성대경, 앞의 책, 172~173쪽).

　　　　　　　　　　　　　　마지막 무관생도들

도로 진출해 고국 진공을 감행할 기회를 노리고 있었다. 조선의
용군은 얼마 전까지 지석규가 지휘하는 광복군에 속해 있던 조
선의용대 화북지대가 김두봉(金枓奉)이 이끄는 조선독립동맹
산하로 들어가며 이름을 바꾼 것이었다.

1943년 7월 말 이응준은 진저우(錦州)라는 철도정거장 사령
관으로 전속되었다. 진저우는 만주에서 톈진이나 베이징으로
들어오기 위해 거치는 교통의 요지로서 화베이 주둔 일본군의
중요 보급 거점이었다. 부임하기 전 며칠 휴가를 얻어 경성으
로 왔다. 조선총독부는 일본 청년들만으로는 징집 인력이 부
족해지니까 조선 청년들을 전쟁터로 끌어내려고 기를 쓰고 있
었다.

『매일신보』 기자가 안암정 집으로 찾아왔다. 징병제에 찬성
하는 말을 해달라는 것이었다. 이틀 후 그의 발언은 신문에 실
렸다.


생사를 초월하라 가야마 다케토시 대좌 회견기

기다리고 기다리던 8월 1일 징병제 실시의 날은 왔다. 반도
의 산하는 세기의 감격과 환희로 찼다. 최근까지 북지전선에
서 휘젓고 싸우며 혁혁한 무공을 세우고 돌아온 평남 안주 출
신의 가야마 다케토시 대좌를 안암정 자택으로 찾아 반도 청
년에 부탁하는 말을 물으니 대좌는 이렇게 말했다. '이번 조선
의 징병제 실시에 의하여 조선 청년에게도 국가방위의 숭고한
병역의무가 부여된 것은 무상의 광영이며 명예이다. ……이

비상시국에 있어서 국가방위의 최고 책무를 분담하게 될 것은 진실로 감사 감격에 이기지 못하는 터로 조선 청년인 자는 크게 감격하고 흥분하여 일어서야 하겠다. 그리고 촌각이라도 잊어서는 안 될 것은 명예가 있는 곳에 반드시 책임이 가중된 다는 것이다. 대원수 폐하의 팔다리가 되어 황군의 일원으로 한 번 죽음으로써 그 책무를 완수하는 것이야말로 명예를 완수하는 길인 것이다.'*

이응준은 이 글을 보고 아내가 혼자 눈물을 흘린 것을 알지 못했다. '황군의 일원으로 한 번 죽음으로써 그 책무를 완수하는 것이야말로 명예를 완수하는 길', 이 문장을 읽고 장인인 고이갑 참령의 옛 동지들, 용산 근무 시절에 교유한 민족지도자들, 보성중학의 동창생들, 의전과 약전에서 강의를 들은 제자들, 그 외에 그를 기억하는 많은 사람들이 분노하며 탄식하는 것을 알지 못했다. 그리고 그것이 자신의 생애에 지울 수 없는 중대한 오점으로 남으리라고 생각하지 못했다.

휴가가 끝나고 그는 새 근무지인 진저우 정거장으로 떠났다. 수송과 병참 분야에서 일한 것은 처음인지라 거기서 열심히 임무를 수행했다. 성과가 좋았는지 두 달 만에 경성의 용산정거장 사령관으로 가라는 명령을 받았다.

용산역은 조선반도 수송의 대동맥이었다. 인천의 부평조병창

---

* 『매일신보』, 1943년 8월 3일자.

에서 만든 무기와 탄약, 조선 땅 곳곳에서 징발한 전쟁물자들을 중국전선으로 혹은 남방전선으로 수송하는 것이 그의 임무였다. 물자의 질과 양을 보면 그는 알 수 있었다. 일본의 힘은 소진되고 있었다.

전세는 점점 급박해졌다. 조선총독부는 징병제를 확대하고 학병으로 대학생과 전문학교 학생 들을 전선으로 끌어가기 시작했다. 명망 있는 유지들을 내세워 학병을 권유하는 강연회를 열었다. 명성이 있는 유지들은 거의 다 학병 출정 권유 연설에 끌려 나갔다.

이응준은 1943년 11월 9일 저녁, 조선군사령부의 달변가인 요시다(吉田) 소좌, 마지막 무관생도 후배인 가네야마 샤쿠겐 (金山錫源, 김석원의 창씨명)과 함께 경성 부민관(府民館)에서 열리는 매일신보사 주최 강연회에 나갔다. 그는 단상에 서서 말했다.


이씨조선의 문약(文弱)의 소치로 전쟁에 가면 죽는다는 걸 연상하나 예로부터 전쟁의 사망자 통계를 보면 지극히 미미하다. 운이 좋은 사람은 총탄이 사람을 피하게 되고 운 나쁜 사람은 총탄이 따라오는 것이다. 전장 아닌 후방에서도 운 나쁜 사람은 별별 사고로 죽어가지 않는가. 전장에 가면 꼭 죽는다고 두려워하지 말 일이다.

이 나라의 국민으로서 같은 권리를 얻고 같은 대우를 받으려면 우선 의무를 다해야 한다. 영리를 내세우는 상사회사(商

社會社)에 있어서도 돈을 많이 낸 사람이 사장이 되고 공로 많은 사람이 중역이 되기 마련이다. 한 나라에 있어서도 마찬가지이다. 내지인은 나라를 위해 일청(日淸)전쟁, 일로(日露)전쟁에, 그리고 이번 대동아전쟁에서 이미 많은 희생을 바쳤다. 그러나 우리는 아직 그럴 기회가 없었다. 현재 내선일체(內鮮一體)와 일시동인(一視同仁)을 소리 높이 부르짖으나 사실에 있어서 내지와 조선 사이에 허다한 차별이 있는 것은 부인할 수 없다. 예컨대 같은 국민으로서 같은 국내를 왔다 갔다 하는 데도 우리는 현해탄을 건너는 데 도항증이 있어야 하고, 같은 학생으로 같은 대학을 졸업하여 우수한 실력을 보인다 해도 취직하는 데 있어서는 요직에 쓰이지 못하고 보수에 있어서는 현격한 차이가 있다. 다만 조선인이라는 간판 탓이다. 누구나 그것에 분격할 것이다. 그렇다면 우선 국민으로서 가장 중요하고 큰 의무인 혈세를 바치라. 희생을 바치라. 제군들이 희생을 바치고 난 후 또다시 분격을 느낄 차별대우가 있다면 나도 제군의 선두에서 항쟁할 생각으로 있다.*

대학, 전문학교에 다니는 청년들은 바보가 아니었다.
'일본군 고급 장교가 되어 우리를 전쟁터로 내몰다니.'
'일본군 앞잡이! 민족반역자!'
일부 학생들은 속으로 중얼거리며 단상의 그를 노려보았다.
강단에 서면 청중의 반응을 누구나 느끼게 마련이다. 이응준은

---

* 이응준 장군 본인의 회고이다(이응준, 앞의 책, 218~219쪽).

청년 학생들의 표정을 보며 그렇게 말하는 자신이 슬펐다.

강연이 끝난 뒤 부민관 지하다방에서 차를 마실 때『매일신보』주필 서춘(徐椿)이 말했다.

"이보시오, 가야마 대좌. 부민관이 생긴 이후 당신 같은 연설을 한 사람은 없었소."

조선인에 대한 부당한 차별대우를 그렇게 정면으로 규탄한 사람은 없었다는 것이었다.

이응준은 김석원과 자리를 옮겨 술을 마셨다. 우선 김석원의 아들 히데오(秀雄)가 육사 57기로 입학한 것을 축하하는 축배주를 권했다.

"축하하네. 자네 아들이 경기중학에 들어간 것도 하늘의 별따기처럼 어려운 일이었는데 육사에 갔으니 대단하지."

"신태영 선배, 김준원 선배의 아들들은 이미 임관했는걸요, 뭘."

크게 뽐낼 만한데 김석원은 대수롭지 않는 듯 말했다.

김석원은 이응준과는 1937년 베이징 근처의 난위안 전투를 같이 치렀고 북지전선에서 이웃 부대에 있었다. 전쟁터에 출정해 56회나 되는 전투를 치르며 혁혁한 공훈을 세운 인물이었다. 2개 중대 병력으로 중국군 1개 사단을 물리친 적도 있었다. 그래서 여러 차례 신문에 대서특필되고 이미 열 차례 정도 강연에 나선 경험이 있었다. 결국 이응준과 더불어 가장 유명한 조선인 장교여서 함께 강연회에 나간 것이었다.

김석원은 자신이 설립한 성남(城南)중학에 대한 이야기를 했다. 이응준은 격려하면서 돕겠다는 약속을 했다.

그렇게 가을과 겨울이 가고 1944년 새해가 왔다. 이응준은 정신없이 바쁜 나날을 보냈다. 징병과 학병이 확대되면서 많은 인원과 물자들이 그가 책임지고 있는 용산 기차정거장을 통해 전선으로 실려 갔다. 노역을 하게 될 징용인원과 여자정신대원, 군위안부 역할을 할 여자들도 기차에 실려 갔다.

어느 날, 60여 명의 군위안부들이 떠났다. 늘상 있는 일이었다. 그런데 이번에는 어디서 모집했는지 유곽의 여인들 같지는 않고 여염집 처녀들 같았다. 그중 눈이 크고 예쁜 처녀가 울고 있었다. 그는 그녀를 보며 눈을 질끈 감았다. 그는 고급 장교들 사이에 떠도는 풍문으로 알고 있었다. 전선의 고급 장교들도 성에 굶주리는 건 마찬가지다. 전선에 도착하면 예쁘고 순결한 처녀들은 그의 육사 동기생쯤 되는 여단장이나 연대장의 숙소로 보내져 순결을 짓밟히고 보통의 처녀들은 대대장쯤에게 짓밟히고 위안소에 던져져 하루 30~40명의 병사들을 상대해야 한다는 것을.

처녀들을 전선으로 보내는 일은 정말 하기 싫어. 그는 혼자 중얼거리며 한숨을 쉬었다.

봄이 오자 전황이 패전으로 기울어가고 일은 더 많아졌다. 정신없이 업무에 묻혀 지내는데 홍사익이 휴가로 경성에 왔다는 소식이 들렸다.

## 홍사익 이응준의 마지막 만남

홍사익은 이응준을 반도호텔에서 만났다.* 오랜만에 만난 두 사람은 사케를 서로 권하고 건배를 했다.

"나 남방전선으로 간다. 비도(比島, 필리핀) 포로수용소장이 보직이야."

홍사익의 말에 이응준은 만류하는 표정을 지었다.

"비도 방면군사령관인 야마시타 도모유키 대장이 자네한테 곁으로 와서 도와달라 한 모양이군. 그거 안 갈 수는 없나?"

홍사익은 침통한 표정으로 한숨을 쉬었다.

"일본이 장군 계급까지 줬으니 가야지. 기적이 일어나지 않는 한 일본은 패전한다. 아마도 우리가 다시 만나기는 어려울 거야."

두 사람은 천천히 저녁을 먹으며 마지막 무관생도 동기생과 27기 후배 들 이야기를 했다. 주로 이응준이 말하고 홍사익은 고개를 끄덕이며 들었다. 이응준이 화제를 돌렸다.

"젊은 부인하고 재혼한 건 잘했다. 먼젓 부인 일은 안됐다. 문상도 못 해서 미안하다."

"미안하긴……. 자네가 북지전선에 나가 있었다는 걸 내가 아는데, 뭘. 자네는 조선 땅에서 유명해서 전속 명령 받고 이동하

---

\* 이응준은 홍사익을 마지막으로 만난 일을 자서전에 짧게 썼다(이응준, 앞의 책, 247~248쪽).

는 것까지 모두 신문에 난다고 그러더군."

"나야 뭐 장군인 자네한테 비하면 아무것도 아니지."

"정희 씨하고 애들은 잘 있냐?"

응준은 여전히 잘생긴 얼굴 위를 덮은 반백의 머리를 쓸어 올렸다.

"응, 정희가 쑥쑥 잘 낳아줘서 나는 애가 다섯이다."

홍사익은 장군답지 않게 킬킬 웃었다.

"나는 이 나이에 아들이 또 생겼다. 손자들보다도 어려."

이응준도 킬킬거리며 웃었다.

"오, 그래? 축하한다."

그런 웃음은 두 사람 사이를 옛날 생도 시절처럼 가깝게 회복시켰다.

홍사익은 화제를 돌렸다.

"지석규가 대전자령에서 크게 이긴 건 알고 있지?"

"물론 알지. 깨진 게 조선군사령부 나남연대 병력이었으니까."

"석규가 나한테 두 번이나 광복군 진영으로 오라고 밀사를 보냈다. 맨 처음은 대전자령 전투 얼마 후였고 두 번째는 내가 북지에서 여단장 할 때였지. 그리고 이런 일도 있었다. 석규의 독립운동 동지인 현익철이라는 사람을 형무소에서 빼내 전향시켜 그쪽 조직에 침투시켰는데 배신해버렸다. 자객을 보내 죽여버리려다 참았다. 아무튼 나는 지석규에게 갈 수 없었다. 결국 맹세를 지키지 못한 무신한 인간이 됐다."

"나도 마찬가지야."

응준이 쓸쓸한 표정을 하고 말했다.

밤이 깊어져 두 사람은 적당히 취해 호텔을 나왔다. 홍사익은 목에 걸린 음성으로 말했다.

"잘 있어라, 응준아."

"남방전선에서 꼭 살아와라. 그때 또 한잔하자."

두 사람은 굳은 악수를 하고 헤어졌다.


도쿄에 도착한 홍사익은 떠나는 날까지 데이코쿠(帝國) 호텔에 묵었다. 경성의 『매일신보』 특파원 김을한이 찾아왔다. 간단한 인터뷰를 하고는 기사에 쓰지 않을 거라고 하면서 뜻밖의 질문을 했다.

"장군님, 비도로 가시지 말고 광복군이 있는 중경(충칭)으로 가시는 게 어때요?"

홍사익은 엄숙한 표정으로 말했다.

"이번에 가는 길이 설사 죽는 길이라고 하더라도 그렇게 해서는 안 되네. 지금 조선 사람 수백만이 전쟁에 동원됐는데 최고지위에 있는 내가 그런 일을 한다면 병사들은 물론 징용된 노무자들까지 보복을 받을 것이니 다만 나 혼자만을 생각해서 그런 경솔한 것은 할 수가 없네."*

---

\* 김을한, 앞의 자료. 이광수도 이와 관련된 글을 남겼다. '유족의 말에 의하면 그(홍사익을 말함)는 그때 중경 방면으로 탈주하라는 친지의 권고를 받았으나, 일본군에 있는 동포 장병이 자기의 탈주로 증오를 받을 것을 염려하여 인종(忍從)하였다

홍사익은 참으로 궁색한 변명이었다고 스스로 생각했다. 아무튼 내가 중경으로 갈 수는 없어. 내게 잘해준 일본에 등 돌릴 수는 없어. 그는 다짐하듯 속으로 중얼거렸다.

임시로 사용하는 별판 달린 승용차를 타고 사쿠라꽃이 떨어져 눈송이처럼 휘날리는 히비야 공원 옆을 달려 육군성으로 갔다. 포로관리부장인 하마다(浜田) 소장을 만나 포로 관리 지침을 들었다.

"전쟁포로 처우를 규정한 헤이그 협정이 금지하고 있지만 포로는 노역을 시켜야 합니다. 그게 우리 제국의 규칙입니다. 무위도식은 용납 못 합니다."

포로들에게 강제노동을 시키는 것이 육군성에서 정한 방침이라는 설명이었다. 잘못된 결정이라고 생각하며 그는 필리핀행 비행기를 탔다. 마닐라에 도착해 사령부로 가자 야마시타 도모유키 대장이 그를 맞았다.

"고(洪) 장군, 미군 포로들 때문에 내가 골치가 아파요. 당신이면 감당할 수 있다 여겨 육군성에 보내달라 했소."

홍사익은 차렷 자세로 서서 대답했다.

"각하, 다시 모시게 돼 영광입니다. 모든 걸 바쳐 각하를 보필하겠습니다."

이왕 부임해온 것, 그래야 할 것 같아서였다.

한다.'(이광수, 앞의 글, 앞의 책, 287쪽)

마지막 무관생도들

# 10. 광복된 조국에서

## 이응준, 국군 창설의 주역이 되다

1945년이 되자 일본의 패전 기운은 점점 농후해졌다. 사이판 섬이 함락되고 도쿄는 미군기의 융단폭격을 받았다. 이응준이 용산역에서 전선으로 실어 보내는 물자는 적어지고 학병과 지원병, 징용인과 여자정신대원은 더 많아졌다. 전세가 불리해지자 병참보급선도 바뀌어 함경남도 원산항이 중요해졌다. 장차 소련과의 전쟁에 대비하고 여차하면 일본 민간인들을 동해로 철퇴시켜야 하기 때문이었다. 이응준은 이해 6월 말 원산항 병참 책임을 맡으라는 명령을 받고 그곳으로 떠났다.

8월 15일 정오를 앞둔 시각, 이응준은 원산항 근처에 있는 수송사령부에서 라디오 앞에 차렷 자세로 서 있었다. 상급부대에서 '본일 정오 천황폐하 옥음(玉音) 방송'이라는 전언통신문이 온 것은 오전 9시경이었다. 항복 칙어일 것이라고 짐작하고 있었으므로 천황폐하께 황공한 마음으로 참모장교들과 함께 정렬한 것이었다.

그가 패전을 확신하게 된 것은 6일 전인 8월 9일 저녁이었다. 그는 원산에 와서도 민족지도자들과 교유하고 있었다. 침례교 지도자이자 실업가인 안대벽(安大闢)이 귓속말로 말했다.

"곧 전쟁 끝납니다. 미국이 원자폭탄을 사흘 전 히로시마에, 어제 나가사키에 투하해 수십만 명이 죽었고, 소련이 선전포고 를 하고 파죽지세로 진격한대요. 어제는 나진을 공습했고 오늘 은 웅기를 폭격하고 경흥으로 진격해 들어왔대요."

안대벽은 미국 유학도 다녀왔고 한때 연해주 블라디보스토크 에 가서 독립투쟁을 한 터여서 '미국의 소리' 조선어 방송과 블 라디보스토크 방송을 들은 것이었다.

정오가 되자 짧은 안내 방송이 나오고 일본 국가인 기미가요 가 울려나왔다. '군세(君世)는 천 세 팔천 세니 조그만 돌이 바위 가 되고 청버섯이 필 때까지……' 지난 36년간 귀가 닳도록 들 어온 기미가요 합창이 끝나자 히로히토 천황의 음성이 흘러나 왔다.

짐은 세계의 대세와 제국의 현상에 비추어보아 비상의 조치 로서 시국을 수습하고자 하여 미영지소(米英支蘇) 4국에 대하 여 그 공동성명을 수락한다는 뜻을 통보케 하였노라.

완곡한 표현이지만 항복 선언이었다. 예상한 바였으나 이응 준은 자신이 민족을 폭압으로 지배한 일본 군복을 입고 살았다는 생각에 앞날이 캄캄해졌다.

그는 참모들에게 일단 대기 명령을 내리고 관사를 향해 걸었다. 단단히 정신 차려야 한다는 생각, 그리고 아이들과 아내가 걱정되어 걸음이 빨라졌다. 원산의 시가지는 다리 하나를 사이에 두고 일본인 지역과 조선인 지역으로 나누어져 있었다. 고급 장교인 그의 집은 당연히 일본인 지역에 있었다. 동양척식회사 원산지사 옆에 있는 집에 그가 도착하자 라디오를 들은 아내가 눈물을 흘리며 말했다.

"해방이군요. 이제 우리는 처벌받겠지요."

그는 고개를 끄덕였다.

"당신은 아이들 데리고 하루라도 빨리 경성으로 가요."

가족들은 이틀 뒤 가재도구를 정리해 떠났다.

8월 21일 오전, 이응준은 일본인 고관들과 원산역사(驛舍) 2층에서 대책회의를 하고 있었다. 아직 남은 일본 민간인들을 빨리 귀국시키기 위한 선박 마련, 부두와 역에 쌓여 있는 군수물자를 건국준비위원회에 넘겨줄 것인가, 계속 확보했다가 미군이나 소련군에 넘겨야 하나 의논하고 있었다. 그때 철도 직원이 숨을 헐떡거리며 뛰어 들어왔다.

"소련군대가 부두에 상륙하고 있습니다."

이응준은 망원경으로 부두를 살폈다. 낫과 망치가 그려진 소련 국기를 단 군함이 정박해 있고 병력과 자동차들이 군함 옆구리에서 꾸역꾸역 쏟아져 나오고 있었다.

"소련군이 왔소. 어서들 피하시오."

그가 소리치자 일본인 관리들은 허겁지겁 달려 나갔다. 그의 머리는 빠르게 회전했다. 그는 국제간섭군으로 시베리아에 출병해 혁명군인 적군(赤軍)과 싸워본 터라 소련군을 잘 알고 있었다.

'소비에트 군대는 잔인하다. 나는 혁명을 저지하러 출병한 경력이 있으므로 붙잡히면 총살당하거나 시베리아로 끌려갈 것이다.'

그는 그렇게 생각해 황급히 수송사령부로 갔다. 당황해 어쩔 줄 모르고 있는 참모장교들에게 선언했다.

"그대들의 임무는 끝났다. 부덕한 나를 도와 끝까지 임무를 완수해줘 고맙다. 나는 이제 조선인 본분으로 돌아간다. 그대들의 행운을 빈다."

그는 참모장교들의 마지막 경례를 받고 대좌 계급장이 달린 군복을 벗고 사복으로 갈아입었다. 만약에 대비해 꾸려놓았던 가방을 들고 다시 원산역으로 달려갔다. 가는 도중에 보니 일본인 지역과 조선인 지역 사이에 놓인 다리 위에 소련군이 어느 틈에 기관총을 설치하고 있었다.

촌각을 다투는 상황인데 경성행 열차는 없었다. 철도원들은 조선인들만 남아 있었다. 한 달 전 아내가 병에 걸려 이응준의 도움을 받았던 김점동이라는 조선인 조역(助役)이 팔을 걷고 나섰다.

"가야마 대좌님을 소련 포로가 되게 놔둘 순 없지요. 수리 중인 기관차 한 대, 그걸로 보내드립시다."

당장 소련군 병사들이 자동소총을 들고 달려들 것 같아 바싹바싹 입이 탔다. 동포 철도원들은 이응준의 얼굴을 빤히 바라보며 야릇한 미소를 지었다. 그들 중 한 사람이 표정이 험악해지며 벌떡 일어섰다.

"세상이 바뀌었어. 저 사람을 탈출시키면 소련군이 우리를 총살할 거야."

이응준은 캄캄한 낭떠러지 앞에 선 듯했다. 소련군에 생포되는 순간 권총으로 자결하리라 결심했다.

그때 늙은 철도원이 일어섰다.

"가야마 대좌는 미우나 고우나 우리 동포 아닌가? 김점동이마누라 병원비도 내줬잖은가? 나는 대좌를 살려 보내야겠네."

늙은 철도원과 조역이 기관차로 가서 화물칸 한 량을 급히 연결했다.

"고맙습니다." 이응준은 일본인들이 그러듯이 여러 번 허리를 굽혀 절했다.

일본군이 저항 없이 항복할 텐데 시가지 쪽에서 총성이 울리고 있었다. 그는 알지 못했지만 소련군이 일본 여자들을 가족들이 보는 앞에서 강간하며, 덤벼들거나 외면하는 남자들을 총살하는 것이었다.

아슬아슬하게 목숨을 건진 그는 다음 날 새벽 무사히 경성에 도착했다. 여러 날 잠을 자지 못한 데다 무사히 집에 도착해 긴장이 풀려 몸이 천근처럼 무거웠다. 한 사나흘 자야 할 거야. 아내에게 그렇게 말하고 깊은 잠에 빠져 들었다.

다음 날, 일본 군복을 입은 청년들이 집으로 찾아왔다. 일본 군과 만주군 장교 경력자들이 조직한 조선임시군사위원회 대표들이었다.

"선배님의 귀환을 기다렸습니다. 일본 내지, 만주, 중국 등지에서 장교로 있었던 사람들이 하나둘 돌아와 신생 조국의 군대를 만들려고 움직이고 있습니다. 저희들을 이끌어주십시오."

일본에 충성했으면서도 해방 조국 창군의 주도권을 잡자는 뻔뻔한 자들이었다. 이응준은 천천히 고개를 저었다.

"30년 일본 군복을 입었던 내가 뭘 할 수 있겠나? 근신할 생각이네."

"선배님은 일본군에 계셨지만 애국지사들과 교유하셨고 동포 일반에 잘 알려져서 군대 창설의 적격자라고 저희는 생각하고 있습니다."

이응준은 자신이 어제까지 일본군 대좌였으므로 양심상 세상 표면에 나설 수 없다고 생각했다.* 그리고 자칫하면 생명의 위험을 자초하는 일이라고 판단했다. 한편으로 '지금 상황이 어떻기에 저 사람들이 감히 나서나?' 하는 생각도 들었다. 그는 임시군사위원회 장교들에게 물었다.

"광복군은 어찌 됐는가?"

장교들이 말했다.

"중국 땅에서 돌아오지 못하고 있습니다. 미군정이 개인 자격

---

*  이응준, 같은 책, 229쪽.

으로 귀국하라 했다는 말이 있습니다."

"총독부와 조선군사령부가 건준 측에 치안권, 행정권을 넘겼다가 지금 다시 뺏은 상황이고, 우리가 일본군 출신이라서 불리한 건 지금으로선 없습니다."

이응준은 그들을 통해 다른 군사조직들에 관한 정보도 들었다. 좌파의 조선국군준비대와 조선학병동맹, 우파의 조선임시군사위원회와 학병단이 대표적인 조직이었다. 조선국군준비대는 명동에 이미 사무실을 냈고 천여 명의 대원을 확보하고 있었다. 그를 모시러 온 조선임시군사위원회는 그 10분의 1 정도였다.

이응준은 안암동 집에서 칩거에 들어가려 했으나 그러지 못했다. 다음 날부터 젊은 육사 출신 장교 계림회 후배들이 몰려왔다. 그들은 대부분 경성에 기거할 곳이 없었다. 이응준은 자신의 집 2층을 후배들에게 제공했다. 그의 아내는 밥을 해대기에 바빴다.

"조직을 만들었다가 합당한 분에게 넘겨드릴 수 있는 거 아닙니까." 일본 육사 후배들은 매일 떼를 쓰듯이 매달렸다.

그는 신중히 정국의 흐름을 살피고 조선임시군사위원회의 위원장직을 수락했다. 부위원장은 아직 돌아오지 못한 후배 김석원 대좌를 내정했다.

마지못해 위원장을 맡았지만 사람들은 그렇게 여기지 않았다. 수십 명의 일본군 후배 장교들을 자기 집 2층에 재우고 먹이고 있기 때문이었다.

"뻔뻔한 놈! 며칠 전까지 일본 군복을 입었던 자가 감히 조직을 해서 세력을 만들다니. 나라와 민족을 뭘로 아는 거야?" 그렇게 비난하는 사람들도 있었다.

이 무렵, 해방정국은 행정권과 치안권을 다시 내주었으나 여운형이 이끄는 좌익 중심의 건국준비위원회가 주도하고 있었다. 육감과 예리한 판단력으로 위기를 벗어나고 기회를 잡는 것은 이응준의 타고난 재능이었다. 그는 짐작하고 있었다. 남쪽에는 미군이 올 것이며 좌익 세력을 용납하지 않을 것임을.

어느 날, 후배 장교들이 치안단체들에 대해 보고했다.

"몽양 여운형의 지시를 받는 장권(張權)의 건국치안대, 위원장님의 동기생이신 박승훈 선배님이 만주군 출신 귀환 장병을 묶은 치안단, 그 밖에 유억겸(俞億兼)의 조직, 김두한(金斗漢)의 조직 등 여럿입니다."

이응준은 고개를 끄덕였다.

"청년단도 수십 개나 만들어졌다고 들었네. 박승훈은 만주군 상교(上校, 대령과 같음)로 있다가 반년 전쯤 군복을 벗고 돌아왔네. 그 사람은 우리 곁으로 올 걸세."

대구 80연대 부연대장으로 있다가 조선인을 모욕하는 사단장을 폭행하고 홍사익에게 가서 만주군 자리를 얻었던 박승훈은 반년 전 군복을 벗고 경성에 와 있어 서너 달 전 만난 적이 있었다. 그는 박승훈을 찾아가 자기편으로 만들었다. 그러나 조선임시군사위원회는 대놓고 표면에 나설 수가 없었다. 그들은 조용히 움직였다. 그러면서 조직을 견고하게 다져나갔다.

승전국인 미국과 소련은 한반도가 자기들 승전국의 것임을 천명하는 포고문을 발표하였다. 미군과 소련군에 의해 분할 점령되니 이러다가 나라가 두 쪽으로 갈라지는 게 아니냐, 걱정하고 있을 무렵 후배인 김석원 대좌가 찾아왔다. 평양병사구사령부에 나가 있었는데 38선의 소련군 검문소를 빠져나와 귀환한 것이었다.

"김인욱이하고 같이 오려고 집으로 사람 보냈는데 은신한 듯 집이 텅 비었다 해서 혼자 떠났어요. 농민 복장 하고 간신히 사선을 넘었어요. 신분이 드러나면 총살당할 판이었지요. 일행 중 한 사람이 소련 병사 놈들에게 시계 풀어주는 바람에 통과했어요."

김석원의 말에 이응준은 탄식했다.

"김인욱 그 친구, 무사히 남쪽으로 내려와야 할 텐데 걱정이군. 김일성 부대를 토벌한 전력이 있으니 붙잡히면 큰일 아닌가?"

김인욱은 이해 초 퇴역한 몸이었다.

"딱한 친구, 키가 육척장신이라 눈에 잘 띄어 숨어 다니기도 힘들 텐데요."

김석원은 그렇게 중얼거리다가 정색하고 그를 바라보았다.

"나는 양심 때문에 임시군사위원회 부위원장 맡지 못합니다. 젊은이들에게 학병 나가라, 지원병 나가라 강연하고 대좌 계급장까지 달았었으니 자숙해야지요."*

마지막 무관생도들 중 일본군 장교복을 입고 가장 많은 전공

을 세웠던 김석원은 그렇게 말했다. *

9월 7일 인천에 미군 주력이 상륙했다. 다음 날 서울로 진주해 일본군의 항복을 받고 군정을 펴기 시작했다. 조선군사령부를 대표하는 고모다 고이치(菰田康一) 중장이 미군정사령관 하지(John. R. Hodge) 중장과 항복 조인식에서 서명하고 다정하게 악수했다는 이야기가 퍼져나갔다. 두 사람이 프랑스 육군대학에 유학하며 절친했던 사이라는 말도 돌았다. 그래선지 38선 북쪽에선 소련군이 일본군 장교라면 모조리 체포해 시베리아로 끌고 간다는데 남쪽의 미군은 고맙게도 그러지 않았다. 애국지사들이, 친일 부역한 자들을 징벌해야 한다고 떠들고 있었지만 미군정은 들은 척도 하지 않았다. 이응준은 안도의 한숨을 쉬었다.

광복군의 움직임을 후배들이 보고했다. 이청천(지석규)의 수하에 있었다는 오광선이 감옥에서 나와 경성으로 와서 곧장 하지 중장을 만나 광복군의 존재를 설명하고 비행기를 빌려 이청천 광복군 총사령을 만나러 중국으로 갔다는 것이었다.

"지석규가 그 비행기 타고 금의환향하겠지. 나를 권총으로 쏘려고 할지도 몰라."

이응준은 혼자 중얼거렸다. 그렇다 해도 어쩔 수 없는 일이었다.

그러나 지석규는 돌아오지 않았다. 혼자 돌아온 오광선은 광

* 　국방연구소, 『건군 50년사』, 1998, 24쪽.

　　　　　　　　　　　　　마지막 무관생도들

복군 잠편(暫編)지대를 만들었다. 동대문 쪽에 있는 박영효의 별장에 광복군 본부를 두고 장교 경력자들을 모았다. 중심 간부로 마지막 무관생도 출신 퇴역자인 장석륜을 임명했다.**

"장석륜 선배님은 일본군 퇴역자인데 간부로 쓰다니. 광복군은 환국한 사람이 없어 궁했던 모양입니다."

후배들이 이응준에게 보고했다.

"그런 거 같군. 아마 미군정의 지원을 얻지 못해 대세를 장악할 수 없을 거네."

이응준은 그렇게 답했다. 정세의 흐름을 신중히 분석하며 때를 기다렸다.

그에게 또다시 행운이 다가오고 있었다. 미군정의 한국 측 치안 책임자였던 조병옥(趙炳玉)이 국방기구 창설에 대한 조언을 구해왔던 것이다. 그는 자신의 경험을 살려 이것저것 이야기해 주었다. 조병옥은 그것을 바탕으로 미군정에 국방기구 창설을 건의했다. 미군정은 이를 받아들여 1945년 11월 13일 군정법령 제28호로 군정청에 국방부를 설치했다.***

미군정이 조선총독부와 조선군사령부로부터 넘겨받은 통치 자료에는 조선인 지도자들에 관한 것도 있었다. 인물 계보 도표가 있었고 족보와 교우관계까지 명시되어 있었다.**** 이응준은 대

**   하준호, 「창군비화 2」 『동아일보』, 1994년 2월 8일자.
***  김행복, 「광복군이 국군 창설에 미친 영향」, 한국군사학회, 『군사논단』 20 · 21권, 1999년 11월, 273~293쪽.
**** 고정훈, 『비록(秘錄) · 군(軍)』, 동방서원, 1967, 189쪽.

한제국무관학교와 일본 육사 출신으로 호감 주는 용모의 소유자이고, 상관과 부하의 신망이 높으며, 독립운동자금 모금 밀사에게 권총을 대여한 사건으로 군법회의에 넘어갈 판에 비범함을 눈여겨본 우쓰노미야 사령관의 배려로 용서받았다고 기록하고 있었다. 지속적으로 애국지사들과 교유했고, 대표적 애국지사였던 이갑의 사위라는 것, 아내가 가장 저명했던 민족지도자 도산 안창호의 수양딸이었다는 사실이 기록되어 있었다. 그런 기록들이 갑자기 어두운 그늘에서 나와, 그가 일본 군복을 입고 받았던 훈장들보다 더 빛나기 시작했다.

11월 하순, 대한민국 임시정부 군사부 참모총장을 지낸 유동열이 귀국했다. 그는 고(故) 이갑 참령과 같은 평안도 출신이었으며 일본 육사 15기 동기생이었다. 나이가 네 살 많은 이갑으로부터 많은 영향을 받았고 강제합병 전에는 함께 신민회를 조직해 기울어가는 나라를 지탱하려 한 인물이었다. 이응준은 돌아가신 장인의 옛 동지이자 평안도 선배, 일본 육사 대선배인 유동열 장군에게 저녁식사를 대접했다. 소년 시절 이갑 참령 집에 몸을 의탁했을 때 여러 번 뵙고 40여 년 만에 뵙는 것이었다.

"이청천 장군과 독립투쟁 할 때 자네 이야기를 하곤 했지. 자네 안사람 정희는 잘 있는가?"

"네, 잘 있습니다." 하고 답하고 나서 이응준은 노장군에게 물었다. 지석규라는 본명 대신 옛 친구의 독립투쟁 때의 가명을 써서 물었다.

"비행기 한 대가 오간 걸로 아는데 이청천 총사령은 왜 안 돌아옵니까?"

유동열 장군은 한숨을 쉬었다.

"임정과 광복군은 국내 진공작전을 준비하고 있었네. 미군과 연합해 광복군 대원들에게 낙하산 교육을 시키고, 버마전선에 파견해 일본군을 상대로 심리전 공작을 해왔네. 국내 진공작전을 2, 3일 앞두고 일본이 항복하는 바람에 빛을 잃었지. 미군은 임정과 광복군의 대표성을 인정하지 않고 개인 자격으로 귀국하라 했네. 나는 그게 어쩔 수 없는 대세라고 판단해 들어왔지만 김구 주석과 임정 요인들은 받아들이지 못하고 있네. 청천도 생각이 같고, 광복군만이 해방 조국 군대 중심이 돼야 한다고 주장하며 조직 확대작업을 하고 있네. 우리 동포들을 중국인 폭도들로부터 보호하고 귀국시키는 일도 하지. 국내에 오광선 동지가 들어와 있네. 광복군 국내 잠편지대를 만들라는 청천의 명을 받았지. 그러나 대원이 적으니 아직 힘이 없지. 세상은 청천의 뜻대로 돌아가지 않고 있네."

유동열 장군은 대한국군준비위원회라는 조직을 만들었고 이응준은 저절로 거기도 발을 담그게 되었다.

그러던 어느 날 미군정청의 리스(Rease)라는 소령이 찾아왔다. 소령은 군사 경력자들을 교육하는 군사영어학교를 만들 것이라 하면서 협조해달라고 요청했다.

'미군정이 이런 부탁을 하니 내가 적어도 처벌을 받지는 않겠구나.'

이응준은 그렇게 생각하며 이미 미군정의 각별한 신임을 받고 있는 만주군 군의(軍醫) 출신 원용덕(元用德)과 더불어 소령을 도왔다. 리스 소령은 법무장교 출신, 원용덕은 의사라 군대 교육기관에 관한 경험이 많지 않아 그의 노력이 컸다. 그는 자신의 집에 머물고 있는 일본군 출신 후배들을 군사영어학교에 지원하게 했다.

11월 초 김구와 임정 요인들이 개인 자격으로 귀국했다. 민심이 확 쏠렸으나 미군정 때문에 정국을 장악하지는 못했다. 11월 29일 김구 주석은 『동아일보』주필과 대담하면서 창군에 대해서도 말했다.

> 지금 우리 이청천 장군이 우방 중국의 원조로 광복군을 확대 편성 중이고 국내에서도 군정당국과 협의해서 국군 편성의 토대를 세우려 한다. 국내에는 국군을 목표로 하는 여러 단체가 있는 모양이나 우리의 명령 계통을 받는 것은 오광선 부사령 하에 있는 광복군 하나뿐이다.*

이 발언으로 오광선의 광복군 조직은 힘을 받았으나 미군정은 그들을 창군의 주체로 인정하지 않았다.

12월 초, 의열단과 조선의용대의 전설로 유명한 약산 김원봉이 임정 군무부장 자격으로 임정 요인 2차 귀국 항공편으로 귀국했다. 약산은 이미 여운형이 주도한 건국준비위원회 군사부

---

* 『동아일보』 1945년 12월 1일자.

장에 지명된 바 있었다. 그러나 건준이 민족주의자들을 포용하지 못하고 주춤거리는 사이 공산주의자들이 인민공화국으로 변신시켜버려 미군정의 눈총을 받고 있었다. 많은 일본군 출신 귀국자들이 김원봉에게 쏠리고 있었으나 미군정이 용납하지 않으니 김원봉이 창군의 주도권을 잡기는 어려웠다.

어느 날, 홍사익이 필리핀에서 전범재판에 회부됐다는 기사가 났다.** 최고 참모이기 때문에 책임을 묻는 건가. 홍사익이 떠나며 한 말 그대로 포로에게 노역을 시킨 게 문제가 된 것인가. 궁금한 채로 그는 홍사익이 풀려나 돌아오기를 기원했다.

조선인 군사활동 경력자는 30만 명 정도였다. 귀국한 것은 천여 명이었고 그들이 만든 조직은 30여 개였다. 그중 미군정에 협조하지 않는 사설 군사조직으로 중국계의 광복군, 좌익계의 국군준비대, 학병동지회, 육 · 해 · 공군동지회 등이 있었다. 군정청은 이들 단체에 해산 명령을 내렸다. 그것을 이응준이 주도한 것으로 알려져서 무수한 비난과 위협이 집중되었다.

이응준이 창군의 중심인물로 떠올랐으나 군사영어학교 부교장으로 임명된 원용덕도 만만치 않았다.

"만주군의 조선인 장교치고 내 절친한 친구 홍사익의 은혜를 입지 않은 사람이 없지. 그리고 어쨌거나 일본군이나 만주군은 떳떳하지 못한 처지 아닌가. 숙연한 마음으로 힘을 합해 조국 군대의 기초를 만드세."

---

** 『자유신문』 1945년 12월 19일자.

이응준은 타고난 친화력으로 원용덕과 만주군 출신 인물들의 마음을 사로잡아버렸다. 그런 가운데 12월 5일 교육기간 1개월인 군사영어학교 1기생 입교가 이루어지고 많은 군사 경력자들이 입학했다. 오광선을 비롯해 일부가 귀국한 광복군은 일본군, 만주군 출신과 동등한 자격으로 입교한다는 데 불만을 갖고 참여하지 않았다. 그래서 당연히 일본군 출신들이 압도적인 비중을 차지했다.

12월 말에 신탁통치안이 발표되고 전국은 반대운동으로 들끓었다. 1946년 새해가 열리면서 이응준에게는 행운의 문이 활짝 열렸다. 1월 3일, 집에서 가까운 안암파출소에서 경찰관 한 사람이 찾아와 '군정청 201호실로 출두 요망'이라는 통지를 놓고 갔다.

마침내 나를 부르는구나, 생각하면서 다음 날 그는 군정청으로 갔다. 군사국장 챔페니(A. S. Champeny) 대령과 차장인 아고(R. W. Argo) 대령이 그를 맞았다. 아고 대령이 체스터필드 담배를 권했다.

"독립국가 한국은 자위력을 가져야 합니다. 그것이 국방경비대입니다. 우리는 귀하의 도움이 필요합니다."

이응준은 정중히 사양했다.

"나는 몇 달 전까지 일본군 대좌였습니다. 그런데 어떻게 나설 수 있겠습니까?"

이응준이 담배를 뽑아들자 대령은 라이터로 불을 일으켜주었다.

마지막 무관생도들

"일본군을 위해 일한 분이 왜 자기 나라 일은 못 합니까? 독립된 조국을 위해 모든 걸 바친다면 모두 용서되지 않겠습니까?"

이응준은 이틀간의 유예를 요청하고 군정청을 나왔다.* 임시 군사위원회 사무실에도 안 나가고 두문불출하며 관망했다. 문득 떠오르는 얼굴이 지석규와 김광서 선배였다.

'당신들은 어디 있습니까. 미안하지만 내가 군대 창설을 맡게 됐소이다.'

그는 혼자 중얼거렸다.

이틀 뒤 군정청에 출근하기 시작했다. 직책은 군정청 국방부 군사고문이었다. 군정청 204호실에 집무실이 꾸려졌고 미군 중령과 소령 각 한 명이 배치되었다.

이응준이 창군 작업의 실권을 잡자 일본 육사 후배들이 그의 주변을 옹위하기 시작했다. 마지막 무관생도 동기생과 후배 들도 찾아왔다.

"나는 근신하려 했네. 군정관들이 간곡히 요청해서 중책을 맡게 됐어. 조국에 속죄하는 마음으로 열심히 할 테니 모두들 도와주시게."

그의 말에 동기생과 후배들은 같은 마음인 듯 머리를 끄덕였다.

통역이 없어서 의사소통에 애를 먹고 있는데 챔페니 중령이 대전중학교에서 영어교사를 하고 있는 이형근(李亨根)을 데려

---

* 고정훈, 앞의 책, 188쪽 ; 「건군비화」, 『경향신문』, 1958년 8월 22일자.

왔다. 일본 육사 56기로 대위 계급장을 달았던 청년 장교였다. 경성고보를 다닌 수재로서 미국이나 영국에 유학하지도 않았는데 영어까지 능통했다.

이형근은 긴장해 있었다. '즉시 상경해 군정청에 출두할 것'이라는 짧은 전보를 받고 학교를 결근하고 상경한 터였다. 일본군 장교 출신이라 처벌받는 게 아닌가 겁을 먹고 있었다. 그런데 챔페니 대령이 국방경비대 창설에 동참해달라고 요청했다. 뜻밖의 일이라 혹시 미군의 용병부대 창설이 아닌가 의심하며 대답을 망설였다. 그는 뒷날 이렇게 회고했다.

> 내가 망설이는 눈치를 보이자 그들은 같은 청사 안에 이응준 장군이 국방사령부 고문으로 일하고 있다고 했다. 이 장군은 일본 육사 26기로 나의 30년 선배다. 나는 곧장 이 장군의 집무실로 찾아갔다. 이 장군은 "함께 국군 창설에 힘쓰자"고 간곡히 권유했다. 그리고는 "오늘밤 내 집에서 자면서 심사숙고해보라"고 했다. 그날 밤 늦게까지 이 장군의 말씀을 들었다.*

이응준은 정신없이 바쁜 중에 홍사익 구명운동에 나섰다. 진정서를 만들어 사회 저명인사들의 서명을 받았다. 놀랍게도 약산 김원봉이 자청해서 서명했다.

---

* 이형근, 『군번 1번의 외길 인생』, 중앙일보사, 1993, 26쪽.

마지막 무관생도들

"내가 조직한 조선의용대가 태항산(타이항산)에서 홍사익 부대와 싸웠지요. 그러나 홍사익을 살려야지요. 조국 건설에 필요한 큰 인물이니까요."

김원봉이 그렇게 말하며 서명했다고 했다. 그 말은 일본군 대좌 출신 이응준이 미군정의 고문 자격으로 창군 작업을 하는 것을 용인한다는 의미로도 들렸다.

이응준은 홍사익 구명 진정서를 하지 중장에게 올렸다. 신문들이 보도했다.

> 전쟁범죄 혐의자로 방금 비도에 구속 중인 전 일본 육군중장 홍사익 씨는 비록 일본군 중장이었으나 확고부동한 애국심과 탁월한 군사기술을 가진 그를 건국의 이 마당에서 방임할 수 없다 하여 국내 유지의 발기로 미국조선주둔군사령관 하지 중장에게 진정서를 제출함과 동시에 변호사 파견을 요구하였다 한다. 그리고 이를 진정한 각 정당단체명은 여좌하다. 이승만 유동열 김원봉 김성수 이여성 안재홍 권동진 이홍종 김관식 백세명 김법린 이기원 노기남 이응준 백홍석**

국방부 고문 일은 밤잠을 못 잘 정도로 바쁘고 힘들었다. 여러 계통에서 복무한 장교들을 위계(位階)로 세워 질서를 잡아야 하고, 군사영어학교에 입학하지 못한 광복군이나 좌파 계열

---

** 『자유신문』 1946년 2월 12일자.

사람들을 달래거나 억누르는 일, 그런 것을 절충하고 조절해야
했다.

어느 날, 독립운동 전력이 있는 전성호(全盛鎬)라는 사람이
동대문 밖 사찰에 대한무관학교라는 것을 열고 있다 하여 지프
차를 몰고 달려갔다.

"가야마 다케토시 대좌께서 어쩐 일이십니까?"

열 살쯤 아래인 전성호는 비꼬듯이 말했다.

이응준은 간곡한 표정을 하고 다가가 그의 손을 잡았다.

"독립운동을 한 투사에게 내가 그런 비난 듣는 거 당연합니
다. 그러나 미군정이 내가 창군 작업에 적격자라 하니 어찌합니
까? 나는 지난날을 속죄하면서 신생 조국의 미래를 위해 일하
고 있소이다. 나와 같이 가서 창군 작업을 도와주십시오. 합당
한 대우를 해드리리다."

진정성 가득한 얼굴로 사람을 회유하고 감화시키는 것은 그
의 장기였다. 한 시간이 넘는 설득 끝에 그는 영어학교에 가겠
다는 약속을 받아냈다.

그날 정성에 감동한 것은 학병 출신 장교로서 거기서 군사서
적을 번역하고 있던 장도영(張都暎)이었다. 이응준은 전성호와
함께 장도영도 군사영어학교에 넣었다.*

그는 그렇게 타고난 카리스마와 친화력과 화술로 창군의 걸

---

\* 이성수 대담, 「장도영 전 최고회의의장 미국 현지 인터뷰」, 『신동아』 1984년 10
월호, 130~145쪽.

　　　　　　　　　　　　　마지막 무관생도들

림돌이 되는 문제들을 하나하나 해결해나갔다.

통역관 겸 전속 부관인 이형근은 그림자처럼 그를 따르며 보좌했다. 군정관들은 파격적인 특혜를 두 차례 이형근에게 안겨주었다. 군사영어학교 1기로 입학시킨 후 수강을 면제해 이응준을 보좌하게 했고, 동기생들이 과정을 수료하자 군번을 부여하면서 1번을 주는 것으로 결정했다.

마지막 무관생도 중 일찌감치 퇴역해 친일 행위를 하지 않은 덕에 광복군 국내 잠편지대 간부를 맡았던 장석륜이 군사영어학교 1기로 들어갔다. 그는 일본군 장교 노릇이 싫어서 일찌감치 퇴역해서 휘문고보와 중동고보, 경신고보 등에서 교원으로 일했고 아내의 제과점 사업 성공으로 부를 쌓았다. '내 조국 군대 장교복을 한 번 입어보면 죽어도 원이 없겠다'고 광복군 지대로 갔고 그게 해산당하자 55세에 군사영어학교에 들어갔다. 그러나 최고 선배 대우를 받지 못하고 새파란 후배들에게 밀려 군번 00004번을 받았다. 그래도 그는 싱글벙글했다.

백홍석의 사위인 채병덕이 이형근보다 일본 육사 7년 선배로 군사영어학교 교육을 고스란히 받았으나 2번으로 밀렸다. 그것이 이응준이 실권을 잡은 때문이라고 원망한다는 소리가 들려왔다. 이응준은 정색하고 고개를 흔들었다.

"미군들의 결정이지 내가 한 게 아니야."

이응준은 국군 창설의 지도를 마음대로 그려나갔다. 국방경비대는 일본 육사와 예비사관학교를 나온 일본군과 만주군 출신 장교들로 가득 찼다.

식민 통치를 받은 나라들은 독립전쟁을 한 사람들을 중용하고 과거 청산을 그들에게 맡기는 게 상례였다. 식민 종주국의 관리와 장교를 지낸 부역자(附逆者)들은 응당한 처벌을 하고, 죄가 없는 자라도 재교육을 시켜 등용하는 게 순리였다. 그러나 미군정은 그렇게 하지 않았다. 남한 통치를 점령지 통치로 여긴 탓이었다. 혹독한 처벌을 각오하고 있던 친일파 마지막 무관생도들에게 꿈에도 생각하지 못했던 행운이었다. 그 정점에 이응준이 서 있었다.

독립투사들은 군대 창설에 친일파를 제거하고 배척하라고 분노하여 소리쳤다. 그러나 그는 묵묵히 창군 사업에 매진했다.*

미군정청은 이응준에게 국방부장 추천을 의뢰했다. 명실상부한 군대의 총수를 뽑는 것이었다. 이응준은 유동열 장군을 추천했다. 유 장군은 며칠 동안 고사하다가 국방부장 자리에 올랐다. 국방부장까지 추천한 사실이 알려지자 이응준의 위상은 커질 대로 커졌다.

국방부는 곧 통위부(統衛部)라는 이름으로 고쳤고 각 도청소재지에 주둔할 예하부대를 만들기 시작했다. 1946년 1월 15일 태릉부대가 제일 처음 만들어지고 채병덕이 지휘를 맡았다. 그것을 시작으로 8개 지방부대가 창설되었다. 이형근은 대전부대 책임을 맡아 떠났다. 전북 이리 주둔부대는 김백일, 전남 광주

* 이응준, 앞의 책, 359쪽.

　　　　　　　　　　　　　　　마지막 무관생도들

부대는 김홍준, 둘 다 만주군 군관학교를 나와 간도특설부대를 지휘해 항일세력을 토벌한 전력이 있었다. 나머지 다섯 지방부대의 지휘관도 일본 육사 59기인 장창국과, 일본군 학병으로 나가 일본군 장교가 되겠다고 자원해 예비사관학교를 나온 경력자들이 차지했다. 아직 중국에 머물고 있는 광복군 총사령 지석규가 알면 피눈물이 날 일이었다.

아닌 게 아니라 서울 장안에는 지석규에 대한 소문이 돌았다.

"이청천 장군은 광복군이 정통이라고 주장하며 차라리 중국에서 자결해버릴 각오로 버티고 있다더라."

"어서 와서 통위부장 맡으라는데 양코배기 못마땅해 퇴짜놓았고 국방경비대는 일본군 출신 놈들과 같이할 수 없다고 퇴짜놓았다더라."[**]

그 말을 듣고 이응준은 길게 한숨을 쉬고 지석규가 앞에 있는 듯 중얼거렸다.

"자네는 옛날에도 순진하고 고집이 셌지. 자네가 없어서 창군 작업을 내 손으로 했네. 정말 사심 없이 했네. 미안하네."

4월 20일, 서울의 신문들은 홍사익이 전범재판에서 사형을 선고받았다고 보도했다.[***] 집에서 아침 일찍 신문을 본 이응준은 출근길에 전용차를 홍사익의 집으로 돌렸다.

홍사익의 젊은 아내가 눈물을 흘리며 호소했다.

[**]    이경남, 「청년운동 반세기」 47, 『경향신문』 1987년 9월 30일자.
[***]   『조선일보』·『동아일보』 1946년 4월 20일자.

"어찌해야 그분을 살릴 수 있을까요? 제가 할 수 있는 일이라면 뭐든지 다 하겠습니다."

"오후에 군정청으로 오세요. 하지 장군에게 호소라도 해봐야지요."

이응준은 이날 오후 홍사익 장군의 아내 이청영을 데리고 군정청으로 가서 하지 중장을 만나 구명을 요청했으나 무위로 돌아갔다.*

이응준은 창군의 기초작업이 거의 끝난 5월, 군사영어학교에서 이름을 바꾼 조선경비사관학교에 적을 두고 6월에 졸업했다.

그해 말에 유동열 통위부장은 국방경비대 총사령을 뽑기 위해 고심하고 있었다.

이응준은 그 자리를 사양했다.

"통위부장님, 저와 같은 일본군 출신이 그 자리에 앉아선 안 됩니다. 광복군 출신을 앉히십시오."

유동열 통위부장은 귀국해 있던 광복군 출신 송호성(宋虎聲)을 국방경비대 총사령에 임명했다.

송호성은 본명이 송호(宋虎)였다. 신흥무관학교와 중국의 정규 군관학교인 바우딩군관학교를 졸업하고 지석규와 더불어 뤄양군관학교에서 동포 청년들을 가르쳤고 중국 국민당 정부군 사단장과 광복군 제2지대장을 지낸 인물이었다.

---

*    「조선일보」 1946년 4월 21일자.

유동열 통위부장은 송호성 총사령을 곁에 앉히고 이응준에게 말했다.

"미군정이 끝나면 국군 총수는 지석규 광복군 총사령이 맡아야 하네. 나는 해방 조국의 군대가 신흥무관학교와 독립군, 임시정부 소속군이었던 광복군에 뿌리를 둬야 한다고 생각하네. 그래야 나라의 체면이 서네. 경비사관학교도 육군사관학교로 바뀌겠지만 교장은 반드시 광복군 고위장교 출신으로 임명해야 하네."**

이응준은 동의했다.

"당연히 그래야지요."

그렇다고 창군의 헤게모니가 이응준에게서 유동열 통위부장이나 송호성 총사령에게 넘어간 것은 아니었다. 군사영어학교 출신 대부분이 일본군과 만주군 출신이고 8개 지방부대 지휘관도 그러했다. 그들의 정점에 이응준에 서 있었다.

초기 국방경비대는 혼란스러웠다. 입대시 신원조회를 하지 않아 좌익세력이 상당수 잠입하여 부대원을 선동함으로써 병영에 〈적기가〉가 울려 퍼졌다.*** 친미 국가로 틀을 잡아가는 마당에 용납할 수 없는 일이었다. 바로잡을 사람은 최고 실권자인

---

** 당시 조선경비사관학교 교장은 만주군 출신 원용덕이 맡고 있었다. 전임자는 이형근, 원용덕의 후임은 만주군 출신 정일권이었다. 그 후 광복군 출신 송호성에게 돌아갔다. 정부 수립으로 육사로 바뀐 뒤에는 최덕신(崔德新), 김홍일(金弘壹), 이준식(李俊植), 안춘생(安椿生) 등 광복군 출신이 이어서 교장에 앉았다.

*** 국방연구소, 앞의 책, 51쪽.

이응준밖에 없었다. 그는 감찰총감이 되어 무소불위의 권력을 갖고 국방경비대의 기강을 잡았다. 그 후에는 제1여단장 보직을 받아 복무했다.

이응준은 좋은 일이 집안에도 있었다. 대전부대 지휘관으로 나간 이형근은 이응준의 통역관 겸 전속부관으로 일할 때 안암동 그의 집에 묵었고, 앞날이 창창한 그를 이응준 부부는 맏사위로 점찍었다. "이 사람아, 내 딸이 어떤가? 서로 좋아하는 눈치인데 내 사위가 되게." 이응준은 그렇게 말하지 못했고 결국 그의 아내 이정희가 그 역할을 맡았다.

첫딸 혜란과 이형근 정위의 결혼식은 1946년 여름 YMCA 강당에서 유동열 통위부장의 주례로 열렸다. 혼주의 위상이 하늘을 찌를 듯해서 하객이 가득 찼다.

그 후 사위 이형근이 승승장구함으로써 그의 앞날은 더 탄탄해졌다.

애국운동을 해온 지도자들이 목소리를 높였다.

"그자는 일본에 끝까지 충성한 가야마 다케토시 대좌 아닌가."

"그러게 말일세. 세상이 잘못돼도 크게 잘못됐어. 두고 보세. 저런 권력은 오래갈 수 없어."

이응준은 창군의 주도권이 광복군 출신에게 가는 것을 가로채지 않았고 유동열, 송호성 두 광복군 출신을 수뇌부에 세웠다. 사심을 버리고 최선을 다한 일이었다. 그러나 애국지사들은 그가 미군정의 창군 작업 요청을 받아들인 것부터가 잘못이라고

마지막 무관생도들

화를 내고 있었다.

정부 수립 후인 1948년 12월, 이응준은 초대 육군참모총장에 임명되었다. 그리고 대한민국 최초로 별을 단 장군이 되었다.* 주저하며 창군 작업에 참여하지 않은 마지막 무관생도들도 있었다. 동기생인 유승렬·안병범·이대영, 후배인 김석원 등은 뒷날 군복을 입었다.

이응준이 광복 이후에 누린 역할과 영예는 평생을 독립전쟁 전선에서 싸운 지석규가 누려야 할 것이었다. 이응준은 친일의 약점이 있음에도 그것을 극복하고 광복 후의 위기를 최고의 기회로 만들며 입신에 성공했다.


## 홍사익, 전범으로 처형되다

홍사익이 포로수용소장으로 전속된 1944년 봄, 태평양전쟁은 일본의 패전을 향하여 치닫고 있었다. 필리핀의 일본군은 식량 부족으로 굶주리고 있었다. 물론 포로들도 굶주렸다. 키모테(고구마의 일종)를 지급했는데 나중에는 그것도 모자랐다.

도쿄의 전쟁지휘부 대본영은 해봐야 소용없는 일, 새로운 비행장을 만들고 포로들을 데려가 노역을 시키라는 명령을 내려보냈다. 포로들은 사고로, 혹은 굶주려서 쓰러졌다. 제대로 먹

---

* 그를 추천한 사람은 이승만 대통령의 두터운 신임을 받던 장택상이었다(이응준, 「나의 국방경비대 시절」, 『세대』 1967년 10월호, 143쪽). 그리고 김성수 등 한민당 인사들의 지지를 받은 것으로 알려졌다.

지 못하니 저항력이 약해져 말라리아, 아메바 이질 등 질병에 걸려 죽어갔다. 홍사익은 여러 곳에 흩어진 수용소들을 순시하며 포로들을 먹이고 입히기 위해 혼신의 노력을 다했으나 사정은 점점 악화되어갔다. 포로들은 약품과 식량을 달라고 절규했다.

남방 주둔 일본군 전체가 굶을 위기에 처하자 일본 육군은 12월 30일 홍사익을 중장으로 진급시키며 더 무거운 직책에 앉혔다. 제14방면군 병참총감이었다.

필리핀 주둔 일본군 총수인 14방면군사령관 야마시타 도모유키 사령관은 한숨을 쉬며 말했다.

"고 시요쿠(洪思翊) 장군, 20만 장병의 생명이 장군에게 달렸소."

"마지막 순간까지 모든 노력을 다하겠습니다."

홍사익은 담담히 대답했다.

그날부터 굶어 죽지 않고 살아남기 위해 정신없이 뛰었다. 그러나 식량 보급은 완전히 끊어지고 1945년 5월 재고마저 바닥나버렸다.

이리저리 뛰면서 식량을 구하려 분투하는데 유년학교와 육사 동기인 이자키 소좌가 찾아왔다. 소좌인데도 제대로 먹지 못해 몸이 홀쭉하게 야위고 눈이 푹 꺼져 있었다.

"병참총감님 덕분에 그나마 버티는 거라고 장병들이 말하고 있네. 참으로 고맙네."

"그렇게 말해줘 고맙네."

그 며칠 뒤에는 학병으로 출정해 있는 이자키의 아들인 이자키 고토(井崎鴻夫)를 만났다. 아버지처럼 야위었고 낡아 떨어져 무릎과 엉덩이를 기운 낡은 군복을 입고 있었다. 젊은 이자키는 꼿꼿이 서서 경례하며 수통을 뽑아 그에게 권했다. 막 샘물을 담은 듯 물은 시원했다. 그는 수통을 받아 물을 마셨다.

"이자키 군, 이제 다 틀린 것 같아. 나는 조선의 고향으로 돌아가서 조용하게 살고 싶어. 내 고향은 조용하고 아주 좋은 곳이거든."*

친구 아들을 만나니 문득 자신의 아들 생각이 나서 그는 이날 밤 국선에게 편지를 썼다.

> 한동안 뜸했구나. 아버지는 지난해 말 1588부대장으로 영전했다. 비도의 전황은 라디오 선전보도와 같이 흘러간다. 생환 기회가 있을지 없을지 예측불허다. 돌이켜보면 초지를 관철하지 못해서 그야말로 부끄럽다.

'초지를 관철하지 못해서', 요코하마의 맹세를 저버린 회한을 그는 그렇게 썼다.

6월 21일 오키나와(沖縄)가 미군에 함락당했다. 홍사익이 자활을 책임진 필리핀 주둔군은 1개월 후 자멸이 예상되었다. 전원 굶어 죽을 상황이었다. 병사들은 들쥐 굴을 발견하면 순식간

---

* 　山本七平, 앞의 책, 상권 19쪽.

에 잡아서 먹어버렸다. 뱀을 발견하면 순간 몇 개 손이 서로 잡아당겨 뱀이 토막 나버렸다.*

7월 중순, 홍사익 중장은 최후 참모회의에 참석했다. 야마시타 대장은 모든 방법을 찾아 병사들을 먹이라고 명령했다. 그러나 그는 아무것도 할 수 없었다.

8월 15일, 홍 중장은 항복 사실을 모르고 밀림의 오두막 숙소 대나무 바닥에서 모포를 깔고 자고 있었다. 장군에게도 식량이 모자라 하루 한 끼를 키모테로 때우고 기력이 떨어져 누웠던 것이다.

저녁 무렵에 연락을 받고 참모장을 대동해 군사령부에 출두했다. 그는 완전히 어두워진 뒤 오두막에 돌아와서 사이토(齊藤) 부관에게 말했다.

"무조건 항복이야. 전쟁 끝났으니 나도 고향에 돌아가게 될 테지. 수학 선생 해야겠어. 초등학교 선생도 좋지만 그래도 육군중장까지 지냈으니 초등학교로는 조금 불쌍하고 중학 선생이 좋겠어."**

그는 자기 앞날을 그렇게 안이하게 바라보았다. 자신이 해온 일이 조국에 얼마나 큰 반역이었는가를 깨닫지 못했다.

며칠 뒤, 그는 오두막으로 찾아온 미군 헌병들에게 체포되었다. 곧장 루손 섬 이푸가오 주에 있는 키안간 수용소로 호송되

* 山本七平, 앞의 책, 하권 166쪽.
** 위의 책, 170쪽.

어 장군 감방에 갇혀 두 달을 보냈다.

10월에 임시법정이 있는 마닐라 근교 칸루반 수용소로 옮겼다. 수용소의 제1컴파운드에는 중형이 예상되는 장군과 고급 장교 들이 갇혀 있었다. 잘 지어진 바라크 건물이었다. 중앙에 복도가 나 있고 양쪽으로 각각 다섯 개의 감방이 만들어져 있었다. 가장 깊은 곳 왼쪽이 최고사령관 야마시타 도모유키 대장, 건너편이 홍사익 중장, 야마시타의 옆방이 육사 27기인 독립혼성 61여단장 다지마 히코타로(田島彦太郎) 중장, 홍사익 중장 옆방이 나가하마 아키라(長浜彰) 헌병대좌였다.***

어느 날 홍사익은 처량하게 혼자 중얼거렸다.

"나는 조선인인데 일본인들 속에 내가 왜 와 있지?"

조국에 등 돌리고 출세를 위해 일본을 선택한 결과였다. 하염없이 눈물을 흘린 그는 끝까지 일본인으로 갈 수밖에 없다고 생각했다.

12월부터 전범재판이 시작되었다. 홍사익은 자신의 재판에 앞서 야마시타 도모유키 대장의 재판에 증인으로 나갔다. 판결을 정해놓고 하는 것이나 다름없었다. 야마시타는 사형선고를 받았고 다음 해인 1946년 2월 교수형이 집행되었다.

미군은 차하급자인 홍사익에게 칼날을 겨누었다. 적시된 혐의는 여러 포로수용소에서 미군 포로들을 비행장 건설에 동원해 노역을 시키고, 포로와 민간인 억류자들에게 특정하는 전쟁

***  山本七平, 앞의 책, 하권 296쪽.

법규에 위반되는 잔인한 취급, 계획적 무시 및 부당한 관리를 불법으로 또는 고의로 방치해 그들 일부가 죽거나 고통스럽게 했다는 것이었다.

홍사익은 일본군의 규정과 규칙에 충실했지만 미군의 잣대로 보면 유죄였다. 보급품이 끊어져 일본군 병사들이 굶고 있어 포로들의 식량도 줄일 수밖에 없었는데 그것도 가혹한 대우로 기소 내용에 포함되었다.

홍사익은 자신의 재판에서 단 한 번 자신의 직책과 14방면군의 포로 취급 원칙에 대해 진술했을 뿐 내내 침묵했다. 다 소용없는 일이기 때문이었다. 무죄 주장마저 변호인이 했다.

변호인은 젊은 웨스턴(T. Western) 중위였다. 중위는 홍사익이 조선인이란 점을 강조하는 변론을 했다.

"그는 조선인이어서 모두가 싫어하는 지위에 앉혀졌습니다. 그는 소외당하고 있었습니다. 나는 법정이 최종적 판결을 내릴 때 이 사실을 충분히 고려할 것을 요구합니다."

검찰관 베어드(W. Baird) 중령은 노련하게 반박했다.

"피고는 일본 국민이고 육군대학 졸업생이며 북중국에서 여단장이었습니다. 진주만 기습 승리를 기념하는 대미전승기념장(對美戰勝記念章)이라는 훈장을 받았고 지금 이 법정에서도 훈장들은 가슴에서 줄줄이 빛나고 있습니다. 그런데 일본으로부터 경멸받고 있었다고 말할 수 있겠습니까. 미국의 모든 눈, 모든 문명국의 눈, 배신당해 죽어간 청년을 사랑하는 사람들의 눈, 모두 이 재판에 집중되고 있습니다."

　　　　　　　　　　　　　　　　　마지막 무관생도들

그리고 열두 개의 혐의를 유죄로 지적해 사형을 구형했다.

4월 18일 오후, 결심재판에서 홍사익은 최후진술을 거부했다. 전쟁에 패배해서 죄인이 되어 받는 재판, 생애의 모든 것을 이미 내려놓은 터여서 억울한 마음은 없었다. 직속상관인 야마시타 대장이 이미 형장의 이슬로 사라진 터라 죽음을 각오하고 있었다.

재판장은 열두 가지 혐의에 모두 유죄를 인정하고 판결문을 낭독했다.

"피고가 고의로 그 의무를 게을리하거나 완전히 무시한 것이라 할 수 있다. 그의 지휘하에 있던 자들의 잔학 행위를 제어하고 또 방지할 시도가 있었다고 하는 증거는 하나도 피고 측으로부터 제시되지 않았다. 일본군에 의한 전시 포로 및 민간인 억류자에 대한, 그 치욕적인 취급에 대한 유일한 저항은 포로 자신 및 그 지도자에 의해서 보여진 도덕적인 용기와 힘뿐이었다. 우리는 그들의 영웅적 희생을 잊을 수 없다. 본 법정은 기소 사실에 대하여 유죄로 인정하고 이에 교수형의 판결을 내린다. 판사는 3대 2로 각 소인의 유죄 인정 및 판결에 찬성했다."*

사형수 신분이 된 홍사익은 마음을 다스리려 애썼다. 의연하게 그리고 깨끗하게 죽고 싶었다. 두 번이나 상관으로 모셨고 마음속 깊이 존경했던 야마시타 도모유키 대장이 반면교사였다.

야마시타는 사형선고 두 달 만인 2월에 처형당했는데 끝이 의

---

* 山本七平, 앞의 책, 하권 270쪽.

연하지 못했다. 그는 무사도 정신이 몸에 밴 장군이었다. 유년학교와 육사의 기본 정신은 죽음을 초월하는 명예였다. 그런데 처형에 앞서 눈물을 펑펑 흘리며 억울하다고 무죄를 주장하다가 강제로 사형대로 끌려갔다고 했다. 그러고는 "도조라는 놈이 나를 팔아먹은 거야!" 하고 자신을 중용한 총리대신에게 저주를 퍼부으며 목에 밧줄을 걸었다고 했다.

아, 어떻게 죽느냐가 문제로구나. 홍사익은 자신도 그럴까 봐 두려웠다. 그리고 문득 아들들이 그리워졌다. 전처 소생인 큰아들 국선은 이미 결혼한 몸이고 은행원으로 일했으니 패전으로 일자리를 잃었어도 제 앞가림을 해나갈 것이었다. 젊은 아내 청영에게 몹시 미안했다. 그리고 그녀와의 사이에서 태어난 어린 아들이 새록새록 그리워졌다. 그는 수첩 속에서 아내와 어린 아들 현선(顯善)의 사진을 꺼냈다. 아들은 그의 눈매를 꼭 닮았다.

'아비가 일본군에 부역하다가 사형당해 죽었으니 조선 땅에서 살진 못할 것이고 일본 땅으로 간다 해도 조센진이니 어떻게 살아갈까.'

그는 중얼거리다가 다시 문득 생각나는 것이 있어 수첩을 집어 들었다. 거기 깊이 들어 있는 작은 쪽지를 꺼냈다. 37년 전 마지막 무관생도로서 일본 유학길에 오를 때 남대문역 환송식에서 받은 조국 황제의 군인칙유였다.

그걸 들여다보며 찬찬히 읽는데 문득 생애의 한 장면이 영화의 장면처럼 떠올랐다. 요코하마 지나인 거리 류텐가쿠의 골방에서 무명지 피를 흘려 술잔에 담고 맹세하는 장면이었다. 그는

마지막 무관생도들

속으로 중얼거렸다.

'나는 맹세를 지키지 못했고 조국에 죄인이 됐어. 김현충 선배, 아니 마지막 이름은 김광서였고 항일투쟁시 이름은 김경천이었지. 김 선배는 지금 어디 있을까? 해방된 조국에 영웅처럼 돌아왔을까?

아, 나에게 두 번이나 밀사를 보냈던 지석규, 광복군 총사령이었으니 박수갈채를 받으며 환국해서 지금 조국에서 중요한 자리에 앉았겠지. 이응준을 체포했을지도 몰라. 내가 사형선고를 받은 걸 신문이 보도했겠지. 석규는 사필귀정이라고 하면서 고개를 끄덕이겠지.'

요코하마의 맹세를 저버린 것에 대한 회한이 알알한 아픔으로 다가왔다.

'김광서 선배가 탈출하자고 암호문으로 연락했을 때는 육대 입시가 눈앞이라 버리고 갈 수 없었지. 지석규가 두 번 밀사를 보냈을 때 탈출했어야 했어. 나는 그때마다 마음속으로 여러 가지 핑계를 만들었지. 옛날로 다시 돌아갈 수 있다면 김 선배와 지석규처럼 탈출할 거야. 일본군의 장군도를 차봤지만 별것 아니었어.'

홍사익은 회한에 젖어 며칠 불면의 밤을 보내고 수용소 부속 교회 목사인 가타야마(片山) 목사를 불러 성경책을 한 권 달라 하여 읽기 시작했다. 교회에 간 적이 없으나 성경을 읽으며 마음의 평정을 찾아갔다.

곧 사형대로 갈 줄 알았는데 넉 달이 흘러갔다. 홍사익은 아들에게 엽서를 썼다.

나는 지금까지 종교에 무관심했지만 지금 성서를 읽고 있
다. 이것은 대단히 좋은 것이 쓰여 있으니 너희도 읽도록 해라.

패전 후 한 번도 쓰지 못한 이응준에게도 엽서를 썼다.

해방된 조국에서 잘 지내는지요. 나는 전범재판에서 사형선
고를 받고 칸루반 수용소에서 죽을 날을 기다리고 있습니다.
이곳 미군 검찰부는 아직 맥아더 사령부의 지시가 없어 기다
리고 있습니다. 그동안 베풀어준 우정에 감사합니다. 안녕히
계십시오.*

1946년 9월 26일 밤 마침내 때가 왔다. 초저녁에 헌병장교가
와서 이날 밤 처형됨을 통고했다. 홍사익 중장은 감방을 나가
며, 필리핀 출신 일본인 통역에게 유일한 소지품인 성경을 건네
주었다.

"나는 지금 아무것도 가진 게 없다. 너의 친절에 대해 기념으
로 이 책을 준다."

---

* 『자유신문』, 1946년 8월 26일자. 포로학대 혐의로 사형선고를 받은 홍사익이 자
기 집으로 부친 엽서와 국방경비대 이응준에게 보낸 엽서가 근일 도착할 예정이
며, '선고를 받았으나 아직 지시가 없어 맥아더 사령부의 그것을 기다린다'는 내
용이라고 보도했다.

홍사익은 교수대 시설 앞에 있는 바라크 건물로 가서 장군 군복을 벗고 푸른 수의로 갈아입었다. 그 순간 푸르른 조국 하늘이 떠올랐다. 고향 안성의 산야도 떠올랐다.

"그리운 내 조국, 그러나 조국에 죄를 지었어."

그렇게 중얼거리는데 눈물이 나왔다.

'미군 헌병들에게 눈물을 보이면 안 돼. 야마시타 대장처럼 죽을 순 없어.'

그는 푸른 수의 소매로 눈물을 닦고 돌아서며 꼿꼿이 허리를 폈다. 그리고 곧장 헌병의 인도로 바라크 건물을 나가 처형장으로 걸어갔다. 가타야마 목사가 따라왔다.

집행 시간이 되어 집행관인 베어드 중령이 물었다.

"마지막 남길 말이 있소?"

"없소."

홍 중장은 짧게 답하고 가타야마를 돌아보며 담담히 말했다.

"성경을 읽어주게. 시편 51편이 좋아."

가타야마 목사는 성경을 읽었다.

주여, 주의 인자함을 따라 내게 은혜를 베푸시며 주의 많은 긍휼을 따라 내 죄악을 지워주소서. 나의 죄악을 말갛게 씻으시어 나의 죄를 깨끗이 제하소서. 무릇 나는 내 죄과를 아오니 내 죄가 항상 내 앞에 있나이다.

성경 낭독이 끝나자 홍사익 중장은 잠시 숙였던 고개를 들었다. 집행 헌병들이 다가오기 전에 뚜벅뚜벅 교수대를 향하여 걸었다. 눈빛이 조금 슬펐으나 의연한 걸음걸이였다. 그는 열세 개의 나무계단을 헌병의 부축 없이 꿋꿋한 걸음으로 올라갔다.

잠시 후 헌병이 얼굴에 검은 천을 씌운 뒤 올가미를 걸고 한 발 물러났다. 교수대 아래쪽에 있던 다른 헌병이 지렛대 손잡이를 잡아당겼다. 발판이 덜컹 밑으로 떨어지면서 홍사익의 몸은 허공에 매달렸다.

10분 뒤 미군 군의관이 그의 몸을 내려 가슴에 청진기를 대고 맥을 조사했다. 일본인은 보통 10분 이내에 심장 박동이 멎고 절명하는데 여전히 맥이 뛰었다.

"스트롱!"

놀란 군의관의 말이 가타야마 목사의 귀를 울렸다.*

경기도 안성에서 천재소년으로 태어나 마지막 무관생도들을 이끌었던, 그리고 신명을 바쳐 조국을 되찾자고 맹세했던 홍사익은 맹세를 저버리고 살다가 58세 나이로 그렇게 최후를 마쳤다.

### 지석규, 비탄을 삼키며 환국하다

1945년 8월 초, 지석규는 김구 주석과 함께 임시정부와 광복군사령부가 있는 충칭을 떠나 중국 내륙 깊은 곳 산시성 시안

---

* 山本七平, 앞의 책, 하권 309쪽.

(西安)에 가 있었다. 시안 교외 두취(杜曲)에서 미국 OSS(전략사무국)와 연합하여 국내 진공을 위해 특수전 훈련을 받아온 광복군 2지대의 훈련이 종료되기 때문이었다.

낙하산을 메고 고성능 폭약과 기관단총을 든 광복군 대원들을 보면서 그의 가슴은 희망으로 벅찼다. 대원들은 대부분 학병으로 징집돼 중국전선에 끌려와 탈출한 정예요원으로 세계 최강의 특수전 요원으로 길러졌고 무기는 미군이 무한정 공급할 것이기 때문이었다.

희망은 그것만이 아니었다. 김구 주석이 조선독립동맹과 조선의용군이 머물고 있는 옌안(延安)에 밀사로 파견한 장건상**이 임무를 달성해, 독립동맹과 조선의용군이 임정, 광복군과의 통합에 동의했다는 밀서를 보내온 것이었다. 밀서에는 독립동맹과 조선의용군이 스탈린, 마오쩌둥(毛澤東), 저우언라이(周恩來)와 더불어 김구 주석의 사진을 막사에 걸어놓았다는 내용도 있었다. 비록 공산주의 깃발을 내걸고 중국공산당의 지원을 받으며 일본군과 싸우고 있지만 임시정부, 광복군과 운명을 같이하겠다는 뜻이었다.

오직 독립운동으로 생애를 보낸 김구 주석은 입이 귀에 걸렸다.

---

** 　장건상(張建相, 1883~1974) : 경북 칠곡 출생. 미국 인디애나주립대를 나왔다. 임시정부 수립 직후 외무차장을 맡았다. 1921년 이후 고려공산당원으로 활동하고 의열단원으로 투쟁하였다. 광복 후 조선인민당과 근로인민당의 부위원장, 1950년 5·30선거에서 국회의원에 당선되었다.

"이제 목표가 눈앞에 있어. 우리 광복군은 낙하산으로 고국 땅에 내려 동포 청년들을 끌어당겨 무장부대를 조직해 싸우고, 조선의용군은 황해를 건너 진격하는 거야. 이봐, 이청천 총사령. 그대의 평생소원이 그거였잖은가?"

김 주석은 커다란 손바닥으로 지석규의 어깨를 철썩철썩 두드렸다. 정말 몽매에도 그리던 평생소원이었다. 지석규는 허리를 꼿꼿이 펴며 대답했다.

"그렇습니다. 저도 하루 빨리 고국 땅에 진공해서 독립전쟁을 지휘하고 싶습니다."

그렇게 말하면서도 마음이 초조했다. 이 무렵 그는 그랬다. 희망이 커지고 있는데 가슴속에 일말의 불안이 안개처럼 피어올랐다. 석 달, 늦어도 반년 안에 일본이 항복할 것으로 짐작되는데 그때까지 본격적인 고국 땅 진공을 못 하면 어떡하나 하는 걱정이었다.

8월 7일, 뜻밖의 첩보가 들어왔다. 어제 8월 6일, 미군 B29 폭격기가 일본 히로시마에 미증유의 파괴력을 가진 원자폭탄을 투하해 도시를 완전히 파괴하고 30만 명 이상을 살상했다는 것이었다.

김구 주석, 지석규 광복군 총사령, 광복군 제2지대장 이범석은 도노번(William Joseph Donovan) 장군을 비롯한 미군 OSS 측 참모들과 작전회의를 열었다.

지석규는 정신이 번쩍 나 있었다.

"우리는 급해요. 어서 우리 광복군을 조국으로 진공하게 해주시오. 부양(阜陽, 푸양)의 제3지대는 아직 준비가 덜 됐으니 우선 이곳 시안에서만이라도 진공을 해야겠소."

"물론입니다. 우리는 오늘 그것 때문에 만났으니까요."

도노번 장군은 그렇게 말하며 서류 파일을 펼쳤다.

장시간에 걸쳐 회의를 한 끝에 작전 방향이 결정되고 국내 진공부대 편성이 이루어졌다. 고국 진공 총대장에 이범석, 평안도반과 황해도반, 경기도반으로 구성되는 제1지구대장에 안춘생(安椿生), 충청도반과 전라도반으로 구성되는 제2지구대장에 노태준(盧泰俊), 함경도반과 강원도반과 경상도반으로 구성되는 제3지구대장에 노복선(盧福善)이 임명되었다.

김구 주석은 도노번 소장과 함께 공동으로 선언했다.

"오늘부터 한국광복군과 아메리카 합중국군은 우리 조국 진공 연합작전을 시작한다. 작전명은 '독수리작전'으로 정한다."

이날 저녁, 김구·이시영·엄항섭(嚴恒燮) 선생, 그리고 이범석과 함께 주사오저우(祝紹周) 산시성 성장의 만찬 초청을 받아 그의 관저에 갔다. 만찬 도중 뜻밖의 일이 일어났다. 장제스의 전화를 받은 주사오저우 성장이 일본의 항복 소식을 알려주었던 것이다. 조국 땅에 낙하산으로 뛰어내려 주요 시설을 파괴하고 청년 투사들을 규합해 유격전을 벌이려던 독수리작전은 저절로 취소되었다.

기쁨보다 실망이 컸다. 항일전쟁의 결과로 획득한 해방이 아니므로 건국 과정에서 소외될 우려가 컸다. 더구나 임정은 국제적 승인도 못 받은 상태였다. 지석규는 김구 주석과 함께 임정과 광복군사령부가 있는 충칭으로 돌아왔다.

8월 10일, 임정과 광복군 수뇌부는 긴급회의를 열고 이범석을 국내정진군 선발대장으로 임명했다. 그러나 병력을 보낼 길이 없었다. 일본이 항복한 터에 미군이 비행기를 내줄 리가 없었다. 슬프게도 광복군은 비행기는 물론 배 한 척도 없었다.

8월 16일, 미군은 조선 내 포로수용소를 방문할 목적으로 버드(W. H. Bird) 중령이 이끄는 대표단을 파견하기로 결정했다. 미군 18명이 떠나는 비행기에 이범석과 광복군 정진대원 3명을 실어 보냈다. 그러나 비행기는 여의도 도착 몇 시간 후 일본군의 거부로 되돌아오고 말았다.

임정과 광복군은 선박편을 마련해 한꺼번에 귀국하려고 했다. 그러나 그것이 뜻대로 되지 않았다.

다시 한 달이 지나고 두 달이 지났다. 지도자들은 허탈해졌다.

"참 이상하지 않은가. 38선을 긋고 남쪽은 미군이, 북쪽에는 소련이 군정을 편다는데, 자기네들 식민지 만들려고 우리들 귀국을 일부러 늦추는 건 아닌가 말이야."

그렇다고 믿게 만드는 일이 일어났다. 남한을 통치하고 있는 미군의 하지 중장은 김구 주석에게서 '개인 자격으로 입국한다'는 각서를 받아간 뒤 임정 인사들의 귀국을 허용했던 것이다.

지석규는 광복군 부사령인 약산 김원봉의 손을 잡고 눈물을 흘리며 탄식했다.

"국내 진공이 한 달만 빨랐다면, 제2지대와 제3지대를 낙하산으로 투하해 군사시설을 공격했다면 우리가 이런 대접을 안 받

마지막 무관생도들

을 게 아니겠소?"

김약산은 한숨을 쉬었다.

"그러게 말입니다. 우리 손으로 독립을 쟁취하지 못한 탓이지요."

"정말 그렇소. 우리가 승전 연합국의 일원이 되지 못한 탓이오."

지석규를 비롯한 임정 수뇌부와 광복군 지휘부는 일단 고국에서 가까운 상하이로 이동했다.

11월이 되었다. 1922년 러시아 극동공화국 군사재판에서 지석규와 함께 사형선고를 받고 이르쿠츠크 감옥에 갇혔던 오광선이 상하이로 왔다. 만주에서 지하공작을 하다가 체포되어 복역한 그는 일본이 항복하자 출옥해 서울로 갔고 미군정에 요구해 비행기 한 대를 빌려 타고 온 것이었다.

"미군정은 임정이나 광복군의 대표성을 인정하지 않을 것 같습니다. 개인 자격으로 오라는 거지요."

오광선의 말에 지석규는 머리를 절레절레 흔들었다.

"그렇다면 나는 갈 수 없네. 광복군 군기를 앞세우고 당당히 행진해 들어간다는 게 임정과 광복군 입장이네."

"그래야지요. 그래야 싸운 세월이 억울하지 않지요."

오광선은 길게 한숨을 쉬었다.

"총사령님, 지금 조국은 난장판 같습니다. 수많은 자칭 애국단체가 만들어지고 매일 경성 거리를 시위대가 휩쓸고 갑니다. 군대 창설을 하겠다고 나서는 조직도 있습니다. 가관인 건 그가운데 일본군 장교 출신 놈들도 있다는 겁니다. 이응준 대좌, 그놈이 육사 출신 후배들을 이끌고 기회를 엿본다는 소문도 있습니다."

지석규는 껄껄 웃었다.

"미군정이 설마 엊그제까지 자기들 적이었던 놈들을 받아들이진 않겠지. 그놈들을 모조리 재판정에 세워서 죄를 물어야 해."

오광선은 천천히 고개를 가로저었다.

"총사령님이 서울 사정을 모르시니 그런 말씀을 하시지요. 적어도 군대는 우리가 만들어야 하는데 상황이 매우 수상합니다."

지석규는 오광선의 건의를 받아들였다. 그를 광복군의 국내 지대장으로 임명해 귀국시켰다.

그 후 중국이 비행기 두 대를 내주었다. 임정 요인들은 일단 상하이까지 이동한 뒤 거기서부터는 미국 비행기를 타고 환국하기로 했다. 임시정부는 비행기를 타기 전 미군정에 4개의 요구사항을 전달했다.* 그것에는 창군 계획에 대한 것도 있었다.

1. 대한민국 임시정부는 귀국 후 내지(內地)에서 MP의 보호를 받지 않는다.
2. 조선의 치안 유지는 우리들의 손으로 하겠다.
3. 신국가 건설에 필요한 군대를 귀국 후 구성하겠다.

---

\* 『신조선보』 1945년 10월 21일자.

4. 귀국 후의 정치 행동에 대해서는 미군정당국의 간섭을 받지
않겠다.

그것은 미군정과 임정 측의 동상이몽이었다. 미군정은 며칠
전인 11월 3일 국방사령부의 설치를 발표했고 그에 앞서 모든
군사단체를 해산시키기로 방침을 세웠던 것이다.[**]

함께 광복군을 이끌었던 약산 김원봉은 임정 요인 2차 귀국
명단에 들어 귀국했다. 제2지대장이자 국내정진대장을 맡았던
이범석도 다음 해인 1946년 6월 귀국길에 올랐다. 그는 짐을 꾸
리면서 지석규에게 말했다.

"비록 독립을 우리 손으로 쟁취하진 못했지만 우리가 신생 조
국의 정통입니다."

지석규는 그의 손을 굳게 잡았다.

"물론이오. 우리는 일본군과 줄기차게 싸워왔으니까요."

"제가 먼저 들어가 엉뚱한 놈들이 해방 조국의 주도권을 잡는
걸 막겠습니다."

"그러시오. 잘 부탁하오."

지석규는 이범석의 어깨를 끌어안으며 말했다.

이범석을 배웅하고 사령부로 가자 수하 참모들이 둘러쌌다.
그는 목멘 음성으로 참모들에게 말했다.

[**]　이강수, 「해방 직후 대한민국 국군의 창군과 그 역사성」, 『군사(軍史)』 제58호,
　　　2013년 9월.

"자네들도 부모형제가 기다리는 조국으로 가게. 나는 지금 갈수 없어. 피 흘리며 쓰러진 동지들 때문에 갈 수 없어. 이런 꼴로 귀국하면 '개장군' 개선이라고 웃음거리가 될 수밖에 없어. 차라리 혀를 깨물고 자결하는 게 낫지."*

참모들은 눈물을 흘리며 고개를 저었다.

"저희는 총사령님과 운명을 같이하겠습니다."

지석규는 광복군 이름으로 공식 귀국할 계획으로 확군 사업을 펼쳤다. 중국 측의 약속을 얻어내 10만 명으로 추산되는 일본군 출신 한인 사병을 받아들이기로 하고 여섯 곳에 잠편지대를 만들었다. 국내 잠편지대에는 오광선을 임명했다.

군자금이 문제였다. 광복정부 수립 후에 갚는다는 조건으로 비교적 부유한 동포들에게 광복군 채권을 발행했다. 동포들의 호응이 좋아 자금이 확보되고 대원들을 먹이고 입힐 수 있었다.

또 다른 걱정거리가 생겼다. 중국 땅 곳곳에서 동포들이 중국인들로부터 일본 앞잡이라고 지목되어 약탈과 폭행을 당하기 시작했던 것이다.

"왜놈 앞잡이 노릇을 한 자들은 제외하고 동포 양민들을 목숨 걸고 보호하라."

지석규는 베이징, 톈진, 상하이, 지난, 쉬저우(徐州) 등지에 20~30명씩 보호대를 급파했다.**

*    이경남, 앞의 자료.
**   「비화 창군전야」, 『경향신문』, 1976년 11월 29일자.

확군 사업은 성과가 있었다. 그러나 매우 불리한 상황에 부딪혔다. 일본에 저항하기 위해 국공합작을 이뤘던 중국 국민당과 공산당은 일본이 항복하자 합작을 깨고 맞붙었다. 중국 땅은 내전에 휩싸였고 안전을 담보할 수가 없게 되었다.

1946년 초, 그는 결국 광복군 병력을 귀국시키기로 결심할 수밖에 없었다. 광복군 대원들은 칭다오, 상하이, 광저우 등 항구 도시에서 미군 선박을 타고 개인 자격으로 귀국길에 올랐다. 선박 한 척을 내어 광복군 병력을 태우고 귀국해 태극기와 광복군 군기를 앞세우고 서울 시내를 행군하려던 그의 희망은 사라져 버렸다.

그렇게 봄이 갔다. 5월에 미군정 책임자 하지 중장이 보낸 특사 버나드(L. W. Bernad) 대령이 그를 만나러 중국에 왔다.

"지금 각하의 조국에서 우리 군정사령부가 군대 창설을 준비하고 있습니다. 우리는 광복군과 군대 창설을 합작하기를 원합니다."

대령은 그렇게 말하고 지금 서울에서 벌이기 시작한 창군 작업에 대해 설명했다. 잊을 수 없는 이름, 이응준의 이름이 나왔다. 그 순간 지석규는 피가 거꾸로 솟아올랐다.

"일본군으로 남았던 자에게 군대 창설을 맡기다니, 그건 안 되오."

지석규는 손바닥을 제쳐 흔들며 떨리는 목소리로 말했다.

"그리고 나는 참여할 수 없소. 군정 치하의 군대가 무슨 군대요? 나는 외국군에 점령되어 있는 나라에 돌아갈 수 없소."

그는 대령을 그렇게 돌려보냈다.

생애를 바쳐 독립전쟁에 매달렸지만 결국 독립을 쟁취하지 못했다는 회한이 다시 뼛속으로 파고들었다. 그는 태극기와 광복군 군기를 어루만지며 탄식했다.

"국내 진공이 한 달만 빨랐다면 최소한의 참전은 했을 것이다. 제2지대와 제3지대를 낙하산으로 투하해 군사시설을 공격했다면 우리가 이런 대접을 안 받을 것이다. 그렇다 해도 우리는 정통이다. 임시정부와 광복군 말고 누가 감히 깃발을 올린단 말인가!"

초여름의 긴 하루가 끝나가고 있었다. 그는 임시로 빌려 쓰고 있는 허름한 집으로 갔다. 늙은 아내와 며느리가 그를 맞았다. 그동안 가족에 변화가 있었다. 이해 1월에 큰아들 달수가 결혼했고 8월 해방의 날이 오기 직전 큰딸 선영이 병으로 죽었다.

"여보, 고국에서 미군정이 특사를 보냈소. 군대 창설을 도와달라더군. 이응준 그놈이 일본군 장교복을 벗고 창군 작업을 하는 모양이오. 그놈의 무신함을 용서할 순 있어도 창군 작업은 용서할 수 없소. 독립전쟁에서 피 흘리고 쓰러진 무수한 동지들, 부하들을 생각하면 가슴에서 불이 나오."

지석규는 아내에게 그렇게 말하고 술병을 꺼내 들었다. 좀처럼 술을 마시지 않는 그였으나 만취하도록 마셨다.

상하이에 머무는 지석규는 알지 못했지만 버나드 대령의 상하이행을 보고 지레짐작한 고국 땅의 신문들은 '이청천 총사령이 귀국할 것이며 환영준비위원회가 조직되었다'고 보도했다.*

마지막 무관생도들

그러나 그는 움직이지 않았다. 다만 중국 대륙의 정황이 불안해 아내와 며느리는 다른 임정 요인 부인들이 귀국할 때 같이 보냈다. 장남 달수, 차남 정계, 딸 복영도 다른 광복군 대원들처럼 개인 자격으로 귀국했다.

그 뒤 사정은 더 어려워졌다. 중국 국민당 정부가 광복군의 확군을 불안 요소로 보고 막기 시작했다. 게다가 중국 내전은 공산군이 승승장구하는 국면으로 변했다. 임정과 광복군을 후원하던 국민당 군대는 뒤로 밀리기 시작했다.

그런 가운데 한 해가 가고 1947년이 되었다. 이 무렵 광복군 제3지대장 김학규 장군은 광복군 지휘부 방침에 따라 만주로 가서 확군 사업을 펼치며 압록강을 통해 고국 땅으로 진입할 기회를 찾으려 하고 있었다. 그곳도 어려움에 직면했다. 북쪽을 점령한 소련군이 개인 자격 귀국을 요구했던 것이다.

광복군만이 아니었다. 광복군과 쌍벽을 이루며 독립전쟁을 펼치다가 산시성 시안 북쪽 오지 옌안에 머물고 있던 조선의용군이 화베이를 거쳐 만주의 일본군을 무장해제시키고 압록강 국경 가까운 펑톈에 집결했으나 소련 군정에 의해 제동이 걸렸다. 역시 무장을 해제하고 개인 자격으로 귀국하라고 한 것이었다.

미군정이 친미파인 이승만 박사에게 길을 열어주기 위해 민족주의 진영인 임시정부와 광복군에게 개인 자격 귀국을 요구

---

* 『자유신문』 1946년 5월 21일자, 6월 16일자.

했고, 소련 군정은 김일성이라는 소련파 지도자에게 길을 열어
주기 위해 중국 공산당 산하에서 항일운동을 펼친 조선독립동
맹과 조선의용군의 발을 묶어놓고 있다는 것이었다.

김일성은 젊은 날 요코하마에서 피의 술잔을 나눠 마시며 항
일투쟁을 맹세했던 김광서 선배가 아니었다. 1930년대 중반, 김
광서 선배처럼 김일성이라는 이름을 쓰는 유격대 지휘자가 조
선인 부대를 이끌고 국내 진공을 감행해 보천보를 공격했다는
보고를 들은 적이 있었다. 그들은 양징유(楊靖宇)가 이끄는 동
북항일연군이라는 중국공산당 만주총국 산하 무장세력에 속해
있었다. 그 후 양징유가 전사하고 일본군과 만주군이 집중공격
을 해오자 견디지 못해 소비에트 땅으로 이동한 것으로 그는 알
고 있었다.

조국 땅을 미군과 소련이 분할점령하고 각기 이승만이라는
친미파 지도자와 김일성이라는 소련파 지도자를 내세우려 하는
구나 하는 생각이 들며 정신이 번쩍 났다.

이승만 박사가 미국을 방문하고 귀국하는 길에 그를 만나러
충칭에 왔다.

"이 총사령, 조국은 장군의 환국을 기다리고 있소이다. 여기
까지 찾아온 나를 봐서라도 같이 갑시다."

그렇게 말하는 이 박사를 지석규는 정색하고 바라보았다.

"미군정에서 만드는 군대는 진정한 군대가 아닙니다. 일본군
출신들 중심으로 흘러가니 말이 됩니까. 판을 다시 짜야 합니
다."

마지막 무관생도들

이 박사는 껄껄 웃으며 말했다.

"이 총사령이 들어가서 다시 짜시오."

지석규는 미국을 등에 업고 해방 조국의 최고 실력자가 된 이 박사의 약속을 믿고 환국을 결심했다. 광복군 채권도 갚아줄 것이라는 언질이 있었다. 이 박사 요청을 거절한다면 그것도 지석규의 책임으로 남을 수 있었다.

장제스는 이승만과 지석규의 귀국을 위해 자신의 전용기인 쯔칭호(自强號)를 내놓았다. 그리하여 1947년 4월 21일 오전, 지석규는 1919년 6월 망명 탈출한 지 28년 만에 귀국길에 올랐다.

비행하는 동안 그는 중국 땅 이곳저곳에서 분투하던 긴 세월을 더듬었다. 수많은 동지들의 얼굴이 명멸하는 별들처럼 기억의 표면 위로 떠올랐다. 태반이 세상을 떠난 사람들이었다. 김좌진·김동삼·이동녕·이장녕·신팔균·채영·현익철 등 항일투쟁 중에 세상을 떠난 선배 투사들, 그리 자신이 지휘한 전투에서 전사한 부하들의 얼굴이 스쳐갔다. 그는 얼굴들을 하나씩 망막 위에 붙잡고 한스런 기억들을 떠올렸다.

오후 2시, 쯔칭호는 여의도 비행장에 내려앉았다. 미군 사병이 기체 문을 열었다. 이 박사가 앞장서 문으로 향하고 지석규는 그 뒤를 따랐다. 그 순간 늦은봄 한낮의 따뜻한 햇빛과 바람이 확 그에게로 달려들었다. 트랩의 마지막 계단을 내릴 때 구수한 냄새가 났다. 여름바람에 실려 오는 조국의 흙냄새였다. 그는 자신도 모르게 무릎을 꿇고 손으로 땅을 만졌다. 다시 죽어간 동지들과 부하들의 얼굴이 눈앞에 스쳐갔다.

"동지들, 혼자 살아 돌아와서 미안합니다."

그는 왈칵 눈물을 쏟았다.

이승만 박사와 동행한 때문이기도 하지만 많은 인물들이 영접 나왔다. 임시정부 주석 백범 김구 선생, 부주석 김규식 박사 등 독립운동 진영의 선배와 동지, 후배들 100여 명은 지석규를 맞으러 나온 것이었다.

지석규는 백범의 승용차를 김규식 박사와 함께 탔다. 임시정부의 주석과 부주석 어른들은 1년 반 만의 만남인데 백발이 더 늘어 있었다. 김규식 박사가 말했다.

"해방됐지만 해방이 아니야. 미국 소련이 전리품을 나누듯이 남과 북을 나눠서 통치하고 제각각 군대를 창설하고 있어. 해방은 됐지만 이러다가 나라가 두 동강날까 걱정이야."

지석규는 머리를 설레설레 흔들었다.

"분단만은 목숨 걸고 막아야 합니다."

백범이 입을 열었다.

"임정이나 광복군은 미군정의 안중에도 없어. 일본군에 복무했건 독립투쟁을 했건 경력 하나만 보지. 글쎄 왜놈들에게 끝까지 충성한 이응준이라는 놈을 불러들여 국방경비대를 만들고 지방 주둔부대까지 창설해 배치했어. 이범석, 오광선 두 동지가 광복군 출신들을 청년회로 묶어 창군의 새 판을 짜려고 하지만 대세가 기울었네. 이 총사령은 이 박사가 간청해서 동반 귀국했으니 광복군 총사령 출신에 걸맞은 지위에 오르겠지만 해방 조국은 우리 뜻대로 되기 어렵게 됐네."

백범은 말을 끝내고 길게 한숨을 쉬었다.

백범의 숙소인 경교장에 도착했다. 거기서 다른 임정 요인들과 인사를 나누고 후배 동지 오광선과 함께 미리 마련해놓은 숙소인 남산 아래 소복(笑福)여관으로 갔다. 거기서 기다리고 있던 가족들을 만나 귀국 첫날을 보냈다.

다음 날 아침, 오광선이 국내 상황을 보고했다. 이응준이 이미 국방경비대 창설 작업을 완료하고 8개 지방 주둔부대까지 배치한 것이었다.

"태릉부대 채병덕, 대전부대 이형근, 전북 이리부대 김백일, 전남 광주부대 김홍준, 그 밖의 지방부대 지휘관 네 명까지 모두 일본 육사와 예비사관학교, 만주군관학교 출신입니다."

지석규는 고개를 가로저었다.

"그놈들의 과오를 그냥 덮어두고 그렇게 갈 수는 없어. 독립전쟁 하다가 쓰러진 선배와 동지들을 죽어서 볼 낯이 없어."

일본군에서 복무했던 자들이 모인 조선임시군사위원회가 이응준을 대표로 추대했고, 이응준이 미군정의 신임을 받아 국방부 고문을 맡으면서 창군 작업의 주도권을 잡았다는 것은 이미 들은 바였다. 보고에 의하면 그것이 거의 종료된 것이었다.

"홍사익은 돌아오지 않았는가?"

"그 사람은 비도에서 전범으로 교수형 선고를 받았습니다. 이응준이 앞장서 진정서를 보냈지만 소용없었습니다. 작년 4월 홍사익 아내를 동반해 하지 중장을 직접 만나 탄원도 한 모양입니다. 사형을 집행했다는 소문이 도는데 확인할 만한 신문 보도는 없었습니다."

오광선의 보고를 들으며 지석규는 한숨을 쉬었다.

"내가 밀사를 보냈을 때 탈출했어야지. 모든 게 다 자업자득이지."

오광선이 계속 보고했다.

"군대의 총지휘부를 국방부라 불렀는데 통위부로 바꾸었고 유동열 장군이 통위부장 자리에 앉았습니다. 이응준이 추대했습니다. 국방경비대 총사령은 송호성 장군이 앉았습니다. 이응준은 항일투쟁을 했던 두 분을 우두머리로 앉혀 구색을 맞췄지만 우두머리만 그럴 뿐이지 일본군과 만주군 출신 일색으로 군대를 창설한 겁니다. 장안에는 통위부장 자리에 총사령님이 새로 임명되실 거라는 말이 들리지만 유동열 장군이 내놓겠습니까?"

지석규는 천천히 고개를 저었다.

"유 장군도 송 장군도 고심하던 끝에 그 자리에 앉았겠지. 그래서 미군정과 이응준은 국방경비대 설치의 정당성과 명분을 얻은 거지. 나는 이미 미군정이 만든 군대에 내가 개인 자격으로 들어갈 수는 없다고 이미 선언했네. 더구나 이응준이 만든 조직 아닌가. 유 장군이 내놔도 그 자리에 갈 순 없네."

"그 후 개별적으로 귀국해 있던 우리 동지들, 고시복·최덕신·박시창·박기성 동지가 국방경비대로 들어갔습니다."

오광선의 말을 듣고 지석규는 탄식했다.

"미군정이 우리 오광선 장군의 국내 잠편지대 조직을 인정하고 좀 더 기다렸어야지. 내가 싫으면 유동열 장군과 김원봉 장군, 이범석 장군에게 창군 작업을 맡겼어야지. 유 장군은 일본 육사, 김 장군과 이 장군은 중국 정규 사관학교 출신 아닌가. 그분들이 했다면 뤄양군관학교 출신인 수십 명의 우리 광복군 간부들을 급히 귀국시켜 입대시켰겠지. 그렇다면 얼마나 떳떳하고 당당할까. 일본군 출신도 써야 한다고 미군이 고집하면 그때 그분들 입으로 이응준을 불렀어야지."

지석규는 다시 옛 친구 이응준이 원망스러웠다.

오광선은 자신이 조직해 끌고 온 광복청년회와 이범석이 조직한 민족청년회 사정도 이야기했다. 그것들을 하나로 묶어 단일 청년단체로 묶어두었다가 군대의 새 판을 짤 때 근간으로 삼는 게 그의 복안이었으나 김구 주석의 말처럼 대세가 기울어 달성하기 힘들 것이었다.

환영회를 거절한다고 천명했는데도 환영대회를 연다는 기사가 '4월 27일 오전 11시 영등포 경성방직 광장'이라는 시간 장소까지 안내하며 여러 신문에 실렸다. 그는 그것을 거절하고 침묵에 들어갔다.

다음 날 삼청동 옛집을 돌아보러 갔다. 이제 남의 소유가 된 집 담장을 손으로 어루만져보고 지척에 있는 대한제국무관학교 자리로 갔다. 패전시까지 일본군이 병영으로 썼다는 그곳은 텅 비어 연병장에 잡초가 무성했다. 그는 연병장을 천천히 걸으며 이곳에서 시작했던 항일투쟁의 생애를 더듬었다. 그러다가 혼잣소리로 중얼거렸다.

"대가를 바라고 싸운 건 아니니 보상이 없어도 좋다. 백범 선생은 도산 선생에게 임시정부의 문지기를 시켜달라고 말하지 않았던가. 필부로 살더라도 해방된 조국에 살면 족하지. 농사를 지어도 좋지."

1926년 일본이 조선인들의 독립운동을 막으라고 중국 군벌을 협박했고 군벌 측이 독립군단을 제재하고 나서 그는 투쟁을 중단하고 북만주 우창현으로 갔다. 가족과 함께 농사를 지으며 평범한 농부로 살았다. 야학에 나가 눈빛 초롱초롱한 아이들에게 훈화를 하곤 했다.

"그렇게 살면 되지. 저녁이면 마을 아이들에게 나의 독립전쟁 이야기, 피 흘리고 쓰러져간 동지와 부하들 이야기를 들려주며 늙어가면 되지."

그는 그렇게 마음을 허허롭게 비우고 삼청동의 옛 무관학교 언덕을 내려왔다.

다음 해인 1948년 8월, 대한민국 정부가 서고 초대 대통령 이승만은 이범석을 국무총리 겸 국방부장관으로, 지석규를 무임소장관으로 임명했다. 광복군 대원들은 이제 거의 귀국해 있었다. 오광선, 안춘생, 채원개, 김신 등 10여 명의 광복군 간부들이 건군이 기정사실화되고 이범석이 국군의 총수에 오른 것을 받아들여 국군에 들어갔다. 그러나 국군의 중심은 이미 이응준을 대표로 하는 일본군과 만주군 출신 인물들이 잡고 있었다.

에필로그

## 역사에 남은 이름

**위** 광복군 대원들과 더불어 태극기와 광복군기를 앞세우고 행진해 환국하려던 이청천(지석규) 광복군총사령의 계획은 미군정의 거부로 좌절되었다. 그는 1947년 4월 21일 비탄에 잠긴 채 이승만 박사와 함께 환국했다.

『동아일보』 1947년 4월 23일 기사

**아래** 백범은 1949년 지석규의 투쟁사 집필을 축하해 '靑天將軍 鬪爭史 事若不成 死不朽(청천장군 투쟁사 사약불성 사불후)'라고 휘호를 썼다. '사약불성 사불후'는 '일을 성취하지 않으면 죽어도 몸이 썩지 않는다'는 뜻이다. 독립운동에 생애를 바친 지석규의 정신이자 백범의 정신이기도 했다. 백범은 이것을 쓰고 얼마 후 암살당했다.

지복영, 『역사의 수레를 끌고 밀며』(문학과지성사, 1995) 수록

1909년 8월, 대한제국무관학교가 폐교될 때 재학한 마지막 무관생도는 1학년 23명, 2학년 22명, 모두 45명이었다. 44명이 일본으로 건너갔고 강제합방 직후 아오야마 묘지에 모여 뒷날 독립전쟁에 나서자고 결의했다. 11명이 자퇴 혹은 중도 탈락했고 33명이 일본 육사를 졸업, 장교로 임관했다. 일부만이 독립투쟁에 몸을 던졌고 대부분이 결의를 저버리고 일본에 충성하며 살았다.

망국의 역사 위에 내던져진 스무 살 안팎의 푸르른 청년 엘리트들, 선택한 삶의 길은 각자 달랐지만 하나같이 파란만장한 운명의 길을 걸었다. 그들의 삶에 한국 근현대사의 명암이 고스란히 들어 있다.

## 퇴교자들

김영섭은 일본행을 거부했던 유일한 생도였다. 그러나 저명한 개신교 목회자가 되고 일제강점기 후반 국민정신총동원 기독교감리회연맹 이사를 맡는 등 친일로 돌아섰다. 1943년에는 인천내리교회 목사로 있으면서 교회 벽과 부속학교인 영화남학교 교실 벽에 '종교보국', '내선일체' 전시 구호를 붙이고 '황국신민의 서사'를 낭독하고 예배를 시작했다. 광복 후에도 영예가 지속되었다. 하와이 총영사를 지내고 서울중앙교회에서 목회 활동을 했다. 1950년 5월 사망했다.

윤우병은 1909년 가을 유년학교 편입 직후 그만둔 첫 퇴교자였다. 그 후의 삶은 알 수 없다. 중증 폐질환으로 진단되어 퇴교 처분을 받았으므로 귀국 후 회복하지 못하고 사망한 것으로 보인다.

이건모, 정동춘은 강제합방 직후 퇴교했다. 이건모는 1912년 조선총독부 임시토지조사국 서기로 일하고 군청 서기 자리를 얻은 기록이 남아 있다. 대한제국무관학교 입학 전 경남 마산 개진(開進)학교의 우등생이었다는 기록이 있으므로 고향 마산에서 여생을 보냈으리라 추측된다. 정동춘은 퇴교 이후의 삶을 알 수 없다.

남상필, 류춘형, 신우현은 유년학교 편입학 1년이 지나고 합방이 확정된 1910년 겨울 퇴교했다. 남상필은 그 후의 삶을 알 수 없다. 류춘형은 1912년 임시토지조사국 서기로 임용된 기록이 있다. 신우현은 1924년 마지막 무관생도들의 친목회인 전의회 회지 『사막천』에 주소가 경성 송현동 48번지이며 '토지 경영'을 하고 있다고 기록되었다.

이은우는 거룩한 삶을 살았다. 그는 1911년 흉막염에 걸려 도쿄육군중앙유년학교에서 퇴교당하고 고향인 충남 공주군 이인면 목동리로 돌아왔다. 병이 낫자 마을에 삼흥학교를 세우고 아이들을 모아 가르쳤다. 게으름을 피우면 회초리를 들고 착하고 공부 잘하는 제자는 업어주었다. 그의 가르침을 받은 1회부터 16회 졸업생들이 자기들 죽을 때까지 한식날에 모여 그를 흠모하며 제사를 지냈다. '일제 때 어린 제자들에게 헌신적으로 민족혼을 일깨워준 스승의 혼이 제자들의 가슴속 깊이 새겨져 있기 때문'이었다.* 그러나 지금 공주 땅에는 그를 기리는 흉상 하나 없다.

이응섭은 1912년 여름 유년학교 본과 1학년이 끝날 무렵 퇴교했다. 저항정신이 강한 스님, 근대 불교사에 이름이 빛나는 학승이 되었다. 그의 저술들은 석가세존의 전기와, 한문 불경을 읽지 못하는 대중에게 불교 교리를 쉽게 풀어주는 방향으로 쓰여졌다. 1929년 권상로, 김법린, 백성욱 등과 함께 조선불교승려대회를 열고 종헌 제정위원을 맡은 사실이 일제 관헌자료로 남아 있다.** 1941년부터 수원 용주사 주지를 지냈다.

강우영은 1913년 가을, 육사 입학을 위한 치중부대 대부 근무

----

* 「한식날 스승 묘 찾아 20년」, 『경향신문』, 1987년 4월 6일자. 한편 『조선총독부 관보』 1915년 12월 18일자에 이은우가 사립학교 교원검정시험에 합격한 기록, 『조선총독부 및 소속관서 직원록』에 1919년~1935년 이안공립보통학교 부훈도, 훈도로 일한 기록, 1935년~1937년 목동면장으로 일한 기록이 있다.

** 경종경고비(京鍾警高秘) 제127호, 「조선불교승려대회의 건 보고」 종로경찰서장이 1929년 1월 7일 총독부 경무국장 등에게 보낸 기밀보고. 국편 DB. 이진해(李震海)라는 법명으로 실려 있다.

중 이탈했다. 5년제의 육군중앙유년학교 졸업장만 갖고도 관리로 임용될 수 있었는데 이름이 임용 기록에 보이지 않는다.

민병은과 이교석은 1914년 육사에 입학하자마자 퇴교했다. 1916년 임시토지조사국 서기와 통역원으로 채용됐다가 각각 군서기와 수리조합 직원으로 임용되었다. 그 후의 삶은 알 수 없다.

이은우와 이응섭을 제외한 퇴교자들은 존재감을 드러내지 못하고 역사의 뒤안길로 사라져버렸다. 그들이 이은우, 이응섭처럼 조용히 거룩한 생애를 보냈는지, 일제 통치에 적당히 타협하며 살았는지는 알려지지 않았다.

## 하급반 출신 임관자들

대한제국무관학교 하급반 출신은 일본 육사 27기로 임관했다.

김석원은 수많은 전투에서 전공을 세우고 학병 지원 권유 연설을 한 철두철미한 일본군 장교였다. 그런가 하면 마지막 무관생도 동기생 이종혁이 항일무장투쟁 중 투옥되어 사경에 이르자 앞뒤 안 가리고 보살폈다. 아들 김영수(金泳秀)는 일본 육사를 57기로 졸업했으나 1945년 4월 레이테(Leyte) 섬에서 전사했다.

그는 1948년 12월, 동기생인 백홍석, 선배인 유승렬·안병범 등과 함께 육군사관학교에서 1주일간 교육을 받고 대령 계급을 받았다. 다음 해 4월 장군이 되었다. 6·25전쟁 중에는 수도사단장과 3사단장을 맡아 싸웠다. 김일성, 최현 등 항일파르티잔 출신 북한 지도자들이 간삼봉 전투를 지휘한 김인욱을 김석원으로 잘못 알아, 남침시 '김석원을 생포해 처단할 것이라고 공언'했으나 그런 일은 벌어지지 않았다. 그는 1956년 예편하고 자신이 설립한 성남고등학교를 명문교로 키웠으며 제5대 국회의원에 당선되기도 했다.

김인욱은 가장 큰 벌을 받았다. 보천보를 공격한 김일성 부대와 간삼봉 전투에서 맞붙어 부상당했던 그는 1945년 2월 퇴역해 평양에 머물렀다. 다음 해 1월 체포되었으나 김일성과 북한 지도자들이 그가 간삼봉 전투 지휘관이었음을 알지 못해 그냥 소련군에 넘겨졌다. 중앙아시아 우즈베키스탄으로 끌려가 타슈켄트 제1감옥에 수용되었다. 노령임에도 군대의 습관대로 열심히 목검체조를 하는 등 체력을 유지했으나 형편없는 급식 때문에 장대했던 기골이 쪼그라져 자리에 누웠다.* 그러나 끝까지 살아남아 1950년 일본에 송환되었다.** 그 후의 삶은 알 수 없다.

김종식은 1925년 대위로 퇴역했다. 1942년 서울 대동상업학교(현 대동세무고) 교장을 맡아 1945년 2월까지 일한 기록이

---

\*    장창종, 『나의 소련 유형기』, 중앙교육출판공사, 1987, 83쪽.

\*\*   『동아일보』 1949년 12월 19일자 「소련에 억류 중인 동포 생존자」 기사의 평안남도 분류에 김인욱 이름이 있다. 『국민일보』는 2007년 6월 6일자 「조선 출신 만주군 장성 첫 확인」 기사에서 소련으로 끌려간 한인 포로들에 대한 기록을 국가기록원이 러시아에서 발굴했다고 보도했는데 김인욱의 '평양 체포와 소련 억류, 일본 송환'이 들어 있다.

있다.

김중규는 1920년 중위로 퇴역해 조선은행에 다녔다. 그 후의 삶은 알려지지 않았다.

남우현은 일본 여성과 결혼했다. 패전 직전 육군중좌로서 대구 경북중학교 배속장교를 했다. 광복 후의 삶은 알 수 없다. 아들 둘이 의사가 되어 전남 광주 제77육군병원장과 유명 의대 교수를 지냈다.

류관희는 일제 말기 예비역으로서 국민총력조선연맹에서 일했다. 패전 후에는 고향인 용인군 양지면 송문리 반정마을에 머물렀다. 고향 유지들의 요청을 받아 1948년 11월 용인여자중학교 초대 교장을 맡기도 했으나 1년 뒤 육군에 입대했다. 연대장, 여단장으로 6·25전쟁 때 싸웠다. 충남지구병사구사령관을 지내다 예편했다. 돈암동의 초라한 집 한 채가 남은 재산의 전부였으며 말년에는 창경원 수위를 지냈을 정도로 청렴했다. 1963년 사망했다. 장남은 류기홍(柳基鴻) 정치학 박사로서 미국 마운트세인트메리스대학 교수로 있다가 1970년대 김대중 대통령 후보의 특별보좌역을 맡기도 했다.*

박창하는 일찌감치 퇴역해 교단에 서며 조선체육회장을 맡았고 패전 직전 연희전문에서 강의했다. 광복 후에도 강단에 섰다. 체육 관련 연구물 !몇 편과, 1945년 11월 귀환동포 환영대회

* 정양화, 「조선에서 대한민국까지의 격동의 인생 유관희 선생」, 『용인시민신문』, 2008년 10월 22일자 ; 『동아일보』, 1970년 10월 19일자.

마지막 무관생도들

에서 국내 정세를 소개하는 강연을 한 기록이 남아 있다.**

　백홍석은 예비역 중좌로서 패전 직전 병력 동원을 담당했다. 1948년 12월 군문으로 들어가 대령 계급을 받았다. 1949년에는 특별한 군사재판 책임자가 되었다. 백범 김구가 안두희에게 암살당했을 때 군 검찰은 안두희를 한독당에 입당시켰다 하여 전 광복군 제3지대장 김학규 장군을 공범으로 지목해 군법회의에 회부했는데 재판장으로서 징역 15년을 선고했다. 그 후 장군이 되어 사단장에 올랐다가 퇴역했다. 재향군인회 초대 회장과 대한철광주식회사 사장을 지냈고 1960년 사망했다.

　서정필은 중위 때 퇴역해 한일은행에 입사했다. 그 후의 삶은 알려지지 않았다.

　원용국은 만주에서 기병장교로 복무하며 항일무장세력을 토벌하는 임무를 수행하고 1929년 퇴역한 후에도 만주 동포들 통제에 앞장섰다. 1935년 만주에서 사망했다.

　윤상필은 마지막 직책이 만주국 총무청 참사관이었다. 그는 일본의 만주 지배와 조선인 동포들의 통제의 중심에 있었다. 패전 후 남하하던 중 평양에서 체포되었고 소련군에게 끌려가 하바롭스크에서 강제노역을 했다.*** 그는 끝내 돌아오지 못했다. 가족들은 그가 소련에서 북한으로 송환되어 처형당했을 것으로 여겼다. 그의 장남은 서울에서 유명한 농학자로 살았고, 고고학

---

**　　『자유신문』, 1945년 11월 6일자.

***　　장창종, 앞의 책, 53쪽.

을 좋아한 차남은 아버지의 명에 따라 신징법정대학을 나왔으나 대학박물관장, 고고학자로서 명성을 떨쳤다.

이동훈은 오랜 세월 숨겨진 독립유공자였다. 일본 육사를 나왔다는 사실만으로 친일인물로 지정될 뻔했으나 평양광성고보 교사로서 제자들의 3·1만세운동을 유도했음이 제자인 박지붕 선생의 글로 드러나 독립유공자 반열에 올랐다.

이종혁은 동포 애국투사를 총살한 양심의 갈등으로 일본군을 탈출해 치열하게 항일무장투쟁을 펼쳤다. 마지막 무관생도들의 반민족행위를 대속(代贖)한 듯한 그의 삶, 죽는 날까지 이어진 김석원과의 우정을 선우휘가 팩션「마덕창 대인」에 생생하게 그렸다.

장석륜은 퇴역해 교원으로 일했으나 광복 후 군사영어학교에 들어가 군번 4번을 받았다. 6·25전쟁 중 국군이 북진할 때는 대령으로 평안북도 지구 계엄민사부장을 맡았다. 1953년 예편하고 다음 해 의정부농고 교장에 취임했다.* 학교 운영에 사비를 쓰고 군 공병대 지원을 받아 전쟁으로 파괴된 교사(校舍)를 복구하여 칭송을 받았다. 그 후의 삶은 알려지지 않았다.

장성환은 1928년 보병대위로 회령 보병 제75연대에서 근무한 이후의 삶이 알려지지 않았다.

장유근은 신사참배 문제로 상관과 충돌, 중위로 퇴역해 남대문상업학교와 오산중학 체조교사로 일했고, 1941년 보성전문

* 『경향신문』 1954년 2월 12일자.

교련교관 조철호가 죽자 후임으로 갔다.** 광복 후 삶은 알려진 바가 없다.

정훈은 적극적으로 친일반민족 행위를 했다. 1945년 8월 14일 조선총독부 엔도 류사쿠(遠藤柳作) 정무총감과 여운형을 연결시켜 건국준비위원회에 치안권을 인계하는 담판을 성사시키고 일본으로 떠나 일본인으로 여생을 보냈다. 말년에 지바현의 나라시노 소재 후생성(厚生省) 원호국에서 일한 것으로 알려져 있다.

### 상급반 출신 임관자들

상급반 출신은 일본 육사 26기, 혹은 유급하여 27기로 임관했다.

권영한은 만주 다롄상업학교 교원으로 일한 이후의 삶을 알 수 없다.

김준원은 광복 후에도 예식장 사업을 계속하다가 1950년 소령 계급을 받고 군대로 들어갔다. 준장까지 진급하고 퇴역했다. 일본 육사 54기인 장남 김정렬이 초대 공군참모총장이 되고 아버지보다 계급이 높아 화제가 되기도 했다. 학병 출신으로 예비

---

** 김진웅, 「1943년 보성전문 법과에 입학했다」, 인촌기념회 홈페이지(www.in-chonmemorial.co.kr). '스승 장유근이 신사참배 거부로 제대당했는데 인촌 김성수가 보성전문으로 데려왔다'고 썼다.

사관학교를 나온 차남 김영환은 형과 함께 공군 창설에 나서고 6·25전쟁 때 수많은 출격을 했다. 1954년 추락사고로 순직했다. 김준원은 두 아들이 장군이 되고 차남이 순직하는 것을 보고 1960년 사망했다.

민덕호는 만주 랴오양(遼陽)수비대에 배속, 대위까지 진급했으나 이후의 삶을 알 수 없다.

박승훈은 만주군 상교까지 올랐다가 사임하여 패전 직전 귀국했고, 해방정국에 만주군 출신 경력자들로 치안단을 조직했다. 그러나 미군정의 해산 명령으로 해산하고 동기생 이응준의 권유로 1947년 국방경비대에 들어갔다. 1948년 여수 주둔 14연대장 부임 직후 좌익계 부하들이 반란을 일으켰다. 그는 어선을 타고 목포로 피신해 목숨을 건졌다. 그 후 육군본부 민사부장, 국방부 병무국장, 제2대 재향군인회장을 지내고 1963년 사망했다. 사단장을 폭행하고 일본군 군복을 벗은 그를 독립전쟁 전선이 아닌 만주군으로 가게 했던 그의 우등생 아들은 도쿄제국대학에는 가지 못했으나 경성제대 법문학부를 나왔다. 유명 대학의 법과대학 교수로 살았다.

신태영은 1943년 '자신의 첫 출진의 목표는 야스쿠니 신사'라는 수기를 신문에 발표했고 해주육군병사부에 근무하며 징병제 임무를 수행하다가 패전을 맞았다. 1948년에 군에 들어가 1950년 4월 퇴역했으나 6·25전쟁으로 재입대하여 중장까지 진급, 육군참모총장과 국방부장관을 지내고 1959년 사망했다. 일본 육사 53기 출신 맏아들 신응균은 광복 후 국군에 입대해 '포병의 아버지'로 불리며 명성을 날렸고, 중장으로 예편, 국방부 차관, 서독 대사 등을 지냈다. 다섯째 아들 신박균은 6·25전쟁 때 무명소졸로 입대해 특혜를 거부하고 최전선에 투입돼 전사했다.

안병범은 대좌 계급으로 북만주 헤이룽장성(黑龍江省) 쑨우(孫吳) 기차정거장 사령관으로 있다가 패전으로 귀국했다. 1948년 군에 들어갔으며, 일본 육사 58기 출신인 아들 안광수와 대령 계급장을 같이 달았다. 수도방위군 고문관으로 6·25전쟁을 맞았다. 방위군들을 소집하고 부대를 조직해 싸웠으나 부상당한 채 북한군에 포위되자 인왕산에서 자결했다. 준장으로 추서되었으며 1955년 세검정에 순의비가 세워졌다.

염창섭은 계속 만주국 고위관리로 일하다 패전 후 서울로 돌아와 서울성동공고 교감으로 일했다. 그러다 중병을 얻었고 1950년 사망했다. 유난히 생에 집착했던 그의 말년과 죽음을 아우 염상섭이 「임종」이라는 단편소설로 썼다.

유승렬은 1942년 대좌로서 남태평양 뉴기니 전선에 출병했다. 열병에 걸려 후송되어 있던 중 패전을 맞았다. 1948년 육군에 입대, 6·25전쟁 중에는 평남지구 계엄민사부장을 맡았다. 육군민사감을 지내고 육군소장으로 퇴역했으며 1958년에 사망했다. 일본 육사 55기인 아들 유재흥은 군사영어학교를 나와 군번 3번을 받았으며 중장으로 예편해 국방부장관을 지냈다.

이강우는 일본 여성과 결혼했으며 아내 성을 따서 창씨 성을 가와모토(河本)로 했다.* 광복 직전 중좌 계급을 갖고 경기중학과 보성전문 배속장교로 일했다. 단편적이지만 은근히 민족혼 교육을 했다는 증언도 있고** 학병 지원을 독려했다는 증언도 있다.*** 광복 이후 양심의 가책으로 필부의 길을 걸은 것으로 알려져 있다.

이대영은 소좌에서 더 진급하지 못했다. 패전 때까지 계속 지원병 독려 업무를 맡았다. 대한민국 정부 수립 후 육사 8기 특임으로 임관하고 곧 퇴역했으나 6·25동란이 발발하자 대령으로 복귀했다. 경기지구 위수사령관 등을 지내고 준장으로 예편했다. 제7대 재향군인회장을 지내고 1976년 사망했다.

이응준은 초대 육군참모총장으로서 1949년 두 번의 고비를 맞았다. 그해 4월의 제주항쟁은 진압했으나 5월 춘천 8연대의

---

* 일본인 아내는 이강우가 신의주 주둔 부대에 근무할 때 만난 개업의사 부인이었다. 그녀가 이혼하고 이강우와 재혼한 것을 그녀의 아들이 수치로 여겨 교토제3중학교 재학 중에 자살한 것으로 알려져 있다.

** 권이혁, 『또 하나의 언덕』, 신원문화사, 1993, 45~46쪽. 서울대 총장을 지낸 저자는 경기중 졸업반 때 배속장교 이강우 중좌가 훈시 중 "경성에서 가장 좋은 곳은 남산 아래 양지쪽이었는데 일본인들에 밀려났다. 졸업도 가까워지고 했으니 이런 정도는 알아야 하며 비극으로 생각해야 한다"고 말했으며, 일본군 장교지만 한민족의 정기는 살아 있구나 느꼈고 해방 후에 가책을 받고 사라졌다는 후문을 들었다고 회고했다.

*** 김진웅, 앞의 자료. 고려대 총장서리를 지낸 저자는 1944년 1월 배속장교 이강우 중좌가 별안간 교단에 올라가더니 "너희 왜 학병 지원 안 하느냐? 지원이라고 하지만 형식만 지원이지 강제야. 너희들이 지원 안 하면 보성전문 없어져. 폐교해. 알았어? 갸" 하고 말하며 학병 지원을 설득했다고 증언했다.

2개 대대 월북 사건으로 결국 7개월 만에 사임했다. 6·25전쟁 발발 당시에는 전남 광주 5사단장이었는데 부대를 이동시켜 미아리 방어전을 치렀다. 그 후 군문을 떠나 재향군인회장을 맡았으나 다시 입대해 육군대학 총장과 훈련소장을 지내고 중장까지 올랐다. 1955년 퇴역해서 체신부장관을 지냈으며 반공연맹 이사장, 국정자문위원장을 맡기도 했다.

그는 흥사단 재건과 도산 안창호 선생 기념사업, 애국지사 이승훈 선생이 설립한 오산학교의 재건, 안중근 의사와 손병희 선생 기념사업에 참여했다. 일제강점기에도 애국지사들과 교유했는데 광복 후에도 이어나갔다. 그리고 군의 최고 원로로서 더할 수 없이 흡족한 말년을 보냈다. 하늘이 내린 수명 또한 타고나서 45명의 마지막 무관생도들 중 마지막까지 생존하며 96세까지 수를 누리고 1985년에 사망해 국립묘지에 묻혔다.**** 그는 만 16세에 이갑 참령의 집에 갔을 때부터 80년 간 일기를 쓴 것으로 알려져 있다. 일기는 아직 출간되지 않았다.

이희겸은 평양광성고보 교련 교원 시절 학생들을 혹독하게 몰아갔으며 자주 일본 육사 출신임을 자랑한 사실이 제자인 김이석의 수필 「교련과 나」에 실려 있다. 그 후의 삶은 알 수 없다.

장기형은 1920년 중위 진급 이후의 행적을 알 수 없다.

조철호는 망명 탈출 실패 후 일제 통치 안에서 저항하며 투쟁

---

**** 세상을 떠나기 두 해 전 그의 집을 탐방한 신문기사에 말년의 삶이 그려져 있다 (「새해 맞은 초대 육군참모총장 이응준 옹」,『경향신문』, 1983년 1월 4일자).

한 애국자의 표상이었다. 1941년 광복을 보지 못하고 사망했으나 그가 민족정기를 세우기 위해 창설한 조선소년군은 광복 후 한국보이스카우트연맹으로 계승되며 대원 전원이 그를 기념하는 경례를 바쳤다.

지석규는 독립전쟁 중에 사용했던 가명 '청천'에 본래의 성을 붙여 환국 후 지청천이라는 이름으로 살았다. 창군의 주도권을 놓친 그는 청년운동에 나서 이범석의 민족청년단을 포함하여 26개 청년단체를 대동청년단에 흡수통합하고 단장이 되었다. 1948년 1월, 정부 수립을 앞두고 남한만의 단독정부를 지지함으로써 백범을 비롯한 임시정부 동지들과 멀어졌다. 그리고 그해 5월 제헌국회의원 선거에 서울 성동구에서 출마해 41,532표, 75.22%라는 전국 최고 득표를 얻으며 당선되었다. 다덴쯔링 대첩 등 마치 신화와도 같은 그의 독립운동 경력을 국민들은 알고 있었던 것이다.

그는 초대 내각의 무임소장관 자리를 한 달 만에 사임하고 청년운동과 제헌국회 일로 바쁜 나날을 보냈다. 국회의 전원위원장, 외무위원장, 국방위원장으로 활동하고 제2대 국회의원에 재선되었다. 1952년에는 자유당에 입당했다. 치열했던 독립운동과 달리 해방 조국에서의 정치활동은 크게 빛나지 않았다. 정치적 술수에 익숙하지 않았고 오랜 세월 풍찬노숙하며 투쟁한 결과로 병을 얻고 있었던 것이다. 1957년 1월, 그는 평생소원이던 조국의 통일과 강력한 자주독립국가의 완성을 보지 못하고 파란만장했던 생애를 접었다.

홍사익은 필리핀에서 사형이 집행된 뒤 유해가 유족에게 인도되지 않았다. 미군이 화장해 바다에 뿌렸던 것이다. 9개월이 지난 1947년 6월 일본 외무성 중앙연락사무국은 유품을 유가족에게 보냈다. 중앙유년학교 우등 졸업 상품인 일본 황태자의 은시계, 안경, 담배 파이프, 수첩, 저금통장이었다.* 유족들은 그의 옷과 신발을 놓고 의리장(衣履葬)으로 장례를 지내고 안성군 고삼면 봉산리 선산에 무덤을 만들었다. 일본 재향군인 단체인 일본향우연맹은 1967년 9월 홍사익의 위령제를 주최하고 그의 위패를 야스쿠니 신사에 합사(合祀)했다. 그의 장남은 광복 후 아버지 동기생들의 도움으로 육군장교로 임관했다. 유승렬 장군과 그의 아들 유재흥 장군의 후원을 입었으며 1군사령부 수송관을 지내고 대령으로 예편했다.

후처인 이청영은 1950년대 말 홍달선(洪達善)이라는 이름으로 경기중, 경기고를 다닌 아들 현선을 데리고 일본으로 가서 홍사익 장군의 연금을 받으며 고치현(高知縣)에 살았다. 아들을 미국에 유학보냈고 홍 장군 생전에 우정이 깊었던 사토 에이사쿠 총리가 그때 상당한 금액을 마련해준 것으로 알려졌다. 이청영은 1978년 미국에서 사망했고 현선은 경제학박사가 되고 UCLA 교수로 일했다. 장남 소생 손자들은 국영기업체 중역, 명문대학의 의무(醫務)부총장, 무역회사 대표 등으로 살았다.**

\*　　이기동, 같은 책, 221쪽.

\*\*　　남양홍씨중앙화수회, 같은 책, 727쪽.

## 김경천 장군의 전설

　김광서는 최후가 불행했다. 러시아 연해주 블라디보스토크 극동고려사범대학 교수로 일하던 그는 1935년 9월 반역죄 누명을 쓰고 체포되어 3년의 징역형을 받고 복역했다. 1939년 2월 석방되어 카자흐스탄에 있는 가족에게 돌아갔으나 그해 12월 다시 체포되어 노동교화 8년 형을 받고 카라간다 정치범 수용소에 수용됐다가 러시아 서부 아르한겔스크주의 코틀라스에 있는 북부철도노동수용소로 이송되었다. 철도 노역을 했고 1942년 1월 14일 수용소 부설병원에서 영양부족에 따른 심장질환으로 사망했다. 1956년 유족의 탄원을 받은 소련 군사법원은 재심을 열어 무죄를 선고했다.*

　8·15광복 직후 북한의 지도자로 김일성이 떠오르자 너무 젊다는 말이 퍼졌다. 보천보 전투를 지휘한 그 김일성인데도 사람들은 믿지 않았다. 알려진 '김일성 전설'과 달랐던 것이다. 나경석이 김광서에 관해『동아일보』에 쓴 르포르타주 '백마 탄 김 장군' 이야기와, 상하이 국민대표회의에 간 그를 인터뷰한 같은 신문의 기사, 그리고 북쪽에서 풍문처럼 들려온 그에 관한 많은 이야기는 영웅의 전설로 형성되어 있었다.

　마지막 무관생도들의 주장이 한몫했다. '김일성 부대'와 맞서 싸운 김인욱이 그랬듯이 그들은 1930년대에 김일성 부대 기사

---

*　김경천, 김병학 정리, 『경천아일록』, 학고재, 2012, 339~395쪽.

가 신문에 날 때마다 그를 김광서 선배로 여겨 주변 사람들에게 '우리들의 육사 선배'라고 말했던 것이다.

광복 직후 미군정청 정보당국은 이응준 등 일본 육사 출신 장교들에게 김일성에 관해 물었고 그들로부터 자기들의 선배인 김광서가 진짜 김일성이라는 대답을 들었다. 김광서가 지석규와 함께 망명 탈출하기 전 가까이 교유했던 김영섭 목사도 공공연히 같은 말을 했다. 당대의 명망가였던 윤치영도 한몫했다. '김광서라는 인물이 바로 일본인들을 벌벌 떨게 만든 진짜 김일성 장군이다. 군부대신을 역임한 나의 백부 윤웅렬의 부관이었던 김정후 공병참령의 아들로 일본 육사를 나온 뒤 탈출하여 독립군 리더가 된 사람이다'라고 말하고 회고록에 썼다.**

김광서는 여러 명의 김일성 전설 중 가장 뚜렷했으므로 '원조 김일성'으로 굳어져갔다. 그가 걸어간 치열한 투쟁의 삶을 생각하면 당연한 일이다. 그의 전설은 뒷날 이명영과 임은의 저술,*** 박환 교수의 연구와 저술, 그리고 김병학 시인이 해제를 붙인 『경천아일록』 출간으로 정리되었다.

## 뒤늦은 심판, 뒤늦은 훈장

탈출 맹세를 실천하지 못한 마지막 무관생도들이 갈등하고

---

** 윤치영, 『윤치영의 20세기』, 삼성출판사, 1991, 96쪽. 인용문 중 김정후는 김정우의 오기이다.

*** 이명영, 앞의 책 ; 임은, 『김일성 정전』, 옥촌문화사, 1989.

고민한 자취는 여러 곳에 보인다. 그들은 광복 후 뉘우치고 숨어 살거나, 대한민국 건국과 창군에 참여했다. 일부는 교육계에 투신해 열성을 다했다.

반민족행위자들을 징벌하려던 반민특위는 힘이 약했고 군인 신분인 그들을 단 한 사람도 소환하지 못했다. 그들은 6·25전쟁에서 지휘관으로 싸워 훈장을 받았고 고속 승진으로 장군이 되었다. 전쟁과 분단 모순은 그들의 위상을 더욱 견고하게 만들었다. 부끄러운 친일 전력은 희석되고 잊혀져갔다. 그들은 하나둘 수명이 다해 세상을 떠났고 몇 사람은 국립묘지에 묻혔다. 민족반역자라는 명찰 대신 애국자라는 명찰을 달고 떠난 것이다.

그러나 민족사의 정의는 긴 침묵을 깨고 일어나 종을 울리기 시작했고, 늦게라도 사실을 규명해야 한다는 여론이 일었다. 2004년 3월 '일제강점하 친일반민족행위 진상규명에 관한 특별법'이 공포되고 다음 해 대통령 소속 친일반민족행위진상규명위원회가 치밀하게 조사에 나섰다.

역사 앞에 예외는 없다. 마지막 무관생도들 중 가장 큰 존재였던 이응준이 제일 먼저 지목되었다. 그는 위 위원회가 2007년 대통령과 국회에 보고한 '일제강점기 중기 친일반민족행위 관련자 195명'에 포함되었다. 위원회는 다른 대상 인물들처럼 행적을 낱낱이 제시하고 결론을 내리는 데 그치지 않고 특별히 의견을 덧붙였다.

애국지사 이갑의 지원으로 학교를 다녔고 그 인연으로 사위가 되었으며 그에 대해 존경심과 동질감을 가졌다. 그런 성향으로 인해 1919년 김광서 지석규 등과 함께 탈출을 모의했으나 탈출하지 않았다. 조선인으로서의 자각은 갖고 있었다고 보여지나 군인으로서 충성해야 할 국가에 대한 관념이 결여되어 있었다. 직업군인이기 때문에 일제에 충성할 수밖에 없었다는 논리는 같은 일본 육사 출신이면서도 대륙으로 망명하여 독립운동에 투신한 선후배들과는 전혀 다른 길을 걸었다는 점에서 합리화될 수 없다.*

김석원, 김인욱, 백홍석, 신태영, 류관희, 윤상필, 이대영, 정훈, 홍사익 등은 2009년 11월 위 위원회의 '일제강점기 말기 친일반민족행위 관련자 705명'에 들었다. 그들을 포함하여, 안병범과 장유근을 제외한 나머지 사람들—권영한, 김종식, 김준원, 김중규, 남우현, 민덕호, 박승훈, 박창하, 서정필, 염창섭, 원용국, 유승렬, 이희겸, 장기형, 장석륜, 장성훈 등—은 2009년 민족문제연구소가 발간한 『친일인명사전』에 올랐다. 이미 모두 사망했으므로 무덤에서 불러내 징벌의 모자를 씌운 셈이 되었다.

1962년 지석규가 건국훈장 대통령장을 받고, 1980년 이종혁

* 친일반민족위진상규명위원회, 『친일만민족행위진상규명보고서』, 4. 11~4. 19, 801쪽 압축.

이 건국훈장 국민장을, 1990년 조철호가 건국훈장 국민장을, 1998년 김광서가 건국훈장 대통령장을, 2012년 이동훈이 건국훈장 애족장을 추서받았다. 너무 늦었다. 모두 광복되고도 한참 늦어진 수훈(受勳)이었다.

| | |
|---|---|
| 1909년 | 7월 30일, 융희황제(순종)가 군부 폐지 및 무관학교 폐교 칙령을 발표함. 무관생도들의 일본행이 결정됨. |
| | 9월 7일, 무관생도 44명 일본육군중앙유년학교에 편입. |
| | 10월 26일, 안중근이 하얼빈에서 이토 히로부미 격살. |
| 1910년 | 9월 초, 강제합방 소식을 들은 무관생도들, 아오야마 묘지에 모여 통곡하며 장차 독립전쟁에 앞장서자고 결의함. 지석규·홍사익·이응준은 유년학교 3년 선배 김현충(김광서) 사관후보생과 요코하마에 가서 뒷날 함께 탈출, 독립전쟁에 투신하기로 맹세함. |
| 1911년 | 11월, 김광서, 기병소위로 임관, 도쿄 제1기병연대에 배속됨. |
| 1914년 | 5월 말, 지석규·홍사익·이응준 등 무관생도 상급반 13명이 일본 육사를 졸업함, 12월, 소위로 임관됨. |
| 1915년 | 5월 말, 김석원·이종혁 등 하급반 20명, 일본 육사 졸업, 12월, 소위 임관. |
| 1917년 | 조철호 소위, 만주로 탈출하다 체포됨. |
| 1918년 | 여름, 이응준·염창섭·이종혁 등 시베리아 출정. |
| 1919년 | 2월 8일, 도쿄 유학생들 독립선언. |
| | 3월, 3·1만세시위 일어남. 오산학교 교사 조철호, 제자들의 만세시위 지도하고 다시 만주로 탈출하다 체포됨. |
| | 4월 10일, 중국 상하이에서 대한민국 임시정부 수립. |
| | 6월 6일, 김광서와 지석규, 만주로 탈출, 신흥무관학교 교관이 됨. |
| | 10월, 신흥무관학교 6기생 배출, 독립전쟁의 역량이 배가됨. 김광서, 북간도를 거쳐 연해주로 감. |
| | 11월, 지석규, 남만주 독립전쟁 조직 서로군정서 사령관에 임명됨. |
| 1920년 | 1월, 이응준, 권총을 임시정부 밀사에게 도난당해 헌병대의 조사를 받음. 이후 우쓰노미야 사령관의 선처로 묵인되고 조선군 |

사령부로 전속됨.

4월, 1917년 퇴역해 교사로 일하며 민족혼 교육을 한 이동훈, 상하이 임시정부로 탈출하려다가 실패하고 사망.

6월, 홍범도 부대, 펑우둥에서 일본군을 대파함. 지석규, 서로군정서 병력 이끌고 백두산으로 이동.

7월, 윤세주 등 의열단원들 파괴공작 계획하다 검거됨.

9월, 의열단원 박재혁, 부산경찰서 폭파.

10월, 북로군정서군 챵산리 대첩. 독립군단들 백두산 집결 대한의용군을 결성하고 홍범도를 총사령, 지석규를 부사령으로 선임. 이해에 김광서, 마적단을 공격해 소총 300정, 군마 300필을 노획하고 본격적 무장투쟁 시작, '백마 탄 김 장군' 이야기 고국에 전해짐.

1921년    6월, 러시아 연해주로 이동한 독립군단에게 자유시 사변 일어남. 지석규는 살아남음.

1922년    1월, 김광서, 이만전투에서 승리함. 고국 가까운 포시에트로 진출함. 김광서의 자취를 밟은 나경석의 르포가 『동아일보』에 실려 명성이 퍼져나감.

4월, 지석규, 이르쿠츠크 고려혁명군사관학교 교장으로서 민족혼 교육, 소련 군사재판에서 사형선고 받음.

5월, 이응준 · 김석원 등 마지막 무관학교 동창들, 김광서와 지석규 가족 돕기 모금을 함.

7월, 지석규, 임정 · 독립운동 단체들의 노력으로 석방됨.

9월, 러시아 한인 무장단체들 고려혁명군으로 통합하면서 김광서를 동부사령관에 임명함.

12월, 조철호, 조선소년군(보이스카우트)을 창설함.

1923년    2월, 상하이국민대표회의에서 김광서 · 지석규 재회. 이후 나란히 군무위원에 지명됨.

7월, 김광서 인터뷰, 「조선군인 김경천 백설 쌓인 서백리아에서」

가 『동아일보』에 실림.

11월, 홍사익, 육군대학을 졸업함.

1924년   6월, 무관학교 동창들, 지석규·김광서 가족 돕기 2차 모금.

1925년   1월, 통의부와 서로군정서 중심세력, 만주 지린에서 정의부를 조직하고 지석규를 총사령으로 임명함.

3월, 지석규, 정의부 무장부대를 지휘하여 압록강 건너 초산의 경찰주재소를 공격함.

11월, 이응준 소좌, 용산 주둔 대대장으로 부임함.

1927년   1월, 지석규, 조선혁명군 총사령이 됨.

8월, 연해주 출정 중 독립투사를 총살한 회한으로 퇴역했던 이종혁, 참의부의 군사위원장 맡음.

1928년   5월, 이응준, 만주 펑톈에 출정, 침략전쟁의 도구가 됨.

9월, 참의부 군사위원장 이종혁이 체포됨.

1929년   5월, 이종혁, 5년 징역을 선고받음.

1930년   7월, 지석규, 한국독립당을 결성하고 군사위원장이 됨.

1931년   9월, 만주사변 발발. 지석규, 한국독립군 총사령이 됨.

1932년   1월, 지석규, 한국독립군을 이끌고 하얼빈 근교에서 일본군·만주군 연합군과 교전함.

1933년   2월, 지석규, 한국독립군 이끌고 칭바이호 전투 대승.

4월 홍사익, 만주 관동군사령부에 전속됨.

6월, 지석규, 둥징성 전투와 다뎬쯔링 전투에서 대승함.

10월, 지석규, 임시정부 김구 주석의 명으로 뤄양군관학교 한인반 교육 책임 맡아 뤄양으로 감.

1935년   12월 14일, 이종혁, 장기간 투옥의 후유증으로 죽음.

1936년   가을, 김광서, 간첩 누명으로 소련 당국에 체포됨,

1937년   6월, 수양동우회 사건으로 안창호 등 애국지사들 구속됨.

7월 7일, 중일전쟁 발발. 이응준, 북중국전선에 출정함.

11월 이응준, 휴가 중 경성에서 사상국방강연회 나감.

| 1938년 | 1월, 이응준, 베이징 북지파견군사령부로 전속됨. |
| | 2월, 육군특별지원령이 공포됨. |
| | 5월, 창사 난무팅 저격사건으로 현익철 사망, 김구·지석규는 부상을 입음. |
| | 10월, 중국 우한에서 조선의용대 창설됨(대장 김원봉). |
| 1939년 | 2월, 김광서, 유형지에서 풀려나 카자흐스탄으로 가서 가족과 합류, 그러나 4월 다시 체포됨. |
| | 10월, 지석규, 임시정부 국무위원 겸 군무부장이 됨. |
| 1940년 | 1월, 김광서, 코미자치공화국 북부철도수용소에 수용. |
| | 9월, 임정 산하에 광복군 창설, 지석규를 총사령에 임명. |
| 1941년 | 3월, 홍사익, 소장으로 진급. 화베이 주둔 108여단장으로 가는 길에 『매일신보』와 인터뷰, 지원병 출정을 독려하는 발언을 함. |
| | 4월, 조선의용대 주력이 화베이 타이항산 지역으로 이동. |
| | 12월 7일, 일본군 진주만 공습으로 태평양전쟁 발발. |
| | 12월 12일, 조선의용대 화북지대, 후좌장 전투를 치름. |
| 1942년 | 1월 26일, 김광서, 코미자치공화국 유형지에서 죽음. |
| | 4월, 홍사익 장군, 만주 지린성 궁즈링학교 간사로 전속. |
| | 5월, 조선의용대가 광복군에 편입됨. 이응준, 북중국전선에 출정해 다시 침략전쟁 임무를 수행함. |
| | 7월, 김인욱 소좌, 김일성·최현 등의 항일부대와 간삼봉에서 교전 중 부상당함. |
| 1943년 | 8월, 이응준, 학병 출정 독려문「생사를 초월하라」를 기고. |
| | 11월 9일, 이응준·김석원, 학병 지원 독려 강연에 나감. |
| 1944년 | 3월, 홍사익 소장, 필리핀 포로수용소장으로 감. |
| | 10월, 홍사익, 중장 진급. 기아 상태에 빠진 필리핀 주둔 일본군 전체의 생존 책임을 맡음. |
| 1945년 | 6월, 이응준 대좌, 원산정거장사령관으로 부임. |
| | 8월 7일, 지석규, OSS 훈련 끝난 광복군 국내정진작전 결정 위 |

마지막 무관생도들

해 시안에 감. 일본 항복 소식 듣고 실망함.

8월 15일, 일본 항복. 여운형 중심의 조선건국준비위원회 결성.

8월 18일, 광복군의 국내 개선행진을 위한 선발대장 이범석과 대원 김준엽·장준하·노능서, 미군과 함께 여의도에 착륙했으나 일본군 거부로 미군 수송기가 회항함. 이 날을 전후하여 홍사익 미군에 전범죄로 체포됨.

8월 21일, 소련군 평양 진주, 38선 북쪽 군정을 시작함.

8월 22일, 이응준, 원산 탈출 서울로 옴.

9월 8일, 미군, 38선 남쪽에 군정을 시작함.

12월, 군사영어학교 개교. 광복군이 개인 자격으로 귀국하라는 미군정 조치 거부하고 일본군 출신과 같이할 수 없다고 반발함에 주로 일본군, 만주군 출신이 입교함.

| | |
|---|---|
| 1946년 | 1월, 이응준, 미군정 국방부의 고문이 되어 국방경비대 창설 작업에 착수, 통위부장으로 일본 육사 선배이자 광복군 간부를 지낸 유동열을 추대함. |
| | 9월 26일, 홍사익, 필리핀에서 전범으로 처형됨. |
| 1947년 | 4월, 지석규, 이승만과 함께 장제스 총통 전용기로 귀국. |
| 1948년 | 5월, 지석규, 제헌의회 선거 전국 최고 득표율로 당선. |
| | 8월, 정부 수립. 이범석, 국무총리 겸 국방부장관에 임명됨. 지석규, 무임소장관에 임명됐으나 사직함. |
| | 11월, 이응준, 초대 육군참모총장에 임명됨. |
| 1949년 | 1월, 반민족행위특별조사위원회 활동 시작. 결과는 기소 221건, 선고 40건, 체형 14건에 그침. |
| | 6월 26일, 백범 김구 암살당함. |
| | 12월, 신태영, 3대 육군참모총장에 임명됨. |
| 1950년 | 6월 25일, 북한군 남침. |
| | 7월 29일, 안병범, 북한군에 포위당해 인왕산에서 자결. |
| 1955년 | 9월, 이응준, 체신부장관에 임명됨. |

마지막
무관생도들